LA RAZA
La dama errante
La ciudad de la niebla
El árbol de la ciencia

colección andanzas

Libros de Pío Baroja
en Tusquets Editores

PÍO BAROJA
LA RAZA
La dama errante
La ciudad de la niebla
El árbol de la ciencia

Caro Raggio: Editor

TUSQUETS
EDITORES

1.ª edición: enero de 2006

Diseño de la colección: Guillemot-Navares
Reservados todos los derechos de esta edición para
Tusquets Editores, S.A. - Cesare Cantù, 8, - 08023 Barcelona
www.tusquets-editores.es
ISBN: 84-8310-325-7
Depósito legal: B. 685-2006
Fotocomposición: Foinsa - Passatge Gaiolà, 13-15 - 08013 Barcelona
Impreso sobre papel Goxua de Papelera del Leizarán, S.A. - Guipúzcoa
Impresión: Limpergraf, S.L. - Mogoda, 29-31 - 08210 Barberà del Vallès
Encuadernación: Reinbook
Impreso en España

Índice

La dama errante

La ciudad de la niebla

Primera parte: Los caminos tortuosos

Segunda parte: Las desilusiones

El árbol de la ciencia
Primera parte: La vida de un estudiante en Madrid

Segunda parte: Las carnarias

Tercera parte: Tristezas y dolores

Cuarta parte: Inquisiciones

La dama errante

Prólogo

No soy muy partidario de hablar de mí mismo; me parece esto demasiado agradable para el que escribe y demasiado desagradable para el que lee; pero puesto que esta Biblioteca me pide un prólogo, interrumpiré mi costumbre de no dar explicaciones o aclaraciones personalistas y, por una vez, me entregaré a la voluptuosidad de decir *yo* hasta la saturación.

Sería una estúpida modestia, por mi parte, que yo afirmase que lo que escribo no vale nada; si lo creyere así, no escribiría.

Suponiendo, pues, que en mi obra literaria hay algo de valor –como en matemáticas se supone a veces que un teorema está de antemano resuelto–, voy a decir, con el mínimo de modestia, cuál puede ser, a mi modo, el valor o mérito de mis libros.

Este valor creo que no es precisamente literario ni filosófico; es más bien psicológico y documental. Aunque hoy se tiende, por la mayoría de los antropólogos, a no dar importancia apenas a la raza y a darle mucha a la cultura, yo, por sentimiento más que por otra cosa, me inclino a pensar que el elemento étnico, aun el más lejano, es trascendental en la formación del carácter individual.

Yo soy, por mis antecedentes, una mezcla de vasco y de lombardo: siete octavos de vasco, por uno de lombardo.

No sé si este elemento lombardo (el lombardo es de origen sajón, al decir de los historiadores) habrá influido en mí; pero, indudablemente, la base vasca ha influido, dándome un fondo espiritual, inquieto y turbulento.

Nietzsche ha insistido mucho en la diferencia del tipo apolíneo (claro, luminoso, armónico) con el tipo dionisíaco (oscuro, vehemente, desordenado). Yo, queriendo o sin querer, soy un dionisíaco.

Este fondo dionisíaco me impulsa al amor por la acción, al dinamismo, al drama. La tendencia turbulenta me impide el ser un contemplador tranquilo, y al no serlo, tengo, inconscientemente, que deformar las cosas que veo, por el deseo de apoderarme de ellas, por el instinto de posesión, contrario al de contemplación.

Al mismo tiempo que esta tendencia por la turbulencia y por la acción —en arte, lógicamente, tengo que ser un entusiasta de Goya, y en música, de Beethoven—, siento, creo que espontáneamente, una fuerte aspiración ética. Quizá aquí aparece el lombardo.

Esta aspiración, unida a la turbulencia, me ha hecho ser un enemigo fanático del pasado, por lo tanto, un tipo antihistórico, antirretórico y antitradicionalista.

La preocupación ética me ha ido aislando del ambiente español, convirtiéndome en uno de tantos solitarios, Robinsones con chaqueta y sombrero hongo, que pueblan las ciudades.

Como España y casi todos los demás países tienen su esfera artística, ocupada casi por completo por hábiles y farsantes, cuando yo empecé a escribir se quiso ver en mí, no un hombre sincero, sino un hábil imitador que tomaba una postura literaria de alguien.

Muchos me buscaron la filiación y la receta. Fui, sucesivamente, según algunos, un roedor de Voltaire, Fielding, Balzac, Dickens, Zola, Ibsen, Nietzsche, Poe, Gogol, Dostoievski, Maeterlinck, Mirbeau, France, Kropotkin, Stendhal, Tolstoi, Turguenef, Hauptmann, Korolenko, Mark Twain, Galdós, Ganivet y de otra docena más, y, sobre todo, de Gorki. Esto último, el considerarme como un seudo-Gorki, se debió, principalmente, a que yo fui el primero, o uno de los primeros, que escribió en español un artículo acerca de este escritor ruso.

Realmente, era suponer en mí demasiada candidez y poca malicia el que yo presentara al público que había de leerme a un escritor a quien estaba desvalijando. Claro que, como yo no le desvalijaba ni seguía por su camino, no me importaba nada que fuera Gorki conocido en España. Mis admiraciones en literatura no las he ocultado nunca. Han sido y son: Dickens, Balzac, Poe, Dostoievski y, ahora, Stendhal. Generalmente, el crítico no se contenta con lo que le dice el autor. Supone que éste tiene que hablar siempre con malicia y ocultar algo, lo que demuestra que hay que atravesar muchas atmósferas de incomprensión para ser solamente escuchado.

Yo no quiero decir que en mis libros no haya influencias e imitaciones: las hay como en todos los libros; lo que no hay es la imitación deliberada, el aprovechamiento, disimulado, del pensamiento ajeno. Hay, por ejemplo, en una novela mía, *La casa de Aizgorri*, una reminiscencia, según dicen, de *La intrusa*, de Maeterlinck. Sin embargo, yo no he leído, ni antes ni después, *La intrusa*; y ¿cómo se explica entonces la vaga imitación?

Se explica de una manera sencilla. Yo había oído hablar, antes de escribir mi libro, a algunos literatos de *La intrusa*, de su argumento, de sus escenas. Sin duda, sin saberlo, me apropié la impresión reflejada en un español por el drama del autor belga, y la consideré mía; pero yo estoy seguro de que el que comparase las dos obras minuciosamente no encontraría una frase, una fórmula, nada parecido que indicara que yo haya seguido en el pensamiento a Maeterlinck; porque no lo conocía, ni después me ha interesado. Es el ambiente, muchas veces, el que da semejanza a dos obras.

Si yo hubiera escrito esta misma novela, *La casa de Aizgorri*, después de la *Electra*, de Pérez Galdós; si hubiera escrito *La busca*, después de *La horda*, de Blasco Ibáñez, y *Paradox, rey*, después de *La Isla de los Pingüinos*, de Anatole France, me hubieran acusado de imitador, porque hay mucha semejanza entre estas obras y las mías, y, probablemente, más que entre *La casa de Aizgorri* y *La intrusa*, pero la escribí antes. Sin embargo, no se me ocurrió decir que esos autores me habían imitado, sino que habían coincidido conmigo y habían coincidido con más éxito, pues las tres obras de esos autores fueron aplaudidas y las mías quedaron en la estacada.

Dejando esta cuestión, puramente literaria, seguiré con el autoanálisis, para mí más interesante. He dicho que soy antitradicionalista y enemigo del pasado, y, efectivamente, lo soy, porque todos los pasados, y en particular el español, que es el que más me preocupa, no me parecen espléndidos, sino negros, sombríos, poco humanos.

Yo no me explico, y, probablemente, no comprendo, el mérito de los escritores españoles del siglo XVII; tampoco comprendo el encanto de los clásicos franceses, excepción hecha de Molière.

De esta antipatía por el pasado, complicada con mi falta de sentido idiomático –por ser vasco y no haber hablado mis ascendientes ni yo castellano–, procede la repugnancia que me inspiran las galas retóricas, que me parecen adornos de cementerio, cosas rancias, que huelen a muerto. Este conjunto de particularidades instintivas: la turbulencia, la aspiración ética, el dinamismo, el ansia de posesión de las cosas y de las ideas, el fervor por la acción, el odio por lo inerte y el entusiasmo por el porvenir, forman la base de mi temperamento literario, si es que se puede llamar literario a un temperamento así, que, sobre un fondo de energía, sería más de agitador que de otra cosa.

Yo no considero que estas condiciones sean excelentes, ni que con ellas se hagan obras maestras, sino que son, al menos a mí me parece que son.

Dados estos antecedentes, es muy lógico que un hombre que sienta así tenga que tomar sus asuntos, no de la Biblia, ni de los romanceros, ni de las leyendas, sino de los sucesos del día, de lo que ve, de lo que oye, de lo que dicen los periódicos. El que lea mis libros y esté enterado de la vida española actual, notará que casi todos los acontecimientos importantes de hace quince o veinte años a esta parte aparecen en mis novelas.

Esto las da un carácter de cosa política y momentánea, muy alejado del aire solemne de las obras serias de la literatura. En el fondo, yo soy un impresionista.

La dama errante está inspirada en el atentado de la calle Mayor, contra los reyes de España. Este atentado produjo una enorme sensación. En mí la hizo grande, porque conocía a varios de los que intervinieron en él.

Mateo Morral, el autor del atentado, solía ir a un café de la calle de Alcalá, donde nos reuníamos varios escritores. Le solían acompañar un periodista, un empleado del tranvía, llamado Ibarra, que luego estuvo preso después del crimen, y un polaco, viajante corredor de un producto farmacéutico.

Este polaco e Ibarra recuerdo que tuvieron una noche un serio altercado con un pintor que dijo que los anarquistas dejaban de serlo cuando tenían cinco duros.

Yo no creo que hablé nunca con Morral. El hombre era oscuro y silencioso; formaba parte del corro de oyentes que, todavía hace años, tenían las mesas de los cafés donde charlaban los literatos.

El tipo de Nilo Brull, que aparece en *La dama errante*, no es la contrafigura de Morral, a quien no traté; este Brull es como la síntesis de los anarquistas que vinieron desde Barcelona, después del proceso de Montjuich, a Madrid, y que tenían un carácter algo parecido de soberbia, de rebeldía y de amargura.

Después de cometido el atentado y encontrado a Morral muerto cerca de Torrejón de Ardoz, quise ir al Hospital del Buen Suceso a ver su cadáver; pero no me dejaron pasar.

En cambio, mi hermano Ricardo pasó e hizo un dibujo y luego un aguafuerte del anarquista en la cripta del Buen Suceso.

Mi hermano se había acercado al médico militar que estaba de guardia a solicitar el paso, y le vio leyendo una novela mía, también de anarquistas, *Aurora roja*. Hablaron los dos con este motivo, y el médico le acompañó a ver a Mateo Morral muerto.

La angustia del doctor Aracil, paseando por las calles de Madrid, está inspirada en mi novela en la de los conocidos del terrorista, que anduvieron escondiéndose aquella noche.

Lo demás del libro, casi todo está hecho a base de realidad. La mayoría de los personajes son también reales. El doctor Aracil, aunque desfigurado por mí, vive; el que me sirvió de modelo para pintar a Iturrioz murió; María Aracil pasea por las mañanas por la calle de Alcalá. Algunos supusieron, no sé por qué, que en María Aracil había querido yo pintar a Soledad Villafranca, la amiga de Ferrer, cosa absurda, que no tiene apariencia de verdad.

Yo, cuando escribí *La dama errante*, no conocía a Soledad Villafranca; la conocí después, en París, en casa de un profesor, donde estuve convidado a cenar. Como ella es de Pamplona y yo me eduqué también allí, hablamos largo rato, y en el curso de la conversación me dijo que había leído *La dama errante*. Como es lógico, no había encontrado ninguna alusión a ella en el libro, y, en cambio, sí había creído ver la contrafigura de Ferrer.

Los demás tipos de la novela fueron también tomados del natural, y el viaje por la Vera de Plasencia lo hicimos mi hermano Ciro Bayo y yo, llevando en un burro provisiones y una tienda de campaña.

Los ventorros y paradores del camino son, poco más o menos, como los descritos por mí, con los mismos nombres y la misma clase de gente. El Musiú, el Ninchi y el Grillo es posible que anden todavía por esas aldeas, siguiendo su vida de trotar caminos y engañar a los bobos.

El viaje hasta Plasencia duró cerca de veinte días y tuvo bastantes apuros, fatigas e incomodidades.

Dormimos en los pajares y tuvimos que meternos en el río Tiétar hasta el cuello, porque el río venía con crecida. El pasar el burro nos costó un gran trabajo, porque el animal no quería aventurarse en aquellas aguas, que tenían bastante corriente.

Cuando el burro pasó a la otra orilla, don Ciro Bayo le dedicó la romanza poética del Cisne, de *Lohengrin:*

Mercé, mercé Cigno gentil
valica ancora l'amplio ocean
ritorna vanne nel santo asil
in cui non penetra lo sguardo uman!

Probablemente, un libro como *La dama errante* no tiene condiciones para vivir mucho tiempo; no es un cuadro con pretensiones de museo, sino una tela impresionista; es, quizá, como obra, demasiado áspera, dura, poco serenada...

Este carácter efímero de mi obra no me disgusta. Somos los hombres del día gentes enamoradas del momento que pasa, de lo fugaz, de lo transitorio, y la perdurabilidad o no de nuestra obra nos preocupa poco, tan poco, que casi no nos preocupa nada.

I
La abuelita

En nuestra época y en nuestro país es muy difícil ser niño. La vida se marchita pronto, cuando no brota ya mustia por herencia. La mayoría de los hombres y de las mujeres no han vivido nunca en la niñez. Es verdad también que casi nadie llega a vivir la juventud. El padre, la madre, el criado, el profesor, la institutriz, el municipal, todos conspiran contra la infancia; como el negocio, el dinero, la posición social, la vanidad política, el deseo de representar, conspiran contra la juventud.

En España, y en nuestros tiempos de industrialismo, de lujo y de laxitud, para estar en buena armonía con el ambiente, se necesita ser viejo desde la cuna, y, para consolarse un poco, decir de cuando en cuando: «Es preciso ser joven, hay que reír, hay que vivir». Pero nadie ríe, ni nadie vive.

Y España es hoy el país ideal para los decrépitos, para los indianos, para los fracasados, para todos los que no tienen nada que hacer en la vida, porque lo han hecho ya, o porque su único plan es ir vegetando...

María Aracil disfrutó la suerte de pasar los primeros años de su existencia un tanto abandonada, y, gracias a su abandono, pudo tener ideas de niña y vida de niña hasta los catorce o quince años. Huérfana de madre, sintió por su padre, el doctor Aracil, un gran cariño; pero el doctor no podía o no sabía atender a su hija, y la abuela fue la encargada de cuidar de María durante la niñez.

La abuela Rosa, madre del doctor, era una viejecita muy simpática y muy rara. Habitaba en el piso alto de un caserón grande y viejo de la calle de Segovia, y vivía completamente aislada y sola. En su casa reinaba el más absoluto desorden, y en medio de aquel desorden se encontraba ella a gusto.

Sus dos ocupaciones predilectas eran leer y hacer trabajos de aguja; continuamente tenía a sus pies un cestillo de mimbre lleno de lanas de colores, con las que solía tejer talmas y toquillas para su nieta.

La gustaban a la abuelita Rosa los animales, y siempre vivía con perros y gatos. Tenía un perrillo de lanas, *Alí*, muy viejo, algo raído, con las lanas largas, la cola de zorro y el aire más inteligente que el de un cardenal italiano, y un gato blanco y gordo, el preferido, a quien solía dirigir la vieja largas recriminaciones. El gato se le ponía muchas veces encima del hombro, y así le solía ver María con frecuencia. Tenía también la abuelita Rosa un canario muy chillón y un loro.

La abuela no se trataba con nadie. Sólo una antigua criada, a quien conocía de la infancia, una vieja gruñona y de mal humor, Plácida de nombre, aunque no de genio, aparecía por allí, y, generalmente, cuando iba, solían reñir ama y criada.

En su soledad, el invierno, y aun el verano, la abuelita Rosa leía novelas antiguas, al lado de la estufa. Allí mismo guisaba sus comidas, siempre muy sencillas.

Con los anteojos puestos en la punta de la nariz, sentada al lado de la estufa, parecía la abuela Rosa una viejecita de cuento; muy chiquita, arrugadita como una pasa, encogida, con la nariz puntiaguda, la cara sonrosada y el pelo blanco como la nieve.

De noche encendía su quinqué y seguía leyendo o trabajando. Muchas veces pensaba María que su abuela debía de ser muy valiente, para quedarse sola en aquella casa.

Cuando iba la niña a verla, entonces comenzaba con la vieja las idas y venidas, el revolver armarios y el contar cuentos. Siempre la abuela guardaba alguna golosina para su nietecita: pasteles, caramelos o crema.

La abuela Rosa la hablaba con una gran seriedad a María, y entre historia e historia y anécdota y recuerdo de la realidad, le contaba escenas de las novelas que había leído, y Montecristo, y D'Artagnan, el príncipe Rodolfo, todos estos héroes de la mitología folletinesca, vivían ante la imaginación de María.

Tenía la viejecita una fantasía exuberante, y el trato continuo con la niña le había dado un infantilismo extraño. Muchas veces la vieja hacía de niña, y la niña de vieja; la abuela imitaba el hablar balbuciente de los niños, y la nieta la actitud severa de los viejos, y la vida en germen y la vida en su declinación parecían iguales y se entendían jugando.

Una de las diversiones de María y de la abuelita Rosa era sentarse en un sofá e imitar la marcha de un tren.

—Ya estamos en el vagón, ¿eh? —decía la vieja.

—Sí. Ya estamos —contestaba la niña—. Ponte el mantón, abuelita.

—No; hasta que no lleguemos a Ávila, no.

Y las dos imitaban la salida del tren, y luego el ruido de la marcha y los silbidos de la locomotora, y veían paisajes, y estaciones, y el mar, y los árboles, y los montes...

La vieja desarrollaba la imaginación de la niña hasta tal punto, que ésta, que no sabía leer ni escribir, inventaba también cuentos y novelas y se los contaba a la criada de su casa.

La abuela era, ciertamente, una mujer poco vulgar. Su padre, un médico volteriano, la había educado fuera de la religión; su marido no había sido hombre de energía, y vivió dulcemente dominado por su mujer. La abuela Rosa quiso también dominar a sus hijos; pero éstos, que salieron a ella, se le insubordinaron pronto y la hicieron desgraciada.

Enrique, el mayor, el padre de María, se manifestó desde pequeño como un muchacho listo y aplicado; Juan, el segundo, resultó un calavera.

Enrique y Juan se odiaban. Enrique era el admirado por todos, el joven portento; de Juan no se sabían más que barbaridades. En el fondo, el pequeño era el favorito de la madre, y esto, comprendido por Enrique, muy orgulloso y soberbio, le hizo perder casi por completo el cariño filial.

De la desunión de la familia nadie particularmente tenía la culpa. La abuelita Rosa era mujer de gran corazón, pero de una personalidad absorbente; quería tener a todo el mundo bajo su yugo y era capaz de cualquier sacrificio por el que se acogiese a ella. Enrique era puntilloso, y Juan quería a su madre como casi todos los jóvenes calaveras, pero sus instintos le impulsaban a la vida viciosa, y ninguno de los tres se entendían.

Juan no llegó a tener profesión alguna; reunido con unos cuantos señoritos, hizo, a discreción, tonterías y calaveradas, hasta que en una de ellas, viéndose ya dentro de las mallas del código penal, encontró, como pudo, unas pesetas y desapareció de Madrid.

Se dijo que estaba en América, y no se supo más de él. La abuela cultivaba la memoria de su predilecto y le recordaba a todas horas. Muchas veces María la vio con una fotografía entre las manos arrugadas, mirándola absorta.

–¿Quién es? –le preguntó María.

–Es tu tío Juan –y le enseñó el retrato de un joven todo afeitado, de cara aguileña y expresiva.

Una vez María fue a casa de su abuela y se la encontró en un sillón, con la cabeza reclinada en el respaldo y el pañuelo sobre los ojos. Al ver a María, la vieja quiso inclinarse para besarla, y no pudo.

–¡Abuelita! –dijo la niña.

–¿Qué?

–¿Estás mala?

–No. Es que tengo sueño.

Al día siguiente, el padre de María no estuvo ni un momento en casa; luego recibió muchas visitas y se puso una corbata negra. A María le dijo que su abuelita había ido a hacer un largo viaje.

María tendría siete años, y no sospechó ninguna otra cosa. Se aburría en casa y preguntaba todos los días a su padre:

–Papá, ¿cuándo viene la abuelita?

–Ya vendrá; no tengas cuidado, ya vendrá.

Pronto notó María que a su padre le molestaba la pregunta, y fue presentándose ante su imaginación la idea, cada vez más clara, de la muerte de su abuelita. Vaciló en preguntárselo a su padre, y, al fin, con timidez, dijo:

–¿Es verdad que la abuelita se ha muerto?

–Sí. ¿Quién te lo ha dicho?

–Nadie. Yo lo he comprendido.

–Pues sí, ha muerto.

–¿Y está enterrada?

–Sí.

–¿Como mamá?

–Sí.

–¿Ya me llevarás donde están?

–Bueno.

Repitió la niña la petición, y un día el doctor fue con su hija al camposanto. María puso unas flores en las tumbas de su madre y de su abuela y pasó el día bien; pero al irse a acostar le acometió un temblor nervioso, de miedo.

La impresión del cementerio le hirió de una manera tan profunda, que hasta le hizo enflaquecer. Afortunadamente, nadie, desde entonces, excitó su imaginación, y, paseando por la Moncloa con la criada y jugando, se tranquilizó pronto.

A los diez años, María ni sabía leer ni había puesto los pies en la iglesia. A ella misma le vino el deseo de aprender, y varias veces se lo expresó a su padre. Enrique Aracil ganaba ya bastante para darse el lujo de una institutriz, y buscó una. Tuvo la suerte de encontrar a miss Douglas, una mujer fea, pero buena y cariñosa, que enseñó a María a leer y a escribir, algunas nociones de matemáticas y el inglés y el francés perfectamente.

El doctor Aracil la tomó con la condición expresa de que no hablara a la niña de religión; pero miss Douglas, como protestante fanática y catequista, llevó algunas veces a María a una capilla evangélica de la calle de Leganitos, pobre y triste y nada propicia para producir entusiasmos místicos.

El doctor no se trataba con la familia de su mujer; experimentaba por ella antipatía y desdén, sentimientos pagados con la misma moneda por los parientes de María.

Éstos consideraban al doctor Aracil como un loco, casi como un monstruo; para Aracil, sus cuñadas y primos, por parte de su mujer, eran miserables, gente ruin, iglesiera, de mal corazón y de sentimientos viles.

María no conoció a sus tías y primas hasta los catorce o quince años. Era entonces María una muchacha de mediana estatura, más bien baja que alta, de ojos negros, pestañas largas, rostro ovalado y cabello entre rubio y castaño. Tenía una voz un tanto opaca, y, al hablar, un movimiento semimelancólico, semiimpaciente, de mucha gracia.

La primera vez que habló con sus tíos, aleccionada por su padre, le parecieron gente mezquina y de intención aviesa; pero luego fue comprendiendo que su padre había exagerado la pintura.

Sus primitas eran algo tontas, de una ignorancia terrible, pero no esencialmente malas. Lo característico en ellas era la falta de curiosidad por todo. Sus madres tenían la convicción de poseer unos portentos, unas mujercitas perfectamente aptas y educadas, y, sin embargo, estas muchachas vivían desde los trece o catorce años una vida inmoral, subordinando todos sus planes al marido futuro, si llegaba, estudiando las maneras de excitar el sentimiento sexual del hombre, dedicándose a la caza legal del macho, sin pensar que podían tener una vida suya, propia, independiente de la eventualidad del matrimonio.

La perspectiva soñada del marido rico les impedía realizar los actos más sencillos, de miedo a la opinión ajena.

La vida de la mujer española actual es realmente triste. Sin sensualidad y sin romanticismo, con la religión convertida en costumbre, perdida también la idea de la eternidad del amor, no le queda a la española sostén espiritual alguno. Así, tiene que ser y es en la familia un elemento deprimente, instigador de debilidades y anulador de la energía y de la dignidad del hombre. Vivir a la defensiva y representar es todo su plan.

Cierto que las demás mujeres europeas no tienen un sentimiento religioso exaltado ni un gran romanticismo; pero con mayor sensualidad que las españolas y en un ambiente no tan crudo como el nuestro, pueden llegar a vivir con una sombra de ilusión, disfrazando sus instintos y dándoles apariencia de algo poético y puro.

María no participaba de estas ideas acerca de las mujeres; por el contrario, y con relación a ella, tenía fe en su vida y creía que no podía ser estéril y oscura, sino fértil y luminosa.

En aquel medio familiar, sobre todo entre las personas de alguna edad, María disonaba y experimentaba claramente la impresión de su desacuerdo con los demás. Todo lo que a los otros les parecía vituperable, ella lo encontraba digno de elogio, y al revés.

Luego veía siempre el entusiasmo por lo más vulgar, lo más pesado y estúpido, y el odio por la idea graciosa o el sentimiento un poco sincero.

La gracia amable sonaba allí como una chocarrería o una impertinencia, y si por casualidad brotaba alguna vez, todos, con apresuramiento, tíos, tías, primos y demás parientes y amigos, se esforzaban en enterrarla a fuerza de paletadas de vulgaridad y de sentido común.

La más simpática de los parientes era la tía Belén, hermana de la madre de María, casada con un empleado de Hacienda. Era esta señora buenaza y amable, sin gran talento ni comprensión, pero con un fondo de buena voluntad para todo. La cuñada de Belén, en cambio, la tía Carolina, era un basilisco. A mala intención no le ganaba nadie. Solterona, flaca, seca, de color cetrino, tenía la actitud fiera y el gesto desdeñoso.

Su alma era también seca como un cardo; no había en ella la más ligera benevolencia para nada ni para nadie; con todos se sentía implacable; odiaba a su hermano, a su cuñada, a sus sobrinos; inventaba desdenes u ofensas por el gusto de insultar y de mortificar. En la zoología andaba, seguramente, cerca del ofidio. No le faltaba más que el cascabel para pertenecer a la cofradía de las apreciables serpientes de este nombre.

Se decía que, enamorada de un hombre, su amor no correspondido le había agriado el carácter; pero esto era imposible de creer, porque aquella dama había sido agria desde el nacimiento.

La suposición de que la tía Carolina hubiese estado enamorada sólo la podían hacer esas gentes que confunden el amor con las inflamaciones del hígado.

María, desde el primer momento, comprendió que su tía Carolina embestía, y la trató como a un toro furioso, y le daba cada capotazo que la desconcertaba.

Con sus primas, María llegó a simpatizar. Al principio creyó en su bondad y en su afecto, pero vio pronto lo superficial de sus ofrecimientos y protestas de amistad. En el fondo, las hijas de la tía Belén no la querían. Verdad es que odiaban a todas las mujeres. Decían de ella: «Sí; María es muy lista, muy elegante, no se puede negar; pero ¡tiene unas ideas tan raras!». Y en esto había ya como un intento de exclusión para su pequeña vida social.

Para aquellas muchachas, todo lo que no fuera esperar en el balcón al cadete o al abogadito socio del Ateneo, tomaba el carácter de una extravagancia.

El sentimiento de la categoría social, unido al del pecado, enfermaba a estas mujeres el alma. Luego, el casuismo de la educación les había infundido una hipocresía sutil: la idea de hallarse legitimado todo, con tal de llegar en buenas condiciones económicas a la prostitución legal del matrimonio. El hábito del disimulo y de la mentira, y el ir de cuando en cuando a jabonar en el confesonario sus pequeñas roñas espirituales en compañía de un gañán moreno de mirada intensa y barba azulada, les iba pudriendo lentamente el alma.

Para completarse y hacerse más desagradables, el claro ingenio que tenían estas niñas lo empleaban en decir chistes o en defenderse de los chistes. Para ellas todo el mundo era un guasón, y parecían creer que los hombres y las mujeres, al hablarse, no tenían más objeto que reírse unos de otros.

María, en medio de aquel ambiente infeccioso, intentaba luchar con otras armas, vivir con otras ideas, crearse una vida para ella sola, y esto lo comprendían sus primas y lo consideraban como una ofensa.

Veían también que una personalidad más fuerte atraía a la gente, y formaban ellas y sus amigas pequeñas conspiraciones para aislar y excluir a María.

A pesar de estos intentos de exclusión, la hija del doctor se desenvolvió fácilmente en el círculo de sus amistades, aprendió a bailar y a hablar en tono ligero e insustancial, y ocultó con cuidado sus aficiones y sus gustos poco vulgares.

No le costaba ningún trabajo el aparentar una frivolidad que no sentía; al revés, la tomaba con una facilidad extremada. Para sentirse un poco seria, necesitaba estar en su casa, sola; si no, el ambiente la hacía ligera, inconstante y olvidadiza.

María Aracil se vio galanteada por jóvenes que le parecieron de una petulancia y de una vanidad ridículas: jóvenes irónicos, que no creían en nada más que en sí mismos. María pensó que ninguno de ellos era de naturaleza tan preciosa para que valiese la pena guardarlo cuidadosamente y casarse con el escogido al cabo de algunos años.

Entonces, las primas y sus amigas dijeron:

–María tiene mucha cabeza, pero muy poco corazón.

Y un joven ateneísta añadió:

–Es una muñeca sin alma.

Para aquellos jóvenes irónicos y d'annunzianos, no entusiasmarse con sus gracias era no tener alma.

María quería llegar a vivir independiente, para ella, sin hacer alarde de su independencia; al revés, ocultándola como un defecto. Este sentimiento, poco común entre nuestras mujeres, procedía últimamente de un factor de gran importancia: la intimidad del hogar. María tenía un hogar y no tenía familia. El hogar es la quintaesencia del individualismo; en cambio, la familia es algo que está más bien fuera que dentro del individuo, algo que determina la clase social. El hogar no es aristócrata, ni burgués, ni obrero; la familia es todo esto y más aún; el hogar aísla, la familia relaciona. En España, la mayoría de la gente tiene familia, pero no tiene hogar.

María, viviendo aislada, se sentía, necesariamente, un poco puritana. La hipocresía, la afectación le indignaban; le molestaba oír esas conversaciones de amigas en donde todas las palabras suenan a una maldad. El ser sincera consigo misma primero, y después lo más sincera posible con los demás, constituía para ella un deber, una regla de conducta.

Aspiraba a ver las cosas próximas tales como eran, sin dejar por eso de ser una muchacha, sin terminar en orgullosa, satírica ni pedante, ni aspirar tampoco a catalogarse entre el ilustre grupo de esas mujeronas literatas, intelectuales, con sentimientos de cocinera, que honran las letras españolas.

Comprendía que sus primas y sus amigas, por instinto, con el fin de desembarazarse de ella, la impulsaban a que tomara en la vida una posición falsa, a hacerse marisabidilla; pero María sabía defenderse y hablar con la gente con una ligereza extraordinaria y demostrar que no tenía ni conocimientos ni gustos superiores a la generalidad.

Veía, al contrastarse con las demás muchachas, que las ideas de su padre, ideas de hombre, le habían hecho un ser de excepción.

Se acentuaban sus diferencias con las lecturas. En casa tomaba libros de la biblioteca del doctor, y los leía, sobre todo los de viajes. Leyó desde Herodoto hasta Nansen, y estas lecturas serenas, unidas a su falta absoluta de ideas místicas, le permitieron poder pasear la mirada por encima de las doctrinas y de los hechos sin turbación alguna.

No llegó a formarse una concepción clara y definitiva, no ya del mundo, ni aun de su vida tampoco; pero consiguió no tener ni sombra de ese sentimiento malsano del pecado, herencia de una humanidad histérica y enfermiza.

La idea del pecado es una de las ideas más fuertes y más importantes de las religiones. A primera vista, esta invención, que supone al hombre libre en absoluto, parece completamente austera; pero en el fondo no lo es, sino todo lo contrario.

El pecado es como la cáscara del placer: es el antifaz negro que vela el rostro del vicio y le da más promesas de voluptuosidad. Es, en último término, un excitante.

Un escritor, creo que Stendhal, cuenta que una princesa italiana del siglo XVII, al tomar un helado, una tarde sofocante de verano, decía: «¡Qué lástima que esto no sea pecado!».

En el fondo, la frase es infantil, porque, o la princesa no creía gran cosa en el castigo del pecado, o suponía muy fácil el lavarlo con la confesión, o decía la frase por decirla. Seguramente, no hubiera dicho la princesa: «¡Qué lástima que este helado no sea un veneno!». Porque entonces el peligro era real e inmediato. Con el fondo negro de la perversidad y del pecado, las tonterías humanas toman grandes perspectivas, y el hombre es, principalmente, un animal aparatoso y petulante.

Sin las sombras de la perversidad, ¿qué queda de don Juan? Con un poco de deshonor, de lágrimas y de infierno, don Juan se destaca como un monstruo; pero si se suprime todo eso, desaparece el dilettantismo de la fechoría, de la deshonra y del demonio, lo malo se convierte en anómalo, y don Juan queda reducido a un hombre de buen apetito. En una sociedad en donde reinara el amor libre, el famoso burlador sería un benemérito de la patria, y el jefe del Estado le daría una palmadita en el hombro y le diría: «Treinta años y cuarenta hijos. ¡Bravo, don Juan!», y le pondría una corona de laurel, en premio a su civismo.

A María, a causa de su educación, no le preocupaba la idea del pecado; cuando comprendía que había obrado mal, lo sentía; pero no daba significación trascendente a sus equivocaciones o a sus ligerezas.

En ella pesaba mucho un sentimiento de limpieza moral; alguna vez que comenzó a leer novelas de tendencia libre o erótica, al darse cuenta de ello las dejó sin curiosidad.

Durante mucho tiempo estuvo arrepentida de haber leído *Crimen y castigo*, de Dostoievski, porque le turbó la conciencia y le produjo ideas turbias y desagradables. Y ella buscaba, sobre todo, sentir el alma limpia y ligera.

II
El hombre bajo la máscara

María Aracil sintió desde niña un gran amor por su padre, aumentado luego con los años. El doctor Aracil se sentía orgulloso de su hija, viéndola tan bonita, tan fina, tan inteligente, y a María le halagaba también sobremanera ver a su padre joven aún, buen mozo, con una fama de médico inteligentísimo y de hombre extraordinariamente original.

María no podía juzgar a su padre con frialdad: viéndole a través de su cariño, le parecía un tipo de excepción, un ser superior y magnífico, sin el menor defecto ni mácula.

En realidad, el doctor presentaba todos los caracteres de un hombre de lujo, más superficial que hondo, más ingenioso que original y más cuco que sincero. Aracil no era capaz de experimentar grandes afecciones, ni de sacrificarse por nada ni por nadie; en cambio, sacrificaba a cualquiera por presentarse ante los demás en una postura gallarda o por colocar a tiempo una frase feliz.

Sentía el buen doctor una egolatría fundamental, de esas tan generales entre los cómicos, los profesores, los cantantes, los literatos y demás gente de perversa índole. Si su egolatría no se notaba en él enseguida, consistía en que era bastante listo para disimularla.

En su tertulia del café Suizo, formada en su mayor parte de médicos, era donde Aracil peroraba y lanzaba sus paradojas y sus frases brillantes.

Siempre estaba ideando algo, no con el fin de realizarlo, sino con el propósito de asombrar a la gente.

Oyéndole, y fijándose en sus frases, se notaba que tenía un repertorio de ingeniosidades, de salidas, de comparaciones, con el cual deslumbraba a sus interlocutores.

Tomaba una idea encerrada en una frase y la cambiaba mudando caprichosamente una de las palabras. Como lo mismo le daba asegurar blanco que negro, y no le importaba contradecirse, le era fácil el retorcimiento de la idea. El cambio le sugería otra frase, y así hacía marchar una tras otra, con travesura e ingenio; pero sus frases no terminaban en algo que pareciera una conclusión, sino que danzaban de aquí para allí, siguiendo un rumbo caprichoso, que muchas veces dependía del sonido o de la consonancia de un vocablo. Hay muchas personas que al decir una palabra recuerdan vagamente el objeto que representan: al oír decir libro, piensan en un libro en rústica o encuadernado; al oír decir casa, se la figuran grande o pequeña, con balcones, o con ventanas, con tejado o sin él; pero otros muchos, y en general los oradores y los poetas, y más si son latinos, al decir una palabra no recuerdan ni la idea, ni el objeto que representa, lo que les permite el discurso brillante y el juego del vocablo.

La facundia proviene casi siempre de esta condición. En la cabeza del orador fácil, las ideas no brotan arrastrando las palabras, sino son las palabras las que van sugiriendo las ideas. Esto no es extraño; las palabras son vehículos del pensamiento, y les queda siempre un residuo espiritual. Un loro que repitiera palabras ambiguas llegaría a dar la impresión de un animal inteligente. Un orador que tiene un repertorio mucho más extenso que un loro, puede parecer inteligentísimo.

A Aracil le pasaba esto último; no iba más allá de las palabras.

Analizando los procedimientos de fabricar cosas originales de este médico sofista, se veía que procedían casi siempre de un artificio retórico. Uno de estos artificios estribaba en una antítesis casi mecánica, en una oposición sistemática de un concepto por el contrario. Se decía delante de él, por ejemplo: «Hay que dar trabajo a los obreros», y él replicaba enseguida: «No; lo que hay que dar es obrero al trabajo». «Hay que europeizar España»; él contestaba: «Hay que españolizar Europa».

El otro procedimiento, también mecánico, de originalidad, usado por Aracil, era devolver la frase al interlocutor, aplicando palabras de ideas materiales a conceptos puramente espirituales, o al contrario, procedimiento que, a pesar de estar a la altura de cualquiera, no dejaba de producir efecto en los contertulios de Aracil.

Se le decía: «Habría que encontrar un medio de ventilar bien el hospital». Y él replicaba: «Lo primero sería ventilar bien las conciencias». Otro decía: «A los campos españoles les falta, sobre todo, abono químico». «Más abono químico les falta a nuestras almas, que están siempre en barbecho.»

Este procedimiento lo había visto empleado Aracil, con éxito, por un catedrático de medicina de San Carlos; un señor a quien los papanatas de la facultad tenían por un genio, porque, además de llevar melenas y de tocar el violín en el retrete, había tenido el desparpajo de construir, en pleno siglo XIX, un sistema médico sobre la sólida base de unas cuantas frases, de unos cuantos chistes y de unas cuantas fórmulas matemáticas, aplicadas sin ton ni son a los fenómenos de la vida.

Aracil, a veces, se sentía modesto y reconocía que no tenía sistema filosófico alguno; pero entonces aseguraba que no eran los hombres de ideas los que quedan, sino los hombres de frases.

«La cuestión es tener acierto», decía, «calificar al hombre superior de superhombre se le ocurre a cualquiera; llamar a un hombre degradado ex hombre, como ha hecho Gorki, está a la altura de un ateneísta de capital de provincia; sin embargo, una invención de éstas, blandiéndola en el aire como una lanza, hace conocido a un autor y le puede dar celebridad.»

Aracil, además de creerse original, se jactaba de ser inoportuno; uno de los procedimientos más empleados por él en la discusión era el de cortar la frase a su contradictor para explicar la etimología griega o sánscrita de una palabra, cuyo significado usual y corriente estaba al alcance de todo el mundo. La mayoría de las veces, estas inoportunidades no le traían consecuencias; pero a veces caía con personas de mal humor, que no se contentaban con servir de trampolín para ejercicios acrobáticos, y tenía que oír el ser motejado de farsante y de botarate.

La profesión médica daba un poco de mundanidad y mitigaba la suficiencia de Aracil. Si en vez de médico hubiera sido profesor, su nombre hubiera alternado con el de los más ilustres pedantes de facultad que brillan fácilmente en nuestra Beocia española.

A pesar de alguno que otro ligero tropiezo, la fama de Aracil aumentaba. Esa clase de talento brillante, que ha encumbrado en España y dado nombradía de geniales y de profundos a muchos hombres de tacto, la poseía Aracil en grado sumo, y, como casi todos los hombres ingeniosos, creía en la eficacia de sus juegos de palabras, que para él constituían movimientos hondos de ideas.

Aracil era un anarquista, pero un anarquista retórico, un anarquista de forma; no tenía esa tendencia apostólica y utópica, ese entusiasmo por la vida nueva que han encarnado tan bien algunos escritores rusos y escandinavos.

Su anarquismo era esencialmente antiformular; le indignaba el absurdo de las fórmulas sancionadas; pero no le hería, en cambio, un gran absurdo científico ni una gran aberración moral. Si alguien le llamaba «mi distinguido amigo», le molestaba; el poner al final de una carta: «Su seguro servidor que besa su mano», le parecía una violencia intolerable; todas esas fórmulas sin valor, aceptadas por comodidad y por rutina, le ofendían y exacerbaban su humor cáustico; en cambio, para que un gran crimen o una enormidad social le sublevase, tenía que pesar el pro y el contra, y, aun así, le costaba decidirse.

Toda la intuición de Aracil se cebaba en la fórmula; todas sus observaciones terminaban en una frase brillante, con su preparada sorpresa al final.

Moralmente, el doctor era poco apreciable; tenía una semisinceridad candorosa, que constituía, como todas las semisinceridades, forma acabada y perfecta de la perfidia.

Algunos amigos entusiastas le reprochaban que perdiese su tiempo en el café, y él, en vez de confesar la verdad y decir que se entretenía en la tertulia, contestaba: «La mesa del café es un campo de experimentación; lanzo allí mis ideas y las veo ir y venir, y las voy contrastando». Y añadía, con petulancia: «Mis amigos son los conejillos de Indias, que yo utilizo para la vivisección espiritual».

Aracil tenía dos tertulias: una en la botica de un amigo y condiscípulo del doctorado, llamado don Jesús, y la otra la del café Suizo. En las dos, Aracil llevaba la voz cantante, pero los de la botica eran más entusiastas aún.

Había allí contertulios que creían de buena fe que para salvar a España había que «aracilearla».

El doctor, en el momento de decir una cosa, la creía, aunque estuviese en contradicción con sus costumbres y con su vida. Así, lanzaba anatemas contra los que juegan a cartas, y daba como suya la frase del espiritual filósofo, que dice que los jugadores, no teniendo ideas que cambiar, cambian pedazos de cartulina; sin embargo, él jugaba al tresillo; decía a todo el que le quería oír que los libros de medicina franceses eran malos, y él no leía otros; hablaba con sarcasmo de los que se dejan guiar por la última moda en ciencia, y él hacía lo mismo. El plan de Aracil era despistar, quitar de su alrededor lo vulgar y lo chabacano, para dar a su figura mayor relieve. Cierto que todos, en grande o en pequeño, somos cómplices, con nosotros mismos, de una farsa parecida, y queremos aparecer ante los demás con un color más brillante que aquel que tenemos en realidad; pero este pensamiento en unos es transitorio, de ocasión, y en otros integra la vida entera, como en Aracil. Algunas veces nuestro médico, influido por la gran idea que los demás tenían de él, había sabido estar enérgico y decidido.

El dandismo del doctor no se concretaba a las ideas y a los sentimientos, sino que se traslucía también en la figura y en el traje. Aracil gastaba un poco de melena, llevaba la barba larga y puntiaguda; los quevedos, de concha, con la cinta gruesa; el sombrero, de copa, con el ala más plana que de ordinario, y levita. No usaba nunca gabán. Este detalle, al parecer sin importancia, le había dado más clientela que todos sus estudios. No le faltaba al doctor más que un poco de estatura. Con dos o tres dedos sobre su talla, hubiera sido uno de los médicos de mayor clientela de Madrid.

Los dos amigos íntimos del doctor Aracil eran un antiguo condiscípulo, llamado Iturrioz, y un aristócrata cliente suyo, el marqués de Sendilla.

El doctor Iturrioz tenía, aproximadamente, la misma edad que el padre de María, pero representaba muchísimos más años que él; estaba completamente calvo y tenía la cara surcada por profundas arrugas. Era un tipo de hombre primitivo: el cráneo ancho y prominente, las cejas ásperas y cerdosas, los ojos grises, el bigote lacio y caído, la mirada baja y la barba hundida en el pecho. El doctor Iturrioz había sido médico militar, y vivido durante mucho tiempo, como decía él, en línea, hasta que las enfermedades le habían hecho retirarse. Hombre insociable, de humor taciturno, vivía en casas de huéspedes raras, de barrios bajos, y se aburría pronto de una y se marchaba a otra. Contaba historias picarescas y raras, de curas, de estudiantes, de empleados, con un tono entre irónico y furibundo, y sentía, de cuando en cuando, alegrías estrepitosas de hombre jovial. Al oírle, cualquiera hubiese dicho que era chanchullero y mala persona, y, sin embargo, era un hombre íntegro, de vida pura, aunque de palabra cínica. El doctor se había formado un tipo de hidalgo rudo, claro, sincero, poco sensible, y a veces creía de buena fe ser él la encarnación de ese tipo de español legendario; pero su impasibilidad se fundía al calor de unas ráfagas de sentimentalismo, que le indignaban. Tenía Iturrioz un entusiasmo ideal por la violencia. Se mostraba con los desconocidos áspero y brusco, y le gustaba contar horrores de la guerra, de las dos campañas en donde había tomado parte, miserias de los hospitales, para poder convencer a todo el mundo que era el hombre antisentimental por excelencia.

María recordaba a Iturrioz desde niña, siempre sentado a la lumbre, azotando con las tenazas el fuego, con un aspecto de ogro, un poco extraño y loco. Ella le conocía muy bien y sabía a qué atenerse respecto a sus violencias de expresión.

Iturrioz sentía una mezcla de cariño y de desprecio por Aracil, y éste experimentaba, a su vez, un sentimiento también mixto, de estimación y de miedo por su amigo. La huraña probidad de éste le espantaba.

El aristócrata cliente de Aracil, el marqués de Sendilla, era un *snob* de esos que gastamos en Madrid y Barcelona, que visten siempre sus ideas y sus gustos a la moda de hace quince años. El marqués quería ser europeo, anglosajón; pero siempre era un anglosajón atrasado. Se enteraba de todo tarde; era su desgracia. Se entusiasmaba con las novelas de Paul Bourget, cuando ya todo el mundo las consideraba un poco cursis, y tenía el talento de tomar las ideas y las modas cuando iban a marchitarse y a ser olvidadas.

Era partidario de los muebles modernos, y, llevado por sus gustos, había convertido su antigua casa solariega en una barraca llena de mamarrachos y de objetos de bazar.

III
El primo Benedicto

En casa de sus tíos conoció una tarde María Aracil a un pariente suyo, primo carnal de su madre, que acababa de quedar viudo, con cuatro niñas pequeñas.

El primo Venancio venía de una capital de provincia, donde había pasado bastantes años.

Al parecer, era una notabilidad en geología, y lo llamaban para destinarle a los trabajos del mapa geológico.

El primo Venancio era hombre de unos treinta y cinco a treinta y seis años, de mediana estatura, barba rubia y anteojos de oro. Tenía la frente ancha, la mirada cándida; vestía un tanto descuidadamente, y en sus dedos se notaban ennegrecimientos y quemaduras producidos por los ácidos.

Las cuatro niñas del primo Venancio, Maruja, Lola, Carmencita y Paulita, eran muy bonitas; las cuatro casi iguales, con los ojos negros, muy brillantes, los labios gruesos y la nariz redondita.

Al conocerlas, María sintió por ellas un gran afecto, y las niñas, al ver a su prima, experimentaron uno de esos entusiasmos vehementes de los primeros años.

–Ya nos veremos, ¿verdad? –dijo el primo Venancio a su sobrina al despedirse.

–Sí –le contestó María.

–Ya les diré dónde voy a vivir.

Venancio estuvo dos veces en casa del doctor Aracil, y María comenzó a visitar con frecuencia a su primo.

Alquiló éste una casa cuya parte de atrás daba al paseo de Rosales; habilitó y dispuso, para vivir constantemente en ellos, los dos cuartos más grandes y más soleados; en uno arregló su gabinete de trabajo y en el otro el de las niñas.

Puso su despacho sin pretensiones de lujo; sobre estantes de pino, sin pintar, colocó piedras, fósiles, calaveras de animales, gradillas con tubos de ensayo; en las paredes fue clavando fotografías de minas, planos geológicos, lámparas de minero de nuevos sistemas, anuncios de cables, de vagonetas, de sondas para perforar, de máquinas para triturar piedras. Venancio era entusiasta de su profesión y le gustaba rodearse de objetos y de estampas que le recordasen de continuo sus aficiones científicas.

Pasados los primeros días, en que el ingeniero recibió algunas visitas de parientes y amigos, no fue nadie por su casa. Cuando María encontró este oasis tranquilo, comenzó a acudir a él y a cultivar el trato de su pariente. El primo Venancio era hombre bondadoso e ingenuo. Sus estudios y las lecciones que daba a sus hijas le ocupaban el día entero. Venancio era un excursionista terrible; había subido a todos los montes de España, y se había bañado en las lagunas de Sierra Nevada, de Peñalara, de Gredos y del Urbión. Venancio se ocupaba casi exclusivamente de cuestiones científicas; lo demás le interesaba poco; la literatura le parecía una cosa perjudicial, y, en su biblioteca, las únicas obras literarias que figuraban eran las novelas de Julio Verne.

«¿No las has leído?», le dijo una vez a María, a quien ya tuteaba, por razón del parentesco. «No tienen gran valor científico, ¿sabes?, pero están bien.»

María se llevó las novelas de Julio Verne a su casa; la entretuvieron bastante, y, además, le hizo mucha gracia encontrar cierto parecido entre los tipos de sabios de estas novelas y su primo Venancio. Desde entonces comenzó a llamarle, en broma, «el primo Benedicto», recordando un tipo caricaturesco de la novela *Un capitán de quince años*.

Se acostumbró a llamarle así, y algunas veces se lo decía a él mismo, sin notarlo.

María y el primo Benedicto se entendían muy bien.

Muchas tardes de otoño y de invierno iba ella a casa de su primo, y con él y con sus niñas marchaba al paseo de Rosales. Se sentaban allá; las niñas jugaban; Venancio y María daban a la comba, y venían otras chicas y hablaban todas y corrían por aquellas cuestas.

El primo Benedicto no dejaba de ser un guasón, a su manera. Un domingo fueron a Cercedilla, Venancio con sus hijas, la tía Belén con las suyas y María. Iban subiendo el pinar para comer en lo alto; Venancio marchaba con su traje de franela, su sombrero de alpinista y la botella de aluminio en el cinto. En uno de los altos de la marcha, volviéndose a María, ingenuamente, le dijo: «Esto es bastante tartarinesco, ¿verdad?».

A María le dio tal risa, que tuvo que pararse para reír.

Venancio sonrió; sus observaciones plácidas tenían el privilegio de regocijar a María.

Era el primo un hombre sincero, que llevaba a la práctica lo que pensaba. Estaba dando a sus hijas una educación natural, aunque en Madrid pareciese absurda. Los juguetes de sus niñas eran las brújulas, las lámparas de minero, la cinta, las piritas de cobre cuadradas y brillantes.

–Todas éstas saben ya algo de mineralogía –le dijo una vez Venancio a María–. Pregúntales por cualquier piedra de las que hay aquí.

Cogió María un mineral con cristales cúbicos, de color gris.

–¿Qué es esto? –preguntó.

–Galena con láminas de plata –dijeron las tres chicas mayores.

El padre hizo un ademán afirmativo.

–¿Y este otro amarillo?

–Blenda.

–¿Y estos cuadraditos dorados?

–Calcopirita.

–¿Y esto amarillo, de color de canario?

–Oropimente.

–Es veneno –añadió Maruja, la mayor–, porque tiene arsénico, y echa olor a ajo si se quema.

María se echó a reír.

–Pero ¡son unas sabias estas chicas! ¿Y estas piedrecitas azules? –siguió preguntando.

–Lapislázuli.

–¿Y estos cuadrados?

–Espato flúor.

–Ya es saber demasiado.

María llegó a tomar afición a aquellos minerales y aparatos de ingeniería, y, bajo la dirección de Venancio, comenzó a estudiar química y la marcha general de análisis.

Como era muy atenta y estudiosa, en poco tiempo llegó a saber manejar los aparatos, los ácidos, el soplete, los tubos de ensayo, y consiguió analizar bien.

Su padre le aseguró que si arreglaba un pequeño laboratorio tendría trabajo.

IV
Amistad

No existía buen acuerdo entre el primo Benedicto y el doctor Aracil. La familia de Venancio no había visto con buenos ojos el matrimonio del doctor con la madre de María, porque, al parecer, Enrique Aracil, antes de casarse, y después de casarse también, tuvo sus veleidades de don Juan. María notó que existía un marcado antagonismo entre su padre y Venancio.

«Es un topo», decía Aracil. «De estos hombres que sirven para las cosas pequeñas y que no pueden llegar nunca a las ideas generales.»

Las ideas generales constituían el caballo de batalla de Aracil. En el fondo, las ideas generales no eran para el doctor más que las ideas de moda, aderezadas con unas cuantas ingeniosidades y chistes.

Venancio no iba a la zaga en criticar a los hombres de las ideas generales, y una vez, refiriéndose a un médico orador, dijo: «Los hombres brillantes son la plaga de España. Mientras aquí haya hombres brillantes no se hará nada de provecho».

María fue evidenciando la hostilidad, al principio latente, entre su padre y Venancio, y la achacó a divergencias de temperamento. Pensaba que el ingeniero sentía también algunos vagos celos de los triunfos de su padre. Sin embargo, le costaba trabajo atribuir una mala pasión a Venancio, porque, a medida que le trataba, veía en él más claramente un carácter limpio de intenciones tortuosas y de envidias. Venancio alababa con entusiasmo a los compañeros que llegaban a conseguir lo que él pretendía, y los alababa sin resquemor, con una buena fe extraordinaria. Para él la ciencia era como una gran torre hacia lo ignorado, que había que agrandar y completar, y casi le parecía lo mismo que la completara y agrandara un hombre u otro.

Aracil, con un criterio diametralmente opuesto, consideraba la ciencia, el arte o la política como campos donde poner de manifiesto y destacar la personalidad, y estimaba el *summum* de la vida de un escritor, de un hombre de ciencia o de un artista el que el conjunto de las letras de su nombre se escribiera cien, doscientos, quinientos años después de muerto.

En algunas cuestiones, Aracil y Venancio coincidían; pero era más una coincidencia superficial que otra cosa. Ambos sentían el mismo apartamiento por la vieja moral sancionada; pero, en Aracil, su protesta le servía como motivo de charla, y en Venancio era una convicción que llevaba a la vida.

Aracil no se había preocupado nunca seriamente de las ideas de su hija; en el fondo, creía, como buen meridional, que las ideas de una mujer no valían la pena de ser tomadas en serio.

En cambio, Venancio, en el caso concreto de sus hijas, quería desenvolver la personalidad de las niñas buscando la manera de armonizarla con el medio.

El hombre, según él, debía poner la vida entera en educar a sus hijos. Siguiendo su teoría, Venancio estaba a todas horas ocupadísimo.

«Siempre se habla a los hijos de los deberes que tienen para con los padres –decía él–. A quienes hay que hablar es a los padres de los deberes que tienen para con sus hijos.»

Y esto, sin ser una gran novedad, era certísimo.

Venancio no quería llevar al colegio a sus chicas.

«Entre el miedo al diablo, el hacer trabajar la inteligencia sobre el vacío de estúpidas abstracciones y la falta de ejercicio, los colegios españoles estropean la raza. No dan más que dos productos, y los dos malos: la mujercita histérica, mística y desquiciada, o la mujerona gorda y bestial.»

María no aceptaba siempre las ideas de Venancio, y solían discutir. Fuera de las cuestiones filosóficas y literarias, de las cuales el ingeniero tenía un concepto demasiado sumario, en lo demás era un enciclopedista; una flor, una llave de luz eléctrica, un charco, una nube, un trozo de piedra, le servía de motivo para una larga y entretenida disertación científica.

María, muchas veces, le contradecía para oírle. Al principio de conocerle, sintió por el primo Venancio un afecto mezclado de efusión y de ironía.

Al ver que el ingeniero la consideraba, no como una niña ni como una señorita impertinente, sino como una persona mayor, a quien se podían consultar los asuntos más graves y serios, daba a María una impresión de simpatía y de risa. Luego se fue acostumbrando a este trato de seriedad, y experimentó una sensación de paz al hablar y discutir con su primo.

Venancio poseía una gran calma y ecuanimidad; en caso de duda, siempre se inclinaba en un sentido conciliador. Muchas veces, María se rebelaba contra la opinión sensata de su pariente, y replicaba con viveza alguna frase irónica, por el estilo de las del doctor Aracil; pero cuando le pasaba el pronto, convenía en que, casi siempre, Venancio tenía razón.

Muchas veces satirizaba la flema del ingeniero; pero lo cierto era que, a su lado, sentía un agradable bienestar. En general, con las demás personas, María era un poco burlona; la mayoría de las gentes conocidas le excitaban a mostrarse ingeniosa y aguda. A Venancio no le gustaban las frases chispeantes, que envuelven casi siempre desdén o mala intención, y cuando elogiaba a María era cuando se mostraba juiciosa y humana.

«Me quiere», pensaba María; «pero me quiere como a una hija mayor.»

Alguna vez sentía como un relámpago de coquetería, y, casi sin darse cuenta, llevada por su instinto de mujer, hacía un gesto o dirigía una mirada, que Venancio notaba enseguida, y, entre asombrado y confuso, contemplaba a María, con una gran inquietud en sus ojos castaños, de una mirada tímida y honrada.

«¿Por qué no me dice alguna vez que estoy bien, que soy bonita?», pensaba ella.

Algunos días, María se presentó en casa de Venancio con traje nuevo, elegante, ágil y graciosa como un pájaro. En la calle oía elogios a su gallardía, y ella pensaba: «¡Y él no me va a decir nada!».

Y, efectivamente, él no sólo no le decía nada, sino que, al verla tan elegantona, desviaba la vista y le hablaba sin mirarla, como si sus atavíos le produjeran cierta cortedad y turbación.

Siempre que tenía tiempo de sobra, María iba a casa de Venancio y tomaba parte en las lecciones, y, cuando concluían éstas, se llevaba a pasear a las niñas.

María y sus sobrinas conocían todos los grandes y los pequeños encantos del paseo de Rosales.

Entre los grandes encantos de este paseo, podía considerarse como el mayor la vista del Guadarrama, azul en las mañanas de invierno, con su perfil hosco y sus crestas de plata; gris las tardes de sol, y violáceo oscuro al anochecer. La Casa de Campo tenía también perspectivas admirables, con sus cerros cubiertos de pinos de copa redonda. En otoño, las arboledas de esta posesión real presentaban una gama de colores espléndidos, desde el amarillo ardiente y el rojo cobrizo hasta el verde oscuro de los cipreses. El Manzanares, después de las lluvias otoñales, tomaba apariencias de un río serio, y se le veía brillar desde lo alto de los desmontes y deslizarse por debajo de un puente.

Los pequeños encantos del paseo consistían en ver cómo trabajaban los obreros en el Parque del Oeste, en contemplar los estanques próximos a la Moncloa, bordeados de cipreses, y en seguir, con la mirada, los rebaños de cabras diseminados por los barrancos, en busca de la hierba corta nacida entre los escombros. Y aun con éstos no se agotaban los atractivos del paseo, pues quedaba todavía, como recurso, el presenciar los ejercicios musicales de los cornetas y tambores, instalados en los desmontes, y el ver cruzar los trenes, que se alejaban echando humo blanco, que flotaba en el aire como una nubecilla.

Daba la impresión este balcón del paseo de Rosales de esos cuadros antiguos y explicativos en los cuales el pintor trató de sintetizar las actividades de la vida entera. Al mismo tiempo que el tren, echando humo, se veía cerca una casuca con un corral donde los conejos jugaban y las gallinas picoteaban en el estiércol; cerca de los soldados, los golfos husmeaban en los alrededores de la antigua fábrica de porcelana.

El paseo, en algunas ocasiones, se llenaba de gente, y en los días de fiesta, de santos del rey o de la reina, había para los chicos el espectáculo sensacional de ver disparar las salvas de artillería...

Una noche de verano, muy estrellada, estaban en el despacho Venancio con sus hijas y María. Tenían el balcón abierto, y vieron cruzar el cielo una estrella errática, que dejó un rastro luminoso. Venancio quiso dar la explicación del fenómeno, y tuvo que remontarse hasta el sistema del mundo. Desde la atmósfera de la Tierra, por la que cruzan, incandescentes, los asteroides, pasó a hablar de los demás planetas: de Marte, con sus canales y sus fantásticos avisos enviados a nuestro mundo; de Venus y de Júpiter. Luego habló del Sol, de su tamaño, de la cantidad de fuerza que representa su calor, de las hipótesis que hay para explicar este incendio; después indicó esa estrella de la constelación de Hércules, hacia donde marcha con el Sol todo el sistema planetario; señaló la Osa Mayor y Menor, la constelación del Dragón, Casiopea, Vega, que dista de la Tierra cuarenta y dos billones de leguas; Arturo, cuya luz tarda en llegar a nosotros veinticinco años, y, por último, se perdió en conjeturas, hablando de la Vía Láctea y del espacio...

María experimentaba como un vértigo al sumergir la mirada en aquel éter desconocido, lleno de mundos ignotos... Las niñas se habían dormido; Venancio seguía hablando y María escuchaba y miraba al cielo.

–Y eso, ¿para qué? –preguntó, de pronto, María.

Venancio sonrió.

–Aunque tuviera una razón, un objeto el universo –dijo–, los hombres no lo podríamos comprender.

–¿Y si lo tuviera? –preguntó María, con ansiedad.

–Si lo tuviera, lo tendríamos también nosotros. Estaríamos dentro de una intención divina.

–¿Y si no lo tiene?

Venancio se encogió de hombros.

–Si no lo tiene –agregó María, con viveza–, estamos desamparados. Y al decir esto sintió un escalofrío, del relente de la noche.

–No hay que tener demasiada ambición –dijo Venancio, pensativo.

–Me voy, es muy tarde –saltó diciendo María.

–Te acompañaré.

Salieron, y, sin hablarse, fueron hasta casa de Aracil.

Desde aquel día, el ingeniero tomó a los ojos de María un carácter de sabio misterioso, que vivía trabajando en su laboratorio y observando las estrellas.

Las visitas tan frecuentes de María a casa de su primo no pasaron inadvertidas para sus tías.

–Chica, eso no se puede hacer –le dijo la tía Belén, hablando de esta cuestión.

–¿Por qué no?

–¿Qué va a decir la gente?

–Que diga lo que quiera. ¡A mí qué me importa!

–¡No te importa! ¿No te ha de importar? Yo conozco a Venancio, y sé cómo es; pero otra persona puede pensar cualquier cosa mala.

–¡Pchs! ¡Que piense!

–Es que esa indiferencia no se puede tener en sociedad. No se puede ser así.

–Pues yo no pienso ser de otra manera. Venancio es mi pariente y mi amigo; me da lecciones de cosas que a mí me sirven.

–Sí, y dicen que, mientras tanto, te hace el amor, que se ha enamorado de ti.

–¡Bah! No diga usted tonterías. Venancio es muy bueno y yo le tengo mucho cariño, y a sus hijas también. Y si la gente quiere creer otra cosa, ¿qué le voy a hacer?, no voy a dejar de ver a las personas que quiero, pensando en lo que dicen las que me tienen sin cuidado.

Este espíritu de independencia fue comentado entre los amigos y parientes de la casa de doña Belén, y el tío Justo, el filósofo de la familia, hombre muy casero, muy ordenado, muy indiferente y egoísta, pero de una gran probidad en las palabras, dijo: «Yo creo, la verdad, que con el tiempo todas las mujeres de algún corazón y de alguna inteligencia serán por el estilo de María».

La declaración cayó como una bomba, y la tía Belén afirmó que, aunque fuera verdad, era una impertinencia decirlo delante de sus hijas.

El tío Justo, hombre de gran sentido práctico, sabía poner los puntos sobre las íes, y a su audacia de expresión no arredraba nada. Alababa siempre a María por su deseo de trabajar y por su espíritu de independencia, pero solía decirle a quemarropa: «Tu padre es un farsante». Y añadía: «El que vale más de toda la familia es Venancio».

María no sentía ningún afecto por este viejo cínico, ni por su franqueza tampoco; porque, fuera de su juicio claro y exacto de las cosas, no tenía nada digno de estimación, y aun su veracidad le servía únicamente para ser lo más desagradable posible.

A consecuencia de estas visitas de María a casa de su primo, se habló de que el ingeniero debía casarse, y un día en que los dos se reunieron en casa de la tía Belén, ésta provocó la conversación del matrimonio de Venancio.

La buena señora creía cumplir una misión providencial preparando matrimonios, y apuró todos sus argumentos para convencer al ingeniero. Él la oía, unas veces afirmando con ella, otras negando.

–Y a ti, ¿qué te parece? –preguntó Venancio a María–, ¿que me debo casar?

–No –contestó ella–; harías una barbaridad. Además, no vas a encontrar quien quiera cargar con un viudo con cuatro chicas.

Venancio se turbó.

–Pues yo creo que debía casarse –insistió la tía Belén–. Si no, estas niñas, ¿qué van a hacer cuando sean un poco mayores?

–Siempre estarán mejor que con una madrastra –replicó María.

–En fin, no sé –concluyó el ingeniero, pensativo–. Es difícil decidirse. Además, no me querrían. Es indudable.

María comprendió que había ofendido a Venancio, y lo sintió en el alma. Muchas veces pensó después en la manera de enmendar su salida de tono, pero temía echarlo a perder. Sin embargo, veía que su frase había herido a su pariente, y pensar que devolvía con una broma dura y cruel las atenciones que tuvo siempre con ella, le llenaba de tristeza.

V
Anarquismo y retórica

Un acontecimiento, que tuvo una gran importancia en la vida de Aracil y de su hija, fue una sencilla conferencia que dio el doctor en el Ateneo.

Algunos de sus admiradores de la docta casa le invitaron, con insistencia, a hablar, y Aracil, después de resistir un poco, aceptó y dijo que su trabajo versaría acerca de «El anarquismo como sistema de crítica social».

El doctor recogió sus ideas sobre esta cuestión y escribió algunas cuartillas, y una noche en que fue a visitarle Iturrioz, le leyó su trabajo.

Aracil, que se conocía bastante bien y sabía hasta dónde alcanzaba su decantada originalidad, consideraba a Iturrioz como un receptáculo de originalidades en bruto y como un comprobador de sus ideas. Por esta razón nunca había presentado a su amigo en los sitios que él frecuentaba, y a Iturrioz, que era ingenuo y, como él decía, uno de los defensores de la antiliteratura y del antihumanismo, no se le podía ocurrir que sus frases toscas las luciera su amigo, un poco mejor aderezadas, como ocurrencias chispeantes.

La tesis que defendió Aracil en su Memoria no era nueva ni mucho menos: se reducía a sostener que el anarquismo es la forma actual del análisis y de la crítica, y que los sistemas anarquistas o ácratas conocidos no son, en el fondo, más que formas caprichosas y sin ningún valor del socialismo utópico.

Según Aracil, en el pensamiento existen siempre ideas y juicios propios, individuales, e ideas y juicios prestados, impuestos, aceptados por inercia espiritual. Las ideas adquiridas o heredadas estaban reconocidas y sancionadas por el temor, por la utilidad o por la costumbre; las ideas individuales, propias, contrastadas por la razón, nacían de una tendencia analítica; pero, en general, pugnaban contra el ambiente. Estas tendencias analíticas, impulsos de nuevos conocimientos, iban, históricamente, constituyendo la filosofía, la crítica y la ciencia, en último término.

Al descender la tendencia analítica desde la altura de los hombres ilustres a la masa, había creado el anarquismo, llamando así a la crítica pura, no a la arbitraria concepción de la sociedad sin Estado.

«Claro que es natural», leyó Aracil, «que el hombre cuyas ideas estén expuestas a una nueva contrastación varíe sus ideales y hasta modifique la noción central de su pensamiento. Esto carece de importancia en el escritor o en el filósofo, pero la tiene grande en el político, que debe poseer la habilidad de no dejar traslucir sus desilusiones ni la variación de sus puntos de vista, pues la masa no sigue la evolución de las ideas en un hombre, y atribuye siempre a motivos interesados lo que puede ser sólo producido por motivos intelectuales.»

Aracil siguió leyendo su Memoria, y, cuando concluyó, mirando a su amigo, dijo:

–¿Qué te parece?

–Bien.

–¿Lo encuentras razonado?

–Sí.

–Pero, bueno, ¿qué objeciones se te ocurren?

–Muchas –y el doctor Iturrioz quedó pensativo, mirando al fuego–. Claro que me parece natural y lógico en toda persona joven, sana y honrada, ser rebelde, inmoral y ateo. ¿No te molesto, María?

–No; por mí, puede usted hablar –dijo María, que bordaba a la luz de la lámpara.

–Sí –murmuró Iturrioz, y sacudió con las tenazas las leñas que ardían en la chimenea–; todo hombre fuerte, inteligente, que conserve sus tejidos cerebrales jugosos, tiene que ser un negador en presencia de la estupidez de las leyes y de las costumbres. Ahora, cuando va viniendo el cansancio y el temor de no poder luchar contra el medio social, estado que probablemente procederá de una atonía, quizá de la esclerosis del sistema nervioso, entonces se va acabando la rebeldía, se acepta la moral, se reconoce la legitimidad de la religión. Esto no quiere decir más que laxitud y fatiga. ¿Por qué he transigido yo en la casa de huéspedes donde vivo con un cura imbécil que me molesta todos los días? Por fatiga.

–¿Y tú crees –preguntó Aracil, viendo que el buen ogro de Iturrioz divagaba– que debía sostener en mi Memoria francamente la anarquía?

–No; la anarquía es una necedad, una utopía ridícula y humanitaria, indigna de un investigador –contestó Iturrioz–. Un hombre no es un astro en medio de otros astros; cuando un individuo es fuerte, su energía se extravasa e influye en los demás. ¿Es que yo creo imposible la anarquía en el porvenir? ¡Pchs!, no sé. La anarquía, o la acracia, o algo parecido a una sociedad casi sin Estado, puede venir algún día, y puede venir de la cultura de la democracia y de la debilidad. El día que los hombres elevados sean muchos y sus instintos débiles, nadie querrá mandar. Pero si la acracia es posible en un porvenir lejano, no lo es actualmente, y no vale la pena preocuparse de la vida en lo futuro, sino de la vida actual.

–Y para la vida actual, ¿tú crees perjudicial el anarquismo?

–Perjudicial, no; al revés. Para mí la vida española de hoy es como una momia envuelta en vendas, o, mejor quizá, como una de esas figuras de un escaparate de ortopédico, cojas, mancas, llenas de férulas, de vendajes y de aparatos. ¿Qué se puede idear para que la figura se mueva y ande? Yo creo que hay dos caminos: uno, el mejor, el de la violencia, el de la lucha individual, echando a un lado la vieja moral, la religión, el honor, todas esas preocupaciones que nos han aplastado; reduciendo el Estado a un artificio mecánico, a una policía y a un código; otro, el de la nivelación de los hombres por el socialismo. Para mí la moral de España no debía ser otra que la de la excitación del amor propio. Nada de patria, ni de religión, ni de Estado, ni de sacrificio; al español no se le debía hablar más que a su orgullo y a su envidia. Ése ha hecho más que tú, tú debes hacer más que él.

–Sí; un individualismo salvaje, una concurrencia sin ley –dijo Aracil.

–Es que el individualismo, la concurrencia libre, no quiere decir la desaparición absoluta de la ley y de la disciplina; quiere decir la muerte de una ley para la implantación de otra, la derogación de una ética contraria a los instintos naturales por el reinado de otra ética en armonía con ellos.

–¿Y cuál es la ética natural, según tú?

–Si yo pudiera darte la fórmula de la ética natural, sería un hombre extraordinario. No, no tengo tanta ambición. Hoy, además, la ética está en un período constituyente; por eso no pretende ser una valoración, sino que se contenta con ser una explicación. Antes, el moralizar tenía dos formas: el elogio y el vituperio; hoy no puede tener más que una: el análisis. Pero, transitoriamente, yo creo que, para la moral, se puede tomar como norma la vida misma. Debemos decir lógicamente: «Todo lo que favorece la vida es bueno; todo lo que la dificulta es malo».

–Es que lo que favorece la vida individual puede perjudicar la vida colectiva, y al contrario –arguyó Aracil.

–Cierto. En esto se separan dos civilizaciones y dos razas: la latina, entusiasta del derecho; la bárbara, entusiasta de la fuerza.

–Y tú eres un bárbaro, amigo Iturrioz.

–En último término, todos somos bárbaros. Para mí, el hombre siempre tiene razón en contra de los hombres. La idea del derecho empapa también su raíz en la fuerza. La vida se nutre de violencia y de injusticia, no porque la vida sea mala, sino porque los hombres han soñado con la dulzura y la justicia, sin contrastarlas con la vida; han soñado los lobos que eran corderos, y, ¡claro!, todo lo que no sea un sueño de Arcadia les parece mal. Y eso es lo que yo creo que hay que hacer: vivir dentro de la vida natural, dentro de la realidad, por dura que sea; dejar libre la brutalidad nativa del hombre. Si sirve para vigorizar la sociedad, mejor; si no, habrá, por lo menos, mejorado el individuo. Yo creo que hay que levantar, aunque sea sobre ruinas, una oligarquía, una aristocracia individual, nueva, brutal, fuerte, áspera, violenta, que perturbe la sociedad, y que inmediatamente que empiece a decaer sea destrozada. Hay que echar el perro al monte para que se fortifique, aunque se convierta en chacal.

–Eres un salvaje.

–¿Por qué no? Todos, sin excepción, tenemos un gran fondo de salvajismo. Aquí no hay espíritu cívico, social, de humanismo. No lo ha habido nunca.

–Desgraciadamente.

–O afortunadamente. Aquí no hay más que tres cosas: un patriotismo de Madrid, burocrático y falso; un regionalismo, que es una cursilería; un provincialismo infecto, y luego la barbarie natural de la raza. Esto es lo español. Y no lo comprenden. Estamos aquí empequeñecidos, aminorados, queriendo vivir con las leyes, cuando aquí debemos vivir contra las leyes. Este espíritu legalista ha producido en España una subversión completa de las energías. Así, que en todos los órdenes de la vida triunfa lo mediocre, y lo mediocre se apoya en lo que es más mediocre todavía. Toda nuestra civilización actual ha servido para reducir al español, que antes era valiente y atrevido, y convertirlo en un pobre diablo. Y luego no es sólo la mezquindad de la vida, sino que es también su irrealidad. La vida española no tiene cuerpo, no es nada. Los instintos vegetativos y una serie de impresiones en la retina, ésa es toda nuestra existencia, nada más. Somos mejores para figurar en las vitrinas de un museo arqueológico que para luchar; vivimos hechos unos animales domésticos, no fuertes y bien cebados, sino canijos y tristes, con el aire débil y lánguido que tienen los animales cuando se los encierra. Porque hay que ver hasta dónde hemos llegado de pequeñez, de mezquindad, de cursilería. Antes creíamos que los cursis eran los pobres, y no: en España los cursis son los potentados, los aristócratas, los duques, los escritores, los políticos; lo cursi es el Congreso, las redacciones de los periódicos, los saloncillos de los teatros, el Ateneo, los lunes del Español...; las casas de huéspedes no son más que pobres, y los que vivimos en ellas unos miserables desdichados. Desde los miembros de la familia real, que por lo virtuosos y económicos más parecen formar parte de una honrada familia de estanqueros, hasta el último empleadillo madrileño, todos los españoles tenemos las trazas de unos conejillos mansos.

–Sí; todo eso está bien. Es posible que sea cierto. Pero consecuencia, consecuencia. Negar es muy fácil. ¿Qué se saca de lo que dices? ¿Qué solución?

–¿Qué es lo que quieres, una solución práctica?

–No; una solución concreta y posible. Porque a una humanidad decaída, agotada, que no puede vivir más que a la defensiva, con estimulantes, tirarle todas sus medicinas por el balcón y decirle: «Hay que vivir en el monte, entre la nieve», le parecerá absurdo. «¿Y el frío?», preguntará.

–Que lo resista –exclamó Iturrioz.

–¿Y el calor?

–Que lo resista también.

–Se necesita mucha fe para vivir, espiritualmente, a la intemperie, y a esta gente que se constipa con sacar la cabeza por la ventana no la convencerás de esto.

–Fe, sí –dijo Iturrioz–. Eso es lo indispensable. Fe en el hombre, fe ciega, fe inquebrantable. Pero ¿se puede desarrollar la fe? Yo creo que sí. Engendrada la fe, la violencia nos libraría del mal.

–También yo creo lo mismo, que se necesita fe. Pero no creo, como tú, que se pueda producir en un momento, sino en años. Pero ¿es que tenemos prisa? Nada más ridículo que esa idea, que han echado a volar unos cuantos, de que España, como nación, peligra. Ni Inglaterra, ni Francia, ni Alemania intentarían destruir España.

–¡Bah! Claro que no. El peligro de España no es un peligro exterior.

–Es que hay gente que supone que existe un peligro exterior, y no lo hay, ¡qué ha de haber! Y, por lo mismo –siguió diciendo Aracil–, es necesario tomar todo el tiempo indispensable para digerir la época y absorberla y asimilarla y formar un ideal. Estamos rodeados de escombros; hay que ver lo que sirve y lo que no sirve, con calma, sin precipitaciones, que nos podrían llevar a un desastre. Y para esta obra hay que echar a reñir en la calle a todas las ideas, a todos los sistemas, y como base hay que apoyarse en el socialismo, como sistema crítico para la transmutación de los valores económicos, y en el anarquismo como sistema crítico para la transformación de los valores morales y religiosos. ¿No te parece?

–Sí; me parece una solución lógica, lo cual no quiere decir que sea buena. Yo, en el caso particular de España, tengo alguna fe en el hombre; pero nuestro ambiente es infeccioso, es mefítico. Aunque hubiera aquí una invasión de raza joven, nueva, no podría resistir lo morboso del ambiente. Allí donde llega esta seudocivilización que se irradia de nuestras ciudades, allí se pudre enseguida todo. La península entera está gangrenada.

–¿Y qué dirías del anarquismo activo, del anarquismo de la dinamita?

–Diría que ha perturbado el anarquismo. Sólo la idea destruye; sólo la idea crea. La bomba, como venganza, me parece absurda, y como medio de protesta, también. Si con una bomba se pudiera suprimir el planeta..., entonces sería cosa de pensarlo. Pero matar unas cuantas personas es horrible; porque todo puede ser lícito menos llevar la muerte en medio de la vida. La vida es la razón suprema de nuestra existencia.

–Sin embargo –exclamó Aracil–, a veces, esos atentados tienen un aire de ejemplaridad.

–¡Claro, como todas las catástrofes!

–Yo, hasta creo que tienen su belleza. Un dinamitero me parece un artista, un escultor, bárbaro y cruel, que modela en carne humana.

–Papá bromea –saltó diciendo María.

–No, no.

–Hay algo de verdad en lo que dice –replicó Iturrioz–; tu padre,

María, tiene el virus estético metido en las venas; no en balde procede del Mediterráneo.

Pasaron a otro asunto; pero Aracil no desaprovechó los puntos de vista señalados por su amigo para comentarlos en su Memoria.

Llegó el día de la conferencia; Aracil se preparó su público y alcanzó un gran éxito. Su mayor habilidad fue mezclar con lo serio notas humorísticas y cómicas; tuvo frases pintorescas para definir gráficamente el modernismo, la pedagogía, el género chico, el automóvil, la filosofía de Nietzsche, la política hidráulica y el baile flamenco, muy celebradas. De ademanes y de accionado estuvo inmejorable; supo subrayar unas cosas y atenuar otras con verdadera maestría.

–Es un cómico este Aracil –exclamó Iturrioz.

–Muy brillante, muy ingenioso –dijo el primo Venancio–, pero sin una afirmación práctica.

La opinión general consideró la conferencia como un éxito; los periódicos le dedicaron más de una columna, y algunas revistas ilustradas publicaron el retrato de Aracil.

María discutió varias veces con su primo acerca de la Memoria de su padre. Ella la defendía, como es natural; Venancio consideraba lo dicho por Aracil como una fantasía literaria, como un juego mental divertido. Venancio era enemigo de la política y de las fórmulas teóricas. Un día le dijo a María que, para él, el único propósito serio que podía haber en España era que, desde San Sebastián hasta Cádiz, y desde La Coruña hasta Barcelona, se pudiese ir entre árboles. Todos esos otros sistemas metafísicos y éticos, como el anarquismo, le parecían vueltas a concepciones pedantescas y a paparruchas semejantes al krausismo. En cambio, un ideal concreto, práctico, de un país lleno de árboles, suponía una transformación de la vida, convirtiéndola, de áspera y ruda, en civilizada y humana. Para llegar a esto, pensaba que actualmente en España no había camino; ingresar en cualquier partido constituía una estupidez. Su plan era individualismo y trabajo, plantar árboles y mejorar la tierra.

María, en el fondo, estaba conforme con él, pero le llevaba la contraria por defender a su padre y para oírle.

VI
Los farsantes peligrosos

Hay en un libro viejo, cuyo nombre no recuerdo, un capítulo acerca de la vanidad, a la cual llama el autor: «La hija sin padre en los desvanes del mundo».

En estos desvanes del mundo hay, según el inventor de esta frase, chimeneas de todas formas por donde sale el humo de las cabezas vanidosas y huecas. Hay chimeneas grandes y campanudas, otras estrechas y angostas, y muchas que se comunican con algunos hombres ilustres españoles, cuyo fuego no se ve ni su calor se nota, y que sólo se distinguen por sus humaredas.

En uno de estos desvanes tenía, con seguridad, su chimenea Aracil, y no era de las menos humeantes.

Con motivo de la conferencia del doctor, hubo discusiones en los periódicos avanzados. Un día, un joven catalán, llamado Nilo Brull, se presentó en casa de Aracil con unos artículos, escritos en un periódico de Barcelona, en los cuales se defendía y se comentaba la conferencia del doctor.

Aracil experimentó una gran satisfacción al verse tratado de genio, y no tuvo inconveniente en presentar en todas partes y proteger a Brull, que se encontraba en una situación apurada.

Le dio dinero, le llevó a su casa y le convidó varias veces a comer.

María, desde el principio, sintió una gran antipatía por Brull. Era éste un joven de veintitrés a veinticuatro años, de regular estatura, moreno, con los pómulos salientes y la mirada extraviada. Hablaba con un acento enfático, hueco y estrepitoso, y tenía una inoportunidad y un mal gusto extraordinarios. Lo más desagradable en él era la sonrisa, una sonrisa amarga, que expresaba esa ironía del Mediterráneo, sin bondad y sin gracia.

En el fondo, toda su alma estaba hinchada por una vanidad monstruosa; quería llamar la atención de la gente, sorprenderla, pero no con benevolencia ni con simpatía, sino, al revés, mortificándola. Tenía ese sentimiento especial de las mujeres coquetas, de los tenorios, de los anarquistas y de algunos catedráticos que quieren ser amados por aquellos mismos a quienes tratan de ofender y de molestar. En algunos países en donde la masa es un poco amorfa, como en Alemania y en Rusia, se da el caso de que los hombres que más denigran su país son los admiradores; en España, esto es absolutamente imposible.

María sintió desde el principio una profunda aversión por aquel farsante peligroso, y se manifestó con él indiferente y poco amable.

Brull tenía, como Aracil, cierta originalidad retórica y un ansia por el último libro, la última teoría, el último sistema filosófico, completamente catalana. Una palabra nueva, terminada en ismo, que no la conociera nadie, era para él un regalo de los dioses.

Si, por ejemplo, hablaban de ideas filosóficas, y el uno aseguraba su materialismo y el otro su espiritualismo, saltaba Brull, y exclamaba: «Yo soy partidario del filosofismo». Y cuando sus interlocutores quedaban un poco asombrados, Brull salía con una explicación pedantesca, disertando acerca de un pensador llamado Filososoff, de la Laponia o de la Groenlandia –sabido es que la civilización y la filosofía huyen del sol–, que había aparecido hacía un mes y tres días, y demostrado la falsedad de todos los sistemas filosóficos europeos, americanos y hasta de los catalanes.

Brull era anticatalanista furibundo, lo cual no impedía que estuviera hablando continuamente de la psicología de los catalanes, de la manera especial que tienen los catalanes de considerar el mundo, el arte y la vida. Los italianos del Renacimiento no eran nada al lado de los catalanes de ahora; al oírle a Brull, cualquiera hubiese dicho que la preocupación de la naturaleza, cuando estaba encinta, embarazada con tanto mundo embrionario, no era saber en qué acabaría su embarazo, sino pensar qué haría con los catalanes.

Al dar tanta importancia a los catalanes, tenía que dársela también, por exclusión y por comparación, a los demás españoles, y así resultaba que, siendo España en conjunto, según Brull, la última palabra del credo, a pedazos, era el cogollo de Europa.

Brull no convencía, pero hacía efecto; tenía el don de lo teatral; su argumentación y su fraseología eran siempre exageradas y brillantes. A un interlocutor sencillo le daba la impresión de un hombre extraordinario.

Toda idea de superioridad individual, regional o étnica halagaba la vanidad de Brull. Contaba una vez a Iturrioz, con fruición maliciosa, que uno de sus amigos, separatista, llamaba a España la Nubiana; e Iturrioz, que le escuchaba muy serio, le dijo:

–Eso no tiene más que el valor de un chiste, y de un chiste malo. Es lo mismo que lo que me decía un profesor vascongado.

–¿Qué decía?

–Decía que en España no se puede hacer más que esta división: vascos y maketos, y añadía que maketo es sinónimo de gitano.

Brull sintió casi una molestia al oírse llamado por un mote despreciativo. Era el catalán hombre de una susceptibilidad y de una violencia grandes, que se irritaba por las cosas más pequeñas; así, que experimentó una ira feroz al ver a María Aracil que no sólo no se interesaba por él, sino que le huía. Esto a Brull le ofendió profundamente, y le maravilló hasta tal punto, que un día, viéndola sola, le dijo, con su sonrisa amarga de mediterráneo:

–¿Qué tengo yo para que me odie usted de ese modo?

–Yo no le odio a usted.

–Sí que me odia usted. Tiene usted por mí verdadera aversión.

–No es verdad.

Brull, para tranquilidad de su soberbia, necesitaba suponer en María mejor una aversión profunda que una fría indiferencia.

–¿Es que yo le he hecho a usted algo? –siguió preguntando Brull.

–Sí, está usted arrastrando a mi padre a que haga alguna tontería.

–¡Bah! No tenga usted cuidado –y Brull se echó a reír con su risa antipática–. El doctor no es de los que se sacrifican por la idea.

La risa de Brull hizo enrojecer a María.

–¿Y usted, sí? –dijo con desprecio.

–Yo, sí –contestó él con una violencia brutal.

–Pues peor para usted –contestó María, asustada.

Unas horas después, Brull envió una carta a María. Era una carta petulante, con alardes inoportunos de sinceridad. Decía en ella que él no había querido a ninguna mujer, porque consideraba a las españolas dignas de ser esclavas; pero si ella quería hacer un ensayo con él, para ver si sus dos inteligencias se comprendían, él no tenía inconveniente alguno. De paso, en la carta, citaba una porción de nombres alemanes y rusos que María supuso serían de filósofos.

María, que no hubiese sido cruel con otro cualquiera, pensando en que Brull se había reído de su padre, le devolvió la carta, pidiéndole de paso que no le volviera a escribir, porque no le entendía.

Brull debió de manifestar al doctor la aversión que le demostraba María, y Aracil preguntó a su hija:

–¿Por qué le tienes ese odio a Brull?

–Porque es un majadero y un farsante, y, además, malintencionado y peligroso.

–No, no. Es un hombre desgraciado, que no tiene simpatía, pero es un cerebro fuerte. Su historia es muy triste; parece que su madre es una señora rica de Barcelona que tuvo un hijo fuera del matrimonio, con un militar vicioso y perdido, mientras el esposo de esta señora estaba en Filipinas, y al hijo lo tuvieron en el campo y luego lo educaron en un colegio de Francia. Y ahora los hermanos de Brull son riquísimos, y él vive de una pensión modesta que le dan por debajo de cuerda.

–De manera que se ha hecho anarquista por envidia.

–No, no. Eres injusta con él. Brull es un hombre de ideas. Parece que de niño era aplicado y quería hacerse cura, hasta que supo su origen irregular y leyó un libro con las atrocidades cometidas en Montjuich, y se sintió furibundamente anarquista. Lo primero que dice al que le conoce por primera vez es que él es hijo natural, y asegura que tiene orgullo en esto. Es irritable porque está enfermo. Yo le digo que se cuide, pero no quiere... Y lo que pasa en Madrid, que creo que no ocurrirá en ninguna parte.

–Pues ¿qué ha pasado?

–Que Brull ha conocido en el café a dos viejecitos, que, al oírle contar sus aventuras, le dan algún dinero y le quieren proteger.

–¿Y él no quiere?

–No. Él se ríe de ellos. Pero la verdad es que sólo aquí, en este pueblo débil y misericordioso, se encuentran estos protectores en la calle.

–Vete a saber lo que les pasará a esos viejecitos. Quizá les recuerde Brull algún hijo que hayan perdido.

–¿Quién sabe?

Aracil estimaba mucho a Nilo Brull, y María llegó a creer que le tenía miedo. Un día, el doctor vino por la noche un poco alarmado.

–Esta tarde ese Brull me ha hecho pasar un mal rato –dijo.

–Pues ¿qué ha ocurrido?

–Estaba yo a la puerta del Suizo, hablando con Brull, cuando se para delante, en su coche, el marqués de Sendilla. «¿Tiene usted algo que hacer ahora?», me ha dicho. «Nada, hasta las siete.» «Pues suba usted y daremos un paseo.» «Es que estoy con este amigo.» «Pues que suba su amigo también.» Hemos subido y hemos ido a la Casa de Campo. La tarde estaba magnífica. De repente, se cruzan en el camino el rey y su madre, en coche, y da la coincidencia de que se paran delante de nosotros, y le veo a Brull, con una mirada extraña, que se lleva la mano al bolsillo del pantalón, como buscando algo. ¡He llevado un rato! El marqués no lo ha notado. Hemos seguido adelante, y, a la vuelta, el marqués nos ha dejado en la Puerta del Sol. Al bajar del coche le he dicho a Brull: «¡Me ha dado usted el gran susto!», y él se ha reído, con esa risa amarga que tiene, y ha dicho: «Yo no soy cazador como él. Respeto la vida de los hombres y la de los conejos». Pero ¿qué sé yo? Tenía una expresión rara.

–Lo que debías hacer es no andar más con Brull.

–Sí, sí; es lo que haré. En la Casa de Campo he visto a Isidro, el guarda, el padre de aquella chica que curé en el hospital.

–¡Ah, sí!

–Me ha saludado con gran entusiasmo. Es una buena persona.

–Pues tiene todas las trazas de un bandido.

–Sí, eso es verdad; sin embargo, yo creo que ese hombre haría por mí cualquier sacrificio.

Un día, Brull presentó al doctor Aracil dos compañeros que venían de Barcelona: el señor Suñer, catalán, y una señorita rusa.

El señor Suñer, hombre de unos cincuenta años, de figura apostólica, se creía un lince y era un topo. Quería hacer propaganda libertaria, y todo el que le oía renegaba para siempre del anarquismo. Completamente vulgar y completamente hueco, el señor Suñer se disfrazaba de santón del racionalismo, y los papanatas no notaban su disfraz. Como era rico, el buen señor se daba el gustazo de publicar una pequeña biblioteca, escogiendo, con un criterio de galápago, lo más ramplón y lo más chirle de cuanto se ha escrito contra la sociedad.

El señor Suñer intentaba demostrar en su conversación que, como crítico de los prejuicios sociales, no tenía rival, y lo único que demostraba era cómo pueden ir juntos, mano a mano, la pedantería con el anarquismo. Hacía este Kant de la Barceloneta los descubrimientos típicos de todo orador de mitin libertario. Generalmente, esos descubrimientos se expresan así: «Parece mentira, compañeros, que haya nadie que vaya a morir por la bandera. Porque, ¿qué es la bandera, compañeros? La bandera es un trapo de color...». El señor Suñer era capaz de estar haciendo descubrimientos de esta clase días enteros, sin parar.

La bandera es un trapo de color, la Biblia es un libro, las armas sirven para herir o matar, etcétera, etcétera. El señor Suñer era un pozo de ciencia y de profundidad. La señorita rusa era una judía, que iba rodando por el mundo en busca de un hombre que explotar. Esta señorita, fea, vanidosa, petulante, sin inteligencia, tenía aire doctoral, cara de mulato, color de dulce de membrillo y lentes.

Aracil habló con Suñer y con la señorita rusa, y discutieron acerca de la acción directa. La judía decía que, con el tiempo, los anarquistas rusos se darían la mano, por encima del Rin, con los italianos y los españoles.

El señor Suñer pidió un libro a Aracil para su biblioteca; un libro pequeño, de consejos médicos.

–Esto no le hace a usted solidario con nosotros –dijo Suñer.

–Lo soy. Donde otro vaya, iré yo.

Suñer, Brull y la rusa estrecharon con fuerza la mano de Aracil. Era un pacto, un compromiso solemne y teatral, al que no le faltaba más que música.

«Si esperan que yo haga algo», dijo Aracil, cuando se vio solo y se sintió frío y prudente, «están divertidos.»

Al cabo de algún tiempo, María recibió una carta de Brull, fechada en París, una carta larga, inquieta, exasperada y artística. Terminaba diciendo: «Alguna vez oirá usted hablar de mí. ¡Adiós!».

«¡Adiós!», dijo María, y rompió la carta con disgusto. Aquella gana de tomar la vida siempre en trágico le molestaba. Además, creía que Nilo Brull, sobre ser desagradable y antipático, era un farsante.

VII
El final de una sociedad romántica

La víspera de la fiesta, por la noche, el doctor Iturrioz fue a casa de Aracil; se sentó en su butaca, paseó la mirada por el cuarto y, después de hacer la observación, que no olvidaba nunca, de que Aracil y su hija vivían muy bien, pidió a María una copa de coñac.

–¡Ah! Pero ¿puede usted tomar alcohol? –preguntó María, riendo y levantándose para servirle la copa.

–Hoy, sí. Hasta el veintiuno de junio. Desde el veintiuno de junio en adelante no tomaré ya alcohólicos hasta el año que viene. –Luego, con la copa en la mano, dijo–: ¿Y qué os parece de este matrimonio? Vamos a ver cosas buenas en España.

–Yo creo que no pasará nada –aseguró Aracil.

–¡Qué sé yo! Hay un dato que a mí me intriga.

–¿Y es? –preguntó María.

–Es, con vuestro perdón, que el urinario que hay en la calle de la Beneficencia, delante de la capilla protestante, lo van a quitar.

–¿Y eso qué importa? –dijo riendo María.

–Mucho. Eso indica que los protestantes empiezan a tener fuerza. Ahora quitan el urinario, mañana quitarán la fe católica. El catolicismo va a marchar mal. ¡Una reina que ha sido protestante! Es grave. La verdad es que los reyes son siempre muy religiosos, pero, cuando les conviene, cambian de religión como de camisa. A nuestra aristocracia, tan católica, no le gusta nada la boda, y doña Dientes debe estar que echa las muelas.

–Eres un fantástico, Iturrioz –murmuró Aracil, que ojeaba un periódico de la noche.

–No; soy un hombre previsor.

–¡Bah!

–Pero vosotros no notáis lo que cambia Madrid. Toda la vieja España se derrumba.

–Yo no veo que se derrumbe nada –replicó María.

–Sí, sí; hay muchas cosas que se derrumban y que no se ven. Tú no sabes, María, cómo era el Madrid que hemos conocido nosotros. Todos eran prestigiosos. ¿No es verdad, Aracil? Echegaray, Castelar, Cánovas, Lagartijo, Calvo, Vico, Mesejo, ¡qué sé yo! Era un pueblo febril, que daba la impresión de un tísico, que tiene la ilusión de sentirse fuerte. Y ahora, nada; todo está apagado, gris. Se dice que todo es malo..., y es posible que tenga razón.

–Yo no encuentro tanta diferencia –replicó Aracil.

–No digas eso. Madrid, entonces, era un pueblo raro, distinto a los demás, uno de los pocos pueblos románticos de Europa; un pueblo en donde un hombre, sólo por ser gracioso, podía vivir. Con una quintilla bien hecha, se conseguía un empleo para no ir nunca a la oficina. El Estado se sentía paternal con el pícaro, si era listo y alegre. Todo el mundo se acostaba tarde; de noche, las calles, las tabernas y los colmados estaban llenos; se veían chulos y chulas con espíritu chulesco; había rateros, había conspiradores, había bandidos, había matuteros, se hacían chascarrillos y epigramas en las tertulias, había periodicuchos, en donde unos políticos se insultaban y se calumniaban a otros, se daban palizas, y de cuando en cuando se levantaba el patíbulo en el campo de Guardias, en donde se celebraba una feria, a la que acudía una porción de gente en calesines. De esto hace veinticinco o veintiséis años, no creas que más. Entonces, los alrededores de la Puerta del Sol estaban llenos de tabernas, de garitos, de rincones, lo que permitía que nuestra plaza central fuera una especie de Corte de los Milagros. En la misma Puerta del Sol se podían contar más de diez casas de juego, abiertas toda la noche; en algunas se jugaba a diez céntimos la apuesta. Los políticos eran, principalmente, chistosos. Albareda se jactaba de no entender de política y de hablar caló. ¡Y Romero Robledo! ¿Hay algún hombre ahora como aquél? ¡Qué ha de haber! Don Francisco era un tipo magnífico. Siendo él un hombre honrado, tenía una simpatía por el ladrón completamente ibérica. Protegía a los bandidos andaluces y tenía en Madrid amistades con los mayores truhanes. Sólo este episodio que os voy a contar retrata la época. Solía dar don Francisco reuniones, a las tres de la mañana, en su despacho del Ministerio de la Gobernación, y entre los invitados había desde gente riquísima hasta desharrapados, que se llevaban lo que veían: tinteros, plumas, tijeras, todo. Una vez, el ministro vio que habían arramblado un candelabro de más de un metro de alto. Aquello le pareció excesivo; llamó al portero mayor, le preguntó si sabía quién era el autor de la hazaña, y el portero dijo que uno de los amigos del señor ministro había salido con un bulto enorme debajo de la capa. Entonces don Francisco escribió una carta atenta a su querido amigo, diciéndole que, sin duda, inadvertidamente, se había llevado el candelabro; pero como éste era necesario en el despacho, le rogaba que lo devolviera. ¿Qué crees tú, María, que hubiera hecho un ministro de hoy?

–Llevarle a la cárcel al ladrón, probablemente –dijo ella.

–Con seguridad. Y entonces, no; había gusto por las cosas. Atraía lo pintoresco y lo inmoral. A la gente le gustaba saber que el Ayuntamiento de Madrid era un foco de corrupción; que un señor concejal se había tragado las alcantarillas de todo un barrio, y se reía al oír que los pendientes regalados por un matutero ilustre adornaban las orejas de la hija de un ministro. Yo comprendo que aquella vida era absurda; pero, indudablemente, era más divertida.

–Sí –dijo Aracil–; era más divertida.

–Luego, el que se creía austero y terrible, se hacía republicano. Claro que era una ridiculez, pero era así. Y el hombre se entretenía. Hoy la república no es nada.

–Sí; la verdad es que ha bajado mucho la pobre –exclamó Aracil–. Hoy ya tiene las trazas de un ideal de porteros. A mí, cuando me hablan de republicanos entusiastas, recuerdo siempre al conserje del hotel donde viví en París, y le veo, con su mandil y su gorro redondo, refiriéndome anécdotas de Gambetta. Para mí, republicano y portero francés son cosas sinónimas.

–Ya ves, en cambio, a mí –dijo Iturrioz–, cuando pienso en un republicano, me viene siempre a la imaginación un fotógrafo de mi pueblo, hombre muy exaltado. Y luego, cosa extraña, a todos los fotógrafos que he conocido les he preguntado si eran republicanos, y todos me han dicho que sí. Yo no sé qué relación misteriosa existe entre la república y la fotografía.

–Y usted, ¿no es republicano, Iturrioz? –preguntó María.

–Yo, no; ni republicano ni monárquico; lo que soy es antiborbónico. Para mí, eso de Borbón es una cosa arqueológica, como una momia seca; así, cuando me dicen: «Ahí va el príncipe tal de Borbón», me dan ganas de huir a cualquier parte.

–Un rey que no sea Borbón será muy difícil en España –dijo María.

–Por eso le parece bien a Iturrioz –saltó Aracil–, porque es absurdo.

–Lo que en el fondo le gustaría al país –dijo Iturrioz– es el rey caudillo, el rey guerrero; no reyes como los modernos, viajantes de comercio, matadores de pichones, automovilistas... Esto es ridículo.

–¿Y para qué un rey guerrero? –dijo María.

–Daría un poco de prestigio y un poco de alegría a España. Un pueblo no se puede regir por un libro de cuentas, y yo creo que si el español se va enfangando en esta corriente de mercantilismo, se deshará, se hará un harapo, perderá todas las cualidades de la raza.

–Pero ¿usted cree que los españoles han cambiado de veras? –preguntó María.

–Sí.

–¿En veinte o treinta años?

–Sí; ha cambiado su manera de pensar, que es lo que más pronto puede variar en una raza. Un hombre del norte discurre pronto como un meridional, si vive en el mediodía, o al contrario; el pensamiento y la cultura se adquieren rápidamente; para que el instinto cambie, ya es imprescindible mucho tiempo; para que el color del pelo varíe, se necesita la vida de varias generaciones, y para que un hueso se transforme, ya son indispensables eternidades. ¿Cuántos miles de años hará que el hombre no mueve las orejas? Una atrocidad. Y, sin embargo, los músculos para moverlas los tiene todavía, atrofiados, pero existen. No; no hay que asombrarse de que los españoles hayan variado de manera de pensar en pocos años. El germen del cambio está ya en nuestro tiempo, y antes –siguió diciendo Iturrioz– mucha gente encontraba aquella vida falsa y superficial. La sociedad española era como un edificio cuarteado, pero que se iba sosteniendo. Viene la guerra de Cuba y la de Filipinas, y, por último, la de los yanquis, y se pierden las colonias, y no pasa nada, al parecer; pero la gente empieza a discurrir por su cuenta, y el que más y el que menos dice: «Pues si nuestro ejército no es, ni mucho menos, lo que creíamos; si la marina es tan débil que ha sido aniquilada sin esfuerzo; estábamos engañados en esto, es muy posible que estemos engañados en todo». Y desde este momento empieza a corroer el análisis, y suponemos que los escritores, y los políticos, y los oradores, y los ingenieros, y los cómicos españoles deben de ser tan malos, tan ineptos como nuestros generales y nuestros almirantes; y suponemos que nuestros campos son pobres, y hay quien lo comprueba, y cada español, que ve y observa por sí mismo, echa abajo toda la leyenda dorada de su patria. Y se acostumbra la gente a la crítica, y así resulta que hoy los prestigios nuevos no se pueden consolidar y los viejos han desaparecido. En España, actualmente, hay estos dos criterios: el del conservador, que lo mismo puede tener la etiqueta de íntegro como la de anarquista, que dice: «¿Ésta es la ciencia oficial, la política oficial, la literatura oficial? Pues ésta, buena o mala, es la respetable». Y el del no conservador, que es todo hombre que discurre, que ha llegado a tal desconfianza por lo sancionado, que dice: «¿Ésta es la literatura oficial, la ciencia oficial, el arte oficial? Pues éste es el malo». Entre uno y otro criterios no hay transacción posible. Así, no se afirma nada en España. ¿Qué queda de nuestra época? Nada. ¿Quién se acuerda ya de Castelar, ni de Cánovas, ni de Ruiz Zorrilla, ni de Campoamor, ni de Núñez de Arce? Nadie. Todo eso parece un peso muerto que la memoria de la gente lo ha echado ya por la borda, condenándolo al olvido. Hoy se empieza negando, por lo menos dudando, tratando de buscar la verdad, el positivismo..., y el poeta listo, el de la quintilla, que hace veinte o treinta años hubiera vivido sólo con eso, hoy se muere de hambre o tiene que entrar de escribiente; y el que se sintió chulo se pone a llevar baúles, porque la chulería no da; y el matón de casa de juego se encuentra con que cierran todos los garitos; y el que soñó con hacer su pacotilla de concejal ve que el ayuntamiento se moraliza...; y el hampa se va..., y todo se va...; y así, en España tenemos, no ya fracasados de la virtud, de la gloria y del arte, como en todas partes, sino fracasados de la inmoralidad, fracasados del agio, fracasados del chanchullo, como en política tenemos lo último de lo último: los fracasados del anarquismo.

–¿Y usted cree que eso es malo de veras? –preguntó María.

–Malo, no. A la larga, es posible que sea la salud. Vamos hundiéndonos, hundiéndonos... Alguno encontrará tierra firme y volveremos a subir. Entonces renacerá España...

–*Incipit Hispania!* –exclamó Aracil.

–Y si cree usted esto, ¿por qué se queja? –preguntó María.

–¿No me he de quejar? ¿No ves que yo soy un hombre de otra época? Antes decían que hay en todas las sociedades tres períodos: el teológico, el metafísico y el positivo. Yo soy un tipo que está entre el período teológico y el metafísico. ¿Qué voy a hacer en esta sociedad positiva, como la que se intenta crear? ¿Me lo quieres decir, María? ¿No comprendes que quieren hacernos ingleses y somos españoles? No, no; esto es grave. Estamos asistiendo a la ruina de un mundo, al final de una sociedad romántica. Yo estoy asustado, y voy a hacer como Dama Javiera, una señorita vieja de mi pueblo.

–Y ¿qué hacía esa Dama Javiera? –dijo María, riendo.

–Pues la Dama Javiera era una señorita de setenta años, que venía de tertulia a mi casa cuando yo era chico. Dama Javiera, que ya tenía esta maldita tendencia analítica que nos ha perdido a todos, jugaba a las cartas con mi abuelo y con un cura viejo, que se llamaba don Martín, y entre jugada y jugada le preguntaba al cura acerca de cuestiones de religión: «¿Será posible esto, señor cura? ¿Podrá suceder tal cosa?», le decía. Y don Martín contestaba sentenciosamente: «Dama Javiera, conviene no escudriñar», y se apuntaba un tanto con una habichuela encarnada o blanca. Yo antes me reía; pero empiezo a creer que el consejo que daba a Dama Javiera era muy exacto, y que conviene no escudriñar.

–Lo que no es obstáculo para que usted esté escudriñando siempre –repuso María.

–Es un defecto. Y tú, Aracil, ¿crees que este matrimonio cambiará algo España?

–Según. Si la reina es inteligente...

–Debe serlo –dijo María–. Es inglesa, de una familia donde abunda la gente lista.

–No; es medio alemana –repuso Iturrioz.

–¿Y usted no cree en las alemanas?

–No; en general, la mujer alemana es, poco más o menos, tan espiritual como una ternera.

–¡Estás adulador, chico! –dijo Aracil.

–Es mi opinión. Pero yo ya te digo: me alegraría que no pasara nada. Y no sólo para el porvenir, sino para mañana, se anuncian graves acontecimientos. Se dice que han venido dinamiteros.

–¡Fantasías! –murmuró Aracil.

–Pues yo he oído decir que hay un canguelo terrible; que el niño encuentra anónimos debajo de la almohada. A mí, esto me indigna, te advierto. Estamos molestando tanto a estos pobres reyes, que se van a unir todos en apretado haz y se van a declarar en huelga. ¡Y a ver entonces qué hacemos en España con los uniformes de los alabarderos! Vamos tirando de la cuerda demasiado, y nos va a pasar con los reyes lo que nos ha pasado con los santos.

–¿Y qué nos ha pasado con los santos? –dijo María.

—Nada, que han cortado la comunicación con la tierra. En fin, que esto se pone muy mal, y yo no pienso salir mañana, porque, chica, me estoy haciendo viejo y muy miedoso; si pasa algo me cogerá en la cama.

Iturrioz siguió fantaseando sobre una porción de cosas, hasta que, al dar las once, tomó su capa y se largó, después de dar las buenas noches y de exhortar, bromeando, a que tuvieran prudencia.

VIII
El día terrible

Al día siguiente, María pensaba ir con su primo Venancio y sus hijas a Cercedilla, cuando se suspendió el viaje, porque la noche antes, Paulita, la menor de las niñas del ingeniero, cayó enferma del sarampión.

Aracil fue a verla. El doctor tenía bastante trabajo por la tarde, y estaba, además, invitado a comer en casa del marqués de Sendilla. Había aceptado la invitación, creyendo que su hija iría de campo con Venancio, y como la enfermedad de la niña imposibilitaba la excursión, quedaron de acuerdo en que María, después de comer con el ingeniero, iría a casa de doña Belén, en donde la recogería Aracil.

Paulita, la enferma, era la predilecta de María, y deseaba que su tía estuviese constantemente a su lado acariciándola y besándola.

–Yo no puedo permitir esto –dijo el ingeniero–; se te puede pegar la enfermedad.

–¡Qué se va a pegar una enfermedad de niños!

–¡Ya lo creo que se pega! Nada, nada; no estés ahí –y Venancio obligó a salir a la muchacha y a que se lavara con agua sublimada y desinfectara las ropas.

Comieron; María se encerró en el cuarto con las niñas mayores; pero la enfermita lo notaba y pedía que fuera a verla, y si no empezaba a llorar.

–Mira, lo mejor es que te vayas –dijo Venancio, que estaba algo preocupado con la enfermedad de la niña y con el temor de que su sobrina se contagiase–. La criada te acompañará.

–¿Para qué? Iré yo sola –y María se despidió de las niñas y tomó el tranvía al final del paseo de Rosales.

La tía Belén vivía en la calle del Prado; el tranvía llegaba hasta cerca de su casa. Al paso notó María que en las calles se hablaba animadamente, pero no prestó atención.

Serían las tres y media o cuatro cuando llegó a casa de la tía Belén. Llamó, pasó al gabinete y se encontró con que todos los reunidos allí charlaban a la vez.

–¿Qué hay? ¿Qué ocurre? –preguntó.

–¿No sabes nada?

–No.

–Pues que han tirado una bomba.

–¿De veras?

–Sí.

–¿Y hay desgracias?

–Muchísimas. El tío Justo ha dicho que dos muertos; pero ahora dicen que hay cinco y una infinidad de heridos.

–¡Qué horror!

Y María dijo esto con esa solemnidad superficial con que se comentan los hechos que no se han visto ni sentido. Luego, de pronto, pensó en su padre, y se alarmó. «¿Dónde estaría en aquel momento? ¡Él, que era tan curioso! Quizá habría ido al lugar del atentado.»

El tío Justo, la tía Belén, Carolina, unos señores y señoras que se hallaban de visita se enredaron en una conversación de anarquistas y de bombas que a María comenzó a sobresaltar. Todos execraban el atentado, pero consideraban el crimen de distinta manera.

–Para mí, son locos –aseguraba el tío Justo.

–No, son fieras –replicaba otro señor, fuera de sí, que era contratista de paños para el ejército, lo que le daba, sin duda, cierta inclinación a la violencia–; y había que cazarlos.

–Yo creo lo mismo –agregó Carolina–, y aún no me contentaría con cazarlos, sino que los haría sufrir antes.

–Yo, no –y el tío Justo se paseó por el cuarto–; lo mejor sería deportarlos; a todos los que tengan esas ideas, que no estén conformes con la manera de vivir general, los llevaría a una isla y los dejaría allí, con aparatos y máquinas, para que trabajasen y viviesen.

–¡Qué aparatos ni qué máquinas! –exclamó el pañero, furioso–; hacerlos pedazos. «¿Es usted anarquista?» «Sí.» «Pues tome usted», y pegarle un tiro a uno. Porque esos crímenes son cobardes e infames.

Y el señor repitió estas palabras, como si en aquel instante hubiera hecho un gran hallazgo.

–Sin embargo, ya verá usted –dijo el tío Justo– cómo se llega a hacer también la apología de este crimen.

–Pues yo, al que hiciera esa apología le pegaría un tiro.

–La verdad es que esa pobre gente –murmuró la tía Belén con voz plañidera– ¿qué culpa tendrían? ¡Y esos pobres soldados! Porque yo comprendo que vayan contra un hombre, como Cánovas, y que lo maten.

–¡Claro! –dijo cínicamente el tío Justo–. Eso es mucho menos peligroso para nosotros, que no somos políticos.

María estaba cada vez más inquieta, pensando en su padre; la tía Carolina sobre todo, y los demás también, al hablar de anarquistas, se referían a ella, reprochándole tácitamente que su padre tuviera tan nefandas ideas.

En esto llegó el marido de doña Belén con nuevas noticias: los muertos llegaban a diez. Había hablado con un amigo suyo, empleado en palacio. Los reyes habían vuelto impresionadísimos; ella estaba con convulsiones y él lloraba emocionado.

–Es falso –gritó el pañero–. Ese señor le ha engañado a usted. El rey no ha llorado.

–Pero ¿usted qué sabe? –le preguntó el tío Justo.

–Lo comprendo, porque un rey no llora.

–¿Por qué no? ¿Eso qué tiene de extraño?

El marido de doña Belén añadió que su amigo le había dicho que sólo uno de los grandes duques rusos, como acostumbrado a escenas de esta índole, estaba tranquilo, y que el tal había aconsejado al rey que saliera inmediatamente a dar un paseo por las calles, con lo que sería ovacionado por el pueblo. Al parecer, el rey no se había decidido. En cambio, el gran duque ruso había salido, de paisano, a ver la casa del crimen, y como en su real familia habían muerto de atentado varios individuos, y miraba ya, sin duda, con cierta familiaridad amable la metralla anarquista, había pedido a un jefe de policía que le regalara un trozo de bomba, porque hacía colección.

La tarde fue para María un verdadero suplicio. Tenía ganas de marcharse, pero esperaba, porque había quedado de acuerdo en que su padre se le reuniría allí. Serían las seis cuando paró un coche delante de la casa; María, atenta a todos los ruidos de la calle, escuchó con ansiedad; se abrió la puerta del gabinete y una criada entró. A María le dio un vuelco el corazón.

–Señorita, haga usted el favor de salir, que la espera su papá.

María saludó rápidamente a los parientes y amigos y bajó deprisa las escaleras. Al ver a su padre comprendió algo grave. Aracil tenía el rostro desencajado, el cuerpo tembloroso, los labios completamente blancos. Llevaba un gabán al brazo, lo que en él era rarísimo.

«¿Qué hay? ¿Qué pasa?», fue a preguntar María; pero la voz expiró en su garganta.

Aracil, sin contestar a la interrogación muda, tomó el brazo de su hija y murmuró, casi sin aliento:

–Vamos.

–Pero ¿qué pasa?

–Que el que ha puesto eso es Brull.

–¿Él?

–Sí..., y me lo he encontrado..., y me ha pedido protección..., y le he llevado a casa... No sé a qué vamos por aquí... ¿Adónde podríamos ir? ¡Oh, Dios mío...! ¡Estoy perdido!

María oprimió el brazo de su padre.

–Serénate –le dijo–. Vamos a ver qué hacemos... ¿Qué piensas? ¿Qué quieres?

–No sé –exclamó Aracil–; no sé qué hacer... La cuestión sería que pudiese meterme en algún lado, disfrazarme y huir.

–¿Y dónde podríamos meternos?

–¿Dónde? ¿Dónde...? No sé.

–En el hospital, quizá...

–Sí, vamos al hospital... ¿Cómo se te ha ocurrido eso? Vamos, sí, vamos.

Tomaron por la calle del León, salieron a la plaza de Antón Martín y bajaron por la calle de Atocha. El doctor miraba a un lado y a otro, temblando de ser conocido. De pronto, Aracil apretó el brazo de su hija.

–¿Qué hay? –preguntó María, sobresaltada.

–¿No oyes? Un extraordinario con los detalles del atentado. Cómpralo. No, no lo leamos aquí.

Llegaron al Hospital General. El portero no les salió al encuentro; subieron por unas escaleras iluminadas con grandes faroles, muy tristes. Una monja se acercó al doctor a hacerle una pregunta. Aracil contestó como pudo y entró en el cuarto de guardia, seguido de su hija; cerró la puerta, y, sentándose luego en una silla, murmuró:

–Estoy rendido.

–Pero, al fin, ¿qué ha pasado? ¿Cómo ha pasado? –dijo María–. Cuéntalo todo.

–Pues iba por la calle de Fuencarral, después de comer en casa del marqués, cuando, al entrar en la botica de don Jesús, un hombre me agarró del brazo con una fuerza extraordinaria. Me volví. Era Brull.

«Acabo de echar una bomba al paso de la comitiva. Hay desgracias», me dijo. Yo, al principio, no comprendí lo que decía, y tuvo que explicar lo que había pasado. «¿Y qué piensa usted hacer?», le pregunté. «No sé; iba a suicidarme, pero viendo que nadie me seguía ni intentaban prenderme, he venido hasta aquí.» «¿Tiene usted algún sitio donde esconderse?» «No, y he pensado en usted. Protéjame usted, Aracil. Si me cogen me van a hacer pedazos.» Hemos subido a casa sin hablarnos. Yo no comprendía entonces por completo la gravedad de las circunstancias. Abrí la puerta, pasó él y pasé yo. Él se abalanzó hacia el armario del comedor y bebió con avidez dos vasos de agua. «Creo que lo mejor es», le dije yo, «que se esté usted aquí ocho o diez días.» «¿Y usted?», preguntó Brull. «Yo le diré al portero que me voy.» «No, no; yo me voy con usted. Yo no me quedo. Usted me quiere denunciar y yo le pego un tiro a quien me denuncie», y, rápidamente, sacó una pistola y la blandió en el aire. En aquel momento yo no sentía tanto miedo como ahora. Estábamos en esta situación, mirándonos con espanto, cuando sonó el timbre. «Escóndase usted», le dije a Brull. Fui a la puerta. Era el cartero, que me entregó el periódico de medicina. Cerré, llamé al anarquista y, con tono decidido y casi burlón, que a mí mismo me chocaba, le dije: «Aquí, en casa, viviendo conmigo, no se puede usted quedar; mi hija, las criadas, los vecinos, todo el mundo se enteraría. Si le parece a usted, hay ahí un cuarto independiente, con baúles y trastos viejos, que da a un tejado. No entrarán; tengo ahí un esqueleto, y las criadas, que lo saben, no se atreverían a abrir esa puerta. Además, usted se puede quedar con la llave. Métase usted ahí: enciérrese usted y estese usted quince días». «¿No me hará usted traición, Aracil?» «No.» «¿Me lo jura usted?», gritó él casi llorando. «Se lo juro.» Entonces Brull se ha metido en el cuarto, y, al instante, yo he pensado en huir. Pasé una media hora de angustia, porque decía: «Si oye mis pasos y cree que intento escaparme, va a salir y a pegarme un tiro». Estaba deseando que alguno llamara a la puerta para marcharme. En esto he oído unos pasos; alguien subía al piso de arriba. He recordado que tenía allí el timbre cerca y he llamado yo mismo. He ido a la puerta, he hecho una mojiganga como si hablara con alguien, he entrado en el despacho, he abierto el cajón, he cogido todo el dinero y he salido volando.

–¿Y qué te pueden hacer por haber protegido a Brull? –preguntó María.

–¿Qué me pueden hacer? Pueden mandarme a presidio para siempre.

–¡Ca! Es imposible.

–No digas eso, María. Tú no sabes lo que es la justicia. Me considerarán como cómplice, como encubridor. Quizá me condenen a muerte. ¿Cómo demuestro yo que no tengo participación en ese crimen?

–Pero eres inocente.

–Sí; los de Montjuich decían que también eran inocentes, y los fusilaron.

–Entonces no hay que esperar; hay que huir y disfrazarse... Córtate la barba y el pelo; yo te lo cortaré.

Aracil sacó de un estuche unas tijeras y se sentó en la silla, sumiso como un niño. María recortó el pelo a su padre.

–Ahora, lo mejor sería que te afeitaras.

Aracil se dispuso a afeitarse.

–Mira tú, mientras tanto, lo que dice el extraordinario –murmuró el doctor.

María comenzó a leer la hoja con ansiedad. En el preámbulo, todos eran lugares comunes, frases hechas a propósito para catástrofes de este género; luego venía, de una manera confusa, el relato de lo ocurrido. Había diez muertos y muchísimos heridos graves y moribundos. María, al leer algunos detalles, palidecía y le temblaban las manos. La sangre que corría en chafarrinones por la fachada de la casa, los trozos de masa encefálica en las aceras... Aquellos detalles daban a María la sensación real, el horror y la magnitud del crimen. Las noticias estaban mezcladas con inoportunos comentarios, y el «inicuo», el «cobarde» y el «salvaje» aparecían de cuando en cuando, esmaltando simétricamente el texto.

No parecía sino que lo principal era encontrar un adjetivo exacto para calificar el atentado.

Aracil, mientras se afeitaba, volvía de cuando en cuando la cabeza para mirar a María, y preguntaba, pálido como el papel:

–Debe haber horrores, ¿eh?

–Sí, cosas terribles.

En esto María echó una ojeada a las últimas líneas del extraordinario, y lanzó un grito.

–¿Qué pasa? –preguntó Aracil, con la navaja en la mano.

María leyó:

«*Última hora*. Se sospecha que el autor del atentado es un joven catalán apellidado Brull, llegado hace tres días a una fonda de la calle Mayor. El anarquista ha tenido tiempo de huir, valiéndose de la confusión general. Al entrar en el cuarto desde donde lanzó la bomba, se ha encontrado sobre un lavabo una jeringuilla y un frasco a medio llenar de nitrobencina. La maleta del criminal contenía solamente un gabán de verano, dos botellas grandes, vacías, una cajita con bicarbonato de sosa y dos libros, el uno en francés, titulado *Pensamiento y realidad*, de A. Spir, y el otro, la Memoria del doctor Aracil, *El anarquismo como sistema de crítica social*, dedicada a Brull por su mismo autor».

–¡Oh! –murmuró Aracil, con desaliento–. Me ha matado –y dejó caer la navaja sobre la silla.

–No –exclamó María–. Lo que hay que hacer ahora es no perder tiempo. Sabemos que nos buscan o que nos van a buscar. Hay que darse prisa. Acaba de afeitarte, y marchemos.

–Vámonos, sí –dijo él–. Tú debías dejar el sombrero aquí, para no llamar la atención.

María se quitó el sombrero, lo deshizo con las tijeras en varios pedazos y los envolvió en un periódico.

Tenía miedo el doctor de que advirtieran, al salir, su cambio de aspecto, y su hija le recomendó que, al bajar las escaleras, aunque no hacía frío, se levantara el cuello del gabán y se tapara la boca con el pañuelo. La luz era demasiado escasa para que se notara su cambio de fisonomía.

–Adiós, don Enrique –le saludó un mozo al pasar por el corredor.

–Adiós, buenas tardes.

–¿Ha visto usted eso?

–Sí; es terrible.

–¿Qué tiene usted?

–Que me he puesto un poco malo. ¡Adiós!

–Buenas, don Enrique. Y aliviarse.

Salieron del hospital, y padre e hija fueron por el Prado.

–Quítate los anteojos –dijo María.

Aracil se los quitó y los guardó en el bolsillo.

–Estás completamente desconocido.

–¿De veras?

–Por completo.

El ilustre doctor, afeitado y rapado, tenía todo el tipo de un hortera. Se sentaron los dos en un banco del Prado y discutieron. ¿Qué iban a hacer? Meterse en el tren era peligroso. María pensó en el primo Venancio; pero desechó inmediatamente esta idea. Le comprometerían sin resultado. Había que hacer algo, pronto, enseguida. Pero ¿qué? No querían moverse de allí sin tener algún plan. Pasaron revista a todos los amigos que podían esconder a Aracil.

Ninguno había que, de prestarse a ocultarle, no infundiese sospechas.

De pronto, María exclamó:

–¿Y el guarda de la Casa de Campo a quien curaste la niña?

–¿Isidro?

–Sí.

–Es verdad. Eso sería lo mejor. Allí estaríamos seguros. Es una idea, una idea magnífica. ¡Nadie puede sospechar de él! Pero ¿cómo entrar en la Casa de Campo?

–Podemos ir mañana.

–Pero ¿mientras tanto...? ¿Esta noche?

–Podríamos ir... ¿Adónde podríamos ir, Dios mío?

–No sé; no sé.

–¿Adónde van los hombres con las mujeres alegres?

–A Fornos..., a la Bombilla.

–Pues vamos a la Bombilla.

–¿A la Bombilla?

–Sí; precisamente está cerca de la Casa de Campo, y por la mañana podemos ir a ver al guarda.

La idea era buena, tan buena, que al doctor le pareció inmejorable. Dejó María el paquete, con los trozos de su sombrero, debajo del banco. Salieron del Prado a la calle de Alcalá. Resplandecían los focos de luz eléctrica en el aire limpio de la noche; por la ancha calle en cuesta brillaban, como estrellas fugaces, los discos de color de los tranvías y los faroles de los coches. Iban marchando entre la multitud, cuando Aracil reconoció delante de él a uno de sus amigos de la tertulia del Suizo.

–Aracil debe de estar en la cárcel –decía.

–¿Cree usted? –preguntó otro.

–Sí, hombre.

–Pero ¿conocía a ese Brull?

–¡No le había de conocer! ¡Si era amigo suyo!

Al primer movimiento de asombro siguió en Aracil un terror espantoso.

—Tranquilízate —dijo María—; no te conocen.

Pero Aracil seguía temblando. Su hija le contempló con asombro. Le chocaba que su padre fuera tan cobarde. Le había dado siempre la impresión de hombre enérgico y decidido, y lo había sido, sin duda, alguna vez, pero en su centro, entre los suyos; solo, separado de sus amigos y jaleadores, era pusilánime como un niño enfermizo.

Llegaron a la Puerta del Sol; la plaza rebosaba de gente; no se podía dar un paso; reinaba un gran silencio y un pánico sordo. Cualquier ruido producía una alarma, y la multitud, inmediatamente, se disponía a huir.

Tomaron padre e hija por la calle del Arenal y luego por la de Arrieta. En el solar de la antigua Biblioteca se bailaba; una banda tocaba en un tablado, adornado con guirnaldas de papel; los bailarines se contoneaban a los acordes de un pasodoble, pero no había animación ni alegría. En los portales, en los corros, la gente hablaba del atentado; por encima del pueblo entero parecía pesar la tragedia del día, llevando a la masa el estupor y la desolación. La gente sentía la desarmonía de aquel zarpazo brutal del anarquismo con la placidez del ambiente. ¡En Madrid! En este pueblo tranquilo, correcto, insensible a la exaltación colectiva; en este pueblo de los señoritos discretos e ingeniosos, de las muchachitas inteligentes y escépticas, de los hambrientos resignados, ¡una bomba! Era absurdo, incomprensible, inexplicable. Se daban explicaciones fantásticas para aclarar esta discordancia, quizá los carlistas, quizá los jesuitas... ¿A quién podía convenir aquello? Y no se aceptaba la explicación más sencilla, el caso del hombre solo, enfermo, teatral en su desesperación, a quien antes que la bomba le había estallado el cerebro dentro del cráneo.

Se sentaron Aracil y María en un banco de la plaza de Oriente, donde no daba la luz de los faroles. Al lado, dos viejas vestidas de negro, una de ellas con un niño, charlaban.

—Ya no hay religión —decía una—; crea usted, señora, que el mundo está muy perdido; ¿ha visto usted?, ahí cerca, en esa calle, están bailando.

—Deje usted que se diviertan.

—Sí, pero un día como el de hoy, que ha habido tantas víctimas... ¡Crea usted que cuando lo pienso...! Yo, si supiera quiénes son, los haría pedazos.

—Pues mire usted, señora; yo creo que han hecho muy mal, y que los que han puesto esa bomba son muy infames; pero eso también de pasear toda la corte y la aristocracia llena de alhajas en medio de la gente pobre, con la miseria que hay en Madrid... ¡Vamos, eso también...! Porque usted no sabe, señora, la pobreza que hay aquí.

–¡Dígamelo usted a mí, que vivo en barrios bajos!

Aracil, impaciente, se levantó.

–¿Quieres que tomemos un coche? –preguntó a María.

–No, no.

–Y si vamos solos por el camino de la Bombilla, ¿no infundiremos sospechas?

–Lo mejor será tomar el tranvía.

IX
En la Bombilla

Bajaron a la plaza de San Marcial. Voceaban los vendedores los periódicos de la noche.

Compró María la *Correspondencia* y el *Heraldo*, y montaron Aracil y su hija en un tranvía lleno que iba a la Bombilla.

«Así, con tanta gente», pensó el doctor, «no se fijarán en nosotros.»

En el trayecto, un señor siniestro, de bigote negro y algo bizco, se dedicó a lanzar miradas asesinas a María, y, por último, le preguntó, en voz baja, si podía hablarla. Ella volvió la cabeza y no hizo caso.

Bajaron en la estación del tranvía. El señor bizco, al ver a María cogida estrechamente del brazo de Aracil, desapareció.

Siguieron un poco más adelante padre e hija y llegaron a la parte ancha del camino, que tenía a un lado y a otro unos merenderos iluminados fuertemente por luces de arco voltaico.

Entraron en uno de éstos; pasaron a un vestíbulo grande, con un mostrador y varias mesas. Enfrente de la puerta de entrada se abría un patio con árboles, donde tocaba un organillo; de ambos lados del vestíbulo partían dos escaleras.

–Yo quisiera un cuarto –dijo Aracil a un mozo viejo que les salió al encuentro.

Subieron por una de las escaleras, y el mozo les llevó a un balcón-galería, dividido por persianas, que daba al patio con árboles, en donde bailaban, al son del organillo, unas cuantas parejas.

En otro cuarto de la galería, separado del departamento donde entraron el doctor y su hija por una persiana verde, había un hombre grueso, rojo, de sombrero cordobés, en compañía de una mujerona brutal.

–¡Vaya canela! –dijo el hombre gordo a María, con voz ronca, echándose el sombrero hacia la nuca–, y ¡olé las mujeres en el mundo!

María se volvió a mirar a este hombre con severidad, y él le dijo:

–¡No me mire usted así, niña, que me vuelve usted loco! ¡No sabe usted lo que a mí me gustan las mujeres de mal genio!

A María le dio ganas de reír la ocurrencia. Aracil, iracundo, salió rápidamente al pasillo y le dijo al mozo:

–Hombre, a ver si hay otro cuarto más aislado, porque se están metiendo con nosotros.

–Usted querrá –dijo el mozo, desgranando socarronamente las palabras– un cuarto de los escondidos, de los recónditos, vamos.

–Sí, señor.

–Bueno, bueno. Vengan ustedes conmigo –y el mozo guiñó los ojos con malicia; y les guió luego por un largo pasillo, con puertas pintadas de gris a los lados, y abrió un cuarto y encendió la luz eléctrica. Se sentía allí un olor de vino y de coñac tan fuerte, que María creyó marearse.

–¿Van ustedes a cenar? –preguntó el mozo.

–Sí.

Mientras hacía Aracil la lista de los platos, entró una florista con una cesta de claveles rojos y ofreció sus flores a María.

–¿Quiere usted?

–Bueno.

María tomó dos claveles grandes y rojos, y como había visto a todas las pendonas que danzaban por allí con flores en la cabeza, se las puso ella también, para parecer una de tantas. Luego se asomó a la ventana; Aracil hizo lo mismo, y pasó la mano por la cintura de su hija. Estaban así como protegidos el uno con el otro, cuando el mozo llamó: «¡Eh, señorito, que está la cena!».

María se volvió, y la expresión del camarero le hizo ruborizarse.

¡Qué opinión tendría de ella aquel hombre! Pero, en fin, esto era precisamente lo que se deseaba, que los tomaran por enamorados. Se sentaron a la mesa; ninguno de los dos sentía el menor apetito, y como Aracil pensaba que cualquier cosa podría servir de indicio para descubrirles, fue cogiendo la comida y tirándola por la ventana. No hicieron más que beber agua y tomar café con coñac. Cuando terminó la cena el camarero se retiró, y María cerró la puerta. Ya solos, Aracil comenzó a leer un periódico; pero se excitaba de tal manera que se ponía a temblar y le castañeteaban los dientes.

–¿Para qué lees? –le dijo María–; hay que tener serenidad. Vamos a ver el baile.

Se oía algazara de palmas y de gritos, que llegaba del patio. Se asomaron a la ventana. Enfrente, en un cuarto-galería, a la vista del público, una mujer y un hombre bailaron un zapateado al son de la guitarra. Debían de ser profesionales, a juzgar por la perfección con que se zarandeaban.

«¡Olé! ¡Venga de ahí!», gritaban unos cuantos sietemesinos, golfos y galafates, que formaban la reunión.

Un bárbaro, con una voz monótona de borracho, empezó a cantar, de un modo tan estúpido, una canción de cementerios y de agonías, cuando otro, imperiosamente, le dijo: «¡Calla, imbécil!».

Después, a ruego de la gente, el que tocaba la guitarra, un hombre pequeño, ya viejo, se dispuso a cantar; los señoritos y chulapones formaron un corro, y el cantador comenzó con una voz muy baja, de recitado, y como si tuviera prisa, el tango del Espartero:

> La muerte del Espartero
> en Sevilla causó espanto;
> desde Madrid lo trajeron,
> desde Madrid lo trajeron
> hasta el mismo camposanto.

Luego, la voz del cantador subió en el aire, como una flecha, hasta llegar a un tono agudísimo, y en este tono cantó el entierro del torero, las coronas que llevaba, las dedicatorias de los compañeros, la tristeza del pueblo, y, al terminar esta parte, la guitarra animó el final con unos cuantos acordes, como para no dejarse entristecer por la muerte del héroe.

Después, el cantador terminó el tango en tono de salmodia, con estas palabras:

> Murió por su valentía
> aquel valiente torero,
> llamado Manuel García
> apodado «el Espartero».

> En el circo madrileño
> toreó con mala suerte;
> la afición, que no dormía,
> le llorará eternamente.

Y el cantador dio fin con un rasguear furioso de la guitarra, y la gente del cuarto y la del patio aplaudió con entusiasmo. Pidieron que repitiese la misma canción, y volvió el hombre a cantarla de nuevo.

Aracil y María escuchaban absortos. En medio de la noche, aquel canto de fiereza, de abatimiento, de brutalidad y de dolor, producía una impresión honda y angustiosa.

–¡Qué país más terrible el nuestro! –murmuró Aracil, pensativo.

–Sí, es verdad –dijo María.

–Esa canción, ese baile, las voces, la música, todo chorrea violencia y sangre... Y eso es España, y eso es nuestra grandeza –añadió el doctor.

Padre e hija tuvieron que dominarse con un esfuerzo sobre sí mismos para volver a sus preocupaciones. Discutieron la hora de encaminarse a la Casa de Campo.

–Cuando esto acabe y ya no haya por aquí gente, creo que será lo mejor –dijo María.

–¿Y por dónde iremos?

–Por ahí; por ese puente que se llama de los Franceses.

–Pero yo creo que hay una estacada.

–La saltaremos.

–¡Qué valiente eres, María! Yo envidio tu serenidad; yo soy un cobarde, un harapo.

–¡Ca! Déjate de eso. Cree, por lo menos durante unas horas, que eres el mismo Cid.

Estuvieron sentados en el diván, mirando el suelo, sin decir nada; de cuando en cuando María preguntaba: «¿Qué hora es?». Aracil sacaba el reloj. No parecía sino que se habían paralizado las agujas; tan lentas pasaban las horas para ellos.

Al dar las doce el doctor suspiró:

–Todavía tenemos dos o tres horas para estar aquí. ¡Qué horror!

–Si quieres, vamos.

–¿Te parece bien?

–¿Por qué no? Anda. En marcha.

–Bueno. Vamos.

El doctor llamó al mozo, le pagó y le dio una buena propina; tomó otra copa de coñac, y padre e hija salieron del merendero, y, dando la vuelta a la casa, entraron en la parte de la Florida, oscura y desierta. A María le resonaron sin cesar en los oídos las notas del tango que acababa de oír.

X
Buscando el camino

Hacía una magnífica noche; el cielo, estrellado, resplandecía entre el follaje. Avanzaron los dos fugitivos aprisa, recatadamente; cruzaron un camino hondo y llegaron a la valla que limitaba la vía del tren.

–Por aquí debe haber un paso –dijo Aracil.

–Pero en la caseta habrá un guarda. No vayamos por ahí.

Siguieron a lo largo de la estacada, que era más alta que un hombre, buscando el sitio mejor para saltarla. Cerca del puente de los Franceses la vía estaba a mayor nivel que el terreno de ambos lados, de tal modo, que la altura de la estacada era grande por fuera, pero, en cambio, era pequeña por dentro. La caída, al saltar el obstáculo, no podía ser peligrosa.

Encontraron un punto en donde se levantaba un árbol al borde de la vía, embutido entre las estacas de la empalizada.

–Éste es el mejor sitio –dijo María–. Vamos. Mira a ver si anda alguno por ahí.

–No, no hay nadie.

Aracil cruzó las dos manos fuertemente, para que sirvieran de estribo; María puso en ellas el pie izquierdo y se agarró al árbol. Al primer intento no pudo encaramarse; las faldas le estorbaron; pero luego, con decisión, apoyó el pie derecho sobre las estacas y saltó al otro lado, sin lastimarse ni desollarse las manos.

–¿Te has hecho daño?

–No. Nada. Anda tú ahora.

Aracil intentó subir a la valla, pero no pudo; se martirizaba las manos, y, convulso y jadeante, forcejeaba, hasta que, aniquilado por el esfuerzo, se sentó en el suelo, sollozando.

–Descansa, descansa un rato –dijo María–, y luego vuelves a intentar.

–¿Y si viene alguno?

–No, no vendrá nadie.

Estuvieron sentados en el suelo, a los lados de la valla. De pronto se oyó el trepidar lejano de un tren, que se fue acercando con rapidez.

–Ocúltate –dijo Aracil.

–¿En dónde?

–Junto al árbol.

Se ocultó María; Aracil se tendió en el suelo, y el tren avanzó despacio, con un estrépito de hierro formidable. Aparecieron las luces de la locomotora, y comenzaron a pasar vagones. De pronto, la máquina lanzó un silbido estridente y echó una bocanada de humo negro, llena de chispas, que saturó el aire de olor a carbón de piedra.

–Vamos a ver ahora –dijo María, cuando se perdió de vista el tren.

–Parece mentira que sea uno tan botarate –murmuró Aracil.

–Mira. Espera un momento. –Y María, sentándose en el suelo y tirando con violencia, arrancó el volante de su vestido.

–¿Qué haces?

María no respondió; hizo un nudo con las dos puntas del volante y lo colocó en una estaca, como un estribo. Resultó demasiado bajo, y Aracil tuvo que hacer otro nudo. Luego apoyó el pie y vio que se sostenía; se agarró al tronco del árbol, y, con alguna dificultad, logró saltar, no sin desollarse las manos y lastimado un pie. Al salto, el gabán del doctor cayó fuera de la vía.

–Vamos –dijo Aracil.

–No; hay que coger el gabán. Si lo dejamos en el suelo, pueden averiguar por dónde nos hemos escapado.

Con ayuda del bastón recobraron el abrigo, guardaron el volante roto y echaron a andar por la vía. Comenzaron a cruzar despacio el puente de los Franceses, pasando por encima del camino de la Florida y de la carretera del Pardo. Abajo, en un merendero, se zarandeaban unas parejas al son de un organillo. Atravesaron el río, pasaron por delante de la casilla, iluminada, de un guardagujas y entraron en la Casa de Campo. Nadie les salió al encuentro. Avanzaron por la posesión real rápidamente, subieron al talud de la trinchera por donde iba la vía, cruzaron la estacada, en la cual faltaban varias estacas, que dejaban hueco de fácil paso, y salieron a terreno de árboles y matas.

Marchaban los dos entre la maleza, desgarrándose las ropas, sin querer tomar el camino. Aracil iba callado; María tarareaba, sin querer, el tango que acababa de oír. No podía olvidar esta canción; la obsesionaba y perseguía de una manera fastidiosa y molesta.

Perdían mucho tiempo marchando por entre los árboles. Además, era imposible orientarse. No tuvieron más remedio que salir al camino, y, después de andar mucho, Aracil, manifestando un profundo desaliento, dijo:

–La casa de Isidro no está por este lado de la vía, sino por el otro. Tendremos que bajar y volver a subir, y yo estoy rendido.

–No, no es necesario; hay un puente allá.

Efectivamente, había uno por encima de la vía. Lo atravesaron rápidamente, y, poco después, vieron una pareja de guardias civiles. Se ocultaron María y Aracil entre los árboles; cuando los guardias se perdieron de vista, siguieron andando, pero sin atreverse a marchar por el camino.

Ya comenzaba a clarear; las estrellas palidecían, las ramas de los árboles iban destacándose más fuertes en el cielo, todavía oscuro. Aracil se ponía los anteojos, miraba a un lado y a otro y se orientaba. Se acercaron a la tapia de la posesión real, y el doctor reconoció la casa de Isidro el guarda: una casa pequeña, que tenía un gran emparrado. La puerta aún no se había abierto.

–¿Qué hacemos? –preguntó Aracil–. ¿Llamaremos?

–No; habrá que esperar a que abran.

–Sí; será lo mejor. Vamos a ocultarnos por aquí.

Se tendieron en la hierba, húmeda de rocío, entre los árboles y frente a la casa del guarda, y, una vez uno y otra vez otro, espiaron el que se abriera la puerta. Estuvieron así más de media hora; el cielo se aclaraba por instantes, los pájaros piaban en la espesura. De pronto, María dijo:

–Han abierto una ventana.

Luego, al cabo de poco tiempo, se abrió la puerta.

–Ahora ha aparecido un hombre en mangas de camisa.

Aracil se puso los anteojos y miró: era Isidro. El guarda abrió un corral, de donde salió una nube de gallinas.

–Creo que ya debes ir –dijo María.

Aracil, con el corazón palpitante, se levantó y se acercó al guarda. Éste, al ver a aquel hombre lívido y destrozado, se detuvo, sin reconocerlo.

–Soy Aracil. Enrique Aracil, el médico, que viene huyendo –dijo el doctor, con voz lastimera como un sollozo–. Vengo a que usted me proteja.

El guarda agarró del brazo al doctor y, empujándolo violentamente, lo metió por la puerta del corral, que acababa de abrir.

–Entre usted ahí –le dijo al mismo tiempo.

María, al presenciar lo ocurrido, se sobresaltó.

«¿Qué pasará?», se dijo.

La brusquedad del guarda quedó pronto explicada, porque, un momento después, una mujer, con un cesto de ropa en la cabeza, salió de la casa, y, tras una corta charla con Isidro, se fue. Entonces el guarda volvió a buscar al doctor.

–Ahí está mi hija –le dijo Aracil.

Isidro fue a su encuentro, y les hizo pasar a los dos a un corralillo.

–¿Cómo ha venido hasta aquí? ¿No les ha visto nadie?

–Nadie. –Y María contó lo que habían hecho para llegar.

–Muy bien –exclamó el guarda.

Aracil quiso explicar lo ocurrido con el anarquista, pero balbuceaba, sin encontrar las palabras.

–No me tiene usted que decir nada, don Enrique –interrumpió el señor Isidro–; usted me necesita a mí, y yo tengo la obligación de servirle a usted. Y si usted pide mi vida, también. ¿Que usted no ha querido denunciar a un amigo? El mismo rey no hubiera podido hacer otra cosa. Vale más ir a presidio para toda la vida que no denunciar a un hombre.

El señor Isidro tenía sentimientos hidalguescos. Era lógico en un español, y quizá en todo hombre sencillo que considerase la ley de la hospitalidad como una ley superior a toda otra social o ciudadana. Luego de exponer sus ideas acerca de este punto, el guarda añadió:

–Ahora, que van a pasar aquí una mala temporada.

–Peor la pasaríamos presos –dijo María.

–También es verdad. Yo les llevaría a mi casa; pero hay mujeres, y algunas son blandas de boca.

–En cualquier lado estamos bien –replicó Aracil.

–Bueno, pues aquí se quedan ustedes –contestó el guarda–. Y no hay que apurarse, que para todo hay arreglo en este mundo. Ahora, sí; van ustedes a tener que dormir en el pajar.

–Muy bien –dijeron padre e hija.

–Hay otra cosa; que no podrán ustedes salir de este corralillo en todo el día.

–Nos conformaremos con todo –murmuró Aracil.

–Respecto a la comida, hay que ver cómo nos arreglamos. ¿La señorita sabe guisar algo?

–Sí.

—Pues yo les traeré unos cuantos celemines de habichuelas y de garbanzos, y todos los días matan una gallina o dos.

—No, no hay necesidad —dijo María.

—Bueno; pues yo enviaré un trozo de cecina para hacer una *miaja* de puchero. Aquí tienen ustedes leña.

—Muy bien. ¡Muchas gracias! —exclamaron padre e hija a la vez, con efusión.

—Las gracias a usted —contestó el señor Isidro—. Bueno; pues ahora vengo con todo. Yo tengo la llave del corral, y aquí no entra nadie... Y, paciencia, que las cosas del mundo conforme sean se toman.

El señor Isidro salió del corralillo, y María y Aracil se hicieron lenguas de la nobleza de este hombre. Ciertamente, su cara no indicaba, ni mucho menos, su bondad; tenía un tipo de facineroso para dar miedo a cualquiera. Estaba curtido por el sol y gastaba bigote y patillas de boca de hacha, ya grises. Llevaba sombrero blanco, traje de pana y polainas.

Volvió el señor Isidro al poco rato, y en varios viajes llevó lo que necesitaban los fugitivos, y encendió fuego.

—Ahora, lo que deben ustedes hacer es dormir. Y tranquilidad, que no dan con ustedes ni con podencos. Yo echaré un vistazo a la comida, y ustedes a descansar.

Y el guarda tomó una escalera de mano y la apoyó en la pared de una casucha encalada que había en el fondo del corralillo. Aracil y María subieron por ella y entraron por una ventana en el pajar. Ninguno de los dos pudo dormir en paz. Aracil se despertaba a cada momento, hablando; María soñó que estaba en un pueblo ceniciento, en donde todo el mundo huía sin saber de qué, y, de cuando en cuando, en alguna calle o plazoleta, había un hombre cantando una canción, y la canción era siempre la misma: el tango oído por ella en el merendero.

XI
Lo que dijeron los periódicos

La vida en aquel rincón fue para los dos fugitivos muy extraña y distinta de la normal. Se levantaban de madrugada, cuando oían al señor Isidro llamando a sus gallinas, y desde aquellas horas comenzaba para ellos una serie de operaciones que les distraía.

Por la mañana, Aracil, con una paciencia inaudita, machacaba entre dos piedras granos de cebada y avena, y con la especie de harina gruesa que quedaba hacía una pasta, que les servía como un puré, para el desayuno. Después, sólo con el cuidado de hacer hervir la olla, se pasaban toda la mañana.

María se entretuvo en quitar las iniciales a la poca ropa blanca que llevaban encima. Una de las preocupaciones del doctor Aracil fue la de curtirse al sol para quedar más desconocido; tenían padre e hija la cara blanca de los que no andan a la intemperie, y todos los días los dos se pasaban largos ratos al sol, para ir ennegreciendo.

Entre la comida, el tomar el sol y discutir proyectos de fuga, tuvieron, al principio, ocupación bastante.

El segundo día, el señor Isidro les dejó por la mañana un periódico. Lo leyeron, y renovó en ellos las tristezas y las angustias. No habían cogido todavía a Brull, y se perseguía como cómplice al doctor.

Las noticias más interesantes para Aracil publicadas por los diarios eran éstas:

«EN CASA DEL DOCTOR ARACIL

»Esta mañana se ha presentado un inspector de policía en casa del doctor don Enrique Aracil, pues está plenamente demostrado que el doctor era amigo del anarquista Brull. Se ha llamado repetidas veces en casa del señor Aracil, y, viendo que nadie contestaba, ha habido que buscar un cerrajero para que abriese la puerta. En la casa no había nadie. Interrogada la portera, ha dicho que vio salir al doctor Aracil a eso de las seis de la tarde del día del atentado. Se le preguntó si no le pareció extraño al ver la casa cerrada, y dijo que no, porque muy frecuentemente el doctor Aracil y su hija salían de Madrid sin avisar a nadie. Mientras el inspector hablaba con la portera, una muchacha, sirviente en un cuarto del mismo piso en donde vive el señor Aracil, ha dicho que ayer oyeron en la habitación del doctor el ruido de una fuente que corría. Preguntó a una de las criadas del señor Aracil: "¿Están tus señoritos?". Y ella dijo: "No". "Pues he oído el ruido de la fuente."

»Por el examen de la casa y por la declaración de esta muchacha, hay motivos para creer que Nilo Brull estuvo en casa del doctor Aracil y que después los dos, juntos o separados, han huido».

«EL COCHERO QUE CONDUJO AL DOCTOR ARACIL

»Se ha presentado el cochero del coche número 1.329 en el juzgado de Palacio. Ha declarado que llevó a un hombre de las señas de Aracil, elegante, de barba negra, con anteojos, gabán al brazo, desde la calle de Fuencarral a la del Prado.

«LA FAMILIA DE ARACIL

»Don Venancio Arce, ingeniero de minas, llamado por el juez del distrito de Palacio, ha dicho que su sobrina María Aracil estuvo el día del atentado en su casa, y que fue a visitar a una hija del ingeniero, enferma del sarampión. El señor Arce cree que su pariente Aracil conocía a Brull; pero que se puede tener la seguridad absoluta de que el doctor no tiene participación en el atentado. Pensar otra cosa le parece una locura.

»Doña Belén Arrillaga dijo que su sobrina María, hija del doctor Aracil, estuvo en su casa el día del atentado, desde las tres a las siete de la tarde, hora en que fue a recogerla su padre.»

«SOR MARÍA, DEL HOSPITAL GENERAL

»Sor María, de la sala de enfermos que está a cargo del doctor Aracil, ha declarado que la tarde del atentado vio entrar al doctor con una mujer. Le hizo la hermana una pregunta a Aracil respecto al tratamiento de un nefrítico, y luego no le vio más. Un mozo del hospital vio salir al doctor Aracil, con su hija, a eso de las siete o siete y media de la noche; habló un momento con ellos, pero el doctor no tenía ganas de conversación.

»Desde este momento nadie ha visto al doctor Aracil y a su hija.»

«SEÑAS DE LOS ANARQUISTAS

»Se han dado órdenes telegráficas a las estaciones de todas las líneas con las señas de Nilo Brull, del doctor Aracil y de su hija. Se duda de que consigan salir de España.»

«EL DOCTOR ARACIL

»El doctor Aracil tiene cuarenta y dos años, es de mediana estatura, delgado, de barba negra. El doctor es médico del Hospital General y goza de justa fama. Su clientela, numerosa, no es mayor, según dicen, porque él mismo no la cultiva. Es uno de los médicos más ilustres e inteligentes de Madrid. Su hija María es una linda muchacha de dieciocho años, muy conocida en la sociedad madrileña.

»Los amigos del doctor Aracil afirman que es un absurdo suponer que el doctor tenga complicidad en el atentado de Brull. Sin embargo, parece confirmarse que Aracil se hallaba relacionado con los anarquistas, a quienes favorecía con su influencia y su dinero.»

«UNA RUSA

»Se dice que una señorita rusa, afiliada al terrorismo, en compañía de un significado anarquista de Barcelona, que ha desaparecido, y de Brull, estuvieron en casa del doctor Aracil conferenciando con él. Por algunas personas se asegura que el doctor Aracil ha sido el inductor de este atentado, y que Brull ha obrado sólo como un instrumento.»

Cuando Aracil leía estas noticias en el rincón de la Casa de Campo, se estremecía de terror.

«La verdad es que esto», pensaba, «parece una pesadilla, un sueño de fiebre.»

Al cuarto día, la excitación que reflejaban los periódicos iba en aumento. Se detuvo a un italiano, tomándolo como anarquista, y estuvo a punto de ser linchado, pero demostró claramente su inocencia. Ni el criminal, ni el encubridor aparecían. En los periódicos, Aracil tomaba una personalidad siniestra; se le quería complicar en la bomba de París y en las de Barcelona, y se suponía que era el jefe de una asociación terrorista. Desde Londres enviaron a Madrid una información folletinesca de lo más absurdo posible. Según esta información, en el Centro Anarquista Internacional de Londres se había celebrado una gran reunión, en donde se había discutido y aprobado la muerte de los reyes de España. Brull, que asistió a la reunión, dijo que él, en compañía de un señor don José, iría a España a dinamitar a los reyes. El relato tenía el aspecto de una filfa, y el fantástico y anarquista señor don José parecía salido de la ópera *Carmen*, más que de la realidad.

Para fin de fiesta, el doctor Iturrioz comenzó a contar una de historias que acabaron de embarullar por completo el asunto. Iturrioz habló de un millonario extranjero que protegía a su amigo Aracil, y cuyo automóvil rojo había visto pasar a toda velocidad el mismo día del atentado, y pintó tales misterios, siempre diciendo que no sabía nada, que no tenía dato alguno, sino que suponía, pensaba, que puso en movimiento a toda la policía y la lanzó sobre una serie de pistas falsas.

–¿Para qué hará esto Iturrioz? –preguntaba Aracil a María.

–Para engañar a la policía, seguramente.

–Eso debe ser. Lo que a mí me preocupa es Brull. ¿Qué hace ese hombre?

Al quinto día, un periódico afirmó que Aracil estaba ya en París, y la noticia le hizo pensar al doctor.

–¿Qué te parece –le dijo a María– si escribiera a mi amigo Fournier para que diga que me han visto allí?

–Muy bien.

Escribió una nota Aracil, firmándola.

–¿Y si alguno del correo la ve? –preguntó María.

–No van a abrir las cartas.

–¡Fíate! Por si acaso, convendría no firmar. ¿No podrías decir algo a tu amigo que le indicase que eras tú quien le escribías, sin poner tu nombre?

–Sí; pondré esto: «El antiguo compañero del número siete del hotel Médicis».

–Sí, es lo mejor. También estaría bien ponerlo en un idioma que no lo comprendiesen.

–Fournier sabe el inglés.

–Pues escribiré yo en inglés.

–Sí, es buena idea. Además, le voy a decir que haga unas tarjetas con mi nombre y las deje en cuatro o cinco sitios.

Tradujo María la carta al inglés, la copió Aracil y escribió ella el sobre. El señor Isidro echó la carta, con grandes precauciones, comprando primero el sello y luego pegándolo él mismo.

XII
La despedida de Brull

Tres días después de enviada la carta, los periódicos trajeron una noticia sensacional: la muerte de Brull. Una mañana, al amanecer, se oyeron dos tiros en una casa de la calle de San Mateo. El sereno y los guardias de servicio llamaron en la casa en donde se habían oído las detonaciones; despertaron a la portera y reconocieron todos los cuartos. Ya se iban a marchar, cuando uno de ellos vio que por debajo de la puerta de una buhardilla deshabitada salía un reguero de sangre. Descerrajada la puerta, los guardias encontraron el cuerpo de Nilo Brull, que acababa de expirar. El anarquista se había suicidado. Junto a él, en un cuaderno escrito con lápiz, encontraron los guardias una carta de despedida del anarquista, que publicaron y comentaron los periódicos.

Decía así:

«A LOS ESPAÑOLES

»Momentos antes de morir, frío, tranquilo, con el convencimiento de mi superioridad sobre vosotros, quiero hablaros.

»Durante toda mi vida, la sociedad me ha perseguido, me ha acorralado como a una fiera. Siendo el mejor, he sido considerado como el peor; siendo el primero, se me ha considerado como el último.

»Daría los motivos de mi gran obra de altruismo si los españoles pudieran comprenderme; pero tengo la seguridad de que no me comprenderán, de que no pueden comprenderme. Los esclavos no se explican al rebelde, y vosotros sois esclavos todos, hasta los que se creen emancipados. Unos del rey, otros de la moral, otros de Dios, otros del uniforme, otros de la ciencia, otros de Kant o de Velázquez.

»Todo es esclavitud y miseria.

»Yo sólo soy rebelde, soy el Rebelde por excelencia. Mi rebeldía no procede de esas concepciones necias y vulgares de los Reclus y de los Kropotkin.

»Yo voy más lejos, más lejos que las ideas.

»Yo estoy por encima de la justicia. Mi plan no es más que éste: empujar el mundo hacia el caos.

»He realizado mi Gran Obra solo. Quizá no lo crean los imbéciles que suponen que los atentados anarquistas se realizan por complot.

»Sí; he estado solo; solo frente al destino.

»Si hubiera tenido necesidad de un cómplice no hubiera llegado al fin. En España no hay un hombre con bastante corazón para secundarme a mí. No hay dos como yo. Yo soy un león metido en un corral de gallinas.

»Hubiese escrito con gusto un estudio acerca de la psicología del anarquista de acción para dedicárselo a la Sociedad de Psicología de París, basándome en observaciones mías interesantísimas, pero no hay tiempo.

»Durante estos últimos meses tenía la idea vaga de llevar a cabo mi Gran Obra. Cuando me convencí de la necesidad de ejecutarla, mis vacilaciones desaparecieron y viví tranquilo, estudiando el momento y la manera de conducirla al fin.

»Viví tranquilo, y la vida que me escamotearon los demás la viví enérgicamente en el tiempo en que preparaba mi obra.

»¿Se puede comparar la intensidad extraordinaria de mi vida con la existencia ridícula de los sibaritas de la antigua Roma o con la no menos ridícula de los cortesanos de Versalles?

»Solo en cualquier noche antes del atentado, cuando tiraba desde el balcón una naranja, para ver dónde caía en la calle, y poder precisar el modo de echar la bomba, tenía yo más emociones que todos ellos.

»Sí. Me he resarcido en grande.

»En el último momento, al tomar la bomba entre las manos, y al inyectarle la nitrobencina, temblaba: "Tiembla, grande hombre", me dije a mí mismo; "tienes derecho a eso y a más".

»¡Y cuando la lancé, rodeándola con flores! Al estallar, creí que se me desgarraban las entrañas.

»Algo semejante debe sentir la mujer al parir. Yo acababa también de dejar en el mundo algo vivo.

»Antes de mí, en España no había nada. ¡Nada! Después de mi

Gran Acto vivía yo un ideal: la Anarquía. Yo lo acababa de echar al mundo en aquel momento terrible.

»Si hubiese posibilidad de comparación entre el autor de un hecho individual oscuro y sin trascendencia y el autor de un acontecimiento que habrá conmovido el mundo, diría que mi estado de automatismo cerebral, desde que pensé mi Obra hasta que la realicé, era idéntico al de Raskolnikof, en *Crimen y castigo*, de Dostoievski.

»Creo que pocos hombres hubieran tenido mi serenidad. En el momento terrible, cuando estaba en el balcón con la bomba en la mano, vi en la calle unas cuantas muchachas que reían. Sin embargo, no vacilé. Implacable como el Destino, las condené de antemano a la muerte. Era necesario.

»He realizado mi Gran Obra y la he realizado solo y con éxito.

»Creo que mi atentado es el más grande de cuantos se han cometido. Todos los españoles, si no fueran cretinos, debieran agradecerme, todos: el rey, porque he dignificado su cargo; la burguesía, porque ante el peligro parece menos egoísta y vil; el pueblo, porque ha aprendido de mí la forma más eficaz y más enérgica de la protesta.

»He tenido un instante de debilidad, es cierto, al acogerme en casa del doctor Aracil. No me arrepiento. Este instante pasajero de flaqueza me ha permitido tener, en el último momento, la conciencia de mi vida y de la magnitud de mi obra.

»Me voy a hundir en la nada incrustándome una bala en el corazón. Deshacer mi cerebro, disparar contra él, me parecería un sacrilegio. Además, no lo podrían estudiar los médicos, y como este cerebro no encontrarán muchos.

»Adiós,

                                                        »*Nilo Brull*».

Aracil, al leer esta carta, quedó pensativo.

La parte teatral, enfática, el bello gesto de mediterráneo que había dejado Brull, le producía cierta envidia.

«La verdad es que era todo un hombre», murmuró.

Luego, volviendo sobre su sentimiento, pensó en la fuerza de ilusión que tiene el hombre para convertir las acideces de su estómago y las irritaciones del hígado en motivos idealistas y metafísicos...

Se pudo seguir el camino llevado por el anarquista, saltando tejados desde el cuarto de la casa del doctor Aracil hasta allí.

Ya resuelto el desenlace del actor principal del drama, aunque no a satisfacción de la justicia ni del público, los periódicos comenzaron a zaherir y a burlarse de la policía y del gobierno porque no lograba coger a Aracil.

Algunos aseguraban que el doctor había salido de España en automóvil, en el célebre automóvil rojo del millonario visto por Iturrioz; otros, que en el tren, disfrazado; pero la mayoría opinaba que el doctor y su hija se hallaban escondidos en Madrid.

En esto, a los cinco días de enviar Aracil la carta a su amigo de París, trajeron los periódicos la siguiente noticia con letras grandes: «El doctor Aracil, en París», y a continuación una serie de telegramas.

El doctor había estado en la redacción de *El Intransigente* a saludar a Rochefort, y en su conversación con uno de los redactores de dicho periódico había dicho que Nilo Brull, sin duda, se dirigió a su casa a pedirle protección por ser su amigo. El doctor no podía desampararle ni protegerle, y había optado por abandonarle la casa. Aracil había pasado la frontera en el automóvil de un amigo y se disponía a marchar a América, pero no tenía inconveniente en volver a España, cuando se calmara la efervescencia del momento, para probar su absoluta inocencia. Aracil había estado en casa de los corresponsales de los periódicos madrileños en París, dejando su tarjeta.

La campaña estuvo lo bastante bien hecha para que nadie dudara. Se intentó averiguar quién había salvado al doctor, pero no se puso nada en claro.

Se discutió la cuestión de la extradición de Aracil, y a los cuatro o cinco días los periódicos comenzaron a dar este asunto por terminado.

La Época dijo: «Los anarquistas pueden estar satisfechos; han dado la batalla sin pérdidas por su parte».

XIII
La partida

A las dos semanas de encierro, Aracil se sentía aplanado por la soledad y el silencio.

–Creo que debíamos marcharnos ya –dijo Aracil a su hija, después de pensarlo varios días–. Isidro no puede vivir en paz teniéndonos a nosotros aquí.

–¿Por qué?

–Porque ya es molestar demasiado.

–No; es algo más que molestar. Pero a Isidro no le importa. Por él podemos estar aquí un año si queremos.

Y era verdad. El guarda tenía una abnegación extraordinaria. El devolver el beneficio al doctor Aracil, que le había curado su hija, le producía tal júbilo, que rebosaba de contento.

A pesar de esto, Aracil quería marcharse; se sentía abatido, achicado de encontrarse solo, y necesitaba verse entre gente, en un sitio donde poder hablar y lucirse.

María era partidaria de pasar allí todavía un par de meses y luego marcharse en el tren, sin tomar precaución alguna; pero Aracil confesó que no podía más, que estar metido en aquel rincón le era insoportable.

–Bueno, pues, nos iremos –dijo María.

Decidieron la marcha. Lo más prudente era que Aracil fuese solo, aprovechando trenes de ferias, y que esperase a María en la frontera; pero el doctor aseguró que temía la soledad, pues era capaz de hacer cualquier tontería. Yendo juntos era una locura tomar el tren, estando todavía tan reciente el atentado y las órdenes dadas a la policía. Lo mejor era ir a caballo. De acuerdo padre e hija en este punto, discutieron por dónde intentarían salir de España. Aracil creía lo más sencillo encaminarse directamente a Francia. María encontraba mejor marchar a Portugal.

–En primer término, el viaje es más corto –dijo ella–; luego, la que hay que cruzar es tierra más despoblada y seguramente camino menos vigilado.

María había oído hablar de este viaje varias veces a su primo Venancio. Consultaron con Isidro, y éste fue partidario de la marcha por Portugal.

–Nada; pues vamos por Portugal –dijo el doctor.

Se comenzaron a hacer los preparativos; Isidro compró dos caballos baratos y los dejó en una cuadra de un amigo suyo de las Ventas de Alcorcón. Trajo ropas de campesino, usadas; para Aracil, una especie de marsellés, faja y pantalones de pana, y un refajo y una chaqueta para María.

María cosió unos cuantos billetes de banco, el capital con que contaban, en el forro de la americana de su padre después de haberlos envuelto en un trozo de hule, y se quedaron con unos duros y unas pesetas sueltas para el camino.

El señor Isidro enseñó a Aracil, en un borrico que tenía, la manera de echarle las albardillas y ponerle la cincha y el ataharre. Luego compró el guarda una manta y unas alforjas, en donde metió unas cuantas libras de chocolate, un queso, una bota y pan, por si algunos días no encontraban comida en el camino. María le mandó comprar una tetera, un bote de té y una maquinilla de alcohol.

El señor Isidro se agenció un plano de España, y, por último, le dio al doctor su cédula y sus papeles.

–Usted se llama como yo, Isidro García; es usted guarda de la Casa de Campo y va usted con su hija a San Martín de Valdeiglesias. Desde San Martín dicen ustedes que han ido hasta allá en tren, y que van a la Vera de Plasencia.

Hicieron una lista de los pueblos por los que tenían que cruzar, y, ya decididos, fijó el día de la salida, y dispuesto todo, les hizo salir de su encierro, y los tres, cargados con una porción de cosas, y por entre las matas, cruzaron gran parte de la Casa de Campo hasta un lugar frontero a la aldea de Aravaca.

Al llegar a este punto, Isidro cogió una escalera de mano y la apoyó en la tapia. Subió, miró a derecha e izquierda, y dijo: «¡Hala! Vengan ustedes».

Subieron María y Aracil. La tapia, por el otro lado, apenas levantaba un metro del suelo; así que de un brinco quedaron fuera.

–Ahora sigan ustedes bordeando esta tapia –dijo el señor Isidro–; yo voy a adelantarme para traerles a ustedes los caballos.

El guarda desapareció en un instante; Aracil y María continuaron solos. La noche estaba negra; en el suelo, mojado por la lluvia, se hundían los pies. No se cruzaron con nadie. Clareaba ya el alba cuando llegaron a las Ventas de Alcorcón.

En la carretera les esperaba el guarda teniendo de la brida a los dos caballos.

—¡Ea, vamos allá! —dijo el señor Isidro—. La yegua de usted, don Enrique, se llama *Montesina*, y el jaco de la señorita, *Galán*. Hábleles usted, porque estos animales obedecen muchas veces mejor a la palabra que al palo.

Prometió hacerlo así Aracil. El guarda ayudó a montar a padre e hija, dio una varita a cada uno de ellos, les estrechó la mano afectuosamente, y les dijo:

—¡Vaya, filando! Adiós y buena suerte.

XIV
Se alejan de Madrid

El doctor y María comenzaron a marchar por la carretera hacia el campamento de Carabanchel. Iba haciéndose de día. Madrid se destacaba sobre un fondo rojo de llamas; salía el sol por encima de la ciudad, y a poniente, el cielo azul oscuro se velaba con nieves blancas.

Se cruzaron Aracil y María con gran número de traperos, en sus carros, y lecheros que trotaban en pequeños caballejos peludos camino de Madrid.

No habían hecho más que pasar del campamento, cuando la yegua de Aracil, comprendiendo, sin duda, la falta de condiciones ecuestres del jinete, se paró, sin querer andar más.

–¡Vamos, *Montesina*! ¡Vamos! –le dijo el doctor varias veces.

Todos los razonamientos suaves y persuasivos fueron inútiles. Era la yegua endiablada y terca, y parecía clavada en tierra; el doctor bajó del caballo, para hacerle andar tirándole del ronzal, pero no consiguió nada. Así estuvieron cerca de una hora, cuando un chiquillo que venía caballero en un rocín, encaramado entre cántaros de leche, se paró y dijo:

–¿Qué, no quiere andar?

–No.

El chico bajó de su caballo y le dijo al doctor:

–Suba usted, ya verá usted como anda.

Aracil subió; el muchacho cogió la vara con las dos manos y le arrimó un estacazo a la yegua que le hizo tomar por aquella carretera un trote cochinero. Aracil se agarró a la albardilla, y estuvo a punto de caerse, pero consiguió guardar el equilibrio.

El pobre animal, con el recuerdo del garrotazo, ya no volvió a pararse. Llegaron al mediodía a Alcorcón, y, como no querían preguntar nada a la gente, por no infundir sospechas, tomaron, por inspiración de Aracil, el camino de Móstoles, en vez del de Villaviciosa.

Ya llegaban al pueblo del célebre alcalde que declaró la guerra a Napoleón, cuando encontraron un mendigo desharrapado, de barba negra y mirada huraña.

–¿Es este pueblo Villaviciosa, buen hombre? –preguntó Aracil.

–No. Éste es Móstoles. Para coger el camino de Villaviciosa tienen ustedes que volver a Alcorcón y tomar la carretera de la izquierda, que parte de enfrente de unos alfares.

Volvieron grupas hasta encontrar el camino, y por la tarde pasaron por delante de Villaviciosa. Comieron pan y chocolate, y, como estaban molidos y cansados por la falta de sueño de la noche anterior y por la falta de costumbre de montar, subieron, con los caballos de las riendas, a un bosquecillo de robles e hicieron allí alto. Aracil ató las caballerías a un árbol y después fue a buscar agua con una botella a un riachuelo que corría en el fondo de un barranco. Mientras tanto, María encendió una hermosa hoguera con ramas secas; y, cuando vino su padre, los dos se tendieron cerca del fuego, envueltos en la manta. Por la mañana se despertaron, ateridos de frío; María revolvió las cenizas de la hoguera y encendió un poco de lumbre. Calentó agua e hizo té, y estaban tomándolo cuando vieron, con gran susto, saliendo de entre la espesura, un hombre embozado en un tapabocas, con una escopeta en la mano.

–¿Qué hay? –le preguntó Aracil, temblando.

–¿Qué hacen ustedes aquí?

–Vamos a San Martín, y hemos descansado un rato.

–¿Son ustedes de Madrid?

–Sí. Yo soy guarda de la Casa de Campo.

–¡Ah! ¡Demonio! Tiene usted buen carguito.

–¡Pchs!

–¡Ya lo creo!

–Y ¿por qué venía usted con tantas precauciones? –preguntó el doctor.

–Es que cuando he visto fuego, he pensado si serían ustedes húngaros. Y cuando veo esa gente voy preparado. Por si acaso. Porque a mí no me engaña ningún chato.

–Pues de chatos no tenemos nada, compadre –dijo Aracil, más tranquilo.

–Ya lo veo. ¿Qué, me quiere usted comprar una liebre, compañero? –preguntó el guarda.

–Según como sea.

–Ahí la tengo, en una casa de aquí cerca.

El guarda de Villaviciosa bajó los dos caballos a la carretera, luego ayudó a montar a María, y, hablándola de tú, la dedicó algunas galanterías montaraces.

Anduvieron un cuarto de hora los tres juntos hasta llegar a una casucha, en donde el guarda entró, y salió luego con una liebre en la mano.

–¿Cuánto es? –dijo Aracil.

–Dos pesetas.

–Es cara.

–¡Como ustedes la tienen de balde...! En fin, se la daré a usted por seis reales.

Pagó Aracil.

–¿Pasarán ustedes pronto por aquí? –preguntó el guarda.

–Dentro de tres o cuatro días.

–Pues adiós. ¡Adiós, chica!

–¡Adiós, tú! –dijo, con desenfado, María. Luego le preguntó a su padre–: ¿Por qué le has dicho que la liebre es cara, si es baratísima?

–Para que no sospeche que uno no es aldeano –contestó Aracil irónicamente–. Cuanto más roñoso, más carácter tiene uno de campesino.

–Sí, es verdad.

Pasaron varios automóviles por la carretera, levantando nubes de polvo y dejando una peste de petróleo.

–Ésta es la riqueza española –murmuró el doctor–; no sirve más que para ensuciarnos y dejar mal olor en el camino.

Al mediodía, Aracil y su hija se acercaron a Brunete: lo perdieron pronto de vista y siguieron adelante, hasta detenerse en un ventorro, llamado de Los Dos Caminos, levantado en un alto y en el cruce de dos carreteras.

Era la venta una casuca baja, de tejado terrero, colocada en un lugar solitario y triste. Aracil lo diputó seguro y tranquilo para ellos. Con el ensayo de la noche anterior, le pareció muy peligroso quedarse en el campo. Llamó a la ventera, le dio la liebre, encargándole que la guisara, y pidió paja y cebada para las caballerías.

Se calentaron padre e hija al amor de la lumbre, y ya confortados salieron al raso de la venta y se sentaron en un banco de piedra. El campo era allí desolado y yermo. El anochecer fue muy triste. Algún carromato pasó despacio, dando barquinazos por la carretera. El aire estaba frío, y silbaba el viento con violencia por aquellos descampados.

Ya de noche, llegó el ventorrillero, seguido de su perro, y se sentó a la lumbre; la mujer sacó la liebre, guisada con arroz, en una cazuela, y Aracil y María comieron con gran apetito. Los chicos del ventorro les miraban comer con cara de golosina, y, apiadada María de ellos, les dejó una buena ración, que devoraron con verdadera ansia.

Estaba María calentando agua para el té, cuando se presentaron dos guardas de uniforme. Eran de la finca de un ricacho de Brunete, y se daban tono de autoridades; llevaba cada uno su escopeta y su canana llena de cartuchos. Tomaron los guardas unas copas, charlaron un rato, y se fueron.

–Todos éstos son unos matones –dijo el ventero, señalándolos.

–Sí, ¿eh?

–El que no es algo peor.

–¿Son mala gente esos guardas?

–Muy mala.

El ventero cerró la puerta de la casa y luego estuvo contando a Aracil escenas de la guerra carlista, en la que había tomado parte como soldado. María dormitaba, y el ventero, comprendiendo el cansancio de sus huéspedes, tomó el farol y les acompañó al pajar.

El viento gemía en el silencio de la noche.

Se quitaron padre e hija las botas, metieron los pies entre la paja, se tendieron a lo largo, cubiertos con la manta, y quedaron dormidos.

XV
San Juan de los Pastores

A la mañana siguiente, cuando salieron del ventorro Los Dos Caminos, amanecía. El cielo, bajo y gris, se disolvía en una lluvia fina y tenue. A la hora de salir de la venta, la llovizna se convirtió en chaparrón, y Aracil y María se guarecieron debajo de un puente echado sobre un arroyo. Al acercarse a la orilla a cobijarse bajo el puente se encontraron con dos hombres de aspecto vagabundo, que descansaban sentados en la arena.

Les saludó Aracil, contestaron ellos con indiferencia al saludo, y, reunidos, esperaron a que escampara la lluvia. En esto aparecieron en la orilla del río los dos guardas que habían estado la noche anterior en el ventorro Los Dos Caminos, y uno de ellos, dirigiéndose a los vagabundos, les dijo:

–¡Hala! Fuera de aquí.

–Las orillas de los ríos no tienen dueño –murmuró el viejo, con acento irritado.

–Pues esto es de mi amo –replicó el guarda–, y haga usted el favor de marcharse de aquí.

–Así se trata a la gente honrada –exclamó el viejo con tono enfático–. Así va España. Pues sepa usted que yo, a pesar de venir a recogerme debajo del puente, soy un hombre conocido, sí, señor, y hasta ilustre...; soy musiú Roberto del Castillo.

–¿Y a mí qué me cuenta usted? –dijo el guarda, con una grosería bestial–. Basta de conversación, y fuera de aquí.

–Bueno; ahuecando –dijo el pequeño.

Los dos vagabundos se levantaron; el uno tomó su zurrón y el otro un fardel de lienzo en la mano, y salieron de debajo del puente y echaron a andar en medio de la lluvia.

–¿No se puede estar aquí? –preguntó Aracil con voz agria.

–Sí, ustedes pueden quedarse.

Aracil no quería deber ningún favor a aquella gente grosera y despótica, y cuando el chaparrón amenguó un poco, sacó los caballos de la orilla del arroyo, ayudó a montar a María y se pusieron los dos en camino.

—¡Qué canallas! —exclamó Aracil—. ¡Qué ganas tiene todo el mundo de ser déspota! ¿Eh?

—Sí. Es una cosa antipática.

—Si yo fuera como esa gente pobre, todos los días tiraría una tapia y mataría un guarda. Al cabo de diez años de este sistema la tierra sería de todos.

Aracil empezaba a sentirse bravucón. Hablando de estas cosas iban al paso, cuando notaron que comenzaba a variar y a elevarse el suelo. Entraban en terreno más agrio y riscoso. A un lado y a otro se veían enormes peñascos de granito, algunos colocados sobre otros, como grandes dólmenes. Iba tomando el campo aire de sierra. En la dirección de Madrid se veía una inmensa planicie; había salido el sol entre nubes y refulgía su luz en los campos verdes, y se destacaban las hondonadas en sombra como pinceladas oscuras.

Estaban contemplando la vasta llanura cuando por una senda llegaron a la carretera los dos vagabundos del puente. El viejo vestía un levitón largo, una gorra y una bufanda, lo que le daba un aspecto extravagante para andar por el campo; el otro, bajito, afeitado, con una barba de diez o doce días, llevaba una chaqueta raída, un pantalón azul de mecánico, un gorro redondo, que antes debió de pertenecer a un soldado de caballería, alpargatas blancas y un fardelillo en la mano.

—¡Qué brutos han estado esos guardas con ustedes! —dijo Aracil—; no tenían derecho a echar a nadie de allí.

—Aquí no importa nada tener derecho o no —dijo vivamente el viejo, con acento extraño.

—¿Van ustedes lejos? —preguntó Aracil.

—A la feria de La Adrada —contestó el pequeño—. Este señor es francés, y va luego a Portugal a embarcarse para América.

—¡Ah! Es francés.

María creyó que su padre tenía ganas de entrar en conversación con aquel hombre, y, por lo bajo, murmuró:

—Papá.

—¿Qué?

—No hables en francés con este hombre.

Aracil miró a su hija extrañado, viendo que había comprendido su intención, y luego, dirigiéndose al viejo, le preguntó:

–¿De manera que es usted francés?

–No, señor; soy español, vendo específicos; pero, como he estado mucho tiempo en Argelia, me llaman todos musiú Roberto del Castillo, o «el Musiú».

–¿Y qué específicos vende usted?

–Todos de mi invención. Tengo un elixir para las tenias.

–Hombre, ¿y de qué se compone? –preguntó Aracil, en tono de chunga.

–Aunque se lo dijera no lo comprendería usted, buen hombre.

El doctor botó en la silla; hubiese entablado una discusión con el inventor del elixir, para reírse de él, pero tuvo prudencia, y dejó que el Musiú lo tomara por un palurdo y lo despreciara.

–También tengo unos polvos para el cáncer –agregó el inventor.

–Quizá de arsénico –repuso Aracil.

–¡Ca! ¡Hombre, no diga usted disparates! –y el Musiú se echó a reír a carcajadas–. El arsénico es un veneno, hombre.

–Pero un veneno puede ser medicina –arguyó Aracil.

–¡Calle usted, hombre! ¡Calle usted! –replicó el Musiú–; vale más que no hable usted lo que no entiende.

Aracil, picado con las contestaciones del viejo, se dirigió al joven, y le dijo:

–La verdad es que esos guardas son muy brutos y no saben tratar a la gente.

–Pues éstos son canela fina al lado de algunos otros.

–¿Hay otros más brutos todavía?

–¡Uf! ¡Ya lo creo! Ya ve usted, yo soy el Ninchi; no sé si habrá usted oído mi nombre en los periódicos, porque me han llevado varias veces de quincena por blasfemo. Pues bien; hace un año me pescaron unos guardias subido a una tapia cogiendo fruta, y me dieron una paliza de órdago. Ya ve usted, me han dejado manco –y el Ninchi mostró el brazo anquilosado e inútil.

–Y ahora, ¿no podrá usted hacer nada? –preguntó María.

–Nada. No sé cómo no me mataron. ¡Me dieron una de palos...! Verdad es que yo soy más fuerte de lo que parezco.

–Pero es una salvajada –dijo Aracil.

–¡Así va España!; así va esta desgraciada nación –saltó diciendo musiú Roberto del Castillo.

—El Musiú es un sabio —dijo el Ninchi, con ironía; luego añadió—: si nos dieran ustedes unas perras para tomar algo aquí —y señaló un ventorrillo—, nos harían un favor.

Aracil le dio unos cuartos al Ninchi, y éste y el Musiú quedaron en el ventorro, y el doctor y su hija siguieron su camino.

Arreciaba la lluvia, y los viajeros se desviaron de la carretera, y se encaminaron, por una senda, a un pueblo que se veía a poca distancia.

—¿Qué pueblo es éste? —preguntó Aracil a un zagalillo, que volvía con unas cabras.

—Chapinería.

Llegaron a la posada y entraron en la cocina. La ventera, una mujer gorda, embarazada, de mal genio, hablaba con una comadre, sin mirarle a la cara. Aracil y su hija se secaron a la lumbre y pidieron de comer. La posadera, con muy mal gesto, les hizo la comida, consistente en un guisado de patatas, y comieron al mismo tiempo que un zapatero remendón y vagabundo, que andaba de pueblo en pueblo echando medias suelas.

En esto entró en la cocina un hombre charlatán y sabihondo, algún notable del pueblo, y, a las primeras de cambio, dijo con orgullo que era masón y socialista. El hombre, curioso como un diablo, después de interrogar al zapatero, quiso seguir su interrogatorio con Aracil, pero éste le contestó secamente que era guarda de la Casa de Campo y que iban de viaje.

Después, aunque seguía lloviendo, advirtió a María que iban a continuar.

El charlatán masón y socialista dijo, para que le oyeran, que todos los guardas de las posesiones reales tenían más orgullo que don Rodrigo en la horca, y Aracil, haciéndose el ofendido, pagó la cuenta y salió de la posada.

Dejaron Chapinería, volvieron a tomar la carretera y cruzaron por un pueblecillo bastante bonito, llamado Navas del Rey. A la salida del pueblo, un soldado joven de la guardia civil les saludó amablemente, y quedó contemplando a María con gran entusiasmo.

—¡Has hecho estragos en la Benemérita! —dijo Aracil, irónicamente, a su hija.

—Sí; me parece que sí —contestó ella riendo.

Comenzaron a bajar una gran cuesta, entre dos vertientes cubiertas de pinares. El cielo, violáceo en una zona y plomizo en otra, se presentaba amenazador; las masas de pinos se ensanchaban sombrías y negruzcas en las laderas del monte. Por la carretera, cubierta de pinocha, pasaba alguno que otro carro de bueyes cargado de maderas; una nube pizarrosa se extendió por el cielo. Comenzó a llover; el camino se puso resbaladizo y peligroso; luego, el tiempo se cerró definitivamente.

Bajaron despacio la cuesta, que trazaba varias curvas en espiral, hasta llegar, ya caída la tarde, a un ventorro largo y estrecho, construido con piedras gruesas, que se levantaba junto a un arroyo. El ventorro se llamaba de San Juan de los Pastores.

Dejaron Aracil y su hija los caballos, y se metieron en la cocina, al lado del fuego, que despedía un humazo que impregnaba las ropas y hacía llorar. Un zagal, con los pies desnudos, renovó unas rajuelas de tea que ardían en una hornacina labrada en la pared, de piedra, y la luz se extendió más fuerte por la negra cocina.

Se habían acogido en el ventorro unos cuantos pastores trashumantes, y María y Aracil los estuvieron contemplando. Uno de ellos era un tipo flaco, aguileño, con aire triste de antiguo siervo. Venía de Extremadura con su rebaño, y marchaba a Castilla.

Llevaba como zagal a su hijo, un chiquillo enfermizo, rubio y delgado, con un tipo de príncipe. Estos dos pastores melancólicos, los dos montañeses, con sus ojos azules claros y su porte soñador, aristocrático, se distinguían en medio de los otros, plebe de la llanura, de nariz chata y pómulos salientes.

Entrada la noche, se presentó el ventero con cuatro guardianes de los pinares. El ventero era de Torrelodones, alto, jaquetón, de bigote negro. Le llamaban «el Mellado»; hablaba en un tono muy chusco, entre desdeñoso y agresivo: y decía a cada paso: «¡Mardita sea la pena!». El Mellado era hablador, y dijo que había sido amigo de Frascuelo, por lo cual ya creía que entendía más de toros que nadie. Los guardianes también tenían su opinión en cuestiones de tauromaquia, y hubo entre ellos y el Mellado una larguísima discusión acerca de todos los maletas y novilleros de Madrid; se hicieron cábalas acerca del porvenir de estos futuros toreadores, y María tuvo el gusto de oír por primera vez el nombre del Polaca, del Mondonguito, del Guaja Chico, del Patata y de otra porción de superhombres desconocidos para ella.

Por si uno de éstos era mejor que otro, se entabló una agria discusión entre el Mellado y uno de los guardianes, y éste se permitió decir al ventero que era un blanco.

—A mí no me dice eso nadie –gritó el Mellado con tono trágico–, porque por menos que eso mato yo a un hombre.

—¡Qué has de matar tú! ¡Boceras! –saltó la mujer–. Anda, que hay que ver si se encuentra sitio para el rebaño de estos pastores.

El Mellado no debía ser tan fiero como quería dar a entender, pues, dejando la discusión, salió de la cocina con el farol, y volvió al poco rato.

Después de comer, el ventero brindó con el pajar a María y al doctor, y él, con los guardianes de los pinos, se dedicó a jugar a la brisca y a seguir hablando de toros.

María y Aracil se tendieron en el pajar. Había ratas allí y se las oía correr por el suelo. María, asustada, temía que algún animal de aquéllos le mordiera. Desvelada con tal preocupación, estuvo con los ojos abiertos, pensando en las mil peripecias que todavía les reservaría el viaje, y después de cavilar mucho se quedó dormida.

XVI
La Venta del Hambre

Por la mañana, con un día oscuro y nublado, salieron del ventorro. Cruzaron una aldea llamada Pelayos, pasaron por San Martín de Valdeiglesias, y a la salida de este pueblo comenzó a llover.

Se les reunió en la carretera un viejo campesino, que iba con un burro cargado con dos sacos de trigo. Tenía este viejo la cara llena de grietas, que parecían surcadas en madera, y hablaba en un castellano arcaico, empleando unos giros desusados y unas palabras extrañas. Aracil y María se entretuvieron en hacerle preguntas y ver cómo las contestaba.

A la hora de salir de San Martín, el viejo se desvió para tomar el atajo de un molino.

–¿No hay por aquí una venta? –le dijo Aracil.

–Sí; ahí mediata la tienen –contestó el viejo–; si toman por el atajillo, más aína la encontrarán.

Celebraron padre e hija la indicación, e iban deprisa, aguantando la lluvia, cuando vieron una casa medio derrumbada, oculta entre unos chaparros, cuya chimenea arrojaba al aire un vaho débil de humo. El campo que a la casa rodeaba era yermo y adusto; sólo un ermitaño o un asceta hubiera podido escoger aquel páramo para vivir en él.

Llamaron en la casa, y Aracil preguntó si les podían dar hospedaje y comida. Una vieja de negro, escuálida y amarillenta, hizo un gesto de resignación, indicándoles que pasaran, y un mozo flaco y espiritado tomó de las riendas las caballerías y las llevó a la cuadra.

Pidió Aracil algo con que matar el hambre, y no había más que pan seco; encargó al mozo que echara un pienso a las caballerías, y el mozo dijo que les daría hierba, a ver si querían comer, pues no había paja ni cebada. Aquella venta era la Venta del Hambre. Aracil y María entraron en la cuadra y vieron que los pesebres estaban limpios. Sacaron los caballos al campo, y al anochecer se les volvió a llevar a la cuadra.

Estuvieron padre e hija aburridos, paseando arriba y abajo por la cocina. En un cuarto próximo, que tenía los honores de sala, había un espejo envuelto en una gasa azul, llena de moscas muertas, y dos viejas litografías, una de Malek Adel, el héroe de madama Cottin, llevando a caballo a su dama, y la otra de Poniatowski, en el momento de meterse a caballo en el río.

–Es raro –dijo María– que hayan llegado estas cosas a rincones tan apartados.

–Sí, es raro.

–Y lo moderno, en cambio, no llega –añadió ella.

–Eso no es chocante –repuso Aracil–. Hoy la vida es industrial, y el mundo civilizado, en vez de enviar a las aldeas litografías de un héroe verdadero o falso, envía una máquina de coser.

Charlaron padre e hija de una porción de cosas. Pidieron de comer varias veces, y después de rogada mucho, el ama hizo unas sopas de ajo para los huéspedes, y les trajo una cosa negra y fría, que parecía hígado, y una jarra de vino. Aracil notó que no había gato ni perro en la casa.

El plato de la cosa negra, que no quisieron comer Aracil y su hija, la vieja lo retiró y lo guardó en un armario, con gran aflicción de todos los individuos de la familia.

Luego, la vieja, con sus tres hijas vestidas de negro, dos ya mayores, y una muchachita, todas a cuál más héticas y tristes, se sentaron al fuego; se les reunió después el mozo flaco y espiritado, y se pusieron a rezar el rosario. Estaban todos mustios, callados y cabizbajos. De cuando en cuando bostezaban de hambre y se persignaban sobre la boca abierta, y la vieja, tras de bostezar, suspiraba y decía: «¡Ay, Señor, qué pena de vida! ¡Para cuatro días que ha de vivir una en este mundo! ¡Ay, qué mundo más desengañado y más triste, que todo son lágrimas, enfermedades y dolor! ¡Ay, qué inútil es trabajar y cuánto más valiera haber ya muerto!».

La vieja, después de una retahíla de éstas, miraba a sus huéspedes, como pidiéndoles colaboración en su idea desacreditadora del mundo. El doctor estaba entristecido y malhumorado; María se asombraba de ver tanta pobreza.

Después de rezar, toda la familia de escuálidos desapareció, y la vieja, gimoteando, vino con un jergón, que tendió en la cocina, delante de la lumbre, y mal que bien se arreglaron para dormir allí Aracil y su hija.

Por la mañana, al amanecer, el doctor aparejó los caballos, pagó al mozo lo que le pidió, y al apuntar el alba los dos fugitivos salieron de la venta triste.

–¡Qué horror! ¡Qué casa! –exclamó Aracil–. Ahora respiro –murmuró, al encontrarse en la carretera.

–Y estos pobres caballos no han comido nada desde ayer –dijo María.

–Veremos si hoy tienen más suerte.

Siguieron por la carretera, y una hora después comenzaron a subir una escarpa del monte. El cielo estaba nublado; el sol, perezoso, hacía alguna que otra salida lánguida; la tierra blanqueaba, húmeda de rocío.

En lo alto de la cuesta vieron las mojoneras de la provincia de Ávila. Se cruzaron en el camino con una porción de carros, algunos llenos de chicas vestidas de fiesta, que iban a la feria de La Adrada.

Pasaron por Sotillo, dieron de comer y beber a los caballos y siguieron el camino con los que iban a la feria. En esto, en una revuelta, se toparon con una tropa de gitanos que regresaban del mercado, con sus mujeres y sus chicos. Iban las mujeres de dos en dos, en mulos escuálidos y en borricos flacos y extenuados, llenos de alifafes y esparavanes; algunos chiquillos sacaban la cabeza de entre las albardas, y los hombres, a pie, marchaban ligeros y jaquetones.

Un viejo de patillas, con una gran vara, se acercó al doctor y le propuso comprarle la yegua; Aracil le dijo que no. Entonces le preguntó si quería cambiarla, y un gitano joven y marchoso vino en ayuda del viejo; hizo nuevas proposiciones, que fueron rechazadas, y decididos el viejo y el joven, de mal ceño y requiriendo la compañía y ayuda de otros dos cañís con la mirada, tomaron un aire amenazador, y uno de ellos advirtió: «Vaya, apéense y dejen las caballerías, que es lo mejor para ustedes, que si no va a haber aquí la de Dios es Cristo».

Quedó Aracil parado al oír la amenaza, y María, que creyó que el peligro no era serio, enarboló su vara, y al mozo que se le acercaba a sujetarle por las piernas le soltó un varazo en la cara. Varios gitanos echaron mano a las tijeras que llevaban en la faja, y no hubiera sido fácil saber lo que hubiese pasado a no presentarse en aquel momento un carro lleno de muchachas que se dirigía hacia la feria.

Al verlo, los gitanos cambiaron de actitud; hombres y mujeres pidieron una limosnita para los churumbeles, y el doctor sacó unas cuantas monedas de cobre y las tiró al suelo, con lo cual quedó desembarazado el camino y pudieron, Aracil y su hija, seguir adelante.

XVII
La Gila

Se acercaron al lugar donde se celebraba la feria, entre jinetes, carros y ganado, que llevaban a vender. Al entrar en el pueblo se oía un murmullo de colmena y rasgaba el aire, de cuando en cuando, el sonido de una corneta. En las calles, el barro alcanzaba más de un palmo. En la plaza había puestos de hierro, de alforjas y de mantas, de sombreros de Pedro Bernardo, de pañuelos, telas y bayetas de abigarrados y vivísimos colores, desconocidos en el mundo de la civilización.

En una barraca de un cinematógrafo tocaba el Ninchi a la puerta. No le conocieron María ni el doctor, pero él se encargó de llamarles, y les recomendó una posada, donde comieron opíparamente.

Dijo Aracil al posadero que era guarda de la Casa de Campo, en Madrid, y que iba a Arenas de San Pedro. Hablaron entonces de la caza y de las cabras montesas de la sierra de Gredos, y el posadero explicó que en la parte más alta, en la Peña de Almanzor, existía una laguna misteriosa y sin fondo, en cuyas aguas moraban unos animales tan terribles, que si caía un buey lo devoraban inmediatamente y no dejaban de él más que los bofes, que sobrenadan en la superficie del lago.

María pensó en su primo Venancio, en aquel sonriente destructor de leyendas, que se había bañado en la laguna de Gredos y buceaba en sus aguas, sin pescar ni el terrible monstruo, ni la más modesta ondina, ni aun siquiera un ligero catarro.

Estuvieron Aracil y María, por la tarde, en una sesión del cinematógrafo del Ninchi, y poco después salieron de La Adrada. Al cruzar por una aldea, llamada Piedralabes, encontraron dos mujeres y un hombre que iban por el camino. El hombre era un tipo flaco, amojamado, de gorrilla, gabán viejo, con el cuello subido, y una guitarra a la espalda. Las mujeres iban vestidas de claro; una era chata, fea, de colmillo retorcido; la otra era una niña, pálida y anémica.

Les extrañó al doctor y a su hija estos tipos, y se quedaron, al pasar, mirándolos con curiosidad.

El hombre de la guitarra les saludó y comenzó a seguirles y a contar sus cuitas. Dijo que él y las dos mujeres habían ido a La Adrada contratados para bailar en un cinematógrafo; él era tocador de guitarra y ellas bailarinas, y por una tontería no quisieron aceptarlos; habían salido a pie y sin una perra y estaban reventados de andar. Tenían los pobres un aspecto desdichado. Mientras hablaba el hombre, la chata gruñía, y la jovencita anémica, a la que le quedaban manchas de colorete en la cara, pálida y azulada, se quejaba al andar. Llevaba, según dijo, zapatos de tacón alto, los mismos que le servían para bailar, y le hacían mucho daño. El de la guitarra preguntó al doctor si no les podría dar alguna cosilla para comer. Con una peseta les bastaba. Aracil se la dio y, dejando en el camino a los infortunados histriones, llegaron María y su padre, ya de noche, a Casavieja, y entraron en una posada.

Pasaron por un corredor muy largo hasta la cocina, en donde dos mujeres charlaban sentadas al borde del fogón; saludó Aracil, no contestó ninguna de ellas; preguntó si había posada, respondieron, displicentes, las mujeres, y el doctor, olvidándose de su situación, dijo que hicieran mejor en tener un poco de cortesía con los viajeros.

La huéspeda, que oyó esto, se irguió del borde del fogón en donde se hallaba sentada y, con muy malos modos, dijo a Aracil que se fuera, que ella era reina en su casa y que no necesitaba de nadie para vivir.

Terció María con gran suavidad y logró amansar a la ventera y convencerla de que les dejara allí y de que, además, les preparase que cenar.

La huéspeda pasó pronto del enfado a la simpatía; se dispuso a hacerles una modesta cena, y, mientras cocinaba, habló de sus padres y de su marido; contó su historia y dijo que se llamaba la Gila. Puso luego una mesa pequeña y coja y sirvió a sus huéspedes la cena, que consistía en unas sopas, adornadas con una capa de pimentón de un centímetro o más de espesor, y un guisado de cerdo con su correspondiente manta roja.

De noche se presentó una muchacha muy linda, y besó la mano de todos los que estaban allí. María preguntó a la Gila qué significaba aquello, y la ventera explicó que su hija había ido a confesarse, y el cura, sin duda, le puso como penitencia que besara la mano a todos los que se encontraran en la casa al llegar a ella.

Luego vino el posadero, un palurdo que vivía, sin duda, bajo el dominio de su mujer, y porque se permitió discutir y porfiar con ella, la Gila le mandó a paseo con malos modos, y después, mientras fregaba unos platos, cantó con sorna:

En el cielo manda Dios;
en el lugar, el alcalde;
en la iglesia, el señor cura,
y a mí no me manda nadie.

–¡Qué mujer más bestia! –dijo Aracil con enfado.

–Pues esto es anarquismo puro –replicó María en voz baja y riendo.

La Gila se dedicó a deslumbrar a sus huéspedes con toda clase de desplantes; aquella reina de fregadero estaba más para una representación de lunes de moda del Español que para la cocina de un humilde ventorro de aldea.

Al retirarse, la Gila, como favor especial, permitió al doctor y a su hija el ir a acostarse en el pajar, que estaba en lo más alto de la casa, pues los demás huéspedes se tendían en el zaguán.

No durmieron bien ni Aracil ni María, porque había en el pueblo un sereno con una poderosa voz de barítono, que delante de la casa cantaba la hora, con unos calderones y florituras de vieja zarzuela española, capaces de despertar a una piedra.

Al amanecer, la luz, que se filtraba por las rendijas del pajar, contribuyó a tenerles despiertos, y un hombre se encargó de molestarles, gritando: «¡Arrieritos! Que está amaneciendo».

Pudieron dormir un rato por la madrugada. Al despertar, la claridad del día entraba por el ventanucho del granero, como una ancha barra de oro, iluminando el aire, lleno de partículas, y las telarañas del techo.

Bajaron del pajar, se despidieron de la Gila, que se preparaba para la faena, o, mejor dicho, para la función del día, y salieron del pueblo.

XVIII
La sagrada propiedad

Iban marchando por delante de una aldea, llamada Mijares, cuando se unió a ellos una pareja de la guardia civil. Temblaron al principio el doctor y su hija, pero se tranquilizaron pronto, porque los guardias civiles no les preguntaron nada.

Cruzaron a la vista de dos pueblos: Gavilanes y Pedro Bernardo; en este último quedaron los guardias civiles, y Aracil y María tomaron por una carretera recién construida y desierta. Preguntaron a un peón caminero cómo se hallaba aquel camino tan poco frecuentado, y el hombre, sonriendo con cierta socarronería, dijo que habían tirado aquel cordel para favorecer la finca de una rica propietaria, y que por allí no se levantaba ningún poblado que pudiera aprovechar la carretera.

A María le chocó ver que su padre no protestaba, y cuando estuvieron solos se lo hizo notar.

–Ya parece que tú y yo nos vamos acostumbrando a estas cosas.

–¡Pchs!

–El viajar así yo creo que nos entontece un poco, ¿verdad? –preguntó María.

–Es natural –dijo, reflexionando, el doctor–. De espectadores nos hemos convertido en actores. El pensamiento paraliza la acción, como la acción achica el pensamiento. Andamos mucho, vemos muchas cosas, pensamos poco.

–Sin embargo, el hombre completo debía pensar y hacer al mismo tiempo.

–¡Ah, claro! Ése es el máximo. Pensar grandes cosas y hacerlas. Eso era César.

Iban entretenidos charlando, cuando vieron a un lado de la carretera a un hombre escuálido y casi desnudo, apoyado en un montón de piedras, envuelto en una manta llena de agujeros y con un pañuelo en la cabeza. Al lado del hombre, una mujer, vieja y haraposa, le contemplaba impasible.

—¿Qué le pasa a este hombre? —dijo Aracil, haciendo parar su caballo.

—Este hombre —contestó la vieja— es mi marido y está enfermo, y ahora le ha dado la calentura.

Bajó Aracil del caballo y, sin acordarse de su situación, reconoció al enfermo.

—Este hombre está muy mal, pero muy mal —dijo a la vieja, que se encogió de hombros.

—Pero ¿cómo se han puesto ustedes en camino encontrándose su marido así? —preguntó María.

—Ya ve usted —exclamó la mujer—. Miserias de los pobres. Ya no podíamos estar en el pueblo; debíamos la casa y nos han despachado, y como éste lleva tanto tiempo enfermo y no gana, pues nos salimos al camino.

—¿Y qué es su marido de usted?

—¿Qué quiere usted que sea? Peón. Ha trabajado en la finca de la duquesa hasta que se ha puesto malo, y ahora cada día está peor. Ahí, en la Venta de la Cruz, hemos querido parar, pero como no llevábamos dinero...

—¿Y dónde está la Venta de la Cruz? —preguntó el doctor.

—A un cuarto de hora de aquí.

—¿No podrá ir su marido hasta allá? Ya le pagaremos la posada.

La mujer preguntó al marido:

—¿Podrás ir a la venta?

—No, no —murmuró el enfermo—; dejadme morir aquí.

—Voy a avisarle a ese peón que hemos visto —advirtió Aracil a su hija.

Retrocedió unos cien pasos y, encarándose con el peón caminero, le dijo:

—Oiga usted, amigo: hay ahí un hombre que se está muriendo en la carretera; ¿no le podría usted hospedar?

—¡Hombre, yo no estoy autorizado para eso! —contestó el peón—. Además, mire usted: mi mujer está de parto y acaba de dar a luz una niña.

—Pues ese hombre no se puede quedar así. Le advierto a usted que tiene unos cuartos. Aunque fuera, si tuviese usted un cobertizo donde meterle...

Reflexionó el peón y aceptó.

Aracil fue a darle la noticia al enfermo, y éste, sostenido por su mujer, se encaminó, despacio, a la casa del peón caminero. Después, el doctor le dio tres duros a la mujer, e inmediatamente Aracil y su hija montaron a caballo y siguieron adelante.

En esto vieron una piedra del término de una dehesa, en la que ponía: «Propiedad de la excelentísima señora duquesa de Córdoba».

Aracil se descubrió al leer la inscripción, y exclamó en tono de burla: «¡Oh, sagrada propiedad! Yo te saludo. Gracias a ti, los españoles que no emigran se mueren de hambre y de fiebre en los caminos».

María no dijo nada. Al anochecer llegaron a Lanzahíta y comieron y durmieron en la posada.

XIX
Las apuestas del Grillo

Se detuvieron a comer en un parador, que se llamaba de Los Patriarcas Grandes, cerca de un poblado de nombre Ramacastaños.

Todos los que vivían en el parador, viejos, jóvenes y niños, estaban escuálidos y amarillos por las intermitentes. En un patio de la casa crecían unos cuantos eucaliptos desgajados y torcidos, con las ramas rotas.

Al salir del parador les fue forzoso detenerse al doctor y a su hija, porque en aquel momento cruzaban el camino compactas manadas de toros, que algunos vaqueros, montados a caballo, obligaban a pasar un barranquillo, en cuyo fondo corría un arroyo.

Esperaba también junto a María y su padre un joven elegante y melancólico, montado en un caballo negro. Este joven dijo que aquellas toradas iban de Extremadura a las tierras altas, y que habrían pasado el Tajo probablemente por Almaraz.

No quisieron Aracil y su hija entrar en conversación con el desconocido, y cuando acabó el paso de los toros y quedó libre el camino, siguieron de nuevo la marcha.

Al poco rato apareció el joven montado en su caballo negro. Tras él iba un mastín blanco, con el hocico afilado y las orejas caídas. Aquel joven melancólico, vestido de oscuro, parecía el Caballero de la Muerte, grabado por el gran Durero.

Saludó el joven al pasar, y se adelantó en el caballo; luego volvió a rezagarse, sin duda para contemplar de nuevo a los viajeros.

–¿Quién será este tipo? –dijo Aracil–. ¿No será un espía?

–¡Ca! –contestó su hija–. Algún curioso.

–Entre curioso y enamorado.

–Es posible.

Llegaron a Arenas de San Pedro, y Aracil y María, aun a riesgo de caerse, cruzaron el pueblo al trote, siguieron por cerca del castillo y pasaron el puente, desde donde se veía un riachuelo formado por muchos hilos de agua, que corrían por un cauce ancho, formado por piedras, casi todas ocultas por ropas blancas puestas a secar, que deslumbraban al sol.

Preguntaron a una lavandera por el camino de Guisando, y ya al paso se dirigieron a este pueblo por entre grandes pinares.

Se encontraron en el camino, cerca de un taller en donde trabajaban varios leñadores, con un ciego y un muchacho, que iban con un carrito pequeño tirado por un burro. El carrito, pintarrajeado y cerrado, tenía en la parte de atrás ocho o diez agujeros, tapados con redondeles de cobre, y encima de ellos ponía escrito: PANORAMA UNIVERSAL.

El viejo vestía una anguarina amarillenta, sombrero cónico y grandes antiparras; llevaba un rollo de tela en la mano y una caja a la espalda; el muchacho blandía una pértiga, larga como una lanza.

Les preguntó Aracil qué oficio tenían, y el ciego dijo que andaban de pueblo en pueblo con las vistas. Además, llevaban un cartelón que representaba distintas escenas del crimen de Don Benito, desde el asesinato de la víctima hasta la ejecución de los dos criminales en el patíbulo.

El cartelón y una caja de música, con cuyas notas amenizaba sus discursos, le servían para atraer a la gente.

El ciego quiso mostrar las excelencias de su declamación, y comenzó a recitar, de una manera enfática y con una voz aguda, un romance, en el cual se explicaba el crimen de Don Benito con todos sus horrores. El ciego se llamaba «el Grillo», mote muy natural, dada su voz chillona y agria.

Tenía el hombre buena memoria; recordaba otros romances de crímenes célebres, y, por último, haciendo memoria, recitó los romances del guapo Francisco Esteban y Diego Corrientes, y con estas pintorescas narraciones de bandidos, puñaladas, trastazos, endechas de mártires y confesiones de verdugos, llegaron a la vista de Guisando.

Desde lejos, el pueblo era bonito, con sus tejados rojos y su aspecto de aldea suiza; pero por dentro no tenía nada que celebrar: las calles estaban llenas de barro, los carros andaban entre la gente.

Preguntaron por una posada y les indicaron una casucha pobre, y el ciego, el lazarillo, Aracil y su hija entraron en ella hasta la cocina. Había allí un viejo flaco, envuelto en una capa y devorado por las intermitentes, que les dijo, con una voz débil, que esperaran a que viniera su hija.

Vino ésta, una mujer de hermosos ojos, con una gargantilla de corales en el cuello descubierto, y preparó de cenar a los viajeros.

Después de comer estaban charlando a la luz de un candil, cuando arribaron unos cuantos leñadores de los pinares. Sin duda no tenían mucho que hacer ni con qué entretenerse, y el Grillo, que sabía muchas malicias de posada, apostó a uno de los leñadores a que no comía cinco bizcochos sin beber nada mientras él contaba ciento. El leñador, que era un mozo alto y fuerte, dijo que no tenía dinero para apostar, pero que tenía la seguridad de comérselos. Otro de los leñadores apostó un real por su compañero, y se hizo la prueba; pero el mozo alto no pudo con los cinco bizcochos, y cuando el Grillo contaba los cien no había podido tragarlos. El que había apostado dinero pagó a regañadientes, y el que hizo la prueba bebió un vaso de agua y se sentó al fuego, tan satisfecho.

–Esto me recuerda –dijo el Grillo– un cuento viejo.

–Cuéntelo usted –dijeron los leñadores.

–Pues era un estudiantón de los antiguos –comenzó diciendo el Grillo–, que andaba con la tuna de pueblo en pueblo. Un día se encontró en Madrid muerto de hambre y con un dolor de muelas de padre y muy señor mío. El hombre tenía una peseta en el bolsillo y no sabía qué hacer, porque decía: «Si voy a casa de un barbero y me quita la muela, voy a tener un hambre de perro; y si como y no me quito la muela se me va a hacer el dolor más rabioso». En esta alternativa, ¿sabéis lo que hizo?

–Yo hubiera comido –dijeron la mayoría de los leñadores.

–Yo me hubiera puesto un emplasto –añadió otro.

–Pues a él se le ocurrió una cosa mejor –repuso el Grillo–; verdad que era de la piel del diablo. Fue a una pastelería en donde había mucha gente y, delante del escaparate, comenzó a gritar: «¡Me comería cien! ¡Me comería doscientos!». Unos soldados que le oyeron le dijeron: «¿A que no?». «¿A que sí?» «¿Cuánto apostamos?» «Si pierdo, que me quiten esta muela, pero sólo ésta.» «Bueno, vamos.» Entraron en la pastelería, y el estudiante a comer y los soldados a pagar; a la docena ya no pudo más y se dio por vencido. Le llevaron los soldados a la barbería, y el barbero le arrancó la muela. Al salir, todo el mundo, de chunga, había formado un corro a su alrededor, y le señalaba y se descalzaba de risa, y decía: «Mirad a este estudiante, que por perder una apuesta se ha dejado quitar una muela». Y el estudiante contestó: «Sí; pero era una muela que me dolía hace un mes». Lo mismo digo yo –añadió el Grillo– del que ha perdido esta apuesta. Ha perdido, pero se ha comido los bizcochos y no ha pagado nada.

Rieron el cuento los leñadores, y el mismo aludido celebró la alusión; luego el Grillo sacó su caja de música y comenzó a darle al manubrio, y tocó dos o tres valses incompletos y una canción francesa, vieja y romántica, de *Les dragons de Villars*.

La huéspeda preguntó al doctor y a su hija si querían acostarse, y habiendo dicho que sí, una moza les llevó a ambos, cruzando la cuadra, a la ahijadera de una zahúrda llena de heno. Algo asombrados quedaron Aracil y María del dormitorio; pero antes de que pudieran protestar, la moza se llevó el candil y quedaron a oscuras. Encendió una cerilla el doctor y examinó el escondrijo, que estaba lleno de telas de araña. El olor de la hierba fresca era tan fuerte y penetrante, que no se podía respirar; buscaban padre e hija la manera más cómoda de tenderse en aquel agujero, cuando, abriendo la media puerta del chiscón, penetró un cerdo enorme, al parecer con intenciones amenazadoras. Aracil, que lo sintió, le pegó un puntapié, y el cerdo salió gruñendo y chillando. Volvieron a encender una cerilla, y entre padre e hija atrancaron la puerta y se tendieron a dormir.

Se despertaron varias veces con los gruñidos de los comedores de bellota, que hocicaban en la puerta y parecían querer entrar.

Antes que se hiciera de día, y mareados por el olor de la hierba, salieron de aquel infame rincón, pagaron la posada, echaron las albardillas a los caballos, compraron un pan grande y un pedazo de jamón para el camino y dejaron el pueblo.

XX
El hombre del caballo negro y del perro blanco

Iban entrando en la Vera de Plasencia; a la derecha, según caminaban, se erguía la pared gris, de granito, de la sierra de Gredos, cuyas crestas rotas, formando una línea austera, se dibujaban como recortadas en el cielo azul; a la izquierda, hacia el llano, veíanse colinas cubiertas de olivares, de granados, naranjos y limoneros. Junto a aquellos montes secos, que parecían quemados o hechos con escombros y ceniza, se destacaban las praderas verdes y los huertos del pie de la montaña.

El camino iba bordeando los setos de los prados, subiendo y bajando por las faldas de la sierra.

Pasaban María y su padre por delante de Poyales del Hoyo, cuando apareció junto a ellos el joven del caballo negro y del perro blanco, en compañía de un cura montado en un burro.

Saludaron unos, contestaron los otros, y aunque Aracil no tenía ganas de entrar en conversación, no pudo rehuirla.

El cura era charlatán, y comenzó a hacer preguntas al doctor y a su hija; el joven del caballo negro no dijo nada.

Era el camino estrecho y tuvieron que marchar de uno en uno, en fila india, como decía el doctor. En algunos sitios, el camino estaba convertido en una acequia caudalosa.

–Pero esto, ¿cómo puede estar así? –dijo Aracil.

–Esto lo hacen para regar los prados –contestó el joven, que todavía no había hablado–; aquí los propietarios echan el agua por el camino, y así se evitan gastar en acequias.

–¡Qué barbaridad!

–Pues aquí ya se sabe –replicó el cura–; todo el mundo anda a la gabela, y el que puede más que nadie...

Llegaron a un sitio muy hermoso, al que daban sombra inmensos castaños y adornaban grandes adelfas, como canastillas de flores. El joven del caballo negro propuso que se pararan allí a comer; Aracil dijo que ellos tenían alguna prisa; pero, a las instancias del joven y del cura, no tuvieron más remedio que acceder y quedarse.

Se dio un limpión al terreno; se hizo fuego; el joven sacó su merienda, un vaso y un plato, que ofreció a María; el cura, una bota de vino y algunos fiambres, y Aracil, lo que había comprado en el pueblo. Después de comer, el cura fue partidario de que se tendieran un poco al sol, y, efectivamente, quitándose la sotana y poniéndola de almohada, se echó a lo largo entre la hierba, y se quedó dormido.

Aracil estaba impaciente por marcharse, y advirtió a María que se preparase.

–Qué, ¿nos vamos? –preguntó el joven, como considerándose ya de la partida.

Aracil hizo un gesto involuntario, de contrariedad, y el desconocido, al notarlo, añadió, con tono melancólico:

–Si molesto, no digo nada.

–No, no –replicó Aracil–; de ninguna manera.

El caballero dio las gracias, y luego, de pronto, murmuró:

–Yo me llamo Álvaro Bustamante. A cualquiera que le pregunten ustedes en estos contornos les podrá abonar por mí.

–¡Oh, no lo dudamos! –dijo Aracil–. ¿Es usted de esta tierra?

–Sí; soy hijo –siguió diciendo el joven– de una familia de Jarandilla, donde mis padres tienen una casa antigua.

–Y qué, ¿son ustedes agricultores? –preguntó Aracil.

–Sí; tenemos viñas, ganado, molinos, una fábrica de aguardiente...

–¡Vaya! Entonces son ustedes ricos –saltó diciendo María.

–Sí...; pero eso no quita para que seamos unos desdichados y arrastremos una vida horrible.

–Pues ¿qué les pasa a ustedes? –preguntó, con interés, la hija del doctor.

–¿Qué nos pasa? Lo que le digo a usted: que somos unos desdichados. La verdad es que los extremeños han caído mucho; desde el antiguo García de Paredes hasta el García de Paredes del crimen de Don Benito, hay todos los grados de la degeneración.

–Pero ¿usted no habrá matado a nadie? –dijo María, con un terror cómico.

–No, no se alarme usted –contestó, sonriendo, el joven don Álvaro–; mi desdicha no es ser un bruto, sino no tener energía para nada. Yo, y lo mismo mis hermanos, somos víctimas de mi padrastro. Mi padrastro es un hombre de energía extraordinaria. Era en el pueblo secretario del ayuntamiento, y se casó con mi madre, una viuda con tres hijos, la persona más rica de Jarandilla. Mi madre es una mujer dulce, amable; entonces vivía una temporada en el pueblo y otra en Madrid. Se casó, y comenzó la dominación paternal. Lo mismo ella que mis hermanos quedamos reducidos a nada. Mi padrastro es terrible; él lo dirige todo. Se levanta temprano, se acuesta tarde; está siempre trabajando con un afán de poseer, de extender sus propiedades, de apoderarse de todo. Según él, nosotros no debemos trabajar. Mi hermano y yo hemos tenido intentos de libertarnos, pero no hemos podido; fuimos a Madrid con intención de hacernos independientes, y nada. Ahora quiere mi padrastro que mi hermano sea diputado, y lo conseguirá.

–Pero, entonces, a ustedes les quiere bien –dijo María.

–Sí; pero nos ha matado; ha acabado con la poca energía que teníamos, y nos estamos pudriendo en la vida pantanosa de un pueblo de éstos.

–¿Y por qué no se va usted? –preguntó Aracil.

–Estoy pensando siempre en marcharme; pero no a Madrid, ni a París, sino a Australia, a Nueva Zelanda, a tierras jóvenes, donde haya una vida intensa.

–¿Y está usted decidido?

–Sí; pero cuando maduro mi plan y voy a realizarlo, veo que no tengo voluntad, que mi voluntad está muerta... Y luego me retiene ver a mi madre, que es toda ternura para nosotros, y que con una mirada adivina mis más íntimos pensamientos. Crea usted que me odio a mí mismo.

El joven hablaba con fuego, a la vez que con desaliento.

El doctor y su hija le contemplaban con curiosidad, mezclada de simpatía.

–Yo, como usted –dijo Aracil–, no tomaría ninguna determinación heroica, sino inventaría una chifladura: hacer versos, coleccionar sellos o piedras... Las cosas pequeñas son como las cuñas: pueden servir para afirmar el deseo de vivir.

En esto, el cura, que dormía de cara al sol, hizo un movimiento brusco y se despertó:

–¿Qué hacemos? –dijo.

–¿Vamos?

–Vamos allá.

Montaron a caballo y se dirigieron los cuatro hacia Candeleda.

La sierra de Gredos se erguía a la derecha, alta, inaccesible, como una inmensa muralla gris, sin un caserío, sin una mata, sin un árbol en sus laderas pedregosas ni en sus aristas pulidas, que brillaban al sol. Se hubiera dicho que era una ola enorme de ceniza, calcinada, quemada, rota; una ola que, en la oscuridad de lejanas edades geológicas, formó, al petrificarse, la sierra. Alguna nieve blanqueaba la cresta dentellada del monte, y parecía la espuma de la inmensa ola de granito. El aire era diáfano, limpio, luminoso, como el de un mundo nuevo acabado de crear; sobre las crestas de la sierra era de un azul intenso y radiante. Algún águila, volando suavemente a inmensa altura, trazaba, en la limpidez del aire, grandes y majestuosas curvas; a la izquierda, hacia abajo, brillaban al sol los campos verdes, surcados por las líneas oscuras de las lindes, los bosquecillos de árboles frutales y los cerros cubiertos de jara y de carrascas.

Otra vez el camino estaba convertido en acequia, y los caballos se hundían en la corriente. Las libélulas volaban rasando el agua.

–Esto es un escándalo –dijo Aracil.

–Sí; ciertamente que lo es –contestó don Álvaro–. Aquí los propietarios acotan campos y montes, quitan los caminos, pero no hacen nada por los pueblos. Regiones extensísimas, dehesas en las que podían vivir miles de personas, están sin roturar. Los propietarios las guardan para la caza y la ganadería. ¡Y si ya que se llevan el fruto del trabajo de los demás hicieran algo! Nada. Aquí tiene usted esta parte de la Vera, naturalmente fértil, sana; pues la gente se muere, como chinches, de las fiebres.

–¿Y de qué procede eso? –preguntó el cura.

–Procede de que todos estos pueblos –contestó don Álvaro– hacen balsas para que se bañen los cerdos, y esas balsas se llenan de mosquitos, que son los que propagan las fiebres. Esa agua limpia que viene de la sierra se estanca y se convierte en un pudridero. ¡Y en España con todo pasa lo mismo!

–Es verdad –afirmó Aracil–. ¡Cuánta corriente limpia en su origen se estanca y se convierte en una balsa infecciosa!

Don Álvaro prosiguió diciendo:

–Es que todo lo que pasa en nuestro país en el campo es de una infamia y de una injusticia tal, que se comprende que no quede un español pobre, que todos emigren y se vayan cuanto antes de este indecente país. Porque aquí lo que pasa es que el Estado ha abdicado, ha dejado todas sus funciones en manos de unos cuantos ricos. Aquí se permite que el propietario tenga guardas matones que lleven su escopeta y su canana llena de balas; es decir, que, para guardar sus viñas, pueden abrir el cráneo a cualquier infeliz que vaya a robar uvas; aquí se ponen cepos y veneno en las propiedades; aquí se entrega a la guardia civil, y se les lleva a presidio, a pobre gente que coge un haz de ramas secas o un puñado de bellotas. Luego, esos ricos, que, además de miserables, son imbéciles, no son para poner unos cuantos eucaliptos ni para sanear un pueblo. Nada. La avaricia y la bestialidad más absoluta. ¿Es que no hay más derechos que el derecho de propiedad en el mundo?

–Sí; este estado de cosas no puede subsistir –dijo el cura–; yo también estoy con usted y con la gente del campo. Soy hijo de labrador, y, la verdad, ya no se puede vivir en España.

–Y en Andalucía –siguió diciendo don Álvaro– es aún peor. Hay ricos que tienen dehesas y cotos enormes. Allí viven los venados y los jabalíes donde podrían vivir los hombres.

–Ya entrarán los hombres algún día en esos grandes cotos –dijo Aracil.

–¿A qué van a entrar? –preguntó el cura–. ¿A cazar jabalíes?

–No. A cazar a los propietarios –replicó el doctor.

Se echaron a reír todos, tomándolo a broma.

–¿Y usted cree que antes la gente de los pueblos viviría mejor o peor? –preguntó María.

–Mejor, mucho mejor –dijo don Álvaro–. Antes, estas dehesas y grandes propiedades eran de los conventos. Los frailes vivían en el campo, y, poco o mucho, ayudaban a los campesinos. Pero ahora no pasa eso; todas esas propiedades, procedentes de la venta de bienes nacionales, son de particulares. La desamortización hubiera sido una gran cosa entregando las propiedades a los ayuntamientos. Eso era lo justo y lo liberal. Lo que se hizo, además de injusto, ha terminado en medida reaccionaria. El Papa excomulgó a quien comprara bienes de la Iglesia; pero la gente se ríe de las excomuniones cuando hay dinero detrás, y unos cara a cara y otros por debajo de cuerda, compraron esas propiedades por unos cuantos ochavos, y hoy están en manos de unos cristianísimos propietarios, que son más despóticos que los frailes, más fanáticos que los frailes y más enemigos del pueblo que los frailes.

–Eso es verdad –dijo el cura.

–Añada usted –prosiguió don Álvaro– a la desamortización religiosa la civil, y que el Estado vende a los pueblos sus montes y sus tierras, y que en algunas aldeas, estando enfrente de pinares que fueron antes del pueblo, hoy no se puede coger ni un pedazo de tea para la lumbre. Y cada día la vida es más difícil; porque esta propiedad particular aumenta, y el registrador sobornado y el alcalde cómplice permiten que el propietario extienda sus dominios y tome hoy un trozo y mañana otro del baldío del pueblo, y el pueblo agoniza y la gente se va, y hace bien.

–¡Qué desdicha! –exclamó María, a quien esta conversación entristecía.

–Eso traerá, a la larga, una revolución en España –dijo el cura.

–Y será lógica –exclamó Aracil–. En un país en donde la propiedad es tan brutal, tan agresiva y tan ignorante como aquí, la revolución debía estar ya triunfante.

–Ahora germina –repuso don Álvaro–. Usted no sabe el ambiente de ira y de protesta que hay en los pueblos españoles. Eso, en Madrid, no lo saben; porque en Madrid no se enteran de nada; allí creen que no se discurre más que en el Congreso y en los periódicos. Y en los pueblos se discurre, se comenta, se odia al gobierno, se odia a la ley inicua y se quiere vivir y trabajar.

–Y esa protesta, ¿cómo no sale a la superficie? –preguntó Aracil.

–¡Es tan difícil hoy! Luego la protesta se amortigua con la emigración. La gente más inteligente se embarca y se marcha a América. Nuestros hombres han servido durante cuatro siglos para trabajar tierras extrañas; en cambio, han dejado abandonada la nuestra. La gente fuerte se va, los débiles se quedan, y los cucos se marchan a Madrid, y desde allí corrompen más el pueblo.

–¿Es usted enemigo de Madrid? –preguntó María.

–Soy enemigo de las ciudades grandes, del lujo y de la propiedad. Creo que el dinero está pudriendo nuestra vida. Los españoles debíamos vivir como lugareños, porque nuestro país es pobre. Yo muchas veces he pensado que un rico que fuera infectando con microbios de la peste y del tifus todo el papel del Estado y todos los billetes que pasaran por sus manos, sería un hombre benemérito.

–Y sin dinero, ¿cómo íbamos a vivir? –dijo María.

–Viviríamos en el campo. Esparciríamos la vida que se amontona en las ciudades por los valles y los montes, haríamos la propiedad de la tierra común a todos, y así podríamos vivir una vida limpia, serena y hermosa.

–¿Y los teatros? –preguntó María.

–Al aire libre.

–Es usted muy radical –dijo el doctor, sonriendo–. Más que radical, anarquista.

–No me asusta la palabra, la verdad...; pero no creo en el anarquismo, al menos en el anarquismo actual.

Charlando así y andando al paso, cruzaron por Candeleda. A media tarde, el calor se hizo sofocante; el cielo tomaba un tinte blanquecino y la sierra de Gredos parecía negruzca. Era aún temprano y quisieron llegar a Madrigal, y, entretenidos en la conversación, siguieron adelante, hasta que de pronto don Álvaro dijo:

–Pero éste no es el camino de Madrigal.

–¿No? –preguntó el cura.

–No. ¿Quién ha dicho que viniéramos por aquí?

–Nadie –contestó Aracil–; yo les he visto que tomaban por este camino y me he figurado que lo conocían.

–Bueno. Es lo mismo –repuso el cura–; por todas partes se va a Roma.

–Sí; pero no por todas partes se va a Madrigal –replicó don Álvaro.

Pasó un carro; preguntaron al carretero adónde llevaba aquel camino, y el carretero dijo que no terminaba en ningún pueblo, sino en la ermita de Nuestra Señora de Chilla.

–¿Y se puede pasar la noche allá? –preguntó el cura.

–Sí. Hay una casa. La casa del santero.

–Pues vamos allá –dijeron los cuatro.

XXI
Nuestra Señora de Chilla

Iban haciendo el camino de Candeleda a Nuestra Señora de Chilla por una tierra hermosa y llena de grandes árboles.

Caía la tarde; el cielo se despejaba y se hacía más puro. A veces, Gredos parecía un monte diáfano, translúcido; un cristal azul, incrustado en el azul más negro del horizonte.

Habían dejado su conversación de asuntos trascendentales, y don Álvaro, muy divertido y alegre, charlaba con Aracil y su hija y bromeaba con el cura, que tenía la respuesta pronta y era socarrón y amigo de burlas.

El haberse perdido en el camino lo tomaban a broma todos, menos los caballos, ya cansados con la caminata; y el burro que montaba el cura, apabullado con el peso de la paternidad que llevaba encima, marchaba jadeante. Don Álvaro, que lo vio así, dijo en tono de chunga:

> El burro de fray Pedro,
> Dios le bendiga,
> corre más cuesta abajo
> que cuesta arriba.

Y el páter, contoneándose, contestó:

> Para cuestas arriba
> quiero mi burro,
> que las cuestas abajo
> yo me las subo.

Se echaron a reír todos del desenfado del páter, y don Álvaro le dijo:

—Para mí que usted es un hombre terne, padre.

—Y bien —replicó el cura—. ¿Por qué no? A lo que vamos, vamos, amigo.

—¿Quiere que le preste mi caballo?

—No, señor; va usted bien en él. Ahora me bajaré un ratito, para que el burro pueda descansar.

Siguieron andando. Iba anocheciendo. El crepúsculo era de una diafanidad ideal, el cielo parecía de ópalo; luego se hizo anaranjado, con nubes de color de rosa, y más tarde quedó rojo, como un mar de sangre sembrado de islas de oro.

No se veía aún la ermita. María, algo impaciente, metió su caballo por un camino de cabras que pasaba entre chaparros y lentiscos y se dividía y subdividía hasta llegar a lo alto de un cerro, y desde allá columbró, a la ya muy escasa luz del crepúsculo, una casa blanca, que debía ser la ermita, rodeada por tupidas masas de árboles.

Aracil, el cura y don Álvaro vieron a lo lejos destacarse la silueta gallarda de María. El horizonte rojizo iba ensombreciéndose, y en el fondo se presentaba el paisaje heroico, formado por montes ya oscuros, bajo el cielo fosco y amenazador.

Volvía la muchacha de nuevo al camino.

—Qué, ¿se ve? —le preguntó su padre.

—Estamos a poca distancia.

—Bueno —dijo el cura—; entonces metamos un repelón a los jacos, y ¡hala, hala!, por esos caminos, que estamos cerca y se va haciendo tarde.

Comenzaron a brillar las estrellas en el cielo azul purísimo. El aire iba viniendo en soplos fríos, impregnados de olor a monte; el follaje de los árboles temblaba y la hierba se inclinaba en oleadas con las ráfagas de viento. Se acercaron a la ermita por entre dos filas de álamos. Un mochuelo descarado, inmóvil en la rama de un pino, con la cabeza como dislocada, les contempló con curiosidad, y al ver aproximarse a aquellos intrusos, echó a volar rápidamente. La noche dominaba e iba dejando más aromas en el aire y más frescura en el viento. El campo se hundía en un sueño de tristeza. Poco después, una campana, con un son agudo, derramó sus notas de cristal en el ambiente silencioso...

Entraron en casa del guarda de la ermita y se metieron en la cocina. Don Álvaro y el cura traían algunas provisiones y comieron al lado de la lumbre, en compañía del doctor y de su hija, a la luz de la llama del hogar y de las rajuelas de tea que ardían sobre una pala de hierro.

El santero, un viejo idiotizado por la soledad en que vivía, hablaba muy de tarde en tarde, y dijo que, entrada la noche, iban a tener fiesta unas leñadoras que andaban recogiendo leña en el monte.

A eso de las nueve se fueron presentando en la cocina una porción de muchachas desgarbadas, feas, negras, la mayoría sin dientes, en compañía de unos mozos que, a quién más y a quién menos, se le hubiera podido tomar por un gorila. Parecían, al entrar en la cocina estos mozos y mozas, un rebaño de animales salvajes; en su compañía iban dos viejas horribles, una alta, seca como un sarmiento, arrugada y sin dientes, llamada «la tía Calesparra», y otra pequeña, encorvada y negruzca, a la que decían «la Cuerva».

La presencia del cura les impuso un poco de respeto a estos tipos selváticos, que miraron a don Álvaro, y sobre todo a María, como si fuesen criaturas caídas de la luna.

Entre los mozos había uno con las trazas de un verdadero chimpancé. Era grueso, membrudo, los brazos largos, la nariz chata y los ojos brillantes; iba con una barba espesa, de seis o siete días, que parecía formada de pinchos; tenía las cejas negras y el labio colgante. Se llamaba Canuto, y era porquero. Las leñadoras jugaban con él, y él las intentaba agarrar y decía:

–¡Indina! Si te cojo en el monte, ya verás, ya.

–Éste es algún medio tonto –le dijo Aracil al cura.

–Sí, tonto –replicó el cura–. Métale usted el dedo en la boca. Éste lo que tiene es más picardías que una mula falsa.

Algunos mozos habían quedado fuera de la casuca del santero, y dos o tres de ellos entraron en la cocina a preparar los instrumentos de música para el baile, consistentes en una caldera, que golpeaban con un palo, y una zambomba formada por una piel de carnero clavada muy tensa en una corteza cilíndrica de alcornoque.

Cuando ya estuvieron arreglados los toscos instrumentos, salieron todos al raso de la ermita, sujetaron entre piedras unas teas, que echaban más humo que luz, y comenzó el baile, que tenía el aspecto de una danza de hombres primitivos en el fondo de un bosque virgen.

La luz de las teas manchaba de claridades rojizas el rostro de los bailarines y daba a la escena un aspecto fantástico.

Un mozo, que se sintió burlón, cogió de la cocina una sartén y, haciendo como que se acompañaba con la guitarra, cantó unas tonadillas extrañas, y luego hizo cantar a Canuto y a la tía Calesparra.

–No parece que estemos en un país civilizado –dijo don Álvaro.

–Es posible que no lo estemos –replicó, humorísticamente, Aracil.

–La verdad es que choca –añadió María– que cerca de aquí haya trenes, y telégrafo, y luz eléctrica.

–Nos encontramos en este momento en plena edad de bronce –agregó don Álvaro.

–¡Ca, hombre! –dijo el doctor–. Canuto no ha llegado al período cuaternario. Yo estoy seguro de que todavía siente la nostalgia de andar a gatas.

Estuvieron contemplando el baile durante algún tiempo.

La fiesta no tenía grandes atractivos, y María y Aracil, seguidos de don Álvaro, se apartaron un poco del raso de la ermita. La luna llena brillaba, redonda y blanca, sobre la montaña. Ni un soplo de aire turbaba la serenidad del éter; la calma reinaba en el cielo y en la tierra; todo parecía reposar en un silencio solemne; los árboles y las rocas se dibujaban con claridad a la luz lunar, y la sierra de Gredos se erguía entre blancas brumas azuladas.

–¡Qué hermoso! –dijo María.

–Es extraño –añadió don Álvaro.

–La ermita, desde aquí, con sus paredes blancas, tiene un aire mágico –añadió el doctor.

XXII

La leyenda de Chilla, según Aracil

–¿Y usted sabe por qué se llama esta ermita Nuestra Señora de Chilla? –preguntó María a don Álvaro.

–No.

–Pues seguramente tendrá una explicación este nombre, su historia o su leyenda.

–Si no la tiene, es fácil inventarla –dijo Aracil.

–Yo no tendría imaginación para tanto –repuso don Álvaro.

–Yo, sí; ahora mismo se la voy a contar a ustedes; pero no le diga usted nada al cura.

–No, descuide usted.

–¿Hay por aquí algún convento? –preguntó el doctor.

–Sí, hombre: el de Yuste.

–Pues ya está la leyenda. Oigan ustedes –dijo Aracil. Y tomando un tono insinuante y persuasivo, de orador sagrado, comenzó así–: En el monasterio de Yuste, que está enclavado en la sierra de Gredos, había, hace muchos años, un fraile llamado Melitón, que era un gran pecador y un saco de picardías. Fray Melitón no se contentaba con comer bien, con dormir bien y beber mejor, que ésta es la obligación de todo fraile, sino que le gustaba salir del convento y cortejar a las mozas. Además de esto, Melitón era malintencionado, se burlaba de la gente, engañaba al prior, y en vez de ocupar sus ocios en leer, como sus compañeros, esos libros sublimes que se llaman *El catalejo espiritual*, *El sinapismo de las virtudes teologales*, *La carabina de la penitencia* o *La tabaquera mística, para hacer estornudar las almas devotas hacia el Señor*, se dedicaba a socarronerías y burlas. Una noche, en la infraoctava del Corpus, fray Melitón tenía una cita con una rica viuda, a la que había catequizado. Pensaba llevarle *El fusil del devoto*, que es la obra que más efecto causa en las viudas recalcitrantes. Melitón, después de rezar las oraciones, salió de su celda sin el permiso del prior, tomó una linterna y un paraguas, ¡el condenado tenía miedo a constiparse!, abrió la puerta del convento y salió al campo. Había mucho lodo en el camino, y Melitón pensaba que iba a llegar a casa de la viuda lleno de barro, lo cual no le gustaba. Se hallaba con esto preocupado, cuando vio cerca de él una burra parda, sin duda escapada de algún caserío, que pacía por allí. Fray Melitón, pensando que el encuentro le venía de perillas, se acercó a la burra, saltó sobre ella y, arreándola, echó a andar hacia el pueblo, ¡hala que hala! El fraile iba distraído, pensando en la viudita, en los pasteles con que le obsequiaba y en un rico vino de moscatel, del que tenía grandes provisiones en la bodega, cuando, de repente, mira para abajo y empieza a ver que marchaba por el aire entre las nubes, y que ya casi no se veían los árboles. Fray Melitón se asustó, creyendo que estaba ya mareado con el recuerdo del vino, pero vio que, en realidad, subía y subía cada vez más. El hombre, o mejor dicho, el fraile, horrorizado, convulso, comenzó a tirar del ronzal a la burra, pero ésta, como si no. «¡Para! ¡Para! ¡Para!», gritó varias veces, y la burra seguía adelante. «¡Para! ¡Para!», volvió a gritar el fraile, y la burra, sin hacerle caso, decía entre dientes: «Sí, sí; chilla, chilla. ¡Para lo que te ha de valer!». Melitón apretaba las nalgas contra la burra, a ver si con el esfuerzo empezaba a bajar el fantástico animal, y llamaba a todos sus amigos, y chillaba y gritaba agitando su linterna, y la burra, que bramaba e iba echando fuego por todo el cuerpo, decía: «Sí, sí; chilla, chilla. ¡Para lo que te ha de valer!». Entonces fray Melitón comprendió que estaba perdido y que era un gran pecador; sintió un profundo dolor de contrición, tiró la linterna y comenzó a llorar y a encomendarse a la Virgen. En esto sintió que la burra parda se deshinchaba por momentos y que iba echando un olor de azufre insufrible. Melitón, entonces, por inspiración divina, temiendo estrellarse en el suelo, abrió su paraguas, que le sirvió de paracaídas, y fue bajando lentamente hasta este cerrillo. Al encontrarse en el suelo se arrodilló, dio gracias al cielo, y, acordándose de lo que decía la burra cuando le llevaba en el aire, levantó aquí el santuario de Nuestra Señora de Chilla.

–Muy bien –dijo don Álvaro, riendo–. Es una explicación muy chusca, aunque un poco irreverente.

–¿Cree usted...?

–Sí, hombre.

–Pero la religión de nuestros mayores abunda en cosas chuscas.

–No digo que no.

–Eso demuestra la fuerza de la religión. Cuando vive todavía, a pesar de algunas de sus mojigangas, es sin duda por algo.

Se habían alejado de la ermita y volvieron a ella. Parecía de lejos un gran castillo feudal, lleno de almenas y de torrecillas, en medio de la garganta rodeada de bosques; la claridad de la luna brillaba en el fondo de las enramadas, y el cielo profundo tenía un inusitado esplendor...

Durmieron en el zaguán de la casa del santero. El silencio llegaba del campo, dando esa impresión misteriosa de la naturaleza, en donde se funden el completo reposo y la vida intensa de los árboles y de las plantas, de los insectos y de los pájaros. En plena noche se oyó el grito siniestro y confidencial de la lechuza, y por la mañana cantaron los ruiseñores.

XXIII
En su busca

Mientras Aracil y su hija dormían en el zaguán de la casa del santero de Nuestra Señora de Chilla, dos personas andaban por Madrid pensando en ellos y preparándose para buscarlos: eran éstas Tom Gray, corresponsal de la agencia Reuter, y el doctor Iturrioz.

Tom Gray había sido enviado por su agencia a Madrid para dar cuenta de las fiestas; presenció el estallido de la bomba desde una tribuna próxima al balcón ocupado por el anarquista, auxilió a los heridos, vio a Nilo Brull muerto y estuvo presente en la autopsia. Además, conocía al doctor Aracil y a su hija.

Estaba en posesión de todos los datos necesarios para hacer una información detalladísima, y, efectivamente, la hizo; pero la desaparición de Aracil y de María dio al asunto nuevo interés y produjo una exasperación de su curiosidad periodística.

Conoció Gray al doctor Iturrioz, y, en vez de creer, como los demás, que era un chiflado, se convenció de que era un hombre de talento.

–Usted y yo tenemos que buscar a Aracil –dijo el inglés.

–¿Y si lo encontráramos...? –preguntó Iturrioz.

–Si lo encontráramos..., le ayudaríamos a escapar.

–Conformes.

Se pusieron los dos en movimiento y recorrieron todos los rincones de Madrid. Iturrioz creía que su amigo no había salido de la capital.

Cuando llegaron los telegramas de París afirmando haber visto al doctor allí, Gray dudó; siguió con sus informaciones, y, por último, después de ver lo infructuoso de sus pesquisas, creyó que había que abandonar las pistas seguidas y tomar otras nuevas.

Se veían Iturrioz y Gray en el café Suizo y se comunicaban sus impresiones. Una noche, Iturrioz dijo: «He visto a Venancio Arce, un ingeniero pariente de Aracil. Sabe algo; tiene indicios de lo que ha podido hacer el doctor. Vamos a verle esta noche».

Fueron a visitar al ingeniero y hablaron con él.

–Yo estoy dispuesto a emplear el dinero que se necesite para salvarles –dijo Gray–; de manera que puede usted no tener escrúpulos en decirnos lo que sepa; si han escapado, mejor para ellos; si no, les ayudaremos a escapar.

–Yo, como saber, no sé gran cosa –replicó Venancio–. No tengo más que indicios, suposiciones...

–Hable usted –le dijo Iturrioz.

–Yo creo que Aracil y María han estado en Madrid hasta hace diez o doce días, escondidos no sé en dónde.

–Creo lo mismo –dijo Iturrioz.

–El quedarse en Madrid después del atentado –aseguró Venancio–, aunque Aracil no haya tenido parte alguna en eso, era lo más prudente. Ellos supieron por la noche que se habían dado órdenes para prenderlos; lo natural es que hayan evitado tomar el tren.

–¿De manera que usted no cree que estuvieran en París cuando se dio esta noticia? –preguntó Gray.

–Yo, no.

–Ni yo tampoco –añadió Iturrioz.

–Hay muchas razones para suponerlo así –siguió diciendo Venancio–. Se sabe que Aracil se afeitó en el hospital; está probado.

–Sí; es verdad –afirmó Gray.

–A pesar de esto, los dos periodistas de París que dijeron haberle visto, lo describieron como un hombre de barba negra. En la interviú que celebraron con Aracil en París, el doctor no sabía aún que Brull hubiera sido encontrado muerto. Sin embargo, la noticia se conocía allá veinticuatro horas antes, y Aracil no se había enterado. Además, le hacen decir un día después del encuentro del anarquista que ignoraba el paradero de Brull.

–Es absurdo todo esto –dijo Gray.

–No. Eso demuestra –exclamó Iturrioz– que Aracil no estaba en París, y que sus amigos llevaron a cabo esta maniobra para despistar a la policía.

–Ésa es también mi opinión –añadió Venancio.

–Entonces, ¿usted qué cree? –dijo Gray–. ¿Dónde estarán? ¿En Madrid aún?

–Yo me figuro –contestó el ingeniero– que Aracil envió a algún amigo suyo de París una nota para que fingiese una entrevista con él, y que cuando la noticia surtió efecto y todo el mundo quedó convencido de que se habían escapado, entonces ellos se prepararon para la fuga.

–¿Y cree usted que habrán tomado el tren? –preguntó Gray.

–Creo que no. Si hubieran tomado el tren estarían en salvo; si estuvieran en salvo, nos hubieran escrito. Además, es lógico que no se atreva uno a lanzarse a la suerte después de haberse salvado los primeros días.

–¿Y cómo cree usted que se han marchado?

–No sé; si ha habido por medio algún amigo o persona influyente, es posible que hayan ido en automóvil; pero lo dudo, por lo que decía antes. En automóvil, hace tiempo que estarían fuera de España, y nos hubieran escrito para tranquilizarnos.

–¿Usted supone, pues, que no han salido de España?

–Eso es.

–¿Y que han intentado marchar a pie hasta Francia? Me parece absurdo.

–Si han ido a pie o a caballo, yo creo que habrán elegido la marcha hacia Portugal. ¿Por qué lo supongo así? Primero, porque el viaje es más corto; segundo, porque el país es más despoblado; tercero, porque yo he hablado a María de este viaje.

–Entonces, es indudable –dijo Iturrioz–; han ido por ahí.

–De manera que si fueran ciertas las suposiciones de usted, ¿hacia dónde estarían? –preguntó Gray.

–Si han salido un día o dos después de publicada la noticia de su paso por París, deben estar cerca de la frontera portuguesa.

–¿Quiere usted venir con el doctor Iturrioz y conmigo en su busca? Tomaremos un automóvil, y, si los encontramos, los pondremos en salvo.

–Es que, probablemente, el camino que hayan seguido ellos no será la carretera.

–No importa; nos enteraremos. Conque, ¿usted viene? Saldremos dentro de unas horas. Iturrioz y yo vendremos a buscarle a las cinco. Esté usted preparado.

Se despidieron, y, por la mañana, Tom Gray y el doctor Iturrioz se presentaron en un magnífico automóvil a la puerta de casa de Venancio. Montaron los tres; Gray hacía de chófer; salieron de Madrid, y en un instante llegaron a Maqueda; preguntaron aquí, siguieron hasta Oropesa y, no encontrando ningún dato, volvieron a Navalcarnero. Luego dejaron la carretera principal y llegaron a Brunete.

Venancio creía que el doctor y su hija habrían tomado esta ruta. Como era poco frecuentada, en las ventas podían recordar el paso de los fugitivos, y, efectivamente, en el primer sitio donde preguntaron, en el ventorro de Los Dos Caminos, la mujer dio las señas de Aracil y de su hija, y dijo que hacía ya una semana o más que se habían albergado en su casa. Durante todo el camino, desde Brunete hasta San Martín de Valdeiglesias, encontraron el rastro de Aracil y de su hija, y en el ventorro de San Juan de los Pastores las señas dadas por la ventera fueron tan claras, que no dudaron Venancio, Iturrioz ni el inglés de que se trataba del doctor y de María. Por qué aseguraba la mujer de la venta que los fugitivos eran un guarda y su hija, no se lo pudieron explicar satisfactoriamente.

En San Martín se perdía la pista; habían pasado bastantes aldeanos a la feria de La Adrada, y no se recordaba haber visto a los viajeros. Además, acababa la carretera y no era posible seguir en automóvil.

Se discutió la manera de continuar el viaje, y Venancio, después de consultar el plano, dijo: «Lo mejor es que uno compre un buen caballo y vaya recorriendo por el monte el camino, en línea recta, hacia Portugal; el automóvil, por su parte, puede explorar la carretera entre Navalmoral, Plasencia y Coria».

Se dispuso hacerlo así. Iturrioz, que era un buen jinete, compró un caballo en San Martín de Valdeiglesias, apuntó los pueblos que tenía que recorrer, y por la tarde se puso en marcha. Se acordó que escribiera todas sus investigaciones y las enviara diariamente a Tom Gray, a Navalmoral.

Mientras tanto, Venancio y el inglés bajaron en el automóvil a Escalona, y de Escalona se corrieron a Maqueda, desde donde continuaron por la carretera hasta detenerse en Navalmoral de la Mata.

Al día siguiente, Venancio y Gray recorrieron la carretera, sin encontrar pista alguna. La primera carta de Iturrioz no decía nada interesante; en la segunda contaba que había encontrado en La Adrada un hombre apodado «el Ninchi», que conocía a los fugitivos. El Ninchi se había brindado a acompañarle, y marchaban los dos a lo largo de la sierra de Gredos en busca de Aracil y de su hija.

XXIV
La Serrana de la Vera

Se despertó Aracil y, viendo que María estaba también despierta, se levantaron ambos y salieron al raso de la ermita. La luz difusa del amanecer iluminaba el campo. Corría un vientecillo frío y sutil. Se dispusieron a aparejar los caballos, y estaban dispuestos a partir, cuando el cura, que se había levantado también, dijo:

–Qué, ¿no quieren ustedes ver la ermita?

Aracil iba a pretextar el tener que preparar los caballos; pero su hija le hizo callar con una mirada, y el cura, que notó la intención, dijo:

–Ande usted, que por oír misa y dar cebada no se pierde la jornada.

Era domingo; el negarse a entrar podría parecer demasiado significativo, y entraron. El cura y el santero les enseñaron la iglesia y el coro.

–¿Alguno de ustedes sabe tocar el piano? –preguntó el cura a María.

–No... Nosotros, ¿cómo quiere usted que sepamos eso?

–¡Bah! ¡No se haga usted la tonta...! Usted sabe tocar el piano.

–No, no.

–¡Déjese usted de historias!

María se turbó y miró a su padre, confusa. Aracil hizo un gesto y se mordió los labios.

–Aunque sea un poco brusco –dijo el cura–, no soy de los que hacen daño a nadie. Y si algo he adivinado, me lo callo. Conque, ande usted, toque usted el órgano mientras yo digo misa.

–Vamos a llamar la atención de un modo horrible –dijo Aracil–, y no nos conviene.

–¿Por qué llamar la atención?

–¡Una mujer que toca el órgano!

–Pues se hace una cosa. En el coro no entran más que el santero, su hija y usted; la gente, que crea que usted es el que ha tocado. El santero no dirá nada si yo se lo mando.

No hubo manera de negarse, y María se puso de acuerdo con el cura para saber lo que había de tocar. El santero le iría indicando cuándo y cómo debía hacerlo, y Aracil daría al fuelle.

Comenzó a sonar la campana, y poco después fue entrando en la ermita toda la gente de los contornos que había estado en la fiesta de la noche anterior. Comenzó la misa. Aracil se agarró al fuelle del órgano. María se sentó delante del teclado y siguió las instrucciones del santero, que le decía: «Ahora, bajo; ahora, alto; ahora, fuerte».

De esta manera tocó lo que recordaba: trozos de ópera y sonatas de Beethoven y de Mozart.

Cuando concluyó la misa, el cura les invitó a comer. Habían preparado un yantar excelente; pero María y Aracil dijeron que tenían prisa, montaron a caballo, y tras ellos fue don Álvaro.

–¡Qué bien ha tocado usted! –le dijo a María con verdadera efusión.

–¡Si no he sido yo! ¡Ha sido mi padre!

–Sí, eso ha pensado la gente; pero como yo soy curioso, he subido las escaleras del coro y he visto a su papá que se dedicaba a inflar el fuelle mientras usted tocaba.

María se echó a reír.

–Debe usted tener una idea rara de nosotros –dijo.

–Tanto, que no me chocaría nada que al llegar al pueblo inmediato salieran a recibirle a usted llamándole duquesa, princesa o reina.

–Pues no tenga usted cuidado, no saldrán.

–¡Qué sé yo!

Bajaron por entre matorrales espesos de pinos y de retamas, de grandes y perfumadas jaras, húmedas de rocío. Se respiraba entre estas breñas un aroma de incienso; anduvieron desorientados durante largo rato; pero siguiendo siempre la garganta de Chilla, en cuyo fondo corría un arroyo, y preguntando después en varios molinos de pimentón, llegaron a Madrigal de la Vera.

Comieron allí los tres, en una cocina grande y negra, de enorme chimenea, en la que colgaban ristras de chorizos y de jamones. Por la tarde tomaron el camino y, arreando las caballerías, pasaron por Valverde de la Vera, luego por otro pueblo, en el cual dijo don Álvaro no convenía pararse, por ser muy miserable, y al anochecer se fueron acercando a Losar.

Don Álvaro contó a María la historia, o leyenda, de una mujer salteadora, que en épocas pasadas había andado por aquellos montes robando a los viajeros, llamada la Serrana de la Vera, y comenzó a recitar un antiguo romance, que decía así:

Allá en Garganta la Olla,
en la Vera de Plasencia,
salteóme una serrana
blanca, rubia ojimorena.

Rebozada caperuza
lleva, porque así, cubierta,
su rostro nadie la viese
ni della tuviera señas.

María le dijo que siguiese el romance de la mujer bandolera, y don Álvaro lo recitó completo.

Llegaron, ya entrada la noche, a Losar de la Vera. Don Álvaro les condujo a una posada grande, iluminada con luz eléctrica, y en ella se hospedaron los tres.

XXV
La muerte del caballo

Al día siguiente, al salir, muy de mañana, del pueblo, notaron que el caballo de María no podía andar. Marchaba con grandes esfuerzos, como haciendo reverencias, y jadeaba, y al querer avanzar, aligerando el paso, producía un ruido como una caldera que hierve. María suplicó a su padre y a don Álvaro que no marchasen deprisa, porque su caballo no podía seguirles. Desmontó María, y Aracil y don Álvaro reconocieron el jaco.

–¿Dónde han comprado ustedes este vejestorio? –dijo don Álvaro–. ¡Demonio, qué penco!

El caballo se paró, y Aracil, María y don Álvaro le contemplaron en silencio. Era verdaderamente lamentable el aspecto del pobre *Galán:* tenía una figura triste y lastimosa; le temblaban las piernas; sus grandes ojos, redondos y apagados, miraban con vaguedad angustiosa. Abría la boca para respirar, anhelante; resoplaba y tosía y enseñaba unos dientes grandes y amarillos.

Aracil, después de contemplarle, dijo:

–Este caballo se muere enseguida.

Le quitaron la montura, para dejarle más libre, y no quisieron abandonarlo; les parecía una crueldad. Aquellos ojos empañados y dulces parecían guardar como un deseo afectuoso e incierto.

Las piernas del caballo fueron quedándose rígidas; luego comenzó a temblar, se le dobló un brazuelo, después el otro, se inclinó para delante, vaciló y se tendió de lado, con un suspiro. Las patas se movieron convulsivamente, el animal comenzó a resoplar y se le nublaron los ojos. Estuvo un momento inmóvil, como descansando, esperando el último golpe; irguió el cuello, largo y estrecho, se agitó de nuevo..., y un hilillo de sangre salió de la nariz a correr por el suelo.

–¡Pobre *Galán!* –murmuró María, secándose, disimuladamente, una lágrima.

–¿Le ha impresionado a usted? –preguntó don Álvaro.

–Sí; los caballos me dan mucha pena. ¡Los tratan tan mal!

En esto, un buitre comenzó a dar vueltas en el aire, muy arriba, tanto, que parecía volar a la altura de los picachos de la sierra.

–Ya ha visto ése la presa –dijo don Álvaro.

–Ése es independiente de veras –añadió Aracil.

María montó a la grupa en la yegua de su padre, y se alejaron de allí.

Se acercaron a Jarandilla; don Álvaro tenía por precisión que quedarse, y trató de convencer al doctor y a María de que se detuviesen, y especificó las curiosidades del pueblo.

–No, no puede ser; tenemos mucha prisa –dijo Aracil.

–Es que podían ustedes descansar en mi casa –añadió don Álvaro–. Allí nadie iría a buscarles.

–¡Gracias! ¡Muchas gracias! –dijeron padre e hija–. Pero no es posible.

–Quisiera, entonces, que me prometiera usted una cosa –dijo don Álvaro a María.

–¿Qué?

–Que cuando llegue usted, a donde sea, me escriba usted una carta, diciendo: «Hemos llegado».

–Muy bien; lo haré.

–Pero firmada con su nombre y apellido.

–Sí; no hay inconveniente.

–Entonces, ya que esto lo concede usted con facilidad, como recuerdo del viaje que hemos hecho juntos, envíeme usted su retrato.

–Bueno.

–¿De veras?

–Sí. Yo también quiero que no hable usted de nosotros a nadie, ni a su familia, hasta que no reciba mi carta.

–Descuide usted, no hablaré más que conmigo mismo.

–Entonces, despidámonos antes de entrar en el pueblo. Que no nos vean juntos, porque le harían preguntas a usted.

Se despidieron afectuosamente, y padre e hija, atravesando el pueblo, tomaron el camino de Cuacos.

XXVI
El Musiú

Poco después se encontraron con una partida de más de veinte arrieros, que llevaban en mulos sacos cargados de pimentón. Iban todos los arrieros muy majos, y llevaban sus cabalgaduras colleras cuajadas de cascabeles.

Los mulos eran fuertes y ágiles, y pronto dejaron atrás a la yegua montada por el doctor y su hija. Al llegar a una parte del camino en cuesta y revestido de piedras, la yegua de Aracil aminoró su marcha; en cambio, los mulos de los arrieros subieron la pendiente con un gran ímpetu.

Era un espectáculo animado y bonito el ver aquella cabalgata tan lucida y tan brillante cómo subía la vieja calzada. Los mulos, briosos, limpios, enjaezados, parecían excitarse con el ruido de los cascabeles, y pisaban rápidamente y con fuerza. La piedra sonaba, herida por el hierro de las herraduras, con un ruido de campana, y las chispas saltaban por debajo de las pezuñas de las caballerías.

Aracil y su hija marchaban despacio; comieron algo que llevaban en la alforja; por la tarde, en el camino, vieron a un hombre que corría escapado, y una hora antes de llegar a Cuacos se toparon al viejo musiú Roberto del Castillo, jinete en un caballo peludo. Las largas piernas del Musiú llegaban con los pies hasta el suelo, y los pantalones, recogidos, dejaban ver sus escuálidas canillas. Musiú Roberto del Castillo saludó con finura al doctor y a su hija.

—¿No me conocen ustedes? —preguntó.

—No —contestó Aracil.

—Este señor —dijo María— es el que iba con un hombre bajito, y lo encontramos por primera vez cerca de un puente, al salir de Brunete.

—El mismo, señorita —afirmó el Musiú.

—El inventor de los elixires. Sí, lo recuerdo —exclamó el doctor—; pero antes iba usted a pie.

–Sí –murmuró el Musiú–; he encontrado este caballo en el campo, y me lo he apropiado.

–¡Demonio, qué procedimiento!

–No todo el mundo puede ser rico como ustedes.

–¿Y de dónde sabe usted que somos ricos? –preguntó el doctor.

–Yo me lo sé; sé, además, que es usted médico y que va usted huyendo.

–¡Bah!

–¡Ya lo creo! Y como yo necesito algún dinero, si no aflojan ustedes la mosca, les denuncio.

–Y nosotros le denunciamos a usted como ladrón de caballos –saltó María.

–¡Bah! Entre un vagabundo como yo y unos señores como ustedes hay mucha diferencia. A mí me encerrarán unos meses; a ustedes, ¡qué sé yo lo que habrán hecho!; probablemente algo muy gordo cuando huyen así.

–¿Y qué irá usted ganando con denunciarnos? –preguntó Aracil.

El Musiú se encogió de hombros. Siguieron marchando los tres por la carretera.

–Bueno –dijo el Musiú–; ¿qué dan ustedes por callar?

–Usted dirá –contestó María.

–Cincuenta duros.

–¿De dónde los vamos a sacar?

–¿Cuánto llevan ustedes ahí?

–Unos veinte.

–Vengan.

–¿Y si luego nos denuncia usted?

–¡Ca! Si yo también tengo mucho que ocultar; no tengan ustedes cuidado –dijo el Musiú, riendo con risa cínica, que mostraba sus dientes negros.

–Vaya; le daremos a usted cinco duros –dijo Aracil.

–Bueno, bueno. Vengan. Y, al llegar al pueblo, cada uno por su lado.

–Una pregunta –dijo Aracil–; ¿por qué dice usted que soy médico y rico?

–Porque ha reconocido usted a un enfermo en el camino, digo que es usted médico; porque le ha dado usted dinero, digo que es usted rico; porque no se ha querido usted parar un momento allí, creo que va usted fugado.

Aracil no replicó. Las consecuencias no podían ser más lógicas.

146

Llegaron a Cuacos y salió a recibirles una pareja de la guardia civil, que les mandó detenerse. Se había escapado un preso que llevaban conducido, y los guardias pensaban que Aracil y su hija debían de haberlo encontrado en el camino. Dijeron éstos las personas con quienes se cruzaron en la marcha, y uno de los guardias les pidió los documentos. Los enseñaron.

–¿Ustedes se van a quedar aquí? –preguntó el guardia, sin leer los papeles.

–Es probable –dijo Aracil.

–Bueno; pues mañana vendrán ustedes con nosotros a Jaraiz a prestar declaración.

Al mismo tiempo que al doctor, habían detenido al Musiú, y éste temblaba y miraba su caballo y su morral con espanto.

Uno de los guardias llamó a un joven con tipo de chulo, y le dijo, señalando al doctor y a su hija:

–Oye, Lesmes, acompaña a estos señores a la posada.

Luego los dos guardias, poniendo en medio al Musiú, se fueron con él.

–¿Adónde llevan a ése? –preguntó Aracil a Lesmes.

–¿Adónde lo van a llevar...? A la cárcel.

El joven les condujo hasta la posada. Metieron la yegua en la cuadra y entraron en una gran cocina negra.

El dueño de la posada era un viejo de cara juanetuda, con el pelo blanco. Lesmes, que resultó ser el alguacil, le dijo que hospedase al doctor y a María.

–Pero ¿es gente sospechosa? –preguntó el posadero.

–No, hombre, no; tienen sus papeles, y los han enseñado a la guardia civil.

–Entonces, ¿por qué vienen contigo?

–Porque mañana tienen que ir a Jaraiz a declarar.

–Bueno, bueno.

–Y si usted no quiere tenerlos, los llevaré a otra posada.

–No, no; que se queden.

–Pero ¿qué anda usted con tanto melindre, señor Benito? –dijo un pimentonero joven y rechoncho–. Si aquí, empezando por usted, el que más y el que menos es licenciado de presidio.

–¡Cállate tú, animal! –exclamó el viejo–. A mi casa no vienen más que personas decentes.

Se rió el arriero, y una moza preparó un cuarto para Aracil y su hija.

XXVII
Fuga de noche

A la luz pabilosa de una vela de sebo se veía un cuarto sucio y negro, en donde andaban perdidos, sin poder encontrarse, un arcón, una mesa travesera de aspa y dos camas con colchas rojas. En el techo se veían las vigas alabeadas, pintadas de azul. En la pared, encalada y llena de desconchaduras, colgaba un espejo pequeño, deslustrado y negruzco, y varias estampas religiosas.

María y Aracil discutieron lo que debían hacer. Tenían encima dos peligros: uno, la declaración en Jaraiz, en donde podían trabucarse e incurrir en contradicciones y hundirse y hundir también a Isidro el guarda; el otro peligro era la delación del Musiú, que, viéndose cogido, podía denunciarles.

Decidieron, en vista de las posibilidades que había de echarlo todo a perder, huir de noche en busca de la estación más próxima, que era Casatejada. Allí tomaría Aracil el tren de Portugal, y para no ir juntos y no infundir sospechas, María esperaría en el pueblo y saldría al día siguiente.

–La cuestión es que no nos vigilen –dijo María–. Convídale a Lesmes, el alguacil, que debe estar abajo.

Fue el doctor a la cocina, habló con los arrieros y con el hombrecillo que les había traído a la posada, dijo que se iba a quedar unos días en Jaraiz, contó unos cuantos chascarrillos y se hizo amigo de todos.

María, mientras tanto, se enteró bien de cómo se abría la puerta de la casa; había una cadena de un lado a otro, y el postigo tenía un cerrojo pequeño, que chirriaba. Después subió al cuarto que les habían destinado y exploró los alrededores. Cerca corría un pasillo con una ventana, que caía sobre un callejón formado por dos tapias de piedras toscas.

A un lado del corredor, en un desván, se guardaban azadones, rastrillos, bieldos y espuertas hechas de tomiza.

Este desván estaba cerrado por una puerta carcomida, que se sujetaba con un gancho.

Cenaron en la cocina; hablaron con animación y alegría, para no infundir sospechas.

Después de la cena, Aracil y María subieron a su cuarto, que estaba próximo a la escalera, y dejaron la puerta abierta. Observaron, desde arriba, hacia dónde ponían los arrieros las enjalmas de las mulas, que les servían de camas, y vieron que todos las colocaban hacia la parte de adentro, lo más lejos de la puerta. El camino estaba, pues, libre.

Las dos grandes dificultades consistían en bajar la escalera y en abrir la puerta sin ruido, sin que se despertara nadie. Sacar la yegua de la cuadra era tarea imposible, y se decidieron a dejarla.

Estuvieron en el cuarto una hora o más a oscuras, hasta que no se oyó en la casa el menor ruido. María se quitó los zapatos y Aracil las botas.

−Vamos.

Salieron al más leve paso. Padre e hija fueron bajando las escaleras de puntillas, deteniéndose a veces, alarmados. El estallido de las tablas les hacía quedar inmóviles, con el corazón palpitante. Llegaron al portal. María escuchó un momento la respiración de los arrieros, y avanzó con sigilo hacia la puerta. Luego tiró del cerrojo, que chirrió fuertemente.

−¿Quién anda ahí? −dijo uno de los arrieros.

María cogió la mano de su padre y le hizo echarse atrás.

−¿Pasa algo? −volvió a preguntar el arriero.

María y Aracil quedaron un momento inmóviles; luego fueron retrocediendo poco a poco y volvieron a subir las escaleras. Era difícil salir por la puerta sin que lo notara nadie. María le habló a su padre de la ventana del pasillo.

−Vamos a verla.

Fueron sin hacer ruido; la ventana tendría una altura de cinco a seis metros sobre el callejón. Aracil se quitó la faja. Llegaba hasta cerca del suelo, pero no había donde sujetarla; las maderas eran débiles y carcomidas.

−¿Cómo podríamos sujetar esto? −murmuró Aracil.

María entró en el desván donde se guardaban útiles de labranza, y vino con el palo de un azadón.

−¿Si lo pusiéramos así, atravesado, en la ventana? ¿Eh?

−Sí; podría servir.

El palo era bastante más largo que la anchura de la ventana; la cuestión era que no se escurriese. Ataron la faja al centro del astil y vieron que se sujetaba muy bien.

–Vamos allá. Baja tú primero –dijo Aracil–; yo tendré cuidado con que no se escurra el palo.

María sacó el cuerpo fuera de la ventana y se agarró a la faja; Aracil fue sosteniéndola desde arriba, y la muchacha llegó al suelo sin hacerse daño.

El doctor iba a descolgarse, pero pensó que, al soltar la faja, el palo del azadón, bastante pesado, caería en el interior del pasillo y produciría un gran ruido.

–¿Qué pasa? –dijo María.

–Espera un momento.

Aracil sacó un pañuelo, lo rompió en dos tiras y ató con ellas el palo del azadón en los pernios de las ventanas.

–Pero ¿qué hay? ¿Por qué no bajas?

–Espera. Hazme el favor.

Cuando concluyó de sujetar el palo se echó fuera de la ventana y se descolgó sin dificultad.

Siguiendo el callejón, entre dos tapias de piedra, salieron a la calle.

La luna brillaba en el cielo y asomaba su faz blanca por encima de un tejado; su luz dividía la calle en una zona oscura y otra muy clara; en ésta se veían las fachadas torcidas, ruinosas, con balcones viejos y derrengados, y se pintaban en ellas sombras negras y dentelladas de los aleros grandes y de los saledizos. Las piedras del suelo se dibujaban con fuerza. Arrimándose a las paredes, Aracil y María avanzaron por la zona de sombra, cortada a trechos por la luz que entraba por los callejones.

Una mujer abrió un balcón y echó una palangana de agua. Después vieron a un sereno envuelto en la capa, con el chuzo, cuyo acero brillaba a la luz de la luna, que cantó la hora melancólicamente.

Salieron de la aldea; a ratos rompían el silencio de la noche los aullidos tristes de los perros. Al pasar por delante de una casa aislada, les salió al encuentro un perrazo, que lanzaba un ladrido estruendoso. Aracil sacó el revólver y lo amartilló. El perro siguió ladrando y amagando morder, hasta que abandonó la partida, gruñendo.

El camino para Jaraiz estaba bien indicado; el encontrar después el de Casatejada sería, indudablemente, más difícil. A la hora u hora y media de salir de Cuacos llegaron a Jaraiz. No entraron en el pueblo; pasaron por delante de una fragua iluminada.

–Espérame un momento –dijo Aracil–; preguntaré aquí.

Quedó sola María en el camino, y al poco rato volvió el doctor.

–Vamos bien –dijo.

Siguieron el camino. La claridad tenue de la luna iluminaba el campo yermo, desnudo y seco; un mastín, a lo lejos, atronaba el aire con sus ladridos. Padre e hija comenzaban a rendirse; se sentaban a veces en los riberos a descansar.

Era más de medianoche cuando llegaron delante de un arenal surcado por un río caudaloso. Brillaba sobre la arena, como si fuera de azogue; la claridad indecisa de la luna rielaba en sus aguas, y salía de él un murmullo misterioso y confuso.

Anduvieron los fugitivos por la orilla a ver si encontraban algún puente o alguna barca, pero no hallaron ni una cosa ni otra. ¿Qué hacer? El río, siniestro, ancho, silencioso, parecía una gran serpiente dormida en la arena. El verlo tan brillante les espantaba; el detenerse allí les podía perder.

–Este río es el Tiétar, y debe ser poco profundo –dijo Aracil–; el que por aquí venga el camino y no haya puente demuestra que esto es un vado.

–Vamos a verlo.

Se descalzaron los dos y fueron entrando en el río. Al principio no había apenas fondo, pero a los ocho o diez metros comenzaba a subir el agua muchísimo.

–Hay que volver –dijo Aracil.

–¿Y qué haremos?

Era muy difícil contestar a esta pregunta. El río llevaba bastante corriente; perdiendo el pie y no sabiendo nadar, podía suceder una desgracia.

–Esperemos a ver si aclara un poco –murmuró Aracil, desalentado.

Se tendieron en la orilla del río. Estaban los dos rendidos, febriles, mudos. En esto se oyó a lo lejos el galopar de un caballo.

–Viene alguien –exclamó el doctor, sobresaltado–. ¿Será la guardia civil? Entonces, estamos perdidos.

Al entrar el jinete en el arenal del ancho cauce del río, dejó de oírse el ruido de las herraduras del caballo; pero, en cambio, se fue haciendo cada vez más próximo el choque de los arneses y de las correas en el silencio de la noche.

No era la guardia civil, sino un hombre solo, que venía en un caballo blanco. El hombre no debía conocer el camino, porque quedó desconcertado al encontrarse delante del río, sin puente para pasar; miró más arriba y más abajo de la orilla, y se decidió a meterse en el agua.

–¡Eh, buen hombre! –le dijo Aracil.

–¿Qué hay? ¿Quién me llama?

–¿Podría usted pasarnos en el caballo?

–No puede ser; tengo prisa.

–Se le pagaría lo que fuera.

–No quiero perder tiempo.

El hombre se dispuso a atravesar el río a caballo, y, como para darse ánimos, cantó:

> ¡Arriba, caballo moro!
> ¡Sácame de este arenal,
> que me vienen persiguiendo
> los de la guardia imperial!

–¡Vaya, salga lo que saliere! –dijo Aracil–. Agárrate a mí, María. ¡Fuerte!

El doctor se cogió con las dos manos a la cola del caballo, y María, a la cintura de su padre. Avanzaron en el río. El agua fue subiendo, subiendo; les llegó al cuello; el doctor y su hija sintieron el espanto de la muerte próxima; luego el agua comenzó a bajar, el caballo dio una sacudida y se desasió de las manos del doctor, y éste y María se encontraron dentro del río, con agua hasta media pierna. Fácilmente ganaron la orilla opuesta. El hombre del caballo picó espuelas y se alejó de allí al trote.

Aracil y María salieron con las ropas chorreando agua y temblando por la humedad y el frío. María tiritaba estremecida, y su padre, asustado, sin pensar ya en la huida, intentó encender fuego; casi todas las cerillas que llevaba estaban mojadas; algunas, sin embargo, servían, y pudieron hacer una hoguera y secarse un poco las ropas.

El alba comenzaba a apuntar en el horizonte, y el velo azafranado de la aurora se esparcía por la tierra cuando Aracil y María volvieron a comenzar la marcha. Al amanecer cruzaron la vía del tren. A la claridad gris de la mañana, en medio de campos de trigo, se veía un pueblo. Una estrella brillaba en el oriente; comenzaban a cacarear los gallos.

Iban por el camino, muertos de cansancio, cuando de pronto oyeron gritar:

–¡Aracil! ¡María!

Se volvieron sobrecogidos. Delante de ellos, a caballo, estaban Venancio y Gray.

–Vamos –dijo el inglés–; a montar.

Subió Aracil a la grupa del caballo de Gray, y a María la levantó Venancio hasta sentarla en el arzón delantero, y al trote llegaron a la carretera. Allí esperaba un automóvil rojo y un hombre. Encargó el inglés a éste que llevara los caballos al pueblo; en el coche montaron Venancio, Aracil y María. El inglés dio al manubrio para poner en movimiento el motor, luego subió a su asiento, soltó el freno, y el automóvil comenzó a marchar de una manera vertiginosa.

Explicó Venancio al doctor y a su hija que por la mañana habían sabido por un propio, enviado por Iturrioz, que estaban en Cuacos, y este propio, que era el Ninchi, les vio al pasar el Tiétar, aunque no les reconoció. Al decirles que se había encontrado en el camino y cerca del río con un hombre y una mujer, el inglés y él supusieron si serían ellos.

Aracil contó lo ocurrido en Cuacos, y pensando que quizá en aquella hora se habrían dado cuenta ya de su fuga, experimentó una gran angustia.

Comenzó a hacerse de día; la luna se ocultaba; algunas estrellas parpadeaban aún en el cielo; la sierra de Gredos comenzó a aparecer azul, entre nieblas blancas, como una muralla almenada; luego se derramó el sol por el campo, quedaron jirones de nubes sobre los picachos angulosos de la sierra, y poco después la montaña desapareció como por encanto...

El inglés conocía muy bien el camino que habían de seguir; bajaron hasta Trujillo, y seis horas más tarde entraban en Portugal.

XXVIII
En Portugal

En el primer pueblo de la frontera portuguesa se detuvieron y pararon en una posada. María experimentaba un gran malestar y sentía los pies como si le estuvieran ardiendo.

–¿Qué tienes? –le dijo su padre.

–No sé.

Cuando intentó descalzarse, no pudo: tenía hinchados los pies; Aracil le cortó los zapatos; luego, para arrancarle las medias, hubo que hacerle mucho daño, y María aguantó el dolor sin quejarse.

–¡Qué valiente! –dijo Venancio, enternecido.

–¡Oh! Mucho, mucho –exclamó el inglés, lleno de asombro.

Tenía María los piececitos tumefactos, hinchados y llenos de sangre. El inglés llevaba unas pastillas de sublimado, que se disolvieron en agua, y Aracil lavó y vendó los pies de su hija. Al concluir de vendarle, el doctor, que estaba arrodillado, besó a María en la pierna, con gran efusión, llorando.

Ella tendió los brazos a su padre, y estuvieron los dos un momento abrazados.

No había tiempo que perder. Entre Aracil y Gray llevaron a María al coche, y Venancio se despidió de ellos.

–Yo tengo que volver a Madrid.

Aracil le dio los papeles de Isidro el guarda, encargándole que se los entregara lo más pronto posible, y María le dijo que le diera las gracias y le contara cómo habían pasado la frontera. Venancio abrazó a su sobrina y dio la mano al doctor y al inglés, que siguieron su camino, internándose en Portugal. El inglés tenía un amigo y paisano, dueño de unas minas, en cuya casa se acogerían.

–Ahora tomaremos hacia Coimbra, adonde llegaremos al caer de la tarde, y por la noche estaremos ya donde vive mi amigo.

Al principio, la carretera marchaba entre grandes alcornoques con la parte baja del tronco descortezada y rojiza; luego el paisaje se iba haciendo más suave y más verde. Cruzaron extensos pinares. En la base de los pinos, y debajo de sus heridas elípticas, se veían vasos de arcilla, que iban recogiendo la resina, de color de cera. Pasaba todo a los lados del automóvil de una manera vertiginosa: casas, bosques, árboles, caminos.

Aracil iba como en un sueño; el cansancio y el aire le dejaban amodorrado; María sentía una gran pesadez en la cabeza, y temblaba, con escalofríos.

Pasaron al anochecer por Coimbra, y ya entrada la noche llegaron a un pueblo muy pequeño, con una plaza grande con árboles. El automóvil se detuvo frente a una casa con las ventanas iluminadas. Salió un mozo a la puerta, y el inglés le preguntó por su amigo.

–¿Está?

–Sí. Pero ahora tiene una comida.

–Bueno, que salga.

–Es que me ha dicho el señor...

–Nada, dile que salga.

El mozo volvió al poco rato con el dueño de la casa, un inglés de unos cuarenta años, joven, calvo y rojo, a quien Gray explicó lo que pasaba.

–Está bien. Está bien –dijo el minero. Abrió el automóvil y dio la mano al doctor para que bajara; luego, sin más ceremonia, tomó a María en brazos y se la entregó a Gray, que fue subiendo con ella las escaleras hasta una habitación del primer piso.

–Estos señores son unos parientes míos que se van a quedar aquí unos días –dijo el minero a la criada, chapurreando el portugués; luego, dirigiéndose al mozo, advirtió–: acompaña a este señor a colocar el automóvil. Ahora –añadió, inclinándose ante María–, perdonen ustedes, porque tengo una comida con unos portugueses que quieren venderme unas minas.

Y el inglés se fue; María, Aracil y la criada se quedaron en un cuarto grande y destartalado. María, ayudada por la muchacha, se acostó en una cama dura y pequeña, y Aracil se tendió en un sillón.

XXIX
Descansan

Al día siguiente, Aracil notó que su hija tenía mucha fiebre. Las heridas de los pies no eran bastante causa para una elevación tan grande de temperatura. Al anochecer decreció la fiebre. Aracil supuso si sería ésta consecuencia del desgaste nervioso de los días anteriores; pero, a medianoche, volvió de nuevo la calentura, y Aracil comprendió que había algo palúdico, y supuso que en la noche de la huida, al quedarse a descansar en la orilla del Tiétar, habría cogido la enfermedad.

Durante casi toda la noche, María estuvo delirando. La obsesión, en su delirio, era el río.

«El río..., el río...», exclamaba; «ten cuidado..., nos vamos a ahogar... –Y se erguía en la cama, temblorosa, con los ojos muy abiertos–. ¡Ah!, ya hemos pasado...»

Y volvía siempre a la misma idea.

Aracil estaba muy inquieto con la enfermedad de su hija, y preguntó al minero si el médico del pueblo era hombre inteligente.

–Sí, sí; mucho.

–¿Se le podría llamar?

–Sin inconveniente alguno. Es persona de confianza.

Se llamó al médico, un hombre joven y de mirada abierta, que examinó a la enferma y dijo que se trataba de una fiebre intermitente. Le marcó el tratamiento, que a Aracil le pareció bien, y María, a los cuatro días, comenzó a mejorar y a tener menos fiebre.

Gray anunció que se marchaba a Madrid.

–¿Qué piensa usted hacer? –preguntó, al despedirse, al doctor.

–No sé todavía. Nos iremos cuando María esté mejor.

–¿Adónde?

–El caso es que todavía no lo hemos pensado. Toda nuestra preocupación era salir de España, y nos parecía tan difícil, que no hemos formado ningún proyecto para después.

—Pero ahora tendrán ustedes que decidirse.

—Yo no sé si en Francia...

—En Francia les expulsan a ustedes.

—¿Usted cree que será mejor ir directamente a Inglaterra?

—Mucho mejor; en Inglaterra vive todo el mundo.

—Pues nos iremos a Inglaterra.

—Yo le diré a mi amigo el minero que se entere cuándo sale un barco de Lisboa, sin tocar en España, y les dejaré una carta para un hotel de Londres.

—Muchísimas gracias.

Tom Gray saludó a María y se fue.

A la semana de estar en el pueblo, María comenzó a entrar en la convalecencia, y a medida que la muchacha mejoraba, su padre iba poniéndose inquieto, nervioso y triste. El menor ruido que oía en la calle le sobresaltaba, y sentía miedo y ganas de llorar por cualquier cosa.

Cuando María comenzó a levantarse, Aracil tuvo que guardar cama unos días. El doctor Duarte, el médico del pueblo, le recomendó que se pasara el día en el campo, porque se encontraba débil y neurasténico.

María, en la convalecencia, estaba encantadora, perezosa, sonriente, lánguida como una niña. Nadie hubiera supuesto en ella una mujer enérgica y atrevida. Vivía sin salir de casa; la ventana de su cuarto daba a una llanura verde de viñedos y maizales, cerrada en el fondo por unas colinas, sobre las cuales parecía marchar, como una procesión fantástica, una larga fila de cipreses, que terminaba en el cementerio.

Solía sentarse María al lado del cristal, y conversaba con la criada, una muchachita del país, de un tipo oriental o judío.

Se entendían bien, hablando una portugués y la otra castellano, y simpatizaban hasta cierto punto, aunque María notaba que la portuguesa tenía un sentimiento de hostilidad por los españoles. Contaba la muchacha que, en Lisboa, la mayoría de los ladrones, chulos y perdidos eran españoles. María le replicaba que en todas partes había mala gente, pero la otra no se daba por convencida.

La nota contraria a la de la muchacha la daba Aracil, a quien el minero había presentado a sus relaciones como un ingeniero francés que venía a visitar las minas. El doctor se dedicaba, cuando hablaba con María, a satirizar a la gente del pueblo.

—Ésta es la tierra ideal para los vanidosos —le decía.

—¿Por qué?

—Porque aquí todos somos vuecencias y excelencias y excelentísimos señores. ¡Qué gente más petulante!

—En España también hay algo de eso —replicaba María.

—Sí, en el papel. ¿Tú has visto alguna vez que los españoles nos tratemos de excelencia? ¡Y esos tratamientos son tan cómicos algunas veces! El otro día le faltaban al director los partes de la mina, y anduvo buscándolos como un loco; por fin, entró en la cocina, donde el muchacho que los trae estaba comiendo, y vio los partes en el suelo, entre basura y cáscaras de patata: «¡Mira dónde están los partes!», gritó el director con voz de trueno; y el chico se levantó, se sacó el sombrero, y dijo, cachazudamente: «Sí, los tenía ahí para dárselos a su excelencia». Yo, que presencié la escena, no pude contener la risa.

—Sí. Es cómico.

—Y luego, ¡qué sentimentalismo! ¡Esta gente está degenerada! El otro día, el inglés despacha al mozo de cuadra, y el mozo empieza a llorar; por la noche, riñe a la cocinera, porque ha quemado la comida, y a la mujer se le saltan las lágrimas... Es grotesco.

—Sí; debe ser una gente sentimental.

—Éste es un pueblo elegíaco, como el pueblo judío. ¡No hay más que oír esos fados tan tristes, tan lánguidos!

—Pero, a pesar de todo, se parecen mucho a los españoles.

—¡Ca! ¡Díselo a ellos, que aseguran ser de distinta raza! Ellos encuentran una serie de diferencias físicas y psicológicas entre los portugueses y los españoles. Dicen que son más europeos, más cultos, y es posible; que saben francés, que nosotros somos más brutos, lo que también es muy posible; que son más sociables, también debe ser cierto. Lo que es indudable es que no hay simpatía entre nosotros y ellos.

—Sí; eso es verdad.

—Y no puede haberla. Éstos son ceremoniosos, hinchados, siempre petulantes; nosotros, malos o buenos, somos más sencillos.

—Pues el doctor Duarte, que ha venido a visitarme a mí, me ha parecido una persona sencilla.

—Sí; ése es de los pocos sencillos de aquí... Y es curioso, es anarquista.

—¿Sí?

—Sí. La otra noche, paseando por la plaza, me decía con cierta pena: «En Portugal no habrá nunca anarquistas. Éste es un pueblo blando e indolente. En España hay más viveza, más fibra», añadía él. Y es verdad. Son tipos lánguidos que parecen criollos, sin la exasperación de los americanos. Es una gente de sangre gorda, que no tiene nada dentro.

XXX
Se van

A las tres semanas de estar en el pueblo, el minero inglés les dijo que había recibido la noticia de que un barco, el *Clyde*, saldría al día siguiente de Lisboa para Londres, sin parar en ningún puerto de España. Además, convenía que se fueran, porque en el pueblo se comenzaba a hablar mucho de ellos, lo cual podía ser peligroso.

Se decidieron; el minero les entregó una carta de Gray para un hotel-pensión de Londres, y ordenó a su secretario que les acompañara a Lisboa y les dejara instalados en el vapor.

Después de almorzar, salieron los tres en coche, y cruzaron durante una hora por entre pinares. El cielo estaba nublado, amenazando lluvia.

Llegaron a la estación, esperaron una media hora y tomaron el sudexprés. El mozo del tren les hizo pasar a un departamento, en el cual iba solo un joven de quevedos y sobretodo gris. María se acurrucó en un rincón y cerró los ojos.

Pensaba en los incidentes del viaje a pie, que en pocos días tomaban en su imaginación la vaguedad de recuerdos lejanos, interrumpidos por impresiones de una extraordinaria viveza.

La rotura brusca de la vida normal le había modificado de tal manera las perspectivas de las cosas y de las personas, que la vida suya, la de su padre y la de su familia, las encontraba distintas a como las había visto siempre.

El joven del sobretodo gris se puso a hablar con el doctor y con el secretario del inglés. Este joven elegante era un portuguesillo un tanto finchado, que hablaba español muy bien; dijo que era diputado conservador y partidario de la dictadura. Tenía a gloria el ser amigo de todas las bailarinas y *cantaoras* de Madrid y de Sevilla.

María, a quien no interesaba gran cosa la conversación del diputado, salió al corredor del tren. Había oscurecido ya; por delante de la ventanilla pasaban rápidamente los árboles y casas. Estaba lloviendo. El tren rodaba, con un ritmo monótono, por el campo.

De tarde en tarde se detenía en una estación solitaria; se oía un nombre, pronunciado de una manera lánguida; se veía a la luz de unos faroles un paseo con unas acacias, que lloraban lágrimas sobre el asfalto del andén, y seguía la marcha.

María estaba impaciente, ansiando llegar. Se puso a leer los anuncios colocados en el pasillo del vagón; eran casi todos de hoteles y casinos de esos pueblos cuyo nombre solo da una impresión de fiesta y placer: Niza, Ostende, Montecarlo, Constantinopla, El Cairo...

Paseó María de un lado a otro del largo vagón, y se detuvo al oír hablar castellano a dos señoras. Le parecía que hacía ya un tiempo largo que no había oído su lengua.

Entró de nuevo en el coche; el diputado, el secretario del inglés y Aracil seguían charlando de política.

Serían las once de la noche cuando se comenzaron a ver las luces de Lisboa; brillaban los focos eléctricos en el aire húmedo; se pasó por delante de una avenida iluminada. Llegaron a la estación, bajaron en un ascensor hasta una calle, tomaron un coche, y el secretario indicó al cochero dónde debía pararse.

Llovía a chaparrón. Cruzaron entre el diluvio, que convertía las calles en torrentes, y fueron por la orilla del río hasta un muelle, en donde pararon. Los fanales eléctricos de un barco brillaban y se balanceaban en los palos como estrellas. Un farol rojo iba y venía por la cubierta.

Se detuvo el coche, y entraron los tres, deprisa, en el barco. Era el *Clyde*. Se les presentó un marinero, envuelto en un impermeable. El secretario llamó a un empleado del barco, que indicó sus camarotes a María y a su padre. Luego, el secretario se despidió afectuosamente de ellos y los dejó solos.

XXXI
En el mar

María ha salido sobre cubierta a respirar el aire de la noche.

El *Clyde* marcha a toda máquina, en medio de una oscuridad densa.

El cielo está cerrado y sin estrellas; las olas, sombrías, se agitan como una manada confusa de caballos negros, y van y vienen en el misterio del mar. En medio de las tinieblas de este abismo caótico de agua y de sombra, María respira con fuerza y se siente segura y tranquila. El aire salobre le azota el rostro con ráfagas impetuosas; silba el viento, y las olas, cargadas de espuma, parecen cantar y quejarse en los costados del buque.

La hélice se hunde en el agua; las máquinas retiemblan, y estos rumores roncos son como hurras de triunfo, voces atronadoras de un dios padre y protector de la civilización, bastante fuerte para vencer las cóleras del viento unidas a las cóleras del mar.

De cuando en cuando, la sirena del *Clyde* lanza un aullido formidable en medio de la negrura de la noche, y se oyen a lo lejos, muy amortiguadas por la distancia, las señales de otros barcos que pasan.

A veces, una ráfaga de aire viene empapada en lluvia; después cambia el viento y gime y suspira con una hipócrita mansedumbre.

En algunos instantes la nave parece cansada; se cree sentir que la hélice se hinca con menos fuerza en el agua; pero luego, como con una decisión súbita, se agita el barco, tiembla, con un estremecimiento de todas sus paredes, y se lanza a hendir las olas oscuras, mientras la máquina zumba sordamente, y un silbido agudo, seguido de una nube de humo, sale de la chimenea.

Como esos pájaros de presa audaces y soberbios que revolotean entre las aguas irritadas y amenazadoras, y levantando el vuelo y lanzando un grito estridente, se pierden en la niebla, así marcha el *Clyde* sobre el mar de los ruidos tempestuosos.

María respira como un hálito de vigor, de energía, al sentirse volar como una flecha en medio de la oscuridad y de las olas.

Vuelve a la cámara, en donde se ha refugiado su padre; las luces eléctricas, colgadas del techo, oscilan suavemente. Aracil, pálido, demacrado, envuelto en una manta, con la cabeza más baja que los pies, permanece inmóvil.

—Mañana —dice María— estaremos en Londres.

Y Aracil, postrado por el mareo, hace un gesto de indiferencia.

La ciudad de la niebla

I
A la vista de Inglaterra

Estaba contemplando desde la borda el despertar del día. Mi padre dormitaba después de muchas horas de mareo.

El barco iba dejando una gran estela blanca en el mar, la máquina zumbaba en las entrañas del vapor, y salían de las chimeneas nubes de chispas.

Era al amanecer; la bruma despegada de las aguas formaba una cubierta gris a pocos metros de altura. Brillaban a veces en la costa largas filas de focos eléctricos reflejados en el mar de color de acero. Las gaviotas y los petreles lanzaban su grito estridente entre la niebla, jugueteaban sobre las olas espumosas y levantaban el vuelo hasta perderse de vista.

Tras de una hora de respirar el aire libre, bajé a la cámara a ver cómo seguía mi padre.

–Vamos, anímate –le dije, viéndole despierto–. Ya estamos cerca de la desembocadura del Támesis.

–A mí me parece que no vamos a llegar nunca –contestó él con voz quejumbrosa.

–Pues ya no nos debe faltar nada.

–Pregunta a ver lo que nos queda todavía, y cuando ya estemos cerca de veras, avísame.

–Bueno.

Volví sobre cubierta. Se deshacía la bruma; la costa avanzaba en el mar formando una lengua de tierra, y en ésta se veía un pueblo; un pueblo negro con una gran torre, en la niebla vaporosa de la mañana. La costa continuaba después en un acantilado liso y de color de ceniza; sobre las piedras amontonadas al pie, monstruos negruzcos dormidos en las aguas, las olas se rompían en espuma, y el mar sin color se confundía con el cielo, también incoloro.

El barco cambió de rumbo costeando, bailó de derecha a izquierda, oscilaron violentamente en el interior las lámparas eléctricas y poco después el mar quedó sereno y el barco avanzó suavemente y sin balancearse.

Se veían ahora, al pasar, orillas planas, arenales en cuyo extremo se levantaba un gran faro; se divisó la desembocadura de un río que cortaba un banco de arena.

Luego, de pronto, se vio la entrada del Támesis, un brazo de mar, del cual no se advertía más que una orilla, destacada como una línea muy tenue.

Clareaba ya cuando comenzamos a remontar el Támesis; el río, de color de plomo, se iba abriendo y mostrando su ancha superficie bajo un cielo opaco y gris. En las orillas lejanas, envueltas en bruma, no se distinguían aún ni árboles ni casas. A cada momento pasaban haciendo sonar sus roncas sirenas grandes barcos negros, uno tras otro.

A medida que avanzábamos, las filas de barcos eran más nutridas, las orillas iban estrechándose, se comenzaba a ver casas, edificios, parques con grandes árboles; se divisaban pueblecillos grises, praderas rectangulares divididas con ligeras vallas y con carteles indicando los sitios de *sport*. Un camino sinuoso, violáceo, en medio del verde de las heredades, corría hasta perderse en lo lejano.

Pasamos por delante de algunos pueblos ribereños. Las vueltas del río producían una extraña ilusión, la de ver una fila de barcos que avanzaban echando humo por entre las casas y los árboles.

El río se estrechaba más, el día clareaba, se veían ya con precisión las dos orillas, y seguían pasando barcos continuamente.

–¿Hemos llegado? –pregunté yo a un marinero.

–Dentro de un momento. Todavía faltan nueve millas para la aduana.

Avisé a papá y le ayudé a subir sobre cubierta. Estaba un poco pálido y desencajado.

El *Clyde* aminoraba la marcha. En el muelle de Greenwich, viejos marineros, con traje azul y clásica sotabarba, apoyados en un barandado que daba al río, contemplaban el ir y venir de los barcos.

La entrada en Londres

La animación y el movimiento en el Támesis comenzaban a ser extraordinarios. La niebla y el humo iban espesándose a medida que nos acercábamos a Londres, y en la atmósfera, opaca y turbia, apenas si se distinguían ya los edificios de las dos orillas. Lloviznaba. Las grandes chimeneas de las fábricas vomitaban humo denso y negro; el río, amarillo, manchado de velas oscuras, arrastraba al impulso de la marea tablas, corchos, papeles y haces de paja. A un lado y a otro se veían grandes almacenes simétricos, montones de carbón de piedra, pilas de barricas de distintos colores. Parecía que se iba pasando por delante de varios pueblos levantados en las orillas.

Por entre casas, como dentro de tierra, se alzaba un bosque de mástiles, cruzado por cuerdas, entre las que flameaban largos y descoloridos gallardetes. Eran de los docks de las Indias.

Pasaban vapores, unos ya descargados, casi fuera del agua, con los fondos musgosos y verdes, otros hundidos por el peso del cargamento. Un quechemarín holandés, con las velas sucias y llenas de remiendos, marchaba despacio, llevado por la brisa, con la bandera desplegada. Sobre la cubierta, un perro ladraba estruendosamente.

Siguió el *Clyde* avanzando despacio. Se erguían en ambas orillas chimeneas cuadradas, altas como torres, pilas de madera suficientes para construir un pueblo, serrerías con sus enormes maquinarias, empalizadas negras pintadas de alquitrán, almacenes, cobertizos, grupos de casas bajas, pequeñas, ahumadas, con su azotea, sus ventanas al río, y algún árbol achaparrado como sosteniendo la negra pared en el fangoso muelle. Funcionaban las grúas; sus garras de hierro entraban en el vientre de los barcos, salían poco después con su presa, y los cubos llenos de carbón, las cajas y los toneles subían hasta las ventanas de un segundo o tercer piso, en donde dos o tres hombres hacían la descarga.

Unos obreros trabajaban en un viaducto que unía una gran torre de la orilla con un depósito redondo colocado ya más dentro de tierra. Los martinetes resonaban como campanas y alternaba su ruido con el martilleteo estrepitoso que salía de un taller donde se remachaban grandes calderas y panzudas boyas.

En algunos sitios en donde el río se ensanchaba, unas cuantas grúas gigantes se levantaban en medio del agua sobre inmensos pies de hierro, y estas máquinas formidables, envueltas en la niebla, parecían titanes reunidos en un conciliábulo fantástico.

Al acercarnos a la ciudad, las casas eran ya más altas, la niebla se hacía más densa y más turbia. Los vapores entraban y salían de los docks, el horizonte se veía surcado por palos de barco, en el río se mezclaban gabarras y botes; cruzaban el aire chorros de vapor, silbaban las calderas de las machinas, y en medio de la niebla y del humo subían suavemente, izados por las grúas que giraban con la caseta del maquinista, barricas de colores diversos, sacos y fardos.

Entre las casas bajas de las orillas se abrían callejones estrechos y negros; en algunos entraba el agua formando un pequeño puerto. En estas hendiduras, la mirada se perdía en la confusión indefinida de los objetos; se adivinaban galerías, ventanas, poleas, torres, cadenas, grúas que llegaban hasta el cielo, letreros que abarcaban toda la pared de una casa, grandes muestras ennegrecidas por la lluvia, y todo funcionaba con una grandiosidad titánica y en un aparente desorden.

Llovía

Ya se veía, destacándose en el cielo gris como una H gigantesca, el puente de la Torre de Londres. Se acercó el *Clyde;* sonó una campana; los carros y los ómnibus quedaron detenidos a ambos lados del puente, y éste se partió por el centro y las dos mitades comenzaron a levantarse con una solemne majestad.

Pasó el *Clyde.* Se veía entre la niebla la cúpula de San Pablo. Nos íbamos acercando al puente de Londres, en el que hormigueaba la multitud y se amontonaban los coches.

El barco silbó varias veces, fue aproximándose a la orilla y se detuvo en el muelle, cerca de la aduana. Echaron un puentecillo a un pontón y desembarcamos.

Salimos a una callejuela invadida por un sinnúmero de carros y de cargadores, en donde olía a pescado de una manera terrible; seguimos la callejuela hasta salir a una calle ancha, y allí tomamos un *cab.* El ligero cochecillo de dos ruedas, sobre sus gruesos neumáticos, comenzó a marchar deprisa por el suelo mojado por la lluvia, cruzó por delante del monumento del incendio de Londres, tomó por una avenida, recta y ancha, Cannon Street, rodeó la iglesia de San Pablo y entró en otra calle, Ludgate Hill.

Al pasar por debajo de un arco, un policía mandó detener el coche con un movimiento de la mano. El *cab* se detuvo. El policía, enorme, gigantesco, con una talma impermeable sobre los hombros, aguantando la lluvia, parecía de piedra. Había detenido el movimiento de la calle en la dirección que llevábamos nosotros y pasaban en sentido transversal un sinfín de carros y de coches. Yo me levanté del asiento para mirar hacia adelante.

—¡Qué barbaridad! ¡Qué animación! —exclamé.

Desde allí la calle transversal daba la impresión de un torrente en el que fuesen arrastradas con violencia cosas y personas. Las imperiales de los ómnibus pintarrajeados iban llenas; hombres de negro y mujeres vestidas de claro pasaban sin preocuparse gran cosa de la lluvia; al mismo tiempo corrían de una manera vertiginosa automóviles y coches, grandes camiones y ligeras bicicletas.

—Pero ¿no ves qué movimiento? —le dije a mi padre.

—Sí, pero es un movimiento mecánico —replicó papá de una manera displicente.

«¿Cómo puede ser de otra manera la animación de un pueblo?», pensé yo.

Me volví a mirar hacia atrás; los coches, los caballos, los camiones, inmóviles, se apretaban como formando un conglomerado; los caballos tocaban con la cabeza el carro o el *cab* que tenían delante; los ciclistas se sostenían en su máquina agarrados a un automóvil o a un ómnibus.

A los pocos minutos de estar parados cerca del arco, el policía dejó el sitio que había ocupado, y seguimos adelante. Pasamos Fleet Street, la calle de los periódicos; luego, el Strand, la vía más animada y pintoresca de Londres; después tomamos por una avenida ancha, recién abierta y sin edificar aún, que partía desde cerca del Temple y cruzando por una plaza con un jardín en medio, con grandes árboles, rodeado de una verja, Bloomsbury Square, enfilamos una calle formada por casas iguales y simétricas, y en una de éstas se detuvo el coche.

Pagó mi padre al cochero, llamamos en la casa, salió a la puerta un criado de frac, a quien yo le pregunté por la dueña o encargada, y apareció una mujer de cara larga y fina y ojos azules seguida de un perrito.

Le entregué la carta de Gray. La encargada, después de leer la carta, nos hizo subir al piso segundo, nos mostró dos cuartos y nos preguntó si nos gustaban. Contestamos que sí y tras de algunas útiles indicaciones acerca del servicio nos dejó solos.

Papá se acostó; se encontraba, según dijo, extenuado, y además tenía muy mal humor. Yo estuve luchando para limpiar y dejar presentable mi vestido, y a la hora del almuerzo bajé al comedor. Me indicaron el asiento en una mesa ocupada por un comandante sueco, serio como un poste, que no habló una palabra.

Cuando concluyó el almuerzo, encontrándome avergonzada al verme sola y tan mal vestida, me levanté más que deprisa y salí del comedor.

La seguridad, la desaparición de todo peligro, había producido un marcado mal humor en mi padre, y en mí un sentimiento de tristeza.

Presa de esta impresión melancólica, me metí en mi cuarto, me senté cerca de la ventana y me puse a contemplar la calle. La niebla formaba una cortina gris delante de los cristales. El aire estaba húmedo y templado. Asomándose a la ventana se veían a un extremo y a otro de la calle los grandes árboles frondosos y verdes de dos plazas próximas.

«¿Qué suerte me reservará Londres?», pensé. Experimentaba cierto temor al sentirme en la gran ciudad en donde probablemente tendría que vivir y trabajar.

Estaba pensativa, cuando dieron dos golpes a la puerta. Una criada con traje azul, delantal blanco y lazo en la cabeza, venía a arreglar el cuarto. Le hice algunas preguntas, que la muchacha contestó con voz muy tímida.

Al anochecer, la misma criada vino con la jarra de agua caliente. Me lavé y arreglé, y un poco atemorizada bajé a comer.

Al día siguiente hablamos largamente mi padre y yo de lo que podríamos hacer en Londres. Nos quedaba poco dinero. Teníamos para pasar allá unos tres meses. Papá, sin motivo alguno, comenzaba a sentir antipatía por Londres, y dijo: «Si aquí no encontramos un modo de vivir, nos vamos a otra parte».

Yo, comprendiendo que pronto necesitaríamos buscar trabajo, me dispuse a estudiar el inglés hasta escribirlo a la perfección. Salí a hacer algunas compras indispensables para papá y para mí, y llamé a un sastre y a una modista que me recomendaron en el hotel.

Mi padre, cuando se encontró elegante y bien vestido, perdió pronto su murria y comenzó a bajar al comedor y al salón.

A pesar de que estaba ya bastante avanzada la primavera, el tiempo era frío, y todos los días se encendía el fuego. Llovía casi constantemente; el cielo, siempre bajo y plomizo, no quería aligerarse. Algunos días, la niebla era muy densa, y no se veían las casas de enfrente, ni los árboles de las plazas vecinas.

Yo solía estudiar en mi cuarto arrullada por este ruido monótono de la lluvia. Mi cuarto era claro, limpio, confortable, con su chimenea de carbón, que algunas veces encendía. Desde la ventana se veía la calle asfaltada, brillante por la humedad. De noche, a la luz de los faroles, parecía un canal ancho lleno de agua inmóvil. Constantemente resonaba el ruido de la lluvia, y se oía acercarse o alejarse el trote de los caballos de los coches en el silencio de la calle.

Por las tardes solía descansar de mi estudio asomándome a la ventana. Las casas negras se destacaban en el cielo gris azulado y de las chimeneas en fila iba brotando el humo como hebras algodonosas disueltas en el cielo de color de plomo. A lo lejos, dos veletas con dos gallos parecían signos de interrogación en el aire.

Solía respirar con delicia este aire húmedo y tibio; luego cerraba la ventana y seguía estudiando.

II
Bloomsbury

El barrio de Bloomsbury, casi por entero, es un barrio de pensiones y de pequeños hoteles, formado por casas iguales, con un piso bajo pintado de rojo a rayas blancas y los altos primitivamente amarillos y ennegrecidos después por la atmósfera fuliginosa de Londres.

Todas las casas de este barrio son iguales, todas negras, sin alero, con una serie de chimeneas de barro rojo que constantemente van arrojando humo en el aire gris.

El cuarto de papá no daba a la calle como el mío, sino que caía a un patio tan extenso como una plaza, limitado por una manzana de casas. Desde la ventana de la habitación de mi padre se veía la parte trasera de los hotelitos de enfrente, todos del mismo color, idéntica distribución, el mismo número de ventanas y una especie de terraza debajo de la cual estaba el fumadero, todos con el mismo sistema de tubería y el mismo número de chimeneas.

Mi padre, hablando de esta igualdad, se exasperaba.

El jardín, común a la manzana, era grande y simétrico; las parcelas, formadas por macizos de hierba verde y corta, dibujaban figuras romboidales; en un ángulo se levantaba una casita cubierta de hiedra. A todas horas un jardinero, vestido de señor, con traje negro y sombrero hongo, trabajaba lentamente alisando la grava en las avenidas y quitando las malas hierbas.

Como llovía mucho, nos quedábamos en casa y solíamos refugiarnos en el salón o en el fumadero, al lado de la chimenea.

El salón era grande, tapizado de tela clara; los cuadros colgaban por cordones verdes de una moldura; cubrían las ventanas cortinones de encaje poco tupido; la chimenea de mármol, ancha y alta, servía de sostén a un espejo de luna muy transparente. Adornaban la tabla de la chimenea, así como los veladores y el piano, crisantemos y rosas, muérdago y cardos secos puestos en jarrones pequeños. Todo relucía limpio, nuevo: la alfombra, los sillones, las sillas. En el hogar ardía constantemente un gran fuego de carbón de piedra, y brillaban con la luz de la lumbre las tenazas y la pala doradas.

El salón de lectura se encontraba por debajo del piso de la calle. Para llegar a él había que bajar una escalera y cruzar el billar. Este cuarto de lectura y fumadero al mismo tiempo, era muy agradable, y papá lo tomó como punto de refugio. En el techo, una claraboya de cristal esmerilado dejaba pasar la luz opaca de los días grises, y en las paredes se abrían cuatro ventanas largas ocultas por cortinillas.

Excepto en algunas horas de la noche, el salón, desierto y silencioso, alumbrado por aquella luz suave y cernida, invitaba a la meditación y al sueño. Varios sillones de cuero verde, hondos, cómodos, levantados por delante y con un atril movible en uno de los lados, ofrecían sus brazos robustos al perezoso que quisiera entregarse a ellos, y en el silencio sólo se oía el sonar de la lluvia en los cristales y el piar de los pájaros en el jardín.

Gente del hotel

No llegaba todavía la gente para la *season*, y los que habitaban el hotel tenían el aspecto de aburrirse en este ambiente ceremonioso de silencio y de fastidio.

Papá refunfuñaba y se quejaba de aquella vida que él calificaba de imbécil; de la lluvia, de la comida y de la solemnidad de todo el mundo. Muchas veces se incomodaba en la mesa por cualquier pequeñez, y yo pasaba un mal rato esforzándome en calmarle.

Papá y yo comíamos cerca de la ventana, en la misma mesa que un mayor sueco y un señor holandés. El mayor sueco apenas hablaba; era alto, fornido, derecho, con la cabeza redonda y rapada y el cuello rojo y robusto. Todos los días al entrar en el comedor se inclinaba galantemente delante de mí, describiendo con su cuerpo un ángulo de cuarenta y cinco grados. Al concluir de comer volvía a saludarme ceremoniosamente, y se iba al salón de lectura a fumar y a hacer solitarios con las cartas.

El otro comensal, un inglés nacido en Holanda y de apellido francés, se llamaba Fleuri. El señor Fleuri era hombre afeitado y serio, con el pelo blanco, muy bien vestido y de aspecto malhumorado. A pesar de su aspecto, el señor Fleuri tenía el corazón muy florido y se enamoraba de todas las mujeres. De mí no llegó a enamorarse más que a medias.

Cerca de la otra ventana del comedor se sentaba una familia escocesa, la familia Campbell. La tal familia hallábase formada por cinco personas: el padre, un señor muy bajito, calvo, con patillas, puro constantemente en la boca alargado por una boquilla, piernas zambas y las manos metidas en los bolsillos del pantalón; la madre, un tipo de hombre, la nariz larga, la cara roja, los dientes grandes y el pelo estirado como por un cabrestante; el hijo, parecido a la madre, de una frente minúscula y una mandíbula poderosa, y las hijas, dos señoritas flacas, con trajes claros y lazo como una mariposa en el cuello.

Los miembros de la familia Campbell, sin duda, no pensaban nada digno de comunicarse unos a otros, porque se dedicaban al mutismo absoluto. Permanecían durante la comida rígidos en las sillas sin hablar una palabra.

Cuando concluían se levantaban todos, y primero las dos chicas con sus lazos como mariposas, luego la madre y después los dos hombres salían del comedor haciendo vagas reverencias a un lado y a otro.

Muchas veces Campbell, padre e hijo, iban a jugar al billar, y el hijo tenía sin duda la pretensión de dirigir a las bolas como si fueran caballos, porque les hablaba y chasqueaba la lengua, y cuando se incomodaba les daba cada tacazo que les hacía saltar al suelo.

Otra de las mesas del comedor solía estar ocupada por sudamericanos. Uno de ellos era el general Pompilio García, un hombre grueso y pesado, de tez olivácea y bigote negro. Venía de una república de la América del Sur, de donde había sido expulsado. Era un hombre taciturno e inmóvil, pero que cuando se excitaba hablaba con grandes gestos y con un acento muy ridículo, rociando la frase con una lluvia de «¡ches!» dichos en todos los tonos. Su secretario era un joven esbelto, delgado y melenudo, con el pelo casi azul de puro negro y la tez cobriza.

Con ellos comía una señora argentina y sus dos hijos, a quienes cuidaba una mulata.

Lo más desagradable de estos americanos era que siempre estaban hablando alto, como para convencer a todo el mundo de la espiritualidad de sus conversaciones.

Así nos enteramos de que el general don Pompilio no encontraba bastante arte en Londres; también nos enteramos de que no le *convensía* Velázquez, ni tampoco le *convensía* Goya; pero, en cambio, Carrière, ¿sabe?, le *paresía* admirable.

«Pero ¿qué entenderá este animal?», decía mi padre indignado; «porque si se tratara de subir a los árboles o de la manera de comer guayaba, se le podía dejar opinar a este bárbaro.»

A pesar de las indignaciones de mi padre, no teníamos más remedio que oír todas las sandeces que se le ocurrían al general.

Algunas noches se amenizaban las veladas con un poco de concierto y de canto. Entre las cantantes se señalaban dos o tres señoritas de edad inconfesable, secas y angulosas. Una de ellas, miss Bella Witman, exasperaba a mi padre.

–Pero si es más vieja que un loro –decía.

Miss Bella cantaba canciones de ópera italiana, de esas óperas antiguas que ya no se oyen en ninguna parte más que en Inglaterra. La canción favorita de esta solterona era una de *La Traviata*, que ella pronunciaba así:

> *Alfredo, Alfredo, di questo cogue*
> *non puoi, comprendegue tiuto l'amogue.*

–¿Pero esta vieja, con esas cuerdas en el cuello, no comprenderá que se pone en ridículo con sus alaridos? –decía mi padre.

–Déjala, así se divierte –replicaba yo.

Un día, en la mesa, el mayor sueco comenzó a contarnos a mi padre y a mí intimidades suyas y de su familia, refiriéndonos anécdotas chuscas con una risa infantil. Al día siguiente, el sueco no se presentó en el comedor; preguntó papá al mozo por él, y dijeron que el mayor se acababa de marchar. Sin duda había dejado sus confidencias para el último día.

Al sueco le sucedió en la mesa un matrimonio escocés que venía a pasar la *season*: el señor y la señora Roche. Ella era preciosa, alta, rubia, la nariz bien hecha, los dientes blancos, unos ojos azules tirando a verdes magníficos, el cuerpo esbelto y la piel tersa sin una mácula. Vestía con gran elegancia y tenía un aire imponente. Su marido, el señor Roche, era un tipo muy distinguido, de unos treinta y cinco a cuarenta años, alto, flaco, elegante, de nariz recta y ojos grises. Papá le clasificó como un celta.

Los primeros días de estancia en el hotel, madame Roche se manifestó en la mesa altiva y desdeñosa. El señor Fleuri se dedicó a colmarla de atenciones, que ella apenas se dignaba atender. Mi padre creo que se sintió ofendido con el aire de reina destronada de madame Roche, y se creyó en el caso de manifestar el desdén que le producía la existencia de tan bella dama.

El señor Roche, más atento que su esposa, comenzó a tratarnos amablemente a mi padre y a mí, y conmigo intimó lo bastante para darme consejos y orientarme en la vida de Londres. El señor Roche y su mujer, al mismo tiempo que a pasar la *season*, habían ido a Londres a resolver una cuestión de herencia.

Roche, según su propia confesión, era un hombre inútil, aunque él no sabía a punto fijo si esto dependía de su nulidad o de la estúpida educación que había recibido.

Fuera de las gestiones para la herencia, no hacía nada; leía casi exclusivamente el *Quijote* y la novelas de Dickens y daba grandes paseos. Sentía tanto entusiasmo por el *Quijote*, que había ido a España solamente para ver los sitios recorridos por el héroe de Cervantes.

Él conservaba un recuerdo agradable de España; en cambio a su mujer le parecía el rincón más miserable del mundo. Pensar que había un país en donde la mayoría de las mujeres no iban a reuniones, ni tomaban el té por las tardes, y que además de esto tenían el mal gusto de entusiasmarse con sus maridos, que generalmente eran más botarates que los maridos ingleses, exasperaba a madame Roche.

Estas explicaciones las dio el escocés riendo. La mímica de este hombre era tan expresiva y accionaba tan bien, con tanta gracia, que no sólo hacía reír, sino que parecía extraer de las personas y de las cosas un gesto, un ademán burlón que las representaba fielmente.

Yo traté de cultivar la amistad del señor Roche, no sólo por lo que me convenía, sino porque el escocés era realmente amable, servicial y simpático.

La rubia Betsy

Otra de las amistades que hice en la casa fue la de la muchacha que arreglaba mi cuarto, una rubia pálida bastante bonita a pesar de su aspecto ajado, como desteñido, y de su poca salud.

Yo la trataba como a una amiga, y ella, acostumbrada al desdén de las inglesas por sus criadas, me manifestaba gran simpatía.

Me hablaba de su familia y de su pueblo. La muchacha se llamaba Betsy, abreviatura de Isabel, y era del norte, en donde sus padres trabajaban en el campo.

La muchacha encontraba extraño que una señorita le mostrase interés, y, naturalmente muy cariñosa, experimentaba gran afecto por mí y me llevaba flores al cuarto y no quería tomar nada a cambio de sus atenciones.

Un día Betsy no apareció en mi habitación. Yo pensé si se habría marchado del hotel, y al día siguiente pregunté a la nueva criada:

–¿Y Betsy?

–Está mala.

–¿Tiene algo grave?

–No, creo que no.

–¿Se la puede ver?

–Si usted quiere, sí.

–Vamos.

Bajamos hasta un cuarto del sótano, en donde se hallaba Betsy en la cama. La habitación, sin luz y baja de techo, era muy triste.

La muchacha tosía mucho y tenía fiebre.

–¿Para qué ha venido usted aquí? –me preguntó Betsy.

–Para verla a usted.

Le hice algunas preguntas acerca de su enfermedad, y luego la dije:

–Mi padre es médico y vendrá a visitarla a usted ahora mismo.

Busqué a papá, que reconoció detenidamente a Betsy.

–Tiene una bronquitis aguda –dijo.

–¿Grave?

–No.

Hizo una receta y se envió a un criado por ella a la farmacia. La dueña de la casa preguntó a mi padre si habría necesidad de llevar a Betsy al hospital; pero mi padre dijo que no, que la enfermedad era cuestión de pocos días.

Mientras duró la afección de Betsy, la visité todas las mañanas y le llevaba flores al cuarto. Cuando la criada se curó y volvió a sus faenas, manifestó por mí mayor afecto y adhesión.

A las demás muchachas de la casa les parecía, sin duda, inusitado que una señorita se ocupara de ellas para algo más que para mandar-

les despóticamente o para reñirlas, y todo lo que yo les pedía lo hacían con muy buena voluntad.

Las señoras del hotel, entre ellas madame Roche, encontraron de
mal gusto mi conducta; a estas damas les parecía bien, hasta elegante, el visitar a los enfermos pobres siempre que se perteneciese a una
junta benéfica de señoras presidida por alguna duquesa, o por lo menos por una lady, y se realizaran las visitas con cierto aparato entre
mundano y de solemnidad religiosa.

III
La dama errante

Una mañana, al entrar en el salón y echar una mirada distraída a los periódicos, me encontré en el *Daily Telegraph* con un artículo de Tom Gray, titulado «La dama errante», y que tenía este subtítulo: «Historia de la fuga del doctor Aracil y de su hija».

El artículo, de tres columnas, comenzaba haciendo historia del atentado de Madrid, y seguía luego una narración minuciosa, aunque falsa en su mayor parte, de la vida de mi padre y mía encerrados en la casa de un amigo, y de los procedimientos usados por nosotros para disfrazarnos y huir.

Estaba el artículo salpicado de anécdotas y de frases de papá, que sin duda Tom Gray había escuchado de los amigos.

Leí con ansiedad el periódico, atendiendo principalmente a ver si comprometía a Isidro el guarda, pero no había dato alguno que pudiese poner a la policía sobre la pista.

Al día siguiente vino el segundo artículo de Tom Gray, con nuestros retratos.

Al bajar por la mañana al comedor del hotel notamos que todo el mundo nos miraba con curiosidad. Sin duda se habían dado cuenta de quiénes éramos. Papá se pavoneó con orgullo, y aquel día, creo, la verdad, que no encontró nada malo ni en la casa ni en Londres.

Al levantarnos para salir del comedor, la señora rubia americana, que comía en una mesa con el general Pompilio, nos saludó con una inclinación de cabeza y preguntó a mi padre en castellano con acento dulzón:

–Perdone usted. Usted es el doctor Aracil, ¿no?

–Sí, señora.

–Es usted médico, ¿verdad?

–Sí.

–Pues yo quisiera hablar con usted, con el permiso de esta señorita.

Mi padre se inclinó, la americana y yo nos saludamos y yo entré en el salón.

Poco después llegó un joven desconocido, un periodista español, a quien papá había conocido en una librería de Charing Cross Road, en donde se vendían periódicos de Madrid. El periodista preguntó por mi padre y habló conmigo. Me dijo que deseaba celebrar una interviú con nosotros y que no había ningún peligro en decir que estábamos en Londres.

–Hoy son ustedes los héroes de aquí –aseguró él.

–¿De veras? –pregunté yo, riendo.

–Sí; hoy son ustedes populares. Si se presentaran ustedes en un teatro, medio Londres iría a verles.

–¿Cree usted?

–Con seguridad.

–Pues yo no veo que esta gente sea tan entusiasta de los revolucionarios –dije yo.

–Lo son, ¡ya lo creo! Los ingleses son entusiastas frenéticos de los revolucionarios de los demás países; pero no de los suyos. Un enemigo del zar, del emperador Guillermo o de un rey de cualquier parte, tiene siempre aquí grandes simpatías.

–¿Y por qué esta diferencia entre los rebeldes suyos y los ajenos?

–Por una razón muy sencilla: ellos creen, y en parte se acercan a la verdad, que los gobiernos de Europa son todos abominables, menos el suyo. Así, un revolucionario alemán, español o ruso es un descontento lógico; en cambio, un revolucionario inglés es un hombre absurdo.

–¡Ah! Vamos, sí, se comprende.

En la casa se verificó una verdadera transformación con respecto a nosotros; todo el mundo nos saludaba; hasta la vieja señorita miss Bella Witman, la aficionada al canto, que siempre me había mirado con desprecio, aquella tarde me hizo sitio junto al fuego con gran amabilidad, y después, pidiéndome mil perdones, me preguntó si era socialista o anarquista. Le contesté que no, y miss Bella agregó que aunque ella odiaba a los socialistas y a la gente de poco *chic* y mala ropa, no podía menos de entusiasmarse con las personas valientes y dignas. Al terminar su explicación me alargó la mano, y tomando la mía, la estrechó vigorosamente.

La misma madame Roche, tan desdeñosa y soberbia, se humanizó hasta el punto de pedirme mil perdones; nos había tomado, según dijo, por gente vulgar, pero desde que sabía lo que habíamos hecho nos admiraba, a pesar de ser, como miss Witman, enemiga de los revolucionarios.

El periodista, charlando conmigo, esperó a que viniera papá; luego se presentó mi padre y contó varias peripecias del viaje, añadiendo algunas anécdotas de su cosecha. La tarde la pasamos hablando; llamaron en el comedor para el té, y papá dijo al periodista: «¿Quiere usted tomar el té con nosotros?».

Aceptó el joven, pasamos al comedor y papá nos presentó al periodista y a mí a la señora rubia madame Rinaldi, una americana viuda de un italiano. Cuando íbamos a tomar el té llegó Roche con su mujer, y nos sentamos todos reunidos en la misma mesa. Papá hizo alarde de su ingenio, y el periodista le dio oportunamente la réplica.

Antes de despedirse, el periodista nos preguntó:

–¿Quieren ustedes venir un día de estos a casa de un diputado socialista amigo mío, que tendrá mucho gusto en conocer a ustedes?

–Sí, ¡ya lo creo!

–Entonces, les avisaré. Y les felicito a ustedes con toda mi alma por haber escapado de allá.

Se fue el periodista. Papá, viéndose de golpe encumbrado y elevado a la categoría de héroe, perdió su mal humor y empezó a encontrar aceptables el clima de Londres, la casa y la alimentación. Recibimos una porción de cartas durante aquellos días, y entre ellas una ofreciéndose para todo del anarquista Miguel Baltasar, que sin duda nos consideraba a mi padre y a mí como compañeros.

Reunión en casa de un diputado socialista

Unos días después, el periodista español nos escribió diciéndonos que nos esperaba a las cuatro de la tarde en casa del diputado O'Bryen, y nos daba las señas de éste.

Vimos en el plano que la casa del diputado estaba cerca y fuimos paseando hasta una gran plaza con árboles. El señor O'Bryen vivía en el último piso. Subimos la escalera hasta el final, nos encontramos con una puerta abierta y pasamos a un salón grande lleno de gente.

El periodista me presentó a una señora joven, la dueña de la casa, y ésta se acercó a mí, me tomó de la mano, me llevó delante de la ventana, me contempló a su gusto y luego me besó en las mejillas.

—Esta señorita es María Aracil —dijo la dueña de la casa, dirigiéndose a la concurrencia—, y este señor es su padre.

El asombro y la admiración fueron generales; sin duda habían leído casi todos la narración de nuestra fuga en el periódico; además, la mayoría de las señoras y señoritas allí reunidas eran socialistas, sufragistas, escritoras radicales a cuál más revolucionaria, a juzgar por las felicitaciones y apretones de manos que me dieron.

También felicitaron a papá efusivamente; pero la figura principal, dado el carácter feminista de la reunión, fui yo.

El amo de la casa, el diputado socialista O'Bryen, adepto del Partido del Trabajo, un hombre joven a pesar de su pelo blanco, de tipo escocés, moreno, de mirada brillante, saludó a papá y le estrechó la mano, pero no sabía hablar francés ni mi padre inglés, y no pudieron entenderse.

O'Bryen presentó a papá a los concurrentes; entre ellos llamaba la atención un indio negro de cara picada de viruelas, uno de los jefes socialistas de Bombay; un obrero con la cabeza grande y la frente abombada, al parecer una lumbrera del partido, y un señor alto y flaco, de bigote corto y aspecto de maestro de escuela. Sólo este señor sabía algo de francés, y cambió con mi padre unas cuantas frases.

Entre las mujeres que me rodearon había algunas celebridades. De las más ilustres era miss Clarck, una mujer como una percha, alta, fea, con unos pies como dos gabarras, manos de gigante, y un sombrero deforme en la cabeza. La fama de miss Clarck procedía de una gran campaña hecha en un periódico a favor de los boers durante la guerra del Transvaal.

Además de miss Clarck se distinguían en el grupo la señora de O'Bryen y una joven rusa, morena, vivaracha, con una risa muy jovial, que se dedicaba a la pintura y se llamaba Natalia Leskov.

Natalia me fue muy simpática, hablamos un rato, nos prometimos mutuamente vernos de nuevo y tratarnos con intimidad, y antes de marcharnos mi padre y yo, la rusa me presentó a un joven polaco, Vladimir Ovolenski, un hombre de unos veinticinco años, de talla media, moreno, con una cabeza de poeta, la frente desguarnecida y la mirada intensa de los ojos hundidos y profundos.

Me chocó este tipo por su aire trágico. A cada paso mi padre y yo teníamos que levantarnos a saludar a nuevas personas a quienes nos iban presentando.

Luego, la señora del diputado y sus dos hijos, dos niños muy bonitos de cinco a siete años, que andaban descalzos por el salón, sirvieron el té.

El motivo principal de la conversación fue nuestras aventuras, y relacionándolo con esto se habló de la situación de España.

El señor de la cabeza grande y de la frente abombada me explicó sus ideas acerca de lo que debía ser la organización socialista en España. Yo asentí a todo cuanto me dijo, aunque no comprendí muy bien sus explicaciones.

Al despedirnos de los concurrentes hubo de nuevo felicitaciones y apretones de manos.

Íbamos por la calle, cuando papá dijo: «Después de todo, estos ingleses son unos majaderos».

Yo le miré con asombro y pensé si mi padre tendría celos del éxito alcanzado por mí.

IV
El señor Roche

El señor Roche era hombre muy amigo de callejear y de dar grandes paseos; siempre se hallaba dispuesto a servirnos de cicerone con verdadera diligencia y con una extraordinaria amabilidad. Muchas veces mi padre prefería estar hablando en el salón y yo paseaba con el señor Roche.

Roche sentía esa curiosidad insaciable del vago, a quien los hombres atareados llaman papanatas. Para él, nada tan agradable como pasar horas enteras en un puente contemplando el movimiento del río, o mirando una tapia detrás de la cual se dice que ocurre algo.

A Roche le encantaban los espectáculos callejeros y era un gran observador de menudencias.

Me acompañó a ver los museos, los grandes parques llenos de frescura, de verdor y de silencio, en donde pían los pájaros, y me mostró las pequeñas curiosidades de la calle.

Me hizo pasar largos ratos viendo cómo cualquier pintor ambulante, con una cajita de lápices de colores, arrodillado en el suelo, pintaba en las aceras una porción de paisajes y de escenas religiosas y militares, y cómo luego ponía unos letreros explicativos con una magnífica letra.

Frecuentemente, el pintor callejero solía estar acompañado por un perro de aguas, el cual, muy quieto, sostenía una canastilla en la boca, en donde Roche y los demás admiradores del artista dejaban alguna moneda.

Otras veces se detenía a ver en un rincón de una calle a Guignol apaleando al juez, lo que le hacía mucha gracia, o algunas chiquillas bailando la jiga al compás de las notas de un organillo.

Me llevó también a ver los rincones descritos por Dickens, el almacén de antigüedades próximo a Lincoln's Inn, la tienda de objetos de náutica del Pequeño Aspirante de Marina de la calle Minories, y me mostraba la gente sin hogar esperando el momento de entrar en el Workhouse, y el barrio italiano entre Clerkenwell Road y Rosebery Avenue, con sus tiendecillas, en donde se vende polenta, mortadela y macarrones; sus bandadas de chiquillos sucios y sus mujeres peinándose en la calle.

Descubrimos en Fleet Street, en algunos escaparates de los periódicos, el retrato de mi padre y el mío, y Roche me llevó a Paternoster Row, una calle de libreros, en donde durante algún tiempo nuestras fotografías figuraron entre celebridades.

También solíamos andar por las calles elegantes: Bond Street y Regent Street. Abundaban allá las mujeres bonitas, elegantísimas, con un aire angelical; sobre todo los establecimientos de modas eran exhibiciones de muchachas preciosas, rubias, morenas y rojas con tocados vaporosos.

–Están ahí como reclamo de las tiendas –decía Roche–. Es curioso –añadía–; en esta parte de Oxford Street, Regent Street, Piccadilly y Bond Street, dominan las mujeres; en cambio, en la City no ve usted más que hombres. De aquí resulta que las mujeres de allá tienen aire hombruno; en cambio los hombres de aquí son de tipo afeminado.

De pronto Roche se paraba, y, como quien hace un descubrimiento, me decía:

–Mire usted qué diversidad de olores, ¿eh? Aquí se siente el olor del carbón y de la marea del río que a mí me gusta... Hemos dado cuatro pasos y, fíjese usted, ya ha cambiado el olor, se siente el tufo que echan los automóviles... Este olor de arena húmeda y caliente es el que sale de la estación del metropolitano...; ahora viene un olor de fábrica. Demos vuelta a la esquina... Parece que vamos en la cubierta de un barco, ¿no es verdad?

–Sí.

–Es que la calle está entarugada, y cuando le da el sol echa un olor de brea. Mire usted aquí –y el señor Roche levantaba la cabeza y respiraba– cómo huele a carne asada de algún restaurante. En cambio, en este rincón ha quedado como inmóvil el olor a tabaco.

Al señor Roche no se le pasaba nada sin notarlo y comentarlo. Tenía la atención puesta en todas las cosas: en lo que decían los vendedores ambulantes, en las frases de los cobradores de los ómnibus invitando a subir a la gente, en cuanto pasaba por delante de sus ojos.

Míster Roche me contó su vida y la de su mujer.

–Yo he sido siempre –me dijo– un hombre vago y sin decisión.

Cuando estudiaba en el colegio, un señor que se dedicaba a la grafología estudió las letras de los alumnos, y al observar la mía, después de hacer un gesto de desprecio, murmuró: «Falta de voluntad, falta de carácter». Esto en Inglaterra es un crimen. La verdad es que nunca he podido decidirme a hacer las cosas rápidamente ni a insistir en ellas. Hasta cuando era joven y quería enamorarme, no llegaba a fijarme sólo en una muchacha; una mataba la impresión de la otra y no me decidía jamás. Ésta debía haber sido mi vida, ¿verdad?: no decidirme nunca.

–Pero alguna vez hay que decidirse –le dije yo.

–Eso es lo malo, hay que decidirse; no basta andar como la niebla, de un lado a otro, empujada por el viento; pero yo espontáneamente no me decidiría nunca. Además, ¿sabe usted?, soy un profesional de la curiosidad. Todas las cosas que ignoro me atraen, y me atraen más cuanto más las ignoro. Cuando empiezo a conocerlas es cuando me rechazan.

–Usted debe ser muy poco inglés.

–Tan poco, que soy escocés y descendiente de irlandeses.

Roche siguió contando su historia, interrumpiéndola con observaciones y anécdotas. Era hijo de una familia acomodada, y de joven vivía con su madre en el campo, cerca de Edimburgo. Había estudiado derecho con la idea de no ejercer la profesión. Un verano, después de acabar la carrera, conoció a la que luego fue su mujer. Era madame Roche entonces una muchacha que llamaba la atención, no sólo por su belleza, sino también por su inteligencia. A pesar de su posición modesta, se hallaba relacionada con lores y señoras aristocráticas.

Madame Roche se enamoró primeramente del que luego fue su marido. Éste no se atrevía a dirigirse a una mujer tan hermosa y brillante; pero ella allanó el camino y se casaron; gastaron en cinco o seis años todo el dinero que tenían, y vivían de una pensión modesta que les pasaba la madre del señor Roche.

Madame Roche y su filosofía

Al cabo de diez años y de tres hijos que vivían con los abuelos, el amor en el matrimonio había volado. Él aceptaba su papel de marido de una *profesional beauty* con filosofía, y como este papel es enajenable en países donde existe el divorcio, pensaba en cedérselo a cualquiera.

Madame Roche insinuaba a su marido esta idea, y él parecía aceptarla sin ningún pesar, indiferencia que encolerizaba a su esposa.

«Si me vuelvo a casar otra vez...», decía madame Roche con cierto retintín.

El señor Roche, cuando oía esto, no replicaba; pero parecía decir íntimamente: «Ojalá sea mañana».

Madame Roche entablaba grandes discusiones con mi padre. No se entendían, y sentían uno por el otro gran hostilidad, unida a cierta vaga estimación, nacida de encontrarse mutuamente un carácter decorativo.

Madame Roche se había formado para su uso particular una filosofía aristocrática que halagaba su orgullo. Su filosofía se hallaba condensada en esta frase, que solía repetir con frecuencia: «Hay gente que ha nacido para gozar y comprender la belleza, y otra para sufrir y trabajar».

Según esta moral caprichosa, los hombres superiores tenían derecho a todo, y las mujeres superiores más aún. Podían sacrificar a los demás, avasallarlos; la etiqueta de ser superior era como un salvoconducto para cualquier desafuero.

Afirmaba seriamente madame Roche que las mujeres bellas e inteligentes, si estaban casadas con hombres débiles y desagradables por su riqueza, no debían tener hijos de sus maridos, sino de los jóvenes fuertes y hermosos que encontraran a su paso por el mundo. Decía esto de los hombres fuertes y hermosos con orgullo. También, según ella, había que recomendar a los pobres que no tuvieran hijos, porque todo el sobrante de población produce la mendicidad, el crimen, la borrachera y los demás espectáculos desagradables a los ojos de los privilegiados.

A madame Roche le halagaba creer que estas dos humanidades, una formada por señoras intelectuales y bellas y por hombres de talento, y la otra por gente vulgar y ordinaria, eran diferentes.

En el fondo, toda la filosofía de madame Roche dimanaba casi exclusivamente de las novelas de Gabriel d'Annunzio, que eran su pasto intelectual.

–Lee esas fantasmonadas de D'Annunzio –decía mi padre con sorna–, y, claro, se cree una supermujer. Ese vino endulzado con la más venenosa de las sacarinas que sirve el divo italiano en su palacio de cartón y de papel pintado, se les está subiendo a la cabeza y volviendo locas a estas pobres cursis.

Discusiones

Madame Roche decía de las mujeres españolas que no queríamos ser libres.

Al feminismo suyo oponía mi padre, en broma, una idea mahometana de la mujer.

–La mujer es una creación del hombre –replicaba madame Roche–. La mujer vive para el hombre; el hombre debe vivir para la mujer.

–Que viva la mujer para ella misma –decía mi padre.

–Es que la mujer necesita atención y cuidados –replicaba madame Roche–. Hay que cuidar de las mujeres, porque son más necesarias casi que los hombres. Un hombre puede bastar a diez mujeres para el fin de perpetuar la especie. Lo contrario sería imposible.

–¿Y usted, tan individualista, se preocupa de la especie? –preguntaba mi padre.

–Sí, señor.

–Además, ¿usted cree que la mujer de hoy vive realmente para un hombre? Me parece que a una señora, entre los amigos, la casa y el traje, le debe quedar muy poco para el marido.

–Yo no digo que la mujer viva para un hombre, sino para los hombres –replicaba madame Roche, alardeando de cinismo–. Además, los maridos tienen también el juego y el club.

–En el fondo –replicaba mi padre–, lo que usted quiere es absurdo: atacar el matrimonio y la moral y respetar los trajes, las formas sociales, el té de las cinco y la propiedad. Esto es imposible. Cuando la moral actual caiga, caerá arrastrando todos los demás sostenes de la sociedad.

–Pero ¿por qué ha de caer lo demás? ¿Por qué ha de caer lo que es bonito? ¿Las modas? ¿Los trajes elegantes? –decía madame Roche con voz un poco agria.

–Porque todo eso está basado en la esclavitud de pobres muchachas, tan bonitas como las más bonitas que pasean en Hyde Park y que tienen que estar trabajando para que una vieja grulla se luzca en su coche.

—Es que no puede ser de otra manera.

—¿Por qué no?

—Usted habla de anarquismo, de revolución —replicaba madame Roche—; y yo no quiero el anarquismo. El anarquismo es la tendencia de destruir todo lo hermoso para sustituirlo con lo feo. Hacer de Londres un Whitechapel grande.

—No, no es cierto; en tal caso, el anarquismo no querría más que acercarse a la ley natural.

—Pero acercarse a la naturaleza es acercarse a la bestia —decía madame Roche.

—Es posible; pero yo no creo que porque una mujer gaste unos cuantos cientos de libras en trajes y perifollos y porque lea a D'Annunzio se aleje de la bestia.

—Se acerca a la belleza.

—¡Oh! Si el criterio ha de ser la belleza, hay que volver a lo antiguo. Entonces, ¿por qué se queja usted de la moral tradicional?

—Porque es absurda.

—¿Y qué es, en el fondo, lo absurdo sino lo antinatural?

—Es que es natural la desigualdad. Lo dice el mismo Evangelio: «Hay que dar a Dios lo que es de Dios y al César lo que es del César».

—Es que hoy Dios se ha convertido en un personaje discutido y problemático, y el César en un automovilista ridículo, en un matador de pichones o en un viajante de comercio.

—Usted no quiere reconocer categorías, pero las hay en todo —argüía madame Roche.

—Claro que las hay, pero no son las que acepta la sociedad —contestaba mi padre.

—Pero las categorías se ven, se imponen; el *champagne,* ¿no es mejor que el agua?

—No. Déle usted al sediento que acaba de andar un día al sol una botella de *champagne* o una jarra de agua; verá usted lo que prefiere.

—Sí, en ciertos casos. Pero yo no hablo de lo que es mejor en el desierto, sino de lo que es mejor en Londres.

—Es que Londres es un punto de vista, como el desierto es otro.

—Entonces, ¿para usted Londres no es superior a un desierto?

—Comercialmente, socialmente, sí; pero individualmente, no.

—Para mí de todas maneras.

–Yo en Londres no veo más que moral en forma de hipocresía, respetabilidad en forma de traje y arte en forma de esnobismo. Respecto al pueblo inglés, no me entusiasma; un pueblo que adora su aristocracia me parece un pueblo vil.

–Pero ese pueblo y esa aristocracia han hecho una labor inmensa.

–No digo que no, pero a mí no me sirve de nada. Desde la ley de Dios hasta la ley del Inquilinato, se han hecho sin mi consentimiento y contrariando mis instintos, y no las acepto...

A mí no me gustaba terciar en estas discusiones; conocía el repertorio de las frases paternales, y ya no me hacían efecto.

Comienza la buena estación

Comenzaba la buena estación. El hotel estaba animadísimo; los árboles de las plazas vecinas se llenaban de hojas, piaban los pájaros entre las ramas, y en las ventanas de la casas negruzcas por el humo brillaban crisantemos y rosas de vivos colores. Algunos hombres, subidos a una altísima escalera, iban limpiando y restregando las fachadas y quitándoles su manto de carbón y de mugre; otros pintaban puertas y ventanas y pasaban una esponja por los cristales.

Papá y yo solíamos con frecuencia dar grandes paseos. Yo iba viendo cómo todas las semanas disminuía el poco dinero que nos quedaba, y acosaba a mi padre para que se decidiera y tomáramos una determinación.

Mi padre no se preocupaba para nada de estas cosas, y pasaba las horas muertas discutiendo con madame Roche, o hablando en el salón con la señora argentina y con las otras damas. La argentina, madame Rinaldi, había descubierto que tenía neurastenia, y necesitaba consultar al doctor a cada paso.

Mi padre era el gallito de las señoras del hotel, sobre todo de las extranjeras que hablaban francés. Lucía entre ellas su ingenio chispeante y su acento parisiense puro.

Una señora francesa, muy elegante, casada con un inglés empleado en Egipto, madame Stappleton, guardaba para mi padre la más amable de sus sonrisas, y no se recataba en decir que era un hombre excepcional.

–Su padre de usted –me dijo varias veces– es encantador. Es un

194

tipo de D'Annunzio, completamente de D'Annunzio. Parece el héroe de *Las vírgenes de las rocas.*

Yo hubiese deseado ver a mi padre un poco menos héroe y un poco más práctico; pero no había medio de conseguir esta beneficiosa transformación; toda su actividad la empleaba en brillar entre las señoras. Madame Stappleton parecía haber hecho en él gran efecto; así él lo daba a entender, aunque yo comenzaba a dudar un poco de la veracidad de los sentimentalismos paternales.

Esta señora francesa no podía acostumbrarse a Londres. Encontraba a los ingleses poco interesantes; buenos, sí; pero nada más; máquinas para hacer dinero solamente. Ella deseaba algo más, y al decir esto expresaba su disgusto con una mueca de niño desilusionado que no encuentra la diversión que espera en sus juguetes. Padecía esta señora, según diagnóstico de mi padre, un romanticismo francés, que es, según él añadía, un romanticismo de gente bien alimentada.

Además, en Londres, decía madame Stappleton, todo era distinto a su querida Francia: clima, ideas, costumbres, preocupaciones...

–¿Y todo peor? –le preguntaba alguno.

–¡Oh, sí! –exclamaba ella–. Absolutamente. ¡París! Sólo en París se vive.

A madame Stappleton no le preocupaba, como a su amiga madame Roche, el aspecto general de la vida de las mujeres, sino su tragedia, la pequeña tragedia de su aburrimiento, la desilusión de no tener a su marido o a su amante, probablemente mejor al amante que al marido, hecho un trovador constantemente a sus pies.

La situación del sexo femenino no le producía el menor quebradero de cabeza.

Mi padre le dijo una vez:

–La desesperación de usted, madame Stappleton, me parece completamente literaria. Si su esposo tuviera ese carácter mixto de adhesión y sutileza psicológica, tan anhelado por usted, probablemente se aburriría usted más.

–¡Oh, no!

–Sí. Con seguridad.

Madame Stappleton comenzó con su voz de flauta otra explicación para fijar con claridad cuáles eran sus deseos.

–Al final de todas sus explicaciones –replicó mi padre– no se ve más sino que es usted una mujercita que quiere y no quiere al mismo tiempo. Se queja usted de la monotonía de la vida.

–¡Oh, sí! Es muy triste, muy igual.

–Y quisiera usted una vida agitada..., pero le da a usted miedo la vida inquieta. El puerto es triste, es verdad; la mar es hermosa, pero tiene tempestades. Usted quiere una mar tranquila, sin olas, sin borrascas, navegar siempre cerca del puerto. Esto es muy cómodo, pero no puede ser.

–¡Oh, pero también quiero la agitación!

–No, no.

–Si es que no sé buscarla, es que no sé el camino, señor Aracil.

–¡El camino! El camino se lo hace uno mismo; ahora, que una mujer tiene que estar dispuesta a jugar en un momento el porvenir, la vida, la comodidad, los vestidos elegantes, el *flirt*.

–¡Pero eso es tan triste...!

–Entonces hay que vivir tranquila.

–¡Pero eso es tan aburrido...!

–Yo creo que madame Stappleton tiene razón –dijo Roche–; hay una manera de no jugar en un momento la vida, ni el *confort*, ni el posible y permitido *flirt*.

–¿Y es? –preguntó madame Stappleton.

–Es seguir el camino tortuoso.

–¡El camino tortuoso! ¿Es que hay alguno que no lo sigue? –dijo madame Roche.

–Sí, hay muchos que van por el camino recto –contestó con sequedad su marido.

–Y en mi situación, ¿qué sería seguir el camino tortuoso? –preguntó madame Stappleton.

–Tomar, sin duda, un amante –dijo mi padre.

–¡Un amante! ¿Acaso es fácil encontrar un amante? –replicó la francesa con un gesto de cómico enfado–. Un marido, sí. Cuando se tiene dote es fácil encontrar un marido; aun sin dote. Pero un amante... ¡Oh, un amante...!

Todos se echaron a reír.

Madame Roche salió en defensa de su amiga, y dijo que los hombres no comprendían a las mujeres.

–Es verdad, no las comprenden –contestó Roche, mirando las páginas de una revista que iba cortando con una dobladera–. Ni los hombres comprenden a las mujeres, ni las mujeres a los hombres. Parece que vivimos en dos continentes aparte.

–Las mujeres son más espirituales que los hombres –dijo madame Roche, sin mirar a su marido.

196

–¡Más espirituales...! ¡Pchs! ¡Qué sé yo! ¿Habrá mujeres espirituales en la intimidad? Eso ustedes lo sabrán.

Madame Roche echó a su marido una mirada asesina.

–Esto de la espiritualidad –siguió diciendo el escocés– me parece un concepto un poco falso. ¿Usted qué cree, Aracil?

–Sin vacilar, estoy con usted.

–Yo no hablo precisamente de espiritualidad –dijo madame Stappleton–; un hombre completamente espiritual sería aburrido... a la larga.

–Yo creo que a la larga y a la corta –repuso Roche.

–¡Ah, claro! –contestó la francesa–. Yo no tengo la pretensión de creerme un ángel, ni mucho menos. Lo que sí encuentro aquí es la falta del tipo original. Yo había creído siempre que Inglaterra era el pueblo de los originales, de los hombres interesantes, y es todo lo contrario.

–No nos conoce usted bien –replicó Roche, dándose con la dobladera en la pierna–; hay tipos de esos de la City que parecen vulgares, y si se fija usted en ellos les verá usted que llevan un laúd debajo del brazo para dar una serenata a su amada, y el puñal así –y puso la dobladera en el cinto como si fuera una daga.

–Búrlese usted lo que quiera, señor Roche, pero yo encuentro que un inglés se parece a otro inglés como dos gotas de agua, y que todos son muy monótonos –dijo la francesa.

–En la intimidad hay que vernos –contestó el escocés–; cuando nos ponemos a cambiar grandes pensamientos y el uno dice con la cara muy seria: «¡Vaya un tiempo!», y el otro contesta: «¡Sí, llueve mucho!»; y el primero añade: «Ya hace una semana que está lloviendo», y el segundo agrega: «Una semana y dos días». Usted no nos conoce todavía, madame Stappleton. El día que nos conozca, comprenderá usted la superioridad de Inglaterra sobre el continente.

El señor Mantz, la bestia negra

En aquella tertulia de señoras, la mayoría extranjeras, reunidas por la casualidad en un hotel y en donde mi padre llevaba la voz cantante, había un señor que representaba el desairado papel de comparsa y a quien nadie estimaba por su falta de originalidad y de chispa.

197

Era este señor un hombre de unos cuarenta y cinco a cincuenta años, pequeño, afeitado, con lentes, de labios finos y frente abombada, pelo gris, cuello de camisa muy exiguo y una corbata negra, infinitesimal de puro diminuta, que parecía trazada con un tiralíneas. Al señor Mantz, así se llamaba, se le hubiera podido tomar por un tipo insignificante, a no ser por sus dientes blancos, fuertes y amenazadores. Los dientes del señor Mantz le extraían de la vulgaridad y le daban un carácter agresivo y perruno.

Mantz era caballero y galante, tenía una galantería a prueba de desaire. Siempre salía a la defensa de las mujeres de una manera ruda, y ellas jamás se lo agradecían.

Una escritora inglesa ha dicho que los hombres que comprenden a las mujeres sin idealizarlas son unos miserables. El señor Mantz no tenía nada de miserable.

Toda la gente le huía, mi padre le hacía blanco de sus sátiras y madame Stappleton manifestaba por él un desdén olímpico.

«O, c'est fatigant!», decía con una voz lánguida, como si estuviera abrumada con la presencia del buen señor.

Papá, riendo, le advirtió una vez que le desdeñaba demasiado.

–Es que no me gusta que nadie me secuestre –dijo la francesa–; por eso no hago caso de ese señor tan pesado.

–Y a usted, ¿no le gusta secuestrar? –preguntó mi padre.

–¡Oh, es muy posible! –contestó ella con los ojos brillantes y moviendo afirmativamente la cabeza.

Mantz, ahuyentado por todos, cuando vio que yo me dedicaba a estudiar el inglés y el alemán, se brindó a darme lecciones y a resolver mis dudas gramaticales.

El señor Mantz estaba empleado en una casa de comercio de la City. Era hijo de alemanes, pero se sentía el inglés más inglés de Inglaterra.

El señor Mantz era una excelente persona en todo, menos tratándose de cuestiones patrióticas, porque entonces se transformaba y se convertía en una fiera, y no quería más que guerras, fusilamientos y barbaridades.

A mi padre le guardaba rencor por una frase imprudente que le había oído.

Un día, un joven ingeniero llegado de la India contaba en el salón que allá, aun en el campo y en los parajes más apartados, el empleado inglés de noche se pone el frac para presentarse a la mesa.

–Hace bien –dijo Mantz secamente–; esto lo hace para distinguirse de las razas inferiores.

–¿A quiénes llama este señor inferiores? –preguntó mi padre con aire impertinente–, ¿a los indios o a los ingleses?

Mantz, que lo entendió, volvió la espalda, y no dirigió más la palabra a mi padre. Desde entonces, siempre que le veía le miraba como si se tratara de un mueble. En cambio, por mí manifestaba bastante simpatía.

La preocupación constante de Mantz era Inglaterra, su Inglaterra. Cuando volvía a casa de su trabajo, comía con rapidez, y al momento se marchaba al fumadero, encendía la pipa y se enfrascaba allí en la lectura.

Siempre estaba con el *Anuario naval del año*, hojeando revistas técnicas de cuestiones concernientes a la marina, y comparando las distintas flotas de los diferentes países del mundo.

Cuando veía que el Japón, Alemania o los Estados Unidos construían un nuevo barco de combate se ponía frenético, sentía una verdadera desesperación; en cambio, los triunfos de la marina inglesa, guerrera o mercante, los consideraba como suyos.

Para el señor Mantz, Inglaterra nunca peleaba más que por la justicia y por el bien, nunca había defendido una mala causa, y, como es lógico, habiendo Providencia, siempre sin excepción vencía a los demás países. Para el señor Mantz, Inglaterra era como el brazo de Dios, la defensora nata del derecho divino y humano.

Mi padre solía decir con sorna comentando las opiniones de Mantz: «No. Si es verdad. ¡Si yo creo que el señor Mantz tiene razón! Inglaterra siempre defiende el derecho. Es cosa que no se puede negar. Ahora que cuando puede apoderarse de algo se apodera, y en esos momentos no le parece oportuno defender el derecho. Pero cuando no puede apoderarse de nada, ¡entonces hay que ver a Inglaterra defendiendo el derecho con entusiasmo, sobre todo si puede impedir que otro país, siguiendo sus prácticas, se quede con algo!».

Yo creo que en esto mi padre tenía razón; pero, por otra parte, tampoco me parece mal que la gente que está en los comercios y no tiene otra diversión sea patriota.

Muchas veces Mantz escribía al ministerio haciendo advertencias que le sugerían sus lecturas. Su muletilla constante era ésta: «Si ha de haber guerra con Alemania, cuanto antes mejor, hoy mejor que mañana, y este año mejor que el próximo».

Todo el que hablara a Mantz de una sublevación de la India o de Egipto o de la independencia de Irlanda, era sólo por esto su mayor enemigo.

Cuando llegué a tener alguna confianza con el señor Mantz, le expuse mi deseo de conseguir un empleo. Mantz tomó el encargo con toda la seriedad característica en él, y por las noches solía enterarme de las gestiones que iba haciendo.

V
La casa de Wanda

La conducta de mi padre comenzaba a avergonzarme. Además de no ocuparse para nada de buscar trabajo, escandalizaba el hotel. Se había enredado con la francesa, y se repetían con demasiada frecuencia las escenas desagradables, las murmuraciones y cuchicheos. En Inglaterra, como en todas partes, hay una afición extraordinaria a la chismografía, y nuestro hotel parecía una casa de vecindad.

Betsy me dijo una porción de cosas que se contaban de la francesa y de mi padre. Al parecer, ninguno de ellos se recataba en demostrarse su afecto. En sus relaciones no guardaban la compostura exigida por la hipocresía inglesa, y había escándalos continuos, pues mi padre, como la francesa, no era partidario de los aires solemnes, y les gustaba a los dos que se enterasen los demás de su intimidad.

Al último intervino la dueña de la casa, y me encargó que hiciera a mi padre una advertencia verdaderamente desagradable.

Claro que yo no le dije nada. Estaba violenta en la casa, y solía salir a todas horas. Muchas veces entraba en el Museo Británico, que se hallaba muy cerca del hotel, a distraerme.

Una tarde me encontré allí con Natalia Leskov, la muchacha rusa, pintora, que había conocido en casa de O'Bryen, el diputado socialista. Se hallaba dibujando una estatua de Ceres, en compañía de una joven noruega, Wanda Rutney, que se dedicaba también a la pintura.

Charlamos las tres largo rato, y después Wanda nos convidó a tomar el té en una pastelería de Oxford Street. Hablamos de nuevo, y Wanda me invitó varias veces a que fuese el sábado siguiente a pasar el día en su casa. Vivía en un pueblecillo próximo a Slough. Se lo prometí, y quedamos de acuerdo.

Wanda era una muchacha alta, fuerte, de cabeza pequeña y cara infantil; sus ojos azules expresaban lealtad y candidez; su andar y sus ademanes eran de un aplomo verdaderamente majestuoso, y el pelo castaño le caía en rizos sobre la frente tersa y pura. Wanda tenía un aspecto de gran energía vital y de elegancia al mismo tiempo, y una risa clara, ingenua, muy simpática.

Natalia era delgada, bajita, con un tipo meridional, de pelo oscuro, ojos inquietos y aire intranquilo. Viéndola por primera vez parecía fea e insignificante, y sólo cuando su rostro se animaba en la conversación llegaba a interesar.

Yo quedé bastante asombrada al saber que Natalia tenía una niña.

−¿Tan joven y ya es usted mamá? −le pregunté.

−Sí −contestó Natalia, riendo−; me casé a los quince años de una manera romántica. En un concierto que dio Grieg, en San Petersburgo, conocí al que fue mi marido. Era mi segunda pasión.

−¿La segunda? −preguntó, riendo, Wanda.

−Sí; mi primera pasión fue un pope del colegio. Él tenía sesenta años y yo doce. Como digo, fue mi segunda pasión. Hablamos de Peer Gynt, de Ibsen y de Grieg, y él se enamoró de mí y yo de él. Por la noche, al ir a casa, le dije a mi madre: «He conocido en el concierto a un joven, y me voy a casar con él». «Está bien, Natalia», contestó mi madre; «quiera Dios que hagas una buena boda.» Nos casamos, tuve una niña; pero mi marido era de poca salud, y murió. Ahora, gracias a mi amiga −y apretó el brazo de Wanda−, voy viviendo.

Wanda me explicó el carácter de Natalia. Era esta pequeña rusa de un corazón de oro, pero arrebatada y loca; tenía una generosidad extraordinaria y unos cariños frenéticos; pero, en cambio, a quien tomaba ojeriza, le odiaba con todas las fuerzas de su alma.

Yo simpaticé mucho con la rusa y también con la noruega, y les prometí que el próximo sábado iría a casa de ésta. Me dijeron mis nuevas amigas el tren que debía tomar, y quedamos de acuerdo en que me esperarían en la estación por la tarde.

Si había alguna dificultad, yo les avisaría enviándoles un telegrama. Me gustó relacionarme con estas muchachas, y pensé que quizá podrían ayudarme, o aconsejarme por lo menos, en la difícil tarea de buscar un empleo. El dinero nuestro estaba ya agotándose, y mi padre seguía sin darse por enterado.

El sábado siguiente salí después de almorzar, y tomé un ómnibus que me dejó en la estación de Charing Cross. Me senté junto a la ventanilla en un coche de tercera, e iba a comenzar a marchar el tren cuando un señor elegante entró en el vagón, se colocó frente a mí, y, después de mirarme durante algún tiempo, me dijo en castellano:

—Usted es la hija del doctor Aracil, ¿no?

—Sí, señor.

—¡Caramba, cómo se parece usted a su padre!

—¿Le conoce usted?

—¿Al doctor Aracil? ¡Ya lo creo! He comido muchas veces en Madrid con él. ¿Y ahora viven ustedes en Londres?

—Sí.

—¡Ah, es verdad! —exclamó el señor, como si en aquel momento se acordara de una cosa olvidada–. Por eso del anarquista... Es que su padre no tiene perdón de Dios por hacerse amigo de cualquiera. Con la magnífica posición que iba adquiriendo en Madrid...

—¡Ya ve usted! –dije yo.

—¡Qué lástima! ¿Y están ustedes bien aquí? ¿Se encuentran a gusto?

—Sí, muy bien.

—¡Ah! ¡Londres es un gran pueblo! Pues iré a ver a su padre de usted. Es muy simpático. Pasarían ustedes ratos amargos en la huida, ¿eh?

—¡Figúrese usted!

—Afortunadamente, tuvieron ustedes un refugio para los primeros días. Algún amigo verdadero, alguna persona de confianza...

—Sí, era un amigo –y enmudecí, sorprendida y alarmada de la curiosidad de aquel señor.

Éste siguió hablando con indiferencia de sus conocimientos de Londres, de sus amigos, casi todos duques y marqueses, de teatros y fiestas. Yo contesté con monosílabos; la curiosidad de aquel hombre por saber dónde habíamos estado escondidos mi padre y yo después del atentado me resultaba sospechosa. Además, recordaba haber visto al mismo hombre rondando nuestro hotel.

Al llegar a la estación me despedí del desconocido con una inclinación de cabeza, bajé del tren y me reuní con Wanda y Natalia, que me esperaban.

Seguimos las tres por una carretera bordeada de casitas pequeñas con jardines. Todas estas casas tenían una gran variedad; la mayoría eran tan oscuras que apenas se notaba el ladrillo con que estaban construidas; otras eran de cemento, algunas de madera, dos o tres recién construidas brillaban tan rojas que entre los árboles parecían grandes flores de geranio. Muchas de estas casas tenían delante, dando a la carretera, altos árboles con guirnaldas formadas por rosales que entrelazaban los troncos; en los jardines alternaban los jacintos, las azaleas y las matas de peonías cargadas de flores rojas.

«Ésta es la casa de Wanda», dijo Natalia, señalando una de aquéllas.

Era una casita pequeña, de ladrillos ennegrecidos, con tejado de pizarra y paredes medio ocultas por hiedra. Contrastaba la poca altura del hotel con la gran elevación de su tejado, que era tan alto como toda la casa y tenía una serie de chimeneas de distintos tamaños que parecían los tubos de un órgano.

En la oscura fachada, negruzca por la humedad, se abrían los miradores con sus cortinillas blancas recogidas a los lados, y en el piso bajo, formando como un zócalo, en dos grandes ventanas de guillotina brillaban y resplandecían crisantemos y rosas de todos colores.

Nos acercamos a la casa, llamó Natalia, salió a abrir una criada vieja y pasamos a un salón bajo de techo, con una gran chimenea de ladrillo, en donde ardía un hermoso fuego de leña. Wanda me presentó a su madre, una señora de pelo blanco, de aire algo imponente, que bordaba cerca de la lumbre.

La madre no nos quiso retener junto a ella, y me dijo que no podía hacernos los honores de la casa, estaba algo impedida por el reuma, y que Wanda los haría en su lugar.

Se hallaba todo tan bien arreglado en la casa, de una manera tan cómoda, tan simpática, que daban ganas de quedarse allí para siempre. El salón era grande, con una chimenea tosca de ladrillo, adornada con una porción de juguetes y figuritas de porcelana. El techo, de madera, tenía color de humo; en las paredes colgaban algunos cuadros antiguos y oscuros. Desde la antesala del piso bajo subía al principal una escalera de madera lustrosa que despedía un olor suave a hierbas aromáticas. Subimos por esta escalera, que conducía a las alcobas y al comedor. En el primer rellano había una ventana abierta al jardín, y entraba por allí una luz verde de un efecto muy extraño.

Los muebles, lo mismo que el suelo, despedían igual olor suave de hierbas aromáticas. El jardín estaba circundado por una tapia oculta por rosales trepadores, enredaderas y madreselvas. Algunos tilos y magnolias levantaban su follaje por encima de la casa. Wanda, Natalia y yo nos asomamos a uno de los miradores que daban al camino por donde habíamos venido. Se veían a poca distancia las masas frondosas de los árboles de un parque. El cielo, de color perla, estaba limpio, transparente, no turbado y sucio por el humo como el interior de Londres. Por la carretera pasaban algunos ciclistas, y el cartero, con un saco al hombro, iba repartiendo cartas y repiqueteando con la aldaba en las puertas.

Un camino transversal partía sinuoso desde enfrente de la casa de Wanda, y se alejaba cruzando primero una pradera apenas ondulada, que parecía una mancha verde salpicada de puntos dorados, y luego perdiéndose en una altura poblada de pinos.

Estábamos contemplando las tres el paisaje cuando vi a lo lejos que se iba acercando a la casa el hombre que me había hablado en el tren, y me retiré rápidamente del mirador.

–¿Qué hay? ¿Qué le pasa a usted? –me preguntó Natalia.

Conté la conversación que había tenido en el tren con aquel hombre, y expuse mis sospechas.

–¿Y es éste tan elegante? –dijo Wanda.

–Sí.

–¿Será algún espía?

–Seguramente –afirmó Natalia.

Al pasar por delante de la casa, el hombre miró con curiosidad; pero, al ver que había notado su espionaje, no volvió más.

Con este motivo, Natalia contó la historia de una amiga suya finlandesa, hermana de un nihilista, a la cual perseguían los agentes rusos por toda Europa. La finlandesa tenía un perro de Terranova magnífico, y por el perro averiguaban dónde se escondía. Regalaba el animal, pero éste se escapaba y volvía a su casa. Tenía tal cariño por su ama, que subía a los coches y a los vagones de los trenes, y no había modo de desprenderse de él. A lo último, y con gran sentimiento por su parte, la dueña tuvo que envenenar a su perro para librarse de la persecución de la policía.

Natalia, exaltándose con su misma narración, aseguró que ella, en el caso de su amiga y viéndose acosada, hubiera pegado un tiro al primer polizonte que hubiese intentado únicamente hablarle.

El té

A la hora del té se reunieron en el salón varios amigos de Wanda y de su madre; los primeros en llegar fueron un marino noruego ya retirado, hombre alto, fuerte, acompañado de un sobrino suyo, el teniente Moller, que era un muchacho tan guapo que parecía un Apolo.

Vino después un médico ruso, amigo de Natalia, tipo barbudo, melenudo, con anteojos, muy descuidado en el vestir y el aspecto burlón; después un señor viejo, un pintor que había dado lecciones a Wanda, y dos señoritas rusas, escritoras, una de ellas hombruna, morena, de ojos negros, facciones pronunciadas, andares decididos e indumentaria masculina. Ésta se llamaba Julia Garchin. La otra rusa era bajita, tímida, morenita, con los ojos torcidos y la nariz pequeña y redonda. Se llamaba Ana Petrovna y era hija del general Riazanov, uno de los defensores más acérrimos de la autocracia rusa.

Ana Petrovna, después de afiliarse al socialismo, se había escapado de casa de sus padres y huido a Zúrich, donde había intimado con Julia.

–¿Y Vladimir? ¿No ha venido Vladimir? –preguntaron las dos al mismo tiempo, poco después de llegar.

–No –contestó Wanda, sonriendo.

–Pero ¿vendrá?

–Creo que sí.

–¿Quién es Vladimir? –pregunté a Natalia.

–Vladimir Ovolenski es el polaco que vimos en casa de O'Bryen, el diputado.

–¡Ah! Sí, sí.

Yo fingí que no recordaba, pero tenía muy presente el tipo aquel de la mirada intensa y de la cara irregular.

–Vladimir es amigo de la casa, y suele venir todos los sábados –añadió Natalia.

Después de tomar el té pasamos al salón, y nos acomodamos cerca de la lumbre. Julia y su amiga encendieron cigarrillos turcos, los hombres fumaron su pipa y comenzó una discusión general.

Hablaban todos con un verdadero placer, seguramente de cosas que habían discutido infinidad de veces, pero que a ellos les parecían, sin duda, siempre nuevas.

Julia Garchin llevaba la voz cantante del feminismo, y desde el momento que se comenzó a discutir los derechos nuevos de la mujer salió a colación la Nora de Ibsen.

El marino noruego aseguró que en su país no había tipos como los pintados por Ibsen.

–Allí todo el mundo es muy equilibrado, muy normal –y, dirigiéndose a su sobrino, el bello teniente Moller, añadió–: ¿tú has visto alguna vez gente así en nuestro país?

El teniente se encogió de hombros; lo único que interesaba a aquel Apolo escandinavo en la reunión era la actitud de Wanda con respecto a él. Para Julia, el tipo de Nora había envejecido ya y las mujeres actualmente no se podían contentar con las libertades cantadas por Ibsen.

La madre de Wanda se colocaba en un prudente término medio. Ella encontraba bien que la mujer viviese para su marido y para sus hijos; pero creía que no debía olvidarse de sí misma, y que si quería renunciar a su personalidad social, lo hiciese por gusto y no por imposición de la ley.

–No, no –dijo Julia–; de ninguna manera debe renunciar la mujer a su personalidad social.

Yo estuve de acuerdo con la madre de Wanda.

Natalia comenzó a recitar con gran entusiasmo, en ruso, un trozo del poema de Nekrásov, en que se canta la odisea de la princesa Wolkonsky; pero Julia, después de pasado el entusiasmo producido por la poesía del gran poeta revolucionario, protestó con calor. Aquella adhesión de la princesa a su marido, que le hacía seguir hasta las estepas siberianas, indignaba un poco a la joven libertaria.

Julia Garchin quería la supresión del matrimonio y la igualdad absoluta de derechos entre los dos sexos, y si se aceptaba alguna ventaja, que fuese en beneficio de la mujer, ya que ésta se hallaba bajo el peso de la maternidad y había sufrido la esclavitud durante tantos siglos.

–La igualdad sería imposible –dijo el marino noruego–; la mujer no sirve para las mismas faenas que el hombre. No vale para muchas cosas.

–Yo creo que vale más.

–¿Hasta para subir al palo mayor? –preguntó irónicamente el marino.

–Para todo. Además, tiene más nervio, mayor vigor moral, y es capaz de cualquier sacrificio para ayudar a la emancipación humana. El hombre moderno, cobarde y vicioso, no piensa más que en sus placeres y en su satisfacción personal.

Julia dijo estas últimas palabras con marcado gesto de desprecio.

–¡Sea! Yo no digo que no –agregó el marino–; yo lo que puedo decir a usted es que en muchos matrimonios que he tratado, nunca o casi nunca he visto a las mujeres interesarse en la profesión del marido. Si éste es médico, la mujer no quiere que se le hable de enfermedades; si es ingeniero, su esposa no sabe sumar. Sólo he visto que en el comercio al por menor la mujer colabora con su marido, lo que no me choca, porque el comercio tiene algo de robo y lo entiende cualquiera.

–¿No querrá usted decir que todas las mujeres somos imbéciles? –preguntó agriamente Julia Garchin.

–No, no. ¡Líbreme Dios!

–Ya sabe usted lo que dice Nietzsche –dijo Ana Petrovna, la rusa morenita y tímida–. La mujer, el entendimiento; el hombre, la sensibilidad y la pasión.

–¡Oh, no! –dijeron varias voces.

–Eso no puede ser verdad –añadió Natalia.

–¿Quién sabe? –dijo Wanda–. Los hombres son más artistas que nosotras.

–Eso de Nietzsche será verdad o mentira, yo no lo sé –añadió el marino–; pero en el fondo no es otra cosa más que afirmar lo contrario de lo que dice todo el mundo.

–Pero, en fin, más artistas o menos artistas –repuso Wanda–, yo creo que lo que dice Julia es verdad. La mujer es tan fuerte como el hombre.

–O quizá fuera mejor decir –agregué yo–: el hombre es tan débil como la mujer.

–¡Oh, escéptica! ¡Española escéptica! –exclamó Natalia–. Turguenef también afirma siempre la debilidad del hombre y la fuerza de la mujer. ¿Usted no habrá leído a Turguenef? –me preguntó luego.

–¡Oh, sí!

–¿De veras? Y qué, ¿le ha gustado?

–Me ha parecido ideal, pero tan triste, tan melancólico, que me ha hecho llorar.

Natalia se acercó a mí, y me estrechó las manos, como dándome las gracias por haber dicho esto. Ana Petrovna afirmó lo dicho por nosotras con citas de Feuerbach, de Herzen y de Tolstoi.

A Natalia no le gustaba Tolstoi.

–Leí la *Sonata a Kreutzer* de recién casada –dijo–, me hizo una malísima impresión.

Julia tampoco se sentía partidaria de Tolstoi, porque, aunque el gran escritor era anarquista, quería llegar a suprimir la autoridad y el mal de un modo pasivo.

Wanda preguntó si creían que las ideas o las lecturas podían dar serenidad.

–A mí –añadió después–, a pesar de mi alegría y de mi salud, muchos días la vida me da una impresión de algo tan fofo, tan sin sustancia y tan poco real, que me asusto. Las conversaciones, las personas, las

cosas, todo entonces me produce una impresión de insignificancia...
Y me parece que sería mejor estar durmiendo en un camposanto.

El teniente Moller dijo que no comprendía esto.

—¿Qué es lo que no comprende usted? —preguntó Wanda.

—No comprendo cómo a una muchacha tan... extraordinaria
como usted le puede pasar esto.

—Ya veo que no comprende usted muchas cosas —replicó ella con
viveza.

—Sí, es verdad —repuso él, riendo—. Cuando se habla de filosofía,
sobre todo, no comprendo nada. Cierto que no pongo atención en
lo que dicen.

Wanda contempló sonriendo al bello teniente, y nada dijo.

El médico de las melenas, llamado Schetinin, explicó los trabajos
que estaba haciendo para una fábrica de productos químicos y farmacéuticos. Según él, antes de poco se podrían crear por síntesis química sustancias orgánicas para la alimentación del hombre.

—¿Y con qué? —preguntó el marino.

—Con el aire, con el agua, con las sustancias minerales.

Después, volviendo con un cambio brusco a la cuestión social,
atacó las ideas que acababa de exponer Julia desde un punto de vista darwiniano.

—Todos esos esfuerzos de los revolucionarios, en último término,
son inútiles. La humanidad tiene que desaparecer sin dejar rastro.
¿Para qué sacrificar nuestra vida en beneficio de la especie, si al fin
la especie ha de desaparecer?

Julia no supo qué contestar. Estaba, sin duda, pensando la réplica, cuando apareció en la puerta la cabeza extraña de Vladimir con
su barba en punta. Entró despacio, y, antes de saludar, dijo:

—Contra el pesimismo de usted, querido doctor, nosotros los revolucionarios oponemos nuestro optimismo cósmico.

—¡Ah! Ya está aquí Vladimir —dijeron dos o tres voces al mismo
tiempo.

Vladimir saludó primero a la madre de Wanda, luego a los demás,
y estrechó mi mano.

Dijo que me recordaba de la tertulia de O'Bryen. Después se sentó en un sillón, conjeturó lo que acababa de decir el doctor Schetinin, y lo fue rebatiendo.

La señorita Garchin cogió la idea expresada por Vladimir del optimismo cósmico, y la desarrolló. Ella también creía que los esfuer-

zos de la humanidad en la tierra no se perderían aunque desapareciera el planeta, y que podrían ser aprovechados en otros mundos.

El marino noruego, hombre de buen sentido, afirmó que en la vida hay una serie de accidentes y de solicitaciones, como decía él, bastante fuertes para no tener que recurrir a un consuelo tan lejano y tan metafísico como el del optimismo cósmico.

Respecto al amor libre y a la igualdad de derechos entre los dos sexos, preconizada por Julia, casi le parecía una verdadera simpleza, porque la libertad para el amor en la mujer no podía venir más que como efecto de la independencia económica.

El doctor Schetinin estuvo de acuerdo, y el marino, viéndose reforzado con una opinión de peso, aseguró, mientras echaba bocanadas de humo de tabaco, que muchos de los problemas modernos se resolverían afianzando la familia y la autoridad paternal.

Nunca lo hubiera dicho. La señorita Garchin, fuera de sí, se desató en frases terribles contra los padres y la autoridad familiar. Vladimir reía con una risa burlona; los demás celebramos también un poco irónicamente la indignación de Julia.

Luego Vladimir tomó la palabra; hablaba maravillosamente, tenía una elocuencia y una facundia avasalladoras. Además, había en él un fervor por las ideas generosas y humanitarias que se comunicaba a los demás. Yo le contemplaba con atención. Me recordaba algo a mi padre. Una parecida exuberancia y la misma facilidad de expresión.

«¿No sería también un farsante?», me preguntaba.

No he visto jamás un hombre que tuviera mayor atractivo.

Me acerqué a la ventana y la abrí. La noche estaba fresca; llovía a ratos. De los árboles llegaba un aroma delicioso. Al correrse las nubes, alguna estrella tímida parpadeaba en el cielo...

Ahora todos hablaban a la vez. Yo estaba un poco asombrada de esta charla frenética y constante.

Cuando los amigos de Wanda fueron desfilando, respiré más a gusto. Yo quería saber algo de Vladimir, pero no tuve la franqueza de preguntar a Natalia acerca del joven polaco, e intenté llevar la conversación hacia él dando un maquiavélico rodeo.

–Son terribles estos rusos –dije–; no paran de hablar.

–Pues todos son así –contestó Natalia riendo–. Cuando estudiaba mi hermano medicina, él y todos sus amigos se pasaban la vida fumando y discutiendo. Algunos eran verdaderos comunistas; se reunían cinco o seis, y con el dinero de uno un poco más rico comían todos.

–¿Y qué discuten? ¿Siempre cuestiones políticas?

–Siempre política y sociología. El arte no les apasiona, porque dicen que todo lo que sea apartar el pensamiento de los desheredados es un crimen. El poeta que más les entusiasma es Nekrassov.

Yo encontraba aquellos tipos demasiado ruidosos y exagerados.

–¿Y Vladimir? –dije por último.

–Vladimir es un hombre extraordinario. Yo le considero como un hombre casi perfecto.

Yo sonreí burlonamente no sé por qué, y Natalia, al notarlo, se ruborizó como una niña.

–Es verdad lo que dice Natalia –aseguró Wanda–. Vladimir es un hombre de mucho talento. Aun la persona más predispuesta contra él se hace amigo suyo y entusiasta a la segunda vez que le oye.

–¿Y qué es?

–Es médico, escritor y revolucionario.

Después de comer, Natalia tocó el piano, y cuando la señora de la casa se retiró, nosotras subimos al estudio de Wanda. Abrimos un ventanal que daba al campo. La noche estaba espléndida, el silencio era profundo, llovía a ratos, y se oía el gotear de la lluvia menuda en el cristal de la claraboya.

Hablamos hasta muy entrada la noche. Natalia tradujo al inglés los versos de Nekrassov acerca de la princesa Wolkonsky, que con tanto entusiasmo había recitado a la hora del té; luego volvió a recaer la conversación acerca de Vladimir y de su influencia en la revolución rusa.

La mayoría de las anécdotas que se contaban de él debían de ser inventadas, pero concordaban muy bien con el tipo trágico del revolucionario.

Hablamos luego de nuestras respectivas ilusiones amorosas; Wanda sentía un gran romanticismo, y se figuraba el hombre que había de unirse a ella como un semidiós de una leyenda escandinava.

–¿Como el teniente Moller? –le pregunté yo irónicamente.

–¡Oh, no! El teniente Moller es demasiado bonito para marido. Me gustaría que fuera mi hermano –contestó ella, riendo con malicia ingenua–. Al final, no crea usted, me contentaría con un hombre de corazón.

–Es que quizá sea eso pedir demasiado –dije yo.

Natalia pensaba en su hija, y todos los proyectos del porvenir los refería a ella. Yo escuchaba. Me alentaba en compañía de estas dos amigas el verlas pensando en vivir en línea recta, sin abdicar, sin recurrir a la indignidad ni a la mentira.

Además, en medio de estas gentes vehementes y apasionadas, me sentía muy dueña de mí misma, con el convencimiento íntimo de que sabría dominar cualquier ímpetu de mi naturaleza.

En el campo

Charlamos hasta muy tarde, y nos acostamos pasada la medianoche.

Al día siguiente, al asomarme a la ventana, vi con gran pesar que seguía lloviendo; pero me tranquilicé pronto, porque un instante después cesó de llover, se levantaron las nubes y el cielo quedó puro y sereno.

En el follaje de los tilos y de las magnolias del jardín brillaban los rayos del sol y se oía el gorjeo estrepitoso de los pájaros.

Bajé al comedor, donde me esperaban Wanda y Natalia; almorzamos juntas y salimos de casa. El tiempo estaba hermoso, el cielo gris perla, azulado, con algunas nubes blancas en el horizonte; a ratos caían gotas de lluvia y la tierra exhalaba un hálito de frescura. Atravesamos prados verdes surcados por constelaciones de flores; seguimos caminos bordeados de oxiacantos y nos paramos a sentarnos en las piedras. Dimos vuelta al estanque de un molino, sombreado por árboles, lleno de agua inmóvil, y cruzamos por un campo comunal, por entre altas hierbas, hasta un bosque de antiguos cedros.

Nos sentamos sobre el césped; el sol, un sol pálido, brillaba y caía en manchas amarillas sobre el suelo.

–¿Y hay hermosos paisajes en España? –preguntó Wanda.

–Sí –contesté yo.

–¿Como éstos?

–No. Es otra cosa.

–¿De más color? –preguntó Natalia.

Yo no sabía explicarme bien. Aquello me parecía una cosa suave, dulce, amable; pero ¿cómo compararlo con los parajes heroicos del Guadarrama y de Gredos, por donde había pasado llena de angustia?

Después de almorzar estuvimos tomando café y charlando en el jardín, que estaba algo descuidado, pues los cardos y las malas hierbas vigorosas disputaban el terreno a las azaleas rojas y blancas, a los rododendros magníficos y a los tulipanes de rosa y de púrpura.

Wanda hizo dos hermosos ramos, uno para Natalia y otro para mí. Por la tarde, luego de tomar el té, paseamos por la pradera próxima, en donde algunos muchachos y muchachas de las casas vecinas jugaban al tenis y al cricket. El cielo, de un azul muy pálido, se extendía sonriente por encima de las laderas verdes; las hayas se engalanaban con guirnaldas de lilas; en los taludes, llenos de hierba, brillaban flores silvestres, y pacían blancos corderos en los prados.

Al anochecer, después de grandes promesas de amistad, Natalia y yo nos despedimos de Wanda y de su madre, y fuimos juntas a la estación. De los hoteles de ambos lados del camino salían voces y notas de los pianos, y algunos niños corrían llamados por sus padres. De la hierba húmeda y de los estanques se levantaban nieblas ligeras, vagas, que iban flotando en la atmósfera, y el cielo gris azulado se llenaba de nubes de color de rosa...

La vuelta a Londres un domingo por la tarde

El tren ha cruzado por verdes praderas en donde todavía algunos entusiastas rezagados juegan al tenis. Por el camino, un caballero y una señora pasean en coche; delante de ellos varios muchachos van jinetes en caballos pequeños. Pasan ciclistas, pasan automóviles atronando con el ruido de sus bocinas, pasa un cazador con su perro. Llega el tren a un pueblecito y la decoración cambia. A la puerta de un mesón, colgando de un vástago de hierro muy largo, una muestra pintada rechina a impulsos del viento; en el tejado puntiagudo se arrullan dos palomas. Una muchacha con una toca blanca se asoma a un mirador...

¿Estamos delante de una de esas viejas y amables viñetas románticas que representan con tanta ingenuidad la vida humilde y simpática del campo? Esa posada, ¿es, por ventura, la del Dragón Azul, tan admirablemente descrita por Dickens en *Martin Chuzzlewit*? Ese cochero gordo, ¿no será el padre de Sam Weller? ¿No iremos a ver la diligencia vieja con sus postillones elegantes, en donde huye Jingle de la severidad de Pickwick, o en donde el pequeño Copperfield va a buscar fortuna?

No hay tiempo de hacerse esta ilusión. El tren parte y deja pronto atrás el pueblecillo; la tarde muere. Una estrella comienza a temblar en el crepúsculo; las ventanas se iluminan. El campo ha desaparecido; entramos en la ciudad... Y empiezan a aparecer barriadas inmensas, monótonas, de casuchas bajas, feas, iguales, todas grises y negras, con sus patios cuadrados y sus chimeneas humeantes, tristes colmenas construidas por hombres que se creen filántropos.

Ya no se ven caballeros elegantes, ni amazonas, ni jardines, ni coquetas casas de campo en el fondo; sólo se distingue alguna que otra silueta de mujer haraposa que va colgando unos trapos en una cuerda. En las ventanas brillan mortecinas luces eléctricas. No se oye un ruido ni una voz. Se va entrando en el reino de las sombras y del silencio al compás del traqueteo del tren y se siguen viendo casas y más casas sin cesar.

De pronto cruza un tren por delante de los ojos, y sus faros de color tiemblan en la oscuridad de la noche; luego pasa otro y otro.

Se experimenta la sensación, cada vez más honda, cada vez más intensa, de la propia soledad en el pueblo negro y enorme, en el pueblo que es un mundo.

El tren se hunde en una trinchera, luego sus raíles se elevan y corren a la altura del tejado de las casas; entonces Londres parece una ciudad subterránea; se ve al pasar, rápidamente, abajo, una calle alumbrada con focos eléctricos, una plaza, un gran letrero de una fábrica y una serie de cables gruesos y de alambres de telégrafo que forman como una tela de araña colocada a nivel del suelo, y a través de la cual se divisan calles y encrucijadas solitarias.

Se mira con angustia desde la ventanilla. El tren lanza un silbido estridente, se mete entre paredes negras, se ven columnas de señales, faros de colores que parpadean, y de pronto aparece el Támesis con sus aguas sombrías, en donde brillan luces blancas y rojas, y desfila rápidamente ante los ojos la hilera de grandes focos eléctricos del muelle Victoria...

Un momento después, en la estación de Charing Cross, Natalia y yo nos despedimos.

–Nos veremos, ¿verdad? –dijo Natalia.

–Sí, muy pronto. –Y tomé un *cab* que me dejó en el hotel.

214

VI
Una visita inesperada

Unos días después estaba leyendo en el salón, cuando el criado alemán entró y me dijo:

–Miss Aracil, aquí hay un caballero que pregunta por usted.

–¿Por mí? Bueno; que pase.

Se abrió la puerta y apareció Iturrioz envuelto en un impermeable con un paquete en la mano izquierda y un grueso paraguas en la derecha.

–¿Usted? –exclamé con asombro.

–El mismo –dijo tranquilamente Iturrioz, despojándose del impermeable.

–¡Qué sorpresa! ¿Qué ocurrencia le ha dado a usted de venir a Londres?

–Pues, verás. Os echaba de menos a tu padre y a ti. «¿Dónde voy a pasar ahora la noche cuando salga de casa?», me preguntaba, y el otro día me encontré con Venancio en la Puerta del Sol y nos pusimos a hablar de vosotros. Yo le dije en broma: «Si tuviera dinero para el viaje me iba a Londres a ver qué hacen»; y él contestó: «Pues yo le doy a usted lo que necesite»; y he venido.

–Y Venancio, ¿cómo está?

–Muy bien; la niña se puso buena. Todas aquellas chicas no hacen más que preguntar por ti.

–¡Pobrecillas!

–Es una familia realmente encantadora.

–¿Y qué pasa por allá?

–Sigue todo igual. Aquél es un pueblo hundido en una miseria trágica y dirigido por una burguesía imbécil y al mismo tiempo rapaz. ¡Qué país! ¡Qué subversión más completa de valores! Yo empiezo a sospechar si la única fuerza de España estará en los presidios...

Atajé a Iturrioz en su peroración, preguntándole:

–¿Y qué se ha dicho de nosotros?

–Se olfateó algo de lo que os pasó en el pueblo de donde os escapasteis. ¿Cuacos? ¿No se llamaba Cuacos?

–Sí.

–Hablaron vagamente los periódicos; pero no se logró saber nada. ¿Y tu padre?

–Arriba está.

–Bueno; vamos a verle.

Iturrioz y yo subimos a la habitación de mi padre y charlamos largo rato.

–Y tú, ¿qué vas a hacer? –preguntó mi padre a Iturrioz.

–Estaré aquí todo el tiempo que pueda.

–Chico, esto es horrible; no hace más que llover.

–¡Ca, hombre! A mí este tiempo me gusta la mar.

Quiso Iturrioz convencer a papá para que saliéramos a dar un paseo; pero papá dijo que no.

Toda la tarde la pasó Iturrioz en el hotel, y ya de noche se preparó a salir.

–Pero ¿adónde va usted ahora? –le dije yo asombrada.

–Me voy a buscar un cuarto.

–¿A estas horas?

–Sí.

–Quédate aquí –le dijo papá.

–No, no. Esto es para ricos. Ya me las arreglaré para buscar un buen rincón.

–Pero ¿sabe usted inglés? –le pregunté yo.

–Sí; sé unas cuantas frases que me enseñó en Cuba un chino que había estado en California.

No hubo manera de convencer a Iturrioz de que se quedara, y se marchó solo a buscar alojamiento.

Unos días después volvió a aparecer nuestro doctor en el hotel a la hora de almorzar.

–Hoy hace un magnífico día –nos dijo–; hay que dar un gran paseo.

–¡Si está todo encharcado! –observó papá.

–¡Eso qué importa! Hala, vamos.

Me puse unos zapatos fuertes; papá tomó un paraguas y nos echamos los tres a la calle, dirigidos por Iturrioz, que en los pocos días que estaba en Londres lo conocía mucho mejor que nosotros.

Lloviznaba algo; el cielo comenzaba a clarear; las calles relucían con la humedad; los cocheros pasaban con el cuerpo y los sombreros envueltos en impermeables, haciendo evolucionar sus *cabs* con una destreza extraordinaria.

–¿Vosotros no vais a pasear hacia el río? –nos preguntó Iturrioz.

–No –dijo papá.

–¡Pero, hombre, si es magnífico! Vamos ahora mismo.

Digresión sobre España

Tomamos por una calle nueva, abierta entre solares llenos de montones apelmazados de ladrillos negros, y desembocamos en el Strand; y luego, por Wellington Street, salimos al puente de Waterloo. Avanzamos hasta la mitad y nos asomamos al pretil del puente. La bruma, entre amarilla y gris, no dejaba ver más que una silueta vaga de las casas, de los almacenes y de las barracas levantadas en la orilla del trabajo. Subía la marea y las aguas turbias iban invadiendo el cauce cenagoso del río. A lo lejos se adivinaba la torre del Parlamento como por entre una gasa densa de color de limón.

–Qué hermoso, ¿eh? –exclamó Iturrioz.

–¿Te gusta de veras? –preguntó, asombrado, papá–. A mí este río me parece una gran alcantarilla; bilis y carbón.

–¡Ca, hombre; si esto es admirable! ¡Si en Madrid hubiera un río así, ya estaba resuelto el problema de España! –exclamó Iturrioz.

–¿Cree usted? –dije yo.

–Con seguridad.

–¿Y por qué?

–Pon tú la capital de España a esta altura sobre el nivel del mar, con esta atmósfera pesada y húmeda, con un río así, y en poco tiempo la gente de allá, en vez de irritable y nerviosa como es, se haría tranquila y equilibrada. El pueblo aumentaría de tamaño rápidamente, crecerían los árboles en sus alrededores, crecería la hierba, y las miradas de los madrileños, en vez de ser intensas y fuertes, se harían vagas y dulces. Los madrileños no tendrían, como ahora, los nervios excitados por el clima áspero y seco, no serían tan vivos ni harían chistes, estarían más tranquilos, y su inteligencia, más pesada, sería más fecunda. La gente de buena voluntad estudiaría las necesidades del país y desaparecería en las provincias el odio a la capital. Se entraría en un café o en un sitio público, y no nos miraríamos como nos miramos allí todos: con odio. Madrid sería para España lo que es Londres para Inglaterra, y España estaría bien.

–De manera que con un poco más de humedad y un poco menos de altitud, el problema estaría resuelto –dije yo.

–Con seguridad.

–Y la gente, mientras tanto, sigue pensando en que para arreglar España es necesaria la influencia de Dios o la del socialismo –exclamó papá burlonamente.

–Gente supersticiosa –murmuró Iturrioz– que cree que las ideas y los discursos tienen un valor real, de esos que quisieran abrir una ostra tan grande como el mundo con una palabrita persuasiva.

Estuvimos un momento en el pretil del puente. Por el muelle de la orilla izquierda, por delante del palacio de Somerset, pasaban coches y tranvías. Hacia el este, de cuando en cuando, aparecía a través de la niebla la silueta plomiza de la cúpula de San Pablo.

En la orilla derecha, las fábricas y los almacenes se alargaban al borde del agua, las altas chimeneas echaban una suave humareda, una esfumación gris que manchaba el cielo amarillento, mientras que las chimeneas pequeñas de hierro, de las calderas de vapor, inyectaban en el aire copos algodonosos y apretados de humo blanco.

–Es grandioso todo esto –exclamó Iturrioz de nuevo.

–Sí, es verdad –dije yo.

–Y tiene además –añadió él– el aire tranquilizador del pueblo en el que se ve claramente el manantial del dinero. Es todo lo contrario de Madrid. Allí se ve gente elegante, bien vestida, coches, caballos... ¿De dónde sale aquello? Es un misterio. En España todas las fuentes de la riqueza son turbias.

–Aquí ocurrirá lo mismo –dijo mi padre.

–Por lo menos, todo esto es claro –repuso Iturrioz, señalando la orilla del Támesis.

Pasó junto a nosotros un borracho trompicando por el asfalto.

–Ésta es otra de las cosas que me admiran –dijo Iturrioz.

–¿Qué? ¿El que haya borrachos? –le pregunté yo.

–No, la clase de borrachera –contestó Iturrioz–. Ésta es la borrachera individualista pura. Este hombre se ha convencido a sí mismo de que tiene que beber, ha bebido, y se va a buscar un rincón donde tenderse. Este hombre es un emancipado. En España no hemos lle-

218

gado a eso. Allá, los domingos por la tarde, en las capitales de provincia del norte sobre todo, se ven borrachos, pero no así, borrachos individualistas, sino borrachos en manada; algunos, por respeto al espíritu de la colectividad, se fingen borrachos sin estarlo. Ahí tienes la sumisión, el espíritu gregario, que dicen ahora. Esa borrachera colectivista es verdaderamente despreciable, alborotadora y ridícula. Si te fijas, María, cuando vuelvas a España, notarás que todos esos adeptos de la borrachera colectivista suelen cantar *Marina*.

–Es que no saben otra cosa –dijo mi padre.

–No. Es que necesitan una música ramplona para una borrachera también ramplona.

El río

Quedamos los tres contemplando el paisaje nebuloso, casi incoloro. El río, amarillo de cerca, parecía gris a lo lejos. El cielo se iba despejando; se sentía en el aire un olor acre de humedad y de humo de carbón de piedra. Cruzamos el puente de Waterloo con la idea de seguir por la orilla derecha, pero al final vimos que no había muelles por allí; los almacenes llegaban al borde mismo del río, en donde se levantaban descargaderos, planos inclinados, grúas de altos brazos y aire extraño y fantástico.

Estas grúas altas, misteriosas, algunas con la caseta del maquinista giratoria; estos embarcaderos armados sobre grandes vigas clavadas en el fondo del río; los planos inclinados por donde se deslizaban los fardos hasta unas gabarras grandes y negras medio hundidas en el barro del Támesis; los carros arrastrados por pesados caballos; todo esto, entre la bruma y el humo, tenía un aire huraño y solemne, que a Iturrioz, según dijo, le producía una admiración extraordinaria.

–Es magnífico todo esto –repetía.

–No le suponía a usted tan entusiasta –le dije.

–No, no lo soy; creo que contemplaría el Partenón con la misma indiferencia que un almacén de yeso, pero esto no; esto me asombra.

Volvimos de nuevo por el puente de Waterloo y bajamos al muelle de la orilla izquierda por una escalera abovedada del palacio de Somerset, una escalera húmeda con las losas resbaladizas. En uno de los escalones, una vieja mendiga, de nariz carcomida, acurrucada en el suelo, ofrecía a los que pasaban una bandeja con alfileres y fósforos.

–Qué vida, ¿eh? –murmuró papá irónicamente.

Iturrioz no replicó. Seguimos por el muelle Victoria, cruzamos por delante de la aguja de Cleopatra y pasamos por debajo de la línea del tren de Charing Cross.

Atravesamos el puente de Westminster y nos detuvimos en medio, por exigencia de Iturrioz, mirando al río hacia su entrada en Londres. A la derecha se levantaba entre la niebla el Parlamento, inmenso, majestuoso, con su Torre del Reloj, alta y gruesa. A la izquierda se apercibían los pabellones de un hospital y a lo lejos un puente de hierro.

Tomamos el muelle Albert. Enfrente, el Parlamento parecía hundido en el río. En la terraza de este inmenso palacio se veían algunos grupos. En las ventanas del hospital de Lambeth aparecían viejos asilados con carmañolas rojas.

Por el río pasaban los remolcadores silbando, humeando; unos arrastraban filas de gabarras cargadas de carbón, otros llevaban tras sí aparejados de dos en dos grandes lanchones, sobre los cuales se levantaba un enorme cargamento de paja o de heno prensado; al llegar a los puentes, sus chimeneas se abatían como un tronco serrado y se erguían de nuevo al pasar.

Iturrioz se paraba a mirarlo todo y comentaba con observaciones de marino lo que iba viendo.

Llegamos a Vauxhall, y como ya no se podía seguir por la orilla del río, nos metimos por una calle que pasaba entre gasómetros, fábricas de cemento y descargaderos.

En los almacenes de forraje, en los patios, se levantaban pilas grandes, como casas, de hierba prensada, que echaban un olor fuerte y desagradable; en las fábricas de yeso y de cemento los montones de sacos formaban calles y desfiladeros; en las fundiciones se veían enormes volantes rotos.

Todo era por allí negro, grande, sucio del polvo y del hollín; entraban y salían en los patios carros pesadísimos arrastrados por caballos de peludas patas, los cargadores sujetaban fardos y sacos a los extremos de las grúas, y desde los pisos altos de los almacenes, dos o tres hombres como centinelas esperaban la carga y la recogían.

Iturrioz entraba en los patios a enterarse de cómo se hacían las maniobras.

Papá, algo impaciente, murmuraba de la curiosidad de su amigo, que seguramente le parecía ridícula y absurda.

Iturrioz insistía en la belleza moral de todos aquellos artefactos de trabajo y en el aire magnífico que tenían, y mi padre le contradecía con chistes.

Pasamos por delante de unos grandes depósitos de agua y salimos frente al parque de Battersea. A la entrada había un puestecito portátil de refrescos, titulado El Ramillete. Nos sentamos en un banco y descansamos un momento viendo jugar a unos niños.

Era ya tarde y nos dispusimos a volver. Un tranvía nos dejó en pocos minutos en el puente de Westminster, donde bajamos, y tomamos el muelle Victoria para ir a casa.

Un lanchón pasa

A la luz crepuscular se fue acercando por el río, ahora rojizo, este lanchón negro con una vela grande y blanca, y otra pequeña y amarillenta, seguido por un botecillo ligero. Durante algún tiempo, mi padre, Iturrioz y yo fuimos andando por el muelle paralelamente a esta barcaza. Cayeron sus velas al pasar un puente, volvieron a izarse de nuevo y siguió el lanchón navegando despacio.

El sol, como un círculo indeciso ahogado en la bruma, parecía disolverse en el cielo de ópalo, descendía entre nubes ambarinas, y después de brillar en los miradores del Parlamento, se acercaba a sus torres y a sus pináculos que se destacaban negros en el horizonte.

La marea iba bajando; marchaban por el agua sucia cestas, corchos, duelas de barricas. El río escupía su barro negro sobre las orillas. Algunas gabarras, cargadas de carbón, unidas por los costados, permanecían inmóviles en medio, y deslizándose junto a ellas pasaba el lanchón lentamente.

En algunos diques flotantes formados por tablas, un hombre de sombrero hongo y pipa calafateaba un bote; unos cuantos chiquillos iban en una lancha remando, y una balandra minúscula, con las velas desplegadas, corría como una gaviota trazando rapidísimos círculos en la superficie del río.

En las gabarras, sobre la carga de paja o de heno, algunos hombres sentados en cuclillas charlaban.

Sonaron las campanas del reloj del Parlamento, y en un puente lejano el lanchón se nos perdió de vista...

VII
Un domingo claro

Hacía un día espléndido; el cielo estaba por excepción azul; la calle, inundada de sol. De las casas salían señoras elegantes y caballeros de sombrero de copa y levita. El hotel se iba despoblando. Habían partido varios automóviles con muchachas vestidas de blanco; el comedor estaba desierto a la hora del almuerzo. En la puerta de la casa, Betsy, de gran sombrero, aguardaba a montar una bicicleta que el criado alemán estaba arreglando.

–¡Qué! ¿Va usted de paseo? –le dije yo.

–Sí.

–¡Qué elegante! ¡Qué guapa!

La muchacha sonrió satisfecha y ruborizada. Vi desde la acera cómo se alejaba con su bicicleta, y me volví a casa. Bajé con un libro al salón de lectura. El señor Roche, sentado en una butaca, leía.

–¿Qué, no ha ido usted a Hyde Park, miss Aracil? –me dijo.

–No.

–La ha abandonado a usted su padre. ¡Ah, pícaro! Yo le he visto salir a él con los Stappleton y con mi mujer.

–¿Y usted no ha ido tampoco?

–Yo, no. Me fastidia andar allá hecho un tonto. Además, mi mujer tiene hoy que discutir con su padre de usted, y un marido inglés que se estima no interrumpe la conversación de su mujer con un amigo. Esto es poco distinguido; demostraría una curiosidad chabacana o celos, cosas ambas poco aristocráticas.

–¿Y usted no tiene nada de eso? –le dije yo.

–Creo que si someten un poco de solución de mi cerebro al examen del espectroscopio, que, como sabe usted, descubre las sustancias en milésimas y en diezmilésimas, no encontrarán la raya de los celos.

–¿Es usted filósofo?

–Si eso fuera una profesión, ésa sería mi profesión favorita. Pero, a pesar de mi filosofía, si usted, miss Aracil, quiere pasear por Hyde Park, me pondré la levita y el sombrero de copa y la acompañaré.

–¿Es que es obligatoria la levita y el sombrero de copa?

–Sí; todo el mundo va igual a ese paseo, la gente rica como la gente pobre. Así no se distingue un lord de un dependiente de una bisutería, lo que se considera igualitario. En el fondo, Londres es un pueblo provinciano. ¿Quiere usted que vayamos a Hyde Park?

–Iremos por la tarde.

–Muy bien; entonces gocemos de este magnífico silencio –y Roche se hundió más en el sillón de cuero y quedó inmóvil con la mirada en el techo y el libro en las rodillas.

Después de almorzar, Roche, mi padre y yo tomamos un *cab* y fuimos al museo de pinturas de la National Gallery. A mí los cuadros que me encantaron fueron los de Botticelli y los de los primitivos italianos. También me gustaron mucho los retratos de Reynolds y Gainsborough; a Roche y a papá sólo les parecía bien Velázquez, y estuvieron discutiendo acerca de un cuadro que representaba una cacería en la Casa de Campo y de los tipos pintados por el maestro sevillano.

Mi padre dijo que sospechaba que en estas cuestiones de pintura los ingleses tuviesen un gusto fundamentalmente cursi.

–¿Y usted no protesta? –le dije yo a Roche.

–¿Por qué? –repuso él–. ¡Si es verdad! El inglés, en general, no tiene el sentido del color. Le gusta lo correcto, los figurines. Si aquí, en esta galería, pusieran una bonita lámina de un periódico de modas, un poco disfrazada, toda la gente quedaría en éxtasis; pero estos santos negros, tan mal peinados y tan mal vestidos, les parecen un poco grotescos, aunque no se atreven a decírselo a sí mismos.

Salimos del museo a Trafalgar Square, y fuimos por Pall Mall. Roche quería mostrarnos los clubs de esta calle con su arquitectura imitada de los palacios del Renacimiento italiano. Pasamos por Waterloo Place y Saint-James Street. A través de las grandes ventanas se veían algunos señores sentados en sillones leyendo periódicos.

–Nadie sabe –dijo Roche en un momento de entusiasmo– el ambiente de respetabilidad, de instinto conservador y de fastidio que hay ahí dentro.

–Y a la cursilería española enamorada de Inglaterra –dijo mi padre de mal humor– eso le parecería una maravilla.

Luego salimos a Whitehall, vimos el cañón regalado al gobierno inglés por los españoles en tiempo de la guerra de la Independencia, atravesamos Saint James Park y tomamos por Green Park. Alrededor de un quiosco en donde tocaba la música, una multitud tranquila, sentados unos en las sillas, otros sobre la hierba, escuchaba el concierto. Toda esta gente tenía, como dijo mi padre, un aspecto vacuno, cierto aire de fatiga, de abatimiento, más de rumiante que de carnívoro.

–Algo así será el socialismo –indicó mi padre–. Un rebaño de hombres tranquilos y contentos.

–¿Y te parece mal?

–¡Pchs! Yo prefiero ser de un país en donde casi todo está por hacer y hay viveza y rabia, que no de aquí, en donde la gente se sienta en un banco con la boca abierta y espera a que pase el día.

Hyde Park

Salimos de Green Park, y, cruzando Piccadilly, entramos en Hyde Park. Pasamos por delante del Aquiles desnudo, que a mi padre le pareció un poco ridículo y a mí también. La gente elegante paseaba por una avenida con gran solemnidad; los hombres, con sombrero de copa y levita; las mujeres, muy vistosas.

–¿Ésta es gente *chic*? –le pregunté yo a Roche.

–Sí. Es público distinguido, un poco más mezclado que el de la mañana.

–No son muy guapas ellas.

–No, no. En general, las mujeres que se ven por las calles son mucho más bonitas que las señoronas que pasean por aquí.

–¿Y de costumbres? –preguntó mi padre–. Esta aristocracia, ¿es realmente morigerada?

–No. Es acérrima partidaria del camino tortuoso. Todo está bien si parece bien.

–Hipocresía –dijo mi padre.

–Es un vicio muy inglés. Y a usted, ¿no le gustan las inglesas? –me preguntó Roche.

–Sí. ¡Ya lo creo! Algunas parecen ángeles; pero la forma de la boca, en general, no es bonita. Muchas tienen los labios rígidos. Debe ser de hablar inglés.

–Es probable –repuso riendo Roche.

224

-Y no hay militares de uniforme en este paseo -dijo mi padre.

-No; a los ingleses no nos gustan los uniformes. No tenemos, como los franceses, ese entusiasmo por la librea distinguida, ni tampoco por las condecoraciones. En Londres, cuando se va a un sitio público donde hay militares de uniforme, todo el mundo dice: «Éste no es un sitio respetable. Hay soldados».

-Es una cosa extraordinaria -saltó diciendo mi padre como quien hace un descubrimiento-; aquí los hombres elegantes se miran y estudian sus respectivas *toilettes* como las señoras.

-Sí -dijo sonriendo Roche-; aquí, en Londres, hay una gran estimación por la belleza masculina; así los jóvenes gentlemen resultan un poco pavos reales, pero en España también se miran como gallos.

-¡Ya lo creo! -dije yo.

-Sí, es verdad -afirmó mi padre-; pero el odio con que se miran los hombres allí, oculta un poco la curiosidad, la envidia y los demás sentimientos femeninos...

-¿Femeninos sólo? -dije yo.

-Los llamamos femeninos -replicó Roche-, aunque sean tan frecuentes entre los hombres como en las mujeres. Cuando triunfe el feminismo, ustedes llamarán a las malas pasiones que denigran sentimientos masculinos, y se habrán vengado.

Yo me eché a reír.

Siguieron mi padre y Roche discutiendo y comparando los ingleses con los españoles.

-A mí -terminó diciendo mi padre- en Inglaterra me molestan las ideas y en España los hombres.

-Sí; en España -dijo Roche- es difícil notar ideas sociales, generales. Yo creo que no las hay.

-O quizá no hay preocupaciones -contestó mi padre.

-Es igual -repuso el escocés-. La sociedad es una ficción sostenida por una serie de ficciones. Allí no existe la ficción social; la ley es una cosa que está fuera de las conciencias. Está bien; si detrás de ese nihilismo queda el hombre, España siempre será algo; ahora, si no hay nada...

-Yo creo que hay.

-¡Pchs! Es posible. Aquél es un país anárquico por naturaleza -dijo Roche-, pero de un anarquismo débil. Allí todo está en lucha constante; los pájaros riñen en el campo, los gatos se arañan, los chicos se pegan, pero todos se cansan pronto. Mire usted aquí estos gorriones, qué respetables son; no me chocaría nada que tuviesen su club y sus horas fijas para acostarse. Son gorriones civilizados.

–Y, sin embargo, ustedes y sus gorriones han llegado más tarde a la civilización que nosotros –dijo mi padre.

–Sí, pero con unas condiciones de suelo y de clima ideales. La civilización primaria, imaginativa y contemplativa, tenía que desenvolverse en climas calientes y húmedos, en donde abundaran cereales y sustancias con almidón y azúcar. La civilización industrial, científica, necesariamente tiene que tener su expansión en climas como el de Inglaterra. Aquí la naturaleza es, en parte, enemiga, pero se deja vencer; exige que se luche con ella, pero se entrega pronto, y el hombre, viendo la eficacia de su esfuerzo, se hace enseguida hombre de acción. La tierra le da el sentimiento de su energía y el sentimiento de su triunfo.

–Y, sin embargo, las diferencias que hay entre España e Inglaterra, en el fondo, no deben ser muy grandes –dije yo.

–La diferencia mayor es el clima y la riqueza –replicó Roche–. Las ideas no tienen importancia alguna. Las ideas son el uniforme vistoso que se les pone a los sentimientos y a los instintos. Una costumbre indica mucho más el carácter de un pueblo que una idea.

–Y, con relación a las costumbres, ¡cuántas cosas que no son verdad se dicen! –exclamé yo–. Allí llamamos trajes ingleses a estos trajes claros de cuadros, y aquí no se ve ninguno; lo mismo pasa con los zapatos de tacón bajo: aquí no se ve una mujer que los lleve.

–Ninguna –dijo Roche–. Mire usted: aquella señora lleva un palmo de tacón en medio del pie.

–¡Qué barbaridad!

–De esa manera tienen que ir con el cuerpo inclinado hacia adelante, y con esa alteración del centro de gravedad parece que las vísceras de estas damas se estropean.

–No sea usted *schoking* –le dije yo riendo.

–Probablemente será de mal gusto suponer que esas damas tienen vísceras, aunque quizá la moda haya cambiado hace unas semanas y sea el colmo del buen tono decir: riñón, vejiga y bazo. Sí; la vida está hecha de mentira, de romanticismo y de farsa, el hombre es un macaco aquí como allá; aquí es un gorila rubio, allá tira a moreno, en el fondo es la misma cosa: son los mismos orangutanes con diferentes collares; pero la gente quiere encontrar diferencias que, en general, no existen, y se dice: «El francés es así, el inglés y el español de esta otra manera, y la diferencia esencial debe ser muy pequeña». A mí me decían en España: «¿Es verdad que los ingleses no pueden ustedes decir pantalón ni camisa? ¿Es verdad que, después de comer, todos los ingleses se emborrachan?». Y, en cambio, aquí les preguntarán a ustedes si han matado algún toro, o si los bandidos españoles son los grandes de España.

–A mí no me choca nada –dije yo– el que se fantasee sobre las cosas que no se ven, sobre las ideas o sobre el carácter de la gente; pero ¿cómo se fantasea sobre las cosas que se ven?

–Es que las cosas se presentan de distinta manera. ¿No se ha fijado usted en los tipos raros de ingleses que se ven por España? –preguntó Roche.

–Sí, es verdad –dije yo–. Es raro que los ingleses, tan correctos y tan sin carácter aquí, sean tan estrambóticos en el extranjero. ¿En qué consiste la diferencia?

–Algunos majaderos de aquí y los franceses dicen que los ingleses hacen esto deliberadamente para demostrar que las costumbres de los demás países no les merecen respeto. Si tal cosa fuera verdad, demostrarían los ingleses que constituían la flor de la majadería universal. Yo no creo en esto. Supongo que mucha de la gente que sale a viajar es gente de pueblos alejados que se visten para el viaje como a ellos les parece mejor.

Nos sentamos un momento en sillas sobre la hierba y luego tomamos, cruzando Hyde Park, hacia el Arco de Mármol.

En el suelo se veían vagabundos tendidos en la hierba con la gorra sobre los ojos; otros, de bruces, despatarrados, parecían muertos. El contraste entre la riqueza de aquellas señoras y caballeros y la miseria de estos abandonados era poco agradable.

–Miren ustedes esas señoras, ¡qué indiferentes pasan entre los mendigos! –exclamó mi padre.

–Sí, estas grullas de Londres no son muy sentimentales –dijo riendo Roche.

–Pues debe ser fastidioso pasear llena de joyas en medio de esos desharrapados –añadí yo.

–Ya ven ustedes –repuso mi padre–; a pesar de que ustedes dicen que todos los países son iguales, en España no se dejaría a estos vagabundos tirados en el parque.

–¿Pues qué harían con ellos? –preguntó Roche.

–Probablemente, meterlos en la cárcel.

–Nosotros somos más humanos; los dejamos morirse de hambre. Hay que tener en cuenta una cosa: que en otros lados la pobreza es una desgracia; aquí es una vergüenza. El inglés quiere creer que su sociedad está tan bien organizada, que el que no sube y se enriquece es porque no vale. Es una idea ridícula, pero así lo creen ellos.

Marchamos los tres hacia el Arco de Mármol y nos detuvimos delante de la puerta, en el sitio donde se reúnen a perorar los oradores budistas, místicos, materialistas y socialistas. Había, como día de fiesta, una porción de tribunas. En unas se veían estandartes con la inscripción: VOLVED AL CRISTO. En los púlpitos de los oradores socialistas o anarquistas se leían letreros con frases dirigidas al proletariado.

Nos acercamos a los distintos grupos.

–Aquí, por el tipo del orador y por las caras de la gente del público, se comprende de qué se trata –dijo Roche–. Si el orador es pálido, flaco y triste, y la gente le escucha con gravedad, es un orador religioso; si el orador es vehemente y el público habla y comenta, es algún socialista o anarquista; si es un hombre grueso y malicioso y el público ríe, es algún materialista. ¿Ve usted aquél, miss Aracil? Pues es seguramente un materialista.

Nos acercamos, y efectivamente lo era.

–¿Qué dice? –me preguntó papá, que no entendía.

–Pues ahora está diciendo: «Me he levantado esta mañana; he cogido ese libro viejo y estúpido que se llama la Biblia; he abierto a la casualidad, y he leído un salmo en donde dice que Dios ha extendido el cielo sobre la tierra como una piel. ¿Hay nada más estúpido ni más imbécil que esto?».

Traduje algunas frases más del orador; se rió mi padre; nos reímos todos, y luego, por Oxford Street, fuimos hacia casa.

Explicaciones de madame Roche

El señor Stappleton tenía que volver a Egipto, y madame Stappleton se fue con él, con gran satisfacción mía. Al parecer, mi padre y ella no tenían ya buenas amistades, y se despidieron con absoluta indiferencia.

En cambio, todas las coqueterías de la francesa fueron dirigidas a Roche.

Presencié la despedida de ambos.

–¿Pensará usted en mí? –preguntaba con lánguida coquetería madame Stappleton.

–Siempre.

–¿Llorará usted?

Roche se tocó el ángulo lagrimal del ojo derecho con el dedo índice, y sacudió la mano en el aire como para desprenderse de algo pegajoso; luego hizo lo mismo con el ojo izquierdo.

–Es usted un payaso –dijo madame Stappleton.

–Es verdad.

–Es usted un hombre sin corazón.

–Es que lo dejo muchas veces en casa olvidado con el paraguas.

Madame Roche, cuando se encontró sin su amiga la francesa, se dedicó a reunirse conmigo y a hablarme y a proponerme jugar al bridge, cosa que yo no aceptaba, porque los juegos de cartas, no sé por qué, me repugnan.

Madame Roche tenía en su manera de ser algo de gata; necesitaba que todo el mundo se ocupara de ella y arañar de cuando en cuando. Yo no le era nada simpática, ni ella a mí tampoco; pero transigíamos.

Madame Roche tenía una hermana casada con un militar muy rico, el señor Monk, y algunos días su hermana le enviaba un coche o un automóvil para que paseara.

Un día madame Roche me invitó a pasear con ella en coche. Fuimos por Piccadilly y Bond Street. En estas calles no se ven gentes atareadas, sino mujeres bien vestidas, caballeros de sombrero de copa, escaparates lujosos y casas adornadas con flores.

Madame Roche quería comprar un collar para su perrito, y con este objeto entramos en un pasaje cubierto, lleno de tiendas, llamado Burlington Arcade. Dimos con el establecimiento en donde sólo se vendían objetos para perros, cintas, zapatos, mantas y hasta anteojos para automovilistas caninos. A mí esto me pareció un poco cómico; pero para madame Roche, todo lo que tuviese relación con la moda era cosa sagrada.

Después que eligió el collar, fuimos a Hyde Park. El parque presentaba un aspecto soberbio. Las señoras con trajes claros, en los coches nuevos de arneses relucientes, los caballos que piafaban, los jinetes y amazonas elegantísimos, todo tenía un gran aire de elegancia y riqueza.

Madame Roche, a pesar de hallarse acostumbrada a tales grandezas, contemplaba estas gentes *chic* con verdadera ansia; a mí, la verdad, no me produjeron envidia. Quizá por mi situación, las veía en una esfera muy lejana. Nos cruzamos varias veces con un señor elegante, ya viejo, que iba a caballo. El señor miraba a madame Roche muy expresivamente. Madame Roche indicó quiénes eran algunas de las señoras que se cruzaron con nosotras, pero no me dijo el nombre del viejo conquistador, ni yo se lo pregunté tampoco. Luego fue cantando en diversos tonos las glorias de Londres, el pueblo más adelantado, el más elegante, el más distinguido.

–Londres tiene actualmente en el mundo –dijo– el papel que tuvo París durante el segundo Imperio. Aquí hay más fiestas, más teatros, más dinero, más elegancia que en parte alguna. Londres es el sitio favorito de los reyes y de los príncipes, y, además, es donde se guarda más condescendencia para todo con tal de que no haya escándalo. Nuestra moral es la belleza; todo lo que es bello es bueno.

Sin saber por qué, estos elogios de madame Roche me repugnaban. Yo contestaba a sus ditirambos confirmando cuanto decía, y, sin embargo, una adoración así por la riqueza, por el título y por la gloria me ofendía como una cosa grosera.

Me acordaba de Iturrioz, que muchas veces, en su furor de estoico, decía: «Yo quisiera desear y obtenerlo todo, para después desdeñarlo todo. Sería», añadía él, «una manera de consolar a los que no tienen nada».

El aburrimiento y la hospitalidad

Cuando madame Roche se cansó de ponerme a Londres en los cuernos de la luna, vinieron las quejas.

–Aquí no molesta nada –afirmó ella–, todo es como debe ser; no mejor, ¡claro!, y esta imposibilidad de entusiasmo y de protesta produce una gran laxitud, una completa fatiga de vivir.

–¿A pesar de lo bien organizada que está la vida? –le dije yo.

–Sí, por eso mismo. Ya ve usted lo que ocurre en la clase media. El hombre va al trabajo y se pasa en el escritorio o en la oficina desde la mañana hasta el anochecer. La mujer vive sola en casa y se aburre; durante nueve meses del año apenas puede salir por el mal tiempo.

Llega la buena estación, y la mujer quiere pasear y lucir unos cuantos trajes; el marido, generalmente, no puede acompañarla, y la mujer busca un hombre elegante que la lleve a Hyde Park y a tomar el té, porque si va sola está casi en ridículo y demuestra que no hay nadie que se ocupe de ella.

Verdaderamente, vivir esta vida superior de que hablaba madame Roche para no tener más ideal que lucir unos cuantos trajes al año me parecía una cosa de una mezquindad muy grande.

–Luego –siguió diciendo madame Roche– la vida está tan bien arreglada, tan bien calculada, que las cosas se hacen maquinalmente y se acaba por encontrar a todo un fondo de tristeza y de caos. Entonces el que tiene casa invita a los amigos para distraerse.

–¿De manera que la hospitalidad de Inglaterra procede en gran parte del aburrimiento?

–Yo creo que en todo. La gente se aburre mucho. Cuanto más avanzado es un pueblo, la gente se aburre más; por eso también los tipos de excepción, extraños y pintorescos, que distraigan son muy buscados.

–¿Y hay muchos tipos de estos?

–No. Al revés. Los hombres en Inglaterra son más aburridos que la lluvia, y el original es muy solicitado. Todos se lo disputan, lo llevan en andas, de invitación en invitación y de convite en convite. Aquí el hombre de ingenio y la mujer inteligente y discreta llegan a donde quieren... Yo...

Madame Roche iba a comenzar sus confidencias, pero en vez de abordarlas de lleno se dedicó a hablar de sus amigas de colegio y de la diversa suerte que habían tenido. De pronto, interrumpiéndose, dijo:

–Mire usted qué mujer más elegante.

–Sí, es verdad.

–Es una judía alemana. Su marido es un periodista, y ella tiene un *flirt* con un banquero.

–¿Y el marido no protesta?

–¿Por qué? Tiene una mujer *chic*, que le lleva la sociedad elegante a casa. Él ganará mil libras, y en su casa se gastarán diez mil todos los años. Puede estar contento.

No dije nada, aunque esto me pareció repulsivo. Madame Roche me parecía ya como una gran serpiente. La frase esta sobre la mujer del periodista y las miradas al viejo me dieron la impresión de que había en ella algo de reptil. Yo había creído que en todos los desplantes de madame Roche entraba el despecho más que otra cosa; pero no, se iba transparentando en ella un fondo turbio y malsano. Madame Roche, como si comprendiera mis pensamientos y quisiera disculparse, acusó a su marido de ser para ella un estorbo.

–No se puede vivir con un hombre que no es nada, que no piensa nada, ni aspira a nada –dijo–. Mi marido es como el Tony de los circos: arregla la alfombra, tropieza, cae, le dan un puntapié, y... ríe. No, no puede ser.

–¿Y usted sola no podría intentar alguna cosa?

–Sí, podría intentar algo en sociedad, pero mi hermana me odia porque tiene celos de mí, y no quiere presentarme en su círculo de amistades... Algunas veces he intentado escribir, meterme en ese club de señoras, en el Lyceum Club.

–¿Y por qué no lo hace usted?

–¡Con este marido! ¡Viviendo en una casa de huéspedes! ¡Imposible! ¡Es imposible! Cuando supieran mi nombre me aceptarían con gusto, pero cuando les dijera que vivía en un pequeño hotel, en una casa de huéspedes, con mi marido, me despreciarían. No tengo más camino que el que tienen las mujeres cuando están desesperadas. Si encuentro algún hombre rico saldré adelante; si no, Dios sabe adónde iré a parar.

Habíamos dado vuelta a la Serpentina, y volvíamos por Oxford Street hacia casa. La calle estaba llena de ómnibus y de coches; los escaparates, iluminados, fulguraban reflejando la luz en las sederías y en las plumas de los sombreros puestos de muestra. El coche marchaba deslizándose suavemente sobre sus neumáticos.

Al llegar cerca de casa, madame Roche murmuró:

–¡Vivir en este rincón! ¡Qué horror! ¿Se ha fijado usted qué gente hay aquí? ¡Qué conversaciones más vulgares! Sólo mi marido puede hablar con esas gentes. Vale más hundirse cuanto antes.

VIII
Explicaciones del señor Roche

La desarmonía del matrimonio Roche se manifestaba en los más pequeños detalles. Una noche, míster Roche quiso ser galante con su mujer, y, sin ir a jugar su partida de billar, la dijo:

–¿Quiere usted salir a pasear? Hace una noche espléndida.

–¿Es que no hay nadie con quien jugar ahí abajo? –preguntó ella con todo el desdén que ponía al hablar a su marido.

–Sí, pero si usted quiere salir...

–No, no quiero salir.

–Bueno. Está bien.

–¿Es que se va usted a estar embruteciendo jugando al billar, al dominó o a las cartas, y cuando no encuentra usted con quien jugar, venir a decirme si quiero salir? No, no, jamás. Yo no sirvo de comodín. Ya que usted prefiere andar pegando a las bolas que hablar con la gente, siga usted. No seré yo quien se lo impida.

El señor Roche, rechazado así delante de todo el mundo, hizo un gesto de desprecio y de enojo; pero dominándolo y tomando una expresión cómica, y dirigiéndose a mí, dijo:

–Y usted, ¿no quiere salir, señorita?

Madame Roche me miró como ordenándome que no saliera, y, por lo mismo, me levanté y dije:

–Sí, saldré; con mucho gusto.

Me puse el sombrero, salimos de casa. Hacía una noche soberbia; el cielo estaba limpio y estrellado.

–¿Adónde quiere usted que vayamos? –me preguntó Roche.

–Por la orilla del río.

El Támesis de noche

Una niebla azul, de esas nieblas suaves, poéticas, en las que brillan más claras las luces y dan a todo una apariencia vaga y misteriosa, envolvía la ciudad. Era un espectáculo extraordinario ver el muelle del Támesis con su fila de focos eléctricos formando una curva luminosa reflejada en el río. Las ventanas del Hotel Cecil y del Hotel Metropole vertían torrentes de luz por sus balcones y sus miradores. En los muelles, la gente esperaba la llegada de los tranvías eléctricos; algunos vagabundos dormían en los bancos. Allá lejos clareaba como una luna azulada la esfera del reloj del Parlamento, y encima, en la torre, resplandecía un faro blanco.

El río, fuera de la zona alumbrada por los faroles, aparecía como una masa azul indeterminada; un vaporcito con dos luces blancas y una roja corría por la superficie del agua, y en el humo espirado por su chimenea quedaban brillando constelaciones de chispas.

Algunos letreros de luces resplandecían en los tejados de la orilla derecha.

En medio del río, grupos de gabarras negras permanecían inmóviles.

Por el puente de Charing Cross pasaban trenes larguísimos; durante un momento ocupaban toda la anchura del puente, y la luz de sus ventanas iluminadas parecía una inmensa luciérnaga. El rumor del tren resonaba sordamente y quedaba el humo rojizo flotando en el aire.

En la orilla del trabajo, entre la bruma vaga, se veían altas chimeneas, negros edificios; los grandes brazos de las grúas se adivinaban por entre grupos de construcciones bajas y oscuras, alumbradas con algún farol mortecino; un foco eléctrico brillaba en un cobertizo y un faro verde dejaba un reflejo en las aguas temblorosas del río. Algunos lanchones llevados por la marea se deslizaban por el río entre la sombra, como grandes peces, y los tranvías pasaban por el puente de Westminster llenos de luz...

Seguimos paseando

Tomamos por Birdcage Walk, una calle que pasa cerca de un parque. Se veía a un lado una casa de once pisos iluminada de arriba abajo, que parecía un castillo.

—¿Quiere usted que entremos en este parque? —me dijo Roche.

—Bueno.

Entramos; pasamos por un puente rústico por encima de las aguas muertas de un lago. La luna se había levantado en el cielo e iluminaba estas aguas, los árboles y las espadañas de las orillas con una luz espectral y romántica.

—¿Qué le parece a usted mi mujer? —dijo Roche de pronto—. ¿Usted concibe que se pueda vivir así?

Yo insinué que quizá sus diferencias fueran pasajeras; pero Roche aseguró rotundamente que no, y comenzó a hablar de su mujer con amargura, pintándola como desprovista de todo sentido de justicia y de bondad.

—Yo no creo que sea mala —dije yo.

—¡Oh! Usted no la conoce. Mi mujer es todo vanidad, soberbia y egoísmo monstruoso. Gozar, mandar, triunfar, humillar a las demás mujeres... ¿Medios? Todos son buenos.

—El camino tortuoso —dije yo.

—Sí, el camino tortuoso —añadió Roche—; y esto no es lo peor de su carácter.

—¡Qué lástima! —exclamé yo.

—Crea usted —repuso él—; cuando en una mujer se une el afán de los placeres con el afán de figurar, de prosperar socialmente, se convierte en una cosa estúpida y bestial, en una mezcla de fregona, de cortesana, de cómica y de agente de negocios que es, sencillamente, repulsiva. Todas esas mundanas de París, de Londres o de Nueva York valen menos, sentimentalmente y hasta intelectualmente, que la mujer de un bosquimano o aun que la hembra de un orangután. Sólo a algunos escritores idiotas se les ocurre alabar como un producto refinado, civilizado y complejo a estas mujeres ansiosas. Es ridículo. Creen que estas damas son espirituales porque llevan trajes lujosos y magníficos sombreros, y en el fondo, ¿sabe usted lo que son?

—¿Qué?

—Pues un producto similar a esos viajantes de comercio intrigantes y crapulosos de quienes todo el mundo se ríe. Mi mujer tiene la misma mentalidad que un barítono italiano o que un comisionista ambicioso de Marsella.

Y creo que en el fondo Roche tenía razón; pero no me pareció oportuno decírselo.

Salimos al Palacio Real. Estaban relevando la guardia; vimos el

ir y venir de los soldados con sus gorras de pelo y sus levitas en-
carnadas.

–¿No está usted cansada? –me dijo Roche.

–No.

Siguió él hablando de la sociedad y de su familia, siempre amargamente y con un fondo de desprecio, sobre todo cuando se refería
a su mujer; tomamos por una avenida hasta salir a la puerta de Hyde
Park que da a Piccadilly, y nos encaminamos hacia el Arco de Mármol. Todavía quedaban aquí algunos oradores en sus tribunas perorando y grupos de hombres y mujeres cantando salmos. El parque parecía un campo alejado de una ciudad; en el fondo rosáceo de la
atmósfera, turbada por la niebla, brillaba alguna luz; la luna aparecía
entre el follaje y hormigueaban hombres y mujeres por las avenidas.

Al salir a Oxford Street, subimos a un ómnibus que nos dejó en
unos minutos cerca de casa.

IX
La solución de mi padre

Todos los días le indicaba a mi padre que se iba acabando nuestro dinero, y para que no creyera que era exageración, le enseñé lo que quedaba: en total, tres libras y media.

–Déjame, yo lo arreglaré –dijo mi padre.

–Es que te advierto que, pagada esta semana, ya no nos queda ni un cuarto.

–No importa; no te preocupes.

–Es que nos van a echar de casa. Hay que buscar algo.

–Ya voy buscando, no creas.

–Si te pasas la vida hablando con la señora Rinaldi...

–Es que hay aquí un ambiente de aburrimiento terrible. Con sus ideas religiosas y conservadoras le van a convertir a uno en un idiota. ¡Qué país! Yo creo que vale más vivir en un rincón de Marruecos que no estar metido dentro de este charco, en donde se masca el aburrimiento más desesperante.

–¡Pero, papá, ahora no es cuestión de quejarse! Tú quisiste venir...

–Sí, ya lo sé. Yo creí que esto era otra cosa; pero es un pueblo estólido y antipático. Aquí, la idea de categoría lo rige todo: categorías de hombres, de mujeres, de vinos, de frutas, de juegos, de *sport*. ¡Un pueblo que tiene un ideal de disciplina y de orden! ¡Qué cosa más repugnante!

–Sí; pero todo eso no impide que tengamos que vivir aquí, porque no tenemos dinero para marcharnos.

–Ya veremos, ya veremos. Déjame a mí maniobrar libremente durante algún tiempo.

Yo no sabía qué pensar de los proyectos de mi padre. Alguna cosa tramaba, pero ¿qué?

Llegó el día de pagar el hotel, y mi padre se encargó de la cuenta. Las dos facturas que en sus respectivos sobres solían aparecer todos los sábados en el cuadro del portal en donde se colocaban las cartas, una a nombre de papá y otra al mío, desaparecieron como si se hubieran pagado.

A la semana siguiente sucedió lo mismo. Yo me hallaba un tanto preocupada con la actitud de mi padre; tenía dinero y no le importaba el gastarlo. ¿Quién se lo prestaba o quién se lo daba?

Pronto sospeché que el dinero procedía de la señora Rinaldi. Un día, al entrar en el salón, estaban solos mi padre y la americana.

–Si tuviera usted un alfiler... –decía mi padre.

–No, no tengo –contestó ella.

–Es raro –replicó mi padre, bromeando.

–¿Por qué?

–Porque casi todas las mujeres suelen llevar alfileres en el talle, y cuando se las quiere abrazar, uno se pincha.

–Pues yo le aseguro a usted, Enrique –dijo ella en tono meloso–, que yo no llevo alfileres en el talle.

Yo me quedé un poco sorprendida al oír a la americana que llamaba a mi padre familiarmente por el nombre.

«¿Qué se propondrá esta mujer?», pensé.

Me enteré por Betsy de la vida de la señora Rinaldi. Era ésta una criolla, abandonada y perezosa, amiga de adornarse y de estar junto al fuego muy emperejilada leyendo novelas. Tenía un niño de doce años y una niña de diez, a los que cuidaba una mulata. Los dos chiquillos eran a cuál más impertinente y desagradable; acostumbrados a hacer su capricho, molestaban con sus gritos y constituían un motivo de fastidio para todas las personas del hotel. A mí muchas veces me daban ganas de andar con ellos a coscorrones, porque no tenían travesura, sino mala intención. Su madre, para librarse de ellos, los enviaba con la mulata a un jardín próximo.

Betsy me contó otros detalles de la americana, que concluyeron de hacérmela antipática.

Como mi padre no decía nada definitivo acerca de lo que íbamos a hacer, le acosé a preguntas. Mi padre no salía de sus vaguedades.

–Todo se arreglará; no tengas cuidado –contestaba.

–Pero ¿cómo?

–No te preocupes.

–¡No me he de preocupar! Yo no soy ninguna niña, y tengo derecho a saber lo que vamos a hacer.

–Si te empeñas, te diré mi plan.

—Sí, me empeño.

—Pues la solución es ésta. Yo me caso con la señora Rinaldi, y nos vamos a América.

—¿Tú te casas con la señora Rinaldi?

—Sí. Su cuñado me ha escrito que allá, en la Argentina, tendré un buen éxito y que podré ejercer.

—¿Y yo?

—Tú vienes conmigo.

—¿Y con esa mujer y con sus hijos? ¡Nunca!

—¿Y por qué no?

—Porque no. Porque es imposible.

—Vamos, no seas niña.

—No, no; te digo que no.

—Recurriré a mi autoridad y hasta a la ley si es preciso.

—¿A mí qué me importa la ley ni la autoridad tampoco? Por encima de todo eso está mi independencia y mi cariño por ti también.

—Pero ¿por qué esa terquedad? ¿Por qué no has de venir?

—Pero ¿es que no comprendes que viviendo bajo las órdenes de esa mujer sería una esclava, o es que no te importa mi vida con tal que la tuya se desarrolle a tu gusto?

—¿Y tú no comprendes que si me quedo aquí sacrifico mi porvenir para siempre?

—¿Es que yo me he preguntado si sacrificaba el mío cuando te he seguido y he salido de Madrid?

—No. Ya lo sé, ya lo sé. Eres generosa, más generosa que yo. Pero hay que mirar la realidad. ¿Qué voy a hacer aquí? Aquí no puedo ejercer, no puedo trabajar, no puedo ser nada. No tengo ningún camino.

—¿Y has escogido ése?

—Allí pienso seguir mi carrera, estudiar, ser algo. ¿No comprendes?

—Sí, comprendo.

—En este caso, créelo, María; el más juicioso soy yo.

—Pues también es lástima que ya que pensabas ser tan juicioso en Londres, no hubieras empezado siéndolo en Madrid.

—Las reconvenciones ahora son inútiles. Hay que resignarse.

—Ya lo sé. Si lo que me apena no es lo que ha pasado, sino que no pensaste para nada en mí. Yo, antes que en otra cosa, hubiera pensado en ti, y tú me has olvidado, no se te ha ocurrido que con una madrastra y con sus hijos yo sería desgraciada. Has visto que te conviene, y nada más.

–Pero ten en cuenta la realidad. ¿Qué vamos a hacer aquí? ¿Cómo vamos a vivir?

–Trabajaremos.

–¿En un rincón? ¿En una de esas calles llenas de barro? No, María, no. Ésa sería la muerte, y yo quiero vivir.

–¿Tú solo? –pregunté yo amargamente.

–Yo, y tú conmigo. Pero nosotros no podemos vivir así. ¿Qué voy a hacer yo en Londres? ¿Quieres decírmelo? No sé inglés; para aprenderlo necesitaría un par de años. Y mientras tanto, ¿de qué vivimos?

–Trabajaré yo.

–No; prefiero América.

–Bueno; vamos a América. Pero ¿para qué casarte con esa mujer, a quien no conoces, a quien no quieres?

–Eso es decir demasiado, María.

–¿La quieres entonces?

–¡Pchs! ¿Por qué no? Me sirve para levantarme. Es un camino que me puede llevar a la fortuna.

–Sí, el camino tortuoso.

–Yo, en América, puedo fácilmente llegar a ser algo con la protección de la familia de la que ha de ser mi mujer.

–¿Y aceptarás esa protección?

–¿Por qué no?

–Pues yo prefiero vivir aquí independiente y trabajar, que no deber la vida a la caridad de esa mujer.

–Eres una romántica, María.

–No.

–Sí, eres una romántica. No quieres ver la vida tal como es. Pero ya te convencerás.

–No, no me convenceré. Me encuentro dispuesta a no ir.

Mi padre hizo un gesto de contrariedad.

–Bueno –dijo–; si no quieres venir a América conmigo, haré que te acompañen a Madrid.

–¿Para que me prendan?

–¡Qué te van a prender! ¿Por qué? Además, mientras Venancio arregla eso, te llevaré a un pensionado.

Al día siguiente volvió a suscitarse la misma cuestión, y comprendí que mi padre estaba dispuesto a marcharse. Yo le manifesté claramente que estaba dispuesta también a no seguirle.

X
El camino tortuoso

Nuestra separación era ya un hecho. Mi padre, con un egoísmo cándido, había supuesto, sin duda, que yo tomaría con gusto el papel de desasnar a los hijos de la señora Rinaldi, con lo cual él quedaba enseguida desembarazado y libre de una paternidad un tanto molesta.

Al ver que yo no aceptaba el cargo de institutriz que gratuitamente me asignaba, se incomodó; luego, sin duda más en frío, comprendió que yo tenía razón, y dio a entender claramente que su interés estaba por encima de las antipatías inmotivadas de una chicuela.

Yo lloré abundantemente al comprender que mi padre se preparaba a abandonarme, pero me juré a mí misma no ceder.

«Yo no le he abandonado cuando se ha visto en un apuro», pensé, «y él no debía abandonarme a mí.»

Seguirle se me figuraba ofensivo para mi dignidad. Lo más mortificante y desconsolador, lo que más me hería era ver que no hubiese pensado para nada en mí. Me había considerado como un factor sin importancia, como un personaje secundario para quien todo está bien. ¡Hermosa vida me tenía preparada, utilizándome como institutriz, poniéndome al servicio de unos chiquillos antipáticos y molestos!

Y aun después de verme ya decidida a quedarme en Londres, mi padre no pensaba en mi aislamiento, metida en un colegio, sola, sin amigos, en una ciudad inmensa; no pensaba más que en la vida y en el porvenir que se le abría en América, en la manera de conquistar clientela, en las conferencias que allí podría dar y en los aplausos que iba a alcanzar llevando, como llevaba, el atractivo romántico de ser casi un héroe en Europa. Le habían escrito desde allá para vencer sus vacilaciones; contaba ya con amigos y partidarios; su presencia sería un verdadero éxito.

Yo llamé en mi auxilio a Iturrioz, le conté el caso y le expuse nuestra desavenencia.

Él me oyó sin asombrarse gran cosa.

–¿Qué le parece a usted mi padre, eh? –le dije.

–Tu padre –dijo Iturrioz– es un poco parecido a esas mujeres de las novelas folletinescas, que son bellas, espirituales, pero que tienen la desgracia o la fortuna, el autor no suele asegurar si es una cosa u otra, de que les falta el corazón.

–¡Oh! No tanto –repliqué yo.

–No; no tanto –repuso Iturrioz jovialmente–. Además, hoy cualquier dependiente de comercio sabe que el corazón no tiene nada que ver con el sentimiento. Es una manera de hablar. Quiero decir que ese misterioso relojero que, con el mismo resorte y el mismo péndulo, hace relojes tan diferentes y con las mismas pasiones hace hombres y mujeres, se ha descuidado un poco al fabricar a nuestro Aracil, y le ha dado poco sentimiento y demasiado egoísmo. Se dice que algunos tienen la cabeza de adorno; él creo que tiene toda su sensibilidad para lucirla en las conversaciones..., pero eso no quita para que sea muy simpático.

–¿Y qué cree usted que debo hacer? –le pregunté yo.

–Si supones que no te has de entender con tu futura madrastra, quédate aquí. Harías bien, además, consultando con Venancio.

Me pareció prudente el consejo, y escribí a mi primo explicándole lo que me pasaba. Me contestó enseguida. Era de parecer que no fuera a América. Me decía que iban adelantando las gestiones para que pudiese volver pronto a Madrid. Esperaba que en pocos meses se podría arreglar esta cuestión. Mientras tanto, le parecía lo mejor que estuviese en un colegio. La carta terminaba con unas cuantas líneas que habían escrito todas mis sobrinitas. Me conmovió ver estos garabatos de mis chiquitinas, y besé la carta con entusiasmo.

El matrimonio

El matrimonio se verificó con la facilidad que hay para esto en Inglaterra; no hubo ceremonia alguna ni fiesta; fuimos mi padre, la señora Rinaldi, Iturrioz y yo a una oficina de registro; dimos todos nuestros nombres, edad y demás circunstancias, firmaron los novios y volvieron al hotel casados.

A los pocos días mi padre me indicó que habían encontrado el pensionado para mí. Era, según me dijo, un hotel confortable y cómodo, en donde estaría con varias amigas. Se hallaba el colegio cerca de Kensington y lo dirigía una francesa.

Como mientras no se fuera mi padre estaba libre, fui un día a casa de Wanda. Me encontré con Natalia Leskov y hablamos de la vida de los colegios.

–Le leerán a usted las cartas, probablemente –me dijo Natalia.

–No creo.

–A mí me las leían, y algunas chicas guardábamos del desayuno la leche en una taza, y luego mojábamos un palillo y escribíamos así a nuestras casas.

–¿Y eso para qué? –pregunté yo.

–Porque un papel escrito así no se nota que esté escrito; pero si se acerca al fuego, aparecen enseguida las letras.

–Pues si yo observo que me leen las cartas, haré también eso. Ya sabe usted, Natalia –le dije en broma–: si recibe usted alguna carta mía del colegio, acérquela usted al fuego a ver si he escrito algo.

Me prometió que lo haría, y mis dos amigas me desearon buena suerte. Al día siguiente se marchaban mi padre y su mujer. Nuestra despedida fue muy triste; ni mi padre ni yo estábamos contentos; comimos juntos; después de comer, mi padre me dejó en el pensionado y se fue.

XI
La pensión

A los dos días de entrar en el colegio comprendí que se habían equivocado al llevarme allí, y que no podría vivir en aquella casa.

El hotel donde se hallaba instalada la pensión de madame Troubat estaba hacia Kensington; a primera vista parecía un hotel cualquiera; pero fijándose bien, se veía que era una verdadera cárcel: las rejas eran altas, las tapias lo mismo; desde allí no se veía nada; no se podía salir al jardín más que en las horas de recreo, y siempre bajo la vigilancia de alguna profesora. Era un régimen de presidio. Aquello, en vez de pensión, debía llamarse prisión.

La directora, madame Troubat, una francesa vieja, de pelo blanco, entusiasta de todo lo que fuera elegancia, dinero y gran mundo, era uno de esos tipos que se dan, más que en ninguna parte, en los países dominados por la democracia política, tipos tan adoradores de la aristocracia, que parece que su ideal sería convertirse en la alfombra pisada por un duque o en la zapatilla de un lord.

La mayoría de las educandas eran irlandesas, unas mujeres hurañas, fervientes ayunadoras, fanáticas y supersticiosas; dos o tres bretonas, y una portuguesa, basta y morena, que parecía una mulata.

Lo que más me disgustó fue ver que había dos muchachas recluidas, separadas de las demás, con un aspecto trágico y desesperado. No sé por qué me figuré que estaban secuestradas allí por sus familias a consecuencia de alguna aventura amorosa.

Madame Troubat y dos profesoras enseñaban francés, inglés y matemáticas, ejercicios literarios y lectura de Racine, de Corneille y de Fénelon a todo pasto. Allí se mascaba el aburrimiento, como hubiera dicho mi padre; ninguna de las muchachas encerradas era bastante interesante para sentir deseo de intimar con ella; únicamente estas misteriosas secuestradas atraían mi curiosidad.

Los domingos venía un abate francés, con una melena rizada a lo perro de aguas, que nos dirigía una plática muy melancólica acerca de la religión, en la cual mezclaba algo de política. No le faltaba el hablar del Rey-Sol, de Turenne, de Bossuet, del suplicio de María Antonieta y de otra porción de vulgaridades que los jesuitas franceses han fabricado expresamente para los colegios católicos.

A pesar del aburrimiento que sentía en la casa, pensaba vivir allí resignada, cuando un día madame Troubat me llamó y me dijo:

–Querida mía, hace ya cerca de dos semanas que está usted aquí, y creo que pensará usted cumplir sus deberes religiosos. Dígame usted con quién se quiere confesar.

Yo iba a decir que no me confesaba con nadie, pero el ambiente de hipocresía de la casa me sugirió la idea de fingir, y dije:

–Ya pensaré.

Escribí a Iturrioz, y le dije que hiciera el favor de venir a verme el domingo, porque le tenía que hablar. El domingo esperé con ansiedad, e Iturrioz no se presentó en el pensionado, ni al día siguiente tampoco.

La tinta simpática

Recordando lo dicho por Natalia, pensé que madame Troubat habría recogido mi carta. Mi primer impulso fue de interrogar claramente a la directora; luego comprendí que no conseguiría nada, y me entregué a la desesperación. Todas las noches encontraba en mi cuarto libros religiosos, papeles con advertencias sobre la muerte y el infierno, y comencé a tener miedo. El pensar que mi padre me había abandonado así en una casa como aquélla sin tomarse el trabajo de enterarse de nada, me producía una indignación contra él cercana al odio.

Madame Troubat no sólo tenía un fanatismo estrecho, sino que, además, como ferviente católica, pensaba que, para llegar a un buen fin, todos los medios son buenos, y mentía, además, con una facilidad extraordinaria.

–Ya ve usted –me dijo una vez–: su padre es el que me ha encargado que la convenza a usted para que cumpla sus deberes religiosos.

Y viendo que yo no protestaba, añadió:

–Yo no hago más que cumplir las órdenes de su padre.

La superiora marchaba sin violencia por el camino tortuoso. Yo comenzaba a pensar horrorizada en mi situación; Iturrioz no había recibido mi aviso; probablemente, si escribía a cualquier otro pidiéndole que viniera a verme, recogerían también mi carta.

En este trance, pensé en el consejo de Natalia de escribir con tinta simpática. Si madame Troubat no sospechaba nada, podía ser una solución salvadora; de todas maneras, antes de tomar una determinación heroica, me pareció que debía intentar aquel procedimiento. Un día que pretexté estar enferma, hice que me llevaran la comida al cuarto, guardé un poco de crema del postre, y escribí con un palillo mojado en ella en un papel lo siguiente: «Natalia, vaya usted a Bow Street, 15, almacén de frutas; pregunte usted por el español Iturrioz, y dígale usted que venga a verme al pensionado. Estoy encerrada. *María Aracil*».

Luego de hecho esto, cuando se secó el papel escribí en las interlíneas con tinta corriente una carta a Natalia pidiéndole que me enviara una novela de Walter Scott y un libro de oraciones olvidados por mí en su casa. Al secarse el papel no se notaba nada de lo escrito con la crema.

Envié la carta, y los días posteriores estuve muy inquieta y desazonada.

«¿Habrá recogido la carta la directora?», pensé. «¿O será que Natalia, no recordando nuestra conversación, no habrá tenido la idea de acercar el papel al fuego?»

Al tercer día, a la hora del almuerzo, oí con el corazón alborozado la voz de Iturrioz en la sala que en nuestro colegio hacía de locutorio. Parecía que la directora se oponía a dejarle pasar, pero Iturrioz levantaba la voz, y al último me avisaron que saliera. En pocas palabras le puse al corriente de lo que sucedía.

–Bueno, vámonos ahora mismo –dijo él.

Iturrioz explicó a madame Troubat que yo me veía en la necesidad de marcharme a España, se opuso la directora, intervine yo, y hubiéramos estado discutiendo largo tiempo si a Iturrioz no se le hubiera ocurrido un recurso de efecto.

Metió la mano en el bolsillo, sacó el número del *Daily Telegraph* en donde venía el retrato mío y el de mi padre, y en un inglés macarrónico dijo:

–Esta señorita..., anarquista..., cómplice en la bomba contra el rey de España...

No tuvo necesidad de más explicaciones. Madame Troubat me ordenó de una manera trágica que inmediatamente saliera de su colegio, y mandó poner mi ropa y mi maleta a la puerta.

Al salir Iturrioz y yo, la directora cerró con un portazo y dio dos o tres vueltas a la llave.

En la calle me esperaba Natalia. Nos abrazamos afectuosamente. Tomamos el *tubo*, y en pocos momentos estuvimos en el centro de Londres.

–Y ahora, ¿qué piensas hacer? –me dijo Iturrioz.

–No sé todavía.

–Te advierto que tu madrastra, en previsión de que te ocurriera algo, ha dejado a tu nombre doscientas libras esterlinas.

–Si puedo vivir sin ellas, lo haré.

Y pensé seguir adelante en el camino recto: trabajando, luchando, sin buscar el atajo que pudiera llevar a la riqueza o al placer, próximos a la indignidad.

Ahora, el autor...

Ahora, el autor, al tomar la pluma de su heroína y seguir escribiendo, quisiera poder resarcir a sus lectores de las descripciones pesadas y de las digresiones insignificantes, dándoles una impresión de claridad y de fuerza, de serenidad y de confianza en la vida, como cualquier escritor del Renacimiento. Quisiera pintar como una novedad la cita de los amantes que se hablan a la luz de la luna, en el parque poblado de blancas estatuas; la terquedad del padre anciano de las largas barbas; la intensa maldad del traidor, cuyo aliento ponzoñoso envenena las estrellas; la suspicacia del marido torturado por el horrible aguijón de los celos, y la cautela de la esposa adúltera que busca a su amante en el oscuro seno de la noche. Quisiera también cantar con palabras brillantes y entonadas el furor de los ejércitos, la entrevista de los guerreros, el conciliábulo de los asesinos siniestros y el espectáculo del campo de batalla, con los ríos teñidos de sangre y las montañas de muertos exhalando la peste. Luego de vestir las figuras a la moderna y de moverlas bajo el sol de nuestros días o bajo los rayos de la luz eléctrica, el autor, con una mutación un tanto teatral, pintaría la paz solemne del campo, el pastor que conduce su ganado mientras en el azul del crepúsculo tiembla una estrella de plata, y la mañana luminosa, cuando la alondra levanta su vuelo y hace oír en la serenidad del aire las notas agrias y desacordes de su canto. En este ambiente de luz pondría el dulce idilio del joven que marcha por la vida como un corcel desbocado y de la pálida virgen que con sus manos blancas y suaves como el plumaje de la paloma trata de detener su corazón, pájaro prisionero próximo a escapar de su pecho.

Pero ¿cómo dar a todas estas viejas figuras, a todas estas viejas imágenes, su brillantez y su entonación primera? El sol de la vida artística resulta extinguido y su paleta no sabe pintar como antaño, con la misteriosa alquimia de sus colores, los hombres y las cosas; las pasiones se han convertido en instintos o en tonterías; las flores de la retórica se han marchitado y huelen sólo a pintura rancia; la frase más original sabe a lugar común, y los adoradores de la antigua Grecia quieren restaurar el espíritu helénico con Partenones de cartón de una perfección grotesca.

Ya casi no hay hombres buenos ni malos, ni traidores por vocación, ni envenenadores por capricho. Hemos descompuesto al hombre, al conjunto de mentiras y verdades que antes era el hombre, y no sabemos recomponerle. Nos falta el cemento de la fe divina o de la fe humana, para hacer con estos cascotes una cosa que parezca una estatua. Hemos perdido la ilusión por este monillo que se llama a sí mismo sapiente, y, en vez de maravillarnos su actitud, a pesar de su ciencia, a pesar de su genio, a pesar de sus atrevimientos, nos inspira una profunda lástima cuando no nos da risa. Nos hemos acostumbrado a tutear a los dioses, a los reyes y a los héroes. Hemos jubilado todo lo maravilloso. ¡Oh magníficos dioses de mármol circunspectos y graves, adustos santos de piedra, imágenes en talla de beatos y de venerables con peana dorada y ojos de cristal! Ya no servís más que para decorar los rincones de las tiendas de antigüedades. Sentimos hoy el mismo fetichismo que ayer, pero lo consideramos como una vergüenza. Somos demasiado sabios y demasiado viejos para sentirnos cándidos, orgullosos y altivos; así, nuestra existencia es humilde y cómica. Somos pequeños bufones, envenenados por la sociedad, por esta sociedad a la que descompondremos riendo, mientras no podamos darle el golpe de gracia hundiéndole la más afilada aguja impregnada en la toxina más venenosa en medio del corazón. Hoy el porvenir y aun el presente es de los profesores socialistas, de los que saben, cuentan, miden, hacen estadísticas y discurren, al parecer, con la cabeza.

Así pues, viejo pajarraco del individualismo anarquista y romántico, ave de presa sin pico y sin garras, con las plumas apolilladas, las alas paralíticas y el estómago dispépsico, que no sabes volar como las águilas ni desgarrar como los buitres, estás de sobra. Retírate a tu agujero o cataloga tu momia en las vitrinas de un museo arqueológico...

No; seguramente el autor no tiene la culpa de no poder dar a sus lectores una impresión de claridad y de fuerza, de serenidad y de confianza en la vida como el más modesto narrador del Renacimiento.

I
Un barrio pobre

El primer día María y Natalia fueron a dormir a casa de Wanda. María sentía una gran indignación contra su padre por el encierro sufrido en el pensionado. Por la noche le escribió una larguísima carta llena de acritud y de reconvenciones.

Al día siguiente, al ir al correo, estuvo por no echar su carta, pero se sintió implacable como el Destino, y la depositó en el buzón.

Natalia anduvo buscando casa, y decidieron las dos amigas ir a vivir juntas. Iturrioz encontró para ellas, por diez chelines a la semana, dos cuartos amueblados en Little Earl Street, una callejuela próxima a Shaftebury Avenue, que por las mañanas solía estar intransitable con sus puestos de verdura y de pescado.

Se hallaba esta calle enclavada en el barrio de San Gil, barrio considerado antiguamente como el más pobre de Londres, cuando todas las calles del centro de la gran ciudad eran tan estrechas, que un lord de la época las comparaba con tubos de pipa. Este barrio había sido asilo de irlandeses pobres y de mendigos. En otro tiempo en Londres cada colonia tenía su barrio y su profesión predilecta: los irlandeses habían escogido San Gil, los franceses Soho, los alemanes Holborn, los italianos las proximidades de Gray's Inn Lane, los griegos Finsbury Circus, los judíos Houndsditch y los españoles Mark Lane.

Cada colonia de éstas tenía también su profesión predilecta: los de Cornwall trabajaban en metales, los belgas eran lecheros, los escoceses panaderos y jardineros, los irlandeses albañiles y cargadores de los docks, los franceses modistos, tintoreros y zapateros; los alemanes panaderos y pasteleros, los holandeses relojeros y fabricantes de juguetes, los judíos ropavejeros y peleteros, los italianos fabricantes de espejos y de barómetros, estucadores y músicos callejeros; los suizos fondistas, los indios barrenderos y los españoles vinateros y fruteros.

254

Hoy esta especialización apenas existe, y en el barrio de San Gil hay tantos irlandeses como escoceses o ingleses. Lo que sigue habiendo como antes es gente pobre.

Cerca de la casa alquilada por Iturrioz se hallaba la plaza de Seven Dials o de los «Siete Cuadrantes», adonde convergían siete callejuelas, en otro tiempo rincón de mala fama, especie de Corte de los Milagros londinense y hoy ya un sitio sin carácter alguno y con el aspecto de una plazuela concurrida y animada.

En el piso bajo de la casa había un pequeño establecimiento de objetos de náutica, y en el escaparate estaban expuestas poleas, muestras de cuerdas y de cables, linternas y brújulas.

Los dos cuartos alquilados por Iturrioz eran limpios, bien amueblados y con ventanas a la calle. Ciertamente esta calle no era ni muy clara ni muy alegre, pero no dejaba de tener sus curiosidades.

María no poseía muchas cosas, e hizo muy pronto su mudanza; Natalia trasladó sus bastidores, pinturas y cajas, y cuando lo tuvo todo arreglado fue por su hija, que la tenía en el campo. La pequeña Macha era una chiquilla morenita, de ojos negros, muy viva y graciosa.

Una irlandesa murmuradora

Al día siguiente del traslado, por la mañana, María se preparaba a salir a la calle, cuando llamó a la puerta de su cuarto una vieja con peluca rubia y aire grave de dueña; venía a ofrecérsele por si necesitaba algo. Le dio María las gracias, y la vieja, sin duda charlatana, comenzó a hablar por los codos y a lamentarse de su suerte. Dijo que era irlandesa y católica, lo cual, según ella, le daba cierta relación de paisanaje con María.

Había estado casada con el señor Padmore, un caballero irlandés, hombre verdaderamente honrado, digno y religioso, y que odiaba a los masones. A su marido le habían dicho una vez que si se hacía masón le darían una fortuna; pero Padmore, firme en sus convicciones católicas, no había aceptado. Mistress Padmore era pariente de los amos de la casa y una verdadera víctima, según afirmó.

La buena señora no paraba de hablar ni de gemir, y María tuvo que advertirle que ella tenía necesidad de marcharse. Suspiró mistress Padmore, y aseguró que por la noche contaría cosas muy interesantes.

Fue María a ver a Iturrioz; éste se encargó de poner anuncios en los periódicos pidiendo un empleo para una mujer en las condiciones en que ella se encontraba. Preguntó, además, en varias agencias de colocaciones, y después de comer en un pequeño restaurante italiano de Soho Square, volvió a casa al hacerse de noche.

Mistress Padmore, que debía de estar espiando su llegada, se presentó al poco rato en el cuarto, y comenzó a contarle las cosas interesantes que le había prometido. Le dijo que míster Cobbs, su pariente y amo de la casa y de la tienda de náutica, era de la Salvation Army, esta secta religiosa dedicada a salvar almas con la eficaz ayuda de los sonidos combinados de un bombo y de un cornetín de pistón.

–A pesar de esto –dijo, haciendo una pausa la señora Padmore–, los publicanos siguen haciendo su negocio.

–¿Quiénes son los publicanos? –preguntó María, asombrada.

–¿Quiénes han de ser? Los taberneros –dijo la vieja con tristeza–. La Salvation Army va a las tabernas a arrancar de allí a los obreros. ¿Usted cree eso?

–No sé.

–Pues yo no –afirmó rotundamente mistress Padmore–; ¿sabe usted por qué no creo tal cosa?

–¿Por qué?

–Porque todos son masones.

En la conversación, la irlandesa habló a María de ciertas personas que tenían la desgracia de entregarse a la bebida, como si entregarse a la bebida fuera una cosa tan fatal e inevitable como una enfermedad. Al hablar de la bebida suspiraba; sin duda en su fuero interno pensaba que esta desgracia no era tan grande como se decía. Después contó la historia de una vecina que, habiendo perdido a su marido a consecuencia de un accidente del trabajo, y cobrado una fuerte indemnización, no encontró mejor procedimiento para liquidar su indemnización que bebérsela a la salud del difunto.

Mistress Padmore, luego de decir pestes de míster Cobbs, de la vecina y del *tsim bum bum*, de la extraña secta llamada Salvation Army, habló de Cobbs *junior*, el hijo del amo de la tienda de náutica. Éste era un joven alto, afeitado, melenudo, a quien María acababa de ver al entrar en casa. Le había dado la impresión de un tipo estrambótico, y lo era, indudablemente; Cobbs *junior* poseía una cara inyectada, una nariz chata, unos ojos abultados y una expresión sosa, fría, insípidamente triste. Vestía de negro, levita larga y cuello alto.

—¿Usted le conoce? —preguntó mistress Padmore.

—¿A ese joven? Sí, lo acabo de ver —contestó María.

—Ése es Samuel Cobbs, el hijo; otro farsante como el padre. Siempre le verá usted con un gesto de hombre resignado, rezando o hablando con una voz de gaviota.

—¿Y qué hace ese joven? —preguntó María, como si realmente le importase algo.

Mistress Padmore explicó que Samuel pertenecía a una sociedad bíblica, y solía ir a cantar salmos a Hyde Park. La irlandesa no creía tampoco en la religiosidad del joven Samuel, y pensaba que también estaba vendido a los masones.

Si no su religiosidad, Cobbs *junior* había demostrado su habilidad constituyendo una nueva asociación, especie de filial de la Salvation Army, con la que sacaba ya algún dinero, pero pensaba ir a América a poner su invento en explotación. La novia de Cobbs *junior* era también oficiala del Ejército de Salvación, y solía ir a salvar almas y a sacar de las tabernas a los obreros de Whitechapel y de Bethnal Green, pero mistress Padmore dudaba, igualmente, de las intenciones piadosas de esta muchacha, y aseguraba que se le había visto paseando del brazo de un sargento en Hyde Park.

Para terminar, la irlandesa habló mal del criado de la casa, un tipo extraño, de facha quijotesca, con las piernas delgadas cubiertas con unos pantalones a cuadros, llamado Percy Damby, con quien ella solía jugar a las cartas. La señora Padmore aseguraba que Damby hacía trampas en el juego. Cuando no quedó nadie de quien murmurar, mistress Padmore se fue saludando a María y diciendo que no había cosa peor que las malas lenguas.

II
Trabajos en la niebla

Solas y sin protección, Natalia y María intimaron mucho. Natalia, a los pocos días, aseguró a su amiga que la consideraba, no como una amiga, sino como una hermana, y quiso que se hablaran de tú.

Natalia era de una generosidad extraordinaria y de un cariño por arrebatos. A María le prodigaba nombres afectuosos en ruso que querían decir madrecita o paloma u otra cosa por el estilo. Tenía un carácter desigual, y su hija prometía ser como ella; Natalia mimaba a su pequeña Macha, la besaba, la decía que era preciosa, y al poco rato la despreciaba y no la quería tener cerca.

–No puedes educar bien a tu hija –la dijo María una vez.

–¿Por qué?

–Porque no. ¿Qué idea va a tener la niña de la justicia de los demás cuando ve que, sin motivo alguno, se la riñe y sin motivo se le mima?

Al oír esto Natalia, durante algunas horas estuvo incomodada con María, y no quiso hablarla; luego le dijo que los españoles debían tener el corazón de acero. María se echó a reír, la rusa se incomodó, y luego le pidió perdón y la abrazó efusivamente.

Convinieron en que hacía mal en tratar a la niña de una manera tan caprichosa, y Natalia prometió cambiar en obsequio de su Macha.

Natalia tenía casi siempre algún trabajo. En general, éste consistía en hacer copias y restauraciones para un judío vendedor de cuadros de una callejuela próxima a Soho Square. También dibujaba en un periódico ruso, pero no le tomaban todos los dibujos que enviaba, y los que le aceptaban le pagaban muy poco.

A María le encantaba la idea de poder pasar sin el dinero de la señora Rinaldi, y desde que se reunió para vivir con Natalia todo su afán fue buscar trabajo.

Leía los anuncios de los periódicos, y escribía a todas partes. En general, las contestaciones que recibía eran negativas. Una vez le enviaron cincuenta hojas para traducirlas del inglés al español y una carta que decía: «Si las traduce usted bien se le dará la obra entera».

Se esmeró María en la traducción, la envió y esperó el resultado. A los ocho días le devolvieron su trabajo, rechazándolo con el pretexto de encontrarlo poco esmerado. María quedó muy desanimada con este principio.

Le contó el caso a Natalia, y la rusa, después de examinar las cuartillas, dijo:

–No te debes desanimar. Ya me figuro lo que han hecho.

–¿Qué?

–Pues una cosa muy sencilla: han traducido el libro gratis.

–Pero ¿cómo?

–Facilísimamente. El que necesitaba la traducción ha enviado a siete u ocho traductores a cada uno cincuenta hojas, haciéndolos a todos la misma advertencia que a ti; luego ha copiado las traducciones, las ha devuelto, ha dicho que no le sirven, y se ha encontrado con el trabajo hecho.

–¡Será posible! ¿Y por qué te has figurado eso?

–Primero, por la forma de la proposición; no se necesitan cincuenta hojas para ver si se traduce bien o no; con dos o tres bastan; y luego, porque hay algunas cuartillas manchadas con tinta de máquina de escribir, lo que indica que las han copiado.

–Eres un Sherlock Holmes –le dijo María.

Natalia debía tener razón, y en vez de desanimar a María lo sucedido, le dio más alientos y más prudencia.

Natalia la acompañó a las casas editoriales y agencias literarias próximas al Strand. Invariablemente, un empleado torpe, que la mayoría de las veces no comprendía lo que se le hablaba, después de escuchar con un aire muy serio y pensativo, las dirigía a otro empleado, a quien le pasaba lo mismo, y así andaban de aquí allá sin adelantar nada.

Un escritor de una revista popular la dijo: «Tradúzcame usted algo español muy pintoresco y sensacional y que tenga de tres a cuatro mil palabras».

María, esperanzada, compró varios libros españoles y comenzó a traducir cuentos y trozos de novelas antiguas y modernas. Invariablemente le iban devolviendo sus traducciones, lo cual constituía para ella un gasto de sellos terrible. Una vez se le ocurrió pegar los bordes de la primera y la segunda cuartillas y enviar así cuatro o cinco trabajos. Se los devolvieron todos y vio que no habían despegado las cuartillas, lo que indicaba que no las habían leído. Decidida a sentirse enérgica, fue al editor y le dijo:

–Me hace usted trabajar inútilmente, porque en su casa no leen lo que yo les envío.

–Aquí se lee todo –contestó el editor con frialdad.

–No es cierto, porque en mis últimas traducciones mandé pegadas las cuartillas y me las han devuelto tal como las envié.

–A mí me basta leer la primera cuartilla para comprender si un trabajo es interesante o no.

El editor tenía que tener razón a todo trance, y no valía replicar. Las contestaciones de los anunciantes eran por el estilo; a veces resultaban cosas inesperadas y extrañas. Una vez leyó María un anuncio raro: se trataba de un señor que quería dar trabajo bien retribuido a muchachas jóvenes y sin familia. Enseguida de leer este anuncio escribió especificando lo que ella sabía hacer. A los dos días le contestaron diciendo que se le daría trabajo si era buena católica. Era una invitación al camino tortuoso. María no vaciló en contestar que no tenía fe. Pocos días después recibió una carta muy larga del anunciante. Firmaba un señor que pertenecía a la Compañía de Jesús. En la carta se lamentaba de que una española no fuese buena católica, y terminaba reconociendo que él favorecía exclusivamente a las personas con ideas religiosas.

Duro aprendizaje

Las gestiones diarias que iba haciendo constituían para María un duro aprendizaje; en todas partes encontraba gente áspera, malhumorada y hosca, que la trataban sin consideración alguna. Muchas veces salía a la calle con las lágrimas en los ojos. Nunca hubiera sospechado que la vida del trabajo tuviera tantas vejaciones y tanta amargura. Sin embargo, no se arrepentía. En último término, pensaba presentarse en la Embajada española a que la llevasen a Madrid, aunque fuese atada codo con codo.

Por intermedio del señor Mantz, del hotel, encontró durante unas semanas ocupación en casa de un abogado de Lincoln's Inn. Consistía este trabajo en traducir exhortos, piezas de proceso y anuncios de un idioma a otro. Generalmente eran cuestiones de ingeniería y de mecánica difíciles de comprender, que la obligaban a ir varias veces a consultar enciclopedias y diccionarios técnicos en la biblioteca del Museo Británico. Aquí pudo tener María otro campo de observación de la miseria del proletariado intelectual. El público de la biblioteca, excepto algunas mujeres elegantes que iban a leer novelas, lo formaban tipos harapientos, hombres barbudos, sucios, encorvados, mujeres marchitas, desgarbadas y tristes. Estos desdichados, alemanes rubios, todo barbas y melenas, con grandes anteojos; rusos abandonados y grasientos; italianos con traza de tenores; orientales de todas castas, hacían copias para casas editoriales y revistas, y daban lecciones a domicilio de una porción de idiomas a dos chelines por hora. Éste era el precio máximo, porque algunos daban lecciones mucho más baratas. Las mujeres habían perdido el aire femenino y no tenían coquetería alguna.

Al mes de encontrar trabajo en casa del abogado de Lincoln's Inn, María lo perdió sin que fuera suya la culpa. Había llevado al abogado una traducción del inglés al francés de un proyecto de fábrica de pastas para sopa. El hombre se puso a leerla, y de repente, de una manera brutal, exclamó:

–Esto es un disparate. Ésta no es una frase francesa.

María vio a qué se refería el abogado, y dijo estremecida:

–Perdone usted; ésa es una frase francesa.

–Yo le digo a usted que no.

–Pues yo le digo a usted que sí, y si tiene usted un diccionario de modismos, mírelo usted.

–Pues precisamente aquí lo tengo.

Cogió el diccionario, y sin duda en el momento de ir a verlo tuvo miedo de la plancha que iba a hacer, y dijo:

–Está bien; no quiero discutir –y siguió leyendo.

Al concluir preguntó María:

–¿Cuándo volveré?

–Ya le avisaré a usted –contestó el abogado, y dejó el dinero encima de la mesa.

«¡Qué gente!», murmuró Natalia cuando le contó su amiga lo sucedido. «¡Claro!, toda su cortesía la gastan con los ricos y los poderosos, y no les queda nada para los pobres.»

Como había supuesto María, el abogado no la volvió a llamar.

Un día Natalia vino con la noticia de que en casa de su patrón, el judío vendedor de cuadros, una escritora ilustre había encargado que le buscasen una secretaria.

Su dirección era un club de señoras de Piccadilly, y su nombre constaba en la tarjeta que había dejado la escritora.

Sin perder tiempo, por la tarde, María tomó el ómnibus y se plantó en el club, que se hallaba próximo a Green Park. Preguntó en la portería por la escritora y la dejaron pasar. Había en un salón unas cuantas mujeres soñolientas sentadas en butacas, fumando cigarrillos y leyendo periódicos.

En la antesala, un telégrafo iba dando al segundo noticias de las carreras de caballos que se estaban celebrando en aquel momento.

Una señora elegante, guapísima, se acercó a María.

–¿Qué caballo cree usted que ganará? –la dijo.

–No sé –contestó ella.

–Veo que no le importa a usted mucho.

–Efectivamente.

–¿No es usted inglesa?

–No, señora.

–¿Italiana quizá?

–No, española.

–¡Ah, España! ¡Hermoso país! ¿Viene usted a entrar en el club?

–¡Oh, no! –Y contó lo que pretendía.

–¡Ah! ¿De manera que está usted en mala situación? ¡Qué lástima!

En esto se acercó a ellas una mujer fea, seca, antipática, de color amarillo, con lentes, el pelo corto y los dientes largos. Era la ilustre escritora que necesitaba una secretaria. María le expuso sus pretensiones y le dijo lo que sabía hacer. La escritora escuchó distraídamente, agitando en la mano un periódico; luego, interrumpiendo a María y con una voz de cacatúa, preguntó:

–Usted es la que me recomienda Toledano, ¿verdad?

–Sí, señora.

–¿Es usted judía?

–No, señora.

–¿Qué es usted, soltera o casada?

–Soltera.

–¿Tiene usted algún amante?

–No, señora –le contestó María, azorada.

–¿No ha tenido usted nunca amantes?

–No.

–Entonces no me sirve usted –y la escritora le volvió la espalda.

María quedó sorprendida y turbada. La otra señora elegantísima, tomándole de la mano, dijo con desenfado:

–No le haga usted caso; es una vieja loca –y añadió–: si en algo puedo servir a usted, aquí tiene usted mis señas y mi nombre –y le entregó una tarjeta.

Desaliento

Salió María del club entristecida y desalentada. Entró en Green Park con intención de descansar. Hacía un día hermoso, tibio, sin sol; los bancos estaban llenos; algunos vagabundos dormían tendidos en la hierba; los soldados de casaca roja, con el pecho abombado y un látigo en la mano, paseaban con aire petulante. De Green Park entró en Saint James Park y se sentó cerca del estanque. Estuvo contemplando los pelícanos que marchaban sobre la hierba. Aquellos animales, a pesar de estar lejos de su país y de su clima, parecían felices en su esclavitud.

María pensó si su vida, si su ideal de marchar siempre en línea recta, no sería una tontería insignificante. Sentía un gran cansancio y una profunda tristeza.

Permaneció sentada mucho tiempo. Al caer de la tarde se dispuso a volver a casa. No estaba muy segura de encontrarla por entre calles, y fue a buscar el río. Atravesó Whitehall y salió al muelle, cerca del puente de Westminster. Se asomó al pretil y se apoyó en él, cansada, sintiéndose débil, incapaz de luchar.

El viento iba empujando la bruma; las torres lejanas aparecían y desaparecían al correr de las masas densas de niebla. Pasó un tren silbando y trepidando por el puente de Charing Cross. En el río, algunas lanchas bogaban deprisa impulsadas por el movimiento acompasado de los remos, y las gaviotas blancas tendían su vuelo por encima del agua.

Al descorrerse la niebla se veía la orilla izquierda con vaga claridad. María la contemplaba ensimismada, sin pensamiento, dominada por una laxitud profunda. Se divisaba un bosque de chimeneas, una confusión de grúas, de pilas altas de madera, de carteles, de grandes cadenas, de casetas con las paredes de cristal. Las grúas movían gravemente sus altos brazos, las chimeneas lanzaban al aire su humo negro, y salía de aquella aglomeración de fábricas y de talleres una sinfonía de martillazos, cuando no un silbido o el tañer de una campana.

María pensó en su padre y en Venancio, en la vida tranquila y alegre que había llevado en Madrid, y al verse allí abandonada y sola sintió ganas de llorar. Pensativa, miraba el río, cuando uno de la policía se acercó a ver lo que estaba haciendo, y espantada, pensando en que la podían detener, siguió adelante...

Un sol pálido iluminaba la orilla opuesta y se reflejaba temblando en el río. A la luz cobriza del anochecer se destacaban una porción de cosas confusas: grupos de barracas negras y de casas viejas ahumadas, letreros, enseñas, almacenes, altas chimeneas..., una grúa trabajaba todavía; un cristal centelleaba y un león negro de la muestra de una fábrica se destacaba sobre un tejado...

Un instante después, la superficie del Támesis enrojecía y tomaba un tinte de escarlata. Comenzaron a brillar luces eléctricas, primero tenues, luego más fuertes, a medida que iba oscureciendo. Sonaron aquí y allá el toque de campanas y cornetas que anunciaba el paro de la labor diaria, y sólo turbó la paz del crepúsculo el silbido lejano de las locomotoras. La gran ciudad trabajadora se preparaba a descansar de las fatigas del día. Cruzó María por debajo del puente de Charing Cross. Iba ensimismada, y el ruido de un tren que comenzó a pasar por encima haciendo retemblar todo el hierro del viaducto la hizo estremecerse.

Cuando llegó cerca del puente de Waterloo, la niebla espesa se tendía sobre el río, las grandes chimeneas, las altas grúas de la orilla del trabajo dormían en la oscuridad, y en todo lo largo del muelle de la orilla izquierda, de la orilla rica, comenzaba a resplandecer una estela brillante, una línea luminosa de grandes focos eléctricos que palpitaban flotando en medio de la bruma, entre el cielo y la tierra, y se reflejaban temblando en el agua.

Sintió María de nuevo una congoja, la impresión del abandono y de la soledad, una inmensa laxitud, un deseo de renunciar a la lucha, y luego, haciendo un esfuerzo sobre sí misma, se tranquilizó y corrió hacia su casa.

III
El anarquista Baltasar

María quería hacer toda clase de tentativas antes de ir a recoger las doscientas libras depositadas por su madrastra en casa de un banquero americano.

Iturrioz le prestó algún dinero, pero tan poco, que se acabó enseguida.

Natalia andaba también mal de fondos; hubo día en que después de pagar los diez chelines de la casa se quedaron las dos sin un céntimo. Habían comprado una caja grande de avena prensada, y durante algún tiempo comieron sólo avena con leche. Natalia daba casi toda su ración a su hija, y la pequeña Macha engordaba y su madre enflaquecía.

Concluyeron con la avena, y como no se presentaba ningún trabajo, María pensó, teniendo en cuenta, más que a ella misma, a Natalia y a su hija, que debía ir en busca de las doscientas libras de su madrastra. Por la tarde tomó un coche, fue a la casa de banca y se la encontró cerrada. Era sábado y María no había tenido en cuenta que este día se cierran los despachos a las dos de la tarde.

Volvió a casa desde la City andando. Natalia, al oírla llegar, le salió al encuentro. No había qué comer. Con un par de chelines hubieran podido tomar el tren y marchar a casa de Wanda, pero no tenían ni un céntimo.

María se acordó del ofrecimiento del anarquista Baltasar, buscó su carta entre los papeles y la encontró. Traía las señas. Vivía hacia el norte de Islington. Miraron la calle en un plano, y estaba muy lejos.

«De todas maneras iremos», dijo Natalia, y llamó a la señora Padmore, como solía hacer otras veces cuando se marchaba de casa, y le encargó que cuidara de su niña.

Mientras tanto, María, registrando su mesa, encontró un papel de sellos, y pensó en venderlos. Los metió en el portamonedas, y al pasar por una oficina de Correos, entró, se acercó a la ventanilla y preguntó a un empleado si le podrían dar el valor de los sellos. El empleado, murmurando algo entre dientes, dejó en la taquilla un chelín y unas monedas de cobre. María, muy avergonzada, tomó el dinero y salió a la calle.

Se enteraron de lo que costaba el ómnibus hasta el barrio del anarquista, y como les sobraban algunos peniques, entraron en una pastelería y tomaron dos pasteles cada una y un poco de té.

El ómnibus, desde Tottenham Court Road, las llevó más allá de una encrucijada llamada El Ángel, y el cobrador les indicó por dónde tenían que tomar para encontrar la calle que buscaban. Era una callejuela muy estrecha y negra esta del norte de Islington donde vivía el anarquista. Dieron con ella, buscaron el número, lo encontraron y se detuvieron delante de una casa pequeña. En la puerta, escrito en una placa de cobre, se leía: E. BALTASAR. MECÁNICO.

Debajo había un botón de un timbre. Llamaron, y, al cabo de bastante tiempo, de una tienda contigua salió un hombre sin chaqueta que les preguntó en inglés qué querían.

–¿Está el señor Baltasar? –preguntó María.

–No sé. Voy a ver.

–Somos compañeras que quieren hablarle –dijo Natalia.

–Esperad un momento.

–¡Ah! Pero ¿tú eres anarquista? –le dijo María a Natalia riendo.

–Yo sí –contestó la rusa con decisión.

El hombre de la tienda desapareció y se presentó al poco rato en la puerta y las hizo pasar a un estrecho portal. Luego se asomó al hueco de una escalera empinada, y gritó:

–¡Baltasar, aquí te buscan...! Subid, compañeras.

Subieron las dos la escalera oscura, cuyos peldaños crujían al apoyar el pie, y al final se presentó ante sus ojos una cabeza sombría, dantesca, de barbas negras y mirada brillante. Era Baltasar.

–Mi amiga María Aracil –dijo Natalia, sin dar tiempo a que el hombre hiciese ninguna pregunta–. Yo soy rusa.

–¡Ah! ¿Es usted María Aracil? –exclamó Baltasar en castellano–. ¡Salud, compañera! Sean ustedes las dos muy bien venidas –y les estrechó la mano fuertemente y las invitó a sentarse.

El anarquista separó de la mesa un caldero relleno de pez roja sobre el cual repujaba a martillo una bandeja de plata.

–Siga usted trabajando –le dijo Natalia.

–Bueno; entonces un minuto.

El hombre tomó un martillo pequeño y con un hierro hizo destacarse un detalle que estaba repujando.

–Ahora ya lo dejo –añadió después.

Se pusieron a hablar. El anarquista había leído la narración de la fuga de María y de su padre, e hizo una serie de preguntas acerca del viaje.

Natalia, mientras tanto, miraba sin hablar. El cuarto era largo y bajo de techo; tenía una ancha ventana de guillotina, pero resultaba oscuro. En la pared había estantes llenos de libros, una chimenea tapada con una tabla para que no entrara el viento, y varias perchas. Cerca de la ventana, en una mesa grande, se veían aparatos de mecánico, tornillos, ruedas, una palangana, un cuello postizo y un sombrero. Completaban el mueblaje una cama grande, una cuna, y en un rincón una bicicleta con los radios doblados.

En aquel agujero se desenvolvía la vida del anarquista; aquélla debía ser toda su casa.

Baltasar era un tipo de pirata mediterráneo, moreno, bajo, rechoncho, de cabeza enorme; tenía algo de monstruo, la nariz ganchuda, el entrecejo saliente, una verdadera testuz de animal que embiste; la mirada irónica, sombría y brillante; el pelo negro y áspero como la crin, con mechones blancos; el color cetrino y la sonrisa amarga.

El anarquista iba vestido como un obrero; por entre su chaqueta se veía una camisa remendada; de cuando en cuando agarraba el brazo del sillón donde estaba sentado con su mano velluda y fuerte.

Sin fe

Después de charlar con María en castellano, Baltasar habló con Natalia en inglés de la revolución rusa. Natalia esperaba algo así como el santo advenimiento de la revolución. Baltasar dudaba. El ambiente de Londres había calmado los ardores revolucionarios del anarquista, transformándole en un escéptico.

–¡En Rusia hay tanta gente que no sabe leer! –decía Baltasar–. Eso es lo malo. Mientras el pueblo permanezca ignorante, toda la revolución tiene que ser estéril.

–Hay que enseñarles; educar a los aldeanos –replicó Natalia–. Eso es lo que deben hacer ustedes.

–¿Nosotros? No, nosotros no podemos ser maestros –murmuró Baltasar en voz baja–; somos sectarios, podemos hacer propaganda, pero nada más.

Se notaba en el anarquista su escepticismo y su desilusión. Probablemente estaba más desengañado aún de lo que aparentaba, pero escondía su desengaño como una vergüenza. En realidad, era triste sacrificar la vida trabajando por el despertar del pueblo para comprender, al cabo de muchos años, que el esfuerzo hecho no servía de nada, y que todas las andanzas habían sido carreras detrás de una sombra.

–Y a Vladimir Obolensky, ¿le conoce usted? –le preguntó María.

–A Vladimir, sí. Es hombre de talento –contestó el anarquista fríamente.

Después de hablar de Vladimir, Baltasar preguntó a María con franqueza el objeto de su visita, y ella, un tanto azorada, explicó la situación en que se encontraba, la marcha de su padre y las gestiones para buscar trabajo. Baltasar escuchó con gran atención, y luego dijo:

–Yo no conozco gente de importancia. Como comprenderán ustedes, mi nombre no puede ser una recomendación muy eficaz. Lo único que podría hacer en su obsequio es recomendarles a un amigo mío, Jonás Pinhas, que es un judío rico que tiene una tiendecilla en el barrio de Soho, cerca de donde ustedes me han dicho que viven. A su casa podrían ustedes ir a comer sin escrúpulo alguno. Si quieren, le escribiré unas letras.

–¡Oh! Muchas gracias. Pero ¿no será molesto para él? –preguntó María.

–Si lo fuera no les recomendaría a ustedes. Tengo la seguridad de que no.

–Si es así...

Baltasar escribió la carta rápidamente en una cuartilla, y como no tenía sobre se la dio doblada a María. Luego abrió el cajón de su mesa y anduvo registrando hasta que encontró algo.

–No se ofenderán ustedes –les dijo, y alargó media libra–. Es lo único que tengo ahora.

–Pero ¿y usted?

–¡Oh, yo no necesito nada! Mi amigo el de la tienda de abajo no me abandona por eso.

—Muchas gracias. Muchísimas gracias —dijeron Natalia y María al mismo tiempo.

—De nada. Si necesito algún dinero y ustedes lo tienen, ya me lo darán también. —Y el anarquista se echó a reír con una risa ingenua—. ¡Vaya, salud, salud! —Y estrechándoles la mano, las acompañó hasta la escalera y se volvió a su rincón.

Cuando estaban en el portal oyeron el ruido del martillo del anarquista. El repujador comenzaba de nuevo su trabajo.

—¡Qué tipo! —exclamó María—. Al principio da miedo, ¿verdad?

—Sí.

—Y, sin embargo, tienen algo de santos estos hombres.

—No, los santos eran más egoístas —replicó Natalia—; aquéllos esperaban algo y éstos no esperan nada.

—Sí —añadió María—. Éste no tiene fe. Se ve que está desengañado.

Salieron de nuevo las dos amigas al Ángel, pero los ómnibus venían atestados y tuvieron que seguir el camino a pie.

Se había hecho ya de noche. La torre gótica de la estación de King Cross se destacaba en el cielo rosáceo. Brillaba la esfera de su gran reloj con una luna azulada, pálida y triste. Por aquellas calles hormigueaba la multitud; obreros y chiquillos correteaban por las aceras, y algunos borrachos pasaban solos perorando. En Euston Road, una calle ancha y larga, delante de un teatro, una masa compacta de obreros y de gente pobre esperaba que comenzase la función.

IV
Extraordinaria filosofía de un peluquero

El señor Jonás Pinhas, a quien Baltasar había recomendado a las dos amigas, era el dueño de una tienda de Old Compton Street, antigua calle del popular barrio de Soho, barrio de artistas, de anarquistas y de petardistas.

Se hallaba la tienda del señor Jonás en una casa pequeña y negra, entre una peluquería y una librería de viejo que era al mismo tiempo almacén de antigüedades.

La tienda del señor Jonás se llamaba Los Tres Peces, título perfectamente justificado y explicado sólo con echar un vistazo sobre la portada, pues por encima del escaparate y a los lados de la muestra colgaban tres peces de hoja de lata. Es verdad que los tres estaban tan descoloridos y oscuros que parecían peces vestidos de invierno, pero no dejaban por eso de tener el honor de pertenecer a la ictiología artificial. El pez del centro de la tienda era un acantopterigio, grande, con escamas, y danzaba en el extremo de una caña de pescar; los de los lados, más pequeños y de inferior categoría zoológica, colgaban de unas sombrillas en otro tiempo rojas y convertidas por las lluvias y las inclemencias de la atmósfera en unos paraguas desteñidos.

El escaparate de Los Tres Peces se hallaba totalmente ocupado por un acuárium, en donde los anfibios, los reptiles, los peces de colores, las algas, las conchas, y hasta un molino de juguete, andaban a sus anchas. A los lados de la puerta, en pequeños estantes, se exponían útiles de pesca: cañas de todas clases, anzuelos, redes, moscas de color para las truchas y demás pérfidos artefactos reunidos y catalogados en un libro. Se vendían también, o por lo menos se exhibían, peces estrafalarios, anfibios y reptiles, también estrafalarios, convenientemente disecados. En la tienda del señor Jonás no se encontraba nada que no tuviera alguna relación con el agua.

Si era interesante el escaparate de Los Tres Peces, el de la peluquería próxima le aventajaba en mucho. Peluquería de Europa se llamaba, y era ciertamente digna de nuestro continente. ¡Qué escaparate el suyo! ¡Qué obra maestra! A un lado y a otro dos cabezas de cera, una de hombre y otra de mujer, las dos con pelo de persona y ojos de cristal, contemplaban al transeúnte. No se sabía cuál de las dos era más pintoresca; si se estimaba que la mujer miraba con unos ojillos nublados y lacrimosos, podía creerse que su figura batía el récord de lo desagradable; pero si se tenía en cuenta la sonrisa del hombre, estereotipada en los labios, como se dice en los folletines, entonces no se podía llegar a una solución satisfactoria, y la más horrible duda asaltaba al menos vacilante de los espectadores.

El peluquero en cuestión, no contento con esto y con decir en un cartel que no había en el continente ni en el Reino Unido un aceite como el suyo, de artemisa y de racagut, para hacer nacer el pelo hasta en la palma de la mano, había puesto en medio de su escaparate un cuadro de fotografías de monstruos presididos por el retrato de la reina Victoria.

Quizá no estuviese muy satisfecha la difunta graciosa majestad en su morada del empíreo al ver su vera efigie en medio de esta academia de fenómenos; pero ningún inglés de la libre Inglaterra podía encontrar censurable que un peluquero, llevado por su imaginación volcánica, encerrara en el mismo corazón y en el mismo marco sus entusiasmos por la reina y su admiración por los casos teratológicos más notables del mundo.

Entre estos apreciables monstruos se distinguían algunos casi grotescos, otros eran solamente repulsivos, y algunos participaban de ambas cualidades. Como más notables, podían señalarse: un chino de tres piernas; una mujer de largas barbas, vestida con cierta coquetería, lazo en el cuello y abanico en la mano; un niño salvaje cubierto de pelo; un gigante vestido de soldado con la cabeza muy pequeña; dos recién nacidos unidos por la cadera; dos monstruos de gordura unidos por el matrimonio; un cretino de mandíbula simiesca, y un hombre-esqueleto con las piernas torcidas y el aire impertinente. Debajo, abarcando todas aquellas figuras, el peluquero, sintiéndose filósofo, había escrito, no con tinta, ni siquiera con sangre, sino con letras hechas con pelo de persona, esta sentencia, digna por muchos conceptos de la antigüedad clásica: «El hombre marcha hacia la tumba, dejando tras sí sus engañosas ilusiones».

¡Terrible filósofo y terrible sentencia! ¡Extraordinario peluquero aquel peluquero de Old Compton Street!

Jonás Pinhas nunca llegó a remontarse a las alturas filosóficas de su vecino el peluquero; más modesto en sus ambiciones, se permitía únicamente alguna broma ingenua con su nombre de Jonás y su tienda de peces. Suponía Pinhas que el destino vengaba la voracidad de la ballena bíblica llamándole a él Jonás y haciéndole vendedor de anzuelos y de cañas de pescar, idea antropocéntrica que hubiera merecido el desdén de un filósofo y la sonrisa burlona del más insignificante de los zoólogos, al ver que el hombre del acuárium introducía fraudulentamente un cetáceo en la respetable clase de los peces.

El señor Jonás y Los Tres Peces

Natalia y María fueron al día siguiente de visitar a Baltasar, el anarquista, a casa de Jonás. Era el dueño de Los Tres Peces un viejo chiquito con barbas de apóstol, ojos azules claros y sonrientes y manera de hablar lenta y reposada. Llevaba un balandrán remendado negro, una pelliza rojiza en el cuello y un casquete en la cabeza.

Leyó la carta del anarquista, sonrió, y dijo:

–¡Ah, muy bien, muy bien! ¿De manera que tú te has escapado de España? ¡Bravo, chiquilla! Y ésta es rusa... ¡Por el bastón de Jacob! Me alegro, me alegro mucho... ¡Ay mi pierna!

–¿Qué le pasa a usted? –le preguntó María.

–Esta pierna –murmuró el vejete–. El reuma, la vejez... Estos huesos míos están ya carcomidos... ¡Bah, ya pasó...! Pues me alegro mucho de veros... ¡Ya lo creo...! Yo también procedo de España... Pinhas, ahora que mi apellido dicen que era Peña... Pasad, pasad por aquí... ¡Ay...!, otra vez la pierna.

Andaba el viejo renqueando y se quejaba a cada paso. Entraron las dos en la trastienda, cuarto bajo y oscuro, de cuyo techo colgaba un caimán disecado que destilaba la paja con que estaba relleno.

Las paredes se hallaban adornadas con viejas estampas. Explicándolas, Jonás se reía a carcajadas. Una de las que más gracia le hacían era la caricatura célebre de Cruikshanck, que es una comparación, sin duda un poco parcial, entre la vida de Francia y la de Inglaterra. A la izquierda de la estampa pone: FELICIDAD FRANCESA, y unos cuantos franceses desharrapados, flacos, jorobados, sin pantorrillas y con unas escarapelas en el sombrero, se están disputando una rana; a la derecha está escrito: MISERIA INGLESA, y cuatro ingleses rollizos sentados a una mesa comen hasta hartarse; a sus pies un gato y un perro están inmóviles de puro gordos.

De este cuarto, adornado con estampas y con el caimán disecado, corría un pasillo, y por él desapareció el viejo Jonás; luego volvió y dijo:

–Ya he encargado que pongan un postre. ¿A qué hora vendréis?

–Cuando usted diga –contestó María.

–¿A las siete os parece buena hora?

–Sí, muy bien.

–Pues ya sabéis que os espero.

Por la tarde, al anochecer, María y Natalia, con la niña, se presentaron en la tienda de Pinhas. Pasaron a la trastienda. Una gran lámpara iluminaba el cuarto; la mesa estaba cubierta con un mantel blanco; los cubiertos gruesos de plata y los vasos resplandecían, y el caimán se balanceaba junto al techo, sonriendo irónicamente a los mortales.

Se sentaron a la mesa, y una criada vieja, de tez oscura y nariz de pico de cuervo, sirvió la comida.

Mientras comían, el patriarca de Los Tres Peces charló por los codos; nacido en aquella misma casa, nunca había salido de Londres, y, sin embargo, sentía la nostalgia de ver países meridionales, sin comprender que no existía ningún país meridional tan interesante como el barrio de Soho.

Hablaba el señor Jonás, además del inglés, el francés, el alemán y el español; había aprendido estos idiomas con los comerciantes extranjeros de la misma calle.

El viejo judío se las echaba también de revolucionario, y recordaba que en su juventud tuvo la audacia de entrar una vez en una taberna de Whitechapel llamada El Águila. En esta taberna, en la sala de los proscriptos, se habían preparado varios regicidios. El amo de Los Tres Peces sólo pensándolo se estremecía. La pequeña Macha debió de notar que aquel patriarca era un buen sujeto, porque sin ceremonia alguna se le subió a las piernas y le tiró de las barbas; luego quiso probar qué clase de individuo colgaba del techo, y exigió que la levantasen en brazos, y sintió una gran satisfacción al tocar al caimán, que así como de mala gana, comenzó a balancearse de un lado a otro y a arrojar un poco de paja por sus heridas.

Después, el señor Jonás, con la niña en los brazos, recordó con gran respeto al viejo Disraeli, que había estado dos veces en su tienda y que hablaba muy bien el castellano.

La rana sabia

Al terminar la comida, el dueño de Los Tres Peces dijo:

–¿No tenéis nada que hacer?

–No, nada.

–Entonces os voy a enseñar a la señorita Frog.

–¿Dónde está esa señorita? –dijeron ellas, mirando a un lado y a otro.

El señor Jonás tomó la lámpara, salió a la tienda, llevando de la mano a Macha, y, seguido de María y de Natalia, se acercó a su acuárium, dio dos o tres golpecitos en él, y poco después, por un agujero, salió una rana verde que miró descaradamente a todos.

El señor Jonás la tomó en la mano, la acarició y la hizo saltar y zambullirse.

–En invierno se acerca a la estufa –dijo.

–¿De veras?

–Sí, y se ha hecho amiga del gato para calentarse junto a él. Ya veréis.

El señor Jonás tomó la rana en la mano y la puso entre las patas de un gato blanco y viejo. El gato olió a la rana distraídamente y no la hizo nada.

Macha había presenciado estas maniobras con profunda admiración. El viejo Jonás reía a carcajadas. Cuando concluyó su experiencia, dejó la rana, que se metió en su agujero, y dijo:

–Hasta mañana, señorita Frog. ¡Buenas noches! –luego añadió–: Si viniera aquí un francés no se la enseñaría.

–¿Y por qué no?

–Porque se la querría comer.

El señor Jonás creía, o aparentaba creer, que los franceses eran como los dibujados en la caricatura de Cruikshanck, flacos, sin pantorrillas, con los hombros más altos que las orejas, y partidarios acérrimos de comer ranas.

Eran las diez y media, y hora ya de marcharse.

–¡Por el bastón de Jacob! –exclamó el señor Jonás–; se me han pasado las horas sin sentirlo. Mañana vendréis, ¿verdad?

–Sí –dijeron las dos.

–Pues entonces, hasta mañana.

V
Alrededores de Covent Garden

El barrio donde vivían María y Natalia era un barrio ocupado en gran parte por almacenes de frutas, hortalizas y flores, y habitado por gente pobre. Lo formaban calles angostas, con casas de ladrillo, pequeñas, sin alero, con muchas ventanas simétricas. El suelo de aquellas calles estaba siempre húmedo. Por las mañanas, filas de carros y de camiones cargados hasta arriba interceptaban el paso. Estos carros grandes, con llantas de hierro, hacían al pasar más ruido que un furgón de artillería.

Un paseo por el barrio era muy interesante. En el fondo de los callejones y de los patios sombríos se veían las paredes de los almacenes negros con sus grandes poleas y cadenas. Por detrás de una tapia salía el ruido sordo de una máquina, el silbido de una caldera de vapor o el golpe acompasado de un martillo.

Había por todo el barrio tabernuchas como cuevas, negras, oscuras, cuyos cristales, empañados por el polvo y el humo, no permitían ver el interior.

En este barrio, próximo al mercado de Covent Garden, se trabajaba casi siempre con luz artificial; por las ventanas de las bodegas y subterráneos, a través de una tela metálica, se veía con vaguedad gente que andaba trajinando con fardos y cajas a la luz del gas.

Salía de estos agujeros una gran diversidad de olores agrios, más punzantes en la atmósfera densa y húmeda; los plátanos descompuestos exhalaban un tufo como de cosmético; las naranjas fermentadas despedían un olor avinagrado de éter.

Al mediodía, cuando cesaba el trabajo en el mercado, el suelo de las callejuelas adyacentes quedaba lleno de montones de papel, de residuos de frutas y de barro. Las mujeres salían de los estrechos portales a comprar en las tabernas patatas fritas, macarrones y cerveza.

En estas tardes de verano londinense, de larguísimos crepúsculos, en los cuales el día se disuelve lentamente en la oscuridad, acudían a aquellas callejas una porción de histriones populares que cantaban y bailaban al son de un organillo; algunos vestían de payaso; otros, de mujer, iban bárbaramente caricaturizados con la cara roja por el colorete, un sombrero destrozado y una sombrilla en la mano, y no faltaban los *clowns* envueltos en un traje de grandes cuadros multicolores.

Al mismo tiempo que estos excéntricos de importación americana, solían ir con frecuencia organilleros italianos, sucios, morenos, con la melena larga y negra, acompañados de mujeres con traje de su país.

Llenaban la calle con las notas de canciones napolitanas, *Santa Lucía* y *Funiculí-Funiculá*. Aquellas callejuelas eran constante exhibición de vagabundos; uno que llevaba un bombo a la espalda y que lo tocaba al mismo tiempo que el acordeón y los platillos, aterraba a la niña de Natalia. Era, ciertamente, un tipo siniestro: torcido por el peso del bombo, con dos o tres pañuelos despedazados en el cuello, el traje humedecido, los tufos negros por debajo del sombrero y la mirada inquieta y sombría.

Los hombres y los chicos

Al anochecer, estas calles próximas al mercado de Covent Garden se animaban; de los portales salían mujeres gordas, jovencitas cubiertas de harapos y una nube de chiquillos andrajosos. Estos chiquillos no tenían el aire ligero y alegre de los chiquillos pobres de España; eran sucios, tristes; las chicas parecían aplastadas por una boina grande de punto; los chicos, huraños y quietos, apenas jugaban.

Pero entre los chicos poltrones había otros que a Natalia y a María les daban mucho que hablar. Eran granujas pequeñuelos, feos, atrevidos, con cierto aire de *clown;* iban con las manos metidas en los bolsillos, con un andar de hombres, haciendo fechorías por donde pasaban y hablando con una cómica desenvoltura. El aprendizaje en la vida de estos chiquillos debía de ser terrible.

En las proximidades del mercado, como barcas ya inservibles cerca del puerto, se agrupaban hombres sin trabajo, viejos encorvados, entontecidos, agotados por la vida y por el alcohol, el traje azul sucio, las manos metidas en el bolsillo del pantalón y la pipa en la boca.

277

Durante algunas horas, estos hombres aguardaban con la vaga esperanza de encontrar trabajo; luego, cuando la esperanza resultaba fallida, se iban refugiando en un rincón, en la reja, en el quicio de una puerta en compañía de algún vagabundo profesional de nariz roja, barbas rubias, sombrero destrozado y gabán de color tornasol.

Luego de estas callejuelas pobres, misérrimas, sin transición apenas, se encontraba el paseante en un calle rica, por donde transitaba gente bien vestida, ágil y fuerte, y daba la impresión de que se pasaba de una ciudad a otra, como en esos pueblos moros formados por dos o tres barrios de distintas razas.

La niebla

Llegó octubre, y comenzó el mal tiempo. A medida que avanzaba el otoño, las lluvias y las nieblas producían un ambiente pesado y sofocante.

En algunos días la niebla era negra, y daba la apariencia de noche oscura a las primeras horas de la tarde; en otros tomaba un color amarillo de barro, y se espesaba de tal modo, que no lo atravesaba la luz de los más poderosos reflectores. Los faroles se encendían en la calle a eso de las tres de la tarde, pero cuando se presentaban las nieblas densas y solemnes, comenzaba el alumbrado a brillar desde por la mañana. Entre la bruma espesa que parecía sólida, los focos eléctricos nadaban como una nebulosa y daban un resplandor azulado, mientras que los mecheros de gas producían una mancha roja, temblona, como si fuese de sangre, en medio de la cortina amarillenta que empañaba la atmósfera. En la casa vivían el día entero con luz; a María le daba la impresión de estar dentro de un túnel.

A veces la niebla negra se cernía a la altura de un segundo piso, y la calle, con las luces encendidas, daba la impresión de la noche. Cuando ese cielo bajaba ya no se veía nada.

En las aceras se tropezaba con los transeúntes. Los coches y los caballos surgían de pronto en medio de la oscuridad, y los faroles de los ómnibus parecían pupilas inyectadas de monstruos moviéndose en las tinieblas; alguna que otra vez se veía pasar un coche con un policía de pie en el pescante, que agitaba una antorcha en el aire, lo que daba al espectáculo un aspecto fantástico.

María y Natalia fueron dos o tres días casi a tientas a Los Tres Peces; el miedo grande era cuando atravesaban Charing Cross Road, porque muchas veces los coches y los ómnibus formaban un trenzado y hasta se metían en las aceras.

Sólo Iturrioz las visitaba; por ellas conoció al señor Jonás, y se hizo muy amigo suyo. Iturrioz, decidido a encontrarlo todo bien, decía que las nieblas eran una cosa muy divertida y que las encontraba más agradables que los días de sol.

Donde las masas de bruma producían efectos extraordinarios era en el campo; un día estuvieron en casa de Wanda, y Natalia y María quedaron admiradas de las fantasmagorías de la niebla entre los árboles. Allí, además, era blancoazulada, y tomaba mil formas diversas. Tan pronto quedaba a ras del suelo y parecía un mar blanco, en donde las copas de los árboles eran peñas, como formaba montes de algodón y palacios fantásticos.

En cambio, en el barrio donde habitaban, la combinación de la niebla y del humo era horrible y malsana; la calle estaba siempre sucia, mojada, pringosa. Muchas veces esta niebla olía mal, a hidrógeno sulfurado, y parecía que se habían reventado todas las alcantarillas del pueblo.

Desde fuera, en el interior de las casas, por las ventanas se veían los cuartos sucios, abandonados, al borde mismo de la calle, abiertos para ser ventilados, y en donde entraban la humedad y el frío. Cerca de la casa de María y de Natalia, unos mendigos solían esperar en fila, arrimados a una tapia, el momento de entrar en un asilo; algunas viejas salían de la taberna e iban borrachas apoyándose en las paredes; otras, envueltas en mantones raídos, de cuadros blancos y negros, o en toquillas rotas, con viejos sombreros enormes comprados en cualquier trapería, charlaban en las aceras aguantando la lluvia.

En un soportal de la plaza de Covent Garden, unas cuantas mujeres sentadas en el suelo envolvían frutas en papeles de color y las ponían en cajas.

Por todo el barrio, en las casas y en las tabernas, se oían riñas y disputas. Los hombres pegaban a las mujeres y a los chicos con una brutalidad terrible. Era triste ver en medio de esta civilización tan perfecta en tantas otras cosas, que se maltrataba a los niños como en ningún pueblo del mundo.

Los sábados, los hombres se metían en los bares y no salían hasta que los echaban. Algunas veces se descolgaban por aquellos rincones hombres y mujeres del Ejército de Salvación, discurseaban a los borrachos, cuando no les obsequiaban con notas de clarinete y de cornetín de pistón. Los hombres escuchaban sin poder sostenerse en pie las insulsas pláticas de los salvacionistas; otros se reían, cuando no comenzaban, enfurecidos, a repartir puñetazos a diestro y siniestro, a vociferar y a desafiar a todo el mundo...

Tras de los días de niebla hubo noches serenas y frías, con el cielo despejado y sin nubes, en que las estrellas parpadeaban desesperadamente como si se estuvieran helando en aquellas alturas. Por el día brillaba algún pálido rayo de sol, y la gente, en las calles, parecía formar una comparsa de narices rojas y caras inyectadas...

VI
Dickson, Mantz y Compañía

A principios de invierno, el señor Mantz, formando compañía con un tal Dickson, se estableció en la City y avisó a María Aracil por si quería ir de empleada. Aceptó ella con entusiasmo, y entró con un sueldo de ciento cincuenta francos al mes en la casa de comisión Dickson y Mantz, de Mincing Lane.

Mincing Lane es una callejuela de la City que tiene la especialidad de comerciar con géneros coloniales, té, café, azúcar, frutas secas y drogas.

En Londres subsisten calles con su especialidad correspondiente. Las antiguas calles han dejado su especialidad, y como recuerdo de ésta no queda más que el nombre indicando el comercio a que se dedicaban; así, se ven la calle del Pan, de la Cerveza, de la Plata, del Oro, de la Miel; pero ni la del Pan vende hoy sólo pan, ni la de la Miel este dulce producto.

Actualmente, sin indicarlo en el nombre, las calles tienen también su especialidad, que se conserva con ese tesón con que los ingleses guardan sus costumbres. Así, Lombard Street es la calle de los banqueros; Fleet Street, de los periódicos; Paternoster Row, de los libros de piedad; Mark Lane, del trigo; Botolph Lane, de las naranjas; Pudding Lane, de los frutos frescos; la orilla de Southwark, de los almacenes de patatas; Upper Thames Street, de los mármoles, piedras y cementos y de los almacenes de hierro y de cobre; Clerkenwell, de las relojerías y platerías; Coleman Street, de la lana; Spitafields, de las sederías; Houndsditch, de las ropas viejas; New Road, de los trabajos en cinc; Lower Thames Street, de los grandes almacenes de carbón y de la construcción de barcos.

Como estas calles, hay otras muchas que se dedican casi exclusivamente a una clase de comercio.

En Mincing Lane no se compran ni se venden más que colonia-

les, té, café, azúcar, cacao y productos exóticos de las colonias inglesas, especias de las islas Célebes, de las Molucas y de la Malasia; el
eucalipto, la ipecacuana, el acíbar, la cochinilla, el índigo, la zarzapa-
rrilla de la Jamaica. Cualquier comerciante que pusiera allí una sas-
trería o una tienda de quesos pasaría ante el mundo comercial por un
loco. Cada rama de comercio tiene en esta calle su lonja especial, y
en Mincing Lane hay, además del mercado de drogas, el del té y el
de las plumas de avestruz.

Hunter-House

La casa en donde se encontraba el despacho de Dickson, Mantz
y Compañía era enorme, sin viviendas, de arriba abajo dedicada al
culto de Mercurio, que los griegos con su perspicacia adjudicaron a
medias entre los ladrones y los comerciantes. El edificio se llamaba
Hunter-House, y en él no vivía nadie.

En la casa había un gran número de escaleras y de ascensores, y
en cada piso se contaban diez o doce despachos. Al comienzo de los
corredores se leían los nombres de todos los comerciantes estableci-
dos en los despachos de cada pasillo.

El día que llegó María a la casa se perdió y tuvo que preguntar
varias veces hasta dar con las oficinas de Dickson y Mantz.

Al abrir la puerta del despacho se encontró con que los empleados estaban ya trabajando. La recibió un hombre de unos cuarenta
años, alto, rubio, impasible, que le dijo:

–Se ha retrasado usted cinco minutos.

–Sí, es verdad; me he confundido y he andado perdida por los
pasillos de la casa.

–Está bien; éste es su puesto. Si no ha traído usted mangas para
escribir, aquí tiene usted unas.

Se sentó donde le indicaron, delante de una mesa ocupada por
una máquina de escribir, y señalando unas cuantas cartas manuscri-
tas, preguntó:

–¿Es esto lo que hay que copiar?

–Sí.

–¿Y el señor Mantz?

–No vendrá más que por la tarde. ¿Tiene usted algo que decirle?

–No, nada.

Comenzó a copiar las cartas en la máquina, teniendo cuidado de no equivocarse. La mayoría de las cartas eran de pocas líneas, y tardó poco en copiarlas.

–¿Ha acabado usted ya? –le preguntó un joven muy elegante.

–Sí.

El joven tomó las cartas copiadas y las llevó a la firma. María descansó un momento.

El cuarto donde estaba era una sala larga, con dos grandes ventanas de guillotina, cada una de cuatro cristales y los dos bajos esmerilados. Delante de las ventanas, sentados en bancos altos, escribían tres jóvenes. Apartados de ellos, en otra mesa, un señor viejo, calvo y de bigote corto, y una muchacha pálida, con anteojos de plata, iban haciendo cuentas. En dos armarios arrimados a la pared se veían cajas de todas clases, drogas, frascos y botes de conserva. Extendidas en tableros había también pieles de mono con sus precios correspondientes, y un colmillo de elefante.

La otra sala era del director, y en ella brillaba el fuego de una chimenea de carbón de piedra. Esta diferencia entre los dependientes, que, sin duda, no tenían derecho a sentir el frío, y el principal, indignó a María, pero se guardó muy bien de expresar su indignación.

A la hora del almuerzo, María preguntó a la muchacha de los anteojos de plata en dónde almorzaba, pero la otra se le quedó mirando con una expresión de asombro y de estupidez tan grandes, que María no quiso preguntarle nada más. Uno de los jóvenes empleados le dijo que si quería le acompañaría a su restaurante, pero por si acaso esto era considerado como impropio, ella dio las gracias y dijo que no.

Salió a la calle, entró en una pastelería y volvió enseguida a la oficina. Viéndolo vacío, se metió en el cuarto del director; poco después entró un chiquillo con un uniforme lleno de botones, se sentó cerca de la chimenea y habló con María. Ella le dio un trozo de pastel y se hicieron amigos.

Los tejados

Desde la ventana del cuarto del director se veía un gran panorama formado por casas negras, tejados negros, torres, cornisas, grandes veletas, letreros dorados, y un entrecruzamiento de hilos de telégrafos y de teléfonos bastante tupido para oscurecer un día claro y convertir en crepuscular una tarde como aquélla, oscura y de cielo ceniciento.

Sobre una torre se destacaba un gallo negro subido encima de una bola, un gallo petulante y orgulloso, con el pico tan abierto que la abertura de la boca le llegaba hasta los ojos. Aquel gallo descarado parecía reírse a carcajadas desde su altura al ver un mundo tan lleno de complicaciones como el que se desarrollaba a sus pies.

Todo este panorama de tejados daba una impresión de grandeza y de melancolía. De cuando en cuando se aclaraba el cielo y luego comenzaba a llover y se oía el ruido del agua que caía de los canalones. Transcurrida la hora del almuerzo, el botones le advirtió a María que iban a llegar el principal y los empleados, y el chiquillo y ella salieron del despacho. Comenzaron a oírse pasos por el corredor; poco después se presentaron los dependientes, el jefe y el señor Mantz en la oficina.

Allí la idea de categoría lo regía todo. Mantz y Dickson gastaban sombrero de copa, fumaban y tenían lumbre en el cuarto; los dependientes llevaban sombrero hongo, no fumaban y, sin duda, no estaban autorizados para tener frío.

Cuando sonó la hora de marcharse, María respiró como si le quitaran un peso de encima, cerró la máquina de escribir, se despojó de las mangas, se puso el sombrero y bajó las escaleras a saltos. En la calle tomó el primer ómnibus que encontró, y llegó a casa.

Natalia estaba inquieta por su tardanza; no se figuraba que desde el primer día comenzara a trabajar. Le contó lo pasado, y ella la colmó de atenciones como a un chico que vuelve por primera vez de la escuela, le ayudó a mudarse de ropa y la acarició como si fuera una niña.

Tan pronto se sentía la rusa maternal con María, como María con ella, pero con más frecuencia era la española la más juiciosa y prudente, aunque no la más zalamera.

Aquella tarde, después de volver del trabajo, fue para María uno de los momentos agradables de su vida; en el comedor, sobre la mesa, hervía el samovar, chisporroteaba el carbón en la chimenea y lloviznaba en la calle, silenciosa y negra; se sentaron Natalia, la pequeña Macha y María, tomaron el té, y por la noche fueron a Los Tres Peces.

VII
La mujer entre cristales

Muchas veces, al pasar por una de esas calles viscosas de Londres, que parecen solamente buenas para una humanidad anfibia, se ve por una gran ventana de cristal, en una tienda muy ordenada y muy limpia, una muchacha que recorre con sus dedos de rosa el teclado de una máquina de escribir.

El paseante curioso se detiene, y, al lado de algún vagabundo sucio y desharrapado o de algún *dandy* peripuesto, mira a la gentil muchacha, y espera que deje por un momento su teclado y que vuelva la cabeza para verla y contemplarla a su sabor.

Y ella, indiferente, sin querer repartir entre los curiosos la limosna de su mirada, sigue en su faena con el tric trac de su máquina.

Al cabo de algún tiempo se levanta con unas cartas en la mano, sale, y al volver se la ve de frente.

Es rubia, joven, esbelta, viste de negro, tiene una indumentaria algo masculina, cuello planchado y puños blancos y relucientes. No hace un ademán de fastidio ni de cansancio; lo que pasa por delante de la ventana no la conmueve ni la distrae; su trabajo es tranquilo y seguro. Muchos ojos la contemplan desde la calle fangosa. Ella desdeña este homenaje de admiración y muestra al público su nuca rubia y sigue trabajando. Simónides el samiota la creería hija de una abeja. ¡Oh, no hay miedo de que caiga en la curiosidad! Sabe la historia de su amiga, que fue a buscar fortuna en el fangal de la calle y que encontró la tristeza y la deshonra; sabe que todos esos hombres que la miran desde fuera, los de las barbas largas, los de las narices rojas por el alcohol y los trajes mugrientos, han naufragado por curiosidades malsanas, por no abordar cara a cara las cosas.

Hay arbustos que han nacido al borde del torrente; las aguas tumultuosas los atacan, descarnan sus raíces, pero ellos se agarran con firmeza a la tierra, y en la primavera tienen el supremo lujo de echar florecillas. Así esta mujer abeja, en medio del fango de la gran ciudad, trabaja todo el día y desafía las aguas turbias del torrente como esos arbolillos heroicos.

¡Oh, mecanógrafa admirable de nuca rubia y de puños blancos! Nosotros quisiéramos verte libre del tric trac de tu máquina. Nosotros quisiéramos verte, no en tu despacho trabajando, ni los domingos en un chiribitil leyendo novelas de miss Braddon, sino reclinada en tu coche en los grandes parques llenos de verdura y de silencio.

Tú mereces, seguramente, no el trovador empalagoso que te compare con la luna, sino el hombre fuerte que sea como el clásico delfín que lleva a las sirenas en sus lomos desafiando las tempestades a esas tierras lejanas, a esos promontorios poéticos donde el amor tiene su reinado.

Pero el hombre delfín no viene, y sólo se acerca a ti con sus feos ofrecimientos este estúpido burgués viejo y lascivo como un mono, ese venerable señor, montaña de carne podrida, coronada con la nieve de las canas, o ese seboso y repugnante judío que quiere comprarte con una migaja del botín que ha conseguido hundiendo las uñas en los bolsillos de los desdichados.

¡Oh, mujer! ¡Oh, adorable sirena! Nuestra sociedad es bastante bestia para tener encarceladas en sitios lóbregos y oscuros a elegantes rubias, a graciosas morenas, a lo más bonito y perfilado de la humanidad. ¡Y a esto los sabios y los periodistas llaman progreso!

Es triste, es imbécil, pero hay que trabajar con el tric trac de la máquina. El delfín humano no viene, y parece que tampoco viene la Social...

... Y, mientras tanto, vosotros, correcalles, estúpidos, vagabundos de ciudades anfibias, simpáticos granujas, tenéis en esa mujer que teclea en su máquina de escribir el espectáculo de la virtud, de esa virtud que a vosotros, ¡oh, hermanos en la gran fraternidad del barro y del asfalto!, os parece, sin duda, una cosa ridícula y despreciable.

VIII
Los atareados

Comenzaban María y Natalia a encontrarse ya en disposición de no necesitar ir a casa del señor Jonás, pero el viejo, encariñado con la hija de Natalia, pedía que fueran a hacerle compañía todas las noches. Iturrioz también simpatizaba con el patriarca de las cañas de pescar y tenía con él largas conversaciones.

En los días siguientes, la vida de María se regularizó; iba al despacho a las nueve y salía a las cinco; para almorzar encontró un fonducho barato cerca de Mincing Lane, un rincón interesante, constituido por las últimas capas sociales del mundo de los negocios. El público era allí muy curioso: bolsistas arruinados, zurupetos, jóvenes judíos que comenzaban la carrera del millón, de aspecto y gesticulaciones de mono, viejos bohemios vencidos en la lucha por el oro, a los que quedaba como resto de ilusión para seguir viviendo la perspectiva de una especulación fantásticamente feliz.

Todos estos hombres comían deprisa con una avidez repulsiva. Allí John Bull parecía que debía llamarse mejor John Bulldog. Se hubiera dicho que aquellos tipos eran perros lanzados sobre una presa. Hasta miraban a los lados como si tuvieran miedo de que les quitasen el bocado; luego salían volando a sus negocios.

En general, la mayoría de aquella gente, en vez de andar por las calles anchas, tomaba para acortar el camino por los callejones antiguos de la City y por los pasadizos particulares que comunicaban una calle con otra. Estos pasajes, en las horas de ir y venir de los escritorios, parecían sendas hechas por hormigas; los hombres, vestidos de negro y de sombrero de copa, marchaban rápidos con la cartera en la mano; los mozos de las oficinas y los *grooms* corrían dándose recados unos a otros; todo el mundo huía a sus quehaceres sin cuidarse para nada del vecino.

María no se encontraba muy a gusto entre esta gente, pero hizo esfuerzos inimaginables para dominar su disgusto. En el despacho de Dickson, Mantz y Compañía, todos estaban cortados por el patrón general de frialdad y compostura; no se oía una frase amable, de interés; cada cual parecía tener especial empeño en demostrar que la vida del compañero que escribía a su lado le era tan indiferente como las cajas de raíz de ipecacuana o las pieles de mono puestas de muestra en los armarios.

El señor Fry

Entre esta gente, seca y áspera, que consideraba al vecino como un enemigo y un rival, que tenía la emoción como una debilidad ridícula y grotesca; entre estos jóvenes individualistas que aspiraban a la voluptuosidad de ser amos, y amos implacables, había una excepción, y era el señor viejo que hacía cuentas en una mesa en compañía de una señorita que llevaba anteojos de plata. Este señor viejo, llamado James Fry, era todo lo contrario de estos jóvenes fríos, duros y correctos; él era entusiasta, blando de corazón y fogoso. James Fry era un hombre alto, huesudo, de cara larga, algo caballuna, de pelo rojizo, pies y manos grandes, calvo, de pecho hundido y bigote corto. Los dependientes del despacho le trataban mal porque este viejo se preocupaba de los demás y era sentimental y efusivo. Esto les parecía a los otros una debilidad senil y ridícula, digna de desprecio.

Fry era un romántico, de esos hombres disueltos por el sentimentalismo, que los convierte pronto en un harapo; tenía una voz rota y una mirada de una infinita tristeza. A María se le ofreció tímidamente para todo lo que necesitase, y María comprendió que aquel hombre era, además de una gran bondad, de una rectitud absoluta. Este pobre señor Fry, como le llamaban en el despacho, le dio lástima. Contaba que no le había pasado nunca nada y comenzaba a no tener esperanza y a ver la vida tristemente.

Él hubiese querido vivir para los demás, ser galante, ser heroico, defender al débil contra el fuerte; pero nunca había tenido ocasión de hacerlo, ni imaginación para soñarlo. Así que el pobre señor Fry era desgraciado.

Una vez Dickson le preguntó qué hacía, en qué se divertía los domingos y los días de fiesta, y Fry le contestó que cuando no hacía buen tiempo para salir tocaba la flauta en su casa, lo que hizo reír al patrón a carcajadas.

El señor Fry confesaba que sus aptitudes para comprender la armonía eran muy escasas y que sólo gozaba de la melodía.

Fry tenía escrito un poema, pero esta confesión se la hizo a María después de muchas recomendaciones para que no dijera nada, porque el hombre sospechaba que tener un poema era algo así como tener un cáncer.

Dickson se humaniza

Al mes de oficina, al pagar a los empleados, Dickson preguntó a María:

–¿Está usted contenta en casa?

–Sí, señor, muy contenta.

–Me alegro. Si quiere usted, la llevaré a la Bolsa de Coloniales, en donde podrá almorzar por poco dinero.

Aceptó ella el ofrecimiento, y Dickson añadió:

–Bueno, pues a la hora del almuerzo la llevaré a usted allí.

Efectivamente, a las doce salieron los dos, bajaron a la calle y entraron en un edificio próximo, a cuya puerta había grupos de gente vestida de negro y sin sombrero. Era la Bolsa de Coloniales. Dickson le advirtió que la consigna del portero era no dejar pasar a ningún extraño a la casa; pero yendo con él no había cuidado. Efectivamente, el portero no les dijo nada. Dickson mostró a María el salón del azúcar y el del café, donde ellos tenían sus corros, y le enseñó también varios telégrafos que iban dando constantemente noticias de todo el mundo, intercaladas con el precio del azúcar, del café y del té en los mercados de Europa y América.

–¿Qué le parece a usted, miss Aracil? ¿Eh? –preguntó Dickson.

–Muy bien.

La verdad es que no encontraba en aquello nada extraordinario. Abajo estaba el bar, y fueron a él. Tenía éste un mostrador muy alto, que era al mismo tiempo mesa, y que trazaba varias curvas en forma de S, lo que le daba una largura grande y permitía que pudieran acercarse a comer muchas personas. En este bar, y sentados en bancos altos, había una fila de hombres vestidos de negro, la mayoría con el sombrero puesto. Algunos señores, serios y graves, andaban en la cocina con un plato en la mano izquierda y un tenedor en la derecha, eligiendo lo que iban a comer, cosa que allí no parecía ridícula.

A algunos de ellos María los conocía de haberlos visto en los pasillos de la casa. Dickson se dirigió a un rincón, e invitó a María a sentarse entre él y el señor Fry. Luego el jefe la presentó a una de las señoritas del bar; dijo a ésta que su empleada iría todos los días a comer y que le rogaba que la atendiera, a lo cual ella contestó que lo haría con gusto.

El almuerzo le costó a María unos cuantos peniques. Cuando terminó, se levantó, y Dickson le dijo: «Yo voy a quedarme aquí».

Volvió María al despacho.

Ya iba organizando su vida. La mañana era para ella lo más desagradable; la despertaba el ruido de los carros que iban a Covent Garden y el grito de los vendedores de leche. Como su cuarto no tenía contraventanas, entraba en él la primera claridad del día. Luego sentía el ruido de los pasos de mistress Padmore, que colocaba la marmita de leche en el pestillo de la puerta, y pensaba: «Ya es hora», y haciendo un gran esfuerzo se levantaba, almorzaba y salía a la calle. Esperaba en Shaftesbury Avenue, cerca de un señor que predicaba en la calle, a que viniera el ómnibus, montaba en él y bajaba a la entrada de Mincing Lane. Los sábados tenía un descanso mayor que el cotidiano, llamado fin de semana, y que consistía en dejar el trabajo a las dos. La tarde entera del sábado libre daba al descanso más extensión y lo hacía muy agradable.

En general, los sábados Natalia y María iban a casa de Wanda a pasar con ella un día entero; otras veces se quedaban en Londres, y en compañía de Iturrioz correteaban de noche por las calles populares entre los puestos iluminados donde tocaban los organillos y pululaba la multitud.

Algunos domingos estuvo Vladimir en casa de María, siempre elocuente y siempre revolucionario, y también iba con frecuencia la rubia Betsy, la criada del hotel en donde pararon por primera vez en Londres Aracil y su hija.

María había cruzado varias cartas con su padre; al principio no le contaba más que triunfos, banquetes, recibimientos y agasajos; pero por el tono de las últimas cartas se le veía ya descontento y hablando con sorna de los guachinanguitos, que eran, según él, una verdadera canalla salvaje.

Iturrioz le dijo: «Ése, antes de un año, abandona a la mujer y se vuelve. Has hecho muy bien en no ir allá. Aquello no es nada. Hay que afirmar la doctrina de Monroe: América, para los americanos».

Aracil, desde el momento que supo la salida de María del colegio de Kensington, comenzó a enviarle todos los meses quinientos francos. Ella hubiera podido dejar el empleo y vivir con este dinero, pero no quiso; fue a casa del banquero en donde tenía depositadas las doscientas libras de su madrastra, y le dio orden de que fuera acumulando el capital con los quinientos francos mensuales. Pensaba María que si iba a España y no tenía con qué vivir, con aquel dinero pondría aunque fuese una tiendecilla.

Le resultaba heroica su decisión de no dejar el empleo, porque el ir a la oficina no tenía para ella nada de agradable. No se acostumbraba a estar tantas horas quieta y encerrada, ni al frío ni a la gente adusta y poco comunicativa.

Dickson se humanizaba con ella algo; el ser compañeros de restaurante había creado entre ambos cierta confianza, una confianza muy ligera, que no llegaba a la menor familiaridad.

María encontraba a Dickson seco, duro, antipático; pero se guardaba muy bien de manifestárselo. Llegó a soñar muchas veces que la amenazaba y la reñía, y el espanto le duraba hasta después de despierta, y tenía que hacer un esfuerzo para decidirse a ir al despacho.

Una ruina española

Un día fue a la oficina un viejo a preguntar por el jefe. Era un tipo de bohemio cansado, derrotado, con los ojos tiernos y la sonrisa de borracho.

Venía, según dijo, a proponer un negocio de España. Le preguntó a María por el jefe, y le dijo que él era español, y hablaron con este motivo un momento en castellano. Luego salió Dickson de su cuarto, y al ver al bohemio, sin oírle, sin dejarle hablar una palabra, le despidió brutalmente.

María se sintió indignada y ofendida por un proceder tan bestial; pero, como era lógico, no se atrevió a decir nada ni a hacer el menor comentario. Durante el almuerzo, preguntó a Dickson:

–¿Quién era ese viejo español que ha estado hoy en el despacho?

—Es un canalla —contestó Dickson.

—¿Le ha hecho a usted algo?

—Sí; otra vez vino a hablarme de unos inventos que había hecho; de un aparato que llamaba el pendulador y de una pila seca. Todo resultó mentira. Es un embustero, un farsante.

A María le parecía que ser un embustero y un farsante era mala cosa, pero tenía también por una bestialidad muy grande tratar a un viejo como Dickson había tratado a aquel pobre hombre.

A la salida, María se encontró con el viejo español, acompañado de un chico, y le acompañaron los dos hasta casa, sin más objeto que pedirle una limosna.

Era este bohemio un hombre alto, flaco, con el bigote blanco, raído, y la nariz roja. Tenía esa tendencia a arquearse de todos los vagabundos y hambrientos, vestía un gabán claro y hablaba de una manera enfática, accionando con sus brazos largos, que parecían embarazarle. Se pintó como un pobre hombre de mala suerte; tenía, según dijo, el título de licenciado en ciencias, pero nunca le había servido para nada. Continuamente postergado, trabajando sin gusto, había vivido, hasta que un día la casualidad le puso en manos de un minero andaluz, que le tomó de secretario y le llevó a Londres.

—¿Y por qué no vuelve usted a España? —le preguntó María.

—¡Oh, no! Aquello es peor todavía. Allí es imposible vivir.

Y manifestaba un convencimiento tal de que vivir en España y ser español era una desgracia irremediable, que María quedó entristecida y mal impresionada. El hombre habló luego de su pendulador, de un avión que estaba estudiando y de una cerradura especial, que de ésta sí esperaba sacar mucho dinero para dedicarlo a sus grandes inventos, que le darían gloria. María le dio al desdichado un par de chelines que llevaba en el portamonedas, y se fue a su casa.

A los pocos días volvió el hombre a pedir, y María tuvo que decirle que ella ganaba muy poco y que no podía darle más. Dickson averiguó que le había dado algún dinero, y se rió de su empleada.

Las ideas de Dickson indignaban a María, y sus risas y carcajadas le hacían estremecer. Alguna vez, cuando el tiempo estaba muy negro y muy feo, él la preguntaba con sorna:

—No estará el tiempo así en España, ¿eh?

—No, seguramente que no.

—Yo no he visto España ni Italia —añadía Dickson—; pero sé que aunque las viera no me gustarían tanto como la City... ¡Ja..., ja..., ja...!

—Pero esto es tan triste, tan negro...

—Pues eso es lo que a mí me gusta... Días fríos, de niebla... Dicen que un poeta inglés ha dicho que el infierno es una ciudad que se parece mucho a Londres... ¡Ja..., ja..., ja...! Los poetas no dicen más que majaderías... A mí éste es un infierno que me gusta. ¡Ya lo creo...! ¡Ja..., ja..., ja...!

A María le indignaba esta risa de Dickson; era de lo más brutal, descortés y bárbara.

Alguna que otra vez Dickson se mostró casi galante con ella. Al llegar a casa y al contarle a Natalia las galanterías de su principal, la rusa decía cómicamente:

—¡Ah, traidora; le estás engañando a ese hombre; le estás haciendo víctima de tu mansa coquetería!

—¡Oh! No lo creas —contestaba María—; aunque quisiera coquetear con él me sería imposible.

—¡El mediodía! ¡El mediodía! —murmuraba Natalia—. ¡Qué falsas debéis de ser todas las españolas!

—No digas eso, que no es verdad.

—¡Oh, sí! ¡Ya lo creo!

Y las dos se echaban a reír.

Los esclavos del viejo ídolo

Una mañana el señor Dickson le dijo a María:

—Necesitaría que fuera usted a los docks de Santa Catalina para hablar con un capitán de barco español; ¿quiere usted?

—Sí, señor.

—Fry la acompañará.

Dickson dio sus instrucciones a María y a Fry; les dijo que tomaran un coche y que no volvieran hasta la tarde.

Tomaron el coche, pasaron por Lower Thames Street, en donde Fry mandó parar, delante de una casa de comercio, cerca del mercado de Billingsgate. Fry bajó a hacer un encargo. Desde el coche podía ver María la calle llena de gente; una larga fila de cargadores con cajas de pescado a la espalda iban uno tras otro como hormigas.

De esta casa de comercio, avanzando un poco en la calle, entraron en los docks de Santa Catalina. Buscaron al capitán con quien María tenía que explicarse, y tuvo ella la sorpresa de encontrarlo en un extremo del muelle hablando con Iturrioz y con un hombre grueso.

–¡Caramba! ¿Tú aquí? –exclamó Iturrioz–. Señores, les advierto a ustedes que esta señorita es toda una heroína.

El capitán del barco y el hombre gordo saludaron, y María se echó a reír.

–Este hombre –siguió diciendo Iturrioz, señalando al gordo– es mi principal, comerciante en fruta y valenciano; es un mediterráneo de estos intrigantes y peligrosos. Yo cuando le veo me abrocho el chaleco, y aun así tengo miedo de que los pocos peniques que guardo se escapen y vayan a sus bolsillos.

–Gracias por el retrato –dijo, riendo, el aludido.

María trasladó al capitán las indicaciones de su principal. Fry tenía que ir a los London Docks, y no quería dejar a María allí. Iturrioz dijo:

–Ahora nuestro amigo el capitán arreglará esto, y como María y este señor van a los docks de Londres, yo les acompaño.

–Sí, se puede usted ir –dijo el capitán a María–; dentro de una hora estará todo listo.

Iturrioz, María y James Fry salieron de los docks de Santa Catalina, y tomaron a pie hacia los de Londres.

Había en la calle un amontonamiento de carros atravesados, entrecruzados; otros pasaban haciendo un estrépito horrible; en las paredes negras de las casas no se veía más que el subir y bajar de cajas y barriles izados por las grúas. El ambiente era sofocante; la niebla, el humo, la tibieza del aire, el suelo negro y encharcado, todo daba la impresión de un presidio en donde una humanidad triste gimiera condenada a trabajos forzados.

–Éstos son los esclavos del viejo ídolo –dijo Iturrioz.

–¿Y cuál es el viejo ídolo? –preguntó María.

–¿Cuál ha de ser? El comercio. El comercio ha vivido siempre en buena armonía con la esclavitud, y hoy como ayer sigue teniendo esclavos, y los tendrá mañana. La verdad es –añadió luego– que es mucho más interesante en un pueblo la manera de ganar que la de gastar. El trabajo es múltiple, complicado, lleno de variaciones; en cambio, las necesidades son iguales en casi todos los hombres. Respecto al vicio, es sencillamente estúpido; todos los días hay un trabajo nuevo que necesita nueva atención; en cambio, desde hace veinte o treinta mil años no se ha inventado un vicio nuevo, lo que no impide que esos pobres románticos de la vida inquieta se crean hoy más viciosos que los de ayer y se creerán los de mañana más viciosos que los de hoy.

—Amén —dijo María—. Es un buen sermón para llevarnos por el camino de la virtud.

—No tienes necesidad de tomarlo como artículo de fe.

Fry preguntó a María qué es lo que acababa de decir Iturrioz, y María le tradujo las frases del doctor. Fry escuchó atentamente, y luego añadió que sentía mucho no saber español, porque, indudablemente, hablando con Iturrioz debía aprenderse mucho.

Los docks

Dieron vuelta por detrás de la Torre de Londres, y llegaron a la puerta de los London Docks. Iturrioz, Fry y María entraron.

Fueron a lo largo de uno de los muelles de los docks, donde trabajaba una porción de hombres de todas castas, blancos, negros, amarillos, tipos morenos con los ojos brillantes y tipos rubios pálidos, con aire boreal.

En aquel rápido paseo, lo que más le chocó a María fue la violencia de los olores, que venían por ráfagas. Aquí se encontraba envuelta en una atmósfera de olor de canela; luego el olor del azúcar llegaba a irritar la garganta; después se nadaba en un aroma de vino generoso, y en casi todas partes, como acompañando a estos olores violentos que daban la nota aguda, había un color mezcla de petróleo y de humo de carbón de piedra que constituía la nota sorda. De un extremo de un muelle aparecieron unos cuantos hombres que, sin duda, acababan de descargar sacos de añil, porque traían las caras y las ropas azules.

Llegaron Iturrioz, Fry y María a una especie de plazoleta llena de barricas, donde unos toneleros componían los toneles rotos y ejecutaban al hacer esto una sinfonía de martillazos; otros iban arrastrando cubas vacías, que sonaban en el suelo como tambores.

Entró Fry en una casa de ladrillo y esperaron María e Iturrioz fuera. Iturrioz tenía curiosidad de ver el depósito de colmillos de elefante que había allí, el mayor del mundo entero. Preguntó a un empleado en dónde se hallaba este depósito, y mientras María aguardaba a Fry,

Iturrioz se metió entre barricas y apareció poco despúes con el traje manchado de cal y sin haber visto nada.

No tardó mucho en despachar Fry, y volvieron a los docks de Santa Catalina, en donde el frutero y el capitán español les convidaron a jerez con bizcochos.

—¿Y aquí es donde desembarcan todos los buques? —preguntó María.

—No, todos no —dijo Iturrioz—. Hay otros docks.

—¿Y hay almacenes en estos docks?

—Todos son almacenes. ¿No ves?

—Pero ¿de aquí llevarán los géneros a los almacenes del interior del pueblo?

—No —dijo Iturrioz—; todo queda en los docks. En Londres hay almacenes para el consumo diario o semanal o mensual; pero los grandes almacenes sólo de una cosa están aquí. Los buques llegan, desembarcan, y los cargamentos quedan depositados en estos sitios.

—Y ustedes, ¿vigilan la descarga?

—No; los comerciantes tienen un talón, y no ven siquiera el género que reciben. Escriben a casa desde Valencia, desde Nápoles o desde donde sea: «El barco tal lleva mil barricas de vino o mil cajas de naranjas para usted». Se recibe en los docks, y los docks le avisan a uno: «Hemos recibido mil barricas o mil cajas para usted». ¿Que vende uno quinientas? Pues se da un talón al comprador para que las recoja en los docks.

—Pero ¿se pueden confundir y cambiar? —dijo María.

—¡Ca! —replicó Iturrioz—. No se confunden los géneros en una estación, y menos en los docks, en donde cada remesa es enorme. Y no creas que aquí acaban las operaciones, no; después de la venta y de que el comprador retira su género hay todavía muchas cosas que hacer. El comprador no da al comerciante que le vende un género oro o billetes, sino un cheque contra un banco. El banco que tiene un cheque de éste y dos del otro y cuatro del de más allá, unos a pagar, otros a cobrar, manda a un empleado, que suele llevar una cartera de cuero atada a la cintura por una cadena, a una casa que se llama Casa de Aclaración. En esta Casa de Aclaración se hace un cómputo de lo que tiene que pagar uno y de lo que tiene que cobrar otro, y la diferencia, a favor o en contra, se expresa en cheques contra el Banco de Londres, y en este banco no tienen que hacer más que subir la columna del haber del banquero Tal y bajar la del banquero Cual. Así, resulta que una operación de estas se hace sin sacar una peseta del bolsillo, y, mientras tanto, se ha arruinado una comarca entera.

–¡Muy bien! –dijo el frutero, riendo–. ¿Qué le parece a usted, si se explica mi empleado, eh? –preguntó a María el valenciano.

–Sí, la teoría parece que la conoce –contestó ella–; la cuestión es si sabe aprovecharla.

–¡Hum! Creo que no. No persigue el dinero. No le tiene cariño.

–¡Yo cariño al dinero! –exclamó Iturrioz–. No. Es que el dinero es una inmoralidad. No hay agua tofana ni veneno de los Borgia tan ponzoñoso como esos redondeles de oro. Mientras no se suprima el dinero, no habrá paz en el mundo.

Como los demás se reían, Fry quiso que María le tradujese lo dicho por Iturrioz, y al oírlo, moviendo la cabeza afirmó de nuevo gravemente que sentía mucho no entender el español... Luego Fry y María tomaron un coche, y volvieron a la Bolsa de Coloniales. La calle estaba libre, y el *cab* marchó como una exhalación.

IX
El jardín de Saint Giles in the Fields

Hay un jardín en la iglesia de San Gil, antiguo cementerio, a juzgar por las tumbas hundidas en la hierba. Este jardín, metido entre altas casas negras, tiene la entrada por High Street y la salida por un pasadizo que termina en New Compton Street.

En el jardín de San Gil, sobre la hierba fresca y verde, entre los árboles, en sepulcros antiguos con inscripciones, duermen algunos apreciables difuntos, y en los bancos se sientan y descansan hombres y mujeres decrépitos, casi tan muertos como los otros, vagabundos harapientos, cuyos instintos de libertad les hacen encontrar preferible la vida en la intemperie, en la niebla, en las inclemencias de la atmósfera, a la uniformidad y disciplina de un asilo.

El mundo no ha sido hecho para estos hombres, ni los palacios ni los jardines; para ellos sólo se han hecho la policía y las cárceles, la estopa que deshacen con las manos en los presidios y la estopa que se ciñe a veces a sus cuellos en forma de cuerda.

Pero estos desdichados tienen que resignarse; en una sociedad petulante que, porque de cuando en cuando exalta a un charlatán, a una tiple o a un soldado de suerte, ya se figura ser justa, tienen que convencerse, de grado o por fuerza, de que si no han prosperado ha sido siempre por defectos suyos y nunca por culpa de la máquina social.

Estos hombres son tan viejos, tan caducos, que parece que van a terminar su existencia desarticulándose, deshaciéndose en pedazos y guardándolos ellos mismos cuidadosamente en los viejos sepulcros. Las mujeres ya no tienen forma humana, se encorvan, y parece que la cabeza les sale del vientre; sus mejillas son terrosas, sus ojos hinchados, los párpados violáceos. Estas mujeres quizá fueron graciosas y bellas, hoy no tienen expresión, y si la tienen es la astucia de la zorra, el hambre del lobo, la ferocidad de la hiena o el furor de la serpiente.

Tales horribles y melancólicos seres, envueltos en sus harapos, en sus gabanes viejos, en sus toquillas rotas, cubiertos con sus sombreros destrozados, descansan de la fatiga de vivir sin esperar nada de nadie, mirando a la tierra húmeda, crasa por la sustancia orgánica, que les acogerá pronto en su seno.

Allí, alguno come algo que lleva envuelto en un periódico, otro se cura los llagados pies, una vieja remienda un harapo y otra acaricia a un gato, que corre y salta sobre la hierba del viejo cementerio.

Tipos extraños

Muchos días Iturrioz iba a sentarse a este jardín y contemplar tan extraños tipos.

Por la mañana y por la tarde, unos cuantos de aquellos vagabundos, sentados en un banco, charlaban misteriosamente. ¿Qué hacían? ¿Qué eran? Esto le preocupaba al buen doctor.

Uno de ellos era un hombre alto, flaco, con patillas y cara lacrimosa; daba la impresión de que se iba a romper por la cintura, andaba con dificultad, encorvado, apoyado en un bastón, y su cara producía risa y miedo. Los chicos se burlaban de él, y él los amenazaba con el palo.

Otro de los tipos de la reunión era un borracho joven, casi albino, con la cara abultada y rojiza y el bigote plateado. Aquel tipo boreal debía tener poca afición al trabajo, porque constantemente vagabundeaba por el jardín o por sus alrededores, cuando no se le veía en una taberna de Arthur Street, siempre sonriendo, con la pipa en los labios, las manos en los bolsillos del pantalón y el traje tan arrugado, que parecía hecho a propósito. Un día Natalia fue con Iturrioz a este jardín; el doctor le había dicho que allí encontraría tipos interesantes para sus dibujos, y el borracho albino siguió a Natalia sonriendo hasta que se alejó de ella saludándola con gran finura. Desde entonces, Natalia solía preguntar burlonamente: «¿Qué hará mi prometido?».

El Inventor, llamado así por Iturrioz, punto fuerte en la tertulia, era un hombre de unos cincuenta años, perilla negra, melenas encrespadas, levitón largo y mirada sombría. Llevaba siempre el cuello de su gabán subido y varios paquetes de periódicos en los bolsillos. Solía hablar imperiosamente, y hacía con frecuencia dibujos en la arena del jardín. Iturrioz trataba de comprender qué es lo que inventaba el que él había calificado de inventor, pero no daba con ello. Muchas veces, por la mañana, María, al ir a su despacho, solía verle cerca de una fuente y dar cubos de agua a los carreteros; pero esto, que cualquier otro lo hubiera hecho con sencillez, él lo hacía imperiosamente con un ademán de indiferencia y de desprecio para todo el género humano.

El Pensativo, otro de los socios, era hombre sombrío, fuerte, robusto, de bigote negro. Solía sentarse un momento en el jardín de Saint Giles, oía lo que decían los otros, fumando su pipa, mirando a la tierra o al cielo, y poco después se marchaba.

Había también otro hombre con la nariz tapada con un trapo blanco untado con ungüento; pero éste era sólo repulsivo y no debía de tener importancia en la reunión.

El hombre del ojo de celuloide

De todos estos tipos que se congregaban en el antiguo cementerio de Saint Giles in the Fields, ninguno de aspecto tan terrible como el hombre del ojo de celuloide. Era éste un tipo extraordinario, alto, enfundado en un levitón grande con botones de metal, pañuelo de hierbas en el cuello, bastón corto y nudoso en la mano y aire continuo de mal humor. Tenía el hombre la cara cobriza y llena de cicatrices, la barba rala, las cejas salientes, el pelo gris y un ojo vacío y oculto con un trozo redondo de celuloide pintado, sujeto con una cinta, y el otro hundido, negro y brillante. Parecía aquel hombre alto y derecho un viejo buitre sin plumas, una fiera encadenada, huraña y terrible. La áspera miseria le había roído hasta los huesos, no le quedaba más que la presencia y el orgullo.

Este viejo alto solía andar con mucha frecuencia con un enano pequeño, de cara sonriente y arrugada como una manzana.

Un día estaba Iturrioz leyendo un periódico madrileño, sentado en uno de los bancos del jardín, cuando se le acercó un viejecito y se sentó junto a él.

–Es usted español, ¿verdad? –le dijo.

–Sí.

–Yo también. Yo me llamo Maldonado. Le conozco a usted porque algunas veces voy a casa de Jonás, que me socorre.

–¿A Los Tres Peces?

–Sí.

Maldonado quería saber qué hacía Iturrioz en el jardín, y cuando éste le dijo que iba allá por curiosidad, Maldonado pareció tranquilizarse.

Maldonado era un hombrecito de unos sesenta años, muy derrotado y flaco. Contó a Iturrioz una larga serie de miserias sufridas por él alegremente. Tipo de otra época, aventurero y andariego, Maldonado había recorrido todo el mundo y contaba una porción de aventuras y desdichas con una sonrisa de irónica resignación. Un moderno sociólogo hubiera dicho que estaba loco. Estos sociólogos han resuelto que sólo el hombre rumiante es un hombre cuerdo.

Maldonado, muy cuidadoso, buscaba la manera de presentarse decente, y aunque toda su ropa estuviese ajada y llena de remiendos, llevaba su cuello y su corbata, y disimulaba la miseria lo mejor que podía. Era triste y melindroso como un gato viejo. Según dijo, había sido rico, pero calavera sin decisión alguna, y parte por mala suerte y parte por abandono, llegó a la mayor miseria.

Había recorrido a pie casi toda la América. Su existencia había sido una continua aventura. Desde vivir como un millonario hasta formar parte de un rancho de indios y comer carne humana, todo lo conocía. Había trabajado en los docks de Amberes y de Buenos Aires; había frecuentado los fumaderos de opio de Singapur, los bares de Hong-Kong y las tabernas de La Habana. De toda esta vida aventurera recordaba historias y anécdotas extraordinarias, pero al contarlas les daba un carácter de vulgaridad asombroso.

Estaban hablando Maldonado e Iturrioz, cuando se les acercó el hombre alto del ojo de celuloide.

–Éste es mi socio –dijo Maldonado, sonriendo.

El hombre de la venda miró a Maldonado de una manera imperativa, y Maldonado se levantó.

–¿Adónde van ustedes ahora? –le preguntó Iturrioz.

–Vamos a una taberna de Endell Street, esquina a Long Acre, en donde nos reunimos algunos amigos. ¿Qué, quiere usted venir?

–Bueno.

A Iturrioz le llamaba la atención el hombre del ojo de celuloide y tenía curiosidad por averiguar quién era. Salieron del jardín de Saint Giles in the Fields y fueron los tres andando. El de la venda no hablaba; rara vez hacía una observación en inglés en tono de mando, y Maldonado asentía, pero luego se reía por lo bajo.

Mientras caminaban a la próxima calle Endell Street, Maldonado contó que la taberna adonde iban había sido de un socialista notable llamado John Mann. El socialismo ha tenido en todos los países sajones y anglosajones una gran relación con la cerveza. John Mann solía hablar con frecuencia en Hyde Park de la revolución social y de las consecuencias terribles del alcoholismo, lo que no fue obstáculo para que con el dinero de las colectas pusiera una taberna en donde daba a sus amigos y partidarios la más socialista de las cervezas de todo el Reino Unido. John Mann un día se aburrió de Londres y de su doble personalidad de socialista abstemio y de publicano, y se marchó a la Australia.

Ilustrado por las explicaciones de Maldonado, entró Iturrioz con él y con el hombre alto y misterioso en la taberna, pidieron tres vasos de cerveza, y al separarse un momento el de la venda, Iturrioz preguntó a Maldonado:

–¿Quién es este tipo?

–Es un indio. Un antiguo gran jefe de los pieles rojas.

–¿De veras?

–Sí, sí. Ha vivido junto al Gran Lago Salado. Era tanto como un rey, pero esos canallas de yanquis le robaron sus territorios y sus minas.

–Y usted, ¿de dónde le conoce?

–¡Oh, yo le conocí en Sierra Nevada, en la California! Formábamos parte de una expedición minera dirigida por un escocés, y nos perdimos en el camino. En la confusión que produjo el saber que estábamos perdidos, unos se rebelaron contra el que dirigía la caravana y nombraron jefe a este indio. Yo le seguí, y tras de muchas peripecias nos salvamos; la otra parte de la expedición desapareció, y se dijo después que tuvieron que comerse unos a otros.

–¿Y cómo se llama este indio?

–Tiene en su lengua un nombre raro, pero nosotros le llamamos «el Jefe» y también «Arapahú».

–¿Y ese hombre pequeño, casi enano, de la cara sonriente?

–Ése es el *clown* Little Chip, un hombre que ha tenido sus triunfos y su fama y a quien le arruinaron unas jugadas de Bolsa.

–¿Y qué hace aquí en Londres Arapahú?

–Nada. Como yo.

–¿Y de qué viven ustedes?

–¡Pchs!

–Pero ustedes traman algo cuando se reúnen tanto.

–Hablamos de política y de anarquismo –dijo, sonriendo, Maldonado.

–¿Son ustedes anarquistas?

–Sí.

–¿Todos?

–Todos.

–¿Y el indio es también anarquista?

–¡Ya lo creo! Ése es el jefe.

Arapahú llamó imperiosamente a Maldonado, y éste dejó a Iturrioz para reunirse con su compinche.

X
La casa del judío

El comerciante de cuadros de Soho Square, para quien trabajaba Natalia, era un judío amigo de Jonás Pinhas, de origen también español, que se llamaba Santos Toledano.

Al saber que Natalia vivía con una española y que ésta era la fugada de Madrid con motivo de la bomba, Toledano invitó a Natalia y a María a que fuesen el sábado a tomar el té a su casa.

Santos Toledano vivía en Longfellow Road, más allá de Whitechapel, cerca del canal del Regente.

Por la tarde, después de almorzar y de dar un paseo, tomaron María y Natalia un ómnibus en Southampton Row, y dando una vuelta larguísima bajaron en Mile End, cerca del canal. Encontraron pronto la calle. La casa del vendedor de cuadros era una casa de ladrillo negro, con la pared combada y recubierta de pizarra desde el segundo piso y una batería de chimeneas rojas en el tejado.

Llamó Natalia y salió a abrirles una muchacha morena, que les hizo pasar a un salón en donde se encontraban Toledano, su mujer, su hija y algunas otras personas. A María le chocó mucho ver allí al viejo Maldonado, aunque no tan raído como de ordinario.

Santos Toledano dijo varias veces a María que él era de origen español. Tenía este judío la nariz corva, los labios gruesos, el pelo ensortijado, el tipo oriental. Era un hombre blando, grasiento y repulsivo. A pesar de su amabilidad, a María le produjo una impresión desagradable.

Su hija era una muchacha de diecisiete a dieciocho años, afligida con una gordura fofa, de ojos negros y de tez muy blanca.

Santos presentó a María y a Natalia a las personas reunidas en la sala. Entre éstas había una judía polaca, de pelo rojo, verdaderamente preciosa, y un jovencito español con su padre. Les hicieron todos un recibimiento muy obsequioso, y María tuvo que contar por centésima vez los detalles de su fuga.

La mujer de Toledano, una vieja de mirada negra e inquieta, conservaba, a juzgar por sus palabras, un gran rencor por España; había leído, o había llegado hasta ella por tradición, la historia de las persecuciones y tropelías cometidas por los españoles contra los judíos, y tenía a España como la enemiga nata de Israel, pueblo elegido por Dios.

«Afortunadamente», le dijo a María varias veces, «Israel ha triunfado y España se ha hundido para siempre.»

María contempló con curiosidad a esta arpía semita, y aun comprendiendo que su odio estaba justificado, le pareció muy antipática.

Luego, un joven afeitado, también de aire corvino, sometió a María a un completo interrogatorio. Le preguntó si los españoles aceptarían ya a los judíos, si les permitirían dirigir la política, si había verdadero fanatismo en España. María contestó un poco caprichosamente a estas cuestiones contradiciéndose a cada paso, y viéndole Natalia mareada con tanta pregunta, vino a sacarla del apuro diciéndole que Toledano quería enseñarles sus cuadros.

María se levantó, y en compañía de Natalia, de Toledano y de la polaca rubia subió al piso alto. El comerciante en cuadros quería enseñar alguna de sus maravillas. Guardaba allá, según dijo, unos tres mil cuadros, entre lienzos y tablas antiguos, la mayoría sin valor, pero algunos buenos; tenía además joyas de iglesia, casullas, cálices, libros viejos, incunables, frontales, miniaturas, relicarios, tapices y una porción de riquezas de todas clases.

Toledano empujó una puerta forrada de hierro y pasaron a un desván muy grande lleno de polvo, iluminado por una lámpara eléctrica.

Natalia abrió una de las ventanas. Había en el desván pilas de cuadros puestos unos encima de otros. En los rincones se veían amontonados santos pintados de oro, mayólicas, niños Jesús con faldetas de abalorios, barcos, grabados. Lo que más estimaba Toledano, según dijo, eran dos tablas flamencas: una un Juicio final, y la otra un Bautismo de Cristo. Las dos le parecieron a María y a Natalia admirables.

El Bautismo de Cristo era precioso. Había un paisaje cruzado por el río Jordán realmente encantador; un río azul corría entre grandes rocas blancas; en las orillas crecían las hierbas; en una arboleda charlaban sentados unos pastores, y en el fondo, sobre un extenso panorama de montañas azules, se extendía un cielo lleno de nubes rosadas.

Por las explicaciones de Toledano se veía que tenía un conocimiento profundo del arte cristiano; los símbolos, las cuestiones de técnica de pintura, de escultura, de esmaltes, la manera de falsificar, todo esto lo conocía a fondo. Vieron otros cuadros, estatuas y joyas que guardaba el judío, y mientras colocaba todo en su lugar, Natalia se llevó a María al hueco de la ventana.

Vista del canal del Regente

Abajo, al pie de la casa, corría el canal del Regente con su agua verdosa y negruzca, y se hundían en él unas cuantas gabarras, amarradas a la orilla, cargadas de madera. De los patios de las casas próximas bajaban algunas escaleras de hierro y de cuerda hasta el mismo borde del agua; aquí y allá se levantaban palos como los mástiles de un buque: unos adornados con banderas y gallardetes triangulares; otros, con una veleta en la punta.

El canal corría encerrado en paredes altas, cruzado a trechos por algunos puentecillos de madera; después pasaba rasando el muelle de una fundición, cuya gran chimenea de ladrillo echaba nubes espesas de humo negro. Cerca de esta fundición, el canal se ensanchaba, embalsándose el agua, y luego huía hacia el horizonte y parecía una cinta de plata bajo el cielo gris.

De cuando en cuando pasaba una gabarra tirada por un caballo que marchaba lentamente por el camino de la orilla. En la barca, un hombre al timón fumaba impasible, y a popa una mujer cocinaba en un hornillo portátil, mientras un chiquillo rubio y descalzo corría de un lado a otro gritando y hablando solo.

Toledano se acercó también a la ventana.

–Por este canal se puede ir hasta Liverpool –dijo.

–¿De veras? –preguntó María.

–Sí. Esto comunica el Támesis con el mar de Irlanda. Sale del depósito de Limehouse, pasa bordeando el Jardín Zoológico, y termina en el canal de Paddington. Una de las cosas que traen por aquí son las fieras del Jardín Zoológico. Mi mujer tuvo una vez un susto terrible al oír a poca distancia los rugidos de un león.

Toledano encendió la luz, cerró la ventana de hierro que había abierto Natalia y luego la puerta.

–¿Toma usted precauciones? –dijo Natalia, riendo.

–Es que muchas de las cosas que hay aquí no son mías –contestó el judío.

Era la hora del té, y María, Natalia, la polaca rubia y Toledano bajaron al comedor.

En su ausencia había aumentado la tertulia con varias personas, entre ellas Vladimir Ovolenski, que las saludó muy afablemente. Estaba Vladimir con un amigo suyo, pequeño, de largas barbas y de extraño tipo.

—Es el príncipe Nekraxin —dijo la polaca rubia, señalándole—. Un nihilista.

Si era príncipe aquel señor, no tenía facha de ello; más parecía un ropavejero o alguna cosa por el estilo. Lo único que chocaba en él eran los ojos, grises, penetrantes, que tenían una movilidad y una extraña suspicacia.

Se sentaron a la mesa todos a tomar el té, y llevó la conversación un joven sirio del monte Tabor. Era maronita y volvía de América. Explicó, con gran complacencia de los judíos, cómo los norteamericanos habían comprado las aguas del Jordán y cómo las vendían en América para los bautizos.

Luego, dirigiéndose a María, le dijo:

—Si fuera a América a exhibirse en los teatros y a contar su fuga, podría usted ganar un platal.

—Aunque me dieran millones no aceptaría una exhibición así.

Algunos de los jóvenes judíos encontraron absurdos estos reparos.

Luego, otro de los contertulios habló irónicamente de sus trabajos. Este señor, de unos cincuenta años, era un armenio que había viajado por todo el mundo y sabía siete u ocho idiomas. Era un tipo respetable, de barba gris, con una calva que parecía la tonsura de un fraile. Este armenio había hecho su fortuna sacando planos de las ciudades turcas, cosa prohibida en el país, vendiéndolos a Inglaterra. El hombre iba con su podómetro midiendo distancias de calles, plazas y caminos, hasta que hacía un plano y lo vendía en Londres.

—¿Y si lo hubieran cogido a usted? —le preguntó la judía polaca.

—Pues me hubieran matado a palos —contestó el armenio jovialmente.

Después la conversación giró acerca de las ideas socialistas; todos o casi todos los reunidos eran partidarios de estas doctrinas, especialmente los judíos. Vladimir habló del movimiento sindicalista con gran elocuencia, y fue escuchado en silencio.

Mientras tanto, el príncipe hojeaba unas guías comerciales rápidamente.

María, por curiosidad, pasó por detrás de él con el pretexto de asomarse a la ventana, y le chocó ver las páginas de la guía que el príncipe consultaba llenas de llamadas y cruces hechas con tinta azul y roja.

El barrio del Destripador

Era ya tarde, y María y Natalia se dispusieron a volver a casa. Salieron, y Vladimir, dejando al príncipe y el jovencito español a su padre, se brindaron a acompañarlas.

–Si no han visto ustedes este barrio de noche –dijo Vladimir–, y si tienen tiempo, podemos ir a pie hasta Adgate.

–Bueno.

Pasando por entre callejuelas próximas al canal, desembocaron en una calle ancha, continuación de Whitechapel Road, y comenzaron a subir una cuesta hasta el Hospital de Londres. Era sábado, y Whitechapel tenía aire de día de fiesta. En la ancha calle por donde iban, un gran bulevar convertido en mercado al aire libre, había filas de puestos ambulantes, de carritos y de tenderetes iluminados con lámparas humeantes de nafta. Las carnicerías y fruterías mostraban sus escaparates brillantes y repletos. La gente entraba en estas tiendas sin duda a hacer provisiones para el domingo, día en que todo está cerrado en Londres.

Se andaba por las aceras pisando papeles y prospectos; los bares rebosaban; los consumidores hacían cola hasta la calle; en los tenduchos, en las pequeñas casas de comidas, se oía hablar ruso, polaco y alemán.

–Éste no es un barrio inglés –dijo el jovencito español–, sino un barrio de judíos de todas las nacionalidades.

Muchas casas de banca y tiendas de ropas ostentaban letreros escritos en hebreo, y en las trastiendas se veían mujeres gordas, morenas, con los ojos negros y rasgados, y alguna que otra niña rubia de mirada viva y perfil aguileño.

Las familias de obreros, el hombre de chaqué, la mujer de sombrero, con los chicos de la mano, discurrían por este bulevar tranquilas, cachazudas, deteniéndose en las tiendas. Por el centro de la calle pasaban sin parar ómnibus y tranvías-automóviles.

Vladimir hablaba de la miseria de Londres, siempre creciente, de los medios que se habían ideado para extinguirla, de los ciento cincuenta mil hombres sin trabajo que había en la ciudad, de los progresos del maquinismo, que iba arrojando todos los días obreros y obreros a la calle; Natalia y María escuchaban, y el jovencito español iba junto a ellos sin decir nada. ¿Qué quería? No lo dijo y no se lo preguntaron.

A medida que subían hacia Adgate, la animación era mayor; de las tabernas salían mujeres viejas, haraposas, borrachas, dando traspiés; una, de palidez lívida y ojeras violáceas, pasó junto a ellos tratando de sostenerse en las paredes; al ir a entrar en un bar le faltó el pie y cayó de bruces la cara contra la acera. Natalia y Vladimir se inclinaron, la incorporaron y la dejaron apoyada en la pared.

Algunas madres jóvenes dejaban por un momento el cochecito del niño en la puerta de la taberna y salían con el vaso lleno de cerveza o de whisky en la mano.

–¿Qué, se atreven ustedes a entrar? –preguntó Vladimir delante de una taberna.

–Sí, vamos –dijo Natalia.

Entraron en un bar que tenía a la puerta un enorme farol, sostenido por un brazo de hierro, que lanzaba haces de luz de todos los colores. Era un sitio largo y estrecho, adornado por carteles de circo, con un mostrador alto.

Detrás del mostrador unas cuantas señoritas llenaban los vasos haciendo funcionar unas palancas niqueladas, y los parroquianos formaban una multitud de obreros y de mujeres borrachas.

Tenían todos un aire de ansiedad y de embrutecimiento; había tipos muy graves, muy serios, y algunas muchachas rubias, casi todas de pelo rojo amarillento, reían a carcajadas. En la puerta, una música tocaba *La Marsellesa*, y un negro cantaba, gritaba y gesticulaba en medio de la gente.

Vladimir recordó a los mujicks de Rusia, que, según dijo, dormían borrachos sobre la nieve con una temperatura de veinte grados bajo cero.

–Esta gente, como aquélla –añadió–, se deja llevar por la vida de una manera brutal.

–Quizá sea lo mejor –repuso Natalia.

—Viven al día —dijo Vladimir—, gastan lo que tienen y no ahorran. Al menos el cuidado del porvenir no les martiriza.

—Yo les admiro —exclamó Natalia con vehemencia—; ¿y tú, María?

—Yo, a pesar de tus entusiasmos, creo que hay que pensar en el porvenir.

—¡Oh, qué española más juiciosa tengo por amiga! —dijo burlonamente Natalia.

—Tiene razón —replicó Vladimir—. Esta gente bebe por desesperación, por falta de ideal. Sería mucho mejor para ellos que se trazaran un camino; ahora que, en el estado en que viven, preocuparse del porvenir sería para ellos un suplicio nuevo.

Salieron del bar María, Natalia, Vladimir y el jovencito español, y siguieron andando.

Se acercaban a la parte alta de Whitechapel, el gentío y el bullicio eran cada vez mayores; en este bulevar grande, entre el ruido de los tranvías tocaban los organillos, y algunas muchachitas, unas delante de otras, bailaban en la acera el baile inglés; los charlatanes, los sacamuelas, los joyeros ambulantes peroraban anunciando ungüentos, libros, lentes, joyas, sindetikón y cuadernos. Algunos mendigos entonaban canciones tristes. Un hombre mostraba un pequeño cosmorama colocado sobre un trípode, que representaba la antigua cárcel de Newgate, y que tenía este letrero sugestivo y siniestro: LAS TRAGEDIAS DE WHITECHAPEL. Por un penique se tenía derecho a mirar por varios agujeros y a ver representados el crimen, la fuga, la detención, la prisión y la ejecución del criminal por el plebeyo y poco distinguido procedimiento de la horca.

Pasaron por delante de un teatro popular y de algunas barracas en donde se vendían objetos de baratillo anunciados por gramófonos chillones.

En las callejuelas adyacentes a Whitechapel Road, en algunas casas de comidas, angostas, sucias y oscuras, comían vagabundos harapientos en escudillas de palo sentados delante de unas mesas de madera; de trecho en trecho, a un lado de la calle, la mirada se hundía en callejones negros, con un arco a la entrada. En el fondo, un farol sujeto a la pared iluminaba el empedrado húmedo, y a su vaga luz se veían unas paredes roñosas con ventanas pequeñas y una moza bravía vestida de claro que esperaba en un portal.

Algunas de estas calles eran estrechísimas, de paredes altas, y tenían a cierta altura vigas de hierro de un lado a otro. Un olor fuerte a ácido fénico se desprendía de estos rincones; a veces se veía venir por la estrecha acera una mujer gorda con un sombrero de paja en la cabeza, tambaleándose, o dos o tres hombres entontecidos, con la pipa en la boca, que pasaban cantando, haciendo sonar al mismo tiempo las pesadas suelas de sus zapatos.

—Es la canción de Darby y Joan —dijo Vladimir, poniendo atención en lo que cantaba una voz en la oscuridad.

—¿Y qué es esa canción? —preguntó Natalia.

—Son dos viejos obreros que en premio de pasar la vida trabajando van a morir a un asilo.

—¡Vaya una canción para animarse! —exclamó María.

—Ya vendrá la Social —repuso Natalia— y entonces se arreglará todo.

—Por aquí andaría Jack el Destripador —dijo Vladimir.

—¿Sí?

—En todo este barrio se encontraron mujeres muertas por él. Aquí mismo, a mano derecha, enfrente de London Hospital, en una callejuela llamada Bucks Row, se encontró una; en una calle que corre detrás del teatro este, que creo que se llama Pavilion, en Hambury Street, otra; y aparecieron más mujeres muertas un poco más lejos, en Commercial Street, y en una calle que la cruza, Wentworth Street; y otra se encontró hacia los docks de Londres, en un sitio próximo a la línea del tren de Pinchin Street, cerca de Well Close Square, un rincón donde se celebra un mercado de ropas que se llama Rag Fair, la «Feria del Andrajo». Conozco bien estos barrios porque teníamos ahí un compañero en un comercio de objetos de náutica, de Cable Street.

—¿Y no se supo nada de esos crímenes? —preguntó Natalia.

—Nada; unos decían si sería algún cirujano loco de London Hospital; otros que algún marinero.

—¿Y por qué un marinero?

—Por la periodicidad de los crímenes.

Los sitios aquellos eran, ciertamente, poco tranquilizadores.

—Vamos —murmuró María, a quien la conversación y el lugar no agradaban.

—Sí, vamos —añadió Natalia.

Pasaron por delante de una fragua abierta en un agujero negro de la calle. Danzaban los obreros delante de las llamas con un aspecto fantástico.

La verdad es que toda aquella vida de Whitechapel, palpitante y tumultuosa, brutal y dolorida, desarrollada entre el barro, el humo de las fábricas, las infecciones, el alcohol, las conservas podridas; esta gusanera iluminada por días pálidos y reverberos de gas, con sus sábados de bacanal y sus crímenes sensacionales, no sólo tenía atractivo, sino un atractivo poderoso y fuerte.

Volvieron a tomar la gran avenida de Whitechapel. En Adgate iban a subir al ómnibus, cuando Vladimir detuvo a Natalia y comenzó a hablarle en ruso. María escuchaba sin enterarse de nada, y el jovencito español manifestaba en su semblante una gran desconfianza. Después de una larga plática, Vladimir les estrechó la mano a las dos y, al llegar el ómnibus, se fue.

El vengador

Montaron las dos en el coche, y el jovencito subió también; iba María a preguntar a Natalia qué le había dicho Vladimir, pero al ver al joven moscón se calló. Al comienzo de Oxford Street, bajaron las dos, y el jovencito bajó tras ellas. María, asombrada, se detuvo, y, encarándose con él, le dijo en castellano:

–Pero, bueno, usted, ¿qué quiere?

–Quiero ver al padre de usted.

–¿A mi padre?

–Sí.

–¿Para qué?

–Porque soy anarquista, y tengo que vengar la traición que hizo a Nilo Brull.

La sorpresa paralizó a María; luego, a pesar del tono trágico, se echó a reír, y la risa turbó por completo al joven vengador.

–Pues mire usted –le dijo–, será difícil que encuentre usted a mi padre.

–¿Por qué?

–Porque está en América.

–¿En América?

–Sí.

–Le buscaré. Soy el vengador de Brull.

–No sea usted majadero. ¡Qué le ha de buscar usted! Vamos, Natalia.

Siguieron las dos su camino, y el joven quedó parado sin saber qué hacer.

Cuando volvieron la cabeza, todavía el jovencito continuaba inmóvil y perplejo.

Al entrar en casa, Natalia exclamó, sofocada:

–¿Sabes lo que me ha dicho Vladimir?

–¿Qué?

–Que Toledano y su mujer son confidentes de la policía, y que, probablemente, estaremos ya las dos inscritas como terroristas de peligro.

–¿De veras?

–Sí; y no es eso lo peor, sino que a ese pobre viejo español que tú conoces, y que es amigo de Iturrioz, le han hecho que envíe por correo unas bombas a España y a Italia.

–¿A Maldonado?

–Sí.

–Habría que advertirle, porque es posible que él no sepa nada. ¿Y cómo Vladimir va también ahí?

–Porque resulta que Toledano y su mujer, al mismo tiempo que confidentes de la policía, son agentes anarquistas que saben las señas y la manera de comunicarse de todos los revolucionarios del mundo.

–¡Ah! ¡Por eso les he visto yo a Vladimir y a ese príncipe ruso buscando señas en una guía llena de cruces y rayas!

–¡Vete a saber qué es lo que se traerán entre manos!

–Algo tenebroso.

–Con seguridad; pero Vladimir no quiere que nos comprometamos, y me ha recomendado que no vayamos a casa de Toledano.

Se prometieron no volver más a casa del judío, y estuvieron charlando hasta bien entrada la noche.

XI
El proyecto del capitán Black

Unos días después contaba María a Iturrioz lo dicho por Vladimir respecto a Maldonado, y el doctor fue a buscar a su viejo y harapiento amigo al jardín de Saint Giles in the Fields.

–¿A usted le han entregado unos paquetes para llevarlos al correo? –le preguntó.

–Sí.

–¿Toledano el comerciante de cuadros?

–Sí. ¿Cómo lo ha averiguado usted?

–Todo se averigua. ¿Y usted sabe lo que iba dentro de esos paquetes?

–¡Qué sé yo!

–Pues bombas de dinamita.

–Sí, eso han dicho –replicó Maldonado, sonriendo.

–¡Pero eso es un crimen!

–Sí. ¡Claro...! ¡Je..., je...!

–¿Y adónde envió usted esos paquetes?

–Uno a Italia y otro a España.

–¿Y le han dado a usted dinero?

–Sí, ¡ya lo creo! Ahora tengo el riñón cubierto. Y la verdad, no sé qué hacer con este dinero, porque, como estoy acostumbrado a vivir sin él...

Iturrioz trató de convencer al viejo de que enviar bombas era una barbaridad; pero Maldonado consideraba estas cosas como insignificantes, y le parecía que todo el mundo pensaba que morir de una manera o de otra no tenía importancia.

–Pues es una barbaridad que le puede costar a usted que le ahorquen –dijo el doctor.

–¿Usted cree...? –preguntó el viejecillo con indiferencia.

–Sin duda.

–Pues tenemos otro proyecto mejor –dijo de pronto Maldonado.

–¿Algún otro disparate?

–Es una idea magnífica del capitán Black.

–¿Y quién es el capitán Black?

–Este de la reunión que hace rayas en el suelo.

–¡Ah, sí; uno al que yo le llamo «el Pensativo»!

–Ése debe de ser. El pobre hombre ha salido de la cárcel, en donde se ha hartado de darle a la rueda, y se va a dedicar a hacer moneda falsa.

–Un bonito oficio.

–¡Pchs! ¡Claro! Vale más tener acciones del Banco de Inglaterra.

–¿Y qué es lo que ha pensado el capitán Black?

–Pues entre él y un amigo suyo, que es un mecánico, querían hacer una gran caja de caudales con un aparato de relojería.

–Y eso, ¿para qué?

–La caja iría cargada con dinamita y la depositaríamos en el Banco de Londres. La maquinaria de relojería estaría preparada para que a la noche siguiente estallara; nosotros esperaríamos, y cuando el banco saltara por los aires, nos lanzaríamos al saqueo.

–¡Demonio! Es una idea.

–La habíamos perfeccionado hasta tal punto, que unos segundos antes de la explosión, un fonógrafo que iría en el aparato gritaría: «¡Viva la anarquía!».

–¡Hombre! Eso ya me parece excesivo –dijo Iturrioz.

–Era un proyecto muy bonito. Creo que hubiéramos eclipsado las glorias de Guy Fawkes –añadió Maldonado, riendo.

–No sé quién es ese Guy Fawkes –dijo Iturrioz.

–Pues es un héroe popular; un hombre que parece que hace muchos años quiso hacer saltar el Parlamento de Londres. Creo que era un católico, y todos los años por noviembre los chicos hacen una fiesta en honor de Guy.

–Pues sí que era una idea la de ustedes.

–La mejor; porque es lo que ha dicho el capitán Black –prosiguió Maldonado–. ¿Qué importan los reyes y los ministros? El sostén de la sociedad es el dinero, y ahí es donde hay que atacar.

–El dinero y la ciudad es lo que hay que suprimir –murmuró Iturrioz–. Y Arapahú, ¿sería de la partida?

–Ése es el jefe. Además, avisaríamos a todos los obreros sin trabajo para que vinieran a saquear el banco.

–Pues aquí tienen ustedes uno –dijo Iturrioz.

–Todavía no se puede hacer nada, porque no hay bastante dinero. Parece que esto cuesta muy caro.

Maldonado sentía que una idea tan bonita no se pudiese realizar. Hubiera empleado con mucho gusto su pequeño caudal en colaborar en la magna obra del capitán Black.

Cómo Maldonado gastó el dinero de las bombas

A Maldonado le pesaban las libras que le había dado Toledano, y quería emplearlas pronto. Al acercarse Navidad, una noche se presentó el viejecillo en casa de María, y le dijo que deseaba hablarle. Ella, que sabía cómo las gastaba Maldonado, se dispuso a oír una barbaridad, pero el deseo del viejo era completamente infantil: pretendía que le permitiera poner un nacimiento en su cuarto.

–¿En mi cuarto?

–Sí. Como yo en mi rincón no puedo...

–Bueno; no tengo inconveniente.

María aprovechó la coyuntura para reñirle. Le dijo que se había enterado del envío de las bombas a España, y añadió que si volvía a hacerlo, ella misma le denunciaba para que le metiesen en la cárcel. Maldonado escuchó atentamente como si le hiciese efecto la reprimenda. Después, en vista de la facilidad con que había obtenido el permiso para instalar el nacimiento en el cuarto, le pidió que le dejara trabajar allí mismo.

–Me va usted a pedir hasta los zapatos –dijo María.

–¿No quiere usted?

–Mientras estoy en la oficina le dejo que trabaje usted aquí; pero cuando yo vuelva tiene que estar todo limpio y en su sitio.

Maldonado lo prometió así, y, efectivamente, al volver María de su oficina no veía un papel en el suelo ni una mancha de barro en la alfombra. Maldonado estaba en su elemento. Compró cartulina, y fue dibujando figuritas, a las que luego iluminaba, recortaba y ponía un sostén para mantenerlas derechas.

La gran colaboradora del viejo fue la pequeña Macha. Los dos se pasaban las mañanas y las tardes trabajando en el nacimiento.

Maldonado, con unos aros de barrica, armó como la concha de un apuntador, y la forró de papel azul, que llenó de estrellitas doradas. Debajo de esta bóveda celeste, el artista destacó en relieve los montes nevados por donde venían los reyes y los pastores, y al pie de la sierra construyó Belén con sus casas y su palacio de Herodes.

Natalia colaboró también en la obra, pintando algunas cosas, pero su colaboración no era solicitada por Maldonado, porque la pintora quería dar al paisaje un carácter artístico atendiendo a las leyes de la perspectiva, pretensión absolutamente absurda para Maldonado y para Macha.

Por el pueblo construido por el viejo y la niña marchaban toda clase de comerciantes, vendedores de pan y de pescado, mujeres con carritos de mano y una porción de gentes que convertían Belén en un pequeño Londres.

Aquí se veía el molino, allá la grúa, más allá el remolcador sobre el agua, imitada con un espejo rodeado de musgo.

En el sagrado portal, entre la vaca y el asno, dormía el Niño Jesús, y sobre él, colgando de un cabello, se balanceaba en el aire un ángel con los brazos abiertos.

La niña y el viejo trabajaban con entusiasmo. María comprobaba todas las noches cómo iba aumentando el número de vendedores y de vendedoras de Belén hasta interceptar calles y plazas. El día de Nochebuena no tuvo más remedio que dejar su cuarto a los visitadores del nacimiento y trasladarse a otra habitación.

La Nochebuena

En la casa dispusieron que se cenara en el cuarto de María delante de la gran obra de Maldonado y Macha. La señora Padmore adornó las paredes con guirnaldas de laureles y hiedras, y en medio, colgando del techo, colocó un ramaje de muérdago; engalanado el cuarto a la manera tradicional, la irlandesa se fue a preparar el *plum pudding*, que había de ser, después del nacimiento, la obra más trascendental de la Nochebuena.

Maldonado llevó a Arapahú y a Little Chip, el viejo *clown*, casi enano, amigo suyo, y, además, a un irlandés de la tertulia del jardín de Saint Giles. Sin duda le parecieron éstas las únicas personas distinguidas de la reunión; estuvieron también Jonás, Iturrioz y su patrón el frutero valenciano, el cual trajo vino, pastas y frutas; míster

317

Cobbs y su hijo se presentaron a ver el nacimiento y a beber una copa, y mistress Padmore apareció después de terminados sus quehaceres; se sentó en la mesa y arremetió contra una botella de vino dulce traída por el frutero valenciano, con tanto ímpetu, que la dejó vacía. Sin duda esta sed inextinguible obligaba a decir muchas veces a la buena irlandesa que algunas personas tenían la desgracia de dedicarse a la bebida.

Hasta la medianoche estuvieron allí celebrando la Nochebuena; por la calle pasaron algunos chicos tocando panderos y castañuelas, y se oyó también el ruido triste de un acordeón. El viejo Jonás se reía viendo la obra de Maldonado. Little Chip la miraba con cierto respeto, y el irlandés y mistress Padmore, medio turbados por el vino generoso, se acercaban al nacimiento y rezaban.

Luego Natalia y Macha cantaron en ruso, el irlandés y mistress Padmore en céltico, Iturrioz en vascuence y Arapahú, el jefe de los pieles rojas del Gran Lago Salado, tocó el tambor con gran solemnidad, como quien cumple un deber religioso.

XII
Ilusión primaveral

Han pasado los meses negros, con sus fríos, sus nieblas y sus barrizales, mejores para una especie anfibia que para una humanidad que anda sobre terreno sólido. El sol comienza a sentir ciertas veleidades de brillar en el cielo. Alguno que otro día, un disco pálido y acatarrado se presenta entre la bruma como la pupila lacrimosa de un viejo, y vuelve a ocultarse con un escalofrío de pánico al ver una tierra tan nebulosa y tan turbia. Este resplandor amarillento y anémico representa para los londinenses el sol primaveral, y llevada por la idea metafísica de la primavera, la gente se echa a la calle y comienzan a verse trajes claros y sombreros vaporosos. Al poco rato llueve o graniza o se levanta un vendaval terrible; pero la gente se queda con la dulce impresión de haber visto la primavera, aunque vestida todavía con el traje de invierno.

Por el Temple

María acudió durante varios meses con una puntualidad matemática al despacho. Su gran consuelo era vivir con Natalia y recibir las cartas de Venancio. Su padre le escribía en general descontento con su vida, le enviaba siempre los quinientos francos, y ella los iba depositando invariablemente en el banco.

Algunos días, Dickson la acompañó hasta casa, y una vez le dijo que sería para él una gran satisfacción si algún domingo le convidaba a tomar una taza de té. María no tuvo más remedio que invitarle a ir a casa. Natalia no sintió gran simpatía por el principal de su amiga, y le manifestó su sentimiento sin rodeos.

Un sábado por la tarde habían ido María y Natalia con la niña a hacer compras al Strand, cuando al salir de una tienda se encontraron con el señor Roche. Le saludaron; Roche preguntó a María por su padre, y ella contó lo que le había pasado, cómo trabajaba y dónde vivía.

—Es usted un caso de valor, miss Aracil —dijo Roche.

—¿Cree usted...?

—Juana de Arco a su lado me parece un niño de teta. ¿Hacia dónde van ustedes?

—Aquí cerca, a esa plaza con jardines, a que juegue la niña.

—Yo también voy por ahí.

María presentó a Roche a su amiga Natalia. Del Strand fueron, por Kingsway, hasta Lincoln's Inn. Era ésta una gran plaza con altos árboles y hierba, un verdadero parque dentro de la City. Algunos niños jugaban en el suelo y viejos obreros descansaban en los bancos. En un quiosco del centro de la plaza dormían grupos de vagabundos.

—Yo voy al Temple —dijo Roche—. ¿No han estado ustedes nunca allá?

—No —contestó Natalia.

—¿Y usted? —dijo a María.

—Creo que no.

—Pues acompáñenme ustedes. Yo tengo que dejar una carta. Hay por ahí una serie de rincones muy agradables.

Cruzaron otra plazoleta con árboles, pasaron por delante de una iglesia y de una capilla con la cripta al descubierto, y entraron por una puerta en una calle estrecha con las tiendas cerradas, que, según dijo Roche, eran de libreros y de fabricantes de pelucas para abogados; luego cruzaron Fleet Street y de aquí salieron al Temple.

Era éste un conjunto de edificios pequeños y de capillas que formaban una serie de plazoletas y de callejones, desiertos en aquella hora. Se sentía allí un gran silencio. De cuando en cuando se oían las pisadas de alguna persona en un pasadizo; los gorriones saltaban en la hierba verde y piaban entre el follaje.

—Éste es un pueblo de abogados, un nido de buitres —dijo Roche—. A estas horas los pajarracos han levantado el vuelo.

Roche llamó en una puerta en cuyo dintel brillaba un azulejo con un cordero místico pintado en azul con su banderita y su corona. Tras de esperar algún tiempo, abrió un empleado, a quien Roche entregó su carta.

—Ahora estoy a su disposición —dijo a María y a Natalia—. Si quieren ustedes veremos esto.

Charlando animadamente recorrieron aquellos rincones de aspecto romántico. Eran una soledad y un silencio deliciosos los que allí reinaban. Se atravesaba un pasadizo bajo, siniestro, a cuya entrada y salida colgaba un farolón viejo, y se desembocaba en una nueva plazoleta. Algunos de estos patios se hallaban cubiertos de grandes losas; en otros la hierba se extendía verde y brillante.

En todas partes reinaba idéntico silencio, el mismo reposo de pueblo deshabitado.

En el interior de los archivos y salones, llenos de libros y de legajos, se veía algún empleado que cerraba las maderas de un balcón, sonaba de cuando en cuando el ruido de una llave y se sentía luego rumor de pasos.

En el ángulo de una de las plazas se levantaba una casa cubierta de lilas, y sus racimos de flores moradas y azul-pálidas caían sobre la hojarasca verde. Una pared alta, cubierta de hiedra, mostraba un escudo de blasón antiguo, y en un tejado se arrullaban dos palomas blancas.

Salieron a un espacio anchuroso en donde se erguía una capilla gótica. Cerca del ábside, entre la hierba húmeda, yacían algunas tumbas abiertas, y a un lado se levantaba un sepulcro de mármol con una estatua reclinada. Bordeando la capilla, desembocaron en un patio que tenía un surtidor en medio.

«¡Oh, qué hermoso!», exclamó Natalia.

Y era verdad. Había allí, bajo la dulzura del cielo gris, un silencio lleno de placidez y de encanto. De la taza de piedra partía un hilo de agua muy alto y se deshacía al chocar en el borde del pilón; una paloma tornasolada se refrescaba mojándose las plumas, y los gorriones piaban picando en el suelo. Llegaban hasta aquel jardín, medio extinguidos por la distancia, los mil rumores confusos de la gran ciudad, y en este semisilencio el surtidor murmuraba con sus notas de cristal, y un pájaro escondido entre las ramas parecía contestarle.

Hablaron durante largo tiempo Natalia y María con el señor Roche, mientras la pequeña Macha jugaba en el suelo.

María preguntó a Roche por su mujer, y el escocés dijo que estaba haciendo gestiones para divorciarse.

–He venido al Temple precisamente para escribir a mi abogado por ese asunto –añadió.

–¿No ha habido arreglo? –le dijo María.

–Era imposible.

–¿No ha sido usted feliz? –le preguntó Natalia con gran interés.

–No –contestó, sonriendo, Roche–; yo hubiera vivido mejor si me hubiera casado con una irlandesa o con una española.

–¿Cree usted...? –dijo María.

–Sí. La mujer española, más femenina que la inglesa, quiere en el hombre el espectador, la calma; la inglesa, con una individualidad más fuerte, busca en el hombre el actor, el héroe, y de ahí su entusiasmo por los tipos que considera excepcionales, y de ahí sus desilusiones. Creo la verdad: que las mujeres inglesas están más inclinadas a enamorarse por admiración y las españolas por compasión.

–Sí, es posible –repuso María–. ¿Y qué le parece a usted mejor?

–¡Oh, mejor! Eso es muy difícil saberlo, si es que hay algo mejor. La compasión me parece un sentimiento más cristiano; la admiración es más pagana. Compadecer, llorar, ver la vida como una cosa dramática, como un camino lleno de zarzas... Todo eso es muy español. Inglaterra es otra cosa. Yo creo, y esto no lo diría en voz alta, que éste es un país absolutamente anticristiano, en el fondo. Hay mujer aquí, la mayoría, que no ha llorado en su vida más que leyendo novelas, que se siente fuerte, y que si comete una falta no tiene remordimiento alguno.

–Y las rusas, ¿qué le parecen a usted? –dijo entre risueña y turbada Natalia.

–¡Oh, la mujer rusa...! Es como la ola...

–¿Pérfida? –preguntó Natalia.

–Es lo inesperado... Pérfidas o sinceras..., lo inesperado. Una rusa es siempre superior a una mujer de Occidente cuando es buena y cuando es mala.

Natalia se ruborizó.

–La está usted confundiendo a mi amiga –dijo María.

–¡Ah!, pero ¿es rusa?

–Sí.

–La hubiera tomado a usted por alemana... o por finlandesa.

–Mi madre es de Finlandia –advirtió Natalia.

Del patio de la fuente pasaron al jardín del Temple, y cruzándolo salieron al muelle del Támesis. Era la hora del té, y María tuvo que invitar a Roche a ir a casa, y Roche aceptó la invitación a gusto.

Estuvieron la tarde hablando. Natalia mostró a Roche sus dibujos, y el escocés se fue un poco antes de la hora de comer.

Natalia preguntó a María quién era Roche, y ella le dijo lo que sabía del escocés.

—Es muy simpático y debe ser muy bueno —dijo Natalia. Y de pronto, con toda naturalidad, exclamó—: No sé si te escandalizarás, pero creo que me he enamorado de él.

—¡Bah!

—De veras te lo digo.

—Ya se te quitará.

XIII
Noche de emociones

En los días siguientes le chocó a María encontrar a Natalia menos alegre que de ordinario. Estaba algo preocupada y melancólica.

–¿Qué tienes? –le dijo varias veces.

–Nada. No tengo nada.

Un sábado al volver del despacho, María se encontró a Roche hablando con Natalia. La rusa no manifestaba la tristeza de los días pasados; al revés, hablaba y reía, con el rostro animado y la mirada viva. El señor Roche saludó a María afablemente, y después le habló de un proyecto. Había pensado que les gustaría asistir a la representación de *Julio César*, de Shakespeare, que daban en el teatro His Majesty's, y tenía encargadas unas butacas.

–No tendrán ustedes ningún inconveniente...

–Yo preferiría no ir –dijo María.

–¿Por qué? –preguntaron Natalia y Roche.

–Porque no tengo traje.

–No importa –replicó Roche.

–¡No ha de importar!

–Bueno; entonces lo que voy a hacer es cambiar las butacas por delanteras de la galería primera, desde donde se ve muy bien la función. Ahí no tienen ustedes necesidad de ir vestidas con elegancia. Tal como están, están bien.

María hubiera querido oponerse, pero no encontró pretexto serio, y tuvo que acceder.

Roche dijo que a las seis iría a recogerlas, comerían los tres en un restaurante, y a las ocho estarían en el teatro. María se metió en su cuarto. Poco después oyó la voz de Natalia, que llamaba a la puerta.

–¿Puedo entrar? –dijo la rusa.

–Sí.

–Pero ¿por qué no quieres ir?

–Porque no.

–¿Es que te fastidia, o tienes que hacer otra cosa?

–No tengo que hacer nada.

–Entonces, ¿por qué?

–Por ti.

–¿Por mí...?

–Sí, por ti. Porque tú estás loca. ¿Qué va a decir ese hombre de ti? Hace dos días que le conoces, y le miras sin apartar la vista de él; y cuando te habla, te pones roja, y luego pálida... ¿Qué va a pensar ese hombre de ti? O que estás loca, o que eres una perdida.

Natalia oía sin pestañear, como un niño delante de su maestro.

–Sí, eso va a pensar de ti –exclamó María–; y por eso creo que no debes ir al teatro.

–¡María! –murmuró Natalia entre lágrimas.

–No debes ir.

Natalia, al oír esto, ocultó la cara entre las manos, y empezó a llorar frenéticamente.

–Te pegaría –le dijo María furiosa.

–Pues pégame, pégame si quieres –repuso la rusa llorando.

María, al final, no tuvo más remedio que calmar a Natalia y prometerle que la acompañaría a la función.

–¿Y a tu niña la vas a dejar sola? –le preguntó.

–Quedará con la señora Padmore. Para las doce y media podemos estar en casa.

Natalia, que era zalamera, ayudó a María a vestirse, y a cada paso le decía:

–Pero ¡qué guapa estás!

–Ya sé, ya sé por qué dices eso –contestaba María.

–No, no es verdad. A tu lado voy a hacer un mal papel.

A las seis llegó Roche; tomaron un *cab*, y fueron los tres a cenar a un gran restaurante próximo a Piccadilly Circus.

En el restaurante

Se detuvo el *cab* delante de una casa blanca iluminada por luces de arco voltaico. Bajaron los tres, y un portero alto de gran librea les hizo pasar al restaurante. Roche condujo a María y a Natalia hasta el fondo, a una mesa iluminada por dos candelabros con bujías de luz eléctrica que tenían pantallas de color.

El encargado del restaurante llevó unos taburetes para que pusieran los pies María y Natalia, y luego casi rodeó la mesa con un biombo, de tal manera que les apartaba del resto de la gente y daba a su reunión mayor intimidad. Después sacó un cuaderno y escribió el menú encargado por Roche.

–No gaste usted mucho –dijo María.

–Sí, sí –replicó Natalia. Ella, por lo menos, quería ostras para comenzar y champaña para concluir.

El encargado se retiró, después de hacer una solemne reverencia, diciendo que la comida estaría enseguida.

El mozo venía con las ostras y los vinos, cuando se presentaron varios señores de sombrero de copa y se sentaron en una mesa próxima a la en que estaban María y Natalia con Roche.

Uno de estos señores asomó un tanto indiscretamente la cabeza, y al ver a Roche le saludó.

–Son paisanos de usted –dijo el escocés a María–; son españoles.

–¡Ah! ¿Sí?

–Sí.

Aunque no lo hubiera dicho, lo hubiera ella notado al momento, porque los españoles se pusieron enseguida a hablar en voz alta. Lucieron también un poco sus conocimientos lingüísticos; cambiaron con el encargado algunas palabras en italiano, al mozo le hablaron en francés, y ellos comenzaron su conversación en castellano.

Primeramente discutieron acerca de un tenor que trabajaba en el teatro de Covent Garden; después comenzaron a hablar de mujeres.

Uno de ellos, de voz agria, feo, bizco, de color cetrino, que sin duda acababa de llegar a Inglaterra, aseguró que no había visto en Londres una mujer guapa, y que todas las que le habían mostrado como bellas eran horribles, espantosas, verdaderos esperpentos que daban miedo.

–Son españoles, ¿eh? –preguntó Natalia, que no entendía nada de la conversación que sostenían allí cerca.

–Sí.

–Tienen facha de farsantes.

–Lo son seguramente –dijo María.

–¿Usted los conoce? –preguntó Natalia a Roche.

326

–Sí –contestó el escocés–. Ese bizco, que dice que las mujeres inglesas son horribles, es un diplomático que creo que acaba de llegar a Londres; el de las melenas es un violinista, el grueso del bigote un cantante y el de la barba negra un gentleman. A ese otro, flaco, afeitado, no le conozco.

Roche y Natalia tenían que decirse muchas cosas, e hicieron el gasto de la conversación; María estuvo escuchando, con un sentimiento mezclado de curiosidad y de indignación, lo que hablaban los españoles.

–Yo, para las mujeres –dijo el violinista–, tengo siempre el mismo procedimiento, el mismo vocabulario y hasta las mismas frases.

–Es una sabia economía del ingenio –dijo el afeitado.

–No; es una táctica.

–¿Y a todas las dice usted lo mismo? –preguntó el diplomático.

–A todas. Me presento ante ellas como un hombre decaído y depravado. Ellas ven en mí un vicioso, un perdido a quien regenerar y levantar de la abyección y convertir en un gran artista puro y casto, y casi todas caen en la tentación de regenerarme.

–¡Ja, ja, ja! –rieron los demás.

–Sí; es así como tengo mis éxitos –aseguró el virtuoso con una voz lánguida y triste–. Bueno; no me comáis todas las ostras mientras os voy ilustrando.

–¿Qué le parece a usted, miss Aracil? –dijo Roche.

–Es cómico y repugnante tanto cinismo –contestó María ofendida.

–Y sin embargo, dice verdad. Con un procedimiento así tendrá éxito.

–¿Cree usted...?

–Sí. Hay aquí muchas mujeres que sienten ese idealismo de levantar al artista, de sostenerle; es un sentimiento romántico alimentado por la lectura de novelas ridículas, pero que tiene su base en lo que hay de maternal en la mujer.

–Creo que en España no caerían las mujeres en un lazo tan burdo –dijo María.

–Quizá no. Allí la gente es más avisada; las mujeres caen en otros lazos. Cada pueblo tiene su clase de malicia y su clase de tontería –añadió Roche filosóficamente.

Tras de las confidencias del violinista vinieron las del gentleman. Era éste un hombre decorativo, de nariz grande y recta, barba negrísima y voz hueca. Hablaba de una manera enfática, arrastrando las eses.

–Yo no puedo vivir *máss* que en *Londress* –decía–; *lass gentess* de *loss demáss puebloss* no saben vestirse, no tienen *formass*.

–Sin embargo, los franceses... –comenzó a decir el diplomático.

–¡No me hable usted de los franceses! –exclamó el gentleman; y luego, cambiando la voz, dijo en francés–: *Des épiciers, mon ami, des épiciers. Tous.*

El diplomático recién venido no se atrevió a discutir con el gentleman y le dejó hablar. Éste confesó que entre sus amigas había echado a volar la idea de que él era un hombre capaz de asesinar a una mujer, lo que le proporcionaba grandes éxitos. Dijo también que su renta apenas llegaba a siete mil pesetas, lo que no era obstáculo para que pagase más de cinco mil por el cuarto que ocupaba en una casa-club.

–¿Más de cinco mil pesetas paga usted por el cuarto? –preguntó el diplomático asombrado.

–¡Oh! Es indispensable. Para entrar en el gran mundo tiene usted que tener la dirección de su casa en un sitio *chic*. Si se mete usted en Bloomsbury o hacia el este, está usted perdido.

–¿Y cómo vive usted con el dinero que le queda? –dijo el diplomático.

–Vive de guapo –contestó el violinista.

El hombre de la barba negra sonrió. Luego comenzó una explicación minuciosa de sus combinaciones y recursos; dijo dónde se debían hacer los trajes y comprar los zapatos y los sombreros, el papel de cartas y las tarjetas.

–Pero ¿eso tiene tanta importancia? –preguntó el recién venido.

–Muchísima. Esto, por ejemplo, de los sombreros de copa es trascendentalísimo. En Londres no hay más que dos sombrererías de verdadero *chic* para el sombrero *haut-de-forme*. Va usted a una reunión, y el criado que le toma el gabán mira la muestra del sombrero, y si no es de una de las dos casas elegantes le tiene a usted por un cualquiera, por un pelafustán; y el día que necesite usted de él para entregar una carta a la señora o a una amiga, no lo hace, le desprecia a usted...

El diplomático debía de estar abrumado con la superioridad de sus compañeros de mesa; pero sin duda no quería dar su brazo a torcer, y aprovechando una discusión entre el violinista y el gentleman, dijo al afeitado, que apenas hablaba:

—Por más que digan, yo creo que aquí tiene que haber más preocupaciones de moralidad que en París, por ejemplo.

—No crea usted —replicó el afeitado—. Esto está podrido. El Londres de las preocupaciones desaparece; la gente de buen tono, la *smart set*, se desentiende de las ideas de sus abuelos; las mujeres se pintan el pelo y los ojos, beben champaña y gastan un dineral en vestirse. Los hombres ricos no adoran a la *cocotte*, como en Francia, porque tienen la *cocotte* en su casa.

—¿Cómo en su casa?

—Sí, en su mujer.

—Pero ¿es verdad?

—Aquí no hay una mujer honrada —dijo rotundamente el gentleman interviniendo en la conversación.

—Querrás decir que tú no conoces ninguna —replicó el afeitado—; yo, tampoco; pero no aseguro que no haya alguna... en Whitechapel o en otro rincón por el estilo.

—¿De manera que estas inglesas son grandes enamoradas? —preguntó el diplomático.

—¡Pchs! —dijo el violinista—. ¡Enamoradas! Según lo que se entienda por amor.

—Yo no creo en el amor —afirmó el gentleman.

—Ni yo —añadió el cantante.

—¡Bah! —murmuró el hombre afeitado y razonador—. ¿Que no creéis en el amor? ¡Claro! Pero ¡vosotros no podéis saber nada de eso, hijos míos! Este mismo dice —y señaló al violinista— que se presenta ante las mujeres como un pobrecito a quien proteger; tú —e indicó al gentleman— vas detrás de la mujer que te solicita con la ilusión de que puedas ser un amable asesino. El uno excita la piedad, el otro una curiosidad malsana. Vosotros soportáis el amor, pero no le conocéis.

—¡Filosofías! —dijo el gentleman, vaciando una copa de burdeos.

—No, realidades. Tanto valdría que una *cocotte* dijera: «No hay amor», porque ella no lo siente.

—Creo que nos ha insultado, tú —dijo el violinista al gentleman—. Nos ha llamado *cocottes*.

—¡Pchs! No le hago caso.

Por más que Roche no quería hablar solamente con Natalia y se dirigía a las dos amigas, María, la mayoría del tiempo, estuvo callada oyendo lo que decían los españoles.

Aquellas confidencias, de un cinismo bajo, alegre y superficial, le daban la impresión clara de la inmoralidad del ambiente. Por otra parte, el ver a Natalia y a Roche, que tenían el uno para el otro delicadezas de los que marchan rápidamente hacia el amor, le indicaba el desamparo en que ella se veía.

Estaba violenta, y así, cuando Roche dijo:

–¿Nos iremos?

María respondió con viveza:

–Sí, vámonos.

–Nuestra amiguita –exclamó Roche, dirigiéndose a Natalia– se ha aburrido.

–¿De veras te has aburrido? –le preguntó Natalia–. ¿De veras?

–No, no –contestó María entristecida.

Salieron del restaurante y entraron de nuevo en el *cab*.

–Pero ¿esto puede ser verdad? –preguntó María.

–¿Qué? –dijo Roche.

–Lo que decían esos españoles de la inmoralidad de Londres.

–Sí, aquí hay mucha inmoralidad –contestó Roche–; pero no hay que hacer tampoco mucho caso de lo que digan los parásitos y los histriones.

En el teatro

Iban a ocupar sus asientos, cuando vieron a Vladimir Ovolenski sentado en un asiento próximo. Los saludó y se acercó a ellos. Estaba, según les dijo, con su madre y su hermana. La madre era una vieja de aire astuto, vestida de negro, y la hermana una mujer guapa y vistosa.

El teatro estaba casi lleno; abajo, en las butacas, se veían muchas señoras descotadas y hombres de frac.

Empezó *Julio César* con la conversación de ciudadanos en una calle de Roma.

Al principio, ni Natalia ni María comprendían bien; luego fueron acostumbrándose a la pronunciación enfática de los cómicos, y empezaron a darse cuenta de lo que decían. En el segundo acto, la entrada de los conjurados en el jardín de la casa de Bruto le hizo, según dijo, un gran efecto a Natalia. Le recordaba escenas de la revolución rusa.

«Es un grande hombre Bruto», dijo Vladimir en voz alta.

Un señor de al lado protestó; dijo que el tal Bruto era un rebelde y un mal patriota; lo consideraba sin duda como un socialista o un partidario de la autonomía de Irlanda.

La escena de la muerte de César, cuando los conspiradores levantan las armas y gritan: «¡Independencia! ¡Libertad! ¡La tiranía ha muerto!», les impresionó mucho.

María miró a Vladimir. Le brillaban los ojos de entusiasmo, y hablaba con los que se encontraban a su lado.

La escena en el foro estuvo muy bien representada; el discurso de Bruto ante el cadáver de César, la réplica de Marco Antonio, los movimientos de la multitud impresionable, cambiando a cada momento del entusiasmo por la justicia al entusiasmo por la gloria, fueron maravillosos.

María se hallaba impresionada por la representación, pero más aún por la presencia de Vladimir. Dos veces se le ocurrió mirarle, con una timidez que a ella misma le asombraba, y se encontró con sus ojos, que la contemplaban con una expresión de ternura.

Los dos últimos actos, preparatorios del castigo de Bruto, ya no les interesaron gran cosa. Natalia hablaba con Roche. Salieron del teatro, y a la puerta se encontraron con Vladimir y su familia. La madre y la hermana del polaco contemplaron a María con atención; él se acercó a María y a Natalia, y les tendió la mano, y María apenas tuvo fuerza para estrechársela.

Paseo de noche

Salieron del teatro, fueron por Haymarket y cruzaron por Trafalgar Square.

–Si no tienen ustedes prisa –dijo Roche– vamos a dar un paseo. Ustedes no habrán visto Londres de noche.

María no contestó; iba abstraída, y al mismo tiempo asustada, pensando en Vladimir. ¿Sería un farsante, o era un hombre noble y generoso? Tomaron por el Strand; había gente delante de una tienda cerrada, y se pararon. Estaba tocando el timbre de alarma de una joyería, y se habían reunido policías y público a ver qué pasaba.

–Parece que está el ladrón ahí –dijo uno de la calle.

–¿Y por qué no entran a ver? –preguntó Natalia.

–No pueden –contestó uno, como si en aquello se cifrase el honor de toda Inglaterra–; sin el permiso del amo no se puede entrar.

Estuvieron allá parados un rato, y como lo único que pasaba era que seguía tocando el timbre, se fueron.

–¿Sabe usted lo que pasa? –dijo a María un borracho, haciéndola estremecerse–. Pues no pasa más sino que la gente de Londres es muy tonta, y cualquier cosa le llama la atención. Aquí hay mucha electricidad, y nada más. ¡Vaya, adiós!

Celebró Roche la frase del borracho, y luego dijo:

–Ahora vamos a echar un vistazo sobre nuestra juventud dorada.

Volvieron nuevamente a la calle del teatro, y Roche les llevó delante de un hotel.

–Dentro de un minuto –dijo– la policía echará a la gente que hay dentro. Es un espectáculo que vale la pena de verse.

Efectivamente, a las doce y media en punto el hotel apagó las luces y cerró las puertas, y no dejó más que un postigo para la salida. Dos policías entraron en el elegante hotel, y comenzaron a echar a la calle a mujeres elegantísimas y a señoritos de frac.

«¡Vamos, vamos!», decían los policías.

El portero del hotel, a la puerta, gritaba, y el rebaño de señoritos y de cocotas, con una gran resignación, salía a la calle. Cerró el portero su postigo, y, ocupando un gran trozo de la ancha acera, quedó todo el tropel de mujeres y de gomosos con cierta tendencia a estacionarse allí; pero los hombrones de la policía, en número de cuatro o cinco, cerraron la acera e hicieron subir el rebaño de pecadores hacia Piccadilly Circus. Roche hizo observar que muchas de aquellas mujeres hablaban alemán, y que entre ellas mariposeaban los chulos elegantes.

En Piccadilly Circus la tropa de viciosos tuvo otro momento de parada; los policías que venían de Piccadilly cortaron aquella procesión y la hicieron disolverse en un momento, y unos en coche, otros a pie, dejaron todos la calle limpia.

Poco después un policía, con una linterna en la mano, iba examinando si estaban bien cerradas las puertas de las casas y de las tiendas. Tomaron María, Natalia y Roche por Charing Cross Road. Había en la calle un puesto ambulante, iluminado con una lámpara de acetileno, y algunos vagabundos tomaban café en el mostrador. Entraron María y Natalia en su calle; en un portal dos mujeres reñían y vociferaban; un policía se puso a pasear delante de ellas hasta que una de ellas se fue.

Se despidieron de Roche, y entraron en casa. La pequeña Macha había llorado mucho al verse sin su madre.

XIV
Confianza o prudencia

Aquella noche María no pudo dormir tranquila. La conversación de los españoles en el restaurante, las escenas de *Julio César* y la procesión de mujeres y señoritos por Haymarket, se confundían y se barajaban en su imaginación; pero sobre todo la mirada de Vladimir la perseguía y la obsesionaba. Por un fenómeno de fe absurda, frecuente en los enamorados, se figuraba que en aquella noche, en el momento de cruzar con él la mirada, había descubierto la manera de ser íntima del joven revolucionario.

Creía ya comprenderle mejor que si le hubiese conocido de niño. Era, sin duda, un hombre exaltado, ardiente, que iba a arrastrarle a ella a una vida dolorosa, más grande, más intensa que la vida vulgar, pero llena de intranquilidades y de zozobras. Le parecía que Vladimir sería capaz de poner su vida en cualquier locura, y esto la horrorizaba; pero más que horrorizarla, la atraía.

Toda la noche la pasó María sin poder dormir, lamentando a ratos no saber rezar para consolarse con el rezo.

Al día siguiente fue al trabajo abatida, preocupadísima, sin poder olvidar todavía la mirada de aquel hombre. Dickson, durante el almuerzo, notó su preocupación.

–¿Le pasa a usted algo? –la dijo.

–No, nada; estoy algo indispuesta.

–Pues quédese usted en casa.

–No, no es para tanto –contestó ella.

Por la noche, el cartero dejó para María una carta. Era de él. La abrió con ansiedad. Era una carta larga, lírica, en la que le hablaba de la primera vez que la había visto, de su infancia, de su vida y de la representación de *Julio César*.

María leyó aquella carta, y la impresionó profundamente; pero, sin saber por qué, le quitó toda su fe en Vladimir, e hizo nacer en ella una violenta sospecha. Además, un amor tan ideal, tan romántico, le parecía demasiada suerte.

Se puso María inmediatamente a contestarle, y escribió una carta larguísima, que al día siguiente vaciló en echar al correo. La noche siguiente intentó reducir su carta y darla una apariencia de sensatez, y al fin escribió una carta fría y tonta, que, después de enviada y de pensar en ella, la comenzó a avergonzar.

Natalia, durante estos días, observaba a su amiga.

—¿Qué tienes? —la solía preguntar.

—Nada.

—¡Oh! Ya sé lo que tienes —le dijo al fin, impacientada con la reserva de su amiga.

—La verdad es que la locura parece que ha entrado en esta casa —contestó María.

—¿Por qué la locura? Vladimir te quiere; tú sientes inclinación hacia él.

—Sí, inclinación, pero tengo miedo.

—Miedo porque quieres luchar contra tus sentimientos, y una pasión fuerte te asusta.

—Sí, es verdad.

—¿Y por qué?

—Porque sí, porque es natural, porque no sé cómo es él, porque no le conozco.

—¿Qué más quieres saber?

—Muchas cosas. Además, me temo que sea un farsante.

—¿Por qué? ¿Por qué suponer tal cosa? Es la prudencia, la tonta prudencia la que te hace pensar así. Hay que ser generosa, María.

—Pero sabiendo con quién.

—Con todos... ¿Te vas a secar sola y triste cuando hay un hombre que se preocupa por tu vida, por todos los momentos de tu vida? No. Yo, ya ves, no me he preguntado quién es Roche; mi ternura va hacia él, y yo voy tras de mis sentimientos.

—Pero ¿estás segura de que le quieres?

—Sí.

—¿Tienes fe?

—Completa.

—Yo no.

—¿Y por qué no? ¿Porque crees que ser prudente es mejor que ser generosa? Rutina, tontería. ¿Qué experiencia tienes para creer eso?

Ninguna. Absolutamente ninguna. Que te lo han dicho; nada más. Tú, que tienes tan gran corazón, ¿por qué desconfías? ¿Te ha traicionado alguien? No. Y, sin embargo, desconfías. Desconfías de ti misma y de los demás, y te haces desgraciada, y haces desgraciados a los demás.

–No; eso, no –dijo María, sonriendo.

–Sí –y Natalia tomó entre sus manos las de su amiga y las estrechó arrebatadamente–. Si yo pudiera darte mi fe, mi confianza en los demás, te la daría. No mates tu vida de amor con tu cálculo y tu prudencia. La mujer o el hombre que obedece a sus sentimientos no hace más que cumplir su ley.

María escuchaba las razones apasionadas de su amiga, pero estaba turbada. ¿Qué hubiesen dicho sus amigas de Madrid ante esta rusa, que creía en la pasión como en un dogma sagrado? Seguramente la hubieran tenido por una loca.

Aquella noche no pudo dormir; la discusión con Natalia la inquietó. En algunos momentos cortos en que quedaba traspuesta, tenía sueños atropellados y rápidos. Soñó que se casaba con Vladimir y que le llevaban a él a la Siberia y que ella le seguía con los pies desnudos. Luego recorrían campos cubiertos de nieve, que eran idénticos a los vistos por ella en la fuga con su padre a través de España; pero estos campos ya no tenían sol ni calor.

Después, ya despierta, pensó que en aquella novela medio imaginada, medio soñada, había mucho de la historia de la princesa Wolkonsky, contada por Natalia al traducir al inglés algunos trozos del poema de Nekrassov.

Entre todos estos desvaríos del insomnio no había nada plácido y amable; todo era torturado, doloroso; todo era horror, tristeza, desesperación. Algunas veces estas ideas angustiosas las transformaba su cerebro en imágenes plásticas, y la tristeza era como un mar con unas olas negras que iban subiendo cada vez más altas.

Otras veces se refugiaba en sus recuerdos para huir de las ideas dolorosas, pero no llegaba a interesarse a sí misma. Su vida anterior, el recuerdo de su padre, el de Venancio con sus hijas, había palidecido.

Vladimir tomó la costumbre de ir los sábados por la tarde a tomar el té en compañía de Roche a casa de María.

Roche hablaba con verdadera satisfacción; se le veía que se encontraba allí a gusto, jugando con Macha, a quien solía tener en las rodillas.

Muchas veces le decía a Natalia: «Es usted una mujer *confortable*». Ella se reía.

Contrastando con Roche, Vladimir tenía un aire humillado. Sólo hablando de política y de cuestiones generales se exaltaba y se expresaba de una manera entusiasta. En lo demás se manifestaba reservado, cosa extraña, porque podía comprender que nadie dudaba allí de sus palabras y que María y Natalia estaban más dispuestas a admirarle que a desconfiar de él. María notó, con la rápida percepción de las mujeres para estas cosas, que Vladimir no era generoso. ¿Sería quizá que se encontraba en una situación económica peor de lo que parecía?

Lo cierto era que su amistad no hacía más que entristecer y perturbar a María. Ésta esperaba con ansiedad que llegara el sábado siguiente para ver si la situación se aclaraba, y llegaba el sábado, y María quedaba más confusa y perpleja. «¿Por qué no habla?», se preguntaba. «¿Por qué no dice lo que le ocurre?» Y pensando soluciones para su enigma, María se pasaba muchas horas en un insomnio febril.

Natalia también iba variando de opinión con relación a Vladimir; ya no tenía por él el entusiasmo frenético de antes, y de cuando en cuando, en el momento de la más apasionada plática igualitaria del polaco, le dirigía una mirada escrutadora y fría.

XV
Mala noche

Un sábado al anochecer, después de tomar el té, estaban en el cuarto de Natalia María y Vladimir. Roche había salido un momento antes, y Vladimir se había quedado a escribir una carta recomendando a Natalia a un periodista ruso.

Iba a marcharse el polaco, pero comenzó a caer un aguacero, y se quedó aguardando a que pasara.

Estaban los tres y la niña delante de la chimenea, cuando se oyó que llamaban suavemente en la puerta.

–¿Quién podrá ser ahora y con este tiempo? –dijo María.

Fue a la puerta, abrió y se encontró con Maldonado, que venía chorreando agua.

–¿Usted a estas horas? –le dijo María–. ¿Qué le pasa a usted?

Maldonado comenzó a divagar, y, después de muchas palabras inútiles, dijo:

–Tengo otros dos paquetes para enviarlos fuera.

–¿Dos bombas?

–Sí.

–¿En dónde? ¿Aquí?

–No, no las he tomado todavía.

–Pase usted –dijo María–, no hablemos a la puerta.

Hizo entrar al viejo a su cuarto, y avisó a Natalia y a Vladimir lo que pasaba.

Vladimir y María pasaron al cuarto a ver a Maldonado, y Natalia dijo que iba a acostar a su hija y que volvería enseguida.

Al enterarse Vladimir de lo que se trataba, palideció profundamente.

–¿Y quién es el que tiene que entregarle a usted las bombas? –preguntó.

–No sé –dijo Maldonado–; yo me he comprometido a ir a recogerlas esta noche a las tres al cementerio de Saint Giles in the Fields.

–No vaya usted –dijo María.

–Me matarán –contestó Maldonado.

–¿Y quién se ha entendido con usted? –dijo Vladimir.

–Black, el capitán Black, que a su vez se entiende con Toledano. Hace unos días me dijo: «¿Quiere usted enviar otros paquetes a España?».

–Y usted, ¿por qué no se ha negado? –dijo María.

–Porque me estaba cayendo de hambre, y, como digo, me han dado algún dinero, y hemos quedado de acuerdo que esta noche a las tres me dejarán las dos bombas en el banco de en medio del cementerio de San Gil, donde tengo que ir a recogerlas.

–¿Y cree usted que si no va...?

–Si no voy, mañana o pasado estará flotando mi cadáver en el río.

Vladimir dijo a María en francés que la relación de Maldonado tenía todas las trazas de ser una fantasía; pero ella le contestó secamente, diciéndole que creía que era cierta.

Estaban sin saber qué determinación tomar, cuando llegó Natalia y se enteró de todo.

–Lo mejor es que vayamos a la cita –dijo.

–¿Quiénes? –preguntó, alarmado, Vladimir.

–Nosotros, los cuatro.

–¿A recoger las bombas? –preguntó María.

–Sí.

–Y luego, ¿qué hacemos con ellas?

–Tirarlas al río –dijo la rusa.

Vladimir trató de disuadirles de esta idea; el proyecto no le hacía ninguna gracia; volvió a insinuar que toda la historia de las bombas podía ser una fantasía del viejo, y añadió que tenía la seguridad de que a las tres de la madrugada el cementerio de San Gil estaría cerrado.

–Ya lo veremos –replicó Natalia–. Bien cerca está de aquí, y no perderemos mucho tiempo en comprobarlo.

Se dispusieron a pasar la velada en el cuarto de María; Natalia hizo té, y esperaron sin hablar a que avanzara la noche. Afuera el viento golpeaba puertas y ventanas, y la lluvia azotaba con fuerza los cristales. La chimenea echaba de cuando en cuando bocanadas de humo que llenaban la habitación.

A medianoche dejó de llover, y un cuarto de hora antes de las tres salieron todos de casa. Estaba la noche negra y silenciosa; las calles, fangosas; pasaron por Shaftesbury Avenue, completamente desierta, y salieron a High Street.

–El cementerio está seguramente cerrado –dijo de nuevo Vladimir.

Se acercaron a la puerta de la verja; empujó Natalia el picaporte, y la puerta se abrió. Pasó la rusa, luego Maldonado, después Vladimir y, por último, María, que cerró la puerta. Por un corredor que atravesaba el patio exterior de la iglesia salieron al cementerio. Al correrse las nubes había quedado el cielo estrellado en parte, y se veía algo. No había nadie. Faltaban unos minutos para las tres.

–¡Claro, no hay nadie! –dijo Vladimir.

–Esperemos a que den las tres –contestó Maldonado–. El capitán Black no falta.

Esperaron anhelantes hasta que se oyeron las tres campanadas; durante un momento se sintió como un rumor de pasos; Natalia se acercó al centro del jardín y llamó a los demás. En el banco había dos paquetes envueltos en periódicos.

–Vamos –dijo Natalia, tomando uno en la mano.

Recorrieron el cementerio y luego el jardín; la puerta estaba abierta. Salieron a la calle. Faltaba Vladimir.

–¿Y Vladimir? ¿Dónde está? –preguntaron María y Natalia al mismo tiempo.

–¿Habrá quedado dentro? –dijo María.

–No –contestó Maldonado–; ha salido antes que yo.

Vladimir había desaparecido.

–Bueno, vamos a casa –añadió Natalia–; allí irá si quiere.

Llegaron a su calle; entraron en casa sin hacer ruido, y dejaron los dos paquetes en el tocador de María. Ni ella ni Natalia quisieron hacer comentarios sobre la fuga de Vladimir.

Esperaron en compañía de Maldonado a que clarease.

A las cinco de la mañana salieron los tres de casa y echaron a andar. Por encima de los tejados, el cielo, vagamente cobrizo, indicaba que comenzaba la mañana. Las calles estaban desiertas, llenas de charcos. Soplaba un viento frío y húmedo.

A lo largo del Támesis

Fueron a lo largo del río buscando un sitio en la orilla que estuviera sin gente. A cada paso encontraban algún policía. Recorrieron el muelle Victoria. Estaban todavía encendidos los faroles, que inundaban de luz las orillas. Buscando un lugar más desierto, atravesaron el túnel de Blackfriars, y entraron en Upper Thames Street, la calle alta del Támesis. Comenzaba a clarear; el resplandor rojizo del cielo iba haciéndose más fuerte, y la niebla, a lo lejos, tomaba un tono anaranjado. Las luces se apagaban, y el pueblo parecía extenderse en una cueva iluminada por un cristal turbio. La calle que tomaron estaba desierta; los almacenes, cerrados. Por las rejas se veían galerías llenas de fardos, iluminadas con bombillas eléctricas, cubiertas de polvo; un guardián husmeaba por los rincones con una linterna en la mano, y en algunos sitios, muy a lo lejos, por un ventanal ancho, que daba al Támesis, brillaba la claridad gris del cielo.

De trecho en trecho la calle se hallaba cortada por un callejón angosto y largo, que desembocaba en el río, y en su fondo se veían los palos de un buque en el aire gris. Algunos de estos callejones estaban flanqueados por torres, y las ventanas de sus muros parecían aspilleras.

Natalia y Maldonado entraron en el primer callejón desierto a ver si se podía desde allí echar los dos bultos. María se quedó de guardia a la entrada para avisarles si venía alguien.

Era el callejón una hendidura estrecha entre dos paredes altísimas, negras y sin ventanas. Sólo a la altura del tejado avanzaban una serie de grúas adosadas a la pared. Desde allí se sentía el rumor del río amenazador y siniestro.

María vio cómo se alejaban Natalia y Maldonado; pero al llegar al final de la angosta fisura se les acercó un hombre y hablaron con él, y volvieron un poco después.

Siguieron de nuevo por Upper Thames Street, mirando siempre a los callejones que daban hacia el río, por si encontraban alguno donde no hubiera gente. En casi todos aparecía al poco rato un guarda, un marinero o un madrugador cualquiera.

En uno de los callejones no vieron a nadie, y llegaron hasta el final. Terminaba en un patio enlosado, con una escalera cuyas gradas caían a un pequeño dique. En medio del patio había una reja en el suelo, y en un rincón unas cuantas calderas roñosas, anclas y hierros amarillos tomados por el orín, remos y un esqueleto de una barca con las costillas rotas.

La marea estaba baja, el dique sin agua, cubierto de fango, y sobre él se tendía una gabarra ladeada, sujeta por una amarra a una argolla, también mohosa. Como cerrando el dique, sobresalía del cieno una línea de estacas, y en esta capa de cieno, comprendida entre la línea de estacas y la orilla, nadaban e iban y venían a impulsos de la marea unas cuantas tablas, unas botas viejas, y un gato muerto, hinchado como un globo.

Las ratas

Avanzaron en el patio, y vieron, no sin cierta sorpresa, un hombre que les miraba por la cueva a través de la reja.

—¿Se podrá andar por encima de ese barro amarillo? —le preguntó Natalia.

—En ese barro amarillo —contestó el hombre con solemnidad— desaparecería usted sin dejar el menor rastro.

—¿De veras?

—Probablemente sería imposible encontrarla.

—Pero ¿es posible? —preguntó María.

—¡Ya lo creo! Habrá ahí muchos metros de lodo. Además, está todo lleno de ratas como perros de grandes.

Natalia se estremeció de terror. El hombre salió de su agujero. Era un tipo rojo y zambo, con los pantalones recogidos y las piernas desnudas y llenas de pelo. Cerró la reja, y entró en la gabarra. Saludaron al hombre, y volvieron a seguir por la calle paralela al Támesis. La quietud de todas aquellas poleas y grúas que se veían en los callejones negros, formados por paredes altísimas y sin ventanas; los montones de cajas y de barricas abandonados en los desembarcaderos, todo esto, en el aire de la mañana, daba la impresión de un pueblo atacado por la peste, sorprendido por la muerte en un momento de agitación y de máximo de vida.

¡Al río!

Tomaron por Lower Thames Street, la calle baja del Támesis, y, por indicación de Maldonado, pasando por cerca de San Magnus y de la aduana, salieron a un pequeño muelle con bancos, completamente desierto.

—Éste es nuestro sitio —dijo Natalia—. Vengan los paquetes.

Se acercaron al borde del muelle. Abajo, en un lanchón, dos marineros hablaban sentados en cuclillas; otro, en una gabarra, iba sujetando con un alambre el toldo de un cargamento de heno.

Se sentaron en un banco y esperaron a que no quedase nadie en la orilla. Iba subiendo la marea. El río, ancho, gris, como una lámina de plomo, bajo el cielo nublado, se mostraba magnífico, majestuoso; ni ruidos ni voces alteraban la calma de la mañana de este día de descanso; todo reposaba del trabajo fatigoso de los días anteriores. Enfrente, a lo lejos, la otra orilla daba la impresión de un pueblo lejano en medio de esta bruma que esfumaba los contornos de las cosas. Los barcos, negros por el carbón, formando filas a lo largo de los embarcaderos de la City, dejaban en medio canales; algunos buques esperaban la descarga hundidos; otros, por el contrario, muy levantados en el agua, fuera de la línea de flotación por falta de lastre, mostraban sus forros sucios, llenos de musgos verdosos.

Un momento estuvieron el muelle y el río sin gente; iban a lanzar los dos envoltorios, cuando apareció un bote de la aduana con unos hombres vestidos de uniforme.

Al perderse de vista el bote, Natalia cogió uno de los paquetes de Maldonado y lo tiró al río. Fuera ilusión o realidad, a los tres les pareció que el agua se levantaba con una fuerza formidable. Natalia, siempre valerosa, quiso tirar la otra caja, pero María, temiendo que les hubiesen visto, dijo que sería mejor esperar y marchar a otro sitio.

El Wapping

Dejaron el muelle y volvieron a Lower Thames Street. Alguno que otro grupo se cruzó con ellos, y Maldonado se empeñó en decir que eran espías.

Pasaron los tres por delante de la Torre de Londres. Unos soldados con unos gorros muy altos renovaban la guardia. Cruzaron deprisa el muelle de la Torre, y atravesando una calle, y siguiendo después otra, salieron delante de los docks de Santa Catalina. Pasaron por encima de un puente giratorio y luego de varios otros de los London Docks. Se veían grandes estanques de agua verde, cerrados por esclusas; el agua en estos depósitos parecía estar por encima del nivel del suelo, y flotando sobre ella los barcos tenían el aspecto de grandes castillos. A lo lejos se veían vagamente entre la niebla bosques de mástiles y altas chimeneas.

En la pasarela de los puentes giratorios algunos empleados y marineros charlaban fumando su pipa. Tomaron por una callejuela estrecha, entre dos paredones negros, sin puertas ni ventanas, que parecían muros de una cárcel; de trecho en trecho, entre casa y casa, había escaleras de rápida pendiente, que bajaba hacia el río; bandadas de chiquillos desharrapados merodeaban por allí. Había un olor mixto de sardina vieja y de alquitrán flotando en el vaho húmedo que echaban los docks, estos grandes pantanos formados por la entrada del río fangoso en el interior del pueblo.

Pasaron por delante de la dársena del Wapping, y se acercaron a un muelle con unas escaleras. Eran las viejas escaleras del Wapping, Wapping Old Stairs.

María bajó deprisa con la caja en la mano; saltó a una lancha, y desde ella dejó caer en el agua la máquina infernal. Se hundió sin ruido; sólo salieron dos o tres burbujillas de aire. María volvió a subir las escaleras. No los había visto nadie.

Desde allí, el río, envuelto en la niebla, tenía una extraña y melancólica grandiosidad. A lo lejos se veía muy vagamente el puente de la Torre, y el agua brillaba como si fuera de acero.

Preguntaron a un hombre que parecía un empleado de los docks por dónde volverían más pronto, y les indicó el camino de una estación que seguía la misma calle, llamada Wapping High Street.

Lo hicieron así; de los portales de algunas casas negras se veían salir chiquillos sucios, feos, andrajosos; muchachas de trajes claros hablaban con marineros jóvenes, entre los cuales chocaba ver japoneses vestidos de blanco y chinos de larga coleta. Un negro repulsivo, con un pañuelo rojo al cuello, cruzó tambaleándose, borracho, y dos escandinavos, altos, rubios, pasaron cantando; uno de ellos llevaba una cacatúa en el hombro y el otro un mono.

«Mira, mira las elegantes con un viejo», gritó una muchacha desde un portal, señalando a María y a Natalia.

Maldonado mostró un fumadero de opio, adonde había ido él, según dijo, varias veces. Era una casa pequeña, de color rojo sucio, en el piso bajo tenía una especie de taberna, con ventanas ocultas por cortinas negras. Encima del letrero, borrado por la bruma y el humo, había un balcón ancho y de poca altura, que avanzaba sobre la fangosa calle.

A la puerta, dos chinos esqueléticos hablaban. Unos chicos, desde un callejón, comenzaron a tirar piedras a María y a Natalia, que tuvieron que apresurar el paso. Comenzaba a llover. Llegaron a la estación del Wapping, y en pocos minutos, en tren, volvieron al Museo Británico. Le dejaron a Maldonado, y, comentando las impresiones del día, entraron en casa.

XVI
Raza cansada

María pensó en aquella aventura, y buscó en su cabeza una explicación razonable y que dejara en buen lugar el valor y la dignidad de Vladimir. Ciertamente que no la encontró, pero inventó alguno que otro subterfugio para tranquilizarse. Esperaba que el polaco diera una explicación; pero Vladimir, que casi todos los sábados iba por la tarde a tomar el té con Roche, dejó de aparecer por la casa.

«¿Qué le pasará?», se preguntaba María. «¿Estará enfermo?»

Ella comprendía bien lo que le pasaba, que, necesariamente, debía estar avergonzado, pero quería engañarse suponiendo que no iba por otra causa cualquiera.

Un día y otro día le esperaba, y él no aparecía.

Al segundo sábado en que Vladimir no se presentó, María le encargó a Natalia que se enterara de si Vladimir se encontraba enfermo o si estaba de viaje. Natalia, al día siguiente, vino diciendo que no estaba enfermo y que iba con frecuencia a casa de Toledano.

No dijo más, pero María supuso que su amiga sabía alguna otra cosa.

–Tú te has enterado de algo –le dijo–. ¿Qué pasa? Di.

–Nada.

–No; me engañas. Cuéntame lo que sepas.

Natalia protestó de que no sabía nada; pero, estrechada por María, le dijo al último:

–Pues lo que pasa es lo que decías tú. Vladimir es un farsante, y se casa con la hija de Toledano.

–¿Con aquella muchacha gorda?

–Sí.

–¡Por eso no quería que fuéramos a casa de Toledano...! Y ella, ¿es rica?

–Riquísima. Su padre le da una gran dote, y cierra la tienda. Parece que ya han embalado todas sus riquezas, y van a ir a vivir a París.

María, al parecer, recibió la noticia con serenidad; pero al meterse en su cuarto, su serenidad se disolvió en una lluvia de lágrimas. Al día siguiente estaba tan rendida, tan destrozada, que no pudo ir a la oficina. Natalia le escribió a Iturrioz, que se presentó al momento. La rusa le contó lo que había pasado, e Iturrioz vio a María.

–Esto es fatiga más que otra cosa –le dijo–, ¿sabes? Te vas a pasar cuatro o cinco días en la cama sin ver a nadie, y luego te llevaremos al campo.

María dijo que obedecería. Los días siguientes, fuera por la falta de excitación del aire exterior o por otra causa, los pasaba llorando; Natalia le mimaba, le trataba como a una niña, y ella lloraba abundantemente por las cosas más insignificantes.

–Pero ¿cómo se explica usted, doctor –le preguntó Natalia a Iturrioz–, que María, tan valiente como es, sólo por una cosa así haya quedado tan abatida? Yo hubiera llorado un día o dos, pero creo que pronto lo hubiera olvidado todo.

–¡Ah! Es que usted –dijo Iturrioz– es un magnífico *specimen* de una raza joven, fresca, en la que la energía de la vida tiene una gran elasticidad, y nosotros somos viejos, nuestra raza ha vivido demasiado, y tenemos ya hasta los huesos débiles.

–¡Qué cosas más desagradables dice usted, doctor!

–Es la verdad.

–No, no es la verdad; María es una muchacha enérgica.

–Sí; pero ha estado haciendo un esfuerzo superior a sí misma, y, al fin, se ha rendido. Nosotros, la gente del mediodía, no podemos desarrollar una cantidad de trabajo tenaz y constante: primero, porque la raza está cansada y el caudal de vitalidad que ha llegado a nosotros ha venido exhausto; luego, porque somos máquinas de menos gasto, y, por tanto, de menos producto.

–Sí, será verdad; pero me choca lo ocurrido a María, porque con un poco de imaginación... –dijo Natalia.

–Los españoles no tenemos imaginación –afirmó rotundamente Iturrioz.

–¿Ni fuerza ni imaginación? –preguntó la rusa burlonamente.

–Ni una cosa ni otra. Además, estamos aplastados por siglos de historia que caen sobre nuestros hombros como una losa de plomo. Nuestras pobres mujeres necesitarán muchos ensayos, muchas pruebas para emanciparse, para ser algo y tener una personalidad. ¡Y aun así...! Ya ve usted, María es un ensayo de emancipación que fracasa.

Natalia no hacía mucho caso de las generalizaciones filosóficas de Iturrioz, pero seguía al pie de la letra sus prescripciones médicas.

A la semana de la crisis, María comenzó a levantarse, y se fueron mitigando sus melancolías.

La última fantasía de Maldonado

Días después de la marcha de Toledano y de la desaparición de Vladimir, vino en los periódicos la noticia de que habían cogido en Mansion Land, en el oeste de Londres, cerca de la orilla del Támesis, barriada infestada de bandidos, una sociedad de dinamiteros y monederos falsos. Entre los presos estaban Maldonado, Arapahú, el *clown* Little Chip y el capitán Black.

Natalia afirmó que no era una casualidad el que los hubiesen prendido a todos, después de la marcha de Toledano y de Vladimir, sino que estos miserables habían denunciado a sus antiguos cómplices.

Natalia sentía un odio terrible por Vladimir; su pasada admiración se había trocado en antipatía y en desprecio; hubiese querido encontrarle en cualquier parte y escupirle y echarle en cara toda su vileza.

Iturrioz fue a la cárcel a preguntar por Maldonado, pero no le permitieron verle.

Al otro día, en la sección de asuntos criminales del *Daily Telegraph*, María y Natalia leyeron con espanto lo siguiente:

«SUICIDIO DE UN HIDALGO HUMORISTA

»Ayer por la noche se suicidó en la prisión central uno de los detenidos por la policía en Mansion Land y acusado de dinamitero y de expendedor de moneda falsa. El suicida es un hidalgo español de apellido Maldonado. Durante el día, el señor Maldonado se entretuvo en dibujar en la pared de su celda dos escenas, en las cuales los personajes son esqueletos.

»Hemos visto estos dibujos, que, si no un gran dominio en el arte de Apeles, no dejan de indicar un ingenio sagaz. En una de estas escenas un esqueleto anarquista lanza una bomba que estalla entre la multitud, y van por el aire brazos, cabezas y piernas de personas esqueléticas. En el otro dibujo hay una serie de esqueletos ahorcados, y enfrente de ellos un esqueleto sentado en una mesa, con toga, peluca y demás atributos de juez.

»Debajo de sus monigotes, el hidalgo señor Maldonado ha escrito en español, con un laconismo digno de la seriedad de su raza, estas palabras: ESTÁ BIEN. ES IGUAL.

»Después, el señor Maldonado se ha ahorcado con una correa vieja que le servía de cinturón.

»¿Qué ha querido decir el señor Maldonado con sus dibujos? El señor Maldonado no ha considerado conveniente explicarlo. ¿Es una sátira? ¿Es una ironía? ¿Es una advertencia a la sociedad lo que ha dibujado jeroglíficamente en la pared de su celda el señor Maldonado? Lo ignoramos. ¡Quién sabe lo que bulle debajo de las anchas alas del sombrero de un hidalgo español! Nos inclinamos a creer que hemos perdido en el señor Maldonado un humorista, un humorista un tanto macabro. Sentimos, ciertamente, que el señor Maldonado no nos haya podido explicar las alegorías dibujadas en la pared de su celda, y por si hay alguno que pueda aclararlas con el tiempo, desearíamos que estos dibujos se enviasen, si no a la National Gallery, al menos al museo negro de Scotland Yard».

Este comentario semiburlesco pusieron a los dibujos de Maldonado, cuando el pequeño enigma de la personalidad del viejo español, medio rebelde y medio resignada, pasó, por la eficacia de una correa también vieja, desde una celda de la prisión central de Londres a la región de los grandes enigmas.

Renacimiento de la esperanza

Hay en nosotros un impulso siniestro, que sale a flote en los momentos tempestuosos, de ira o de cólera, de desesperación o de tristeza, que nos arrastra a destruir con saña lo que está fuera o lo que está dentro de nuestro espíritu.

Este impulso, leñador gigante, tiene el brazo de titán y la mano armada de un hacha poderosa. El árbol de la esperanza crece siempre mientras la vida se desarrolla; el terrible leñador tiene obra siempre; su hacha es implacable, y caen bajo los golpes de su filo las ramas viejas y los retoños nuevos.

Las ilusiones vagas, las ilusiones definidas, la rabia por creer y la rabia por dudar, se suceden en nosotros; y cuando ya no hay más que oscuridad y tinieblas en nuestra alma, cuando vemos que la fatalidad, como un meteoro, en cada día y en cada hora se cierne sobre nuestras cabezas, entonces esa fatalidad se convierte también en esperanza, y cae bajo el hacha del leñador sombrío.

Y pensamos a veces: «Si vamos por la vida como las ramas de los árboles van por el río después de las grandes lluvias, ¿quién sabe si en algún remanso nos detendremos? ¿Quién sabe si un horizonte sereno nos sonreirá?».

No nos detendremos en ningún remanso; el cielo está negro, el sol ha muerto, las estrellas se han apagado; no nos quedará más que el vivir, el inútil funcionamiento de nuestros órganos. Desde nuestro huerto talado no veremos más que el paisaje lleno de nieve y los cuervos dispuestos a lanzarse sobre nuestra carroña. No nos quedará más.

Veremos que la humanidad es una cosa inútil, un juego incomprensible de la vida, un resplandor que comenzó en un gorila y acabará extinguiéndose en el vacío.

Veremos que el porvenir del hombre y de sus hijos es danzar siglos y siglos por el espacio convertidos en ceniza, en una piedra muerta como la tierra, y después disolverse en la materia cósmica.

Veremos que no hay porvenir para el hombre ni individual ni colectivamente.

Y cuando el horizonte de la vida aparezca desnudo y seco, cuando no quede ni una rama joven ni un retoño nuevo, cuando el terrible leñador haya terminado su obra, entonces la esperanza volverá a brillar como una aurora tras de las negruras de una noche tempestuosa, y sentiremos la vida interior clara y alegre.

La alondra de Roche

María mejoró lo bastante para comenzar a salir de casa.

Iturrioz la había dicho que era necesario que dejara el trabajo en la oficina.

Tenía bastante dinero ahorrado para poder vivir mucho tiempo sin hacer nada.

«Ha sido una hormiguita», decía Natalia. «A mí me había confesado que guardaba dinero, pero no creía que tanto.»

Roche solía invitar a María y a Natalia a pasear en coche por el campo. Iban muy lejos; algunos días llegaron a casa de Wanda.

Roche estaba muy contento y decidor; hombre que había vivido con una mujer orgullosa y seca, que no había pensado más que en mortificarle con sus frases y en gastar todo el dinero posible, al encontrarse con Natalia, que sentía por él un entusiasmo y una confianza extraordinarios, se hallaba absorto. Su filosofía escéptica iba transformándose en un optimismo algo infantil, cándido y risueño. Así como la desgracia hace discurrir más, la felicidad quita todo deseo de análisis; por eso es doblemente deseable. Natalia no había puesto obstáculo ninguno para unirse con Roche, pero éste, que prefería llevarla a su casa como mujer, con todas las preeminencias sociales que el matrimonio podía darle, que no tenerla como querida, esperó a que se resolviera el pleito de su divorcio. Natalia le había agradecido esa delicada atención en el fondo de su alma, y tan satisfecha y feliz era, que había embellecido.

Roche solía decir: «Ahora mis amigos dirán: "Este Roche es un hombre listo; parecía distraído en oír cantar la alondra en el campo, y era que esperaba tenerla en el plato"».

Y Natalia, que era, ciertamente, una alondra encantadora, miraba a su prometido con los ojos brillantes de amor.

Hay que ser inmoral

Una tarde hablaban Iturrioz y María de su vida y del giro que habían tomado sus asuntos.

–Ya ve usted, he tenido mala suerte –dijo María.

–¿Mala suerte? No –contestó Iturrioz.

–Todo me ha salido mal –exclamó ella con un despecho infantil.

–¿Que te ha salido todo mal? No, hija mía. ¿Qué quieres tú? ¿Tener una personalidad y ser feliz como las que no la tienen? ¿Discurrir libremente, gozar del espectáculo de la propia dignidad y, además, ser protegida? ¿Ser niño y mujer al mismo tiempo? No, María. Eso es imposible. Hay que elegir. ¿Quieres ser el pájaro salvaje que busca sólo su comida y su nido? Pues hay que luchar contra el viento y contra las tempestades. Además, ¿quieres depender de ti misma? Tienes que abandonar una moral buena para una señorita de provincia.

–¿Por qué?

–Porque sí. Esa vieja literata que te dijo, cuando pretendiste ser su secretaria: «No ha tenido usted amantes, no me sirve usted», no creas que discurría torpemente, no. Era para ella éste el grado de tu moralidad. Ella pensó: «¿No ha tenido amantes porque es honrada?, no me conviene»; o «¿No ha tenido amantes porque es indiferente?, entonces tampoco me conviene».

–Pero ¿por qué la honradez ha de estar reñida con el trabajo?

–No; no está reñida con el trabajo, está en pugna con la vida. ¿Tú quieres ser libre? Tienes que ser inmoral. Hay virtudes que sirven y son útiles en un grado de civilización, pero que no sirven y hasta son inútiles en otro.

–Yo no lo creo así.

–Pues créelo. Éste es un momento crítico de tu vida. Me alegro de encontrarme aquí, no por aconsejarte, yo no aconsejo a nadie, sino porque estoy fuera de la cuestión y tengo la suficiente serenidad para ver claro. Delante de ti tienes dos soluciones: una, la vida independiente; otra, la sumisión: vivir libre o tomar un amo; no hay otro camino. La vida libre te llevará probablemente al fracaso, te convertirá en un harapo, en una mujer vieja y medio loca a los treinta años; no tendrás hogar, pasarás el final de tu vida en una casa de huéspedes fría, con caras extrañas. Tendrás la grandeza del explotador que vuelve del viaje destrozado con fiebre, eso sí. Si te sometes...

–Si me someto, ¿qué?

–Si te sometes, tendrás un amo y la vida te será más fácil. Claro que el matrimonio es una institución bárbara y brutal; pero tú puedes tener un buen amo; puedes volver a España. Venancio tiene por ti un cariño de padre, te casarás con él y tu vida será dulce y tranquila.

–¿Cree usted...?

–Sí.

–Y Venancio, ¿me acogerá bien?

–¡Ya lo creo!

–¿Aunque le diga lo que me ha pasado?

–¿Qué te ha pasado, criatura? –dijo Iturrioz burlonamente–. No te ha pasado nada.

María estuvo pensativa, y después dijo, sonriendo entre lágrimas:

–No sé si a usted le parecerá mal, Iturrioz; pero creo que me voy a someter –y después añadió graciosamente–: no tengo fuerza para ser inmoral.

Se vuelve la mirada hacia el pasado

María, sin tener que trabajar, comenzó a aburrirse. Iturrioz iba a hacerle compañía, y los dos juntos charlaban de cosas antiguas, y hablaban sobre todo de Madrid.

María, como era madrileña, defendía su pueblo, e Iturrioz se reía.

«La verdad es que es un pueblo destartalado, pero tiene gracia Madrid», concluía diciendo Iturrioz.

Y hablaban de estas mañanas de Madrid, con el cielo limpio y puro, de la luz diáfana, acariciadora, en la que se destacan los objetos casi sin perspectiva, y de las calles en cuesta, torcidas y caprichosas, en las que se oyen las notas alegres de un organillo.

María recordaba muy fuertemente la impresión matinal de las calles de Madrid con sus vendedores callejeros y criadas, y conservaba también muy vivo el recuerdo de esa decoración que se presenta desde los altos del paseo de Rosales. Allá estaba el fondo que Velázquez puso a su cuadro *Las lanzas*, las montañas azules que decoran alguno de sus retratos, los pinos de la Moncloa y los viejos del Parque del Oeste. Recordaba también el ver por encima de la Casa de Campo aquella línea recta de la llanura madrileña cortada a trechos por una casa de ladrillo o por una chimenea humeante, en la atmósfera seca y transparente. Al mismo tiempo que las cosas, volvían a brotar las personas de su memoria con una viveza y una fuerza nuevas, y el pasado se despertaba ante ella como se despierta en la cuna un niño de ojos cándidos y risueños.

–Iría con mucho gusto allí –dijo María varias veces.

–Pues si quieres, yo te acompañaré –le contestó Iturrioz.

–¿Y luego?

–Luego, si quieres volver, vuelve.

–Si voy, creo que no volveré.

–Pues decídete.

María se decidió, y quedaron de acuerdo para el día de la partida.

Iturrioz sacó el dinero que María tenía en el banco. Se adelantó la boda de Natalia y de Roche, y el nuevo matrimonio acompañó a María y a Iturrioz hasta Folkestone. Allí las dos amigas se despidieron llorando.

Al cruzar en París, en coche, desde la estación del Norte a la de Orleans, María vio en la avenida de la Ópera a Toledano, con su hija, y a Vladimir en un elegante automóvil.

Se encontraron de frente y se quedaron mirándose; Vladimir enrojeció y desvió la vista; Toledano sonrió de una manera cínica y repugnante.

–¡Son ellos! –exclamó María–. Vuelven la cabeza. ¡Qué canallas!

–Hay que dejar a los canallas que vivan –dijo Iturrioz–; ¡quién sabe si no tendrán también su utilidad!

XVII
Epílogo feliz, casi triste

Unos meses después, María se casó con su primo Venancio en Madrid, y al año de casada tuvo un hijo, a quien llamaron Enrique, como a su abuelo.

El doctor Aracil volvió a España; había envejecido en poco tiempo y se mostraba más reconcentrado y más triste; solamente se le veía reír contemplando a su nietecillo. Iturrioz sigue siempre huraño y cada vez más raro, y Natalia envía a su amiga española cartas largas y tarjetas postales.

Y María pasea por la calle de Rosales con sus sobrinas, que ahora la llaman mamá, y con su hijo. Ha engrosado un poco y es una señora sedentaria y tranquila.

El árbol de la ciencia

Primera parte
La vida de un estudiante en Madrid

Andrés Hurtado comienza la carrera

Serían las diez de la mañana de un día de octubre. En el patio de la Escuela de Arquitectura, grupos de estudiantes esperaban a que se abriera la clase.

De la puerta de la calle de los Estudios, que daba a este patio, iban entrando muchachos jóvenes que, al encontrarse reunidos, se saludaban, reían y hablaban.

Por una de estas anomalías clásicas de España, aquellos estudiantes que esperaban en el patio de la Escuela de Arquitectura no eran arquitectos del porvenir, sino futuros médicos y farmacéuticos.

La clase de química general del año preparatorio de medicina y farmacia se daba en esta época en una antigua capilla del Instituto de San Isidro, convertida en clase, y ésta tenía su entrada por la Escuela de Arquitectura.

La cantidad de estudiantes y la impaciencia que demostraban por entrar en el aula se explicaba fácilmente por ser aquél primer día de curso y del comienzo de la carrera.

Ese paso del bachillerato al estudio de facultad siempre da al estudiante ciertas ilusiones, le hace creerse más hombre, que su vida ha de cambiar.

Andrés Hurtado, algo sorprendido de verse entre tanto compañero, miraba atentamente, arrimado a la pared, la puerta de un ángulo del patio por donde tenía que pasar.

Los chicos se agrupaban delante de aquella puerta como el público a la entrada de un teatro.

Andrés seguía apoyado en la pared, cuando sintió que le agarraban del brazo y le decían:

–¡Hola, chico!

Hurtado se volvió y se encontró con su compañero de instituto Julio Aracil.

Habían sido condiscípulos en San Isidro; pero Andrés hacía tiempo que no veía a Julio. Éste había estudiado el último año del bachillerato, según dijo, en provincias.

–¿Qué, tú también vienes aquí? –le preguntó Aracil.

–Ya ves.

–¿Qué estudias?

–Medicina.

–¡Hombre! Yo también. Estudiaremos juntos.

Aracil se encontraba en compañía de un muchacho de más edad que él, a juzgar por su aspecto de barba rubia y ojos claros. Este muchacho y Aracil, los dos correctos, hablaban con desdén de los demás estudiantes, en su mayoría palurdos provincianos, que manifestaban la alegría y la sorpresa de verse juntos con gritos y carcajadas.

Abrieron la clase, y los estudiantes, apresurándose y apretándose como si fueran a ver un espectáculo entretenido, comenzaron a pasar.

–Habrá que ver cómo entran dentro de unos días –dijo Aracil burlonamente.

–Tendrán la misma prisa para salir que ahora tienen para entrar –repuso el otro.

Aracil, su amigo y Hurtado se sentaron juntos. La clase era la antigua capilla del Instituto de San Isidro de cuando éste pertenecía a los jesuitas. Tenía el techo pintado con grandes figuras a estilo de Jordaens; en los ángulos de la escocia, los cuatro evangelistas, y en el centro una porción de figuras y escenas bíblicas. Desde el suelo hasta cerca del techo se levantaba una gradería de madera muy empinada con una escalera central, lo que daba a la clase el aspecto del gallinero de un teatro.

Los estudiantes llenaron los bancos casi hasta arriba; no estaba aún el catedrático, y como había mucha gente alborotadora entre los alumnos, alguno comenzó a dar golpecitos en el suelo con el bastón; otros muchos le imitaron, y se produjo una furiosa algarabía.

De pronto se abrió una puertecilla del fondo de la tribuna y apareció un señor viejo, muy empaquetado, seguido de dos ayudantes jóvenes.

Aquella aparición teatral del profesor y de los ayudantes provocó grandes murmullos; alguno de los alumnos más atrevidos comenzó a aplaudir, y viendo que el viejo catedrático, no sólo no se incomodaba, sino que saludaba como reconocido, aplaudieron aún más.

–Esto es una ridiculez –dijo Hurtado.

–A él no le debe parecer eso –replicó Aracil riéndose–; pero si es tan majadero que le gusta que le aplaudan, le aplaudiremos.

El profesor era un pobre hombre presuntuoso, ridículo. Había estudiado en París y había adquirido los gestos y las posturas amaneradas de un francés petulante.

El buen señor comenzó un discurso de salutación a sus alumnos, muy enfático y altisonante, con algunos toques sentimentales: les habló de su maestro Liebig, de su amigo Pasteur, de su camarada Berthelot, de la ciencia, del microscopio...

Su melena blanca, su bigote engomado, su perilla puntiaguda, que le temblaba al hablar; su voz hueca y solemne le daban el aspecto de un padre severo de drama, y alguno de los estudiantes, que encontró este parecido, recitó en voz alta y cavernosa los versos de don Diego Tenorio, cuando entra en la Hostería del Laurel, en el drama de Zorrilla:

Que un hombre de mi linaje
descienda a tan ruin mansión.

Los que estaban al lado del recitador irrespetuoso se echaron a reír, y los demás estudiantes miraron al grupo de alborotadores.

–¿Qué es eso? ¿Qué pasa? –dijo el profesor, poniéndose los lentes y acercándose al barandado de la tribuna–. ¿Es que alguno ha perdido la herradura por ahí? Yo suplico a los que están al lado de ese asno que rebuzna con tal perfección que se alejen de él, porque sus coces deben ser mortales de necesidad.

Rieron los estudiantes con gran entusiasmo; el profesor dio por terminada la clase, retirándose, haciendo un saludo ceremonioso, y los chicos aplaudieron a rabiar.

Salió Andrés Hurtado con Aracil, y los dos, en compañía del joven de la barba rubia, que se llamaba Montaner, se encaminaron a la Universidad Central, en donde daban la clase de zoología y la de botánica.

En esta última los estudiantes intentaron repetir el escándalo de la clase de química; pero el profesor, un viejecillo seco y malhumorado, les salió al encuentro y les dijo que de él no se reía nadie, ni nadie le aplaudía como si fuera un histrión.

De la universidad, Montaner, Aracil y Hurtado marcharon hacia el centro.

Andrés experimentaba por Julio Aracil bastante antipatía, aunque en algunos casos le reconocía cierta superioridad; pero sintió aún mayor adversión por Montaner.

Las primeras palabras entre Montaner y Hurtado fueron poco amables. Montaner hablaba con una seguridad de todo algo ofensiva; se creía, sin duda, un hombre de mundo. Hurtado le replicó varias veces bruscamente.

Los dos condiscípulos se encontraron en esta primera conversación completamente en desacuerdo. Hurtado era republicano; Montaner, defensor de la familia real; Hurtado era enemigo de la burguesía; Montaner, partidario de la clase rica y de la aristocracia.

–Dejad esas cosas –dijo varias veces Julio Aracil–; tan estúpido es ser monárquico como republicano; tan tonto defender a los pobres como a los ricos. La cuestión sería tener dinero, un cochecito como ése –y señalaba uno– y una mujer como aquélla.

La hostilidad entre Hurtado y Montaner todavía se manifestó delante del escaparate de una librería. Hurtado era partidario de los escritores naturalistas, que a Montaner no le gustaban; Hurtado era entusiasta de Espronceda; Montaner, de Zorrilla; no se entendían en nada.

Llegaron a la Puerta del Sol y tomaron por la Carrera de San Jerónimo.

–Bueno, yo me voy a casa –dijo Hurtado.

–¿Dónde vives? –le preguntó Aracil.

–En la calle de Atocha.

–Pues los tres vivimos cerca.

Fueron juntos a la plaza de Antón Martín, y allí se separaron con muy poca afabilidad.

II
Los estudiantes

En esta época era todavía Madrid una de las pocas ciudades que conservaba espíritu romántico.

Todos los pueblos tienen, sin duda, una serie de fórmulas prácticas para la vida, consecuencia de la raza, de la historia, del ambiente físico y moral. Tales fórmulas, tal especial manera de ver, constituye un pragmatismo útil, simplificador, sintetizador. El pragmatismo nacional cumple su misión mientras deja paso libre a la realidad; pero si se cierra este paso, entonces la normalidad de un pueblo se altera, la atmósfera se enrarece, las ideas y los hechos toman perspectivas falsas. En un ambiente de ficciones, residuo del pragmatismo viejo y sin renovación, vivía el Madrid de hace años.

Otras ciudades españolas se habían dado alguna cuenta de la necesidad de transformarse y de cambiar; Madrid seguía inmóvil, sin curiosidad, sin deseo de cambio.

El estudiante madrileño, sobre todo el venido de provincias, llegaba a la corte con un espíritu donjuanesco, con la idea de divertirse, jugar, perseguir a las mujeres; pensando, como decía el profesor de química con su solemnidad habitual, quemarse pronto en un ambiente demasiado oxigenado.

Menos el sentido religioso, del que muchos carecían y no les preocupaba gran cosa la religión, los estudiantes de las postrimerías del siglo XIX venían a la corte con el espíritu de un estudiante del siglo XVII, con la ilusión de imitar, dentro de lo posible, a don Juan Tenorio y de vivir

> llevando a sangre y fuego
> amores y desafíos.

El estudiante culto, aunque quisiera ver las cosas dentro de la realidad e intentara adquirir una idea clara de su país y del papel que representaba en el mundo, no podía. La acción de la cultura europea en España era realmente restringida y localizada a cuestiones técnicas; los periódicos daban una idea incompleta de todo; la tendencia general era hacer creer que lo grande de España podía ser pequeño fuera de ella, y al contrario, por una especie de mala fe internacional.

Si en Francia o en Alemania no hablaban de las cosas de España, o hablaban de ellas en broma, era porque nos odiaban; teníamos aquí grandes hombres que producían la envidia de otros países: Castelar, Cánovas, Echegaray... España entera, y Madrid sobre todo, vivía en un ambiente de optimismo absurdo, todo lo español era lo mejor.

Esa tendencia natural a la mentira, a la ilusión del país pobre que se aísla, contribuía al estancamiento, a la fosilización de las ideas.

Aquel ambiente de inmovilidad, de falsedad, se reflejaba en las cátedras. Andrés Hurtado pudo comprobarlo al comenzar a estudiar medicina. Los profesores del año preparatorio eran viejísimos; había algunos que llevaban cerca de cincuenta años explicando.

Sin duda no los jubilaban por sus influencias y por esa simpatía y respeto que ha habido siempre en España por lo inútil.

Sobre todo, aquella clase de química de la antigua capilla del Instituto de San Isidro era escandalosa. El viejo profesor recordaba las conferencias del Instituto de Francia, de célebres químicos, y creía, sin duda, que explicando la obtención del nitrógeno y del cloro estaba haciendo un descubrimiento, y le gustaba que le aplaudieran. Satisfacía su pueril vanidad dejando los experimentos aparatosos para la conclusión de la clase, con el fin de retirarse entre aplausos como un prestidigitador.

Los estudiantes le aplaudían, riendo a carcajadas. A veces, en medio de la clase, a alguno de los alumnos se le ocurría marcharse, se levantaba y se iba. Al bajar por la escalera de la gradería, los pasos del fugitivo producían gran estrépito, y los demás muchachos, sentados, llevaban el compás golpeando con los pies y con los bastones.

En la clase se hablaba, se fumaba, se leían novelas, nadie seguía la explicación; alguno llegó a presentarse con una corneta, y cuando el profesor se disponía a echar en un vaso de agua un trozo de potasio, dio dos toques de atención; otro metió un perro vagabundo, y fue un problema echarlo.

Había estudiantes descarados que llegaban a las mayores insolencias: gritaban, rebuznaban, interrumpían al profesor. Una de las gracias de estos estudiantes era la de dar un nombre falso cuando se lo preguntaban.

—Usted —decía el profesor, señalándole con el dedo, mientras le temblaba la rodilla por la cólera—, ¿cómo se llama usted?

—¿Quién? ¿Yo?

—Sí, señor; ¡usted, usted! ¿Cómo se llama usted? —añadía el profesor, mirando la lista.

—Salvador Sánchez.

—Alias «Frascuelo» —decía alguno, entendido con él.

—Me llamo Salvador Sánchez; no sé a quién le importará que me llame así, y si hay alguno que le importe, que lo diga —replicaba el estudiante, mirando al sitio donde había salido la voz y haciéndose el incomodado.

—¡Vaya usted a paseo! —replicaba otro.

—¡Eh! ¡Eh! ¡Fuera! ¡Al corral! —gritaban varias voces.

—Bueno, bueno. Está bien. Váyase usted —decía el profesor, temiendo las consecuencias de estos altercados.

El muchacho se marchaba, y a los pocos días volvía a repetir la gracia, dando como suyo el nombre de algún político célebre o de algún torero.

Andrés Hurtado, los primeros días de clase, no salía de su asombro. Todo aquello era demasiado absurdo. Él hubiese querido encontrar una disciplina fuerte y al mismo tiempo afectuosa, y se encontraba con una clase grotesca, en que los alumnos se burlaban del profesor. Su preparación para la ciencia no podía ser más desdichada.

III
Andrés Hurtado y su familia

En casi todos los momentos de su vida, Andrés experimentaba la sensación de sentirse solo y abandonado.

La muerte de su madre le había dejado un gran vacío en el alma y una inclinación por la tristeza.

La familia de Andrés, muy numerosa, se hallaba formada por el padre y cinco hermanos. El padre, don Pedro Hurtado, era un señor alto, flaco, elegante, hombre guapo y calavera en su juventud.

De un egoísmo frenético, se consideraba el metacentro del mundo. Tenía una desigualdad de carácter perturbadora, una mezcla de sentimientos aristocráticos y plebeyos insoportable. Su manera de ser se revelaba de una forma insólita e inesperada. Dirigía la casa despóticamente, con una mezcla de chinchorrería y de abandono, de despotismo y de arbitrariedad, que a Andrés le sacaba de quicio.

Varias veces, al oír a don Pedro quejarse del cuidado que le proporcionaba el manejo de la casa, sus hijos le dijeron que lo dejara en manos de Margarita. Margarita contaba ya veinte años, y sabía atender a las necesidades familiares mejor que el padre; pero don Pedro no quería.

A éste le gustaba disponer del dinero; tenía como norma gastar de cuando en cuando veinte o treinta duros en caprichos suyos, aunque supiera que en su casa se necesitaban para algo imprescindible.

Don Pedro ocupaba el cuarto mejor; usaba ropa interior fina; no podía utilizar pañuelos de algodón, como todos los demás de la familia, sino de hilo y de seda. Era socio de dos casinos; cultivaba amistades con gente de posición y con algunos aristócratas, y administraba la casa de la calle de Atocha, donde vivían.

Su mujer, Fermina Iturrioz, fue una víctima; pasó la existencia creyendo que sufrir era el destino natural de la mujer. Después de muerta, don Pedro Hurtado hacía el honor a la difunta de reconocer sus grandes virtudes.

«No os parecéis a vuestra madre», decía a sus hijos; «aquélla fue una santa.»

A Andrés le molestaba que don Pedro hablara tanto de su madre, y a veces le contestó violentamente, diciéndole que dejara en paz a los muertos.

De los hijos, el mayor y el pequeño, Alejandro y Luis, eran los favoritos del padre.

Alejandro era un retrato degradado de don Pedro. Más inútil y egoísta aún, nunca quiso hacer nada, ni estudiar, ni trabajar, y le habían colocado en una oficina del Estado, adonde iba solamente a cobrar el sueldo.

Alejandro daba espectáculos bochornosos en casa; volvía a las altas horas de las tabernas, se emborrachaba y vomitaba y molestaba a todo el mundo.

Al comenzar la carrera Andrés, Margarita tenía unos veinte años; era una muchacha decidida, un poco seca, dominadora y egoísta.

Pedro venía tras ella en la edad y representaba la indiferencia filosófica y la buena pasta. Estudiaba para abogado, y salía bien por recomendaciones; pero no se cuidaba de la carrera para nada. Iba al teatro, se vestía con elegancia, tenía todos los meses una novia distinta. Dentro de sus medios, gozaba de la vida alegremente.

El hermano pequeño, Luisito, de cuatro o cinco años, tenía poca salud.

La disposición espiritual de la familia era un tanto original. Don Pedro prefería a Alejandro y a Luis; consideraba a Margarita como si fuera una persona mayor; le era indiferente su hijo Pedro, y casi odiaba a Andrés, porque no se sometía a su voluntad. Hubiera habido que profundizar mucho para encontrar en él algún afecto paternal.

Alejandro sentía dentro de la casa las mismas simpatías que el padre; Margarita quería más que a nadie a Pedro y a Luisito; estimaba a Andrés y respetaba a su padre. Pedro era un poco indiferente; experimentaba algún cariño por Margarita y por Luisito y una gran admiración por Andrés. Respecto a este último, quería apasionadamente al hermano pequeño; tenía afecto por Pedro y por Margarita, aunque con ésta reñía constantemente; despreciaba a Alejandro y casi odiaba a su padre; no le podía soportar: le encontraba petulante, egoísta, necio, pagado de sí mismo.

Entre padre e hijo existía una incompatibilidad absoluta, completa; no podían estar conformes en nada. Bastaba que uno afirmara una cosa para que el otro tomara la posición contraria.

IV
En el aislamiento

La madre de Andrés, navarra fanática, había llevado a los nueve o diez años a sus hijos a confesarse.

Andrés, de chico, sintió mucho miedo sólo con la idea de acercarse al confesonario. Llevaba en la memoria el día de la primera confesión, como una cosa trascendental, la lista de todos sus pecados; pero aquel día, sin duda, el cura tenía prisa y le despachó sin dar gran importancia a las pequeñas transgresiones morales.

Esta primera confesión fue para él un chorro de agua fría; su hermano Pedro le dijo que él se había confesado varias veces, pero que nunca se tomaba el trabajo de recordar sus pecados. A la segunda confesión, Andrés fue dispuesto a no decir al cura más que cuatro cosas para salir del paso. A la tercera o cuarta vez se comulgaba sin confesarse, sin el menor escrúpulo.

Después, cuando murió su madre, en algunas ocasiones su padre y su hermana le preguntaban si había cumplido con Pascua, a lo cual él contestaba que sí indiferentemente.

Los dos hermanos mayores, Alejandro y Pedro, habían estudiado en un colegio mientras cursaban el bachillerato; pero al llegar el turno a Andrés, el padre dijo que era mucho gasto, y llevaron al chico al Instituto de San Isidro, y allí estudió un tanto abandonado. Aquel abandono y el andar con los chicos de la calle despabiló a Andrés.

Se sentía aislado de la familia, sin madre, muy solo, y la soledad le hizo reconcentrado y triste. No le gustaba ir a los paseos donde hubiera gente, como a su hermano Pedro; prefería meterse en su cuarto y leer novelas.

Su imaginación galopaba, lo consumía todo de antemano. «Haré esto y luego esto», pensaba. «¿Y después?» Y resolvía este después y se le presentaba otro y otro.

Cuando concluyó el bachillerato se decidió a estudiar medicina sin consultar a nadie. Su padre se lo había indicado muchas veces: «Estudia lo que quieras; eso es cosa tuya».

A pesar de decírselo y de recomendárselo, el que su hijo siguiese sus inclinaciones sin consultárselo a nadie, interiormente le indignaba.

Don Pedro estaba constantemente predispuesto contra aquel hijo, que él consideraba díscolo y rebelde. Andrés no cedía en lo que estimaba derecho suyo, y se plantaba contra su padre y su hermano mayor con una terquedad violenta y agresiva.

Margarita tenía que intervenir en estas trifulcas, que casi siempre concluían marchándose Andrés a su cuarto o a la calle.

Las discusiones comenzaban por la cosa más insignificante; el desacuerdo entre padre e hijo no necesitaba un motivo especial para manifestarse: era absoluto y completo; cualquier punto que se tocara bastaba para hacer brotar la hostilidad; no se cambiaba entre ellos una palabra amable.

Generalmente, el motivo de las discusiones era político; don Pedro se burlaba de los revolucionarios, a quien dirigía todos sus desprecios e invectivas, y Andrés contestaba insultando a la burguesía, a los curas y al ejército.

Don Pedro aseguraba que una persona decente no podía ser más que conservador. En los partidos avanzados tenía que haber necesariamente gentuza, según él.

Para don Pedro, el hombre rico era el hombre por excelencia; tendía a considerar la riqueza, no como una casualidad, sino como una virtud; además, suponía que con el dinero se podía todo. Andrés recordaba el caso frecuente de muchachos imbéciles, hijos de familias ricas, y demostraba que un hombre con un arca llena de oro y un par de millones del Banco de Inglaterra, en una isla desierta, no podía hacer nada; pero su padre no se dignaba atender estos argumentos.

Las discusiones de casa de Hurtado se reflejaban invertidas en el piso de arriba, entre un señor catalán y su hijo. En casa del catalán el padre era el liberal, y el hijo el conservador; ahora, que el padre era un liberal cándido y que hablaba mal el castellano, y el hijo un conservador muy burlón y mal intencionado. Muchas veces se oía llegar desde el patio una voz de trueno con acento catalán, que decía: «Si la Gloriosa no se hubiera quedado en su camino, ya se hubiera visto lo que era España».

Y poco después la voz del hijo, que gritaba burlonamente: «¡La Gloriosa! ¡Valiente mamarrachada!».

«¡Qué estúpidas discusiones!», decía Margarita con un mohín de desprecio, dirigiéndose a su hermano Andrés. «¡Como si por lo que vosotros habléis se fueran a resolver las cosas!»

A medida que Andrés se hacía hombre, la hostilidad entre él y su padre aumentaba. El hijo no le pedía nunca dinero; quería considerar a don Pedro como a un extraño.

V
El rincón de Andrés

La casa donde vivía la familia Hurtado era propiedad de un marqués, a quien don Pedro había conocido en el colegio.

Don Pedro la administraba, cobraba los alquileres y hablaba mucho y con entusiasmo del marqués y de sus fincas, lo que a su hijo le parecía de una absoluta bajeza.

La familia Hurtado estaba bien relacionada; don Pedro, a pesar de sus arbitrariedades y de su despotismo casero, era amabilísimo con los de fuera y sabía sostener las amistades útiles.

Hurtado conocía a toda la vecindad, y era muy complaciente con ella. Guardaba a los vecinos muchas atenciones, menos a los de las buhardillas, a quienes odiaba.

En su teoría del dinero, equivalente a mérito, llevada a la práctica, desheredado tenía que ser sinónimo de miserable.

Don Pedro, sin pensarlo, era un hombre a la antigua; la sospecha de que un obrero pretendiese considerarse como una persona, o de que una mujer quisiera ser independiente, le ofendía como un insulto.

Sólo perdonaba a la gente pobre su pobreza, si unían a ésta la desvergüenza y la canallería. Para la gente baja, a quien se podía hablar de tú, chulos, mozas de partido, jugadores, guardaba don Pedro todas sus simpatías.

En la casa, en uno de los cuartos del piso tercero, vivían dos ex bailarinas, protegidas por un viejo senador.

La familia de Hurtado las conocía por «las del Moñete».

El origen del apodo provenía de la niña de la favorita del viejo senador. A la niña la peinaban con un moño recogido en medio de la cabeza, muy pequeño. Luisito, al verla por primera vez, la llamó «la Chica del Moñete», y luego el apodo «del Moñete» pasó por extensión a la madre y a la tía. Don Pedro hablaba con frecuencia de las dos ex bailarinas y las elogiaba mucho; su hijo Alejandro celebraba las frases de su padre como si fueran de un camarada suyo; Margarita se quedaba seria al oír las alusiones a la vida licenciosa de las bailarinas, y Andrés volvía la cabeza desdeñosamente, dando a entender que los alardes cínicos de su padre le parecían ridículos y fuera de lugar.

Únicamente a las horas de comer, Andrés se reunía con su familia; en lo restante del tiempo no se le veía.

Durante el bachillerato, Andrés había dormido en la misma habitación que su hermano Pedro; pero al comenzar la carrera pidió a Margarita le trasladaran a un cuarto bajo de techo, utilizado para guardar trastos viejos.

Margarita, al principio, se opuso; pero luego accedió; mandó quitar los armarios y baúles, y allí se instaló Andrés.

La casa era grande, con esos pasillos y recovecos un poco misteriosos de las construcciones antiguas.

Para llegar al nuevo cuarto de Andrés había que subir unas escaleras, lo que le dejaba completamente independiente.

El cuartucho tenía un aspecto de celda; Andrés pidió a Margarita le cediera un armario y lo llenó de libros y papeles, colgó en las paredes los huesos del esqueleto que le dio su tío el doctor Iturrioz, y dejó el cuarto con cierto aire de antro de mago o de nigromántico.

Allá se encontraba a su gusto solo; decía que estudiaba mejor con aquel silencio; pero muchas veces se pasaba el tiempo leyendo novelas o mirando sencillamente por la ventana.

Esta ventana caía sobre la parte de atrás de varias casas de las calles de Santa Isabel y de la Esperancilla, y sobre unos patios y tejavanas.

Andrés había dado nombres novelescos a lo que se veía desde allí: la casa misteriosa, la casa de la escalera, la torre de la cruz, el puente del gato negro, el tejado del depósito del agua...

Los gatos de casa de Andrés salían por la ventana y hacían largas excursiones por estas tejavanas y saledizos, robaban de las cocinas, y un día, uno de ellos se presentó con una perdiz en la boca.

Luisito solía ir contentísimo al cuarto de su hermano, observaba las maniobras de los gatos, miraba la calavera con curiosidad; le producía todo un gran entusiasmo. Pedro, que siempre había tenido por su hermano cierta admiración, iba también a verle a su cubil y admirarle como a un bicho raro.

Al final del primer año de carrera, Andrés empezó a tener mucho miedo de salir mal en los exámenes. Las asignaturas eran para marear a cualquiera; los libros, muy voluminosos, apenas había tiempo de enterarse bien; luego las clases, en distintos sitios, distantes los unos de los otros, hacían perder tiempo andando de aquí para allá, lo que constituía motivos de distracción.

Además, y esto Andrés no podía achacárselo a nadie más que a sí mismo, muchas veces, con Aracil y con Montaner, iba, dejando la clase, a la parada de Palacio o al Retiro, y después, por la noche, en vez de estudiar, se dedicaba a leer novelas.

Llegó mayo, y Andrés se puso a devorar los libros a ver si podía resarcirse del tiempo perdido. Sentía un gran temor de salir mal, más que nada por la rechifla del padre, que podía decir: «Para eso creo que no necesitabas tanta soledad».

Con gran asombro suyo aprobó cuatro asignaturas, y le suspendieron, sin ningún asombro por su parte, en la última, en el examen de química. No quiso confesar en casa el pequeño tropiezo, e inventó que no se había presentado.

«¡Valiente primo!», le dijo su hermano Alejandro.

Andrés decidió estudiar con energía durante el verano. Allí, en su celda, se encontraría muy bien, muy tranquilo y a gusto. Pronto se olvidó de sus propósitos, y en vez de estudiar miraba por la ventana con un anteojo la gente que salía en las casas de la vecindad.

Por la mañana, dos muchachitas aparecían en unos balcones lejanos. Cuando se levantaba Andrés ya estaban ellas en el balcón. Se peinaban y se ponían cintas en el pelo.

No se les veía bien la cara, porque el anteojo, además de ser de poco alcance, no era acromático, y daba una gran irisación a todos los objetos.

Un chico que vivía enfrente de estas muchachas solía echarlas un rayo de sol con un espejito. Ellas le reñían y amenazaban, hasta que, cansadas, se sentaban a coser en el balcón.

En una buhardilla próxima había una vecina que, al levantarse, se pintaba la cara. Sin duda no sospechaba que pudieran mirarle, y realizaba su operación de un modo concienzudo. Debía de hacer una verdadera obra de arte; parecía un ebanista barnizando un mueble.

Andrés, a pesar de que leía y leía el libro, no se enteraba de nada. Al comenzar a repasar vio que, excepto las primeras lecciones de química, de todo lo demás apenas podía contestar.

Pensó en buscar alguna recomendación; no quería decirle nada a su padre, y fue a casa de su tío Iturrioz a explicarle lo que le pasaba. Iturrioz le preguntó:

—¿Sabes algo de química?

—Muy poco.

—¿No has estudiado?

—Sí; pero se me olvida todo enseguida.

—Es que hay que saber estudiar. Salir bien en los exámenes es una cuestión mnemotécnica, que consiste en aprender y repetir el mínimo de datos hasta dominarlos...; pero, en fin, ya no es tiempo de eso; te recomendaré; vete con esta carta a casa del profesor.

Andrés fue a ver al catedrático, que le trató como a un recluta.

El examen que hizo después le asombró por lo detestable; se levantó de la silla confuso, lleno de vergüenza. Esperó teniendo la seguridad de que saldría mal; pero se encontró, con gran sorpresa, que le habían aprobado.

VI
La sala de disección

El curso siguiente, de menos asignaturas, era algo más fácil: no había tantas cosas que retener en la cabeza.

A pesar de esto, sólo la anatomía bastaba para poner a prueba la memoria mejor organizada.

Unos meses después del principio de curso, en el tiempo frío, se comenzaba la clase de disección. Los cincuenta o sesenta alumnos se repartían en diez o doce mesas, y se agrupaban de cinco en cinco en cada una.

Se reunieron en la misma mesa Montaner, Aracil y Hurtado y otros dos a quienes ellos consideraban como extraños a su pequeño círculo.

Sin saber por qué, Hurtado y Montaner, que en el curso anterior se sentían hostiles, se hicieron muy amigos en el siguiente.

Andrés le pidió a su hermana Margarita que le cosiera una blusa para la clase de disección; una blusa negra con mangas de hule y vivos amarillos.

Margarita se la hizo. Estas blusas no eran nada limpias, porque en las mangas, sobre todo, se pegaban piltrafas de carne, que se secaban y no se veían.

La mayoría de los estudiantes ansiaban llegar a la sala de disección y hundir el escalpelo en los cadáveres, como si les quedara un fondo atávico de crueldad primitiva.

En todos ellos se producía un alarde de indiferencia y de jovialidad al encontrarse frente a la muerte, como si fuera una cosa divertida y alegre destripar y cortar en pedazos los cuerpos de los infelices que llegaban allá.

Dentro de la clase de disección, los estudiantes gustaban de encontrar grotesca la muerte; a un cadáver le ponían un cucurucho en la boca o un sombrero de papel.

Se contaba de un estudiante de segundo año que había embromado a un amigo suyo, que sabía era un poco aprensivo, de este modo: cogió el brazo de un muerto, se embozó en la capa y se acercó a saludar a su amigo.

–Hola, ¿qué tal? –le dijo, sacando por debajo de la capa la mano del cadáver.

–Bien, ¿y tú? –contestó el otro.

El amigo estrechó la mano, se estremeció al notar su frialdad, y quedó horrorizado al ver que por debajo de la capa salía el brazo de un cadáver.

De otro caso sucedido por entonces se habló mucho entre los alumnos. Uno de los médicos del hospital, especialista en enfermedades nerviosas, había dado orden de que a un enfermo suyo, muerto en su sala, se le hiciera la autopsia, se le extrajera el cerebro y se le llevara a su casa.

El interno extrajo el cerebro, y lo envió con un mozo al domicilio del médico. La criada de la casa, al ver el paquete, creyó que eran sesos de vaca, y los llevó a la cocina, y los preparó, y los sirvió a la familia.

Se contaban muchas historias como ésta, fueran verdad o no, con verdadera fruición. Existía entre los estudiantes de medicina una tendencia al espíritu de clase, consistente en un común desdén por la muerte; en cierto entusiasmo por la brutalidad quirúrgica, y en un gran desprecio por la sensibilidad.

Andrés Hurtado no manifestaba más sensibilidad que los otros; no le hacía tampoco ninguna mella ver abrir, cortar y descuartizar cadáveres.

Lo que sí le molestaba era el procedimiento de sacar los muertos del carro en donde los traían del depósito del hospital. Los mozos cogían estos cadáveres, uno por los brazos y otro por los pies, los aupaban y los echaban al suelo.

Eran casi siempre cuerpos esqueléticos, amarillos, como momias. Al dar en la piedra hacían un ruido desagradable, extraño, como de algo sin elasticidad que se derrama; luego, los mozos iban cogiendo los muertos, uno a uno, por los pies y arrastrándolos por el suelo, y al pasar unas escaleras que había para bajar a un patio donde estaba el depósito de la sala, las cabezas iban dando lúgubremente en los escalones de piedra. La impresión era terrible; aquello parecía el final de una batalla prehistórica o de un combate de circo romano, en que los vencedores fueran arrastrando a los vencidos.

Hurtado imitaba a los héroes de las novelas leídas por él, y reflexionaba acerca de la vida y de la muerte; pensaba que si las madres de aquellos desgraciados que iban al *spoliarium* hubiesen vislumbrado el final miserable de sus hijos, hubieran deseado seguramente parirlos muertos.

Otra cosa desagradable para Andrés era el ver después de hechas las disecciones cómo metían todos los pedazos sobrantes en unas calderas cilíndricas pintadas de rojo, en donde aparecía una mano entre un hígado, y un trozo de masa encefálica, y un ojo opaco y turbio en medio del tejido pulmonar.

A pesar de la repugnancia que le inspiraban tales cosas, no le preocupaban; la anatomía y la disección le producían interés.

Esta curiosidad por sorprender la vida, este instinto de inquisición tan humano, lo experimentaba él como casi todos los alumnos.

Uno de los que lo sentían con más fuerza era un catalán, amigo de Aracil, que aún estudiaba en el instituto.

Jaume Massó, así se llamaba, tenía la cabeza pequeña, el pelo negro, muy fino, la tez de un color blanco amarillento y la mandíbula prognata. Sin ser inteligente, sentía tal curiosidad por el funcionamiento de los órganos, que si podía se llevaba a casa la mano o el brazo de un muerto para disecarlos a su gusto. Con las piltrafas, según decía, abonaba unos tiestos o las echaba al balcón de un aristócrata de la vecindad a quien odiaba.

Massó, especial en todo, tenía los estigmas de un degenerado. Era muy supersticioso; andaba por en medio de las calles y nunca por las aceras; decía, medio en broma, medio en serio, que, al pasar, iba dejando como rastro un hilo invisible que no debía romperse. Así, cuando iba a un café o al teatro salía por la misma puerta por donde había entrado para ir recogiendo el misterioso hilo.

Otra cosa caracterizaba a Massó: su wagnerianismo entusiasta e intransigente, que contrastaba con la indiferencia musical de Aracil, de Hurtado y de los demás.

Aracil había formado a su alrededor una camarilla de amigos a quienes dominaba y mortificaba, y entre éstos se contaba Massó; le daba grandes plantones, se burlaba de él, lo tenía como a un payaso.

Aracil demostraba casi siempre una crueldad desdeñosa, sin brutalidad, de un carácter femenino.

Aracil, Montaner y Hurtado, como muchachos que vivían en Madrid, se reunían poco con los estudiantes provincianos; sentían por ellos un gran desprecio; todas esas historias del casino del pueblo, de la novia y de las calaveradas en el lugarón de la Mancha o de Extremadura, les parecían cosas plebeyas, buenas para gente de calidad inferior.

Esta misma tendencia aristocrática, más grande sobre todo en Aracil y en Montaner que en Andrés, les hacía huir de lo estruendoso, de lo vulgar, de lo bajo; sentían repugnancia por aquellas chirlatas en donde los estudiantes de provincias perdían curso tras curso, estúpidamente jugando al billar o al dominó.

A pesar de la influencia de sus amigos, que le inducían a aceptar las ideas y la vida de un señorito madrileño de buena sociedad, Hurtado se resistía.

Sujeto a la acción de la familia, de sus condiscípulos y de los libros, Andrés iba formando su espíritu con el aporte de conocimientos y de datos un poco heterogéneos.

Su biblioteca aumentaba con desechos; varios libros ya antiguos de medicina y de biología le dio su tío Iturrioz; otros, en su mayoría folletines y novelas, los encontró en casa; algunos los fue comprando en las librerías de lance. Una señora vieja, amiga de la familia, le regaló unas ilustraciones y la historia de la Revolución francesa, de Thiers. Este libro, que comenzó treinta veces y treinta veces lo dejó aburrido, llegó a leerlo y a preocuparle. Después de la historia de Thiers, leyó los *Girondinos*, de Lamartine.

Con la lógica un poco rectilínea del hombre joven, llegó a creer que el tipo más grande de la Revolución era Saint-Just. En muchos libros, en las primeras páginas en blanco, escribió el nombre de su héroe y lo rodeó como un sol de rayos.

Este entusiasmo absurdo lo mantuvo secreto: no quiso comunicárselo a sus amigos. Sus cariños y sus odios revolucionarios se los reservaba, no salían fuera de su cuarto. De esta manera, Andrés Hurtado se sentía distinto cuando hablaba con sus condiscípulos en los pasillos de San Carlos y cuando soñaba en la soledad de su cuartucho.

Tenía Hurtado dos amigos a quienes veía de tarde en tarde. Con ellos debatía las mismas cuestiones que con Aracil y Montaner, y podía así apreciar y comparar sus puntos de vista.

De estos amigos, compañeros de instituto, el uno estudiaba para ingeniero, y se llamaba Rafael Sañudo; el otro era un chico enfermo, Fermín Ibarra.

A Sañudo, Andrés le veía los sábados por la noche en un café de la calle Mayor, que se llamaba café del Siglo.

A medida que pasaba el tiempo, veía Hurtado cómo divergía en gustos y en ideas de su amigo Sañudo, con quien antes, de chico, se encontraba tan de acuerdo.

Sañudo y sus condiscípulos no hablaban en el café más que de música; de las óperas del Real y, sobre todo, de Wagner. Para ellos, la ciencia, la política, la revolución, España, nada tenía importancia al lado de la música de Wagner. Wagner era el Mesías; Beethoven y Mozart, los precursores. Había algunos beethovenianos que no querían aceptar a Wagner, no ya como el Mesías, ni aun siquiera como un continuador digno de sus antecesores, y no hablaban más que de la quinta y de la novena, en éxtasis. A Hurtado, que no le preocupaba la música, estas conversaciones le impacientaban.

Empezó a creer que esa idea general y vulgar de que el gusto por la música significaba espiritualidad, era inexacta. Por lo menos, en los casos que él veía, la espiritualidad no se confirmaba. Entre aquellos estudiantes amigos de Sañudo, muy filarmónicos, había muchos, casi todos, mezquinos, mal intencionados, envidiosos.

Sin duda, pensó Hurtado, que le gustaba explicárselo todo, la vaguedad de la música hace que los envidiosos y los canallas, al oír las melodías de Mozart y las armonías de Wagner, descansen con delicia de la actitud interna que les produce sus malos sentimientos, como un hiperclorhídrico al ingerir una sustancia neutra.

En aquel café del Siglo, adonde iba Sañudo, el público, en su mayoría, era de estudiantes; había también algunos grupos de familia, de esos que se atornillan en una mesa, con gran desesperación del mozo, y unas cuantas muchachas de aire equívoco.

Entre ellas llamaba la atención una rubia muy guapa, acompañada de su madre. La madre era una chatorrona gorda, con el colmillo retorcido y la mirada de jabalí. Se conocía su historia: después de vivir con un sargento, el padre de la muchacha, se había casado con un relojero alemán, hasta que éste, harto de la golfería de su mujer, la había echado de su casa a puntapiés.

Sañudo y sus amigos se pasaban la noche del sábado hablando mal de todo el mundo, y luego comentando con el pianista y el violinista del café las bellezas de una sonata de Beethoven o de un minué de Mozart. Hurtado comprendió que aquél no era su centro, y dejó de ir por allí.

Varias noches Andrés entraba en algún café cantante con su tablado para las cantadoras y bailadoras. El baile flamenco le gustaba y el canto también cuando era sencillo; pero aquellos especialistas de café, hombres gordos, que se sentaban en una silla con un palito y comenzaban a dar jipíos y a poner la cara muy triste, le parecían repugnantes.

La imaginación de Andrés le hacía ver peligros imaginarios, que, por un esfuerzo de voluntad, intentaba desafiar y vencer.

Había algunos cafés cantantes y casas de juego, muy cerrados, que a Hurtado se le antojaban peligrosos; uno de ellos era el café del Brillante, donde se formaban grupos de chulos, camareras y bailadoras; el otro, un garito de la calle de la Magdalena, con las ventanas ocultas por cortinas verdes. Andrés se decía: «Nada, hay que entrar aquí». Y entraba temblando de miedo.

Estos miedos variaban en él. Durante algún tiempo tuvo como una mujer extraña a una buscona de la calle del Candil, con unos ojos negros sombreados de oscuro, y una sonrisa que mostraba sus dientes blancos.

Al verla, Andrés se estremecía y se echaba a temblar. Un día la oyó hablar con acento gallego, y sin saber por qué, todo su terror desapareció.

Muchos domingos, por la tarde, Andrés iba a casa de su condiscípulo Fermín Ibarra. Fermín estaba enfermo con una artritis, y se pasaba la vida leyendo libros de ciencia recreativa. Su madre le tenía como a un niño y le compraba juguetes mecánicos, que a él le divertían.

Hurtado le contaba lo que hacía, le hablaba de la clase de disección, de los cafés cantantes, de la vida de Madrid de noche.

Fermín, resignado, le oía con gran curiosidad. Cosa absurda: al salir de la casa del pobre enfermo, Andrés tenía una idea agradable de su vida.

¿Era un sentimiento malvado de contraste el sentirse sano y fuerte cerca del impedido y del débil?

Fuera de aquellos momentos, en los demás, el estudio, las discusiones, la casa, los amigos, sus correrías, todo esto mezclado con sus pensamientos, le daba una impresión de dolor, de amargura en el espíritu. La vida en general, y sobre todo la suya, le parecía una cosa fea, turbia, dolorosa e indominable.

VII
Aracil y Montaner

Aracil, Montaner y Hurtado concluyeron felizmente su primer curso de anatomía. Aracil se fue a Galicia, en donde se hallaba empleado su padre; Montaner, a un pueblo de la sierra, y Andrés se quedó sin amigos.

El verano le pareció largo y pesado; por las mañanas iba con Margarita y Luisito al Retiro, y allí comían y jugaban los tres; luego, la tarde y la noche las pasaba en su casa dedicado a leer novelas; una porción de folletines publicados en los periódicos durante varios años. Dumas padre, Eugenio Sue, Montepin, Gaboriau, Miss Baddon sirvieron de pasto a su afán de leer. Tal dosis de literatura de crímenes, de aventuras y de misterios acabó por aburrirle.

Los primeros días del curso le sorprendieron agradablemente. En estos días otoñales duraba todavía la feria de septiembre en el Prado, delante del Jardín Botánico, y al mismo tiempo que las barracas con juguetes, los tiovivos, los tiros al blanco y los montones de nueces, almendras y acerolas, había puestos de libros en donde se congregaban los bibliófilos a revolver y a hojear los viejos volúmenes llenos de polvo. Hurtado solía pasar todo el tiempo que duraba la feria registrando los libracos, entre el señor grave, vestido de negro, con anteojos, de aspecto doctoral, y algún cura esquelético, de sotana raída.

Tenía Andrés cierta ilusión por el nuevo curso; iba a estudiar fisiología, y creía que el estudio de las funciones de la vida le interesaría tanto o más que una novela; pero se engañó, no fue así. Primeramente, el libro de texto era un libro estúpido, hecho con recortes de obras francesas y escrito sin claridad y sin entusiasmo; leyéndolo no se podía formar una idea clara del mecanismo de la vida; el hombre parecía, según el autor, como un armario con una serie de aparatos dentro, completamente separados los unos de los otros, como los negociados de un ministerio.

Luego, el catedrático era un hombre sin ninguna afición a lo que explicaba, un señor senador, de esos latosos, que se pasaba las tardes en el Senado discutiendo tonterías y provocando el sueño de los abuelos de la patria.

Era imposible que con aquel texto y aquel profesor llegara nadie a sentir el deseo de penetrar en la ciencia de la vida. La fisiología, cursándola así, parecía una cosa estólida y deslavazada, sin problemas de interés ni ningún atractivo.

Hurtado tuvo una verdadera decepción. Era indispensable tomar la fisiología, como todo lo demás, sin entusiasmo, como uno de los obstáculos que salvar para concluir la carrera.

Esta idea, de una serie de obstáculos, era la idea de Aracil. Él consideraba una locura el pensar que habían de encontrar un estudio agradable.

Julio, en esto, y en casi todo, acertaba. Su gran sentido de la realidad le engañaba pocas veces.

Aquel curso, Hurtado intimó bastante con Julio Aracil. Julio era un año o año y medio más viejo que Hurtado y parecía más hombre. Era moreno, de ojos brillantes y saltones, la cara de una expresión viva, la palabra fácil, la inteligencia rápida.

Con estas condiciones cualquiera hubiese pensado que se hacía simpático; pero no, le pasaba todo lo contrario: la mayoría de los conocidos le profesaban poco afecto.

Julio vivía con unas tías viejas; su padre, empleado en una capital de provincia, era de una posición bastante modesta. Julio se mostraba muy independiente; podía haber buscado la protección de su primo Enrique Aracil, que por entonces acababa de obtener una plaza de médico en el hospital, por oposición, y que podía ayudarle; pero Julio no quería protección alguna, no iba ni a ver a su primo; pretendía debérselo todo a sí mismo. Dada su tendencia práctica, era un poco paradójica esta resistencia suya a ser protegido.

Julio, muy hábil, no estudiaba casi nada, pero aprobaba siempre. Buscaba amigos menos inteligentes que él para explotarles; allí donde veía una superioridad cualquiera, fuese en el orden que fuese, se retiraba. Llegó a confesar a Hurtado que le molestaba pasear con gente de más estatura que él.

Julio aprendía con gran facilidad todos los juegos. Sus padres, haciendo un sacrificio, podían pagarle los libros, la matrícula y la ropa. La tía de Julio solía darle, para que fuera alguna vez al teatro, un duro todos los meses, y Aracil se las arreglaba jugando a las cartas con sus amigos, de tal manera, que, después de ir al café y al teatro y comprar cigarrillos, al cabo del mes, no sólo le quedaba el duro de su tía, sino que tenía dos o tres más.

Aracil era un poco petulante; se cuidaba el pelo, el bigote, las uñas y le gustaba echárselas de guapo. Su gran deseo en el fondo era dominar, pero no podía ejercer su dominación en una zona extensa, ni trazarse un plan, y toda su voluntad de poder y toda su habilidad se empleaba en cosas pequeñas. Hurtado le comparaba a esos insectos activos que van dando vueltas a un camino circular con una decisión inquebrantable e inútil.

Una de las ideas gratas a Julio era pensar que había muchos vicios y depravaciones en Madrid.

La venalidad de los políticos, la fragilidad de las mujeres, todo lo que significara claudicación, le gustaba; que una cómica, por hacer un papel importante, se entendía con un empresario viejo y repulsivo; que una mujer, al parecer honrada, iba a una casa de citas, le encantaba.

Esa omnipotencia del dinero, antipática para un hombre de sentimientos delicados, le parecía a Aracil algo sublime, admirable, un holocausto natural a la fuerza del oro.

Julio era un verdadero fenicio; procedía de Mallorca, y, probablemente, había en él sangre semítica. Por lo menos, si la sangre faltaba, las inclinaciones de la raza estaban íntegras. Soñaba con viajar por el Oriente, y aseguraba siempre que, de tener dinero, los primeros países que visitaría serían Egipto y el Asia Menor.

El doctor Iturrioz, tío carnal de Andrés Hurtado, solía afirmar, probablemente de una manera arbitraria, que en España, desde un punto de vista moral, hay dos tipos: el tipo ibérico y el tipo semita. Al tipo ibérico asignaba el doctor las cualidades fuertes y guerreras de la raza; al tipo semita las tendencias rapaces, de intriga y de comercio.

Aracil era un ejemplar acabado del tipo semita. Sus ascendientes debieron ser comerciantes de esclavos en algún pueblo del Mediterráneo. A Julio le molestaba todo lo que fuera violento y exaltado: el patriotismo, la guerra, el entusiasmo político o social; le gustaba el fausto, la riqueza, las alhajas, y como no tenía dinero para comprarlas buenas, las llevaba falsas y casi le hacía más gracia lo mixtificado que lo bueno.

Daba tanta importancia al dinero, sobre todo al dinero ganado, que, al comprobar lo difícil de conseguirlo, le agradaba. Como era su dios, su ídolo, de darse demasiado fácilmente, le hubiera parecido mal. Un paraíso conseguido sin esfuerzo no entusiasma al creyente; la mitad, por lo menos, del mérito de la gloria está en su dificultad, y para Julio la dificultad de conseguir el dinero constituía uno de sus mayores encantos.

Otra de las condiciones de Aracil era acomodarse a las circunstancias; para él no había cosas desagradables; de considerarlo necesario, lo aceptaba todo.

Con su sentido previsor de hormiga, calculaba la cantidad de placeres obtenibles por una cantidad de dinero. Esto constituía una de sus mayores preocupaciones. Miraba los bienes de la tierra con ojos de tasador judío. Si se convencía de que una cosa de veinte céntimos la había comprado por treinta, sentía un verdadero disgusto.

Julio leía novelas francesas de escritores medio naturalistas, medio galantes; estas relaciones de la vida de lujo y de vicio de París le encantaban.

De ser cierta la clasificación de Iturrioz, Montaner también tenía más del tipo semita que del ibérico. Era enemigo de lo violento y de lo exaltado, perezoso, tranquilo, comodón.

Blando de carácter, daba al principio de tratarle cierta impresión de acritud y energía, que no era más que el reflejo del ambiente de su familia, constituida por el padre y la madre y varias hermanas solteronas, de carácter duro y avinagrado.

Cuando Andrés llegó a conocer a fondo a Montaner se hizo amigo suyo.

Concluyeron los tres compañeros el curso. Aracil se marchó, como solía hacerlo todos los veranos, al pueblo en donde estaba su familia, y Montaner y Hurtado se quedaron en Madrid.

El verano fue sofocante; por las noches, Montaner, después de cenar, iba a casa de Hurtado, y los dos amigos paseaban por la Castellana y por el Prado, que por entonces tomaba el carácter de un paseo provinciano, aburrido, polvoriento y lánguido.

Al final del verano un amigo le dio a Montaner una entrada para los Jardines del Buen Retiro. Fueron los dos todas las noches. Oían cantar óperas antiguas, interrumpidas por los gritos de la gente que pasaba dentro del vagón de una montaña rusa que cruzaba el jardín;

seguían a las chicas, y a la salida se sentaban a tomar horchata o limón en algún puesto del Prado.

Lo mismo Montaner que Andrés hablaban casi siempre mal de Julio, estaban de acuerdo en considerarle egoísta, mezquino, sórdido, incapaz de hacer nada por nadie. Sin embargo, cuando Aracil llegaba a Madrid, los dos se reunían siempre con él.

VIII
Una fórmula de la vida

El año siguiente, el cuarto de carrera, había para los alumnos, y sobre todo para Andrés Hurtado, un motivo de curiosidad: la clase de don José de Letamendi.

Letamendi era de estos hombres universales que se tenían en la España de hace unos años; hombres universales a quienes no se les conocía ni de nombre pasados los Pirineos. Un desconocimiento tal en Europa de genios tan trascendentales se explicaba por esa hipótesis absurda, que, aunque no la defendía nadie claramente, era aceptada por todos, la hipótesis del odio y la mala fe internacionales que hacían que las cosas grandes de España fueran pequeñas en el extranjero, y viceversa.

Letamendi era un señor flaco, bajito, escuálido, con melenas grises y barba blanca. Tenía cierto tipo de aguilucho: la nariz corva, los ojos hundidos y brillantes. Se veía en él un hombre que se había hecho una cabeza, como dicen los franceses. Vestía siempre levita algo entallada, y llevaba un sombrero de copa de alas planas, de esos sombreros clásicos de los melenudos profesores de la Sorbona.

En San Carlos corría como una verdad indiscutible que Letamendi era un genio; uno de esos hombres águilas que se adelantan a su tiempo; todo el mundo le encontraba abstruso porque hablaba y escribía con gran empaque un lenguaje medio filosófico, medio literario.

Andrés Hurtado, que se hallaba ansioso de encontrar algo que llegase al fondo de los problemas de la vida, comenzó a leer el libro de Letamendi con entusiasmo. La aplicación de las matemáticas a la biología le pareció admirable. Andrés fue pronto un convencido.

Como todo el que cree hallarse en posesión de una verdad tiene cierta tendencia de proselitismo, una noche Andrés fue al café donde se reunían Sañudo y sus amigos a hablar de las doctrinas de Letamendi, a explicarlas y a comentarlas.

Estaba, como siempre, Sañudo con varios estudiantes de ingeniero. Hurtado se reunió con ellos, y aprovechó la primera ocasión para llevar la conversación al terreno que deseaba, y expuso la fórmula de la vida de Letamendi e intentó explicar los corolarios que de ella deducía el autor.

Al decir Andrés que la vida, según Letamendi, es una función indeterminada entre la energía individual y el cosmos, y que esta función no puede ser más que suma, resta, multiplicación y división, y que, no pudiendo ser suma, ni resta, ni división, tiene que ser multiplicación, uno de los amigos de Sañudo se echó a reír.

–¿Por qué se ríe usted? –le preguntó Andrés, sorprendido.

–Porque en todo eso que dice usted hay una porción de sofismas y de falsedades. Primeramente hay muchas más funciones matemáticas que sumar, restar, multiplicar y dividir.

–¿Cuáles?

–Elevar a potencia, extraer raíces... Después, aunque no hubiera más que cuatro funciones matemáticas primitivas, es absurdo pensar que en el conflicto de estos dos elementos, la energía de la vida y el cosmos, uno de ellos, por lo menos, heterogéneo y complicado, porque no haya suma, ni resta, ni división, ha de haber multiplicación. Además, sería necesario demostrar por qué no puede haber suma, por qué no puede haber resta y por qué no puede haber división. Después habría que demostrar por qué no puede haber dos o tres funciones simultáneas. No basta decirlo.

–Pero eso lo da el razonamiento.

–No, no; perdone usted –replicó el estudiante–. Por ejemplo, entre esa mujer y yo puede haber varias funciones matemáticas: suma, si hacemos los dos una misma cosa ayudándonos; resta, si ella quiere una cosa y yo la contraria y vence uno de los dos contra el otro; multiplicación, si tenemos un hijo, y división, si yo la corto en pedazos a ella o ella a mí.

–Eso es una broma –dijo Andrés.

–Claro que es una broma –replicó el estudiante–; una broma por el estilo de las de su profesor, pero que tiende a una verdad, y es que entre la fuerza de la vida y el cosmos hay un infinito de funciones distintas; sumas, restas, multiplicaciones, de todo, y que, además, es muy posible que existan otras funciones que no tengan expresión matemática.

Andrés Hurtado, que había ido al café creyendo que sus proposiciones convencerían a los alumnos de ingeniero, se quedó un poco perplejo y cariacontecido al comprobar su derrota.

Leyó de nuevo el libro de Letamendi, siguió oyendo sus explicaciones y se convenció de que todo aquello de la fórmula de la vida y sus corolarios, que al principio le pareció serio y profundo, no eran más que juegos de prestidigitadores, unas veces ingeniosos, otras veces vulgares, pero siempre sin realidad alguna, ni metafísica ni empírica.

Todas estas fórmulas matemáticas y su desarrollo no eran más que vulgaridades disfrazadas con un aparato científico, adornadas por conceptos retóricos que la papanatería de profesores y alumnos tomaba como visiones de profeta.

Por dentro, aquel buen señor de las melenas, con su mirada de águila y su diletantismo artístico, científico y literario; pintor en sus ratos de ocio, violinista y compositor, y genio por los cuatro costados, era un mixtificador audaz con ese fondo aparatoso y botarate de los mediterráneos. Su único mérito era tener condiciones de literato, de hombre de talento verbal.

La palabrería de Letamendi produjo en Andrés un deseo de asomarse al mundo filosófico, y con este objeto compró en unas ediciones económicas los libros de Kant, de Fichte y de Schopenhauer.

Leyó primero *La ciencia del conocimiento*, de Fichte, y no pudo enterarse de nada. Sacó la impresión de que el mismo traductor no había comprendido lo que traducía; después comenzó la lectura de *Parerga y Paralipomena*, y le pareció un libro casi ameno, en parte cándido, y le divirtió más de lo que suponía. Por último, intentó descifrar *La crítica de la razón pura*. Veía que, con un esfuerzo de atención, podía seguir el razonamiento del autor como quien sigue el desarrollo de un teorema matemático; pero le pareció demasiado esfuerzo para su cerebro, y dejó Kant para más adelante, y siguió leyendo a Schopenhauer, que tenía para él el atractivo de ser un consejero chusco y divertido.

Algunos pedantes le decían que Schopenhauer había pasado de moda, como si la labor de un hombre de inteligencia extraordinaria fuera como la forma de un sombrero de copa.

Los condiscípulos, a quienes asombraban estos buceamientos de Andrés Hurtado, le decían:

—Pero ¿no te basta con la filosofía de Letamendi?

—Si eso no es filosofía ni nada —replicaba Andrés—. Letamendi es un hombre sin una idea profunda; no tiene en la cabeza más que palabras y frases. Ahora, como vosotros no las comprendéis, os parecen extraordinarias.

El verano, durante las vacaciones, Andrés leyó en la Biblioteca Nacional algunos libros filosóficos nuevos de los profesores franceses e italianos, y le sorprendieron. La mayoría de estos libros no tenían más que el título sugestivo; lo demás era una eterna divagación acerca de métodos y clasificaciones.

A Hurtado no le importaba nada la cuestión de los métodos y de las clasificaciones, ni saber si la sociología era una ciencia o un ciempiés inventado por los sabios; lo que quería encontrar era una orientación, una verdad espiritual y práctica al mismo tiempo.

Los bazares de ciencia de los Lombroso y los Ferri, de los Fouillée y de los Janet, le produjeron una mala impresión.

Este espíritu latino y su claridad tan celebrada le pareció una de las cosas más insulsas, más banales y anodinas. Debajo de los títulos pomposos no había más que vulgaridad a todo pasto. Aquello era, con relación a la filosofía, lo que son los específicos de la cuarta plana de los periódicos respecto a la medicina verdadera.

En cada autor francés se le figuraba a Hurtado ver un señor cyranesco, tomando actitudes gallardas y hablando con voz nasal; en cambio, todos los italianos le parecían barítonos de zarzuela.

Viendo que no le gustaban los libros modernos, volvió a emprender con la obra de Kant, y leyó entera, con grandes trabajos, la *Crítica de la razón pura*.

Ya aprovechaba algo más lo que leía y le quedaban las líneas generales de los sistemas que iba desentrañando.

IX
Un rezagado

Al principio de otoño y comienzo del curso siguiente, Luisito, el hermano menor, cayó enfermo con fiebres.

Andrés sentía por Luisito un cariño exclusivo y huraño. El chico le preocupaba de una manera patológica; le parecía que los elementos todos se conjuraban contra él.

Visitó al enfermito el doctor Aracil, el pariente de Julio, y a los pocos días indicó que se trataba de una fiebre tifoidea.

Andrés pasó momentos angustiosos; leía con desesperación en los libros de patología la descripción y el tratamiento de la fiebre tifoidea, y hablaba con el médico de los remedios que podrían emplearse.

El doctor Aracil a todo decía que no.

«Es una enfermedad que no tiene tratamiento específico», aseguraba; «bañarle, alimentarle y esperar, nada más.»

Andrés era el encargado de preparar el baño y tomar la temperatura a Luis.

El enfermo tuvo días de fiebre muy alta. Por las mañanas, cuando bajaba la calentura, preguntaba a cada momento por Margarita y Andrés. Éste, en el curso de la enfermedad, quedó asombrado de la resistencia y de la energía de su hermana; pasaba las noches sin dormir cuidando del niño; no se le ocurría jamás, y si se le ocurría no le daba importancia, la idea de que pudiera contagiarse.

Andrés, desde entonces, comenzó a sentir una gran estimación por Margarita; el cariño de Luisito los había unido.

A los treinta o cuarenta días la fiebre desapareció, dejando al niño flaco, hecho un esqueleto.

Andrés adquirió con este primer ensayo de médico un gran escepticismo. Empezó a pensar si la medicina no servía para nada. Un buen puntal para este escepticismo le proporcionaban las explicaciones del profesor de terapéutica, que consideraba inútiles, cuando no perjudiciales, casi todos los preparados de la farmacopea.

No era una manera de alentar los entusiasmos médicos de los alumnos; pero, indudablemente, el profesor lo creía así, y hacía bien en decirlo.

Después de las fiebres, Luisito quedó débil, y a cada paso daba a la familia una sorpresa desagradable; un día era un calenturón, al otro unas convulsiones. Andrés, muchas noches, tenía que ir a las dos o las tres de la mañana en busca de un médico y después a la botica.

En este curso, Andrés se hizo amigo de un estudiante rezagado, ya bastante viejo, a quien cada año de carrera costaba, por lo menos, dos o tres.

Un día este estudiante le preguntó a Andrés qué le pasaba para estar sombrío y triste. Andrés le contó que tenía al hermano enfermo, y el otro intentó tranquilizarle y consolarle. Hurtado le agradeció la simpatía, y se hizo amigo del viejo estudiante.

Antonio Lamela, así se llamaba el rezagado, era gallego; un tipo flaco, nervioso, de cara escuálida, nariz afilada, una zalea de pelos negros en la barba, ya con algunas canas, y la boca sin dientes, de hombre débil.

A Hurtado le llamó la atención el aire de hombre misterioso de Lamela, y a éste le chocó, sin duda, el aspecto reconcentrado de Andrés. Los dos tenían una vida interior distinta al resto de los estudiantes.

El secreto de Lamela era que estaba enamorado, pero enamorado de verdad, de una mujer de la aristocracia, una mujer de título, que andaba en coche e iba a palco al Real.

Lamela le tomó a Hurtado por confidente, y le contó sus amores con toda clase de detalles. Ella estaba enamoradísima de él, según aseguraba el estudiante; pero existía una porción de dificultades y de obstáculos que impedían la aproximación del uno al otro.

A Andrés le gustaba encontrarse con un tipo distinto a la generalidad. En las novelas se daba como anomalía un hombre joven, sin un gran amor; en la vida lo anómalo era encontrar un hombre enamorado de verdad. El primero que conoció Andrés era Lamela; por eso le interesaba.

El viejo estudiante padecía un romanticismo intenso, mitigado en algunas cosas por una tendencia beocia de hombre práctico: Lamela creía en el amor y en Dios; pero esto no le impedía emborracharse y andar de crápula con frecuencia. Según él, había que dar al cuerpo necesidades mezquinas y groseras, y conservar el espíritu limpio.

Esta filosofía la condensaba diciendo: «Hay que dar al cuerpo lo que es del cuerpo, y al alma lo que es del alma».

–Si todo eso del alma es una pamplina –le decía Andrés–. Son cosas inventadas por los curas para sacar dinero.

–¡Cállate, hombre, cállate! No disparates.

Lamela, en el fondo, era un rezagado en todo: en la carrera y en las ideas. Discurría como un hombre de principio de siglo. La concepción mecánica actual del mundo económico y de la sociedad para él no existía. Tampoco existía cuestión social. Toda la cuestión social se resolvía con la caridad y con que hubiese gentes de buen corazón.

«Eres un verdadero católico», le decía Andrés; «te has fabricado el más cómodo de los mundos.»

Cuando Lamela le mostró un día a su amada, Andrés se quedó estupefacto. Era una solterona fea, negra, con una nariz de cacatúa y más años que un loro.

Además de su aire antipático, ni siquiera hacía caso del estudiante gallego, a quien miraba con desprecio, con un gesto desagradable y avinagrado.

El espíritu fantaseador de Lamela no llegaba nunca a la realidad.

A pesar de su apariencia sonriente y humilde, tenía un orgullo y una confianza en sí mismo extraordinaria: sentía la tranquilidad del que cree conocer el fondo de las cosas y de las acciones humanas.

Delante de los demás compañeros, Lamela no hablaba de sus amores; pero cuando le cogía a Hurtado por su cuenta, se desbordaba. Sus confidencias no tenían fin.

A todo le quería dar una significación complicada y fuera de lo normal.

–Chico –decía, sonriendo y agarrando del brazo a Andrés–. Ayer la vi.

–¡Hombre!

–Sí –añadía con gran misterio–. Iba con la señora de compañía; fui detrás de ella, entró en su casa, y poco después salió con un criado al balcón. Es raro, ¿eh?

–¿Raro? ¿Por qué? –preguntaba Andrés.

–Es que luego el criado no cerró el balcón.

Hurtado se le quedaba mirando, preguntándose cómo funcionaría el cerebro de su amigo para encontrar extrañas las cosas más naturales del mundo y para creer en la belleza de aquella dama.

Algunas veces que iban por el Retiro charlando, Lamela se volvía y decía:

–¡Mira, cállate!

–Pues ¿qué pasa?

–Que aquel que viene allá es de esos enemigos míos que le hablan a ella mal de mí. Viene espiándome.

Andrés se quedaba asombrado. Cuando ya tenía más confianza con él, le decía:

–Mira, Lamela: yo, como tú, me presentaría a la Sociedad de Psicología de París o de Londres.

–¿A qué?

–Y diría: «Estúdienme ustedes, porque creo que soy el hombre más extraordinario del mundo».

El gallego se reía con su risa bonachona.

–Es que tú eres un niño –replicaba–; el día que te enamores verás como me das la razón.

Lamela vivía en una casa de huéspedes de la plaza de Lavapiés; tenía un cuarto pequeño, desarreglado, y como estudiaba, cuando estudiaba, metido en la cama, solía descoser los libros y los guardaba desencuadernados en pliegos sueltos en el baúl o extendidos sobre la mesa.

Alguna que otra vez fue Hurtado a verle a su casa.

La decoración de su cuarto consistía en una serie de botellas vacías, colocadas por todas partes. Lamela compraba el vino para él y lo guardaba en sitios inverosímiles, de miedo que los demás huéspedes entrasen en el cuarto y se lo bebieran, lo que, por lo que contaba, era frecuente. Lamela tenía escondidas las botellas dentro de la chimenea, en el baúl, en la cómoda.

De noche, según le dijo a Andrés, cuando se acostaba ponía una botella de vino debajo de la cama, y si se despertaba cogía la botella y se bebía la mitad de un trago. Estaba convencido de que no había hipnótico como el vino, y que a su lado el sulfonal y el cloral eran verdaderas filfas.

Lamela nunca discutía las opiniones de los profesores, no le interesaban gran cosa; para él no podía aceptarse más clasificación entre ellos que la de los catedráticos de buena intención, amigos de aprobar, y los de mala intención, que suspendían sólo por echárselas de sabios y por darse tono.

En la mayoría de los casos, Lamela dividía a los hombres en dos grupos: los unos, gente franca, honrada, de buen fondo, de buen corazón; los otros, gente mezquina y vanidosa.

Para Lamela, Aracil y Montaner eran de esta última clase, de los más mezquinos e insignificantes.

Verdad es que ninguno de los dos le tomaba en serio a Lamela.

Andrés contaba en su casa las extravagancias de su amigo. A Margarita le interesaban mucho estos amores. Luisito, que tenía la imaginación de un chico enfermizo, había inventado, escuchándole a su hermano, un cuento que se llamaba: «Los amores de un estudiante gallego con la reina de las cacatúas».

X
Paso por San Juan de Dios

Sin gran brillantez, pero también sin grandes fracasos, Andrés Hurtado iba avanzando en su carrera.

Al comenzar el cuarto año se le ocurrió a Julio Aracil asistir a unos cursos de enfermedades venéreas que daba un médico en el hospital de San Juan de Dios. Aracil invitó a Montaner y a Hurtado a que le acompañaran; unos meses después iba a haber exámenes de alumnos internos para ingreso en el Hospital General; pensaban presentarse los tres, y no estaba mal ver enfermos con frecuencia.

La visita en San Juan de Dios fue un nuevo motivo de depresión y melancolía para Hurtado. Pensaba que por una causa o por otra el mundo le iba presentando su cara más fea.

A los pocos días de frecuentar el hospital, Andrés se inclinaba a creer que el pesimismo de Schopenhauer era una verdad casi matemática. El mundo le parecía una mezcla de manicomio y de hospital; ser inteligente constituía una desgracia, y sólo la felicidad podía venir de la inconsciencia de la locura. Lamela, sin pensarlo, viviendo con sus ilusiones, tomaba las proporciones de un sabio.

Aracil, Montaner y Hurtado visitaron una sala de mujeres de San Juan de Dios.

Para un hombre excitado e inquieto como Andrés, el espectáculo tenía que ser deprimente. Las enfermas eran de lo más caído y miserable. Ver tanta desdichada sin hogar, abandonada, en una sala negra, en un estercolero humano; comprobar y evidenciar la podredumbre que envenena la vida sexual, le hizo a Andrés una angustiosa impresión.

El hospital aquel, ya derruido por fortuna, era un edificio inmundo, sucio, maloliente; las ventanas de las salas daban a la calle de Atocha, y tenían, además de las rejas, unas alambreras, para que las mujeres recluidas no se asomaran y escandalizaran. De este modo no entraba allí ni el sol ni el aire.

El médico de la sala, amigo de Julio, era un vejete ridículo, con unas largas patillas blancas. El hombre, aunque no sabía gran cosa, quería darse aire de catedrático, lo cual a nadie podía parecer un crimen; lo miserable, lo canallesco, era que trataba con una crueldad inútil a aquellas desdichadas acogidas allí, y las maltrataba de palabra y de obra.

¿Por qué? Era incomprensible. Aquel petulante idiota mandaba llevar castigadas a las enfermas a las buhardillas y tenerlas uno o dos días encerradas por delitos imaginarios. El hablar de una cama a otra durante la visita, el quejarse en la cura, cualquier cosa bastaba para estos severos castigos. Otras veces mandaba ponerlas a pan y agua. Era un macaco cruel este tipo, a quien habían dado una misión tan humana como la de cuidar de pobres enfermas.

Hurtado no podía soportar la bestialidad de aquel idiota de las patillas blancas; Aracil se reía de las indignaciones de su amigo.

Una vez, Hurtado decidió no volver por allá. Había una mujer que guardaba constantemente en el regazo un gato blanco. Era una mujer que debía haber sido muy bella, con los ojos negros, grandes, sombreados, la nariz algo corva y el tipo egipcio. El gato era, sin duda, lo único que le quedaba de un pasado mejor. Al entrar el médico, la enferma solía bajar disimuladamente al gato de la cama y dejarlo en el suelo; el animal se quedaba escondido, asustado, al ver entrar al médico con sus alumnos; pero uno de los días el médico le vio, y comenzó a darle patadas.

–Coged ese gato y matadlo –dijo el idiota de las patillas blancas al practicante.

El practicante y una enfermera comenzaron a perseguir al animal por toda la sala; la enferma miraba angustiada esta persecución.

–Y a esta tía llevadla a la buhardilla –añadió el médico.

La enferma seguía la caza con la mirada, y, cuando vio que cogían a su gato, dos lágrimas gruesas corrían por sus mejillas pálidas.

–¡Canalla! ¡Idiota! –exclamó Hurtado, acercándose al médico con el puño levantado.

–No seas estúpido –dijo Aracil–. Si no quieres venir aquí, márchate.

–Sí, me voy, no tengas cuidado, por no patearle las tripas a ese idiota miserable.

Desde aquel día ya no quiso volver más a San Juan de Dios.

La exaltación humanitaria de Andrés hubiera aumentado sin las influencias que obraban en su espíritu. Una de ellas era la de Julio, que se burlaba de todas las ideas exageradas, como decía él; la otra, la de

Lamela, con su idealismo práctico, y, por último, la lectura de *Parerga y Paralipomena*, de Schopenhauer, que le inducía a la no acción.

A pesar de estas tendencias enfrenadoras, durante muchos días estuvo Andrés impresionado por lo que dijeron varios obreros en un mitin de anarquistas del Liceo Rius. Uno de ellos, Ernesto Álvarez, un hombre moreno, de ojos negros y barba entrecana, habló en aquel mitin de una manera elocuente y exaltada; habló de los niños abandonados, de los mendigos, de las mujeres caídas...

Andrés sintió el atractivo de este sentimentalismo, quizá algo morboso. Cuando exponía sus ideas acerca de la injusticia social, Julio Aracil le salía al encuentro con su buen sentido:

–Claro que hay cosas malas en la sociedad –decía Aracil–. Pero ¿quién las va a arreglar? ¿Esos vividores que hablan en los mítines? Además, hay desdichas que son comunes a todos; esos albañiles de los dramas populares, que se nos vienen a quejar que sufren el frío del invierno y el calor del verano, no son los únicos; lo mismo nos pasa a los demás.

Las palabras de Aracil eran la gota de agua fría en las exaltaciones humanitarias de Andrés.

–Si quieres dedicarte a esas cosas –le decía–, hazte político, aprende a hablar.

–Pero si yo no me quiero dedicar a político –replicaba Andrés, indignado.

–Pues si no, no puedes hacer nada.

Claro que toda reforma en un sentido humanitario tenía que ser colectiva y realizarse por un procedimiento político, y a Julio no le era muy difícil convencer a su amigo de lo turbio de la política.

Julio llevaba la duda a los romanticismos de Hurtado; no necesitaba insistir mucho para convencerle de que la política era un arte de granjería.

Realmente, la política española nunca ha sido nada alto ni nada noble; no era difícil convencer a un madrileño de que no debía tener confianza en ella.

La inacción, la sospecha de la inanidad y de la impureza de todo, arrastraban a Hurtado cada vez más a sentirse pesimista.

Se iba inclinando a un anarquismo espiritual, basado en la simpatía y en la piedad, sin solución práctica ninguna.

La lógica justiciera y revolucionaria de los Saint-Just ya no le entusiasmaba, le parecía un poco artificial y fuera de la naturaleza. Pensaba que en la vida ni había ni podía haber justicia. La vida era una corriente tumultuosa e inconsciente, donde todos los actores representaban una comedia que no comprendían; y los hombres, llegados a un estado de intelectualidad, contemplaban la escena con una mirada compasiva y piadosa.

Estos vaivenes en las ideas, esta falta de plan y de freno, le llevaban a Andrés al mayor desconcierto, a una sobreexcitación cerebral continua e inútil.

XI
De alumno interno

A mediados de curso se celebraron exámenes de alumnos internos en el Hospital General.

Aracil, Montaner y Hurtado decidieron presentarse. El examen consistía en unas preguntas hechas al capricho de los profesores acerca de los puntos de las asignaturas ya cursadas por los alumnos. Hurtado fue a ver a su tío Iturrioz para que le recomendara.

–Bueno, te recomendaré –le dijo su tío–; ¿tienes afición a la carrera?

–Muy poca.

–Y entonces, ¿para qué quieres entrar en el hospital?

–¡Ya qué le voy a hacer! Veré a ver si voy adquiriendo la afición. Además, cobraré unos cuartos que me convienen.

–Muy bien –contestó Iturrioz–. Contigo se sabe a qué atenerse; eso me gusta.

En el examen, Aracil y Hurtado salieron aprobados.

Primero tenían que ser libretistas; su obligación consistía en ir por las mañanas y apuntar las recetas que ordenaba el médico; por la tarde, recoger la botica, repartirla y hacer guardias. De libretistas, con seis duros al mes, pasaban a internos de clase superior, con nueve, y luego a ayudantes, con doce duros, lo que representaba la cantidad respetable de dos pesetas al día.

Andrés fue llamado por un médico amigo de su tío, que visitaba una de las salas altas del tercer piso del hospital. La sala era de medicina.

El médico, hombre estudioso, había llegado a dominar el diagnóstico como pocos. Fuera de su profesión, no le interesaba nada: política, literatura, arte, filosofía o astronomía; todo lo que no fuera auscultar o percutir, analizar orinas o esputos, era letra muerta para él.

Consideraba, y quizá tenía razón, que la verdadera moral del estudiante de medicina estribaba en ocuparse únicamente de lo médico, y fuera de esto, divertirse. A Andrés le preocupaban más las ideas y los sentimientos de los enfermos que los síntomas de las enfermedades.

Pronto pudo ver el médico de la sala la poca afición de Hurtado por la carrera.

«Usted piensa en todo menos en lo que es medicina», le dijo a Andrés con severidad.

El médico de la sala estaba en lo cierto. El nuevo interno no llevaba el camino de ser un clínico: le interesaban los aspectos psicológicos de las cosas; quería investigar qué hacían las hermanas de la caridad, si tenían o no vocación; sentía curiosidad por saber la organización del hospital y averiguar por dónde se filtraba el dinero consignado por la diputación.

La inmoralidad dominaba dentro del vetusto edificio. Desde los administradores de la diputación provincial hasta una sociedad de internos que vendía la quina del hospital en las boticas de la calle de Atocha, había seguramente todas las formas de la filtración. En las guardias, los internos y los señores capellanes se dedicaban a jugar al monte, y en el arsenal funcionaba casi constantemente una timba en la que la postura menor era una perra gorda.

Los médicos, entre los que había algunos muy chulos; los curas, que no lo eran menos, y los internos se pasaban la noche tirando de la oreja a Jorge.

Los señores capellanes se jugaban las pestañas; uno de ellos era un hombrecito bajito, cínico y rubio, que había llegado a olvidar sus estudios de cura y adquirido la afición por la medicina. Como la carrera de médico era demasiado larga para él, se iba a examinar de ministrante, y si podía, pensaba abandonar definitivamente los hábitos.

El otro cura era un mozo bravío, alto, fuerte, de facciones enérgicas. Hablaba de una manera terminante y despótica; solía contar con gracejo historias verdes, que provocaban bárbaros comentarios.

Si alguna persona devota le reprochaba la inconveniencia de sus palabras, el cura cambiaba de voz y de gesto, y, con una marcada hipocresía, tomando un tonillo de falsa unción, que no cuadraba bien con su cara morena y con la expresión de sus ojos negros y atrevidos, afirmaba que la religión nada tenía que ver con los vicios de sus indignos sacerdotes.

Algunos internos que le conocían desde hacía algún tiempo y le hablaban de tú, le llamaban «Lagartijo», porque se parecía algo a ese célebre torero.

—Oye, tú, Lagartijo —le decían.

—Qué más quisiera yo —replicaba el cura— que cambiar la estola por una muleta, y en vez de ayudar a bien morir ponerme a matar toros.

Como perdía en el juego con frecuencia, tenía muchos apuros.

Una vez le decía a Andrés, entre juramentos pintorescos: «Yo no puedo vivir así. No voy a tener más remedio que lanzarme a la calle a decir misa en todas partes y tragarme todos los días catorce hostias».

A Hurtado estos rasgos de cinismo no le agradaban.

Entre los practicantes había algunos curiosísimos, verdaderas ratas de hospital, que llevaban quince o veinte años allí, sin concluir la carrera, y que visitaban, clandestinamente, en los barrios bajos más que muchos médicos.

Andrés se hizo amigo de las hermanas de la caridad de su sala y de algunas otras.

Le hubiera gustado creer, a pesar de no ser religioso, por romanticismo, que las hermanas de la caridad eran angelicales; pero, la verdad, en el hospital no se las veía más que cuidarse de cuestiones administrativas y de llamar al confesor cuando un enfermo se ponía grave.

Además, no eran criaturas idealistas, místicas que consideraran el mundo como un valle de lágrimas, sino muchachas sin recursos, algunas viudas, que tomaban el cargo como un oficio, para ir viviendo.

Luego, las buenas hermanas tenían lo mejor del hospital acotado para ellas...

Una vez un enfermero le dio a Andrés un cuadernito encontrado entre papeles viejos que habían sacado del pabellón de las hijas de la caridad.

Era el diario de una monja, una serie de notas muy breves, muy lacónicas, con algunas impresiones acerca de la vida del hospital, que abarcaban cinco o seis meses.

En la primera página tenía un nombre: sor María de la Cruz, y al lado, una fecha. Andrés leyó el diario y quedó sorprendido. Había allí una narración tan sencilla, tan ingenua de la vida hospitalesca, contada con tanta gracia, que le dejó emocionado.

Andrés quiso enterarse de quién era sor María, de si vivía en el hospital o dónde estaba.

No tardó en averiguar que había muerto. Una monja, ya vieja, la había conocido. Le dijo a Andrés que al poco tiempo de llegar al hospital, la trasladaron a una sala de tíficos, y allí adquirió la enfermedad y murió.

No se atrevió Andrés a preguntar cómo era, qué cara tenía, aunque hubiese dado cualquier cosa por saberlo.

Andrés guardó el diario de la monja como una reliquia, y muchas veces pensó en cómo sería, y hasta llegó a sentir por ella una verdadera obsesión.

Un tipo misterioso y extraño del hospital, que llamaba mucho la atención y de quien se contaban varias historias, era el hermano Juan. Este hombre, que no se sabía de dónde había venido, andaba vestido con una blusa negra, alpargatas y un crucifijo colgado al cuello. El hermano Juan cuidaba por gusto de los enfermos contagiosos. Era, al parecer, un místico, un hombre que vivía en su centro natural, en medio de la miseria y el dolor.

El hermano Juan era un hombre bajito, tenía la barba negra, la mirada brillante, los ademanes suaves, la voz meliflua. Era un tipo semítico.

Vivía en un callejón que separaba San Carlos del Hospital General. Este callejón tenía dos puentes encristalados que lo cruzaban, y debajo de uno de ellos, del que estaba más cerca de la calle de Atocha, había establecido su cuchitril el hermano Juan.

En este cuchitril se encerraba con un perrito que le hacía compañía.

A cualquier hora que fuesen a llamar al hermano siempre había luz en su camaranchón, y siempre se le encontraba despierto.

Según algunos, se pasaba la vida leyendo libros verdes; según otros, rezaba; uno de los internos aseguraba haberle visto poniendo notas en unos libros en francés y en inglés acerca de psicopatías sexuales.

Una noche en que Andrés estaba de guardia, uno de los internos dijo: «Vamos a ver al hermano Juan, y a pedirle algo de comer y de beber».

Fueron todos al callejón en donde el hermano tenía su escondrijo. Había luz, miraron por si se veía algo, pero no se encontraba rendija por donde espiar lo que hacía en el interior el misterioso enfermero. Llamaron, e inmediatamente apareció el hermano con su blusa negra.

–Estamos de guardia, hermano Juan –dijo uno de los internos–; venimos a ver si nos da usted algo para tomar un modesto piscolabis.

–¡Pobrecitos! ¡Pobrecitos! –exclamó él–. Me encuentran ustedes muy pobre. Pero ya veré, ya veré si tengo algo.

Y el hombre desapareció tras de la puerta, la cerró con mucho cuidado, y se presentó al poco rato con un paquete de café, otro de azúcar y otro de galletas.

Volvieron los estudiantes al cuarto de guardia, comieron las galletas, tomaron el café y discutieron el caso del hermano.

No había unanimidad: unos creían que era un hombre distinguido; otros, que era un antiguo criado; para algunos era un santo; para otros, un invertido sexual o algo por el estilo.

El hermano Juan era el tipo raro del hospital. Cuando recibía dinero, no se sabía de dónde, convidaba a comer a los convalecientes y regalaba las cosas que necesitaban los enfermos.

A pesar de su caridad y de sus buenas obras, este hermano Juan era para Andrés repulsivo; le producía una impresión desagradable, una impresión física, orgánica.

Había en él algo anormal, indudablemente. ¡Es tan lógico, tan natural en el hombre huir del dolor, de la enfermedad, de la tristeza! Y, sin embargo, para él, el sufrimiento, la pena, la suciedad, debían de ser cosas atrayentes.

Andrés comprendía el otro extremo, que el hombre huyese del dolor ajeno, como de una cosa horrible y repugnante, hasta llegar a la indignidad, la inhumanidad; comprendía que se evitara hasta la idea de que hubiese sufrimiento alrededor de uno; pero ir a buscar lo sucio, lo triste, deliberadamente, para convivir con ello, le parecía una monstruosidad.

Así que cuando veía al hermano Juan sentía esa impresión repelente, de inhibición, que se experimenta ante los monstruos.

I
Las Minglanillas

Julio Aracil había intimado con Andrés. La vida en común de ambos en San Carlos y en el hospital iba unificando sus costumbres, aunque no sus ideas ni sus afectos.

Con su dura filosofía del éxito, Julio comenzaba a sentir más estimación por Hurtado que por Montaner.

Andrés había pasado a ser interno como él; Montaner, no sólo no pudo aprobar en estos exámenes, sino que perdió el curso, y, abandonándose por completo, empezó a no ir a clase y a pasar el tiempo haciendo el amor a una muchacha vecina suya.

Julio Aracil comenzaba a experimentar por su amigo un gran desprecio y a desearle que todo le saliera mal.

Julio, con el pequeño sueldo del hospital, hacía cosas extraordinarias, maravillosas; llegó hasta jugar a la Bolsa, a tener acciones de minas, a comprar un título de la Deuda.

Julio quería que Andrés siguiera sus pasos de hombre de mundo.

–Te voy a presentar en casa de las Minglanillas –le dijo un día, riendo.

–¿Quiénes son las Minglanillas? –preguntó Hurtado.

–Unas chicas amigas mías.

–¿Se llaman así?

–No; pero yo las llamo así porque, sobre todo la madre, parece un personaje de Taboada.

–¿Y qué son?

–Son unas chicas hijas de una viuda pensionista, Niní y Lulú. Yo estoy arreglado con Niní, con la mayor; tú te puedes entender con la chiquita.

–Pero ¿arreglado hasta qué punto estás con ella?

–Pues hasta todos los puntos. Solemos ir los dos a un rincón de la calle de Cervantes, que yo conozco, y que te recomendaré cuando lo necesites.

–¿Te vas a casar con ella después?

–¡Quita de ahí, hombre! No sería mal imbécil.

–Pero has inutilizado a la muchacha.

–¡Yo! ¡Qué estupidez!

–Pues ¿no es tu querida?

–¿Y quién lo sabe? Además, ¿a quién le importa?

–Sin embargo...

–¡Ca! Hay que dejarse de tonterías y aprovecharse. Si tú puedes hacer lo mismo, serás un tonto si no lo haces.

A Hurtado no le parecía bien este egoísmo; pero tenía curiosidad por conocer a la familia, y fue una tarde con Julio a verla.

Vivían la viuda y las dos hijas en la calle del Fúcar, en una casa sórdida, de esas con patio de vecindad y galerías llenas de puertas.

Había en casa de la viuda un ambiente de miseria bastante triste; la madre y las hijas llevaban trajes raídos y remendados; los muebles eran pobres, menos alguno que otro indicador de ciertos esplendores pasados; las sillas estaban destripadas, y en los agujeros de la estera se metía el pie al pasar.

La madre, doña Leonarda, era mujer poco simpática; tenía la cara amarillenta, de color de membrillo; la expresión dura, falsamente amable; la nariz corva; unos cuantos lunares en la barba, y la sonrisa forzada.

La buena señora manifestaba unas ínfulas aristocráticas grotescas, y recordaba los tiempos en que su marido había sido subsecretario e iba la familia a veranear a San Juan de Luz. El que las chicas se llamaran Niní y Lulú procedía de la niñera que tuvieron por primera vez, una francesa.

Estos recuerdos de la gloria pasada, que doña Leonarda evocaba accionando con el abanico cerrado como si fuera una batuta, le hacían poner los ojos en blanco y suspirar tristemente.

Al llegar a la casa con Aracil, Julio se puso a charlar con Niní, y Andrés sostuvo la conversación con Lulú y con su madre.

Lulú era una muchacha graciosa, pero no bonita; tenía los ojos verdes, oscuros, sombreados por ojeras negruzcas; unos ojos que a Andrés le parecieron muy humanos; la distancia de la nariz a la boca y de la boca a la barba era en ella demasiado grande, lo que le daba cierto aspecto simio; la frente, pequeña; la boca, de labios finos, con una sonrisa entre irónica y amarga; los dientes, blancos, puntiagudos; la nariz, un poco respingona, y la cara, pálida, de mal color.

410

Lulú demostró a Hurtado que tenía gracia, picardía e ingenio de sobra; pero le faltaba el atractivo principal de una muchacha: la ingenuidad, la frescura, la candidez. Era un producto marchito por el trabajo, por la miseria y por la inteligencia. Sus dieciocho años no parecían juventud.

Su hermana Niní, de facciones incorrectas y, sobre todo, menos espirituales, era más mujer, tenía deseo de agradar, hipocresía, disimulo. El esfuerzo constante hecho por Niní para presentarse como ingenua y cándida, le daban un carácter más femenino, más corriente también y vulgar.

Andrés quedó convencido de que la madre conocía las verdaderas relaciones de Julio y de su hija Niní. Sin duda, ella misma había dejado que la chica se comprometiera, pensando que luego Aracil no la abandonaría.

A Hurtado no le gustó la casa; aprovecharse, como Julio, de la miseria de la familia para hacer de Niní su querida, con la idea de abandonarla cuando le conviniera, le parecía una mala acción.

Todavía si Andrés no hubiera estado en el secreto de las intenciones de Julio, hubiese ido a casa de doña Leonarda sin molestia; pero tener la seguridad de que un día los amores de su amigo acabarían con una pequeña tragedia de lloros y de lamentos, en que doña Leonarda chillaría y a Niní le darían soponcios, era una perspectiva que le disgustaba.

II
Una cachupinada

Antes de Carnaval, Julio Aracil le dijo a Hurtado:

–¿Sabes? Vamos a tener baile en casa de las Minglanillas.

–¡Hombre! ¿Cuándo va a ser eso?

–El domingo de Carnaval. El petróleo para la luz y las pastas, el alquiler del piano y el pianista se pagarán entre todos. De manera que si tú quieres ser de la cuadrilla, ya estás apoquinando.

–Bueno. No hay inconveniente. ¿Cuánto hay que pagar?

–Ya te lo diré uno de estos días.

–¿Quiénes van a ir?

–Pues irán algunas muchachas de la vecindad, con sus novios; Casares, ese periodista amigo mío; un sainetero y otros. Estará bien. Habrá chicas guapas.

El domingo de Carnaval, después de salir de guardia del hospital, fue Hurtado al baile. Eran ya las once de la noche. El sereno abrió la puerta. La casa de doña Leonarda rebosaba de gente; la había hasta en la escalera.

Al entrar Andrés se encontró a Julio con un grupo de jóvenes a quienes no conocía. Julio le presentó a un sainetero, un hombre estúpido y fúnebre, que a las primeras palabras, para demostrar, sin duda, su profesión, dijo unos cuantos chistes, a cuál más conocidos y vulgares. También le presentó a Antoñito Casares, empleado y periodista, hombre de gran partido entre las mujeres.

Antoñito era un andaluz con una moral de chulo; se figuraba que dejar pasar a una mujer sin sacarle algo era una gran torpeza. Para Casares toda mujer le debía, sólo por el hecho de serlo, una contribución, una gabela.

Antoñito clasificaba a las mujeres en dos clases: una, las pobres, para divertirse, y otra, las ricas, para casarse con alguna de ellas por su dinero, a ser posible.

Antoñito buscaba la mujer rica con una constancia de anglosajón. Como tenía buen aspecto y vestía bien, al principio las muchachas a quienes se dirigía le acogían como a un pretendiente aceptable. El audaz trataba de ganar terreno; hablaba a las criadas, mandaba cartas, paseaba la calle. A esto llamaba él «trabajar» a una mujer. La muchacha, mientras consideraba al galanteador como un buen partido, no le rechazaba; pero cuando se enteraba de que era un empleadillo humilde, un periodista desconocido y gorrón, ya no le volvía a mirar a la cara.

Julio Aracil sentía un gran entusiasmo por Casares, a quien consideraba como un compadre digno de él. Los dos pensaban ayudarse mutuamente para subir en la vida.

Cuando comenzaron a tocar el piano todos los muchachos se lanzaron en busca de pareja.

–¿Tú sabes bailar? –le preguntó Aracil a Hurtado.

–Yo, no.

–Pues mira, vete al lado de Lulú, que tampoco quiere bailar, y trátala con consideración.

–¿Por qué me dices esto?

–Porque hace un momento –añadió Julio con ironía– doña Leonarda me ha dicho: «A mis hijas hay que tratarlas como si fueran vírgenes, Julito, como si fueran vírgenes».

Y Julio Aracil sonrió, remedando a la madre de Niní, con su sonrisa de hombre mal intencionado y canalla.

Andrés fue abriéndose paso. Había varios quinqués de petróleo iluminando la sala y el gabinete. En el comedorcito, la mesa ofrecía a los concurrentes bandejas con dulces y pastas y botellas de vino blanco. Entre las muchachas que más sensación producían en el baile había una rubia, muy guapa, muy vistosa. Esta rubia tenía su historia. Un señor rico que la rondaba se la llevó a un hotel de la Prosperidad, y días después la rubia se escapó del hotel, huyendo del raptor, que, al parecer, era un sátiro.

Toda la familia de la muchacha tenía cierto estigma de anormalidad. El padre, un venerable anciano por su aspecto, había tenido un proceso por violar a una niña, y un hermano de la rubia, después de disparar dos tiros a su mujer, intentó suicidarse.

A esta rubia guapa, que se llamaba Estrella, la distinguían casi todas las vecinas con un odio furioso.

Al parecer, por lo que dijeron, exhibía en el balcón, para que rabiaran las muchachas de la vecindad, medias negras caladas, camisas de seda llenas de lacitos y otra porción de prendas interiores lujosas y espléndidas, que no podían proceder más que de un comercio poco honorable.

Doña Leonarda no quería que sus hijas se trataran con aquella muchacha; según decía, ella no podía sancionar amistades de cierto género.

La hermana de la Estrella, Elvira, de doce o trece años, era muy bonita, muy descocada, y seguía, sin duda, las huellas de la mayor.

«¡Esta *peque* de la vecindad es más sinvergüenza!», dijo una vieja detrás de Andrés, señalando a Elvira.

La Estrella bailaba como hubiese podido hacerlo la diosa Venus, y al moverse, sus caderas y su pecho abultado se destacaban de una manera insultante.

Casares, al verla pasar, la decía: «¡Vaya usted con Dios, guerrera!».

Andrés avanzó en el cuarto hasta sentarse cerca de Lulú.

–Muy tarde ha venido usted –le dijo ella.

–Sí; he estado de media guardia en el hospital.

–¿Qué, no va usted a bailar?

–Yo no sé.

–¿No?

–No. ¿Y usted?

–Yo no tengo ganas. Me mareo.

Casares se acercó a Lulú a invitarla a bailar.

–Oiga usted, negra –la dijo.

–¿Qué quiere usted, blanco? –le preguntó ella con descaro.

–¿No quiere usted darse unas vueltecitas conmigo?

–No, señor.

–¿Y por qué?

–Porque no me sale... de adentro –contestó ella de una manera achulada.

–Tiene usted mala sangre, negra –le dijo Casares.

–Sí; que usted la debe tener buena, blanco –replicó ella.

–¿Por qué no ha querido usted bailar con él? –le preguntó Andrés.

–Porque es un boceras; un tío antipático que cree que todas las mujeres están enamoradas de él. ¡Que se vaya a paseo!

Siguió el baile con animación creciente, y Andrés permaneció sin hablar al lado de Lulú.

–Me hace usted mucha gracia –dijo ella de pronto, riéndose, con una risa que le daba la expresión de una alimaña.

414

–¿Por qué? –preguntó Andrés, enrojeciendo súbitamente.

–¿No le ha dicho a usted Julio que se entienda conmigo? Sí, ¿verdad?

–No; no me ha dicho nada.

–Sí; diga usted que sí. Ahora, que usted es demasiado delicado para confesarlo. A él le parece eso muy natural. Se tiene una novia pobre, una señorita cursi como nosotras para entretenerse, y después buscar una mujer que tenga algún dinero para casarse.

–No creo que ésa sea su intención.

–¿Que no? ¡Ya lo creo! ¿Usted se figura que no va a abandonar a Niní? Enseguida que acabe la carrera. Yo le conozco mucho a Julio. Es un egoísta y un canallita. Está engañando a mi madre y a mi hermana... Y total, ¿para qué?

–No sé lo que hará Julio...; yo sé que no lo haría.

–Usted, no, porque usted es de otra manera... Además, en usted no hay caso, porque no se va a enamorar de mí, ni aun para divertirse.

–¿Por qué no?

–Porque no.

Ella comprendía que no gustara a los hombres. A ella misma le gustaban más las chicas, y no es que tuviera instintos viciosos; pero la verdad era que no le hacían impresión los hombres.

Sin duda, el velo que la naturaleza y el pudor ha puesto sobre todos los motivos de la vida sexual se había desgarrado demasiado pronto para ella; sin duda supo lo que eran la mujer y el hombre en una época en que su instinto nada le decía, y esto le había producido una mezcla de indiferencia y de repulsión por todas las cosas del amor.

Andrés pensó que esta repulsión provenía más que nada de la miseria orgánica, de la falta de alimentación y de aire.

Lulú le confesó que estaba deseando morirse, de verdad, sin romanticismo alguno; creía que nunca llegaría a vivir bien.

La conversación les hizo muy amigos a Andrés y a Lulú.

A las doce y media hubo que terminar el baile. Era condición indispensable, fijada por doña Leonarda; las muchachas tenían que trabajar al día siguiente, y por más que todo el mundo pidió que se continuara, doña Leonarda fue inflexible, y para la una estaba ya despejada la casa.

III
Las moscas

Andrés salió a la calle con un grupo de hombres.

Hacía un frío intenso.

–¿Adónde iríamos? –preguntó Julio.

–Vamos a casa de doña Virginia –propuso Casares–. Ustedes la conocerán.

–Yo sí la conozco –contestó Aracil.

Se acercaron a una casa próxima, de la misma calle, que hacía esquina a la de la Verónica. En un balcón del piso principal se leía este letrero a la luz de un farol:

VIRGINIA GARCÍA
Comadrona con título del colegio de San Carlos
(Sage femme)

–No se ha debido acostar, porque hay luz –dijo Casares.

Julio llamó al sereno, que les abrió la puerta, y subieron todos al piso principal. Salió a recibirles una criada vieja, que les pasó a un comedor en donde estaba la comadrona sentada a una mesa con dos hombres. Tenían delante una botella de vino y tres vasos.

Doña Virginia era una mujer alta, rubia, gorda, con una cara de angelito de Rubens que llevaba cuarenta y cinco años revoloteando por el mundo. Tenía la tez iluminada y rojiza, como la piel de un cochinillo asado, y unos lunares en el mentón que le hacían parecer una mujer barbuda.

Andrés la conocía de vista por haberla encontrado en San Carlos en la clínica de partos, ataviada con unos trajes claros y unos sombreros de niña bastante ridículos.

De los dos hombres, uno era el amante de la comadrona. Doña Virginia le presentó como un italiano profesor de idiomas de un colegio.

Este señor, por lo que habló, daba la impresión de esos personajes que han viajado por el extranjero viviendo en hoteles de dos francos, y que luego ya no se pueden acostumbrar a la falta de *confort* de España.

El otro, un tipo de aire siniestro, barba negra y anteojos, era nada menos que el director de la revista *El Masón Ilustrado*.

Doña Virginia dijo a sus visitantes que aquel día estaba de guardia, cuidando a una parturienta. La comadrona tenía una casa bastante grande, con unos gabinetes misteriosos que daban a la calle de la Verónica; allí instalaba a las muchachas, hijas de familia, a las cuales un mal paso dejaba en situación comprometida.

Doña Virginia pretendía demostrar que era de una exquisita sensibilidad.

«¡Pobrecitas!», decía de sus huéspedas. «¡Qué malos son ustedes los hombres!»

A Andrés esta mujer le pareció repulsiva.

En vista de que no podían quedarse allí, salió todo el grupo de hombres a la calle. A los pocos pasos se encontraron con un muchacho, sobrino de un prestamista de la calle de Atocha, acompañando a una chulapa con la que pensaba ir al baile de la Zarzuela.

–¡Hola, Victorio! –le saludó Aracil.

–¡Hola, Julio! –contestó el otro–. ¿Qué tal? ¿De dónde salen ustedes?

–De aquí; de casa de doña Virginia.

–¡Valiente tía! Es una explotadora de esas pobres muchachas que lleva a su casa engañadas.

¡Un prestamista llamando explotadora a una comadrona! Indudablemente, el caso no era del todo vulgar.

El director de *El Masón Ilustrado*, que se reunió con Andrés, le dijo con aire grave que doña Virginia era una mujer de cuidado; había echado al otro mundo dos maridos con dos jicarazos; no le asustaba nada. Hacía abortar, suprimía chicos, secuestraba muchachas y las vendía. Acostumbraba a hacer gimnasia y a dar masaje, tenía más fuerzas que un hombre, y para ella no era nada sujetar a una mujer como si fuera un niño.

En estos negocios de abortos y de tercerías manifestaba una audacia enorme. Como esas moscas sarcófagas que van a los animales despedazados y a las carnes muertas, así aparecía doña Virginia con sus palabras amables allí donde olfateaba la familia arruinada, a quien arrastraban al *spoliarium*.

El italiano, aseguró el director de *El Masón Ilustrado*, no era profesor de idiomas, ni mucho menos, sino un cómplice en los negocios nefandos de doña Virginia, y si sabía francés e inglés era porque había andado durante mucho tiempo de carterista desvalijando a la gente en los hoteles.

Fueron todos con Victorio hasta la Carrera de San Jerónimo; allí, el sobrino del prestamista les invitó a acompañarle al baile de la Zarzuela; pero Aracil y Casares supusieron que Victorio no les querría pagar la entrada, y dijeron que no.

—Vamos a hacer una cosa —propuso el sainetero amigo de Casares.

—¿Qué? —preguntó Julio.

—Vamos a casa de Villasús. Pura habrá salido del teatro ahora.

Villasús, según le dijeron a Andrés, era un autor dramático que tenía dos hijas coristas. Este Villasús vivía en la Cuesta de Santo Domingo.

Se dirigieron a la Puerta del Sol; compraron pasteles en la calle del Carmen, esquina a la del Olivo; fueron después a la Cuesta de Santo Domingo, y se detuvieron delante de una casa grande.

—Aquí no alborotemos —advirtió el sainetero—, porque el sereno no nos abriría.

Abrió el sereno, entraron en un espacioso portal, y Casares y su amigo, Julio, Andrés y el director de *El Masón Ilustrado* comenzaron a subir una ancha escalera hasta llegar a las buhardillas, alumbrándose con fósforos.

Llamaron en una puerta; apareció una muchacha, que les hizo pasar a un estudio de pintor, y poco después se presentó un señor de barba y pelo entrecanoso, envuelto en un gabán.

Este señor, Rafael Villasús, era un pobre diablo, autor de comedias y de dramas detestables en verso.

El poeta, como se llamaba él, vivía su vida en artista, en bohemio; era en el fondo un completo majadero, que había echado a perder a sus hijas por un estúpido romanticismo.

Pura y Ernestina llevaban un camino desastroso; ninguna de las dos tenía condición para la escena; pero el padre no creía más que en el arte, y las había llevado al conservatorio, luego metido en un teatro de partiquinas y relacionado con periodistas y cómicos.

Pura, la mayor, tenía un hijo con un sainetero amigo de Casares, y Ernestina estaba enredada con un revendedor.

El amante de Pura, además de un acreditado imbécil, fabricante de chistes estúpidos, como la mayoría de los del gremio, era un granuja, dispuesto a llevarse todo lo que veía. Aquella noche estaba allí. Era un hombre alto, flaco, moreno, con el labio inferior colgante.

Los dos saineteros hicieron gala de su ingenio, sacando a relucir una colección de chistes viejos y manidos. Ellos dos y los otros, Casares, Aracil y el director de *El Masón Ilustrado*, tomaron la casa de Villasús como terreno conquistado, e hicieron una porción de horrores con una mala intención canallesca.

Se reían de la chifladura del padre, que creía que todo aquello era la vida artística. El pobre imbécil no notaba la mala voluntad que ponían todos en sus bromas.

Las hijas, dos mujeres estúpidas y feas, comieron con avidez los pasteles que habían llevado los visitantes, sin hacer caso de nada.

Uno de los saineteros hizo el león, tirándose por el suelo y rugiendo, y el padre leyó unas quintillas que se aplaudieron a rabiar.

Hurtado, cansado del ruido y de las gracias de los saineteros, fue a la cocina a beber un vaso de agua, y se encontró con Casares y el director de *El Masón Ilustrado*. Éste estaba empeñado en ensuciarse en uno de los pucheros de la cocina y echarlo luego en la tinaja del agua.

Le parecía la suya una ocurrencia graciosísima.

–Pero usted es un imbécil –le dijo Andrés bruscamente.

–¿Cómo?

–Que es usted un imbécil, una mala bestia.

–¡Usted no me dice a mí eso! –gritó el masón.

–¿No está usted oyendo que se lo digo?

–En la calle no me repite usted eso.

–En la calle y en todas partes.

Casares tuvo que intervenir, y como, sin duda, quería marcharse, aprovechó la ocasión de acompañar a Hurtado diciendo que iba para evitar cualquier conflicto. Pura bajó a abrirles la puerta, y el periodista y Andrés fueron juntos hasta la Puerta del Sol. Casares le brindó su protección a Andrés; sin duda, prometía protección y ayuda a todo el mundo.

Hurtado se marchó a casa mal impresionado. Doña Virginia, explotando y vendiendo mujeres; aquellos jóvenes escarnecían a una pobre gente desdichada. La piedad no aparecía por el mundo.

IV
Lulú

La conversación que tuvo en el baile con Lulú dio a Hurtado el deseo de intimar algo más con la muchacha.

Realmente, la chica era simpática y graciosa. Tenía los ojos desnivelados, uno más alto que otro, y al reír los entornaba hasta convertirlos en dos rayitas, lo que le daba una gran expresión de malicia; su sonrisa levantaba las comisuras de los labios para arriba, y su cara tomaba un aire satírico y agudo.

No se mordía la lengua para hablar. Decía habitualmente horrores. No había en ella dique para su desenfreno espiritual, y cuando llegaba a lo más escabroso, una expresión de cinismo brillaba en sus ojos.

El primer día que fue Andrés a ver a Lulú después del baile, contó su visita a casa de doña Virginia.

–¿Estuvieron ustedes a ver a la comadrona? –preguntó Lulú.

–Sí.

–Valiente tía cerda.

–Niña –exclamó doña Leonarda–, ¿qué expresiones son ésas?

–Pues ¿qué es, sino una alcahueta o algo peor?

–¡Jesús! ¡Qué palabras!

–A mí me vino un día –siguió diciendo Lulú– preguntándome si quería ir con ella a casa de un viejo. ¡Qué tía guarra!

A Hurtado le asombraba la mordacidad de Lulú. No tenía ese repertorio vulgar de chistes oídos en el teatro; en ella todo era callejero y popular.

Andrés comenzó a ir con frecuencia a la casa, sólo por oír a Lulú. Era, sin duda, una mujer inteligente, cerebral, como la mayoría de las muchachas que vienen trabajando en las grandes ciudades, con una aspiración mayor por ver, por enterarse, por distinguirse, que por sentir placeres sensuales.

A Hurtado le sorprendía; pero no le producía la más ligera idea de hacerle el amor. Hubiera sido imposible para él pensar que pudiera llegar a tener con Lulú más que una cordial amistad.

Lulú bordaba para un taller de la calle de Segovia, y solía ganar hasta tres pesetas al día. Con esto, unido a la pequeña pensión de doña Leonarda, vivía la familia; Niní ganaba poco, porque, aunque trabajaba, era torpe.

Cuando Andrés iba por las tardes, se encontraba a Lulú con el bastidor en las rodillas, unas veces cantando a voz en grito, otras muy silenciosa.

Lulú cogía rápidamente las canciones de la calle y las cantaba con una picardía admirable. Sobre todo, esas tonadillas encanalladas, de letra grotesca, eran las que más le gustaban.

El tango aquel que empieza diciendo:

Un cocinero de Cádiz muy afamado,
a las mujeres las compara con el guisado,

y esos otros en que las mujeres entran en quinta, o tienen que ser marineras, el *¿De la niña qué?*, o el de las mujeres que montan en bicicleta, en el que hay esa preocupación graciosa, expresada así:

Por eso hay ahora
mil discusiones,
por si han de llevar faldas
o pantalones.

Todas estas canciones populares las cantaba con muchísima gracia.

A veces le faltaba el humor, y tenía esos silencios llenos de pensamientos de las chicas inquietas y neuróticas. En aquellos instantes sus ideas parecían converger hacia adentro, y la fuerza de la ideación le impulsaba a callar. Si la llamaban de pronto, mientras estaba ensimismada, se ruborizaba y se confundía.

«No sé lo que anda maquinando cuando está así», decía su madre; «pero no debe ser nada bueno.»

Lulú le contó a Andrés que de chica había pasado una larga temporada sin querer hablar. En aquella época el hablar le producía una gran tristeza, y desde entonces le quedaban estos arrechuchos.

Muchas veces Lulú dejaba el bastidor y se largaba a la calle a comprar algo en la mercería próxima, y contestaba a las frases de los horteras de la manera más procaz y descarada.

Este poco apego a defender los intereses de la clase les parecía a doña Leonarda y a Niní una verdadera vergüenza.

—Ten en cuenta que tu padre fue un personaje —decía doña Leonarda con énfasis.

—Y nosotras nos morimos de hambre —replicaba Lulú.

Cuando oscurecía y las tres mujeres dejaban la labor, Lulú se metía en algún rincón, apoyándose en varios sitios al mismo tiempo. Así, como encajonada en un espacio estrecho, formado por dos sillas y la mesa o por las sillas y el armario del comedor, se ponía a hablar con su natural cinismo, escandalizando a su madre y a su hermana. Todo lo que fuera deforme en un sentido humano, la regocijaba. Estaba acostumbrada a no guardar respeto a nada ni a nadie. No podía tener amigas de su edad, porque le gustaba espantar a las mojigatas con barbaridades; en cambio, era buena para los viejos y para los enfermos; comprendía sus manías, sus egoísmos, y se reía de ellos. Era también servicial; no le molestaba andar con un chico sucio en brazos o cuidar de una vieja enferma de la buhardilla.

A veces Andrés la encontraba más deprimida que de ordinario; entre aquellos parapetos de sillas viejas solía estar con la cabeza apoyada en la mano, riéndose de la miseria del cuarto, mirando fijamente al techo o alguno de los agujeros de la estera.

Otras veces se ponía a cantar la misma canción sin parar.

«Pero, muchacha, ¡cállate!», decía su madre. «Me tienes loca con ese estribillo.»

Y Lulú callaba; pero al poco tiempo volvía a la canción.

A veces iba por la casa un amigo del marido de doña Leonarda, don Prudencio González.

Don Prudencio era un chulo grueso, de abdomen abultado. Gastaba levita negra, chaleco blanco, del que colgaba la cadena del reloj llena de dijes. Tenía los ojos desdeñosos, pequeños; el bigote corto, pintado, y la cara roja. Hablaba con acento andaluz y tomaba posturas académicas en la conversación.

El día que iba don Prudencio, doña Leonarda se multiplicaba.

«Usted, que ha conocido a mi marido», decía con voz lacrimosa. «Usted, que nos ha visto en otra posición...»

Y doña Leonarda hablaba con lágrimas en los ojos de los esplendores pasados.

V
Más de Lulú

Algunos días de fiesta, por la tarde, Andrés acompañó a Lulú y a su madre a dar un paseo por el Retiro o por el Jardín Botánico.

El Botánico le gustaba mucho a Lulú, por ser más popular y estar cerca de su casa, y por aquel olor acre que dan los viejos mirtos de las avenidas.

–Porque es usted, le dejo que acompañe a Lulú –decía doña Leonarda con cierto retintín.

–Bueno, bueno, mamá –replicaba Lulú–. Todo eso está de más.

En el Botánico se sentaban en algún banco, y charlaban. Lulú contaba su vida y sus impresiones, sobre todo de la niñez. Los recuerdos de la infancia estaban muy grabados en su imaginación.

–¡Me da una pena pensar en cuando era chica! –decía.

–¿Por qué? ¿Vivía usted bien? –le preguntaba Hurtado.

–No, no; pero me da mucha pena.

Contaba Lulú que de niña la pegaban para que no comiera el yeso de las paredes y los periódicos. En aquella época había tenido jaquecas, ataques de nervios; pero ya hacía mucho tiempo que no padecía ningún trastorno. Eso sí, era un poco desigual; tan pronto se sentía capaz de estar derecha una barbaridad de tiempo, como se encontraba tan cansada que el menor esfuerzo la rendía.

Esta desigualdad orgánica se reflejaba en su manera de ser espiritual y material. Lulú era muy arbitraria; ponía sus antipatías y sus simpatías sin razón alguna.

No le gustaba comer con orden, no quería alimentos calientes; sólo le apetecían cosas frías, picantes, con vinagres, escabeche, naranjas...

–¡Ah! Si yo fuera de su familia, eso no se lo consentiría a usted –le decía Andrés.

–¿No?

–No.

—Pues diga usted que es mi primo.

—Usted ríase —contestaba Andrés—; pero yo la metería en cintura.

—¡Ay, ay, ay, que me estoy mareando! —contestaba ella, cantando descaradamente.

Andrés Hurtado trataba a pocas mujeres; si hubiese conocido más y podido comparar, hubiera llegado a sentir estimación por Lulú.

En el fondo de su falta de ilusión y de moral, al menos de moral corriente, tenía esa muchacha una idea muy humana y muy noble de las cosas. A ella no le parecía mal el adulterio, ni los vicios, ni las mayores enormidades; lo que le molestaba era la doblez, la hipocresía, la mala fe. Sentía un gran deseo de lealtad.

Decía que si un hombre la pretendía, y ella viera que la quería de verdad, se iría con él, fuera rico o pobre, soltero o casado.

Tal afirmación parecía una monstruosidad, una indecencia a Niní y a doña Leonarda. Lulú no aceptaba derechos ni prácticas sociales.

«Cada cual debe hacer lo que quiera», decía.

El desenfado inicial de su vida le daba un valor para opinar muy grande.

—¿De veras se iría usted con un hombre? —le preguntaba Andrés.

—Si me quería de verdad, ¡ya lo creo! Aunque me pegara después.

—¿Sin casarse?

—Sin casarme, ¿por qué no? Si vivía dos o tres años con ilusión y con entusiasmo, pues eso no me lo quitaba nadie.

—¿Y luego?

—Luego seguiría trabajando como ahora, o me envenenaría.

Esta tendencia al final trágico era muy frecuente en Lulú; sin duda le atraía la idea de acabar, y de acabar de una manera melodramática. Decía que no le gustaría llegar a vieja.

En su franqueza extraordinaria, hablaba con cinismo. Un día le dijo a Andrés:

—Ya ve usted: hace unos años estuve a punto de perder la honra, como decimos las mujeres.

—¿Por qué? —preguntó Andrés, asombrado, al oír esta revelación.

—Porque un bestia de la vecindad quiso forzarme. Yo tenía doce años. Y gracias a que llevaba pantalones y empecé a chillar, si no... estaría deshonrada —añadió con voz campanuda.

—Parece que la idea no le espanta a usted mucho.

—Para una mujer que no es guapa, como yo, y que tiene que estar siempre trabajando, como yo, la cosa no tiene gran importancia.

«¿Qué había de verdad en esta manía de sinceridad y de análisis de Lulú?», se preguntaba Andrés. «¿Era espontánea, era sentida, o había algo de ostentación para parecer original? Difícil era averiguarlo.»

Algunos sábados por la noche, Julio y Andrés convidaban a Lulú, a Niní y a su madre a ir a algún teatro, y después entraban en un café.

VI
Manolo «el Chafandín»

Una amiga, con la cual solía prestarse mutuos servicios Lulú, era una vieja, planchadora, de la vecindad, que se llamaba Venancia.

La señora Venancia tendría unos sesenta años, y trabajaba constantemente; invierno y verano estaba en su cuartucho, sin cesar de planchar un momento. La señora Venancia vivía con su hija y su yerno, un chulapo, a quien llamaban Manolo «el Chafandín».

El tal Manolo, hombre de muchos oficios y de ninguno, no trabajaba más que rara vez, y vivía a costa de la suegra.

Manolo tenía tres o cuatro hijos, y el último era una niña de pecho, que solía estar con frecuencia metida en un cesto, en el cuarto de la señora Venancia, y a quien Lulú solía pasear en brazos por la galería.

–¿Qué va a ser esta niña? –preguntaban algunos.

Y Lulú contestaba:

–Golfa, golfa –u otra palabra más dura, y añadía–: así la llevarán en coche, como a la Estrella.

La hija de la señora Venancia era una vaca sin cencerro, holgazana, borracha, que se pasaba la vida disputando con las comadres de la vecindad. Como a Manolo, su hombre, no le gustaba trabajar, toda la familia vivía a costa de la señora Venancia, y el dinero del taller de planchado no bastaba, naturalmente, para subvenir a las necesidades de la casa.

Cuando la Venancia y el yerno disputaban, la mujer de Manolo siempre salía a la defensa del marido, como si este holgazán tuviera derecho a vivir del trabajo de los demás.

Lulú, que era justiciera, un día, al ver que la hija atropellaba a la madre, salió en defensa de la Venancia, y se insultó con la mujer de Manolo; la llamó tía zorra, borracha, perro, y añadió que su marido era un cabronazo; la otra le dijo que ella y toda su familia eran unas cursis muertas de hambre, y, gracias a que se interpusieron otras vecinas, no se tiraron de los pelos.

Aquellas palabras ocasionaron un conflicto, porque Manolo el Chafandín, que era un chulo aburrido, de estos cobardes, decidió pedir explicaciones a Lulú de sus palabras.

Doña Leonarda y Niní, al saber lo ocurrido, se escandalizaron. Doña Leonarda echó una chillería a Lulú por mezclarse con aquella gente.

Doña Leonarda no tenía sensibilidad más que para las cosas que se referían a su respetabilidad social.

–Estás empeñada en ultrajarnos –dijo a Lulú, medio llorando–. ¿Qué vamos a hacer, Dios mío, cuando venga ese hombre?

–Que venga –replicó Lulú–; yo le diré que es un gandul, y que más le valía trabajar, y no vivir de su suegra.

–Pero ¿a ti qué te importa lo que hacen los demás? ¿Por qué te mezclas con esa gente?

Llegaron por la tarde Julio Aracil y Andrés, y doña Leonarda les puso al corriente de lo ocurrido.

–¡Qué demonio! No les pasará a ustedes nada –dijo Andrés–; aquí estaremos nosotros.

Aracil, al saber lo que sucedía y la visita anunciada del Chafandín, se hubiera marchado con gusto, porque no era amigo de trifulcas; pero, por no pasar por un cobarde, se quedó.

A media tarde llamaron a la puerta, y se oyó decir:

–¿Se puede?

–Adelante –dijo Andrés.

Se presentó Manolo el Chafandín, vestido de día de fiesta, muy elegante, muy empaquetado, con un sombrero ancho torero y una gran cadena de reloj, de plata. En su mejilla, un lunar negro y rizado trazaba tantas vueltas como el muelle de un reloj de bolsillo. Doña Leonarda y Niní temblaron al ver a Manolo. Andrés y Julio le invitaron a explicarse.

El Chafandín puso su garrota en el antebrazo izquierdo, y comenzó una retahíla larga de reflexiones y consideraciones acerca de la honra y de las palabras que se dicen imprudentemente.

Se veía que estaba sondeando a ver si se podía atrever a echárselas de valiente, porque aquellos señoritos lo mismo podían ser dos panolis que dos puntos bragados que le hartasen de mojicones.

Lulú escuchaba nerviosa, moviendo los brazos y las piernas, dispuesta a saltar.

El Chafandín comenzó a envalentonarse al ver que no le contestaban, y subió el tono de la voz:

–Porque aquí –y señaló a Lulú con el garrote– le ha llamado a mi señora zorra, y mi señora no es una zorra; habrá otras más zorras que ella, y aquí –y volvió a señalar a Lulú– ha dicho que yo soy un cabronazo, y, ¡maldita sea la...!, que yo le como los hígados al que diga eso.

Al terminar su frase, el Chafandín dio un golpe con el garrote en el suelo.

Viendo que el Chafandín se desmandaba, Andrés, un poco pálido, se levantó y le dijo:

–Bueno, siéntese usted.

–Estoy bien así –dijo el chulo.

–No, hombre. Siéntese usted. Está usted hablando desde hace mucho tiempo de pie, y se va usted a cansar.

Manolo el Chafandín se sentó, algo escamado.

–Ahora diga usted –siguió diciendo Andrés– qué es lo que quiere usted, en resumen.

–¿En resumen?

–Sí.

–Pues yo quiero una explicación.

–Una explicación, ¿de qué?

–De las palabras que ha dicho aquí –y volvió a señalar a Lulú– contra mi señora y contra este servidor.

–Vamos, hombre, no sea usted imbécil.

–Yo no soy imbécil.

–¿Qué quiere usted que diga esta señorita? ¿Que su mujer no es una zorra, ni una borracha, ni un perro, y que usted no es un cabronazo? Bueno; Lulú, diga usted eso para que este buen hombre se vaya tranquilo.

–A mí ningún pollo neque me toma el pelo –dijo el Chafandín, levantándose.

–Yo lo que voy a hacer –dijo Andrés irritado– es darle un silletazo en la cabeza y echarle a puntapiés por las escaleras.

–¿Usted?

–Sí; yo.

Y Andrés se acercó al chulo con la silla en el aire. Doña Leonarda y sus hijas empezaron a gritar; el Chafandín se acercó rápidamente a la puerta y la abrió. Andrés se fue a él; pero el Chafandín cerró la puerta y se escapó por la galería, soltando bravatas e insultos.

Andrés quería salir a calentarle las costillas, para enseñarle a tratar a las personas; pero entre las mujeres y Julio le convencieron de que se quedara.

Durante toda la riña Lulú estaba vibrando, dispuesta a intervenir. Cuando Andrés se despidió, le estrechó la mano entre las suyas con más fuerza que de ordinario.

VII
Historia de la Venancia

La escena bufa con Manolo el Chafandín hizo que en la casa de
doña Leonarda se le considerara a Andrés como a un héroe. Lulú le
llevó un día al taller de la Venancia. La Venancia era una de estas viejas secas, limpias, trabajadoras; se pasaba el día sin descansar un momento.

Tenía una vida curiosa. De joven había estado de doncella en varias casas, hasta que murió su última señora, y dejó de servir.

La idea del mundo de la Venancia era un poco caprichosa. Para
ella el rico, sobre todo el aristócrata, pertenecía a una clase superior
a la humana.

Un aristócrata tenía derecho a todo: al vicio, a la inmoralidad, al
egoísmo; estaba como por encima de la moral corriente. Una pobre
como ella, voluble, egoísta o adúltera, le parecía una cosa monstruosa; pero esto mismo en una señorona lo encontraba disculpable.

A Andrés le asombraba una filosofía tan extraña, por la cual el
que posee salud, fuerza, belleza y privilegios tiene derecho a otras
ventajas que el que no conoce más que la enfermedad, la debilidad,
lo feo y lo sucio.

Aunque no se sabe la garantía científica que tenga, hay en el cielo católico, según la gente, un santo, san Pascual Bailón, que baila
delante del Altísimo, y que dice siempre: «Más, más, más». Si uno tiene suerte, le da más, más, más; si tiene desgracia, le da también más,
más, más. Esta filosofía bailonesca era la de la señora Venancia.

La señora Venancia, mientras planchaba, contaba historias de sus
amos. Andrés fue a oírla con gusto.

La primera ama donde sirvió la Venancia era una mujer caprichosa y loca, de un humor endiablado; pegaba a los hijos, al marido, a
los criados y le gustaba enemistar a sus amigos.

Una de las maniobras que empleaba era hacer que uno se escondiera detrás de una cortina al llegar otra persona, y a ésta le incitaba para que hablase mal del que estaba escondido y le oyese.

La dama obligaba a su hija mayor a vestirse de una manera pobre y ridícula, con el objeto de que nadie se fijara en ella. Llegó en su maldad hasta esconder unos cubiertos en el jardín y acusar a un criado de ladrón y hacer que lo llevaran a la cárcel.

Una vez en esta casa, la Venancia velaba a uno de los hijos de la señora, que se encontraba muy grave. El niño estaba en la agonía, y a eso de las diez de la noche murió. La Venancia fue llorando a avisar a su señora lo que ocurría, y se la encontró vestida para un baile. Le dio la triste noticia, y ella le dijo: «Bueno, no digas nada ahora». La señora se fue al baile, y cuando volvió comenzó a llorar, haciéndose la desesperada.

–¡Qué loba! –dijo Lulú al oír la narración.

De esta casa, la señora Venancia había pasado a otra de una duquesa muy guapa, muy generosa; pero de un desenfreno terrible.

–Aquélla tenía los amantes a pares –dijo la Venancia–. Muchas veces iba a la iglesia de Jesús con un hábito de estameña parda, y pasaba allí horas y horas rezando; a la salida la esperaba su amante en el coche, y se iba con él.

»Un día –contó la planchadora– estaba la duquesa con su querido en la alcoba; yo dormía en un cuarto próximo que tenía una puerta de comunicación. De pronto oigo un estrépito de campanillazos y de golpes. "Aquí está el marido", pensé. Salté de la cama y entré por la puerta excusada de la habitación de mi señora. El duque, a quien había abierto algún criado, golpeaba furioso la puerta de la alcoba; la puerta no tenía más que un pestillo ligero, que hubiera cedido a la menor fuerza; yo la atranqué con el palo de una cortina. El amante, azorado, no sabía qué hacer; estaba en una facha muy ridícula. Yo le llevé por la puerta excusada, le di las ropas de mi marido y le eché a la escalera. Después me vestí deprisa y fui a ver al duque, que bramaba furioso, con una pistola en la mano, dando golpes en la puerta de la alcoba. La señora, al oír mi voz, comprendió que la situación estaba salvada y abrió la puerta. El duque miró por todos los rincones, mientras ella le contemplaba tan tranquila. Al día siguiente, la señora me abrazó y me besó, y me dijo que se arrepentía de todo corazón, y que en adelante iba a hacer una vida recatada; pero a los quince días ya tenía otro amante.

La Venancia conocía toda la vida íntima del mundo aristocrático de su época; los sarpullidos de los brazos y el furor erótico de Isabel II;

la impotencia de su marido; los vicios, las enfermedades, las costumbres de los aristócratas las sabía por detalles vistos por sus ojos.

A Lulú le interesaban estas historias.

Andrés afirmaba que toda aquella gente era una sucia morralla, indigna de simpatía y de piedad; pero la señora Venancia, con su extraña filosofía, no aceptaba esta opinión; por el contrario, decía que todos eran muy buenos, muy caritativos, que hacían grandes limosnas y remediaban muchas miserias.

Algunas veces Andrés trató de convencer a la planchadora de que el dinero de la gente rica procedía del trabajo y del sudor de pobres miserables que labraban el campo, en las dehesas y en los cortijos. Andrés afirmaba que tal estado de injusticia podía cambiar; pero esto para la señora Venancia era una fantasía.

«Así hemos encontrado el mundo y así lo dejaremos», decía la vieja, convencida de que su argumento no tenía réplica.

VIII
Otros tipos de la casa

Una de las cosas características de Lulú era que tenía reconcentrada su atención en la vecindad y en el barrio de tal modo, que lo ocurrido en otros puntos de Madrid para ella no ofrecía el menor interés. Mientras trabajaba en su bastidor llevaba el alza y la baja de lo que pasaba entre los vecinos.

La casa donde vivía, aunque a primera vista no parecía muy grande, tenía mucho fondo y habitaban en ella gran número de familias. Sobre todo, la población de las buhardillas era numerosa y pintoresca.

Pasaban por ella una porción de tipos extraños del hampa y la pobretería madrileños. Una inquilina de las buhardillas, que daba siempre que hacer, era la tía Negra, una verdulera ya vieja. La pobre mujer se emborrachaba y padecía un delirio alcohólico político, que consistía en vitorear a la república y en insultar a las autoridades, a los ministros y a los ricos.

Los agentes de seguridad la tenían por blasfema, y la llevaban de cuando en cuando a la sombra a pasar una quincena; pero al salir volvía a las andadas.

La tía Negra, cuando estaba cuerda y sin alcohol, quería que la dijesen la señora Nieves, pues así se llamaba.

Otra vieja rara de la vecindad era la señora Benjamina, a quien daban el mote de «doña Pitusa». Doña Pitusa era una viejezuela pequeña, de nariz corva, ojos muy vivos y boca de sumidero.

Solía ir a pedir limosna a la iglesia de Jesús y a la de Montserrat; decía a todas las horas que había tenido muchas desgracias de familia y pérdidas de fortuna; quizá pensaba que esto justificaba su afición al aguardiente.

La señora Benjamina recorría medio Madrid pidiendo con distintos pretextos, enviando cartas lacrimosas. Muchas veces, al anochecer, se ponía en una bocacalle, con el velo negro echado sobre la cara, y sorprendía al transeúnte con una narración trágica, expresada en tonos teatrales; decía que era viuda de un general; que acababa de morírsele un hijo de veinte años, el único sostén de su vida; que no tenía para amortajarle ni encender un cirio con que alumbrar su cadáver.

El transeúnte a veces se estremecía; a veces replicaba que debía tener muchos hijos de veinte años, cuando con tanta frecuencia se le moría uno.

El hijo verdadero de la Benjamina tenía más de veinte años; se llamaba «el Chuleta», y estaba empleado en una funeraria. Era chato, muy delgado, algo giboso, de aspecto enfermizo, con unos pelos aza-franados en la barba y ojos de besugo. Decían en la vecindad que él inspiraba las historias melodramáticas de su madre. El Chuleta era un tipo fúnebre; debía ser verdaderamente desagradable verle en la tienda en medio de sus ataúdes.

El Chuleta era muy vengativo y rencoroso, no se olvidaba de nada; a Manolo el Chafandín le guardaba un odio insaciable.

El Chuleta tenía muchos hijos, todos con el mismo aspecto de abatimiento y estupidez trágica del padre, y todos tan mal intencionados y tan rencorosos como él.

Había también en las buhardillas una casa de huéspedes de una gallega bizca, tan ancha de arriba como de abajo. Esta gallega, la Paca, tenía de pupilos, entre otros, un mozo de la clase de disección de San Carlos, tuerto, a quien conocían Aracil y Hurtado; un enfermero del Hospital General y un cesante, a quien llamaban don Cleto.

Don Cleto Meana era el filósofo de la casa, era un hombre bien educado y culto, que había caído en la miseria. Vivía de algunas ca-ridades que le hacían los amigos. Era un viejecito bajito y flaco, muy limpio, muy arreglado, de barba gris recortada; llevaba el traje raído, pero sin manchas, y el cuello de la camisa impecable. Él mismo se cortaba el pelo, se lavaba la ropa, se pintaba las botas con tinta cuan-do tenía alguna hendidura blanca, y se cortaba los flecos de los panta-lones. La Venancia solía plancharle los cuellos de balde. Don Cleto era un estoico.

«Yo, con un panecillo al día y unos cuantos cigarros, vivo bien, como un príncipe», decía el pobre.

Don Cleto paseaba por el Retiro y Recoletos; se sentaba en los bancos, entablaba conversación con la gente; si no le veía nadie, co-gía algunas colillas y las guardaba, porque, como era un caballero, no le gustaba que le sorprendieran en ciertos bajos menesteres.

Don Cleto disfrutaba de los espectáculos de la calle; la llegada de un príncipe extranjero o el entierro de un político constituían para él grandes acontecimientos.

Lulú, cuando se lo encontraba en la escalera, le decía:

–¿Ya se va usted, don Cleto?

–Sí; voy a dar una vueltecita.

–De pira, ¿eh? Es usted un pirantón, don Cleto.

–¡Ja, ja, ja! –reía él–. ¡Qué chicas éstas! ¡Qué cosas dicen!

Otro tipo de la casa muy conocido era «el Maestrín», un manchego muy pedante y sabihondo, droguero, curandero y sanguijuelero. El Maestrín tenía un tenducho en la calle del Fúcar, y allí solía estar con frecuencia con la Silveria, su hija, una buena moza, muy guapa, a quien Victorio, el sobrino del prestamista, iba poniendo los puntos. El Maestrín, muy celoso en cuestiones de honor, estaba dispuesto, al menos así lo decía él, a pegarle una puñalada al que intentara deshonrarle.

Toda esta gente de la casa pagaba su contribución en dinero o en especie al tío de Victorio, el prestamista de la calle de Atocha, llamado don Martín, y a quien por mal nombre se le conocía por «el tío Miserias».

El tío Miserias, el personaje más importante del barrio, vivía en una casa suya de la calle de la Verónica, una casa pequeña, de un piso solo, como de pueblo, con dos balcones llenos de tiestos y una reja en el piso bajo.

El tío Miserias era un viejo encorvado, afeitado y ceñudo. Llevaba un trapo cuadrado, negro, en un ojo, lo que hacía su cara más sombría. Vestía siempre de luto; en invierno usaba zapatillas de orillo y una capa larga que le colgaba de los hombros como un perchero.

Don Martín, el humano, como le llamaba Andrés, salía muy temprano de su casa y estaba en la trastienda de su establecimiento siempre de vigilancia. En los días fríos se pasaba la vida delante de un brasero, respirando continuamente un aire cargado de óxido de carbono.

Al anochecer se retiraba a su casa, echaba una mirada a sus tiestos y cerraba los balcones. Don Martín tenía, además de la tienda de la calle de Atocha, otra de menos categoría en la del Tribulete. En esta última su negocio principal era tomar en empeño sábanas y colchones a la gente pobre.

Don Martín no quería ver a nadie. Consideraba que la sociedad le debía atenciones que le negaba. Un dependiente, un buen muchacho al parecer, en quien tenía colocada su confianza, le jugó una mala pasada. Un día el dependiente cogió un hacha que tenía en la casa de préstamos para hacer astillas con que encender el brasero, y abalanzándose sobre don Martín, empezó a golpes con él, y por poco no le abre la cabeza.

Después el muchacho, dando por muerto a don Martín, cogió los cuartos del mostrador y se fue a una casa de trato de la calle de San José, y allí le prendieron.

Don Martín quedó indignado cuando vio que el tribunal, aceptando una serie de circunstancias atenuantes, no condenó al muchacho más que a unos meses de cárcel.

«Es un escándalo», decía el usurero, pensativo. «Aquí no se protege a las personas honradas. No hay benevolencia más que para los criminales.»

Don Martín era tremendo; no perdonaba a nadie; a un burrero de la vecindad, porque no le pagaba unos réditos, le embargó las burras de leche, y por más que el burrero decía que si no le dejaba las burras sería más difícil que le pagara, don Martín no accedió. Hubiera sido capaz de comerse las burras por aprovecharlas.

Victorio, el sobrino del prestamista, prometía ser un gerifalte como el tío, aunque de otra escuela. El tal Victorio era un don Juan de casa de préstamos. Muy elegante, muy chulo, con los bigotes retorcidos, los dedos llenos de alhajas y la sonrisa de hombre satisfecho, hacía estragos en los corazones femeninos. Este joven explotaba al prestamista. El dinero que el tío Miserias había arrancado a los desdichados vecinos pasaba a Victorio, que se lo gastaba con rumbo.

A pesar de esto, no se perdía; al revés, llevaba camino de enriquecerse y de acrecentar su fortuna.

Victorio era dueño de una chirlata de la calle del Olivar, donde se jugaba a juegos prohibidos, y de una taberna de la calle del León.

La taberna le daba a Victorio grandes ganancias, porque tenía una tertulia muy productiva. Varios puntos entendidos con la casa iniciaban una partida de juego, y cuando había dinero en la mesa, alguno gritaba: «¡Señores, la policía!».

Y unas cuantas manos solícitas cogían las monedas, mientras que los agentes de policía, conchabados, entraban en el cuarto.

A pesar de su condición de explotador y de conquistador de muchachas, la gente del barrio no le odiaba a Victorio. A todos les parecía muy natural y lógico lo que hacía.

IX
La crueldad universal

Tenía Andrés un gran deseo de comentar filosóficamente las vidas de los vecinos de la casa de Lulú. A sus amigos no le interesaban estos comentarios y filosofías, y decidió, una mañana de un día de fiesta, ir a ver a su tío Iturrioz.

Al principio de conocerle –Andrés no le trató a su tío hasta los catorce o quince años–, Iturrioz le pareció un hombre seco y egoísta, que lo tomaba todo con indiferencia; luego, sin saber a punto fijo hasta dónde llegaba su egoísmo y su sequedad, encontró que era una de las pocas personas con quien se podía conversar acerca de puntos trascendentales.

Iturrioz vivía en un quinto piso del barrio de Argüelles, en una casa con una hermosa azotea.

Le asistía un criado, antiguo soldado de la época en que Iturrioz fue médico militar.

Entre amo y criado habían arreglado la azotea, pintado las tejas con alquitrán, sin duda para hacerlas impermeables, y puesto unas graderías donde estaban escalonadas las cajas de madera y los cubos llenos de tierra, donde tenían sus plantas.

Aquella mañana en que se presentó Andrés en casa de Iturrioz, su tío se estaba bañando y el criado le llevó a la azotea.

Se veía desde allí el Guadarrama entre dos casas altas; hacia el oeste, el tejado del cuartel de la Montaña ocultaba los cerros de la Casa de Campo, y a un lado del cuartel se destacaban la torre de Móstoles y la carretera de Extremadura, con unos molinos de viento en sus inmediaciones. Más al sur brillaban, al sol de una mañana de abril, las manchas verdes de los cementerios de San Isidro y San Justo, las dos torres de Getafe y la ermita del Cerrillo de los Ángeles.

Poco después salió Iturrioz a la azotea.

–Qué, ¿te pasa algo? –le dijo a su sobrino al verle.

–Nada; venía a charlar un rato con usted.

–Muy bien, siéntate; yo voy a regar mis tiestos.

Iturrioz abrió la fuente que tenía en un ángulo de la terraza, llenó una cuba y comenzó con un cacharro a echar agua en las plantas.

Andrés habló de la gente de la vecindad de Lulú, de las escenas del hospital, como casos extraños, dignos de un comentario; de Manolo el Chafandín, del tío Miserias, de don Cleto, de doña Virginia...

–¿Qué consecuencias pueden sacarse de todas esas vidas? –preguntó Andrés al final.

–Para mí, la consecuencia es fácil –contestó Iturrioz, con el bote de agua en la mano–. Que la vida es una lucha constante, una cacería cruel en que nos vamos devorando los unos a los otros. Plantas, microbios, animales.

–Sí, yo también he pensado en eso –repuso Andrés–; pero voy abandonando la idea. Primeramente el concepto de la lucha por la vida llevada así a los animales, a las plantas y hasta los minerales, como se hace muchas veces, no es más que un concepto antropomórfico; después, ¿qué lucha por la vida es la de ese hombre don Cleto, que se abstiene de combatir; o la de ese hermano Juan, que da su dinero a los enfermos?

–Te contestaré por partes –repuso Iturrioz, dejando el bote para regar; porque esas discusiones le apasionaban–. Tú me dices, este concepto de la lucha es un concepto antropomórfico. Claro, llamamos a todos los conflictos luchas, porque es la idea humana que más se aproxima a esa relación que para nosotros produce un vencedor y un vencido. Si no tuviéramos este concepto en el fondo, no hablaríamos de lucha. La hiena que monda los huesos de un cadáver, la araña que sorbe una mosca, no hace más ni menos que el árbol bondadoso llevándose de la tierra el agua y las sales necesarias para su vida. El espectador indiferente, como yo, ve a la hiena, a la araña y al árbol, y se los explica. El hombre justiciero le pega un tiro a la hiena, aplasta con la bota a la araña y se sienta a la sombra del árbol, y cree que hace bien.

–Entonces, ¿para usted no hay lucha, ni hay justicia?

–En un sentido absoluto, no; en un sentido relativo, sí. Todo lo que vive tiene un proceso para apoderarse primero del espacio, ocupar un lugar; luego, para crecer y multiplicarse; este proceso de la energía de un vivo contra los obstáculos de un medio es lo que llamamos lucha. Respecto de la justicia, yo creo que lo justo en el fondo es lo que nos conviene. Supón, en el ejemplo de antes, que la hiena, en vez de ser muerta por el hombre, mata al hombre; que el árbol cae sobre él y le aplasta; que la araña le hace una picadura venenosa; pues nada de eso nos parece justo, porque no nos conviene. A pesar de que en el fondo no haya más que esto, un interés utilitario, ¿quién duda que la idea de justicia y de equidad es una tendencia que existe en nosotros? Pero ¿cómo la vamos a realizar?

–Eso es lo que yo me pregunto: ¿cómo realizarla?

–¿Hay que indignarse porque una araña mate a una mosca? –siguió diciendo Iturrioz–. Bueno. Indignémonos. ¿Qué vamos a hacer? ¿Matarla? Matémosla. Eso no impedirá que sigan las arañas comiéndose a las moscas. ¿Vamos a quitarle al hombre esos instintos fieros que te repugnan? ¿Vamos a borrar esa sentencia del poeta latino: *Homo homini lupus,* «El hombre es un lobo para el hombre»? Está bien. En cuatro o cinco mil años lo podremos conseguir. El hombre ha hecho de un carnívoro como el chacal, un omnívoro como el perro; pero se necesitan muchos siglos para eso. No sé si habrás leído que Spallanzani había acostumbrado a una paloma a comer carne y a un águila a comer y digerir pan. Ahí tienes el caso de esos grandes apóstoles religiosos y laicos; son águilas que se alimentan de pan en vez de alimentarse de carnes palpitantes; son lobos vegetarianos. Ahí tienes el caso del hermano Juan...

–Ése no creo que sea un águila, ni un lobo.

–Será un mochuelo o una garduña; pero de instintos perturbados.

–Sí, es muy posible –repuso Andrés–; pero creo que nos hemos desviado de la cuestión; no veo la consecuencia.

–La consecuencia a la que yo iba era ésta: que ante la vida no hay más que dos soluciones prácticas para el hombre sereno, o la abstención y la contemplación indiferente de todo, o la acción limitándose a un círculo pequeño. Es decir, que se puede tener el quijotismo contra una anomalía; pero tenerlo contra una regla general, es absurdo.

–De manera que, según usted, el que quiera hacer algo tiene que restringir su acción justiciera a un medio pequeño.

–Claro, a un medio pequeño; tú puedes abarcar en tu contemplación la casa, el pueblo, el país, la sociedad, el mundo, todo lo vivo y todo lo muerto; pero si intentas realizar una acción, y una acción justiciera, tendrás que restringirte hasta el punto de que todo te vendrá ancho, quizá hasta la misma conciencia.

–Es lo que tiene de bueno la filosofía –dijo Andrés con amargura–; le convence a uno de que lo mejor es no hacer nada.

Iturrioz dio unas cuantas vueltas por la azotea, y luego dijo:

–Es la única objeción que me puedes hacer; pero no es mía la culpa.

–Ya lo sé.

–Ir a un sentido de justicia universal –prosiguió Iturrioz– es perderse; adaptando el principio de Fritz Müller de que la embriología de un animal reproduce su genealogía, o como dice Haeckel, que la ontogenia es una recapitulación de la filogenia, se puede decir que la psicología humana no es más que una síntesis de la psicología animal. Así se encuentran en el hombre todas las formas de la explotación y de la lucha: la del microbio, la del insecto, la de la fiera... ¡Ese usurero que tú me has descrito, el tío Miserias, qué de avatares no tiene en la zoología! Ahí están los acinéticos, chupadores que absorben la sustancia protoplasmática de otros infusorios; ahí están todas las especies de aspergilos, que viven sobre las sustancias en descomposición. Estas antipatías de gente maleante, ¿no están admirablemente representadas en este antagonismo irreductible del bacilo de pus azul con la bacteridia carbuncosa?

–Sí, es posible –murmuró Andrés.

–Y entre los insectos, ¡qué de tíos Miserias!, ¡qué de Victorios!, ¡qué de Manolos los Chafandines, no hay! Ahí tienes el *ichneumon*, que mete sus huevos en la lombriz y la inyecta una sustancia que obra como el cloroformo; el *sphex*, que coge las arañas pequeñas, las agarrota, las sujeta y envuelve en la tela y las echa vivas en las celdas de sus larvas, para que las vayan devorando; ahí están las avispas, que hacen lo mismo, arrojando el *spoliarium*, que sirve de despensa para sus crías, los pequeños insectos, paralizados por un lancetazo que les dan con el aguijón en los ganglios motores; ahí está el *estafilino*, que se lanza a traición sobre otro individuo de su especie, le sujeta, le hiere y le absorbe los jugos; ahí está el *meloe*, que penetra subrepticiamente en los panales de las abejas, se introduce en el alvéolo en donde la reina pone su larva, se atraca de miel y luego se come a la larva; ahí está...

–Sí, sí, no siga usted más; la vida es una cacería horrible.

–La naturaleza es lo que tiene; cuando trata de reventar a uno, lo revienta a conciencia. La justicia es una ilusión humana; en el fondo, todo es destruir, todo es crear. Cazar, guerrear, digerir, respirar, son las formas de creación y de destrucción al mismo tiempo.

–Y entonces, ¿qué hacer? –murmuró Andrés–. ¿Ir a la inconsciencia? ¿Digerir, guerrear, cazar con la serenidad de un salvaje?

—¿Crees tú en la serenidad del salvaje? –preguntó Iturrioz–. ¡Qué ilusión! Eso también es una invención nuestra. El salvaje nunca ha sido sereno.

—¿Es que no habrá plan ninguno para vivir con cierto decoro? –preguntó Andrés.

—El que lo tiene es porque ha inventado uno para su uso. Yo creo que todo lo natural, que todo lo espontáneo, es malo; que sólo lo artificial, lo creado por el hombre, es bueno. Si pudiera viviría en un club de Londres; no iría nunca al campo, sino a un parque; bebería agua filtrada, y respiraría aire esterilizado...

Andrés ya no quiso atender a Iturrioz, que comenzaba a fantasear por entretenimiento. Se levantó y se apoyó en el barandado de la azotea.

Sobre los tejados de la vecindad revoloteaban unas palomas; en un canalón grande corrían y jugueteaban unos gatos.

Separados por una tapia alta había enfrente dos jardines: uno era de un colegio de niñas; el otro, de un convento de frailes.

El jardín del convento se hallaba rodeado de árboles frondosos; el del colegio no tenía más que algunos macizos con hierbas y flores, y era una cosa extraña que daba cierta impresión de algo alegórico ver al mismo tiempo jugar a las niñas corriendo y gritando y a los frailes que pasaban silenciosos, en filas de cinco a seis, dando la vuelta al patio.

—Vida es lo uno y vida es lo otro –dijo Iturrioz, filosóficamente, comenzando a regar sus plantas.

Andrés se fue a la calle.

«¿Qué hacer? ¿Qué dirección daré a la vida?», se preguntaba con angustia. Y la gente, las cosas, el sol, le parecían sin realidad ante el problema planteado en su cerebro.

Tercera parte
Tristezas y dolores

I
Día de Navidad

Un día, ya en el último año de la carrera, antes de las Navidades, al volver Andrés del hospital, le dijeron que Luisito escupía sangre. Al oírlo, Andrés quedó frío, como muerto. Fue a ver al niño; apenas tenía fiebre, no le dolía el costado, respiraba con facilidad; sólo un ligero tinte de rosa coloreaba una mejilla, mientras la otra estaba pálida.

No se trataba de una enfermedad aguda. La idea de que el niño estuviera tuberculoso le hizo temblar a Andrés. Luisito, con la inconsciencia de la infancia, se dejaba reconocer, y sonreía.

Andrés cogió un pañuelo manchado con sangre, y lo llevó a que lo analizasen al laboratorio. Pidió al médico de su sala que recomendara el análisis.

Durante aquellos días vivió en una zozobra constante; el dictamen del laboratorio fue tranquilizador: no se había podido encontrar el bacilo de Koch en la sangre del niño; sin embargo, esto no le dejó a Hurtado completamente satisfecho.

El médico de la sala, a instancias de Andrés, fue a casa a reconocer al enfermito. Encontró a la percusión cierta opacidad en el vértice del pulmón derecho. Aquello podía no ser nada; pero, unido a la ligera hemoptisis, indicaba con muchas probabilidades una tuberculosis incipiente.

El profesor y Andrés discutieron el tratamiento. Como el niño era linfático, algo propenso a catarros, consideraron conveniente llevarlo a un país templado, a orillas del Mediterráneo, a ser posible; allí le podrían someter a una alimentación intensa, darle baños de sol, hacerle vivir al aire libre y dentro de la casa, en una atmósfera creosotada, rodearle de toda clase de condiciones para que pudiera fortificarse y salir de la infancia.

La familia no comprendía la gravedad, y Andrés tuvo que insistir para convencerles de que el estado del niño era peligroso.

El padre, don Pedro, tenía unos primos en Valencia, y estos primos, solterones, poseían varias casas en pueblos próximos a la capital.

Se les escribió, y contestaron rápidamente; todas las casas suyas estaban alquiladas, menos una de un pueblecito inmediato a Valencia.

Andrés decidió ir a verla.

Margarita le advirtió que no había dinero en casa; no se había cobrado aún la paga de Navidad.

–Pediré dinero en el hospital, e iré en tercera –dijo Andrés.

–¡Con este frío! ¡Y el día de Nochebuena!

–No importa.

–Bueno, vete a casa de los tíos –le advirtió Margarita.

–No, ¿para qué? –contestó él–. Yo veo la casa del pueblo, y, si me parece bien, os mando un telegrama diciendo: «Contestadles que sí».

–Pero eso es una grosería. Si se enteran...

–¡Qué se van a enterar! Además, yo no quiero andar con ceremonias y con tonterías; bajo en Valencia, voy al pueblo, os mando el telegrama y me vuelvo enseguida.

No hubo manera de convencerle. Después de cenar tomó un coche y se fue a la estación. Entró en un vagón de tercera.

La noche de diciembre estaba fría, cruel. El vaho se congelaba en los cristales de las ventanillas y el viento helado se metía por entre las rendijas de la portezuela.

Andrés se embozó en la capa hasta los ojos, se subió el cuello y se metió las manos en los bolsillos del pantalón. Aquella idea de la enfermedad de Luisito le turbaba.

La tuberculosis era una de esas enfermedades que le producían un terror espantoso; constituía una obsesión para él. Meses antes se había dicho que Roberto Koch había inventado un remedio eficaz para la tuberculosis: la tuberculina.

Un profesor de San Carlos fue a Alemania y trajo la tuberculina.

Se hizo el ensayo con dos enfermos a quienes se les inyectó el nuevo remedio. La reacción febril que les produjo hizo concebir al principio algunas esperanzas; pero luego se vio que no sólo no mejoraban, sino que su muerte se aceleraba.

Si el chico estaba realmente tuberculoso, no había salvación.

Con aquellos pensamientos desagradables marchaba Andrés en el vagón de tercera, medio adormecido.

Al amanecer se despertó, con las manos y los pies helados.

El tren marchaba por la llanura castellana, y el alba apuntaba en el horizonte.

En el vagón no iba más que un aldeano fuerte, de aspecto enérgico y duro, de manchego.

Este aldeano le dijo:

–Qué, ¿tiene usted frío, buen amigo?

–Sí, un poco.

–Tome usted mi manta.

–¿Y usted?

–Yo no la necesito. Ustedes los señoritos son muy delicados.

A pesar de las palabras rudas, Andrés le agradeció el obsequio en el fondo del corazón.

Aclaraba el cielo; una franja roja bordeaba el campo.

Empezaba a cambiar el paisaje, y el suelo, antes llano, mostraba colinas y árboles que iban pasando por delante de la colina del tren.

Pasada la Mancha, fría y yerma, comenzó a templar el aire. Cerca de Játiva salió el sol, un sol amarillo que se derramaba por el campo entibiando el ambiente.

La tierra presentaba ya un aspecto distinto.

Apareció Alcira, con los naranjos llenos de fruta, con el río Júcar profundo, de lenta corriente.

El sol iba elevándose en el cielo; comenzaba a hacer calor; al pasar de la meseta castellana a la zona mediterránea, la naturaleza y las gentes eran otras.

En las estaciones, los hombres y las mujeres, vestidos con trajes claros, hablaban a gritos, gesticulaban, corrían.

«¡Eh, tú, che!», se oía decir.

Ya se veían llanuras con arrozales y naranjos, barracas blancas con el techado negro, alguna palmera que pasaba con la rapidez de la marcha como tocando el cielo. Se vio espejear la Albufera, unas estaciones antes de llegar a Valencia, y poco después Andrés apareció en el raso de la plaza de San Francisco, delante de un solar grande.

Andrés se acercó a un tartanero, le preguntó cuánto le cobraría por llevarle al pueblecito, y, después de discusiones y de regateos, quedaron de acuerdo en un duro por ir, esperar media hora y volver a la estación.

Subió Andrés, y la tartana cruzó varias calles de Valencia, y tomó por una carretera.

El carrito tenía por detrás una lona blanca, y, al agitarse ésta por el viento, se veía el camino lleno de claridad y de polvo; la luz cegaba.

En una media hora la tartana embocaba la primera calle del pueblo, que aparecía con su torre y su cúpula brillante. A Andrés le pareció la disposición de la aldea buena para lo que él deseaba: el campo de los alrededores no era de huerta, sino de tierras de secano muy montañosas.

A la entrada del pueblo, a mano izquierda, se veía un castillejo y varios grupos de enormes girasoles.

Tomó la tartana por la calle larga y ancha, continuación de la carretera, hasta detenerse cerca de una explanada levantada sobre el nivel de la calle.

El carrito se detuvo frente a una casa baja, encalada, con su puerta azul muy grande y tres ventanas muy chicas. Bajó Andrés; un cartel pegado en la puerta indicaba que la llave la tenían en la casa de al lado.

Se asomó al portal próximo, y una vieja, con la tez curtida y negra por el sol, le dio la llave, un pedazo de hierro que parecía un arma de combate prehistórica.

Abrió Andrés el postigo, que chirrió agriamente sobre sus goznes, y entró en un espacioso vestíbulo con una puerta en arco que daba hacia el jardín.

La casa apenas tenía fondo; por el arco del vestíbulo se salía a una galería ancha y hermosa con un emparrado y una verja de madera pintada de verde. De la galería, extendida paralelamente a la carretera, se bajaba por cuatro escalones al huerto, rodeado por un camino que bordeaba sus tapias.

Este huerto, con varios árboles frutales desnudos de hojas, se hallaba cruzado por dos avenidas que formaban una plazoleta central y lo dividían en cuatro parcelas iguales. Los hierbajos y jaramagos espesos cubrían la tierra y borraban los caminos.

Enfrente del arco del vestíbulo había un cenador formado por palos sobre el cual se sostenían las ramas de un rosal silvestre, cuyo follaje, adornado por florecitas blancas, era tan tupido que no dejaba pasar la luz del sol.

A la entrada de aquella pequeña glorieta, sobre pedestales de ladrillo, había dos estatuas de yeso, Flora y Pomona. Andrés penetró en el cenador. En la pared del fondo se veía un cuadro de azulejos blancos y azules con figuras que representaban a santo Tomás de Villanueva vestido de obispo, con su báculo en la mano y un negro y una negra arrodillados junto a él. Luego, Hurtado recorrió la casa; era lo que él deseaba; hizo un plano de las habitaciones y del jardín y estuvo un momento descansando, sentado en la escalera. Hacía tanto tiempo que no había visto árboles, vegetación, que aquel huertecito abandonado, lleno de hierbajos, le pareció un paraíso. Este día de Navidad, tan espléndido, tan luminoso, le llenó de paz y de melancolía.

Del pueblo, del campo, de la atmósfera transparente llegaba el silencio, sólo interrumpido por el cacareo lejano de los gallos; los moscones y las avispas brillaban al sol.

¡Con qué gusto se hubiera tendido en la tierra a mirar horas y horas aquel cielo tan azul, tan puro!

Unos momentos después, una campana de son agudo comenzó a tocar. Andrés entregó la llave en la casa próxima, despertó al tartanero, medio dormido en su tartana, y emprendió la vuelta.

En la estación de Valencia mandó un telegrama a su familia, compró algo de comer y unas horas más tarde volvía para Madrid, embozado en su capa, rendido, en otro coche de tercera.

II
Vida infantil

Al llegar a Madrid, Andrés le dio a su hermana Margarita instrucciones de cómo debían instalarse en la casa. Unas semanas después tomaron el tren don Pedro, Margarita y Luisito.

Andrés y sus otros dos hermanos se quedaron en Madrid.

Andrés tenía que repasar las asignaturas de la licenciatura.

Para librarse de la obsesión de la enfermedad del niño, se puso a estudiar como nunca lo había hecho.

Algunas veces iba a visitar a Lulú y le comunicaba sus temores.

–¡Si ese chico se pusiera bien! –murmuraba.

–¿Le quiere usted mucho? –preguntó Lulú.

–Sí, como si fuera mi hijo. Era yo grande cuando nació él, figúrese usted.

Por junio, Andrés se examinó del curso y de la licenciatura, y salió bien.

–¿Qué va usted a hacer? –le dijo Lulú.

–No lo sé; por ahora veré si se pone bien esa criatura; después, ya pensaré.

El viaje fue para Andrés distinto, y más agradable que en diciembre; tenía dinero y tomó un billete de primera. En la estación de Valencia le esperaba el padre.

–¿Qué tal el chico? –le preguntó Andrés.

–Está mejor.

Dieron al mozo el talón del equipaje y tomaron una tartana, que les llevó rápidamente al pueblo.

Al ruido de la tartana salieron a la puerta Margarita, Luisito y una criada vieja. El chico estaba bien; alguna que otra vez tenía una ligera fiebre, pero se veía que mejoraba. La que había cambiado casi por completo era Margarita; el aire y el sol le habían dado un aspecto de salud que la embellecía.

Andrés vio el huerto, los perales, los albaricoqueros y los granados llenos de hojas y de flores.

La primera noche, Andrés no pudo dormir bien en la casa por el olor a raíz desprendido de la tierra.

Al día siguiente, Andrés, ayudado por Luisito, comenzó a arrancar y a quemar todos los hierbajos del patio. Luego plantaron entre los dos melones, calabazas, ajos, fuera o no fuera tiempo. De todas sus plantaciones, lo único que nació fueron los ajos. Éstos, unidos a los geranios y a los dompedros, daban un poco de verdura; lo demás moría por el calor del sol y la falta de agua.

Andrés se pasaba horas y horas sacando cubos del pozo. Era imposible tener un trozo del jardín verde. Enseguida de regar, la tierra se secaba, y las plantas se doblaban tristemente sobre su tallo.

En cambio, todo lo que estaba plantado anteriormente, las pasionarias, las hiedras y las enredaderas, a pesar de la sequedad del suelo, se extendían y daban hermosas flores; los racimos de la parra se coloreaban, los granados se llenaban de flor roja y las naranjas iban engordando en el arbusto.

Luisito llevaba una vida higiénica, dormía con la ventana abierta, en un cuarto que Andrés, por las noches, regaba con creosota. Por la mañana, al levantarse de la cama, tomaba una ducha fría en el cenador de Flora y Pomona.

Al principio no le gustaba; pero luego se acostumbró.

Andrés había colgado del techo del cenador una regadera enorme, y en el asa ató una cuerda que pasaba por una polea y terminaba en una piedra sostenida en un banco. Dejando caer la piedra, la regadera se inclinaba y echaba una lluvia de agua fría.

Por la mañana, Andrés y Luis iban a un pinar próximo al pueblo, y estaban allí muchas veces hasta el mediodía; después del paseo comían y se echaban a dormir.

Por la tarde tenían también sus entretenimientos: perseguir a las lagartijas y salamandras, subir al peral, regar las plantas. El tejado estaba casi levantado por los panales de las avispas; decidieron declarar la guerra a estos temibles enemigos y quitarles los panales.

Fue una serie de escaramuzas que emocionaron a Luisito y le dieron motivo para muchas charlas y comparaciones.

Por la tarde, cuando ya se ponía el sol, Andrés proseguía su lucha contra la sequedad, sacando agua del pozo, que era muy profundo. En medio de este calor sofocante, las abejas rezongaban, las avispas iban a beber el agua del riego y las mariposas revoloteaban de flor en flor. A veces aparecían manchas de hormigas con alas en la tierra o costras de pulgones en las plantas.

Luisito tenía más tendencia a leer y a hablar que a jugar violentamente. Esta inteligencia precoz le daba que pensar a Andrés. No le dejaba que hojeara ningún libro, y le enviaba a que se reuniese con los chicos de la calle.

Andrés, mientras tanto, sentado en el umbral de la puerta, con un libro en la mano, veía pasar los carros por la calle, cubiertos de una espesa capa de polvo. Los carreteros, tostados por el sol, con las caras brillantes por el sudor, cantaban tendidos sobre pellejos de aceite o de vino, y las mulas marchaban en fila medio dormidas.

Al anochecer pasaban unas muchachas, que trabajaban en una fábrica, y saludaban a Andrés con un adiós un poco seco, sin mirarle a la cara. Entre estas chicas había una que llamaban «la Clavariesa», muy guapa, muy perfilada; solía ir con un pañuelo de seda en la mano agitándolo en el aire, y vestía con colores un poco chillones, pero que hacían muy bien en aquel ambiente claro y luminoso.

Luisito, negro por el sol, hablando ya con el mismo acento valenciano que los demás chicos, jugaba en la carretera.

No se hacía completamente montaraz y salvaje como hubiera deseado Andrés, pero estaba sano y fuerte. Hablaba mucho. Siempre andaba contando cuentos, que demostraban su imaginación excitada.

–¿De dónde saca este chico esas cosas que cuenta? –preguntaba Andrés a Margarita.

–No lo sé; las inventa él.

Luisito tenía un gato viejo que le seguía y que decía que era un brujo.

El chico caricaturizaba a la gente que iba a la casa.

Una vieja de Borbotó, un pueblo de al lado, era de las que mejor imitaba. Esta vieja vendía huevos y verduras, y decía: «*Ous! Figues!*». Otro hombre reluciente y gordo, con un pañuelo en la cabeza, que a cada momento decía: «*Sap?*», era también de los modelos de Luisito.

Entre los chicos de la calle había algunos que le preocupaban mucho. Uno de ellos era el Roch, el hijo del saludador, que vivía en un barrio de cuevas próximo.

El Roch era un chiquillo audaz, pequeño, rubio, desmedrado, sin dientes, con los ojos legañosos. Contaba cómo su padre hacía sus misteriosas curas, lo mismo en las personas que en los caballos, y hablaba de cómo había averiguado su poder curativo.

El Roch sabía muchos procedimientos y brujerías para curar las insolaciones y conjurar los males de ojo que había oído en su casa.

El Roch ayudaba a vivir a la familia; andaba siempre correteando con una cesta al brazo.

–¿Ves estos caracoles? –le decía a Luisito–. Pues con estos caracoles y un poco de arroz comeremos todos en casa.

–¿Dónde los has cogido? –le preguntaba Luisito.

–En un sitio que yo sé –contestaba el Roch, que no quería comunicar sus secretos.

También en las cuevas vivían otros dos merodeadores, de unos catorce a quince años, amigos de Luisito: el Choriset y el Chitano.

El Choriset era un troglodita, con el espíritu de un hombre primitivo. Su cabeza, su tipo, su expresión eran de un bereber.

Andrés solía hacerle preguntas acerca de su vida y de sus ideas.

–Yo, por un real, mataría a un hombre –solía decir el Choriset, mostrando sus dientes blancos y brillantes.

–Pero te cogerían y te llevarían a presidio.

–¡Ca! Me metería en una cueva que hay cerca de la mía, y me estaría allá.

–¿Y comer? ¿Cómo ibas a comer?

–Saldría de noche a comprar pan.

–Pero con un real no te bastaría para muchos días.

–Mataría a otro hombre –replicaba el Choriset, riendo.

El Chitano no tenía más tendencia que el robo; siempre andaba merodeando por ver si podía llevarse algo.

Andrés, por más que no tenía interés en hacer allí amistades, iba conociendo a la gente.

La vida del pueblo era en muchas cosas absurda; las mujeres paseaban separadas de los hombres, y esta separación de sexos existía en casi todo.

A Margarita le molestaba que su hermano estuviese constantemente en casa, y le incitaba a que saliera. Algunas tardes, Andrés solía ir al café de la plaza, se enteraba de los conflictos que había en el pueblo entre la música del casino republicano y la del casino carlista, y el Mercader, un obrero republicano, le explicaba de una manera pintoresca lo que había sido la Revolución francesa y los tormentos de la Inquisición.

III
La casa antigua

Varias veces don Pedro fue y volvió de Madrid al pueblo. Luisito parecía que estaba bien, no tenía tos ni fiebre; pero conservaba aquella tendencia fantaseadora que le hacía divagar y discurrir de una manera impropia de su edad.

–Yo creo que no es cosa de que sigáis aquí –dijo el padre.

–¿Por qué no? –preguntó Andrés.

–Margarita no puede vivir siempre metida en un rincón. A ti no te importará; pero a ella, sí.

–Que se vaya a Madrid por una temporada.

–Pero ¿tú crees que Luis no está curado todavía?

–No sé; pero me parece mejor que siga aquí.

–Bueno; veremos a ver qué se hace.

Margarita explicó a su hermano que su padre decía que no tenía medios para sostener así dos casas.

–No tiene medios para esto; pero sí para gastar en el casino –contestó Andrés.

–Eso a ti no te importa –contestó Margarita enfadada.

–Bueno; lo que voy a hacer yo es ver si me dan una plaza de médico de pueblo y llevar al chico. Lo tendré unos años en el campo, y luego que haga lo que quiera.

En esta incertidumbre, y sin saber si iban a quedarse o marcharse, se presentó en la casa una señora de Valencia, prima también de don Pedro. Esta señora era una de estas mujeres decididas y mandonas que les gusta disponerlo todo. Doña Julia decidió que Margarita, Andrés y Luisito fueran a pasar una temporada a casa de los tíos. Ellos los recibirían muy a gusto. Don Pedro encontró la solución muy práctica.

–¿Qué os parece? –preguntó a Margarita y a Andrés.

–A mí lo que decidáis –contestó Margarita.

—A mí no me parece una buena solución —dijo Andrés.

—¿Por qué?

—Porque el chico no estará bien.

—Hombre, el clima es igual —repuso el padre.

—Sí; pero no es lo mismo vivir en el interior de una ciudad, entre calles estrechas, a estar en el campo. Además, que estos señores parientes nuestros, como solterones, tendrán una porción de chinchorrerías y no les gustarán los chicos.

—No; eso no. Es gente amable, y tiene una casa bastante grande para que haya libertad.

—Bueno. Entonces probaremos.

Un día fueron todos a ver a los parientes. A Andrés, sólo tener que ponerse la camisa planchada le dejó de un humor endiablado.

Los parientes vivían en un caserón viejo de la parte antigua de la ciudad. Era una casa grande, pintada de azul, con cuatro balcones, muy separados unos de otros, y ventanas cuadradas encima.

El portal era espacioso y comunicaba con un patio enlosado como una plazoleta que tenía en medio un farol.

De este patio partía la escalera exterior, ancha, de piedra blanca, que entraba en el edificio al llegar al primer piso, pasando por un arco rebajado.

Llamó don Pedro, y una criada vestida de negro les pasó a una sala grande, triste y oscura.

Había en ella un reloj de pared alto, con la caja llena de incrustaciones, muebles antiguos de estilo Imperio, varias cornucopias y un plano de Valencia de principios del siglo XVIII.

Poco después salió don Juan, el primo del padre de Hurtado, un señor de cuarenta a cincuenta años, que les saludó a todos muy amablemente y les hizo pasar a otra sala, en donde un viejo, reclinado en ancha butaca, leía un periódico.

La familia la componían dos hermanos y una hermana, los tres solteros. El mayor, don Vicente, estaba enfermo de gota, y no salía apenas; el segundo, don Juan, era hombre que quería pasar por joven, de aspecto muy elegante y pulcro; la hermana, doña Isabel, tenía el color muy blanco, el pelo muy negro y la voz lacrimosa.

Los tres parecían conservados en una urna; debían estar siempre a la sombra en aquellas salas de aspecto conventual.

Se trató del asunto de que Margarita y sus hermanos pasaran allí una temporada, y los solterones aceptaron la idea con placer.

Don Juan, el menor, enseñó la casa a Andrés, que era extensa. Alrededor del patio, una ancha galería encristalada le daba vuelta. Los cuartos estaban pavimentados con azulejos relucientes y resbaladizos y tenían escalones para subir y bajar, salvando las diferencias del nivel. Había un sinnúmero de puertas de diferente tamaño. En la parte de atrás de la casa, a la altura del primer piso de la calle, brotaba, en medio de un huertecillo sombrío, un altísimo naranjo.

Todas las habitaciones presentaban el mismo aspecto silencioso, algo moruno, de luz velada.

El cuarto destinado para Andrés y para Luisito era muy grande, y daba enfrente de los tejados azules de la torrecilla de una iglesia.

Unos días después de la visita se instalaron Margarita, Andrés y Luis en la casa.

Andrés estaba dispuesto a ir a un partido. Leía en *El Siglo Médico* las vacantes de médicos rurales, se enteraba de qué clase de pueblos eran, y escribía a los secretarios de los ayuntamientos pidiendo informes.

Margarita y Luisito se encontraban bien con sus tíos; Andrés, no; no sentía ninguna simpatía por estos solterones, defendidos por su dinero y por su casa contra las inclemencias de la suerte; les hubiera estropeado la vida con gusto. Era un instinto un poco canalla, pero lo sentía así.

Luisito, que se vio mimado por sus tíos, dejó pronto de hacer la vida que recomendaba Andrés; no quería ir a tomar el sol ni a jugar a la calle; se iba poniendo más exigente y melindroso.

La dictadura científica que Andrés pretendía ejercer no se reconocía en la casa.

Muchas veces le dijo a la criada vieja que barría el cuarto que dejara abiertas las ventanas para que entrara el sol; pero la criada no le obedecía.

—¿Por qué cierra usted el cuarto? —le preguntó una vez—. Yo quiero que esté abierto. ¿Oye usted?

La criada apenas sabía castellano, y después de una charla confusa, le contestó que cerraba el cuarto para que no entrara el sol.

—Si es que yo quiero precisamente eso —la dijo Andrés—. ¿Usted ha oído hablar de los microbios?

—Yo, no, señor.

—¿No ha oído usted decir que hay unos gérmenes..., una especie de cosas vivas que andan por el aire y que producen las enfermedades?

–¿Unas cosas vivas en el aire? Serán las moscas.

–Sí; son como las moscas, pero no son las moscas.

–No; pues no las he visto.

–No; si no se ven; pero existen. Esas cosas vivas están en el aire, en el polvo, sobre los muebles..., y esas cosas vivas, que son malas, mueren con la luz... ¿Ha comprendido usted?

–Sí, sí, señor.

–Por eso hay que dejar las ventanas abiertas..., para que entre el sol.

Efectivamente; al día siguiente las ventanas estaban cerradas, y la criada vieja contaba a las otras que el señorito estaba loco, porque decía que había unas moscas en el aire que no se veían y que las mataba el sol.

IV
Aburrimiento

Las gestiones para encontrar un pueblo adonde ir no dieron resultado tan rápidamente como Andrés deseaba, y, en vista de esto, para matar el tiempo, se decidió a estudiar las asignaturas del doctorado. Después se marcharía a Madrid y luego a cualquier parte.

Luisito pasaba el invierno bien; al parecer, estaba curado.

Andrés no quería salir a la calle; sentía una insociabilidad intensa. Le parecía una fatiga tener que conocer a nueva gente.

–Pero, hombre, ¿no vas a salir? –le preguntaba Margarita.

–Yo, no. ¿Para qué? No me interesa nada de cuanto pasa fuera.

Andar por las calles le fastidiaba, y el campo de los alrededores de Valencia, a pesar de su fertilidad, no le gustaba.

Esta huerta, siempre verde, cortada por acequias de agua turbia, con aquella vegetación jugosa y oscura, no le daba ganas de recorrerla.

Prefería estar en casa. Allí estudiaba, e iba tomando datos acerca de un punto de psicofísica que pensaba utilizar para la tesis del doctorado.

Debajo de su cuarto había una terraza sombría, musgosa, con algunos jarrones con chumberas y piteras donde no daba nunca el sol. Allí solía pasear Andrés en las horas de calor. Enfrente había otra terraza donde andaba de un lado a otro un cura viejo, de la iglesia próxima, rezando. Andrés y el cura se saludaban, al verse, muy amablemente.

Al anochecer, de esta terraza Andrés iba a una azotea pequeña, muy alta, construida sobre la linterna de la escalera.

Allá se sentaba hasta que se hacía de noche. Luisito y Margarita iban a pasear en tartana con sus tíos.

Andrés contemplaba el pueblo, dormido bajo la luz del sol y los crepúsculos esplendorosos.

A lo lejos se veía el mar, una mancha alargada de un verde pálido, separada en línea recta y clara del cielo, de color algo lechoso en el horizonte.

En aquel barrio antiguo, las casas próximas eran de gran tamaño; sus paredes se hallaban desconchadas, los tejados cubiertos de musgos verdes y rojos, con matas en los aleros de jaramagos amarillentos.

Se veían casas blancas, azules, rosadas, con sus terrados y azoteas; en las cercas de los terrados se sostenían barreños con tierra, en donde las chumberas y las pitas extendían sus rígidas y anchas paletas; en alguna de aquellas azoteas se veían montones de calabazas surcadas y ventrudas y de otras redondas y lisas.

Los palomares se levantaban como grandes jaulones ennegrecidos. En el terrado próximo de una casa, sin duda abandonada, se veían rollos de esteras, montones de cuerdas de estropajo, cacharros rotos esparcidos por el suelo; en otra azotea aparecía un pavo real que andaba suelto por el tejado y daba unos gritos agudos y desagradables.

Por encima de las terrazas y tejados aparecían las torres del pueblo: el Miquelete, rechoncho y fuerte; el cimborrio de la catedral, aéreo y delicado, y luego, aquí y allá, una serie de torrecillas, casi todas cubiertas con tejados azules y blancos que brillaban con centelleantes reflejos.

Andrés contemplaba aquel pueblo, casi para él desconocido, y hacía mil cábalas caprichosas acerca de la vida de sus habitantes. Veía abajo esta calle, esta rendija sinuosa, estrecha, entre dos filas de caserones. El sol, que al mediodía la cortaba en una zona de sombra y otra de luz, iba a medida que avanzaba la tarde escalando las casas de una acera hasta brillar en los cristales de las buhardillas y en los luceros, y desaparecer.

En la primavera, las golondrinas y los vencejos trazaban círculos caprichosos en el aire, lanzando gritos agudos. Andrés las seguía con la vista. Al anochecer se retiraban. Entonces pasaban algunos mochuelos y gavilanes. Venus comenzaba a brillar con más fuerza, y aparecía Júpiter. En la calle, un farol de gas parpadeaba triste y soñoliento...

Andrés bajaba a cenar y muchas veces por la noche volvía de nuevo a la azotea, a contemplar las estrellas.

Esta contemplación nocturna le producía como un flujo de pensamientos perturbadores. La imaginación se lanzaba a la carrera a galopar por los campos de la fantasía. Muchas veces, el pensar en las fuerzas de la naturaleza, en todos los gérmenes de la tierra, del aire y del agua, desarrollándose en medio de la noche, le producía el vértigo.

V
Desde lejos

Al acercarse mayo, Andrés le dijo a su hermana que iba a Madrid a examinarse del doctorado.

–¿Vas a volver? –le preguntó Margarita.

–No sé; creo que no.

–Qué antipatía le has tomado a esta casa y al pueblo. No me lo explico.

–No me encuentro bien aquí.

–Claro. ¡Haces lo posible por estar mal!

Andrés no quiso discutir, y se fue a Madrid; se examinó de las asignaturas del doctorado, y leyó la tesis que había escrito en Valencia.

En Madrid se encontraba mal; su padre y él seguían tan hostiles como antes. Alejandro se había casado, y llevaba a su mujer, una pobre infeliz, a comer a su casa. Pedro hacía la vida de mundano.

Andrés, si hubiera tenido dinero, se hubiera marchado a viajar por el mundo; pero no tenía un cuarto. Un día leyó en un periódico que el médico de un pueblo de la provincia de Burgos necesitaba un sustituto por dos meses. Escribió; le aceptaron. Dijo en su casa que le había invitado un compañero a pasar unas semanas en un pueblo. Tomó un billete de ida y vuelta, y se fue. El médico a quien tenía que sustituir era un hombre rico, viudo, dedicado a la numismática. Sabía poco de medicina, y no tenía afición más que por la historia y las cuestiones de monedas.

«Aquí no podrá usted lucirse con su ciencia médica», le dijo a Andrés burlonamente. «Aquí, sobre todo en verano, no hay apenas enfermos: algunos cólicos, algunas enteritis, algún caso, poco frecuente, de fiebre tifoidea, nada.»

El médico pasó rápidamente de esta cuestión profesional, que no le interesaba, a sus monedas, y enseñó a Andrés la colección: la segunda de la provincia. Al decir «la segunda» suspiraba, dando a entender lo triste que era para él hacer esta declaración.

Andrés y el médico se hicieron muy amigos. El numismático le dijo que si quería vivir en su casa se la ofrecía con mucho gusto, y Andrés se quedó allí en compañía de una criada vieja.

El verano fue para él delicioso; el día entero lo tenía libre para pasear y para leer; había cerca del pueblo un monte sin árboles, que llamaban el Teso, formado por pedrizas, en cuyas junturas nacían jaras, romeros y cantueso. Al anochecer era aquello una delicia de olor y de frescura.

Andrés pudo comprobar que el pesimismo y el optimismo son resultados orgánicos como las buenas o malas digestiones. En aquella aldea se encontraba admirablemente, con una serenidad y una alegría desconocidas para él; sentía que el tiempo pasaba demasiado pronto.

Llevaba mes y medio en este oasis, cuando un día el cartero le entregó un sobre manoseado, con letra de su padre. Sin duda, había andado la carta de pueblo en pueblo hasta llegar a aquél. ¿Qué vendría allí dentro?

Andrés abrió la carta, la leyó y quedó atónito. Luisito acababa de morir en Valencia. Margarita había escrito dos cartas a su hermano, diciéndole que fuera, porque el niño preguntaba mucho por él; pero como don Pedro no sabía el paradero de Andrés, no pudo remitírselas.

Andrés pensó en marcharse inmediatamente; pero al leer de nuevo la carta echó de ver que hacía ya ocho días que el niño había muerto y estaba enterrado.

La noticia le produjo un gran estupor. El alejamiento, el haber dejado a su marcha a Luisito sano y fuerte, le impedía experimentar la pena que hubiese sentido cerca del enfermo.

Aquella indiferencia suya, aquella falta de dolor, le parecía algo malo. El niño había muerto; él no experimentaba ninguna desesperación. ¿Para qué provocar en sí mismo un sufrimiento inútil? Este punto le debatió largas horas en la soledad.

Andrés escribió a su padre y a Margarita. Cuando recibió la carta de su hermana, pudo seguir la marcha de la enfermedad de Luisito. Había tenido una meningitis tuberculosa, con dos o tres días de un período prodrómico, y luego, una fiebre alta que hizo perder al niño el conocimiento; así había estado una semana gritando, delirando, hasta morir en un sueño.

En la carta de Margarita se traslucía que estaba destrozada por las emociones.

Andrés recordaba haber visto en el hospital a un niño de seis a siete años con meningitis; recordaba que en unos días quedó tan delgado, que parecía traslúcido, con la cabeza enorme, la frente abultada, los lóbulos frontales como si la fiebre los desuniera, un ojo bizco, los labios blancos, las sienes hundidas y la sonrisa de alucinado. Este chiquillo gritaba como un pájaro, y su sudor tenía un olor especial, como a ratón, del sudor del tuberculoso.

A pesar de que Andrés pretendía representarse el aspecto de Luisito enfermo, no se lo figuraba nunca atacado con tan terrible enfermedad, sino alegre y sonriente, como le había visto la última vez el día de la marcha.

I
Plan filosófico

Al pasar sus dos meses de sustituto, Andrés volvió a Madrid; tenía guardados sesenta duros, y como no sabía qué hacer con ellos, se los envió a su hermana Margarita.

Andrés hacía gestiones para conseguir un empleo, y, mientras tanto, iba a la Biblioteca Nacional.

Estaba dispuesto a marcharse a cualquier pueblo si no encontraba nada en Madrid. Un día se topó en la sala de lectura con Fermín Ibarra, el condiscípulo enfermo, que ya estaba bien, aunque andaba cojeando y apoyándose en un grueso bastón.

Fermín se acercó a saludar efusivamente a Hurtado.

Le dijo que estudiaba para ingeniero en Lieja, y solía volver a Madrid en las vacaciones.

Andrés siempre había tenido a Ibarra como a un chico. Fermín le llevó a su casa, y le enseñó sus inventos, porque era inventor; estaba haciendo un tranvía eléctrico de juguete y otra porción de artificios mecánicos.

Fermín le explicó su funcionamiento, y le dijo que pensaba pedir patentes por unas cuantas cosas, entre ellas una llanta con trozos de acero para los neumáticos de los automóviles.

A Andrés le pareció que su amigo desvariaba; pero no quiso quitarle las ilusiones. Sin embargo, tiempo después, al ver a los automóviles con llantas de trozos de acero como las que había ideado Fermín, pensó que éste debía tener verdadera inteligencia de inventor.

Andrés, por las tardes, visitaba a su tío Iturrioz. Se lo encontraba casi siempre en su azotea leyendo o mirando las maniobras de una abeja solitaria o de una araña.

«Ésta es la azotea de Epicuro», decía Andrés, riendo.

Muchas veces tío y sobrino discutieron largamente. Sobre todo, los planes ulteriores de Andrés fueron los más debatidos.

Un día la discusión fue más larga y más completa:

–¿Qué piensas hacer? –le preguntó Iturrioz.

–¿Yo? Probablemente tendré que ir a un pueblo de médico.

–Veo que no te hace gracia la perspectiva.

–No; la verdad. A mí hay cosas de la carrera que me gustan; pero la práctica, no. Si pudiese entrar en un laboratorio de fisiología, creo que trabajaría con entusiasmo.

–¡En un laboratorio de fisiología! ¡Si los hubiera en España!

–¡Ah, claro, si los hubiera! Además, no tengo preparación científica. Se estudia de mala manera.

–En mi tiempo pasaba lo mismo –dijo Iturrioz–. Los profesores no sirven más que para el embrutecimiento metódico de la juventud estudiosa. Es natural. El español todavía no sabe enseñar; es demasiado fanático, demasiado vago y casi siempre demasiado farsante. Los profesores no tienen más finalidad que cobrar su sueldo, y luego pescar pensiones para pasar el verano.

–Además, falta disciplina.

–Y otras muchas cosas. Pero, bueno, tú, ¿qué vas a hacer? ¿No te entusiasma visitar?

–No.

–Y entonces, ¿qué plan tienes?

–¿Plan personal? Ninguno.

–¡Demonio! ¿Tan pobre estás de proyectos?

–Sí, tengo uno: vivir con el máximo de independencia. En España, en general, no se paga el trabajo, sino la sumisión. Yo quisiera vivir del trabajo, no del favor.

–Es difícil. ¿Y como plan filosófico? ¿Sigues en tus buceamientos?

–Sí. Yo busco una filosofía que sea primeramente una cosmogonía, una hipótesis racional de la formación del mundo; después, una explicación biológica del origen de la vida y del hombre.

–Dudo mucho que la encuentres. Tú quieres una síntesis que complete la cosmología y la biología; una explicación del universo físico y moral. ¿No es eso?

–Sí.

–¿Y en dónde has ido a buscar esa síntesis?

–Pues en Kant, y en Schopenhauer sobre todo.

–Mal camino –repuso Iturrioz–; lee a los ingleses; la ciencia en ellos va envuelta en sentido práctico. No leas esos metafísicos alemanes; su filosofía es como un alcohol que emborracha y no alimenta. ¿Conoces el *Leviatán* de Hobbes? Yo te lo prestaré si quieres.

–No; ¿para qué? Después de leer a Kant y a Schopenhauer, esos filósofos franceses e ingleses dan la impresión de carros pesados que marchan chirriando y levantando polvo.

–Sí, quizá sean menos ágiles de pensamiento que los alemanes; pero, en cambio, no te alejan de la vida.

–¿Y qué? –replicó Andrés–. Uno tiene la angustia, la desesperación de no saber qué hacer con la vida, de no tener un plan, de encontrarse perdido, sin brújula, sin luz adonde dirigirse. ¿Qué se hace con la vida? ¿Qué dirección se le da? Si la vida fuera tan fuerte que le arrastrara a uno, el pensar sería una maravilla, algo como para el caminante detenerse y sentarse a la sombra de un árbol, algo como penetrar en un oasis de paz; pero la vida es estúpida, y creo que en todas partes, y el pensamiento se llena de terrores como compensación a la esterilidad emocional de la existencia.

–Estás perdido –murmuró Iturrioz–. Ese intelectualismo no te puede llevar a nada bueno.

–Me llevará a saber, a conocer. ¿Hay placer más grande que éste? La antigua filosofía nos daba la magnífica fachada de un palacio; detrás de aquella magnificencia no había salas espléndidas, ni lugares de delicias, sino mazmorras oscuras. Ése es el mérito sobresaliente de Kant; él vio que todas las maravillas descritas por los filósofos eran fantasías, espejismos; vio que las galerías magníficas no llevaban a ninguna parte.

–¡Vaya un mérito! –murmuró Iturrioz.

–Enorme. Kant prueba que son indemostrables los dos postulados más trascendentales de las religiones y de los sistemas filosóficos: Dios y la libertad. Y lo terrible es que prueba que son indemostrables a pesar suyo.

–¿Y qué?

–¡Y qué! Las consecuencias son terribles; ya el universo no tiene comienzo en el tiempo ni límite en el espacio; todo está sometido al encadenamiento de causas y efectos; ya no hay causa primera; la idea de causa primera, como ha dicho Schopenhauer, es la idea de un trozo de madera hecho de hierro.

–A mí esto no me asombra.

–A mí sí. Me parece lo mismo que si viéramos un gigante que marchara, al parecer, con un fin y alguien descubriera que no tenía ojos. Después de Kant, el mundo es ciego; ya no puede haber ni libertad ni justicia, sino fuerzas que obran por un principio de causalidad en los dominios del espacio y del tiempo. Y esto, tan grave, no es todo; hay, además, otra cosa que se desprende por primera vez claramente de la filosofía de Kant, y es que el mundo no tiene realidad; es que ese espacio y ese tiempo y ese principio de causalidad no existen fuera de nosotros tal como nosotros los vemos, que pueden ser distintos, que pueden no existir.

–¡Bah! Eso es absurdo –murmuró Iturrioz–. Ingenioso si se quiere, pero nada más.

–No; no sólo es absurdo, sino que es práctico. Antes para mí era una gran pena considerar el infinito del espacio; creer el mundo inacabable me producía una gran impresión; pensar que al día siguiente de mi muerte el espacio y el tiempo seguirían existiendo, me entristecía, y eso que consideraba que mi vida no es una cosa envidiable; pero cuando llegué a comprender que la idea del espacio y del tiempo son necesidades de nuestro espíritu, pero que no tienen realidad; cuando me convencí por Kant que el espacio y el tiempo no significan nada, por lo menos que la idea que tenemos de ellos puede no existir fuera de nosotros, me tranquilicé. Para mí es un consuelo pensar que, así como nuestra retina produce los colores, nuestro cerebro produce las ideas de tiempo, de espacio y de causalidad. Acabado nuestro cerebro, se acabó el mundo. Ya no sigue el tiempo, ya no sigue el espacio, ya no hay encadenamiento de causas. Se acabó la comedia, pero definitivamente. Podemos suponer que un tiempo y un espacio sigan para los demás. Pero ¿eso qué importa si no es nuestro, que es el único real?

–¡Bah! ¡Fantasías! ¡Fantasías! –dijo Iturrioz.

II
Realidad de las cosas

–No, no; realidades –replicó Andrés–. ¿Qué duda cabe que el mundo que conocemos es el resultado del reflejo de la parte de cosmos del horizonte sensible en nuestro cerebro? Este reflejo unido, contrastado, con las imágenes reflejadas en los cerebros de los demás hombres que han vivido y que viven, es nuestro conocimiento del mundo, es nuestro mundo. ¿Es así, en realidad, fuera de nosotros? No lo sabemos, no lo podremos saber jamás.

–No veo claro. Todo eso me parece poesía.

–No; poesía, no. Usted juzga por las sensaciones que le dan los sentidos. ¿No es verdad?

–Cierto.

–Y esas sensaciones e imágenes las ha ido usted valorizando desde niño con las sensaciones e imágenes de los demás. Pero ¿tiene usted la seguridad de que ese mundo exterior es tal como usted lo ve? ¿Tiene usted la seguridad ni siquiera de que existe?

–Sí.

–La seguridad práctica, claro; pero nada más.

–Ésa basta.

–No, no basta. Basta para un hombre sin deseo de saber; si no, ¿para qué se inventarían teorías acerca del calor o acerca de la luz? Se diría: «Hay objetos calientes y fríos, hay color verde o azul; no necesitamos saber lo que son».

–No estaría mal que procediéramos así. Si no, la duda lo arrasa, lo destruye todo.

–Claro que lo destruye todo.

–Las matemáticas mismas quedan sin base.

–Claro. Las proposiciones matemáticas y lógicas son únicamente las leyes de la inteligencia humana; pueden ser también las leyes de la naturaleza exterior a nosotros, pero no lo podemos afirmar. La inteligencia lleva, como necesidades inherentes a ella, las nociones de causa, de espacio y de tiempo, como un cuerpo lleva tres dimensiones. Estas nociones de causa, de espacio y de tiempo son inseparables de la inteligencia, y cuando ésta afirma sus verdades y sus axiomas *a priori*, no hace más que señalar su propio mecanismo.

–¿De manera que no hay verdad?

–Sí; el acuerdo de todas las inteligencias en una misma cosa es lo que llamamos verdad. Fuera de los axiomas lógicos y matemáticos, en los cuales no se puede suponer que no haya unanimidad, en los demás todas las verdades tienen como condición el ser unánimes.

–Entonces, ¿son verdades porque son unánimes? –preguntó Iturrioz.

–No; son unánimes porque son verdades.

–Me es igual.

–No, no. Si usted me dice: «La gravedad es verdad, porque es una idea unánime», yo le diré: «No; la gravedad es unánime porque es verdad». Hay alguna diferencia. Para mí, dentro de lo relativo de todo, la gravedad es una verdad absoluta.

–Para mí, no; puede ser una verdad relativa.

–No estoy conforme –dijo Andrés–. Sabemos que nuestro conocimiento es una relación imperfecta entre las cosas exteriores y nuestro yo; pero como esa relación es constante, en su tanto de imperfección, no le quita ningún valor a la relación entre una cosa y otra. Por ejemplo, respecto al termómetro centígrado: usted me podrá decir que dividir en cien grados la diferencia de temperatura que hay entre el agua helada y el agua en ebullición es una arbitrariedad, cierto; pero si en esta azotea hay veinte grados y en la cueva quince, esa relación es una cosa exacta.

–Bueno. Está bien. Quiere decir que tú aceptas la posibilidad de la mentira inicial. Déjame suponer la mentira en toda la escala de conocimientos. Quiero suponer que la gravedad es una costumbre que mañana un hecho cualquiera la desmentirá. ¿Quién me lo va a impedir?

–Nadie; pero usted, de buena fe, no puede aceptar esa posibilidad. El encadenamiento de causas y efectos es la ciencia. Si ese encadenamiento no existiera, ya no habría asidero ninguno, todo podría ser verdad.

–Entonces vuestra ciencia se basa en la utilidad.

–No; se basa en la razón y en la experiencia.

–No, porque no podéis llevar la razón hasta las últimas consecuencias.

–Ya se sabe que no, que hay claros. La ciencia nos da la descripción de una falange de este mamut que se llama universo; la filosofía nos quiere dar la hipótesis racional de cómo puede ser este mamut. ¿Que ni los datos empíricos ni los datos racionales son todos absolutos? ¡Quién lo duda! La ciencia valora los datos de la observación; relaciona las diversas ciencias particulares, que son como islas exploradas en el océano de lo desconocido; levanta puentes de paso entre unas y otras, de manera que en su conjunto tengan cierta unidad. Claro que estos puentes no pueden ser más que hipótesis, teorías, aproximaciones a la verdad.

–Los puentes son hipótesis, y las islas lo son también.

–No, no estoy conforme. La ciencia es la única construcción fuerte de la humanidad. Contra ese bloque científico del determinismo, afirmado ya por los griegos, ¿cuántas olas no han roto? Religiones, morales, utopías; hay todas esas pequeñas supercherías de pragmatismo y de las ideas-fuerzas..., y, sin embargo, el bloque continúa inconmovible, y la ciencia no sólo arrolla estos obstáculos, sino que los aprovecha para perfeccionarse.

–Sí –contestó Iturrioz–; la ciencia arrolla esos obstáculos, y arrolla también al hombre.

–Eso, en parte, es verdad –murmuró Andrés, paseando por la azotea.

III
El árbol de la ciencia y el árbol de la vida

–Ya la ciencia para nosotros –dijo Iturrioz– no es una institución con un fin humano, ya es algo más; la habéis convertido en ídolo.

–Hay la esperanza de que la verdad, aun la que hoy es inútil, pueda ser útil mañana –replicó Andrés.

–¡Bah! ¡Utopía! ¿Tú crees que vamos a aprovechar las verdades astronómicas alguna vez?

–¿Alguna vez? Las hemos aprovechado ya.

–¿En qué?

–En el concepto del mundo.

–Está bien; pero yo hablaba de un aprovechamiento práctico, inmediato. Yo, en el fondo, estoy convencido de que la verdad en bloque es mala para la vida. Esa anomalía de la naturaleza que se llama la vida necesita estar basada en el capricho, quizá en la mentira.

–En eso estoy conforme –dijo Andrés–. La voluntad, el deseo de vivir, es tan fuerte en el animal como en el hombre. En el hombre es mayor la comprensión. A más comprender, corresponde menos desear. Esto es lógico, y además se comprueba en la realidad. La apetencia por conocer se despierta en los individuos que aparecen al final de una evolución, cuando el instinto de vivir languidece. El hombre, cuya necesidad es conocer, es como la mariposa que rompe la crisálida para morir. El individuo sano, vivo, fuerte, no ve las cosas como son, porque no le conviene. Está dentro de una alucinación. Don Quijote, a quien Cervantes quiso dar un sentido negativo, es un símbolo de la afirmación de la vida. Don Quijote vive más que todas las personas cuerdas que le rodean, vive más y con más intensidad que los otros. El individuo o el pueblo que quiere vivir se envuelve en nubes como los antiguos dioses cuando se aparecían a los mortales. El instinto vital necesita de la ficción para afirmarse. La ciencia entonces, el instinto de crítica, el instinto de averiguación, debe encontrar una verdad: la cantidad de mentira que se necesita para la vida. ¿Se ríe usted?

–Sí, me río, porque eso que tú expones con palabras del día está dicho nada menos que en la Biblia.

–¡Bah!

–Sí, en el Génesis. Tú habrás leído que en el centro del paraíso había dos árboles, el árbol de la vida y el árbol de la ciencia del bien y del mal. El árbol de la vida era inmenso, frondoso y, según algunos santos padres, daba la inmortalidad. El árbol de la ciencia no se dice cómo era; probablemente sería mezquino y triste. ¿Y tú sabes lo que le dijo Dios a Adán?

–No recuerdo, la verdad.

–Pues al tenerle a Adán delante, le dijo: «Puedes comer todos los frutos del jardín; pero cuidado con el fruto del árbol de la ciencia del bien y del mal, porque el día que tú comas ese fruto morirás de muerte». Y Dios, seguramente, añadió: «Comed del árbol de la vida, sed bestias, sed cerdos, sed egoístas, revolcaos por el suelo alegremente; pero no comáis del árbol de la ciencia, porque ese fruto agrio os dará una tendencia a mejorar que os destruirá». ¿No es un consejo admirable?

–Sí, un consejo digno de un accionista del banco –repuso Andrés.

–¡Cómo se ve el sentido práctico de esa granujería semítica! –dijo Iturrioz–. ¡Cómo olfatearon esos buenos judíos, con sus narices corvas, que el estado de conciencia podía comprometer la vida!

–¡Claro, eran optimistas! Griegos y semitas tenían el instinto fuerte de vivir, inventaban dioses para ellos, un paraíso exclusivamente suyo. Yo creo que, en el fondo, no comprendían nada de la naturaleza.

–No les convenía.

–Seguramente no les convenía. En cambio, los turanios y los arios del norte intentaron ver la naturaleza tal como es.

–Y, a pesar de eso, ¿nadie les hizo caso, y se dejaron domesticar por los semitas del sur?

–¡Ah, claro! El semitismo, con sus tres impostores, ha dominado al mundo, ha tenido la oportunidad y la fuerza; en una época de guerras dio a los hombres un dios de las batallas; a las mujeres y a los débiles, un motivo de lamentos, de quejas y de sensiblerías. Hoy, después de siglos de dominación semítica, el mundo vuelve a la cordura, y la verdad aparece como una aurora pálida de los terrores de la noche.

—Yo no creo en esa cordura —dijo Iturrioz— ni creo en la ruina del semitismo. El semitismo judío, cristiano o musulmán, seguirá siendo el amo del mundo, tomará avatares extraordinarios. ¿Hay nada más interesante que la Inquisición, de índole tan semítica, dedicada a limpiar de judíos y moros el mundo? ¿Hay caso más curioso que el de Torquemada, de origen judío?

—Sí, eso define el carácter semítico, la confianza, el optimismo, el oportunismo... Todo eso tiene que desaparecer. La mentalidad científica de los hombres del norte de Europa lo barrerá.

—Pero ¿dónde están esos hombres? ¿Dónde están esos precursores?

—En la ciencia, en la filosofía, en Kant sobre todo. Kant ha sido el gran destructor de la mentira greco-semítica. Él se encontró con esos dos árboles bíblicos de que usted hablaba antes, y fue apartando las ramas del árbol de la vida que ahogaban al árbol de la ciencia. Tras él no queda en el mundo de las ideas más que un camino estrecho y penoso: la ciencia. Detrás de él, sin tener quizá su fuerza y su grandeza, viene otro destructor, otro oso del norte, Schopenhauer, que no quiso dejar en pie los subterfugios que el maestro sostuvo amorosamente por falta de valor. Kant pide por misericordia que esa gruesa rama del árbol de la vida que se llama libertad, responsabilidad, derecho, descanse junto a las ramas del árbol de la ciencia para dar perspectivas a la mirada del hombre. Schopenhauer, más austero, más probo en su pensamiento, aparta esa rama, y la vida aparece como una cosa oscura y ciega, potente y jugosa, sin justicia, sin bondad, sin fin; una corriente llevada por una fuerza X, que él llama voluntad y que, de cuando en cuando, en medio de la materia organizada, produce un fenómeno secundario, una fosforescencia cerebral, un reflejo, que es la inteligencia. Ya se ve claro en estos dos principios: vida y verdad, voluntad e inteligencia.

—Ya debe de haber filósofos y biófilos —dijo Iturrioz.

—¿Por qué no? Filósofos y biófilos. En estas circunstancias, el instinto vital, todo actividad y confianza, se siente herido, y tiene que reaccionar y reacciona. Los unos, la mayoría literatos, ponen su optimismo en la vida, en la brutalidad de los instintos, y cantan la vida cruel, canalla, infame, la vida sin finalidad, sin objeto, sin principios y sin moral, como una pantera en medio de la selva. Los otros ponen el optimismo en la misma ciencia. Contra la tendencia agnóstica de un Du Bois-Reymond, que afirmó que jamás el entendimiento del hombre llegaría a conocer la mecánica del universo, están las tendencias de Berthelot, de Metchnikoff, de Ramón y Cajal, en España, que suponen que se puede llegar a averiguar el fin del hombre en la tierra. Hay, por último, los que quieren volver a las ideas viejas y a los viejos mitos, porque son útiles para la vida. Éstos son profesores de retórica, de esos que tienen la sublime misión de contarnos cómo se estornudaba en el siglo dieciocho después de tomar rapé; los que nos dicen que la ciencia fracasa, y que el materialismo, el determinismo, el encadenamiento de causa a efecto es una cosa grosera, y que el espiritualismo es algo sublime y refinado. ¡Qué risa! ¡Qué admirable lugar común para que los obispos y generales cobren su sueldo y los comerciantes puedan vender impunemente bacalao podrido! ¡Creer en el ídolo o en el fetiche es símbolo de superioridad; creer en los átomos, como Demócrito o Epicuro, señal de estupidez! Un *aissaua*, de Marruecos, que se rompe la cabeza con un hacha y traga cristales en honor de la divinidad, o un buen mandingo con su taparrabos, son seres refinados y cultos; en cambio, el hombre de ciencia que estudia la naturaleza es un ser vulgar y grosero. ¡Qué admirable paradoja para vestirse de galas retóricas y de sonidos nasales en la boca de un académico francés! Hay que reírse cuando dicen que la ciencia fracasa. Tontería; lo que fracasa es la mentira; la ciencia marcha adelante, arrollándolo todo.

–Sí, estamos conformes, lo hemos dicho antes, arrollándolo todo. Desde un punto de vista puramente científico, yo no puedo aceptar esa teoría de la duplicidad de la función vital: inteligencia a un lado; voluntad a otro, no.

–Yo no digo inteligencia a un lado y voluntad a otro –replicó Andrés–, sino predominio de la inteligencia o predominio de la voluntad. Una lombriz tiene voluntad e inteligencia, voluntad de vivir tanta como el hombre, resiste a la muerte como puede; el hombre tiene también voluntad e inteligencia, pero en otras proporciones.

–Lo que quiero decir es que no creo que la voluntad sea sólo una máquina de desear y la inteligencia una máquina de reflejar.

–Lo que sea en sí, no lo sé; pero a nosotros nos parece esto racionalmente. Si todo reflejo tuviera para nosotros un fin, podríamos sospechar que la inteligencia no es sólo un aparato reflector, una luna indiferente para cuanto se coloca en su horizonte sensible; pero la conciencia refleja lo que puede aprehender sin interés, automáticamente, y produce imágenes. Estas imágenes, desprovistas de la contingente, dejan un símbolo, un esquema, que debe ser la idea.

—No creo en esa indiferencia automática que tú atribuyes a la inteligencia. No somos un intelecto puro, ni una máquina de desear; somos hombres que al mismo tiempo piensan, trabajan, desean, ejecutan... Yo creo que hay ideas que son fuerzas.

—Yo, no. La fuerza está en otra cosa. La misma idea que impulsa a un anarquista romántico a escribir unos versos ridículos y humanitarios, es la que hace a un dinamitero poner una bomba. La misma ilusión imperialista tiene Bonaparte que Lebaudy, el emperador del Sáhara. Lo que les diferencia es algo orgánico.

—¡Qué confusión! En qué laberinto nos vamos metiendo —murmuró Iturrioz.

—Sintetice usted nuestra discusión y nuestros distintos puntos de vista.

—En parte, estamos conformes. Tú quieres, partiendo de la relatividad de todo, darle un valor absoluto a las relaciones entre las cosas.

—Claro, lo que decía antes: el metro en sí, medida arbitraria; los trescientos sesenta grados de un círculo, medida también arbitraria; las relaciones obtenidas con el metro o con el arco, exactas.

—No, ¡sí estamos conformes! Sería imposible que no lo estuviéramos en todo lo que se refiere a la matemática y a la lógica, pero cuando nos vamos alejando de estos conocimientos simples y entramos en el dominio de la vida, nos encontramos dentro de un laberinto, en medio de la mayor confusión y desorden. En este baile de máscaras, en donde bailan millones de figuras abigarradas, tú me dices: «Acerquémonos a la verdad». ¿Dónde está la verdad? ¿Quién es ese enmascarado que pasa por delante de nosotros? ¿Qué esconde debajo de su capa gris? ¿Es un rey o un mendigo? ¿Es un joven admirablemente formado o un viejo enclenque y lleno de úlceras? La verdad es una brújula loca que no funciona en este caos de cosas desconocidas.

—Cierto; fuera de la verdad matemática y de la verdad empírica que se va adquiriendo lentamente, la ciencia no dice mucho. Hay que tener la probidad de reconocerlo... y esperar.

—Y, mientras tanto, ¿abstenerse de vivir, de afirmar? Mientras tanto, no vamos a saber si la república es mejor que la monarquía, si el protestantismo es mejor o peor que el catolicismo, si la propiedad individual es buena o mala; mientras la ciencia no llegue hasta ahí, silencio.

—¿Y qué remedio queda para el hombre inteligente?

–Hombre, sí. Tú reconoces que, fuera del dominio de las matemáticas y de las ciencias empíricas, existe, hoy por hoy, un campo enorme adonde todavía no llegan las indicaciones de la ciencia. ¿No es eso?

–Sí.

–¿Y por qué en ese campo no tomar como norma la utilidad?

–Lo encuentro peligroso –dijo Andrés–. Esta idea de la utilidad, que al principio parece sencilla, inofensiva, puede llegar a legitimar las mayores enormidades, a entronizar todos los prejuicios.

–Cierto; también, tomando como norma la verdad, se puede ir al fanatismo más bárbaro. La verdad puede ser un arma de combate.

–Sí, falseándola, haciendo que no lo sea. No hay fanatismo en matemáticas ni en ciencias naturales. ¿Quién puede vanagloriarse de defender la verdad en política o en moral? El que así se vanagloria, es tan fanático como el que defiende cualquier otro sistema político o religioso. La ciencia no tiene nada que ver con eso; ni es cristiana, ni es atea, ni revolucionaria, ni reaccionaria.

–Pero ese agnosticismo, para todas las cosas que no se conocen científicamente, es absurdo, porque es antibiológico. Hay que vivir. Tú sabes que los fisiólogos han demostrado que, en el uso de nuestros sentidos, tendemos a percibir, no de la manera más exacta, sino de la manera más económica, más ventajosa, más útil. ¿Qué mejor norma de la vida que su utilidad, su engrandecimiento?

–No, no; eso llevaría a los mayores absurdos en la teoría y en la práctica. Tendríamos que ir aceptando ficciones lógicas: el libre albedrío, la responsabilidad, el mérito; acabaríamos aceptándolo todo, las mayores extravagancias de las religiones.

–No; no aceptaríamos más que lo útil.

–Pero para lo útil no hay comprobación como para lo verdadero –replicó Andrés–. La fe religiosa para un católico, además de ser verdad, es útil, y para otro irreligioso puede ser falsa e inútil.

–Bien, pero habrá un punto en que estemos todos de acuerdo; por ejemplo, en la utilidad de la fe para una acción dada. La fe, dentro de lo natural, es indudable que tiene una gran fuerza. Si yo me creo capaz de dar un salto de un metro, lo daré; si me creo capaz de dar un salto de dos o tres metros, quizá lo dé también.

–Pero si se cree usted capaz de dar un salto de cincuenta metros, no lo dará usted, por mucha fe que tenga.

–Claro que no; pero eso no importa para que la fe sirva en el radio de acción de lo posible. Luego la fe es útil, biológica; luego hay que conservarla.

—No, no. Eso que usted llama fe no es más que la conciencia de nuestra fuerza. Ésa existe siempre, se quiera o no se quiera. La otra fe conviene destruirla, dejarla es un peligro; tras de esa puerta que abre hacia lo arbitrario una filosofía basada en la utilidad, en la comodidad o en la eficacia, entran todas las locuras humanas.

—En cambio, cerrando esa puerta y no dejando más norma que la verdad, la vida languidece, se hace pálida, anémica, triste. Yo no sé quién decía: «La legalidad nos mata»; como él podemos decir: «La razón y la ciencia nos apabullan». La sabiduría del judío se comprende más cada vez que se insiste en este punto: a un lado, el árbol de la ciencia; al otro, el árbol de la vida.

—Habrá que creer que el árbol de la ciencia es como el clásico manzanillo, que mata a quien se acoge a su sombra —dijo Andrés burlonamente.

—Sí, ríete.

—No, no me río.

IV
Disociación

–No sé, no sé –murmuró Iturrioz–. Creo que vuestro intelectualismo no os llevará a nada. ¿Comprender? ¿Explicarse las cosas? ¿Para qué? Se puede ser un gran artista, un gran poeta; se puede ser hasta un matemático y un científico, y no comprender en el fondo nada. El intelectualismo es estéril. La misma Alemania, que ha tenido el cetro del intelectualismo, hoy parece que lo repudia. En la Alemania actual casi no hay filósofos; todo el mundo está ávido de vida práctica. El intelectualismo, el criticismo, el anarquismo, van en baja.

–¿Y qué? ¡Tantas veces han ido de baja y han vuelto a renacer! –contestó Andrés.

–Pero ¿se puede esperar algo de esa destrucción sistemática y vengativa?

–No es sistemática ni vengativa; es destruir lo que no se afirme de por sí; es llevar el análisis a todo; es ir disociando las ideas tradicionales para ver qué nuevos aspectos toman, qué componentes tienen. Por la desintegración electrolítica de los átomos van apareciendo estos iones y electrones mal conocidos. Usted sabe también que algunos histólogos han querido encontrar en el protoplasma de las células granos que consideran como unidades orgánicas elementales, y que han llamado bioblastos. ¿Por qué lo que están haciendo en física en estos momentos los Roentgen y los Becquerel, y en biología los Haeckel y los Hertwig, no se ha de hacer en filosofía y en moral? Claro que en las afirmaciones de la química y de la histología no está basada una política ni una moral, y si mañana se encontrara el medio de descomponer y de trasmutar los cuerpos simples, no habría ningún papa de la ciencia clásica que excomulgara a los investigadores.

–Contra tu disociación en el terreno moral, no sería un papa el que protestara; sería el instinto conservador de la sociedad.

−Ese instinto ha protestado siempre contra todo lo nuevo, y seguirá protestando; ¿eso qué importa? La disociación analítica será una obra de saneamiento, una desinfección de la vida.

−Una desinfección que puede matar al enfermo.

−No, no hay cuidado. El instinto de conservación del cuerpo social es bastante fuerte para rechazar todo lo que no puede digerir. Por muchos gérmenes que se siembren, la descomposición de la sociedad será biológica.

−¿Y para qué descomponer la sociedad? ¿Es que se va a construir un mundo nuevo mejor que el actual?

−Sí, yo creo que sí.

−Yo lo dudo. Lo que hace a la sociedad malvada es el egoísmo del hombre, y el egoísmo es un hecho natural, es una necesidad de la vida. ¿Es que supones que el hombre de hoy es menos egoísta y cruel que el de ayer? Pues te engañas. ¡Si nos dejaran!; el cazador que persigue zorras y conejos cazaría hombres si pudiera. Así como se sujeta a los patos y se les alimenta para que se les hipertrofie el hígado, tendríamos a las mujeres en adobo para que estuvieran más suaves. Nosotros, civilizados, hacemos *jockeys* como los antiguos monstruos, y, si fuera posible, les quitaríamos el cerebro a los cargadores para que tuvieran más fuerza, como antes la Santa Madre Iglesia quitaba los testículos a los cantores de la Capilla Sixtina para que cantasen mejor. ¿Es que tú crees que el egoísmo va a desaparecer? Desaparecería la humanidad. ¿Es que supones, como algunos sociólogos ingleses y los anarquistas, que se identificará el amor de uno mismo con el amor de los demás?

−No; yo supongo que hay formas de agrupación social, unas mejores que otras, y que se deben ir dejando las malas y tomando las buenas.

−Esto me parece muy vago. A una colectividad no se le moverá jamás diciéndole: «Puede haber una forma social mejor». Es como si a una mujer se le dijera: «Si nos unimos, quizá vivamos de una manera soportable». No; a la mujer y a la colectividad hay que prometerles el paraíso; esto demuestra la ineficacia de tu idea analítica y disociadora. Los semitas inventaron un paraíso materialista (en el mal sentido) en el principio del hombre; el cristianismo, otra forma de semitismo, colocó el paraíso al final y fuera de la vida del hombre, y los anarquistas, que no son más que unos neocristianos, es decir, neosemitas, ponen su paraíso en la vida y en la tierra. En todas partes y en todas épocas los conductores de hombres son prometedores de paraísos.

–Sí, quizá; pero alguna vez tenemos que dejar de ser niños; alguna vez tenemos que mirar a nuestro alrededor con serenidad. ¡Cuántos terrores no nos ha quitado de encima el análisis! Ya no hay monstruos en el seno de la noche, ya nadie nos acecha. Con nuestras fuerzas vamos siendo dueños del mundo.

V
La compañía del hombre

–Sí, nos ha quitado terrores –exclamó Iturrioz–; pero nos ha quitado también la vida. ¡Sí, es la claridad la que hace la vida actual completamente vulgar! Suprimir los problemas es muy cómodo; pero luego no queda nada. Hoy, un chico lee una novela del año treinta, y las desesperaciones de Larra y de Espronceda, y se ríe; tiene la evidencia de que no hay misterios. La vida se ha hecho clara; el valor del dinero aumenta, el burguesismo crece con la democracia. Ya es imposible encontrar rincones poéticos al final de un pasadizo tortuoso: ya no hay sorpresas.

–Usted es un romántico.

–Y tú también. Pero yo soy romántico práctico. Yo creo que hay que afirmar el conjunto de mentiras y verdades que son de uno hasta convertirlo en una cosa viva. Creo que hay que vivir con las locuras que uno tenga, cuidándolas y hasta aprovechándose de ellas.

–Eso me parece lo mismo que si un diabético aprovechara el azúcar de su cuerpo para endulzar su taza de café.

–Caricaturizas mi idea, pero no importa.

–El otro día leí en un libro –añadió Andrés burlonamente– que un viajero cuenta que en un remoto país los naturales le aseguraron que ellos no eran hombres, sino loros de cola roja. ¿Usted cree que hay que afirmar las ideas hasta que uno se vea las plumas y la cola?

–Sí; creyendo en algo más útil y grande que ser un loro, hay que afirmar con fuerza. Para llegar a dar a los hombres una regla común, una disciplina, una organización, se necesita una fe, una ilusión, algo que, aunque sea una mentira salida de nosotros mismos, parezca una verdad llegada de fuera. Si yo me sintiera con energía, ¿sabes lo que haría?

–¿Qué?

–Una milicia como la que inventó Loyola, con un carácter puramente humano. La Compañía del Hombre.

–Aparece el vasco en usted.

–Quizá.

–¿Y con qué fin iba usted a fundar esa compañía?

–Esta compañía tendría la misión de enseñar el valor, la serenidad, el reposo; de arrancar toda tendencia a la humildad, a la renunciación, a la tristeza, al engaño, a la rapacidad, al sentimentalismo...

–La escuela de los hidalgos.

–Eso es, la escuela de los hidalgos.

–De los hidalgos ibéricos, naturalmente. Nada de semitismo.

–Nada; un hidalgo limpio de semitismo, es decir, de espíritu cristiano, me parecería un tipo completo.

–Cuando funde usted esa compañía, acuérdese usted de mí. Escríbame usted al pueblo.

–Pero ¿de veras te piensas marchar?

–Sí; si no encuentro nada aquí, me voy a marchar.

–¿Pronto?

–Sí; muy pronto.

–Ya me tendrás al corriente de tu experiencia. Te encuentro mal armado para esa prueba.

–Usted no ha fundado todavía su compañía...

–¡Ah! Sería utilísima. Ya lo creo.

Cansados de hablar, se callaron. Comenzaba a hacerse de noche.

Las golondrinas trazaban círculos en el aire, chillando. Venus había salido en el poniente, de color anaranjado, y poco después brillaba Júpiter con su luz azulada. En las casas comenzaban a iluminarse las ventanas. Filas de faroles iban encendiéndose, formando dos líneas paralelas en la carretera de Extremadura. De las plantas de la azotea, de los tiestos de sándalo y de menta llegaban ráfagas perfumadas...

Quinta parte
La experiencia en el pueblo

I
De viaje

Unos días después nombraban a Hurtado médico titular de Alcolea del Campo.

Era éste un pueblo del centro de España, colocado en esa zona intermedia donde acaba Castilla y comienza Andalucía. Era villa de importancia, de ocho a diez mil habitantes; para llegar a ella había que tomar la línea de Córdoba, detenerse en una estación de la Mancha y seguir a Alcolea en coche.

Enseguida de recibir el nombramiento, Andrés hizo su equipaje y se dirigió a la estación del Mediodía. La tarde era de verano, pesada, sofocante, de aire seco y lleno de polvo.

A pesar de que el viaje lo hacía de noche, Andrés supuso que sería demasiado molesto ir en tercera, y tomó un billete de primera clase.

Entró en el andén, se acercó a los vagones, y en uno que tenía el cartel de no fumadores, se dispuso a subir.

Un hombrecito vestido de negro, afeitado, con anteojos, le dijo con voz melosa y acento americano: «Oiga, señor; este vagón es para los no fumadores».

Andrés no hizo el menor caso de la advertencia y se acomodó en un rincón.

Al poco rato se presentó otro viajero, un joven alto, rubio, membrudo, con las guías de los bigotes levantadas hasta los ojos.

El hombre bajito, vestido de negro, le hizo la misma advertencia de que allí no se fumaba.

«Lo veo aquí», contestó el viajero algo molesto, y subió al vagón.

Quedaron los tres en el interior del coche sin hablarse; Andrés, mirando vagamente por la ventanilla y pensando en las sorpresas que le reservaría el pueblo.

El tren echó a andar.

El hombrecito de negro sacó una especie de túnica amarillenta, se envolvió en ella, se puso un pañuelo en la cabeza y se tendió a dormir. El monótono golpeteo del tren acompañaba el soliloquio interior de Andrés; se vieron a lo lejos varias veces las luces de Madrid en medio del campo, pasaron tres o cuatro estaciones desiertas, y entró el revisor; Andrés sacó su billete; el joven alto hizo lo mismo, y el hombrecito, después de quitarse su balandrán, se registró los bolsillos y mostró su billete y un papel.

El revisor advirtió al viajero que llevaba un billete de segunda.

El hombrecillo de negro, sin más ni más, se encolerizó, y dijo que aquello era una grosería; había avisado en la estación su deseo de cambiar de clase; él era un extranjero, una persona acomodada, con mucha plata, sí, señor, que había viajado por toda Europa y toda América, y sólo en España, en un país sin civilización, sin cultura, en donde no se tenía la menor atención al extranjero, podían suceder cosas semejantes.

El hombrecito insistió y acabó insultando a los españoles. Ya estaba deseando dejar este país, miserable y atrasado; afortunadamente, al día siguiente estaría en Gibraltar, camino de América.

El revisor no contestaba. Andrés miraba al hombrecito, que gritaba descompuesto, con aquel acento meloso y repulsivo, cuando el joven rubio, irguiéndose, le dijo con voz violenta:

–No le permito hablar así de España. Si usted es extranjero y no quiere vivir aquí, váyase usted a su país pronto, y sin hablar, porque si no, se expone usted a que le echen por la ventanilla, y voy a ser yo; ahora mismo...

–¡Pero, señor! –exclamó el extranjero–. Es que quieren atropellarme...

–No es verdad. El que atropella es usted. Para viajar se necesita educación, y viajando con españoles no se habla mal de España.

–Si yo amo a España y el carácter español –exclamó el hombrecito–. Mi familia es toda española. ¿Para qué he venido a España sino para conocer la madre patria?

–No quiero explicaciones. No necesito oírlas –contestó el otro con voz seca; y se tendió en el diván como para manifestar el poco aprecio que sentía por su compañero de viaje.

Andrés quedó asombrado; realmente aquel joven había estado bien.

Él, con su intelectualismo, pensó qué clase de tipo sería el hombre bajito, vestido de negro; el otro había hecho una afirmación rotunda de su país y de su raza. El hombrecillo comenzó a explicarse, hablando solo. Hurtado se hizo el dormido.

Un poco después de medianoche llegaron a una estación plagada de gente; una compañía de cómicos transbordaba, dejando la línea de Valencia, de donde venían, para tomar la de Andalucía. Las actrices, con un guardapolvo gris; los actores, con sombreros de paja y gorritas, se acercaban todos como gente que no se apresura, que sabe viajar, que consideran el mundo como suyo. Se acomodaron los cómicos en el tren y se oyó gritar de vagón a vagón:

–¡Eh, Fernández! ¿Dónde está la botella?

–¡Molina, que la característica te llama!

–¡A ver ese traspunte que se ha perdido!

Se tranquilizaron los cómicos, y el tren siguió su marcha.

Ya al amanecer, a la pálida claridad de la mañana, se iban viendo tierras de viña y olivos en hilera.

Estaba cerca la estación donde tenía que bajar Andrés. Se preparó, y al detenerse el tren saltó al andén, desierto. Avanzó hacia la salida y dio la vuelta a la estación. Enfrente, hacia el pueblo, se veía una calle ancha, con unas casas grandes, blancas y dos filas de luces eléctricas mortecinas. La luna, en menguante, iluminaba el cielo. Se sentía en el aire un olor como dulce, a paja seca.

A un hombre que pasó hacia la estación, le dijo:

–¿A qué hora sale el coche para Alcolea?

–A las cinco. Del extremo de esta misma calle suele salir.

Andrés avanzó por la calle, pasó por delante de la garita de Consumos, iluminada, dejó la maleta en el suelo y se sentó encima, a esperar.

II
Llegada al pueblo

Ya era entrada la mañana cuando la diligencia partió para Alcolea. El día se preparaba a ser ardoroso. El cielo estaba azul, sin una nube; el sol, brillante; la carretera marchaba recta, cortando entre viñedos y alguno que otro olivar, de olivos viejos y encorvados. El paso de la diligencia levantaba nubes de polvo.

En el coche no iba más que una vieja, vestida de negro, con un cesto al brazo.

Andrés intentó conversar con ella, pero la vieja era de pocas palabras o no tenía ganas de hablar en aquel momento.

En todo el camino el paisaje no variaba; la carretera subía y bajaba por suaves lomas, entre idénticos viñedos. A las tres horas de marcha apareció el pueblo en una hondonada. A Hurtado le pareció grandísimo.

El coche tomó por una calle ancha de casas bajas, luego cruzó varias encrucijadas y se detuvo en una plaza delante de un caserón blanco, en uno de cuyos balcones se leía: FONDA DE LA PALMA.

–¿Usted parará aquí? –le preguntó el mozo.

–Sí, aquí.

Andrés bajó y entró en el portal. Por la cancela se veía un patio, a estilo andaluz, con arcos y columnas de piedra. Se abrió la reja y el dueño salió a recibir al viajero. Andrés le dijo que probablemente estaría bastante tiempo, y que le diera un cuarto espacioso.

«Aquí abajo le pondremos a usted», y le llevó a una habitación bastante grande, con una ventana a la calle.

Andrés se lavó y salió de nuevo al patio. A la una se comía. Se sentó en una de las mecedoras. Un canario en su jaula, colgada del techo, comenzó a gorjear de una manera estrepitosa.

La soledad, la frescura, el canto del canario, hicieron a Andrés cerrar los ojos y dormir un rato.

Le despertó la voz del criado, que decía: «Puede usted pasar a almorzar».

Entró en el comedor. Había en la mesa tres viajantes de comercio. Uno de ellos era un catalán que representaba fábricas de Sabadell; el otro, un riojano, que vendía tartratos para los vinos, y el último, un andaluz que vivía en Madrid y corría aparatos eléctricos.

El catalán no era tan petulante como la generalidad de sus paisanos del mismo oficio; el riojano no se las echaba de franco ni de bruto, y el andaluz no pretendía ser gracioso.

Estos tres mirlos blancos del comisionismo eran muy anticlericales.

La comida le sorprendió a Andrés, porque no había más que caza y carne. Esto, unido al vino, muy alcohólico, tenía que producir una verdadera incandescencia interior.

Después de comer, Andrés y los tres viajantes fueron a tomar café al casino. Hacía en la calle un calor espantoso, el aire venía en ráfagas secas, como salidas de un horno. No se podía mirar a derecha y a izquierda; las casas, blancas como la nieve, rebozadas de cal, reverberaban una luz vívida y cruel hasta dejarle a uno ciego.

Entraron en el casino. Los viajantes pidieron café y jugaron al dominó. Un enjambre de moscas revoloteaba en el aire. Terminada la partida, volvieron a la fonda a dormir la siesta.

Al salir a la calle, la misma bofetada de calor le sorprendió a Andrés; en la fonda, los viajantes se fueron a sus cuartos. Andrés hizo lo propio, y se tendió en la cama aletargado. Por el resquicio de las maderas entraba una claridad brillante como una lámina de oro; de las vigas negras, con los espacios entre una y otra pintados de azul, colgaban telas de araña plateadas. En el patio seguía cantando el canario con su gorjeo chillón, y a cada paso se oían campanadas lentas y tristes...

El mozo de la fonda había advertido a Hurtado que si tenía que hablar con alguno del pueblo no podría verlo, por lo menos, hasta las seis. Al dar esta hora, Andrés salió de casa y se fue a visitar al secretario del ayuntamiento y al otro médico.

El secretario era un tipo un poco petulante, con el pelo negro, rizado, y los ojos vivos. Se creía un hombre superior, colocado en un medio bajo.

El secretario brindó enseguida su protección a Andrés.

–Si quiere usted –le dijo– iremos ahora mismo a ver a su compañero, el doctor Sánchez.

—Muy bien, vamos.

El doctor Sánchez vivía cerca, en una casa de aspecto pobre. Era un hombre grueso, rubio, de ojos azules, inexpresivos, con una cara de carnero, de aire poco inteligente.

El doctor Sánchez le llevó la conversación a la cuestión de la ganancia, y le dijo a Andrés que no creyera que allí, en Alcolea, se sacaba mucho.

Don Tomás, el médico aristócrata del pueblo, se llevaba toda la clientela rica. Don Tomás Solana era de allí; tenía una casa hermosa, aparatos modernos, relaciones...

—Aquí el titular no puede más que malvivir —dijo Sánchez.

—¡Qué le vamos a hacer! —murmuró Andrés—. Probaremos.

El secretario, el médico y Andrés salieron de la casa para dar una vuelta.

Seguía aquel calor exasperante, aquel aire inflamado y seco. Pasaron por la plaza, con su iglesia llena de añadidos y composturas, y sus puestos de cosas de hierro y esparto. Siguieron por una calle ancha, de caserones blancos, con su balcón central lleno de geranios y su reja afiligranada, con una cruz de Calatrava en lo alto.

De los portales se veía el zaguán con un zócalo azul y el suelo empedrado de piedrecitas, formando dibujos. Algunas calles extraviadas. Con grandes paredones de color de tierra, puertas enormes y ventanas pequeñas, parecían de un pueblo moro. En uno de aquellos patios vio Andrés muchos hombres y mujeres, de luto, rezando.

—¿Qué es esto? —preguntó.

—Aquí le llaman un rezo —dijo el secretario; y explicó que era una costumbre que se tenía de ir a las casas donde había muerto alguno a rezar el rosario.

Salieron del pueblo por una carretera llena de polvo; las galeras, de cuatro ruedas, volvían del campo cargadas con montones de gavillas.

—Me gustaría ver el pueblo entero; no me formo una idea de su tamaño —dijo Andrés.

—Pues subiremos aquí, a este cerrillo —indicó el secretario.

—Yo les dejo a ustedes, porque tengo que hacer una visita —dijo el médico.

Se despidieron de él, y el secretario y Andrés comenzaron a subir un cerro rojo, que tenía en la cumbre una torre antigua, medio destruida.

Hacía un calor horrible; todo el campo parecía quemado, calcinado; el cielo, plomizo, con reflejos de cobre, iluminaba los polvorientos viñedos, y el sol se ponía tras de un velo espeso de calina, a través del cual quedaba convertido en un disco blanquecino y sin brillo.

Desde lo alto del cerro se veía la llanura cerrada por lomas grises, tostada por el sol; en el fondo, el pueblo, inmenso, se extendía con sus paredes blancas, sus tejados de color de ceniza y su torre dorada en medio. Ni un boscaje, ni un árbol; sólo viñedos y viñedos se divisaban en toda la extensión abarcada por la vista; únicamente dentro de las tapias de algunos corrales una higuera extendía sus anchas y oscuras hojas.

Con aquella luz del anochecer, el pueblo parecía no tener realidad; se hubiera creído que un soplo de viento lo iba a arrastrar y deshacer como nube de polvo sobre la tierra enardecida y seca.

En el aire había un olor empireumático, dulce, agradable.

—Están quemando orujo en alguna alquitara —dijo el secretario.

Bajaron el secretario y Andrés del cerrillo. El viento levantaba ráfagas de polvo en la carretera; las campanas comenzaban a tocar de nuevo.

Andrés entró en la fonda a cenar, y salió por la noche. Había refrescado; aquella impresión de irrealidad del pueblo se acentuaba. A un lado y a otro de las calles languidecían las cansadas lámparas de luz eléctrica.

Salió la luna; la enorme ciudad, con sus fachadas blancas, dormía en el silencio; en los balcones centrales, encima del portón, pintado de azul, brillaban los geranios; las rejas, con sus cruces, daban una impresión de romanticismo y de misterio, de tapadas y escapatorias de convento; por encima de alguna tapia, brillante de blancura como un témpano de nieve, caía una guirnalda de hiedra negra, y todo el pueblo, grande, desierto, silencioso, bañado por la suave claridad de la luna, parecía un inmenso sepulcro.

III
Primeras dificultades

Andrés Hurtado habló largamente con el doctor Sánchez de las obligaciones del cargo. Quedaron de acuerdo en dividir Alcolea en dos secciones, separadas por la calle Ancha.

Un mes, Hurtado visitaría la parte derecha, y al siguiente, la izquierda. Así conseguirían no tener que recorrer los dos todo el pueblo.

El doctor Sánchez recabó como condición indispensable el que si alguna familia de la sección visitada por Andrés quería que la visitara él, o al contrario, se haría según los deseos del enfermo.

Hurtado aceptó; ya sabía que no había de tener nadie predilección por llamarle a él; pero no le importaba.

Comenzó a hacer la visita. Generalmente, el número de enfermos que le correspondían no pasaba de seis o siete.

Andrés hacía las visitas por la mañana; después, en general, por la tarde no tenía necesidad de salir de casa.

El primer verano lo pasó en la fonda; llevaba una vida soñolienta; oía a los viajantes de comercio que en la mesa discurseaban, y alguna vez que otra iba al teatro, una barraca construida en un patio.

La visita, por lo general, le daba pocos quebraderos de cabeza; sin saber por qué, había supuesto que los primeros días tendría continuos disgustos; creía que aquella gente manchega sería agresiva, violenta, orgullosa; pero no, la mayoría eran sencillos, afables, sin petulancia.

En la fonda, al principio, se encontraba bien; pero se cansó pronto de estar allí. Las conversaciones de los viajantes le iban fastidiando; la comida, siempre de carne y sazonada con especias picantes, le producía digestiones pesadas.

—Pero ¿no hay legumbres aquí? –le preguntó al mozo un día.

—Sí.

–Pues yo quisiera comer legumbres: judías, lentejas.

El mozo se quedó estupefacto, y a los pocos días le dijo que no podía ser; había que hacer una comida especial; los demás huéspedes no querían comer legumbres; el amo de la fonda suponía que era una verdadera deshonra para su establecimiento poner un plato de habichuelas o de lentejas.

El pescado no se podía llevar en el rigor del verano, porque no venía en buenas condiciones. El único pescado fresco eran las ranas, cosa un poco cómica como alimento.

Otra de las dificultades era bañarse: no había modo. El agua en Alcolea era un lujo, y un lujo caro. La traían en carros desde una distancia de cuatro leguas, y cada cántaro valía diez céntimos. Los pozos estaban muy profundos; sacar el agua suficiente de ellos para tomar un baño constituía un gran trabajo; se necesitaba emplear una hora lo menos. Con aquel régimen de carne y con el calor, Andrés estaba constantemente excitado.

Por las noches iba a pasear por las calles desiertas. A primera hora, en las puertas de las casas, algunos grupos de mujeres y chicos salían a respirar. Muchas veces, Andrés se sentaba en la calle Ancha en el escalón de una puerta y miraba las dos filas de luces eléctricas que brillaban en la atmósfera turbia. ¡Qué tristeza! ¡Qué malestar físico le producía aquel ambiente!

A principios de septiembre, Andrés decidió dejar la fonda. Sánchez le buscó una casa. A Sánchez no le convenía que el médico rival suyo se hospedara en la mejor fonda del pueblo; allí estaba en relación con los viajeros, en sitio muy céntrico; podía quitarle visitas. Sánchez le llevó a Andrés a una casa de las afueras, a un barrio que llamaban de Marrubial.

Era una casa de labor, grande, antigua, blanca, con el frontón pintado de azul y una galería tapiada en el primer piso.

Tenía sobre el portal un ancho balcón y una reja labrada a una callejuela.

El amo de la casa era del mismo pueblo que Sánchez, y se llamaba José; pero le decían en burla, en todo el pueblo, «Pepinito». Fueron Andrés y Sánchez a ver la casa, y el ama les enseñó un cuarto pequeño, estrecho, muy adornado, con una alcoba en el fondo oculta por una cortina roja.

–Yo quisiera –dijo Andrés– un cuarto en el piso bajo, y, a poder ser, grande.

–En el piso bajo no tengo –dijo ella– más que un cuarto grande, pero sin arreglar.

–Si pudiera usted enseñarlo.

–Bueno.

La mujer abrió una sala antigua y sin muebles, con una reja afiligranada a la callejuela que se llamaba de los Carretones.

–¿Y este cuarto está libre?

–Sí.

–¡Ah!, pues aquí me quedo –dijo Andrés.

–Bueno, como usted quiera; se blanqueará, se barrerá y se traerá la cama.

Sánchez se fue; Andrés habló con su nueva patrona.

–¿Usted no tendrá una tinaja inservible? –le preguntó.

–¿Para qué?

–Para bañarme.

–En el corralillo hay una.

–Vamos a verla.

La casa tenía en la parte de atrás una tapia de adobes cubierta con bardales de ramas que limitaba con varios patios y corrales; además del establo, la tejavana para el carro, la sarmentera, el lagar, la bodega y almazara.

En un cuartucho, que había servido de tahona y que daba a un corralillo, había una tinaja grande, cortada por la mitad y hundida en el suelo.

–¿Esta tinaja me la podrá usted ceder a mí? –preguntó Andrés.

–Sí, señor; ¿por qué no?

–Ahora quisiera que me indicara usted algún mozo que se encargara de llenar todos los días la tinaja; yo le pagaré lo que me diga.

–Bueno. El mozo de casa lo hará. ¿Y de comer? ¿Qué quiere usted de comer? ¿Lo que comamos en casa?

–Sí, lo mismo.

–¿No quiere usted alguna cosa más? ¿Aves? ¿Fiambres?

–No, no. En tal caso, si a usted no le molesta, quisiera que en las dos comidas pusiera un plato de legumbres.

Con estas advertencias, la nueva patrona creyó que su huésped, si no estaba loco, no le faltaba mucho.

La vida de la casa le pareció a Andrés más simpática que en la fonda.

Por las tardes, después de las horas de bochorno, se sentaba en el patio a hablar con la gente de la casa. La patrona era una mujer morena, de tez blanca, de cara casi perfecta; tenía un tipo de Dolorosa; ojos negrísimos y pelo brillante como el azabache.

El marido, Pepinito, era un hombre estúpido, con facha de degenerado, cara juanetuda, las orejas muy separadas de la cabeza y el labio colgante. Consuelo, la hija, de doce a trece años, no era tan desagradable como su padre, ni tan bonita como su madre.

Con un primer detalle adjudicó Andrés sus simpatías y antipatías en la casa.

Una tarde de domingo, la criada cogió una cría de gorrión en el tejado y la bajó al patio.

–Mira, llévalo al pobrecito al corral –dijo el ama–, que se vaya.

–No puede volar –contestó la criada, y lo dejó en el suelo.

En esto entró Pepinito, y al ver al gorrión se acercó a una puerta y llamó al gato. El gato, un gato negro con ojos dorados, se asomó al patio. Pepinito, entonces, asustó al pájaro con el pie, y al verlo revolotear, el gato se abalanzó sobre él y le hizo arrancar un quejido. Luego se escapó con los ojos brillantes y el gorrión en la boca.

–No me gusta ver esto –dijo el ama.

Pepinito, el patrón, se echó a reír con un gesto de pedantería y de superioridad del hombre que se encuentra por encima de todo sentimentalismo.

IV
La hostilidad médica

Don Juan Sánchez había llegado a Alcolea hacía más de treinta años de maestro cirujano; después, pasando unos exámenes, se llegó a licenciar. Durante bastantes años estuvo, con relación al médico antiguo, en una situación de inferioridad, y cuando el otro murió, el hombre comenzó a crecerse y a pensar que ya que él tuvo que sufrir las chismorrerías del médico anterior, era lógico que el que viniera sufriera las suyas.

Don Juan era un manchego apático y triste, muy serio, muy grave, muy aficionado a los toros. No perdía ninguna de las corridas importantes de la provincia, y llegaba a ir hasta las fiestas de los pueblos de la Mancha baja y de Andalucía.

Esta afición bastó a Andrés para considerarle como un bruto.

El primer rozamiento que tuvieron Hurtado y él fue por haber ido Sánchez a una corrida de Baeza.

Una noche llamaron a Andrés del molino de la Estrella, un molino de harina que se hallaba a un cuarto de hora del pueblo. Fueron a buscarle en un cochecito. La hija del molinero estaba enferma; y esta hinchazón del vientre se había complicado con una retención de orina.

A la enferma la visitaba Sánchez; pero aquel día, al llamarle por la mañana temprano, dijeron en casa del médico que no estaba; se había ido a los toros de Baeza. Don Tomás tampoco se encontraba en el pueblo.

El cochero fue explicando a Andrés lo ocurrido, mientras animaba al caballo con la fusta. Hacía una noche admirable; miles de estrellas resplandecían soberbias, y de cuando en cuando pasaba algún meteoro por el cielo. En pocos momentos, y dando algunos barquinazos en los hoyos de la carretera, llegaron al molino.

Al detenerse el coche, el molinero se asomó a ver quién venía, y exclamó:

–¿Cómo? ¿No estaba don Tomás?

–No.

–¿Y a quién traes aquí?

–Al médico nuevo.

El molinero, iracundo, comenzó a insultar a los médicos. Era hombre rico y orgulloso, que se creía digno de todo.

–Me han llamado aquí para ver a una enferma –dijo Andrés fríamente–. ¿Tengo que verla o no? Porque si no, me vuelvo.

–Ya, ¡qué se va a hacer! Suba usted.

Andrés subió una escalera hasta el piso principal, y entró detrás del molinero en un cuarto en donde estaba una muchacha en la cama y su madre cuidándola.

Andrés se acercó a la cama. El molinero siguió renegando.

–Bueno. Cállese usted –le dijo Andrés–, si quiere usted que reconozca a la enferma.

El hombre se calló. La muchacha era hidrópica, tenía vómitos, disnea y ligeras convulsiones. Andrés examinó a la enferma; su vientre hinchado parecía el de una rana; a la palpación se notaba claramente la fluctuación del líquido que llenaba el peritoneo.

–¿Qué? ¿Qué tiene? –preguntó la madre.

–Esto es una enfermedad del hígado, crónica, grave –contestó Andrés, retirándose de la cama para que la muchacha no lo oyera–; ahora la hidropesía se ha complicado con la retención de la orina.

–¿Y qué hay que hacer, Dios mío? ¿O no tiene cura?

–Si se pudiera esperar, sería mejor que viniera Sánchez. Él debe conocer la marcha de la enfermedad.

–Pero ¿no se puede esperar? –preguntó el padre con voz colérica.

Andrés volvió a reconocer a la enferma; el pulmón estaba muy débil; la insuficiencia respiratoria, probablemente resultado de la absorción de la urea en la sangre, iba aumentando; las convulsiones se sucedían con más fuerza. Andrés tomó la temperatura. No llegaba a la normal.

–No se puede esperar –dijo Hurtado, dirigiéndose al padre.

–¿Qué hay que hacer? –exclamó el molinero–. Obre usted...

–Habría que hacer la punción abdominal –repuso Andrés, siempre hablando a la madre–. Si no quieren ustedes que la haga yo...

–Sí, sí, usted.

–Bueno; entonces iré a casa, cogeré mi estuche y volveré.

El mismo molinero se puso al pescante del coche. Se veía que la frialdad desdeñosa de Andrés le irritaba. Fueron los dos durante el camino sin hablarse. Al llegar a su casa, Andrés bajó, cogió un estuche, un poco de algodón y una pastilla de sublimado. Volvieron al molino.

Andrés animó un poco a la enferma, jabonó y friccionó la piel en el sitio de elección y hundió el trocar en el vientre abultado de la muchacha. Al retirar el trocar y dejar la cánula, manaba el agua, verdosa, llena de serosidades, como de una fuente a un barreño.

Después de vaciarse el líquido, Andrés pudo sondar la vejiga, y la enferma comenzó a respirar fácilmente. La temperatura subió enseguida por encima de la normal. Los síntomas de uremia iban desapareciendo. Andrés hizo que la dieran leche a la muchacha, que quedó tranquila.

En la casa había un gran regocijo.

—No creo que esto haya acabado —dijo Andrés a la madre—; se reproducirá, probablemente.

—¿Qué cree usted que debíamos hacer? —preguntó ella humildemente.

—Yo, como ustedes, iría a Madrid a consultar con un especialista.

Hurtado se despidió de la madre y de la hija. El molinero montó en el pescante del coche para llevar a Andrés a Alcolea. La mañana comenzaba a sonreír en el cielo; el sol brillaba en los viñedos y en los olivares; las parejas de mulas iban a la labranza, y los campesinos, de negro, montados en las ancas de los borricos, les seguían. Grandes bandadas de cuervos pasaban por el aire.

El molinero fue sin hablar en todo el camino; en su alma luchaban el orgullo y el agradecimiento; quizá esperaba que Andrés le dirigiera la palabra; pero éste no despegó los labios. Al llegar a casa bajó del coche y murmuró:

—¡Buenos días!

—¡Adiós!

Y los dos hombres se despidieron como dos enemigos.

Al día siguiente, Sánchez se acercó a Andrés, más apático y más triste que nunca.

—Usted quiere perjudicarme —le dijo.

—Sé por qué dice usted eso —le contestó Andrés—; pero yo no tengo la culpa. He visitado a esa muchacha porque vinieron a buscarme, y la operé porque no había más remedio, porque se estaba muriendo.

—Sí; pero también le dijo usted a la madre que fuera a ver un especialista de Madrid, y eso no va en beneficio de usted ni en beneficio mío.

Sánchez no comprendía que este consejo lo hubiera dado Andrés por probidad, y suponía que era por perjudicarle a él. También creía que por su cargo tenía derecho a cobrar una especie de contribución por todas las enfermedades de Alcolea. Que el tío Fulano cogía un catarro fuerte, pues eran seis visitas para él; que padecía un reumatismo, pues podían ser hasta veinte visitas.

El caso de la chica del molinero se comentó mucho en todas partes, e hizo suponer que Andrés era un médico conocedor de procedimientos modernos.

Sánchez, al ver que la gente se inclinaba a creer en la ciencia del nuevo médico, emprendió una campaña contra él. Dijo que era hombre de libros, pero sin práctica alguna, y que, además, era un tipo misterioso, del cual no se podía fiar.

Al ver que Sánchez le declaraba la guerra francamente, Andrés se puso en guardia. Era demasiado escéptico en cuestiones de medicina para hacer imprudencias. Cuando había que intervenir en casos quirúrgicos, enviaba el enfermo a Sánchez, que, como hombre de conciencia bastante elástica, no se alarmaba por dejarle a cualquiera ciego o manco.

Andrés, casi siempre, empleaba los medicamentos a pequeñas dosis; muchas veces no producían efecto; pero al menos no corría el peligro de una torpeza. No dejaba de tener éxitos; pero él se confesaba ingenuamente a sí mismo que, a pesar de sus éxitos, no hacía casi nunca un diagnóstico bien.

Claro que por prudencia no aseguraba los primeros días nada, pero casi siempre las enfermedades le daban sorpresas; una supuesta pleuresía aparecía como una lesión hepática; una tifoidea se le transformaba en una gripe real.

Cuando la enfermedad era clara, una viruela o una pulmonía, entonces la conocía él y la conocían las comadres de la vecindad y cualquiera.

Él no decía que los éxitos se debían a la casualidad; hubiera sido absurdo, pero tampoco los lucía como resultado de su ciencia. Había cosas grotescas en la práctica diaria; un enfermo que tomaba un poco de jarabe simple y se encontraba curado de una enfermedad crónica del estómago; otro que con el mismo jarabe decía que se ponía a la muerte.

Andrés estaba convencido de que, en la mayoría de los casos, una terapéutica muy activa no podía ser beneficiosa más que en manos de un buen clínico, y para ser un buen clínico era indispensable, además de facultades especiales, una gran práctica. Convencido de esto, se dedicaba al método expectante. Daba mucha agua con jarabe. Ya le había dicho confidencialmente al boticario: «Usted cobre como si fuera quinina».

Este escepticismo en sus conocimientos y en su profesión le daba prestigio.

A ciertos enfermos les recomendaba los preceptos higiénicos; pero nadie le hacía caso.

Tenía un cliente, dueño de unas bodegas, un viejo artrítico, que se pasaba la vida leyendo folletines. Andrés le aconsejaba que no comiera carne y que anduviera.

–Pero si me muero de debilidad, doctor –decía él–. No como más que un pedacito de carne, una copa de jerez y una taza de café.

–Todo eso es malísimo –decía Andrés.

Este demagogo, que negaba la utilidad de comer carne, indignaba a la gente acomodada... y a los carniceros.

Hay una frase de un escritor francés que quiere ser trágica, y es enormemente cómica. Es así: «Desde hace treinta años no se siente placer en ser francés». El vinatero artrítico debía decir: «Desde que ha venido este médico no se siente placer en ser rico».

La mujer del secretario del ayuntamiento, una mujer muy remilgada y redicha, quería convencer a Hurtado de que debía casarse y quedarse definitivamente en Alcolea.

«Ya veremos», contestaba Andrés.

V
Alcolea del Campo

Las costumbres de Alcolea eran españolas puras, es decir, de un absurdo completo.

El pueblo no tenía el menor sentido social; las familias se metían en sus casas, como los trogloditas en su cueva. No había solidaridad; nadie sabía ni podía utilizar la fuerza de la asociación. Los hombres iban al trabajo y a veces al casino. Las mujeres no salían más que los domingos a misa.

Por falta de instinto colectivo, el pueblo se había arruinado.

En la época del tratado de los vinos con Francia, todo el mundo, sin consultarse los unos a los otros, comenzó a cambiar el cultivo de sus campos, dejando el trigo y los cereales y poniendo viñedos; pronto el río de vino de Alcolea se convirtió en río de oro. En este momento de prosperidad, el pueblo se agrandó, se limpiaron las calles, se pusieron aceras, se instaló la luz eléctrica...; luego vino la terminación del tratado, y como nadie sentía la responsabilidad de representar al pueblo, a nadie se le ocurrió decir: «Cambiemos el cultivo; volvamos a nuestra vida antigua; empleemos la riqueza producida por el vino en transformar la tierra para las necesidades de hoy». Nada.

El pueblo aceptó la ruina con resignación.

«Antes éramos ricos», se dijo cada alcoleano. «Ahora seremos pobres. Es igual; viviremos peor; suprimiremos nuestras necesidades.»

Aquel estoicismo acabó de hundir al pueblo.

Era natural que así fuese; cada ciudadano de Alcolea se sentía tan separado del vecino como de un extranjero. No tenían una cultura común (no la tenían de ninguna clase); no participaban de admiraciones comunes: sólo el hábito, la rutina, les unía; en el fondo, todos eran extraños a todos.

Muchas veces a Hurtado le parecía Alcolea una ciudad en estado de sitio. El sitiador era la moral, la moral católica. Allí no había nada

503

que no estuviera almacenado y recogido: las mujeres en sus casas, el dinero en las carpetas, el vino en las tinajas.

Andrés se preguntaba: «¿Qué hacen estas mujeres? ¿En qué piensan? ¿Cómo pasan las horas de sus días?». Difícil era averiguarlo.

Con aquel régimen de guardarlo todo, Alcolea gozaba de un orden admirable; sólo un cementerio bien cuidado podía sobrepasar tal perfección.

Esta perfección se conseguía haciendo que el más inepto fuera el que gobernara. La ley de selección en pueblos como aquél se cumplía al revés. El cedazo iba separando el grano de la paja, luego se recogía la paja y se desperdiciaba el grano.

Algún burlón hubiera dicho que este aprovechamiento de la paja entre españoles no era raro. Por aquella selección a la inversa, resultaba que los más aptos allí eran precisamente los más ineptos.

En Alcolea había pocos robos y delitos de sangre; en cierta época los había habido entre jugadores y matones; la gente pobre no se movía, vivía en una pasividad lánguida; en cambio, los ricos se agitaban, y la usura iba sorbiendo toda la vida de la ciudad.

El labrador de humilde pasar que durante mucho tiempo tenía una casa con cuatro o cinco parejas de mulas, de pronto aparecía con diez, luego con veinte; sus tierras se extendían cada vez más, y él se colocaba entre los ricos.

La política de Alcolea respondía perfectamente al estado de inercia y desconfianza del pueblo. Era una política del caciquismo, una lucha entre dos bandos contrarios, que se llamaban el de los Ratones y el de los Mochuelos; los Ratones eran liberales, y los Mochuelos, conservadores.

En aquel momento dominaban los Mochuelos. El Mochuelo principal era el alcalde, un hombre delgado, vestido de negro, muy clerical, cacique de formas suaves, que suavemente iba llevándose todo lo que podía del municipio.

El cacique liberal del partido de los Ratones era don Juan, un tipo bárbaro y despótico, corpulento y forzudo, con unas manos de gigante, hombre que, cuando entraba a mandar, trataba al pueblo en conquistador. Este gran Ratón no disimulaba como el Mochuelo; se quedaba con todo lo que podía, sin tomarse el trabajo de ocultar decorosamente sus robos.

Alcolea se había acostumbrado a los Mochuelos y a los Ratones, y los consideraba necesarios. Aquellos bandidos eran los sostenes de

504

la sociedad; se repartían el botín; tenían unos para otros un «tabú especial», como el de los polinesios.

Andrés podía estudiar en Alcolea todas aquellas manifestaciones del árbol de la vida, y de la vida áspera manchega: la expansión del egoísmo, de la envidia, de la crueldad, del orgullo.

A veces pensaba que todo esto era necesario; pensaba también que se podía llegar, en la indiferencia intelectualista, hasta disfrutar contemplando estas expansiones, formas violentas de la vida.

«¿Por qué incomodarse, si todo está determinado, si es fatal, si no puede ser de otra manera?», se preguntaba. ¿No era científicamente un poco absurdo el furor que le entraba muchas veces al ver las injusticias del pueblo? Por otro lado, ¿no estaba también determinado, no era fatal el que su cerebro tuviera una irritación que le hiciera protestar contra aquel estado de cosas violentamente?

Andrés discutía muchas veces con su patrona. Ella no podía comprender que Hurtado afirmase que era mayor delito robar a la comunidad, al ayuntamiento, al Estado, que robar a un particular. Ella decía que no; que defraudar a la comunidad no podía ser tanto como robar a una persona. En Alcolea casi todos los ricos defraudaban a la Hacienda, y no se les tenía por ladrones.

Andrés trataba de convencerla de que el daño hecho con el robo a la comunidad era más grande que el producido contra el bolsillo de un particular; pero la Dorotea no se convencía.

«¡Qué hermosa sería una revolución», decía Andrés a su patrona, «no una revolución de oradores y de miserables charlatanes, sino una revolución de verdad! Mochuelos y Ratones, colgados de los faroles, ya que aquí no hay árboles; y luego lo almacenado por la moral católica, sacarlo de sus rincones y echarlo a la calle: los hombres, las mujeres, el dinero, el vino, todo a la calle.»

Dorotea se reía de estas ideas de su huésped, que le parecían absurdas.

Como buen epicúreo, Andrés no tenía tendencia alguna por el apostolado.

Los del centro republicano le habían dicho que diera conferencias acerca de la higiene; pero él estaba convencido de que todo aquello era inútil, completamente estéril.

¿Para qué? Sabía que ninguna de estas cosas había de tener eficacia, y prefería no ocuparse de ellas.

Cuando le hablaban de política, Andrés decía a los jóvenes republicanos:

–No hagan ustedes un partido de protesta. ¿Para qué? Lo menos malo que puede ser es una colección de retóricos y de charlatanes; lo más malo es que sea otra de Mochuelos o de Ratones.

–Pero, ¡don Andrés! ¡Algo hay que hacer!

–¡Qué van ustedes a hacer! ¡Es imposible! Lo único que pueden ustedes hacer es marcharse de aquí.

El tiempo en Alcolea le resultaba a Andrés muy largo.

Por la mañana hacía su visita; después volvía a casa y tomaba el baño.

Al atravesar el corralillo se encontraba con la patrona, que dirigía alguna labor de la casa; la criada solía estar lavando la ropa en una media tinaja, cortada en sentido longitudinal, que parecía una canoa, y la niña correteaba de un lado a otro.

En este corralillo tenían una sarmentera, donde se secaban las gavillas de sarmientos, y montones de leña de cepas viejas.

Andrés abría la antigua tahona, y se bañaba. Después iba a comer.

El otoño todavía parecía verano: era costumbre dormir la siesta. Estas horas de siesta se le hacían a Hurtado pesadas, horribles.

En su cuarto echaba una estera en el suelo, y se tendía sobre ella, a oscuras. Por la rendija de las ventanas entraba una lámina de luz; en el pueblo dominaba el más completo silencio; todo estaba aletargado bajo el calor del sol; algunos moscones rezongaban en los cristales; la tarde, bochornosa, era interminable.

Cuando pasaba la fuerza del día, Andrés salía al patio, y se sentaba a la sombra del emparrado a leer.

El ama, su madre y la criada cosían cerca del pozo; la niña hacía encaje de bolillos con hilos y unos alfileres clavados sobre una almohada; al anochecer regaban los tiestos de claveles, de geranios y de albahacas.

Muchas veces venían vendedores y vendedoras ambulantes a ofrecer frutas, hortalizas o caza.

«¡Ave María Purísima!», decían al entrar.

Dorotea veía lo que traían.

–¿Le gusta a usted esto, don Andrés? –le preguntaba Dorotea a Hurtado.

–Sí; pero por mí no se preocupe usted –contestaba él.

Al anochecer volvía el patrón. Estaba empleado en unas bodegas, y concluía a aquella hora el trabajo. Pepinito era un hombre petulante; sin saber nada, tenía la pedantería de un catedrático. Cuando explicaba algo, bajaba los párpados con un aire tal, que a Andrés le daban ganas de estrangularle.

Pepinito trataba muy mal a su mujer y a su hija; constantemente las llamaba estúpidas, borricas, torpes; tenía el convencimiento de que él era el único que hacía bien las cosas.

«¡Que este bestia tenga una mujer tan guapa y tan simpática, es verdaderamente desagradable!», pensaba Andrés.

Entre las manías de Pepinito estaba la de pasar por tremendo; le gustaba contar historias de riñas y de muertes. Cualquiera, al oírle, hubiese creído que se estaban matando continuamente en Alcolea; contaba un crimen ocurrido hacía cinco años en el pueblo, y le daba tales variaciones y lo explicaba de tan distintas maneras, que el crimen se desdoblaba y se multiplicaba.

Pepinito era del Tomelloso, y todo lo refería a su pueblo. El Tomelloso, según él, era la antítesis de Alcolea; Alcolea era lo vulgar; el Tomelloso, lo extraordinario; que se hablase de lo que se hablase, Pepinito le decía a Andrés:

–Debía usted ir al Tomelloso. Allí no hay ni un árbol.

–Ni aquí tampoco –le contestaba Andrés, riendo.

–Sí. Aquí hay algunos –replicaba Pepinito–. Allí todo el pueblo estaba agujereado por las cuevas para el vino, y no crea usted que son modernas, no, sino antiguas. Allí ve usted tinajones grandes metidos en el suelo. Allí todo el vino que se hace es natural; malo muchas veces, porque no saben prepararlo, pero natural.

–¿Y aquí?

–Aquí ya emplean la química –decía Pepinito, para quien Alcolea era un pueblo degenerado por la civilización–: tartratos, campeche, fucsina, demonios le echan éstos al vino.

Al final de septiembre, unos días antes de la vendimia, la patrona le dijo a Andrés:

–¿Usted no ha visto nuestra bodega?

–No.

–Pues vamos ahora a arreglarla.

El mozo y la criada estaban sacando leña y sarmientos, metidos durante todo el invierno en el lagar; y dos albañiles iban picando las paredes. Dorotea y su hija le enseñaron a Hurtado el lagar a la antigua, con su viga para prensar, las chanclas de madera y de esparto que se ponen los pisadores en los pies y los vendos para sujetárselas.

Le mostraron las piletas donde va cayendo el mosto y lo recogen en cubos, y la moderna bodega capaz para dos cosechas, con barricas y conos de madera.

—Ahora, si no tiene usted miedo, bajaremos a la cueva antigua —dijo Dorotea.

—Miedo, ¿de qué?

—¡Ah!, es una cueva donde hay duendes, según dicen.

—Entonces hay que ir a saludarlos.

El mozo encendió un candil, y abrió una puerta que daba al corral. Dorotea, la niña y Andrés le siguieron. Bajaron a la cueva por una escalera desmoronada. El techo rezumaba humedad. Al final de la escalera se abría una bóveda que daba paso a una verdadera catacumba, húmeda, fría, larguísima, tortuosa.

En el primer trozo de esta cueva había una serie de tinajones empotrados a medias en la pared; en el segundo, de techo más bajo, se veían las tinajas de Colmenar, altas, enormes, en fila, y a su lado, las hechas en El Toboso, pequeñas, llenas de mugre, que parecían viejas gordas y grotescas.

La luz del candil, al iluminar aquel antro, parecía agrandar y achicar alternativamente el vientre abultado de las vasijas.

Se explicaba que la fantasía de la gente hubiese transformado en duendes aquellas ánforas vinarias, de las cuales, las ventrudas, abultadas tinajas toboseñas, parecían enanos, y las altas y airosas, fabricadas en Colmenar, tenían aire de gigantes. Todavía en el fondo se abría un anchurón con doce grandes tinajones. Este hueco se llamaba la Sala de los Apóstoles.

El mozo aseguró que en aquella cueva se habían encontrado huesos humanos, y mostró en la pared la huella de una mano, que él suponía era de sangre.

—Si a don Andrés le gustara el vino —dijo Dorotea—, le daríamos un vaso de este añejo que tenemos en la solera.

—No, no; guárdelo usted para las grandes fiestas.

Días después comenzó la vendimia. Andrés se acercó al lagar, y el ver aquellos hombres sudando y agitándose en el rincón bajo de techo, le produjo una impresión desagradable. No creía que esta labor fuera tan penosa.

Andrés recordó a Iturrioz, cuando decía que sólo lo artificial es bueno, y pensó que tenía razón. Las decantadas labores rurales, motivo de inspiración para los poetas, le parecían estúpidas y bestiales. ¡Cuánto más hermosa, aunque estuviera fuera de toda idea de belleza tradicional, la función de un motor eléctrico, que no este trabajo muscular, rudo, bárbaro y mal aprovechado!

Tipos del casino

Al llegar el invierno, las noches, largas y frías, hicieron a Hurtado buscar refugio fuera de casa, donde distraerse y pasar el tiempo. Comenzó a ir al casino de Alcolea.

Este casino, La Fraternidad, era un vestigio del antiguo esplendor del pueblo; tenía salones inmensos, mal decorados, espejos de cuerpo entero, varias mesas de billar y una pequeña biblioteca con algunos libros.

Entre la generalidad de los tipos vulgares, oscuros, borrosos, que iban al casino a leer los periódicos y hablar de política, había dos personajes verdaderamente pintorescos.

Uno de ellos era el pianista; el otro, un tal don Blas Carreño, hidalgo acomodado de Alcolea.

Andrés llegó a intimar bastante con los dos.

El pianista era un viejo flaco, afeitado, de cara estrecha, larga, y anteojos de gruesos lentes. Vestía de negro y accionaba al hablar de una manera un tanto afeminada. Era al mismo tiempo organista de la iglesia, lo que le daba cierto aspecto eclesiástico.

El otro señor, don Blas Carreño, también era flaco; pero más alto, de nariz aguileña, pelo entrecano, tez cetrina y aspecto marcial.

Este buen hidalgo había llegado a identificarse con la vida antigua y a convencerse de que la gente discurría y obraba como los tipos de las obras españolas clásicas, de tal manera, que había ido poco a poco arcaizando su lenguaje, y, entre burlas y veras, hablaba con el alambicamiento de los personajes de Feliciano de Silva, que tanto encantaba a Don Quijote.

El pianista imitaba a Carreño, y le tenía como modelo. Al saludar a Andrés, le dijo: «Este mi señor don Blas, querido y agareno amigo, ha tenido la dignación de presentarme a su merced como un hijo predilecto de Euterpe; pero no soy, aunque me pesa, y su merced lo habrá podido comprobar con el arrayán de su buen juicio, más que un pobre, cuanto humilde aficionado al trato de las Musas, que labora con estas sus torpes manos en amenizar las veladas de los socios, en las frigidísimas noches del helado invierno».

Don Blas escuchaba a su discípulo sonriendo. Andrés, al oír a aquel señor expresarse así, creyó que se trataba de un loco; pero luego vio que no, que el pianista era una persona de buen sentido. Únicamente ocurría que, tanto don Blas como él, habían tomado la costumbre de hablar de esta manera enfática y altisonante hasta familiarizarse con ella. Tenían frases hechas, que las empleaban a cada paso: el ascua de la inteligencia, la flecha de la sabiduría, el collar de perlas de las observaciones juiciosas, el jardín del buen decir...

Don Blas invitó a Hurtado a ir a su casa, y le mostró su biblioteca con varios armarios llenos de libros españoles y latinos. Don Blas la puso a disposición del nuevo médico.

–Si alguno de estos libros le interesa a usted, puede llevárselo –le dijo Carreño.

–Ya aprovecharé su ofrecimiento.

Don Blas era para Andrés un caso digno de estudio. A pesar de su inteligencia, no notaba lo que pasaba a su alrededor; la crueldad de la vida en Alcolea, la explotación inicua de los miserables por los ricos, la falta de instinto social, nada de esto para él existía, y si existía, tenía un carácter de cosa libresca, servía para decir: «Dice Scalígero...», o: «Afirma Huarte en su *Examen de ingenios...*».

Don Blas era un hombre extraordinario, sin nervios; para él no había calor, ni frío, placer, ni dolor. Una vez, dos socios del casino le gastaron una broma trascendental: le llevaron a una venta, y le dieron a propósito unas migas detestables, que parecían de arena, diciéndole que eran las verdaderas migas del país, y don Blas las encontró tan excelentes y las elogió de tal modo y con tales hipérboles, que llegó a convencer a sus amigos de su bondad. El manjar más insulso, si se lo daban diciendo que estaba hecho con una receta antigua y que figuraba en *La lozana andaluza* le parecía maravilloso.

En su casa gozaba ofreciendo a sus amigos sus golosinas.

«Tome usted estos melindres, que me han traído expresamente de Yepes...; esta agua no la beberá usted en todas partes, es de la fuente del Maillo.»

Don Blas vivía en plena arbitrariedad; para él había gente que no tenía derecho a nada; en cambio, otros lo merecían todo. ¿Por qué? Probablemente porque sí.

Decía don Blas que odiaba a las mujeres, que le habían engañado siempre; pero no era verdad; en el fondo, esta actitud suya servía para citar trozos de Marcial, de Juvenal, de Quevedo.

A sus criados y labriegos, don Blas les llamaba galopines, bellacos, follones, casi siempre sin motivo, sólo por el gusto de emplear estas palabras quijotescas.

Otra cosa que le encantaba a don Blas era citar los pueblos con sus nombres antiguos. Estábamos una vez en Alcázar de San Juan, la antigua Alce... En Baena, la Biatra de Ptolomeo, nos encontramos un día...

Andrés y don Blas se asombraban mutuamente. Andrés se decía: «¡Pensar que este hombre y otros muchos como él viven en esta mentira, envenenados con los restos de una literatura y de una palabrería amanerada, es verdaderamente extraordinario!».

En cambio, don Blas miraba a Andrés sonriendo, y pensaba: «¡Qué hombre más raro!».

Varias veces discutieron acerca de religión, de política, de la doctrina evolucionista. Estas cosas del darwinismo, como decía él, le parecían a don Blas cosas inventadas para divertirse. Para él los datos comprobados no significaban nada. Creía en el fondo que se escribía para demostrar ingenio, no para exponer ideas con claridad, y que la investigación de un sabio se echaba abajo con una frase graciosa.

A pesar de su divergencia, don Blas no le era antipático a Hurtado. El que sí le era antipático e insoportable era un jovencito, hijo de un usurero, que en Alcolea pasaba por un prodigio, y que iba con frecuencia al casino. Este joven, abogado, había leído algunas revistas francesas reaccionarias, y se creía en el centro del mundo.

Decía que él contemplaba todo con una sonrisa irónica y piadosa. Creía también que se podía hablar de filosofía empleando los lugares comunes del casticismo español, y que Balmes era un gran filósofo.

Varias veces el joven, que contemplaba todo con una sonrisa irónica y piadosa, invitó a Hurtado a discutir; pero Andrés rehuyó la discusión con aquel hombre, que, a pesar de su barniz de cultura, le parecía de una imbecilidad fundamental.

Esta sentencia de Demócrito, que había leído en la *Historia del materialismo*, de Lange, le parecía a Andrés muy exacta: «El que ama la contradicción y la verbosidad, es incapaz de aprender nada que sea serio».

VII
Sexualidad y pornografía

En el pueblo, la tienda de objetos de escritorio era al mismo tiempo librería y centro de suscripciones. Andrés iba a ella a comprar papel y algunos periódicos. Un día le chocó ver que el librero tenía quince o veinte tomos con una cubierta en donde aparecía una mujer desnuda. Eran de estas novelas a estilo francés; novelas pornográficas, torpes, con cierto barniz psicológico, hechas para uso de militares, estudiantes y gentes de poca mentalidad.

–¿Es que eso se vende? –le preguntó Andrés al librero.

–Sí, es lo único que se vende.

El fenómeno parecía paradójico, y, sin embargo, era natural. Andrés había oído a su tío Iturrioz que en Inglaterra, en donde las costumbres eran interiormente de una libertad extraordinaria, libros, aun los menos sospechosos de libertinaje, estaban prohibidos, y las novelas que las señoritas francesas o españolas leían delante de sus madres, allí se consideraban nefandas.

En Alcolea, sucedía lo contrario: la vida era de una moralidad terrible; llevarse a una mujer sin casarse con ella, era más difícil que raptar a la Giralda de Sevilla a las doce del día; pero, en cambio, se leían libros pornográficos, de una pornografía grotesca por lo trascendental.

Todo esto era lógico. En Londres, al agrandarse la vida sexual por la libertad de costumbres, se achicaba la pornografía; en Alcolea, al achicarse la vida sexual, se agrandaba la pornografía.

«¡Qué paradoja esta de la sensualidad!», pensaba Andrés al ir a su casa. «En los países donde la vida es intensamente sexual, no existen motivos de lubricidad; en cambio, en aquellos pueblos, como Alcolea, en donde la vida sexual era tan mezquina y tan pobre, las alusiones eróticas a la vida del sexo estaban en todo.»

Y era natural, era en el fondo un fenómeno de compensación.

VIII
El dilema

Poco a poco, y sin saber cómo, se formó alrededor de Andrés una mala reputación; se le consideraba hombre violento, orgulloso, mal intencionado, que se atraía la antipatía de todos.

Era un demagogo, malo, dañino, odiaba a los ricos y no quería a los pobres.

Andrés fue notando la hostilidad de la gente del casino, y dejó de frecuentarlo.

Al principio se aburría.

Los días iban sucediéndose a los días, y cada uno traía la misma desesperanza, la seguridad de no saber qué hacer, la seguridad de sentir y de inspirar antipatía, en el fondo sin motivo, por una mala inteligencia.

Se había decidido a cumplir sus deberes de médico al pie de la letra.

Llegar a la abstención pura, completa, en la pequeña vida social de Alcolea, le parecía la perfección.

Andrés no era de estos hombres que consideraban el leer como un sucedáneo de vivir; él leía porque no podía vivir. Para alternar con esta gente del casino, estúpida y mal intencionada, prefería pasar el tiempo en su cuarto, en aquel mausoleo blanqueado y silencioso.

Pero ¡con qué gusto hubiera cerrado los libros si hubiera habido algo importante que hacer; algo como pegarle fuego al pueblo o reconstruirlo!

La inacción le irritaba.

De haber caza mayor, le hubiera gustado marcharse al campo; pero para matar conejos prefería quedarse en casa.

Sin saber qué hacer, paseaba como un lobo por aquel cuarto. Muchas veces intentó dejar de leer estos libros de filosofía. Pensó que quizá le irritaban. Quiso cambiar de lecturas. Don Blas le prestó una porción de libros de historia. Andrés se convenció de que la historia era una cosa vacía. Creyó, como Schopenhauer, que el que lea con atención *Los nueve libros*, de Herodoto, tiene todas las combinaciones posibles de crímenes, destronamientos, heroísmos e injusticias, bondades y maldades que puede suministrar la historia.

Intentó también un estudio poco humano, y trajo de Madrid y comenzó a leer un libro de astronomía, la *Guía del cielo*, de Klein, pero le faltaba la base de las matemáticas, y pensó que no tenía fuerza en el cerebro para dominar esto. Lo único que aprendió fue el plano estelar. Orientarse en ese infinito de puntos luminosos, en donde brillan como dioses Arturus y Vega, Altair y Aldebarán, era para él una voluptuosidad algo triste; recorrer con el pensamiento esos cráteres de la luna y el mar de la Serenidad; leer esas hipótesis acerca de la Vía Láctea y de su movimiento alrededor de ese supuesto sol central que se llama Alción y que está en el grupo de las Pléyades, le daba vértigo.

Se le ocurrió también escribir; pero no sabía por dónde empezar, ni manejaba suficientemente el mecanismo del lenguaje para expresarse con claridad.

Todos los sistemas que discurría para encauzar su vida dejaban precipitados insolubles, que demostraban el error inicial de sus sistemas.

Comenzaba a sentir una irritación profunda contra todo.

A los ocho o nueve meses de vivir así, excitado y aplanado al mismo tiempo, empezó a padecer dolores articulares; además, el pelo se le caía muy abundantemente.

«Es la castidad», se dijo.

Era lógico; era un neuroartrítico. De chico su artritismo se había manifestado por jaquecas y por tendencia hipocondríaca. Su estado artrítico se exacerbaba. Se iban acumulando en el organismo las sustancias de desecho, y esto tenía que engendrar productos de oxidación incompleta; el ácido úrico sobre todo.

El diagnóstico lo consideró como exacto; el tratamiento era lo difícil.

Este dilema se presentaba ante él. Si quería vivir con una mujer, tenía que casarse, someterse. Es decir, dar por una cosa de la vida toda su independencia espiritual, resignarse a cumplir obligaciones y deberes sociales, a guardar consideraciones a su suegro, a su suegra, a su cuñado, cosa que le horrorizaba.

Seguramente, entre aquellas muchachas de Alcolea, que no salían más que los domingos a la iglesia, vestidas como papagayos, con un mal gusto exorbitante, había alguna, quizá muchas, agradables, simpáticas. Pero ¿quién las conocía? Era casi imposible hablar con ellas. Solamente el marido podría llegar a saber su manera de ser y de sentir.

Andrés se hubiera casado con cualquiera, con una muchacha sencilla; pero no sabía dónde encontrarla. Las dos señoritas que trataba un poco eran la hija del médico Sánchez y la del secretario.

La hija de Sánchez quería ir monja; la del secretario era de una cursilería verdaderamente venenosa; tocaba el piano muy mal, calcaba las laminitas del *Blanco y Negro* y luego las iluminaba, y tenía unas ideas ridículas y falsas de todo.

De no casarse, Andrés podía transigir e ir con los perdidos del pueblo a casa de la Fulana o de la Zutana, a estas dos calles donde las mujeres de vida airada vivían como en los antiguos burdeles medievales; pero esta promiscuidad era ofensiva para su orgullo. ¿Qué más triunfo para la burguesía local y más derrota para su personalidad si se hubiesen contado sus devaneos? No; prefería estar enfermo.

Andrés decidió limitar la alimentación, tomar sólo vegetales y no probar la carne, ni el vino, ni el café. Varias horas después de comer y de cenar bebía grandes cantidades de agua. El odio contra el espíritu del pueblo le sostenía en su lucha secreta; era uno de esos odios profundos que llegan a dar serenidad al que lo siente; un desprecio épico y altivo. Para él no había burlas; todas resbalaban por su coraza de impasibilidad.

Algunas veces pensaba que esta actitud no era lógica. ¡Un hombre que quería ser de ciencia y se incomodaba porque las cosas no eran como él hubiese deseado! Era absurdo. La tierra allí era seca; no había árboles; el clima era duro; la gente tenía que ser dura también.

La mujer del secretario del ayuntamiento, presidenta de la Sociedad del Perpetuo Socorro, le dijo un día:

—Usted, Hurtado, quiere demostrar que se puede no tener religión y ser más bueno que los religiosos.

—¿Más bueno, señora? —replicó Andrés—. Realmente, eso no es difícil.

Al cabo de un mes de nuevo régimen, Hurtado estaba mejor; la comida escasa y sólo vegetal, el baño, el ejercicio al aire libre le iban haciendo un hombre sin nervios. Ahora se sentía como divinizado por su ascetismo, libre; comenzaba a vislumbrar ese estado de *ataraxia* cantado por los epicúreos y los pirronianos.

Ya no experimentaba cólera por las cosas ni por las personas.

Le hubiera gustado comunicar a alguien sus impresiones, y pensó escribir a Iturrioz; pero luego creyó que su situación espiritual era más fuerte siendo él solo el único testigo de su victoria.

Ya comenzaba a no tener espíritu agresivo. Se levantaba muy temprano, con la aurora, y paseaba por aquellos campos llanos, por los viñedos, hasta un olivar que él llamaba «el trágico» por su aspecto. Aquellos olivos viejos, centenarios, retorcidos, parecían enfermos atacados por el tétanos; entre ellos se levantaba una casa aislada y baja con bardales de cambroneras, y en el vértice de la colina había un molino de viento tan extraordinario, tan absurdo, con su cuerpo rechoncho y sus brazos chirriantes, que a Andrés le dejaba siempre sobrecogido.

Muchas veces salía de casa cuando aún era de noche y veía la estrella del crepúsculo palpitar y disolverse como una perla en el horno de la aurora llena de resplandores.

Por las noches, Andrés se refugiaba en la cocina; cerca del fogón bajo, Dorotea, la vieja y la niña hacían sus labores al amor de la lumbre, y Hurtado charlaba o miraba arder los sarmientos.

IX

La mujer del tío Garrota

Una noche de invierno fue un chico a llamar a Andrés; una mujer había caído a la calle y estaba muriéndose.

Hurtado se embozó en la capa, y de prisa, acompañado del chico, llegó a una calle extraviada, cerca de una posada de arrieros que se llamaba el Parador de la Cruz. Se encontró con una mujer privada de sentido, y asistida por unos cuantos vecinos, que formaban un grupo alrededor de ella.

Era la mujer de un prendero llamado «tío Garrota»; tenía la cabeza bañada en sangre y había perdido el conocimiento.

Andrés hizo que llevaran a la mujer a la tienda y que trajeran una luz; tenía la vieja una conmoción cerebral.

Hurtado le hizo una sangría en el brazo. Al principio, la sangre, negra, coagulada, no salía de la vena abierta; luego comenzó a brotar, despacio; después, más regularmente, y la mujer respiró con relativa facilidad.

En este momento llegó el juez con el actuario y dos guardias, y fue interrogando, primero a los vecinos y después a Hurtado.

–¿Cómo se encuentra esta mujer? –le dijo.

–Muy mal.

–¿Se podrá interrogarla?

–Por ahora, no; veremos si recobra el conocimiento.

–Si lo recobra, avíseme usted en seguida. Voy a ver el sitio por donde se ha tirado y a interrogar al marido.

La tienda era una prendería repleta de trastos viejos que había por todos los rincones y colgaban del techo; las paredes estaban atestadas de fusiles y escopetas antiguas, sables y machetes.

Andrés estuvo atendiendo a la mujer hasta que ésta abrió los ojos y pareció darse cuenta de lo que le pasaba.

–Llamadle al juez –dijo Andrés a los vecinos.

El juez vino en seguida.

–Esto se complica –murmuró; luego preguntó a Andrés–: ¿qué? ¿Entiende algo?

–Sí, parece que sí.

Efectivamente, la expresión de la mujer era de inteligencia.

–¿Se ha tirado usted, o la han tirado a usted desde la ventana? –preguntó el juez.

–¡Eh! –dijo ella.

–¿Quién la ha tirado?

–¡Eh!

–¿Quién la ha tirado?

–Garro... Garro... –murmuró la vieja, haciendo un esfuerzo.

El juez, el actuario y los guardias quedaron sorprendidos.

–Quiere decir Garrota –dijo uno.

–Sí, es una acusación contra él –dijo el juez–. ¿No le parece a usted, doctor?

–Parece que sí.

–¿Por qué la ha tirado a usted?

–Garro... Garro... –volvió a decir la vieja.

–No quiere decir más sino que es su marido –afirmó un guardia.

–No, no es eso –repuso Andrés–. La lesión la tiene en el lado izquierdo.

–¿Y eso qué importa? –preguntó el guardia.

–Cállese usted –dijo el juez–. ¿Qué supone usted, doctor?

–Supongo que esta mujer se encuentra en un estado de afasia. La lesión la tiene en el lado izquierdo del cerebro; probablemente la tercera circunvolución frontal, que se considera como centro del lenguaje, estará lesionada. Esta mujer parece que entiende, pero no puede articular más que esa palabra. A ver, pregúntele usted otra cosa.

–¿Está usted mejor? –dijo el juez.

–¡Eh!

–¿Si está usted mejor?

–Garro... Garro... –contestó ella.

–Sí; dice a todo lo mismo –afirmó el juez.

–Es un caso de afasia o de sordera verbal –añadió Andrés.

–Sin embargo..., hay muchas sospechas contra el marido –replicó el actuario.

Habían llamado al cura para sacramentar a la moribunda.

Le dejaron solo, y Andrés subió con el juez. La prendería del tío Garrota tenía una escalera de caracol para el primer piso.

Ésta constaba de un vestíbulo, la cocina, dos alcobas y el cuarto donde se había tirado la vieja. En medio de este cuarto había un brasero, una badila sucia y una serie de manchas de sangre que seguían hasta la ventana.

—La cosa tiene el aspecto de un crimen —dijo el juez.

—¿Cree usted? —preguntó Andrés.

—No, no creo nada; hay que confesar que los indicios se presentan como una novela policíaca para despistar a la opinión. Esta mujer que se le pregunta quién la ha tirado, y dice el nombre de su marido; esta badila llena de sangre; las manchas que llegan hasta la ventana, todo hace sospechar lo que ya han comenzado a decir los vecinos.

—¿Qué dicen?

—Le acusan al tío Garrota, al marido de esta mujer. Suponen que el tío Garrota y su mujer riñeron; que él le dio con la badila en la cabeza; que ella huyó a la ventana a pedir socorro, y que entonces él, agarrándola de la cintura, la arrojó a la calle.

—Puede ser.

—Y puede no ser.

Abonaba esta versión la mala fama del tío Garrota y su complicidad manifiesta en las muertes de dos jugadores, el Cañamero y el Pollo, ocurridas hacía unos diez años cerca de Daimiel.

—Voy a guardar esta badila —dijo el juez.

—Por si acaso no debían tocarla —repuso Andrés—; las huellas pueden servirnos de mucho.

El juez metió la badila en un armario, lo cerró y llamó al actuario para que lo lacrase. Se cerró también el cuarto, y se guardó la llave.

Al bajar a la prendería Hurtado y el juez, la mujer del tío Garrota había muerto.

El juez mandó que trajeran a su presencia al marido. Los guardias le habían atado las manos.

El tío Garrota era un hombre ya viejo, corpulento, de mal aspecto, tuerto, de cara torva, llena de manchas negras, producidas por una perdigonada que le habían soltado hacía años en la cara.

En el interrogatorio se puso en claro que el tío Garrota era borracho, y hablaba de matar a uno o de matar a otro con frecuencia.

El tío Garrota no negó que daba malos tratos a su mujer; pero sí que la hubiera matado. Siempre concluía diciendo: «Señor juez: yo no he matado a mi mujer. He dicho, es verdad, muchas veces, que la iba a matar; pero no la he matado».

El juez, después del interrogatorio, envió al tío Garrota, incomunicado, a la cárcel.

–¿Qué le parece a usted? –le preguntó el juez a Hurtado.

–Para mí es una cosa clara; este hombre es inocente.

El juez, por la tarde, fue a ver al tío Garrota a la cárcel, y dijo que empezaba a creer que el prendero no había matado a su mujer. La opinión popular quería suponer que Garrota era un criminal. Por la noche, el doctor Sánchez aseguró en el casino que era indudable que el tío Garrota había tirado por la ventana a su mujer, y que el juez y Hurtado tendían a salvarle, Dios sabe por qué; pero que en la autopsia aparecería la verdad.

Al saberlo Andrés, fue a ver al juez, le pidió nombrara a don Tomás Solana, el otro médico, como árbitro para presenciar la autopsia, por si acaso había divergencia entre el dictamen de Sánchez y el suyo.

La autopsia se verificó al día siguiente por la tarde; se hizo una fotografía de las heridas de la cabeza producidas por la badila, y se señalaron unos cardenales que tenía la mujer en el cuello.

Luego se procedió a abrir las tres cavidades, y se encontró la fractura craneana, que cogía la parte del frontal y del parietal, y que había ocasionado la muerte. En los pulmones y en el cerebro aparecieron manchas de sangre, pequeñas y redondas.

En la exposición de los datos de la autopsia estaban conformes los tres médicos; en su opinión, acerca de las causas de la muerte, divergían.

Sánchez daba la versión popular. Según él, la interfecta, al sentirse herida en la cabeza por los golpes de la badila, corrió a la ventana a pedir socorro; allí una mano poderosa la sujetó por el cuello, produciéndole una contusión y un principio de asfixia, que se evidenciaba en las manchas petequiales de los pulmones y del cerebro, y después, lanzada a la calle, había sufrido la conmoción cerebral y la fractura de cráneo, que le produjo la muerte. La misma mujer, en la agonía, había repetido el nombre del marido, indicando quién era su matador.

Hurtado decía primeramente que las heridas de la cabeza eran tan superficiales que no estaban hechas por un brazo fuerte, sino por una mano débil y convulsa; que los cardenales del cuello procedían de contusiones anteriores al día de la muerte, y que respecto a las manchas de sangre en los pulmones y en el cerebro, no eran producidas por un principio de asfixia, sino por el alcoholismo inveterado de la interfecta. Con estos datos, Hurtado aseguraba que la mujer, en un estado alcohólico, evidenciado por el aguardiente encontrado en su estómago, y presa de manía suicida, había comenzado a herirse ella misma con la badila en la cabeza, lo que explicaba la superficialidad de las heridas, que apenas interesaban el cuero cabelludo, y después, en vista del resultado negativo para producirse la muerte, había abierto la ventana y se había tirado de cabeza a la calle. Respecto a las palabras pronunciadas por ella, estaba claramente demostrado que al decirlas se encontraba en un estado afásico.

Don Tomás, el médico aristócrata, en su informe hacía equilibrios, y, en conjunto, no decía nada.

Sánchez estaba en la actitud popular; todo el mundo creía culpable al tío Garrota, y algunos llegaban a decir que, aunque no lo fuera, había que castigarlo, porque era un desalmado capaz de cualquier fechoría.

El asunto apasionó al pueblo; se hicieron una porción de pruebas; se estudiaron las huellas frescas de sangre de la badila, y se vio no coincidían con los dedos del prendero; se hizo que un empleado de la cárcel, amigo suyo, le emborrachara y le sonsacara. El tío Garrota confesó su participación en las muertes del Pollo y del Cañamero; pero afirmó repetidas veces, entre furiosos juramentos, que no y que no. No tenía nada que ver en la muerte de su mujer, y aunque le condenaran por decir que no y le salvaran por decir que sí, diría que no, porque ésa era la verdad.

El juez, después de repetidos interrogatorios, comprendió la inocencia del prendero, y lo dejó en libertad.

El pueblo se consideró defraudado. Por indicios, por instinto, la gente adquirió la convicción de que el tío Garrota, aunque capaz de matar a su mujer, no la había matado; pero no quiso reconocer la probidad de Andrés y del juez. El periódico de la capital que defendía a los Mochuelos escribió un artículo con el título «¿Crimen o suicidio?», en el que suponía que la mujer del tío Garrota se había suicidado; en cambio, otro periódico de la capital, defensor de los Ratones, aseguró que se trataba de un crimen, y que las influencias políticas habían salvado al prendero.

«Habrá que ver lo que habrán cobrado el médico y el juez», decía la gente.

A Sánchez, en cambio, le elogiaban todos.

–Este hombre iba con lealtad.

–Pero no era cierto lo que decía –replicaba alguno.

–Sí; pero él iba con honradez.

Y no había manera de convencer a la mayoría de otra cosa.

X
Despedida

Andrés, que hasta entonces había tenido simpatía entre la gente pobre, vio que la simpatía se trocaba en hostilidad. En la primavera decidió marcharse y presentar la dimisión de su cargo.

Un día de mayo fue el fijado para la marcha, se despidió de don Blas Carreño y del juez y tuvo un violento altercado con Sánchez, quien, a pesar de ver que el enemigo se le iba, fue bastante torpe para recriminarle con acritud. Andrés le contestó rudamente, y dijo a su compañero unas cuantas verdades un poco explosivas.

Por la tarde, Andrés preparó su equipaje, y luego salió a pasear. Hacía un día tempestuoso, con vagos relámpagos, que brillaban entre dos nubes. Al anochecer comenzó a llover, y Andrés volvió a su casa.

Aquella tarde, Pepinito, su hija y la abuela habían ido a Mailo, un pequeño balneario próximo a Alcolea.

Andrés acabó de preparar su equipaje. A la hora de cenar entró la patrona en su cuarto.

–¿Se va usted de verdad mañana, don Andrés?

–Sí.

–Estamos solos; cuando usted quiera cenaremos.

–Voy a terminar en un momento.

–Me da pena verle a usted marchar. Ya le teníamos a usted como de la familia.

–¡Qué se le va a hacer! Ya no me quieren en el pueblo.

–No lo dirá usted por nosotros.

–No, no lo digo por ustedes. Es decir, no lo digo por usted. Si siento dejar el pueblo es, más que nada, por usted.

–¡Bah! Don Andrés.

–Créalo usted o no lo crea, tengo una gran opinión de usted. Me parece usted una mujer muy buena, muy inteligente...

–¡Por Dios, don Andrés, que me va usted a confundir! –dijo ella riendo.

–Confúndase usted todo lo que quiera, Dorotea. Eso no quita para que sea verdad. Lo malo que tiene usted...

–Vamos a ver lo malo... –replicó ella con seriedad fingida.

–Lo malo que tiene usted –siguió diciendo Andrés– es que está usted casada con un hombre que es un idiota, un imbécil petulante, que le hace sufrir a usted, y a quien yo, como usted, engañaría con cualquiera.

–¡Jesús! ¡Dios mío! ¡Qué cosas me está usted diciendo!

–Son las verdades de la despedida... Realmente yo he sido un imbécil en no haberle hecho a usted el amor.

–¿Ahora se acuerda usted de eso, don Andrés?

–Sí, ahora me acuerdo. No crea usted que no lo he pensado otras veces; pero me ha faltado decisión. Hoy estamos solos en toda la casa. ¿No?

–Sí, estamos solos. ¡Adiós, don Andrés! Me voy.

–No se vaya usted, tengo que hablarle.

Dorotea, sorprendida del tono de mando de Andrés, se quedó.

–¿Qué me quiere usted? –dijo.

–Quédese usted aquí conmigo.

–Pero yo soy una mujer honrada, don Andrés –replicó Dorotea con voz ahogada.

–Ya lo sé, una mujer honrada y buena, casada con un idiota. Estamos solos, nadie habría de saber que usted había sido mía. Esta noche, para usted y para mí, sería una noche excepcional, extraña...

–Sí. ¿Y el remordimiento?

–¿Remordimiento?

Andrés, con lucidez, comprendió que no debía discutir este punto.

–Hace un momento no creía que le iba a usted a decir esto. ¿Por qué se lo digo? No lo sé. Mi corazón palpita ahora como un martillo de fragua.

Andrés se tuvo que apoyar en el hierro de la cama, pálido y tembloroso.

–¿Se pone usted malo? –murmuró Dorotea con voz ronca.

–No; no es nada.

Ella también estaba turbada, palpitante. Andrés apagó la luz, y se acercó a ella.

Dorotea no resistió. Andrés estaba en aquel momento en plena inconsciencia...

Al amanecer comenzó a brillar la luz del día por entre las rendijas de las maderas. Dorotea se incorporó. Andrés quiso retenerla entre sus brazos.

–No, no –murmuró ella con espanto, y, levantándose rápidamente, huyó del cuarto.

Andrés se sentó en la cama atónito, asombrado de sí mismo.

Se encontraba en un estado de irresolución completa; sentía en la espalda como si tuviera una plancha que le sujetara los nervios, y tenía temor de tocar con los pies el suelo.

Sentado, abatido, estuvo con la frente apoyada en las manos, hasta que oyó el ruido del coche que venía a buscarle. Se levantó, se vistió y abrió la puerta antes que llamaran, por miedo al pensar en el ruido de la aldaba; un mozo entró en el cuarto y cargó con el baúl y la maleta y los llevó al coche. Andrés se puso el gabán y subió a la diligencia, que comenzó a marchar por la carretera polvorienta.

«¡Qué absurdo! ¡Qué absurdo es todo!», exclamó luego. Y se refería a su vida y a esta última noche tan inesperada, tan aniquilada.

En el tren, su estado nervioso empeoró. Se sentía desfallecido, mareado. Al llegar a Aranjuez se decidió a bajar del tren. Los tres días que pasó aquí tranquilizaron y calmaron sus nervios.

I
Comentario a lo pasado

A los pocos días de llegar a Madrid, Andrés se encontró con la sorpresa desagradable de que se iba a declarar la guerra a los Estados Unidos. Había alborotos, manifestaciones en las calles, música patriótica a todo pasto.

Andrés no había seguido en los periódicos aquella cuestión de las guerras coloniales, no sabía a punto fijo de qué se trataba. Su único criterio era el de la criada vieja de Dorotea, que solía cantar a voz en grito, mientras lavaba, esta canción:

> Parece mentira que por unos mulatos
> estemos pasando tan malitos ratos;
> a Cuba se llevan la flor de la España,
> y aquí no se queda más que la morralla.

Todas las opiniones de Andrés acerca de la guerra estaban condensadas en este cantar de la vieja criada.

Al ver el cariz que tomaba el asunto y la intervención de los Estados Unidos, Andrés quedó asombrado.

En todas partes no se hablaba más que de la posibilidad del éxito o del fracaso. El padre de Hurtado creía en la victoria española; pero en una victoria sin esfuerzo; los yanquis, que eran todos vendedores de tocino, al ver a los primeros soldados españoles dejarían las armas y echarían a correr. El hermano de Andrés, Pedro, hacía la vida de *sportman* y no le preocupaba la guerra; a Alejandro le pasaba lo mismo; Margarita seguía en Valencia.

Andrés encontró un empleo en una consulta de enfermedades del estómago, sustituyendo a un médico que había ido al extranjero por tres meses.

Por la tarde, Andrés iba a la consulta, estaba allí hasta el anochecer, luego marchaba a cenar a casa y por la noche salía en busca de noticias.

Los periódicos no decían más que necedades y bravuconadas; los yanquis no estaban preparados para la guerra; no tenían ni uniformes para sus soldados. En el país de las máquinas de coser el hacer unos cuantos uniformes era un conflicto enorme, según se decía en Madrid.

Para colmo de ridiculez, hubo un mensaje de Castelar a los yanquis. Cierto que no tenía las proporciones bufo-grandilocuentes del manifiesto de Víctor Hugo a los alemanes para que respetaran París; pero era bastante para que los españoles de buen sentido pudieran sentir toda la vacuidad de sus grandes hombres.

Andrés siguió los preparativos de la guerra con una emoción intensa.

Los periódicos traían cálculos completamente falsos. Andrés llegó a creer que había alguna razón para los optimismos.

Días antes de la derrota encontró a Iturrioz en la calle.

–¿Qué le parece a usted esto? –le preguntó.

–Estamos perdidos.

–Pero ¡si dicen que estamos preparados!

–Sí, preparados para la derrota. Sólo a ese chino que los españoles consideramos como el colmo de la candidez se le pueden decir las cosas que nos están diciendo los periódicos.

–Hombre, yo no veo eso.

–Pues no hay más que tener ojos en la cara y comparar la fuerza de las escuadras. Tú, fíjate: nosotros tenemos en Santiago de Cuba seis barcos viejos, malos y de poca velocidad; ellos tienen veintiuno, casi todos nuevos, bien acorazados y de mayor velocidad. Los seis nuestros, en conjunto, desplazan aproximadamente veintiocho mil toneladas; los seis primeros suyos, setenta mil. Con dos de sus barcos pueden echar a pique toda nuestra escuadra; con veintiuno no van a tener sitio donde apuntar.

–¿De manera que usted cree que vamos a la derrota?

–No a la derrota, a una cacería. Si alguno de nuestros barcos puede salvarse, será una gran cosa.

Andrés pensó que Iturrioz podía engañarse; pero pronto los acontecimientos le dieron la razón. El desastre había sido como decía él: una cacería, una cosa ridícula.

A Andrés le indignó la indiferencia de la gente al saber la noticia. Al menos él había creído que el español, inepto para la ciencia y la civilización, era un patriota exaltado, y se encontraba que no; después del desastre de las dos pequeñas escuadras españolas en Cuba y en Filipinas, todo el mundo iba al teatro y a los toros tan tranquilo; aquellas manifestaciones y gritos habían sido espuma, humo de paja, nada.

Cuando la impresión del desastre se le pasó, Andrés fue a casa de Iturrioz; hubo discusión entre ellos.

—Dejemos todo eso, ya que afortunadamente hemos perdido las colonias —dijo su tío—, y hablemos de otra cosa. ¿Qué tal te ha ido en el pueblo?

—Bastante mal.

—¿Qué te pasó? ¿Hiciste alguna barbaridad?

—No; tuve suerte. Como médico he quedado bien. Ahora, personalmente, he tenido poco éxito.

—Cuenta; veamos tu odisea en esa tierra de Don Quijote.

Andrés contó sus impresiones en Alcolea; Iturrioz le escuchó atentamente.

—¿De manera que allí no has perdido tu virulencia ni te has asimilado al medio?

—Ninguna de las dos cosas. Yo era allí una bacteridia colocada en un caldo saturado de ácido fénico.

—Y esos manchegos, ¿son buena gente?

—Sí, muy buena gente; pero con una moral imposible.

—Pero esa moral, ¿no será la defensa de la raza que vive en una tierra pobre y de pocos recursos?

—Es muy posible; pero si es así, ellos no se dan cuenta de este motivo.

—¡Ah, claro! ¿En dónde un pueblo del campo será un conjunto de gente de conciencia? ¿En Inglaterra, en Francia, en Alemania? En todas partes, el hombre, en su estado natural, es un canalla, idiota y egoísta. Si ahí en Alcolea es una buena persona, hay que decir que los alcoleanos son gente superior.

—No digo que no. Los pueblos como Alcolea están perdidos, porque el egoísmo y el dinero no está repartido equitativamente; no lo tienen más que unos cuantos ricos; en cambio, entre los pobres no hay sentido individual. El día que cada alcoleano se sienta a sí mismo y diga: «No transijo», ese día el pueblo marchará hacia adelante.

—Claro; pero para ser egoísta hay que saber; para protestar hay que discurrir. Yo creo que la civilización le debe más al egoísmo que a todas las religiones y utopías filantrópicas. El egoísmo ha hecho el sendero, el camino, la calle, el ferrocarril, el barco, todo.

–Estamos conformes. Por eso indigna ver a esa gente, que no tiene nada que ganar con la maquinaria social, que, a cambio de cogerle el hijo y llevarlo a la guerra, no les da más que miseria y hambre para la vejez, y que aun así la defienden.

–Eso tiene una gran importancia individual, pero no social. Todavía no ha habido una sociedad que haya intentado un sistema de justicia distributiva, y, a pesar de eso, el mundo, no digamos que marcha, pero al menos se arrastra y las mujeres siguen dispuestas a tener hijos.

–Es imbécil.

–Amigo, es que la naturaleza es muy sabia. No se contenta sólo con dividir a los hombres en felices y en desdichados, en ricos y pobres, sino que da al rico el espíritu de la riqueza, y al pobre el espíritu de la miseria. Tú sabes cómo se hacen abejas obreras; se encierra a la larva en un alvéolo pequeño y se le da una alimentación deficiente. La larva esta se desarrolla de una manera incompleta; es una obrera, una proletaria, que tiene el espíritu del trabajo y de la sumisión. Así sucede entre los hombres, entre el obrero y el militar, entre el rico y el pobre.

–Me indigna todo eso –exclamó Andrés.

–Hace unos años –siguió diciendo Iturrioz– me encontraba yo en la isla de Cuba en un ingenio donde estaban haciendo la zafra. Varios chinos y negros llevaban la caña en manojos a una máquina con grandes cilindros que la trituraba. Contemplábamos el funcionamiento del aparato, cuando de pronto vemos a uno de los chinos que lucha arrastrado. El capataz blanco grita que paren la máquina. El maquinista no atiende a la orden y el chino desaparece e inmediatamente sale convertido en una sábana de sangre y de huesos machacados. Los blancos que presenciábamos la escena nos quedamos consternados; en cambio, los chinos y los negros se reían. Tenían espíritu de esclavos.

–Es desagradable.

–Sí, como quieras; pero son los hechos y hay que aceptarlos y acomodarse a ellos. Otra cosa es una simpleza. Intentar andar entre los hombres, en ser superior, como tú has querido hacer en Alcolea, es absurdo.

–Yo no he intentado presentarme como ser superior –replicó Andrés con viveza–. Yo he ido en hombre independiente. A tanto trabajo, tanto sueldo. Hago lo que me encargan, me pagan, y ya está.

—Eso no es posible; cada hombre no es una estrella con su órbita independiente.

—Yo creo que el que quiere serlo lo es.

—Tendrá que sufrir las consecuencias.

—¡Ah, claro! Yo estoy dispuesto a sufrirlas. El que no tiene dinero paga su libertad con su cuerpo; es una onza de carne que hay que dar, que lo mismo le pueden sacar a uno del brazo que del corazón. El hombre de verdad busca antes que nada su independencia. Se necesita ser un pobre diablo o tener alma de perro para encontrar mala la libertad. ¿Que no es posible? ¿Que el hombre no puede ser independiente como una estrella de otra? A esto no se puede decir más sino que es verdad, desgraciadamente.

—Veo que vienes lírico del pueblo.

—Será la influencia de las migas.

—O del vino manchego.

—No; no lo he probado.

—¿Y querías que tuvieran simpatía por ti, y despreciabas el producto mejor del pueblo? Bueno, ¿qué piensas hacer?

—Ver si encuentro algún sitio donde trabajar.

—¿En Madrid?

—Sí, en Madrid.

—¿Otra experiencia?

—Eso es, otra experiencia.

—Bueno, vamos ahora a la azotea.

II
Los amigos

A principio de otoño, Andrés quedó sin nada que hacer. Don Pedro se había encargado de hablar a sus amigos influyentes, a ver si encontraba algún destino para su hijo.

Hurtado pasaba las mañanas en la Biblioteca Nacional, y por las tardes y noches paseaba. Una noche, al cruzar por delante del teatro de Apolo, se encontró con Montaner.

–¡Chico, cuánto tiempo! –exclamó el antiguo condiscípulo, acercándosele.

–Sí; ya hace algunos años que no nos hemos visto.

Subieron juntos la cuesta de la calle de Alcalá, y, al llegar a la esquina de la de Peligros, Montaner insistió para que entraran en el café de Fornos.

–Bueno, vamos –dijo Andrés.

Era sábado y había gran entrada; las mesas estaban llenas; los trasnochadores, de vuelta de los teatros, se preparaban a cenar, y algunas busconas paseaban la mirada de sus ojos pintados por todo el ámbito de la sala.

Montaner tomó ávidamente el chocolate que le trajeron, y después le preguntó a Andrés:

–¿Y tú, qué haces?

–Ahora, nada. He estado en un pueblo. ¿Y tú? ¿Concluiste la carrera?

–Sí, hace un año. No podía acabarla por aquella chica que era mi novia. Me pasaba el día entero hablando con ella; pero los padres de la chica se la llevaron a Santander y la casaron allí. Yo entonces fui a Salamanca, y he estado hasta concluir la carrera.

–¿De manera que te ha convenido que casaran a la novia?

–En parte, sí. ¡Aunque para lo que me sirve el ser médico!

–¿No encuentras trabajo?

—Nada. He estado con Julio Aracil.

—¿Con Julio?

—Sí.

—¿De qué?

—De ayudante.

—¿Ya necesita ayudante Julio?

—Sí; ahora ha puesto una clínica. El año pasado me prometió protegerme. Tenía una plaza en el ferrocarril, y me dijo que cuando no la necesitara me la cedería a mí.

—¿Y no te la ha cedido?

—No; la verdad es que todo es poco para sostener su casa.

—Pues ¿qué hace? ¿Gasta mucho?

—Sí.

—Antes era muy roñoso.

—Y sigue siéndolo.

—¿No avanza?

—Como médico poco, pero tiene recursos: el ferrocarril, unos conventos que visita; es también accionista de La Esperanza, una sociedad de esas de médico, botica y entierro, y tiene participación en una funeraria.

—¿De manera que se dedica a la explotación de la caridad?

—Sí; ahora, además, como te decía, tiene una clínica que ha puesto con dinero del suegro. Yo he estado ayudándole; la verdad es que me ha cogido de primo; durante más de un mes he hecho de albañil, de carpintero, de mozo de cuerda y hasta de niñera; luego me he pasado en la consulta asistiendo a los pobres, y ahora que la cosa empieza a marchar, me dice Julio que tiene que asociarse con un muchacho valenciano que se llama Nebot, que le ha ofrecido dinero, y que cuando me necesite me llamará.

—En resumen, que te ha echado.

—Lo que tú dices.

—¿Y qué vas a hacer?

—Voy a buscar un empleo cualquiera.

—¿De médico?

—De médico o de no médico. Me es igual.

—¿No quieres ir a un pueblo?

—No, no; eso, nunca. Yo no salgo de Madrid.

—Y los demás, ¿qué han hecho? —preguntó Andrés—. ¿Dónde está aquel Lamela?

–En Galicia. Creo que no ejerce, pero vive bien. De Cañizo no sé si te acordarás.

–No.

–Uno que perdió curso en anatomía.

–No, no me acuerdo.

–Si lo vieras, te acordarías enseguida –repuso Montaner–. Pues este Cañizo es un hombre feliz; tiene un periódico de carnicería. Creo que es muy glotón, y el otro día me decía: «Chico, estoy muy contento; los carniceros me regalan lomo, me regalan filetes... Mi mujer me trata bien; me da langosta algunos domingos».

–¡Qué animal!

–De Ortega sí te acordarás.

–¿Uno bajito, rubio?

–Sí.

–Me acuerdo.

–Ése estuvo de médico militar en Cuba, y se acostumbró a beber de una manera terrible. Alguna vez le he visto, y me ha dicho: «Mi ideal es llegar a la cirrosis alcohólica y al generalato».

–De manera que nadie ha marchado bien de nuestros condiscípulos.

–Nadie o casi nadie, quitando a Cañizo, con su periódico de carnicería y con su mujer, que los domingos le da langosta.

–Es triste todo eso. Siempre en este Madrid la misma interinidad, la misma angustia hecha crónica, la misma vida sin vida, todo igual.

–Sí; esto es un pantano –murmuró Montaner.

–Más que un pantano es un campo de ceniza. Y Julio Aracil, ¿vive bien?

–Hombre, según lo que se entienda por vivir bien.

–Su mujer, ¿cómo es?

–Es una muchacha vistosa; pero él la está prostituyendo.

–¿Por qué?

–Porque la va dando un aire de *cocotte*. Él hace que se ponga trajes exagerados, la lleva a todas partes; yo creo que él mismo la ha aconsejado a que se pinte. Y ahora prepara el golpe final. Va a llevar a ese Nebot, que es un muchacho rico, a vivir a su casa, y va a ampliar la clínica. Yo creo que lo que anda buscando es que Nebot se entienda con su mujer.

–¿De veras?

–Sí. Ha mandado poner el cuarto de Nebot en el mejor sitio de la casa, cerca de la alcoba de su mujer.

–Demonio. ¿Es que no la quiere?

–Julio no quiere a nadie; se casó con ella por su dinero. Él tiene una querida, que es una señora rica, ya vieja.

–¿De manera que, en el fondo, marcha?

–¡Qué sé yo! Lo mismo puede hundirse que hacerse rico.

Era ya muy tarde. Montaner y Andrés salieron del café, y cada cual se fue a su casa.

A los pocos días, Andrés encontró a Julio Aracil, que entraba en un coche.

–¿Quieres dar una vuelta conmigo? –le dijo Julio–. Voy al final del barrio de Salamanca a hacer una visita.

–Bueno.

Entraron los dos en el coche.

–El otro día vi a Montaner –le dijo Andrés.

–¿Te hablaría mal de mí? Claro. Entre amigos es indispensable.

–Sí; parece que no está muy contento de ti.

–No me choca. La gente tiene una idea estúpida de las cosas –dijo Aracil con voz colérica–. No quisiera más que tratar con egoístas absolutos, completos, no con gente sentimental que le dice a uno con lágrimas en los ojos: «Toma este pedazo de pan duro, al que no puedo hincar el diente, y a cambio convídame a cenar todos los días en el mejor hotel».

Andrés se echó a reír.

–La familia de mi mujer es también de las que tienen una idea imbécil de la vida –siguió diciendo Aracil–. Constantemente me está poniendo obstáculos.

–¿Por qué?

–Nada. Ahora se les ocurre decir que el socio que tengo en la clínica hace el amor a mi mujer y que no le debo tener en casa. Es ridículo. ¿Es que voy a ser un Otelo? No; yo le dejo en libertad a mi mujer. Concha no me ha de engañar. Yo tengo confianza en ella.

–Haces bien.

–No sé qué idea tienen de las cosas –siguió diciendo Julio– estas gentes chapadas a la antigua, como dicen ellos. Porque yo comprendo un hombre como tú, que es un puritano. ¡Pero ellos! Que me presentara yo mañana y dijera: «Estas visitas que he hecho a don Fulano y a doña Zutana no las he querido cobrar, porque, la verdad, no he estado acertado...». ¡Toda la familia me pondría de imbécil hasta las narices!

–¡Ah! No tiene duda.

–Y si es así, ¿a qué se vienen con esas moralidades ridículas?

–¿Y qué te pasa para necesitar socio? ¿Gastas mucho?

–Mucho; pero todo el gasto que llevo es indispensable. Es la vida de hoy, que lo exige. La mujer tiene que estar bien, ir a la moda, tener trajes, joyas... Se necesita dinero, mucho dinero para la casa, para la comida, para la modista, para el sastre, para el teatro, para el coche; yo busco como puedo ese dinero.

–¿Y no te convendría limitarte un poco? –le preguntó Andrés.

–¿Para qué? ¿Para vivir cuando sea viejo? No, no; ahora mejor que nunca. Ahora que es uno joven.

–Es una filosofía; no me parece mal, pero vas a inmoralizar tu casa.

–A mí la inmoralidad no me preocupa –replicó Julio–. Aquí, en confianza, te diré que una mujer honrada me parece uno de los productos más estúpidos y amargos de la vida.

–Tiene gracia.

–Sí. Una mujer que no sea algo coqueta no me gusta. Me parece bien que gaste, que se adorne, que se luzca. Un marqués, cliente mío, suele decir: «Una mujer elegante debía tener más de un marido». Al oírle todo el mundo se ríe.

–¿Y por qué?

–Porque su mujer, como marido no tiene más que uno; pero, en cambio, amantes tiene tres.

–¿A la vez?

–Sí; a la vez; es una señora muy liberal.

–Muy liberal y muy conservadora, si los amantes le ayudan a vivir.

–Tienes razón; se le puede llamar liberal-conservadora.

Llegaron a casa del cliente.

–¿Adónde quieres ir tú? –le preguntó Julio.

–A cualquier lado. No tengo nada que hacer.

–¿Quieres que te deje en la Cibeles?

–Bueno.

–Vaya usted a la Cibeles y vuelva –le dijo Julio al cochero.

Se despidieron los dos antiguos condiscípulos, y Andrés pensó que por mucho que subiera su compañero, no era cosa de envidiarle.

III
Fermín Ibarra

Unos días después, Hurtado se encontró en la calle a Fermín Ibarra. Fermín estaba desconocido; alto, fuerte, ya no necesitaba bastón para andar.

–Un día de estos me voy –le dijo Fermín.

–¿Adónde?

–Por ahora, a Bélgica; luego ya veré. No pienso estar aquí; probablemente no volveré.

–¿No?

–No. Aquí no se puede hacer nada; tengo dos o tres patentes de cosas pensadas por mí, que creo que están bien; en Bélgica me las van a comprar; pero yo he querido hacer primero una prueba en España, y me voy desalentado, descorazonado; aquí no se puede hacer nada.

–Eso no me choca –dijo Andrés–; aquí no hay ambiente para lo que tú haces.

–¡Ah, claro! –repuso Ibarra–. Una invención supone la recapitulación, la síntesis de las fases de un descubrimiento; una invención es muchas veces una consecuencia tan fácil de los hechos anteriores, que casi se puede decir que se desprende de ella sola, sin esfuerzo. ¿Dónde se va a estudiar en España el proceso evolutivo de un descubrimiento? ¿Con qué medios? ¿En qué talleres? ¿En qué laboratorios?

–En ninguna parte.

–Pero, en fin, a mí esto no me indigna –añadió Fermín–; lo que me indigna es la suspicacia, la mala intención, la petulancia de esta gente... Aquí no hay más que chulos y señoritos juerguistas. El chulo domina desde los Pirineos hasta Cádiz...; políticos, militares, profesores, curas, todos son chulos con un yo hipertrofiado.

–Sí, es verdad.

–Cuando estoy fuera de España –siguió diciendo Ibarra– quiero convencerme de que nuestro país no está muerto para la civilización;

que aquí se discurre y se piensa; pero cojo un periódico español y me da asco; no habla más que de políticos y de toreros. Es una vergüenza.

Fermín Ibarra contó sus gestiones en Madrid, en Barcelona, en Bilbao. Había un millonario que le había dicho que él no podía exponer dinero sin base; que después de hechas las pruebas con éxito, no tendría inconveniente en dar dinero al cincuenta por ciento.

–El capital español está en manos de la canalla más abyecta –concluyó diciendo Fermín.

Unos meses después, Ibarra le escribió desde Bélgica, diciendo que le habían hecho jefe de un taller y que sus empresas iban adelante.

IV

Encuentro con Lulú

Un amigo del padre de Hurtado, alto empleado en Gobernación, había prometido encontrar un destino para Andrés. Este señor vivía en la calle de San Bernardo. Varias veces estuvo Andrés en su casa, y siempre le decía que no había nada; un día le dijo:

–Lo único que podemos darle a usted es una plaza de médico de higiene que va a haber vacante. Diga usted si le conviene, y, si le conviene, le tendremos en cuenta.

–Me conviene.

–Pues ya le avisaré a tiempo.

Este día, al salir de la casa del empleado, en la calle Ancha, esquina a la del Pez, Andrés Hurtado se encontró con Lulú. Estaba igual que antes; no había variado nada.

Lulú se turbó un poco al ver a Hurtado, cosa rara en ella. Andrés la contempló con gusto. Estaba con su mantillita, tan fina, tan esbelta, tan graciosa. Ella le miraba, sonriendo, un poco ruborizada.

–Tenemos mucho que hablar –le dijo Lulú–; yo me estaría charlando con gusto con usted, pero tengo que entregar un encargo. Mi madre y yo solemos ir los sábados al café de la Luna. ¿Quiere usted ir por allá?

–Sí, iré.

–Vaya usted mañana, que es sábado. De nueve y media a diez. No falte usted, ¿eh?

–No, no faltaré.

Se despidieron, y Andrés, al día siguiente, por la noche, se presentó en el café de la Luna. Estaban doña Leonarda y Lulú en compañía de un señor de anteojos joven. Andrés saludó a la madre, que le recibió secamente, y se sentó en una silla lejos de Lulú.

–Siéntese usted aquí –dijo ella, haciéndole sitio en el diván.

Se sentó Andrés cerca de la muchacha.

–Me alegro mucho que haya usted venido –dijo Lulú–; tenía miedo de que no quisiera usted venir.

–¿Por qué no había de venir?

–¡Como es usted tan así!

–Lo que no comprendo es por qué han elegido ustedes este café. ¿O es que ya no viven en la calle del Fúcar?

–¡Ca, hombre! Ahora vivimos aquí, en la calle del Pez. ¿Sabe usted quién nos resolvió la vida de plano?

–¿Quién?

–Julio.

–¿De veras?

–Sí.

–Ya ve usted como no es tan mala persona como usted decía.

–¡Oh!, igual; lo mismo que yo creía o peor. Ya se lo contaré a usted. Y usted, ¿qué ha hecho? ¿Cómo ha vivido?

Andrés contó rápidamente su viaje y sus luchas en Alcolea.

–¡Oh! ¡Qué hombre más imposible es usted! –exclamó Lulú–. ¡Qué lobo!

El señor de los anteojos, que estaba de conversación con doña Leonarda, al ver que Lulú no dejaba un momento de hablar con Andrés, se levantó y se fue.

–Lo que es si a usted le importa algo por Lulú, puede estar satisfecho –dijo doña Leonarda con tono desdeñoso y agrio.

–¿Por qué lo dice usted? –preguntó Andrés.

–Porque ésta le tiene a usted un cariño verdaderamente raro. Y la verdad, no sé por qué.

–Yo tampoco sé que a las personas se les tenga cariño por algo –replicó Lulú vivamente–; se las quiere o no se las quiere, nada más.

Doña Leonarda, con un mohín despectivo, cogió el periódico de la noche y se puso a leerlo. Lulú siguió hablando con Andrés.

–Pues verá usted cómo nos resolvió la vida Julio –dijo ella en voz baja–. Yo ya le decía a usted que era un canalla y que no se casaría con Niní. Efectivamente; cuando concluyó la carrera comenzó a huir el bulto y a no aparecer por casa. Yo me enteré y supe que estaba haciendo el amor a una señorita de buena posición. Llamé a Julio y hablamos; me dijo claramente que no pensaba casarse con Niní.

–¿Así, sin ambages?

–Sí; que no le convenía; que sería para él un engorro casarse con una mujer pobre. Yo me quedé tranquila y le dije: «Mira, yo quisiera que tú mismo fueras a ver a don Prudencio y le advirtieras eso». «¿Qué quieres que le advierta?», me preguntó él. «Pues nada; que no te casas con Niní porque no tienes medios; en fin, por las razones que me has dado.»

–Se quedaría atónito –exclamó Andrés–, porque él pensaba que el día que lo dijera iba a haber un cataclismo en la familia.

–Se quedó helado, en el mayor asombro. «Bueno, bueno –dijo–; iré a verle y se lo diré.» Yo le comuniqué la noticia a mi madre, que pensó hacer algunas tonterías, pero que no las hizo; luego se lo dije a Niní, que lloró y quiso tomar venganza. Cuando se tranquilizaron las dos, le dije a Niní que vendría don Prudencio, y que yo sabía que a don Prudencio le gustaba ella y que la solución estaba en don Prudencio. Efectivamente; unos días después vino don Prudencio en actitud diplomática; habló de que si Julio no encontraba destino, de que si le convenía ir a un pueblo... Niní estuvo admirable. Desde entonces, yo ya no creo en las mujeres.

–Esa declaración tiene gracia –dijo Andrés.

–Es verdad –replicó Lulú–; porque mire usted que los hombres son mentirosos, pues las mujeres todavía son más. A los pocos días, don Prudencio se presenta en casa; habla a Niní y a mamá, y boda. Y allí le hubiera usted visto a Julio unos días después en casa, que fue a devolver las cartas a Niní, con la risa del conejo, cuando mamá le decía con la boca llena que don Prudencio tenía tantos miles de duros y una finca aquí y otra allí...

–Le estoy viendo a Julio con esa tristeza que le da pensar que los demás tienen dinero.

–Sí, estaba frenético. Después del viaje de boda, don Prudencio me preguntó: «¿Tú qué quieres? ¿Vivir con tu hermana y conmigo o con tu madre?». Yo le dije: «Casarme, no me he de casar; estar sin trabajar, tampoco me gusta; lo que preferiría es tener una tiendecita de confecciones de ropa blanca y seguir trabajando». «Pues nada, lo que necesites, dímelo.» Y puso la tienda.

–¿Y la tiene usted?

–Sí; aquí en la calle del Pez. Al principio mi madre se opuso, por estas tonterías de que si mi padre había sido esto y lo otro. Cada uno vive como puede. ¿No es verdad?

–Claro. ¡Qué cosa más digna que vivir del trabajo!

Siguieron hablando Andrés y Lulú largo rato. Ella había localizado su vida en la casa de la calle del Fúcar, de tal manera, que sólo lo que se relacionaba con aquel ambiente le interesaba. Pasaron revista a todos los vecinos y vecinas de la casa.

–¿Se acuerda usted de don Cleto, el viejecito? –le preguntó Lulú.

–Sí; ¿qué hizo?

–Murió el pobre...; me dio una pena...

–¿Y de qué murió?

–De hambre. Una noche entramos la Venancia y yo a su cuarto, y estaba acabando, y él decía con aquella vocecita que tenía: «No, si no tengo nada; no se molesten ustedes; un poco de debilidad, nada más», y se estaba muriendo.

A la una y media de la noche, doña Leonarda y Lulú se levantaron, y Andrés las acompañó hasta la calle del Pez.

–¿Vendrá usted por aquí? –le dijo Lulú.

–Sí, ¡ya lo creo!

–Algunas veces suele venir Julio también.

–¿No le tiene usted odio?

–¿Odio? Más que odio, siento por él desprecio; pero me divierte, me parece entretenido, como si viera un bicho malo metido debajo de una copa de cristal.

V
Médico de higiene

A los pocos días de recibir el nombramiento de médico de higiene y de comenzar a desempeñar el cargo, Andrés comprendió que no era para él.

Su instinto antisocial se iba aumentando, se iba convirtiendo en odio contra el rico, sin tener simpatía por el pobre.

«¡Yo, que siento este desprecio por la sociedad», se decía a sí mismo, «teniendo que reconocer y dar patentes a las prostitutas! ¡Yo, que me alegraría que cada una de ellas llevara una toxina que envenenara a doscientos hijos de familia!»

Andrés se quedó en el destino, en parte por curiosidad, en parte también para que el que se lo había dado no le considerara como un fatuo.

El tener que vivir en este ambiente le hacía daño.

Ya no había en su vida nada sonriente, nada amable; se encontraba como un hombre desnudo que tuviera que andar atravesando zarzas. Los dos polos de su alma eran un estado de amargura, de sequedad, de acritud, y un sentimiento de depresión y de tristeza.

La irritación le hacía ser en sus palabras violento y brutal.

Muchas veces, a alguna mujer que iba al registro, la decía:

–¿Estás enferma?

–Sí.

–Tú, ¿qué quieres, ir al hospital o quedarte libre?

–Yo prefiero quedarme libre.

–Bueno. Haz lo que quieras; por mí puedes envenenar a medio mundo; me tiene sin cuidado.

En ocasiones, al ver estas busconas que venían escoltadas por algún guardia, riendo, las increpaba: «No tenéis odio siquiera. Tened odio; al menos viviréis más tranquilas».

Las mujeres le miraban con asombro. «Odio, ¿por qué?», se preguntaría alguna de ellas. Como decía Iturrioz: la naturaleza era muy sabia; hacía el esclavo, y le daba el espíritu de la esclavitud; hacía la prostituta, y le daba el espíritu de la prostitución.

Este triste proletariado de la vida sexual tenía su honor de cuerpo. Quizá lo tienen también en la oscuridad de la inconsciencia las abejas obreras y los pulgones, que sirven de vacas a las hormigas.

De la conversación con aquellas mujeres sacaba Andrés cosas extrañas.

Entre los dueños de las casas de lenocinio había personas decentes; un cura tenía dos y las explotaba con una ciencia evangélica completa. ¡Qué labor más católica, más conservadora podía haber, que dirigir una casa de prostitución!

Solamente teniendo al mismo tiempo una plaza de toros y una casa de préstamos podía concebirse algo más perfecto.

De aquellas mujeres, las libres iban al registro; otras se sometían al reconocimiento en sus casas.

Andrés tuvo que ir varias veces a hacer estas visitas domiciliarias.

En algunas casas de prostitución distinguidas encontraba señoritos de la alta sociedad, y era un contraste interesante ver estas mujeres de cara cansada, llenas de polvos de arroz, pintadas, dando muestras de una alegría ficticia, al lado de gomosos fuertes, de vida higiénica, rojos, membrudos por el deporte.

Espectador de la iniquidad social, Andrés reflexionaba acerca de los mecanismos que van produciendo esas lacras: el presidio, la miseria, la prostitución.

«La verdad es que si el pueblo lo comprendiese –pensaba Hurtado–, se mataría por intentar una revolución social, aunque ésta no sea más que una utopía, un sueño.»

Andrés creía ver en Madrid la evolución progresiva de la gente rica, que iba hermoseándose, fortificándose, convirtiéndose en casta; mientras el pueblo evolucionaba a la inversa, debilitándose, degenerando cada vez más.

Estas dos evoluciones paralelas eran sin duda biológicas: el pueblo no llevaba camino de cortar los jarretes de la burguesía; e incapaz de luchar, iba cayendo en el surco.

Los síntomas de la derrota se revelaban en todo. En Madrid, la talla de los jóvenes pobres y mal alimentados que vivían en tabucos era ostensiblemente más pequeña que la de los muchachos ricos, de familias acomodadas, que habitaban en pisos exteriores.

La inteligencia, la fuerza física, eran también menores entre la gente del pueblo que en la clase adinerada. La casta burguesa se iba preparando para someter a la casta pobre y hacerla su esclava.

VI
La tienda de confecciones

Cerca de un mes tardó Hurtado en ir a ver a Lulú, y cuando fue se encontró un poco sorprendido al entrar en la tienda. Era una tienda bastante grande, con el escaparate ancho y adornado con ropas de niño, gorritos rizados y camisas llenas de lazos.

–Al fin ha venido usted –le dijo Lulú.

–No he podido venir antes. Pero ¿toda esta tienda es de usted? –preguntó Andrés.

–Sí.

–Entonces es usted capitalista; es usted una burguesa infame.

Lulú se rió satisfecha; luego enseñó a Andrés la tienda, la trastienda y la casa. Estaba todo muy bien arreglado y en orden. Lulú tenía una muchacha que despachaba y un chico para los recados. Andrés estuvo sentado un momento. Entraba bastante gente en la tienda,

–El otro día vino Julio –dijo Lulú– y hablamos mal de usted.

–¿De veras?

–Sí; y me dijo una cosa que usted había dicho de mí que me incomodó.

–¿Qué le dijo a usted?

–Me dijo que usted había dicho una vez, cuando era estudiante, que casarse conmigo era lo mismo que casarse con un orangután. ¿Es verdad que ha dicho usted de mí eso? ¡Conteste usted!

–No lo recuerdo; pero es muy posible.

–¿Que lo haya dicho usted?

–Sí.

–¿Y qué debía hacer yo con un hombre que paga así la estimación que yo le tengo?

–No sé.

–¡Si al menos, en vez de orangután, me hubiera usted llamado mona!

–Otra vez será. No tenga usted cuidado.

Dos días después, Hurtado volvió a la tienda, y los sábados se reunía con Lulú y su madre en el café de la Luna. Pronto pudo comprobar que el señor de los anteojos pretendía a Lulú. Era aquel señor un farmacéutico que tenía la botica en la calle del Pez, hombre muy simpático e instruido. Andrés y él hablaron de Lulú.

–¿Qué le parece a usted esta muchacha? –le preguntó el farmacéutico.

–¿Quién? ¿Lulú?

–Sí.

–Pues es una muchacha por la que yo tengo una gran estimación –dijo Andrés.

–Yo también.

–Ahora, que me parece que no es una mujer para casarse con ella.

–¿Por qué?

–Es mi opinión; a mí me parece una mujer cerebral, sin fuerza orgánica y sin sensualidad, para quien todas las impresiones son puramente intelectuales.

–¡Qué sé yo! No estoy conforme.

Aquella misma noche Andrés pudo ver que Lulú trataba demasiado desdeñosamente al farmacéutico.

Cuando se quedaron solos, Andrés le dijo a Lulú:

–Trata usted muy mal al farmacéutico. Eso no me parece digno de una mujer como usted, que tiene un fondo de justicia.

–¿Por qué?

–Porque no. Porque un hombre se enamore de usted, ¿hay motivo para que usted le desprecie? Eso es una bestialidad.

–Me da la gana de hacer bestialidades.

–Habría que desear que a usted le pasara lo mismo para que supiera lo que es estar desdeñada sin motivo.

–¿Y sabe usted si a mí me pasa lo mismo?

–No; pero me figuro que no. Tengo demasiada mala idea de las mujeres para creerlo.

–¿De las mujeres en general y de mí en particular?

–De todas.

–¡Qué mal humor se le va poniendo a usted, don Andrés! Cuando sea usted viejo no va a haber quien le aguante.

–Ya soy viejo. Es que indignan esas necedades de las mujeres. ¿Qué le encuentra usted a ese hombre para desdeñarle así? Es un hombre culto, amable, simpático, gana para vivir...

–Bueno, bueno; pero a mí me fastidia. Basta ya de esa canción.

VII
De los focos de la peste

Andrés solía sentarse cerca del mostrador. Lulú le veía sombrío y meditabundo.

–Vamos, hombre, ¿qué le pasa a usted? –le dijo Lulú un día que le vio más hosco que de ordinario.

–Verdaderamente –murmuró Andrés–, el mundo es una cosa divertida: hospitales, salas de operaciones, cárceles, casas de prostitución; todo lo peligroso tiene su antídoto; al lado del amor, la casa de prostitución; al lado de la libertad, la cárcel. Cada instinto subversivo, y lo natural es siempre subversivo, lleva al lado su gendarme. No hay fuente limpia sin que los hombres metan allí las patas y la ensucien. Está en su naturaleza.

–¿Qué quiere usted decir con eso? ¿Qué le ha pasado a usted? –preguntó Lulú.

–Nada; este empleo sucio que me han dado me perturba. Hoy me han escrito una carta las pupilas de una casa de la calle de la Paz, que me preocupa. Firman: «Unas desgraciadas».

–¿Qué dicen?

–Nada; que en esos burdeles hacen bestialidades. Estas «desgraciadas» que me envían la carta me dicen horrores. La casa donde viven se comunica con otra. Cuando hay una visita del médico o de la autoridad, a todas las mujeres no matriculadas las esconden en el piso tercero de la otra casa.

–¿Para qué?

–Para evitar que las reconozcan, para tenerlas fuera del alcance de la autoridad, que, aunque injusta y arbitraria, puede dar un disgusto a las amas.

–¿Y esas mujeres vivirán mal?

–Muy mal; duermen en cualquier rincón, amontonadas, no comen apenas; les dan unas palizas brutales; y cuando envejecen y ven que ya no tienen éxito, las cogen y las llevan a otro pueblo sigilosamente.

—¡Qué vida! ¡Qué horror! —murmuró Lulú.

—Luego, todas estas amas de prostíbulos —siguió diciendo Andrés— tienen la tendencia de martirizar a las pupilas. Hay algunas que llevan un vergajo, como un cabo de vara, para imponer el orden. Hoy he visitado una casa de la calle de Barcelona, en donde el matón es un hombre afeminado, a quien llaman «el Cotorrita», que ayuda a la celestina al secuestro de las mujeres. Este invertido se viste de mujer, se pone pendientes, porque tiene agujeros en las orejas, y va a la caza de muchachas.

—¡Qué tipo!

—Es una especie de halcón. Este eunuco, por lo que me han contado las mujeres de la casa, es de una crueldad terrible con ellas, y las tiene aterrorizadas. «Aquí —me ha dicho el Cotorrita—, no se da de baja a ninguna mujer.» «¿Por qué?», le he preguntado yo. «Porque no», y me ha enseñado un billete de cinco duros. Yo he seguido interrogando a las pupilas y he mandado al hospital a cuatro. Las cuatro estaban enfermas.

—Pero ¿esas mujeres no tienen alguna defensa?

—Ninguna; ni nombre, ni estado civil, ni nada. Las llaman como quieren; todas responden a nombres falsos: Blanca, Marina, Estrella, África... En cambio las celestinas y los matones están protegidos por la policía, formada por chulos y por criados de políticos.

—¿Vivirán poco todas ellas? —dijo Lulú.

—Muy poco. Todas estas mujeres tienen una mortalidad terrible; cada ama de esas casas de prostitución ha visto sucederse y sucederse generaciones de mujeres; las enfermedades, la cárcel, el hospital, el alcohol, van mermando esos ejércitos; mientras la celestina se conserva agarrada a la vida, todas esas carnes blancas, todos esos cerebros débiles y sin tensión van cayendo al pudridero.

—¿Y cómo no se escapan, al menos?

—Porque están cogidas por las deudas. El burdel es un pulpo que sujeta con sus tentáculos a estas mujeres bestias y desdichadas. Si se escapan las denuncian como ladronas, y toda la canalla de curiales las condena. Luego, estas celestinas tienen sus recursos. Según me han dicho, en esa casa de la calle de Barcelona había hace días una muchacha reclamada por sus padres desde Sevilla en el juzgado, y mandaron a otra, algo parecida físicamente a ella, que dijo al juez que ella vivía con un hombre muy bien, y que no quería volver a su casa.

–¡Qué gente!

–Todo eso es lo que queda del moro y el judío en el español; el considerar a la mujer como una presa, la tendencia al engaño, a la mentira... Es la consecuencia de la impostura semítica: tenemos sangre semita. De ese fermento malsano, complicado con nuestra pobreza, nuestra ignorancia y nuestra vanidad, vienen todos los males.

–¿Y esas mujeres son engañadas de verdad por sus novios? –preguntó Lulú, a quien preocupaba más el aspecto individual que el social.

–No; en general, no. Son mujeres que no quieren trabajar; mejor dicho, que no pueden trabajar. Todo se desarrolla en una perfecta inconsciencia. Claro que nada de esto tiene el aire sentimental y trágico que se le supone. Es una cosa brutal, imbécil, puramente económica, sin ningún aspecto novelesco. Lo único grande, fuerte, terrible, es que a todas estas mujeres les queda una idea de la honra como algo formidable suspendido sobre sus cabezas. Una mujer ligera de otro país, al pensar en su juventud, seguramente dirá: «Entonces yo era joven, bonita, sana». Aquí dicen: «Entonces yo no estaba deshonrada». Somos una raza de fanáticos, y el fanatismo de la honra es de los más fuertes. Hemos fabricado ídolos que ahora nos mortifican.

–¿Y eso no se podría suprimir? –dijo Lulú.

–¿El qué?

–El que haya esas casas.

–¡Cómo se va a impedir! Pregúnteles usted al señor obispo de Trebisonda, o al director de la Academia de Ciencias Morales y Políticas, o a la presidenta de la Trata de Blancas, y le dirán: «¡Ah! Es un mal necesario. Hija mía, hay que tener humildad. No debemos tener el orgullo de creer que sabemos más que los antiguos...». Mi tío Iturrioz, en el fondo, está en lo cierto cuando dice, riendo, que el que las arañas se coman a las moscas no indica más que la perfección de la naturaleza.

Lulú miraba con pena a Andrés cuando hablaba con tanta amargura.

–Debía usted dejar ese destino –le decía.

–Sí; al fin lo tendré que dejar.

VIII
La muerte de Villasús

Con pretexto de estar enfermo, Andrés abandonó el empleo, y por influencia de Julio Aracil le hicieron médico de La Esperanza, sociedad para la asistencia facultativa de gente pobre.

No tenía en este nuevo cargo tantos motivos para sus indignaciones éticas; pero, en cambio, la fatiga era terrible; había que hacer treinta y cuarenta visitas al día en los barrios más lejanos, subir escaleras y escaleras, entrar en tugurios infames.

En verano, sobre todo, Andrés quedaba reventado. Aquella gente de las casas de vecindad, miserable, sucia, exasperada por el calor, se hallaba siempre dispuesta a la cólera. El padre o la madre que veía que el niño se le moría, necesitaba descargar en alguien su dolor, y lo descargaba en el médico. Andrés, algunas veces, oía con calma las reconvenciones, pero otras veces le encolerizaba y le decía la verdad: que eran unos miserables y unos cerdos; que no se levantarían nunca de su postración por su incuria y su abandono.

Iturrioz tenía razón: la naturaleza no sólo hacía el esclavo, sino que le daba el espíritu de la esclavitud.

Andrés había podido comprobar en Alcolea como en Madrid que, a medida que el individuo sube, los medios que tiene de burlar las leyes comunes se hacen mayores. Andrés pudo evidenciar que la fuerza de la ley disminuye proporcionalmente al aumento de medios del triunfador. La ley es siempre más dura con el débil. Automáticamente pesa sobre el miserable. Es lógico que el miserable, por instinto, odie la ley.

Aquellos desdichados no comprendían todavía que la solidaridad del pobre podía acabar con el rico, y no sabían más que lamentarse estérilmente de su estado.

La cólera y la irritación se habían hecho crónicas en Andrés; el calor, el andar al sol, le producían una sed constante, que le obligaba a beber cerveza y cosas frías que le estragaban el estómago.

Ideas absurdas de destrucción le pasaban por la cabeza. Los domingos, sobre todo, cuando cruzaba entre la gente a la vuelta de los toros, pensaba en el placer que sería para él poner en cada bocacalle una media docena de ametralladoras y no dejar uno de los que volvían de la estúpida y sangrienta fiesta.

Toda aquella sucia morralla de chulos eran los que vociferaban en los cafés antes de la guerra, los que soltaron baladronadas y bravatas para luego quedarse en sus casas tan tranquilos. La moral del espectador de la corrida de toros se había revelado en ellos; la moral del cobarde que exige valor en otro: en el soldado, en el campo de batalla; en el histrión, en el torero, en el circo. A aquella turba de bestias crueles y sanguinarias, estúpidas y petulantes, le hubiera impuesto Hurtado el respeto al dolor ajeno por la fuerza.

El oasis de Andrés era la tienda de Lulú. Allí, en la oscuridad y a la fresca, se sentaba y hablaba.

Lulú, mientras tanto, cosía, y si llegaba alguna compradora, despachaba.

Algunas noches Andrés acompañó a Lulú y a su madre al paseo de Rosales. Lulú y Andrés se sentaban juntos y hablaban contemplando la hondonada negra que se extendía ante ellos.

Lulú miraba aquellas líneas de luces interrumpidas de las carreteras y de los arrabales, y fantaseaba suponiendo que había un mar con sus islas, y que se podía andar en lancha por encima de estas sombras confusas.

Después de charlar largo rato volvían en el tranvía, y en la glorieta de San Bernardo se despedían estrechándose la mano.

Quitando estas horas de paz y de tranquilidad, todas las demás eran para Andrés de disgusto y de molestia...

Un día, al visitar una buhardilla de barrios bajos, al pasar por el corredor de una casa de vecindad, una mujer vieja, con un niño en brazos, se le acercó y le dijo que si quería pasar a ver a un enfermo.

Andrés no se negaba nunca a esto, y entró en el otro tabuco. Un hombre demacrado, famélico, sentado en un camastro, cantaba y recitaba versos. De cuando en cuando, se levantaba en camisa e iba de un lado a otro tropezando con dos o tres cajones que había en el suelo.

–¿Qué tiene este hombre? –preguntó Andrés a la mujer.

–Está ciego, y ahora parece que se ha vuelto loco.

–¿No tiene familia?

–Una hermana mía y yo; somos hijas suyas.

–Pues por este hombre no se puede hacer nada –dijo Andrés–. Lo único sería llevarlo a un hospital o a un manicomio. Yo mandaré una nota al director del hospital. ¿Cómo se llama el enfermo?

–Villasús. Rafael Villasús.

–¿Éste es un señor que hacía dramas?

–Sí.

Andrés lo recordó en aquel momento. Había envejecido en diez o doce años de una manera asombrosa; pero aún la hija había envejecido más. Tenía un aire de insensibilidad y de estupor, que sólo un aluvión de miserias puede dar a una criatura humana.

Andrés se fue de la casa pensativo.

«¡Pobre hombre!», se dijo. «¡Qué desdichado! ¡Ese pobre diablo, empeñado en desafiar la riqueza, es extraordinario! ¡Qué caso de heroísmo más cómico! Y, quizá, si pudiera discurrir pensaría que ha hecho bien; que la situación lamentable en que se encuentra es un timbre de gloria de bohemia. ¡Pobre imbécil!»

Siete u ocho días después, al volver a visitar al niño enfermo, que había recaído, le dijeron que el vecino de la buhardilla, Villasús, había muerto.

Los inquilinos de los cuartuchos le contaron que el poeta loco, como le llamaban en la casa, había pasado tres días con tres noches vociferando, desafiando a sus enemigos literarios, riendo a carcajadas.

Andrés entró a ver al muerto. Estaba tendido en el suelo, envuelto en una sábana. La hija, indiferente, se mantenía acurrucada en un rincón.

Unos cuantos desharrapados, entre ellos un melenudo, rodeaban el cadáver.

–¿Es usted el médico? –le preguntó uno de ellos a Andrés, con impertinencia.

–Sí; soy médico.

–Pues reconozca usted el cuerpo, porque creemos que Villasús no está muerto. Esto es un caso de catalepsia.

–No digan ustedes necedades –dijo Andrés.

Todos aquellos desharrapados, que debían ser bohemios, amigos de Villasús, habían hecho horrores con el cadáver: le habían quemado los dedos con fósforos para ver si tenía sensibilidad. Ni aun después de muerto, al pobre diablo le dejaban en paz.

Andrés, a pesar de que tenía el convencimiento de que no había tal catalepsia, sacó el estetoscopio y auscultó el cadáver en la zona del corazón.

–Está muerto –dijo.

En esto entró un viejo con melena blanca y barba también blanca, cojeando, apoyado en un bastón. Venía borracho completamente. Se acercó al cadáver de Villasús, y con voz melodramática, gritó:

–¡Adiós, Rafael! ¡Tú eras un poeta! ¡Tú eras un genio! ¡Así moriré yo también! ¡En la miseria!, porque soy un bohemio y no venderé nunca mi conciencia. No.

Los desharrapados se miraban unos a otros como satisfechos del giro que tomaba la escena.

Seguía desvariando el viejo de las melenas, cuando se presentó el mozo del coche fúnebre, con el sombrero de copa echado a un lado, el látigo en la mano derecha y la colilla en los labios.

–Bueno –dijo, hablando en chulo, enseñando los dientes negros–. ¿Se va a bajar el cadáver o no? Porque yo no puedo esperar aquí; hay que llevar otros muertos al Este.

Uno de los desharrapados, que tenía un cuello postizo, bastante sucio, que le salía de la chaqueta, y unos lentes, acercándose a Hurtado, le dijo con una afectación ridícula:

–Viendo estas cosas, dan ganas de ponerse una bomba de dinamita en el velo del paladar.

La desesperación de este bohemio le pareció a Hurtado demasiado alambicada para ser sincera, y dejando toda esta turba de desharrapados en la buhardilla, salió de la casa.

IX

Amor, teoría y práctica

Andrés divagaba, lo que era un gran placer, en la tienda de Lulú. Ella le oía sonriente, haciendo de cuando en cuando alguna objeción. Le llamaba siempre, en burla, don Andrés.

–Tengo una pequeña teoría acerca del amor –le dijo un día él.

–Acerca del amor debía usted tener una teoría grande –repuso burlonamente Lulú.

–Pues no la tengo. He encontrado que en el amor, como en la medicina de hace ochenta años, hay dos procedimientos: la alopatía y la homeopatía.

–Explíquese usted claro, don Andrés –replicó ella con severidad.

–Me explicaré. La alopatía amorosa está basada en la neutralización. Los contrarios se curan con los contrarios. Por este principio, el hombre pequeño busca mujer grande; el rubio, mujer morena, y el moreno, rubia. Este procedimiento es el procedimiento de los tímidos, que desconfían de sí mismos... El otro procedimiento...

–Vamos a ver el otro procedimiento.

–El otro procedimiento es el homeopático. Los semejantes se curan con los semejantes. Éste es el sistema de los satisfechos de su físico. El moreno con la morena, el rubio con la rubia. De manera que, si mi teoría es cierta, servirá para conocer a la gente.

–¿Sí?

–Sí; se ve un hombre gordo, moreno y chato, al lado de una mujer gorda, morena y chata, pues es un hombre petulante y seguro de sí mismo; pero si el hombre gordo, moreno y chato tiene una mujer flaca, rubia y nariguda, es que no tiene confianza en su tipo ni en la forma de su nariz.

–De manera que yo, que soy morena y algo chata...

–No; usted no es chata.

–¿Algo tampoco?

–No.

–Muchas gracias, don Andrés. Pues bien: yo, que soy morena, y creo que algo chata, aunque usted diga que no, si fuera petulante me gustaría ese mozo de la peluquería de la esquina, y si fuera completamente humilde, me gustaría el farmacéutico, que tiene unas buenas napias.

–Usted no es caso normal.

–¿No?

–No.

–Pues ¿qué soy?

–Un caso de estudio.

–Yo seré un caso de estudio; pero nadie me quiere estudiar.

–¿Quiere usted que la estudie yo, Lulú?

Ella contempló durante un momento a Andrés, con una mirada enigmática, y luego se echó a reír.

–Y usted, don Andrés, que es un sabio, que ha encontrado esas teorías sobre el amor, ¿qué es eso del amor?

–¿El amor?

–Sí.

–Pues el amor, y le voy a parecer a usted un pedante, es la confluencia del instinto fetichista y del instinto sexual.

–No comprendo.

–Ahora viene la explicación. El instinto sexual empuja al hombre a la mujer y a la mujer al hombre, indistintamente; pero el hombre, que tiene un poder de fantasear, dice: esa mujer, y la mujer dice: ese hombre. Aquí empieza el instinto fetichista; sobre el cuerpo de la persona elegida porque sí, se forja otro más hermoso y se le adorna y se le embellece, y se convence uno de que el ídolo forjado por la imaginación es la misma verdad. Un hombre que ama a una mujer la ve en su interior deformada, y la mujer que quiere al hombre le pasa lo mismo, lo deforma. A través de una nube brillante y falsa, se ven los amantes el uno al otro, y en la oscuridad ríe el antiguo diablo, que no es más que la especie.

–¡La especie! ¿Y qué tiene que ver ahí la especie?

–El instinto de la especie es la voluntad de tener hijos, de tener descendencia. La principal idea de la mujer es el hijo. La mujer, instintivamente, quiere primero el hijo; pero la naturaleza necesita vestir ese deseo en otra forma más poética, más sugestiva, y crea esas mentiras, esos velos que constituyen el amor.

—¿De manera que el amor, en el fondo, es un engaño?

—Sí, es un engaño como la misma vida; por eso alguno ha dicho, con razón: una mujer es tan buena como otra, y a veces más; lo mismo se puede decir del hombre: un hombre es tan bueno como otro, y a veces más.

—Eso será para la persona que no quiere.

—Claro, para el que no está ilusionado, engañado... Por eso sucede que los matrimonios de amor producen más dolores y desilusiones que los de conveniencia.

—¿De verdad cree usted eso?

—Sí.

—Y a usted, ¿qué le parece que vale más, engañarse y sufrir o no engañarse nunca?

—No sé. Es difícil saberlo. Creo que no puede haber una regla general.

Estas conversaciones les entretenían.

Una mañana, Andrés se encontró en la tienda con un militar joven hablando con Lulú. Durante varios días lo siguió viendo. No quiso preguntar quién era, y sólo cuando lo dejó de ver se enteró de que era primo de Lulú.

En ese tiempo, Andrés empezó a creer que Lulú estaba displicente con él. Quizá pensaba en el militar.

Andrés quiso perder la costumbre de ir a la tienda de confecciones, pero no pudo. Era el único sitio agradable en donde se encontraba bien...

Un día de otoño, por la mañana, fue a pasear por la Moncloa. Sentía esa melancolía, un poco ridícula, del solterón. Un vago sentimentalismo anegaba su espíritu al contemplar el campo, el cielo puro y sin nubes; el Guadarrama, azul como una turquesa.

Pensó en Lulú, y decidió ir a verla. Era su única amiga. Volvió hacia Madrid, hasta la calle del Pez, y entró en la tiendecita.

Estaba Lulú sola, limpiando con el plumero los armarios. Andrés se sentó en su sitio.

—Está usted muy bien hoy, muy guapa —dijo de pronto Andrés.

—¿Qué hierba ha pisado usted hoy, don Andrés, para estar tan amable?

—Verdad. Está usted muy bien. Desde que está usted aquí se va usted humanizando. Antes tenía usted una expresión muy satírica, muy burlona, pero ahora, no; se le va a usted poniendo una cara más dulce. Yo creo que de tratar así a las madres que vienen a comprar gorritos para sus hijos se le va poniendo a usted una cara maternal.

–Y, ya ve usted, es triste hacer siempre gorritos para los hijos de los demás.

–Qué, ¿querría usted más que fueran para sus hijos?

–Si pudiera ser, ¿por qué no? Pero yo no tendré hijos nunca. ¿Quién me va a querer a mí?

–El farmacéutico del café, el teniente...; puede usted echárselas de modesta, y anda usted haciendo conquistas...

–¿Yo?

–Usted, sí.

Lulú siguió limpiando los estantes con el plumero.

–¿Me tiene usted odio, Lulú? –dijo Hurtado.

–Sí, porque dice tonterías.

–Déme usted la mano.

–¿La mano?

–Sí.

–Ahora siéntese usted a mi lado.

–¿A su lado de usted?

–Sí.

–Ahora míreme usted a los ojos. Lealmente.

–Ya le miro a los ojos. ¿Hay más que hacer?

–¿Usted cree que no la quiero a usted, Lulú?

–Sí..., un poco...; ve usted que no soy una mala muchacha, pero nada más.

–¿Y si hubiera algo más? Si yo la quisiera a usted con cariño, con amor, ¿qué me contestaría usted?

–No; no es verdad. Usted no me quiere. No me diga usted eso.

–Sí, sí, es verdad –y acercando la cabeza de Lulú a él, la besó en la boca.

Lulú enrojeció violentamente; luego, palideció y se tapó la cara con las manos.

–Lulú, Lulú –dijo Andrés–. ¿Es que la he ofendido a usted?

Lulú se levantó, y paseó un momento por la tienda, sonriendo.

–Ya ve usted, Andrés; esa locura, ese engaño que dice usted que es el amor, lo he sentido yo por usted desde que le vi.

–¿De verdad?

–Sí, de verdad.

–¿Y yo ciego?

–Sí, ciego, completamente ciego.

Andrés tomó la mano de Lulú entre las suyas y la llevó a sus labios. Hablaron los dos largo rato, hasta que se oyó la voz de doña Leonarda.

–Me voy –dijo Andrés, levantándose.

–¡Adiós! –exclamó ella, estrechándose contra él–. Ya no me dejes más, Andrés. Donde tú vayas, llévame.

I
El derecho a la prole

Unos días más tarde, Andrés se presentaba en casa de su tío. Gradualmente llevó la conversación a tratar de cuestiones matrimoniales, y después dijo:

–Tengo un caso de conciencia.

–¡Hombre!

–Sí. Figúrese usted que un señor a quien visito, todavía joven, pero hombre artrítico, nervioso, tiene una novia, antigua amiga suya, débil y algo histérica. Este señor me pregunta: «¿Usted cree que me puedo casar?». Y yo no sé qué contestarle.

–Yo le diría que no –contestó Iturrioz–. Ahora, que él hiciera después lo que quisiera.

–Pero hay que darle una razón.

–¡Qué más razón! Él es casi un enfermo; ella también; él vacila..., basta, que no se case.

–No, eso no basta.

–Para mí, sí; yo pienso en el hijo; yo no creo, como Calderón, que el delito mayor del hombre sea el haber nacido. Esto me parece una tontería poética. El delito mayor del hombre es hacer nacer.

–¿Siempre? ¿Sin excepción?

–No. Para mí, el criterio es éste: se tienen hijos sanos, a quienes se les da un hogar, protección, educación, cuidados..., podemos otorgar la absolución a los padres; se tienen hijos enfermos, tuberculosos, sifilíticos, neurasténicos, consideremos criminales a los padres.

–Pero ¿eso se puede saber con anterioridad?

–Sí, yo creo que sí.

–No lo veo tan fácil.

–Fácil no es; pero sólo el peligro, sólo la posibilidad de engendrar una prole enfermiza, debía bastar al hombre para no tenerla. El perpetuar el dolor en el mundo me parece un crimen.

–Pero ¿puede saber nadie cómo será su descendencia? Ahí tengo yo un amigo enfermo, estropeado, que ha tenido hace poco una niña, sana, fortísima.

–Eso es muy posible. Es frecuente que un hombre robusto tenga hijos raquíticos, y al contrario; pero no importa. La única garantía de la prole es la robustez de los padres.

–Me choca en un antiintelectualista como usted esa actitud tan de intelectual –dijo Andrés.

–A mí también me choca en un intelectual como tú esa actitud de hombre de mundo. Yo te confieso, para mí nada tan repugnante como esa bestia prolífica, que entre vapores de alcohol va engendrando hijos que hay que llevar al cementerio o que si no van a engrosar los ejércitos del presidio o de la prostitución. Yo tengo verdadero odio a esa gente sin conciencia que llena de carne enferma y podrida la tierra. Recuerdo una criada de mi casa; se casó con un idiota borracho que no podía sostenerse a sí mismo, porque no sabía trabajar. Ella y él eran cómplices de chiquillos enfermizos y tristes, que vivían entre harapos, y aquel idiota venía a pedirme dinero, creyendo que era un mérito ser padre de su abundante y repulsiva prole. La mujer, sin dientes, con el vientre constantemente abultado, tenía una indiferencia de animal para los embarazos, los partos y las muertes de los niños. «¿Se ha muerto uno? Pues se hace otro», decía cínicamente. No, no debe ser lícito engendrar seres que vivan en el dolor.

–Yo creo lo mismo.

–La fecundidad no puede ser un ideal social. No se necesita cantidad, sino calidad. Que los patriotas y los revolucionarios canten al bruto prolífico, para mí siempre sería un animal odioso.

–Todo eso está bien –murmuró Andrés–, pero no resuelve mi problema. ¿Qué le digo yo a ese hombre?

–Yo le diría: «Cásese usted si quiere; pero no tenga usted hijos. Esterilice su matrimonio».

–Es decir, que nuestra moral acaba por ser inmoral. Si Tolstoi le oyera, le diría: «Es usted un canalla de la facultad».

–¡Bah! Tolstoi es un apóstol, y los apóstoles dicen las verdades suyas que, generalmente, son tonterías para los demás. Yo, a ese amigo tuyo, le hablaría claramente; le diría: «¿Es usted un hombre egoísta, un poco cruel, fuerte, sano, resistente para el dolor propio e incomprensivo para los padecimientos ajenos? ¿Sí? Pues cásese usted, tenga usted hijos; será usted un buen padre de familia... Pero si es usted un hombre impresionable, nervioso, que siente demasiado el dolor, entonces no se case usted, y si se casa, no tenga hijos».

Andrés salió de la azotea aturdido. Por la tarde escribió a Iturrioz una carta diciéndole que el artrítico que se casaba era él.

II
La vida nueva

A Hurtado no le preocupaban gran cosa las cuestiones de forma, y no tuvo ningún inconveniente en casarse en la iglesia, como quería doña Leonarda. Antes de casarse llevó a Lulú a ver a su tío Iturrioz, y simpatizaron.

Ella le dijo a Iturrioz: «A ver si encuentra usted para Andrés algún trabajo en que tenga que salir poco de casa, porque haciendo visitas está siempre de un humor malísimo».

Iturrioz encontró el trabajo, que consistía en traducir artículos y libros para una revista médica que publicaba al mismo tiempo obras nuevas de especialidades.

–Ahora te darán dos o tres libros en francés para traducir –le dijo Iturrioz–; pero vete aprendiendo el inglés, porque dentro de unos meses te encargarán alguna traducción de este idioma, y entonces, si necesitas, te ayudaré yo.

–Muy bien. Se lo agradezco a usted mucho.

Andrés dejó su cargo en la sociedad La Esperanza. Estaba deseándolo; tomó una casa en el barrio de Pozas, no muy lejos de la tienda de Lulú.

Andrés pidió al casero que de los tres cuartos que daban a la calle hiciera uno, y que no le empapelara el local que quedase después, sino que lo pintara de un color cualquiera.

Este cuarto sería la alcoba, el despacho, el comedor para el matrimonio. La vida en común la harían constantemente allí.

«La gente hubiera puesto aquí la sala y el gabinete, y después se hubieran ido a dormir al sitio peor de la casa», decía Andrés.

Lulú miraba estas disposiciones higiénicas como fantasías, chifladuras; tenía una palabra especial para designar las extravagancias de su marido.

«¡Qué hombre más ideático!», decía.

Andrés pidió prestado a Iturrioz algún dinero para comprar muebles.

–¿Cuánto necesitas? –le dijo el tío.

–Poco; quiero muebles que indiquen pobreza; no pienso recibir a nadie.

Al principio doña Leonarda quiso ir a vivir con Lulú y con Andrés; pero éste se opuso.

–No, no –dijo Andrés–; que vaya con tu hermana y con don Prudencio. Estará mejor.

–¡Qué hipócrita! Lo que sucede es que no la quieres a mamá.

–¡Ah, claro! Nuestra casa ha de tener una temperatura distinta a la de la calle. La suegra sería una corriente de aire frío. Que no entre nadie, ni de tu familia ni de la mía.

–¡Pobre mamá! ¡Qué idea tienes de ella! –decía, riendo, Lulú.

–No, es que no tenemos el mismo concepto de las cosas; ella cree que se debe vivir para fuera, y yo, no.

Lulú, después de vacilar un poco, se entendió con su antigua amiga y vecina la Venancia, y la llevó a su casa. Era una vieja muy fiel, que tenía cariño a Andrés y a Lulú.

–Si le preguntan por mí –le decía Andrés–, diga usted siempre que no estoy.

–Bueno, señorito.

Andrés estaba dispuesto a cumplir bien en su nueva ocupación de traductor.

Aquel cuarto aireado, claro, donde entraba el sol, en donde tenía sus libros, sus papeles, le daba ganas de trabajar.

Ya no sentía la impresión de animal acosado, que había sido en él habitual. Por la mañana tomaba un baño y luego se ponía a traducir.

Lulú volvía de la tienda y la Venancia les servía la comida.

–Coma usted con nosotros –le decía Andrés.

–No, no.

Hubiera sido imposible convencer a la vieja de que se podía sentar a la mesa con sus amos.

Después de comer, Andrés acompañaba a Lulú a la tienda, y luego volvía a trabajar en su cuarto.

Varias veces le dijo a Lulú que ya tenían bastante para vivir con lo que ganaba él, que podían dejar la tienda; pero ella no quería.

«¿Quién sabe lo que puede ocurrir?», decía Lulú; «hay que ahorrar, hay que estar prevenidos por si acaso.»

De noche aún quería Lulú trabajar en la máquina, pero Andrés no se lo permitía.

Andrés estaba cada vez más encantado de su mujer, de su vida y de su casa. Ahora le asombraba cómo no había notado antes aquellas condiciones de arreglo, de orden y de economía de Lulú.

Cada vez trabajaba con más gusto. Aquel cuarto grande le daba la impresión de no estar en una casa con vecinos y gente fastidiosa, sino en el campo, en algún sitio lejano.

Andrés hacía sus trabajos con gran cuidado y calma. En la redacción de la revista le habían prestado varios diccionarios científicos modernos, e Iturrioz le dejó dos o tres de idiomas, que le servían mucho.

Al cabo de algún tiempo, no sólo tenía que hacer traducciones, sino estudios originales, casi siempre sobre datos y experiencias obtenidos por investigadores extranjeros.

Muchas veces se acordaba de lo que decía Fermín Ibarra; de los descubrimientos fáciles que se desprenden de los hechos anteriores sin esfuerzo. ¿Por qué no había experimentadores en España, cuando la experimentación para dar fruto no exigía más que dedicarse a ella?

Sin duda faltaban laboratorios, talleres para seguir el proceso evolutivo de una rama de ciencia; sobraba también un poco de sol, un poco de ignorancia y bastante de la protección del Santo Padre, que, generalmente, es muy útil para el alma, pero muy perjudicial para la ciencia y para la industria.

Estas ideas, que hacía tiempo le hubieran producido indignación y cólera, ya no le exasperaban.

Andrés se encontraba tan bien, que sentía temores. ¿Podría durar esta vida tranquila? ¿Habría llegado, a fuerza de ensayos, a una existencia no sólo soportable, sino agradable y sensata?

Su pesimismo le hacía pensar que la calma no iba a ser duradera.

«Algo va a venir el mejor día», pensaba, «que va a descomponer este bello equilibrio.»

Muchas veces se le figuraba que en su vida había una ventana abierta a un abismo. Asomándose a ella, el vértigo y el horror se apoderaban de su alma.

Por cualquier cosa, por cualquier motivo, temía que este abismo se abriera de nuevo a sus pies.

Para Andrés, todos los allegados eran enemigos; realmente la suegra, Niní y su marido, los vecinos, la portera, miraban el estado feliz del matrimonio como algo ofensivo para ellos.

–No hagas caso de lo que te digan –recomendaba Andrés a su mujer–. Un estado de tranquilidad como el nuestro es una injuria para toda esa gente que vive en una perpetua tragedia de celos, de envidias, de tonterías. Ten en cuenta que han de querer envenenarnos.

–Lo tendré en cuenta –replicaba Lulú, que se burlaba de la grave recomendación de su marido.

Niní, algunos domingos, por la tarde, invitaba a su hermana a ir al teatro.

–¿Andrés no quiere venir? –preguntaba Niní.

–No. Está trabajando.

–Tu marido es un erizo.

–Bueno, dejadle.

Al volver Lulú por la noche, contaba a su marido lo que había visto. Andrés hacía alguna reflexión filosófica que a Lulú le parecía muy cómica; cenaban, y después de cenar, paseaban los dos un momento.

En verano salían casi todos los días al anochecer. Al concluir su trabajo, Andrés iba a buscar a Lulú a la tienda, dejaban en el mostrador a la muchacha y se marchaban a corretear por el Canalillo o la Dehesa de Amaniel.

Otras noches entraban en los cinematógrafos de Chamberí, y Andrés oía entretenido los comentarios de Lulú, que tenían esa gracia madrileña ingenua y despierta que no se parece en nada a las groserías estúpidas y amaneradas de los especialistas en madrileñismo.

Lulú le producía a Andrés grandes sorpresas; jamás había supuesto que aquella muchacha, tan atrevida al parecer, fuera íntimamente de una timidez tan completa.

Lulú tenía una idea absurda de su marido; lo consideraba como un portento.

Una noche que se les hizo tarde, al volver del Canalillo, se encontraron en un callejón sombrío que hay cerca del abandonado cementerio de la Patriarcal con dos hombres de mal aspecto. Estaba ya oscuro; un farol medio caído, sujeto en la tapia del camposanto, iluminaba el camino, negro por el polvo del carbón y abierto entre las dos tapias. Uno de los hombres se les acercó a pedirles limosna de una manera un tanto sospechosa. Andrés contestó que no tenía un cuarto, y sacó la llave de casa del bolsillo, que brilló como si fuera el cañón de un revólver.

Los dos hombres no se atrevieron a atacarles, y Lulú y Andrés pudieron llegar a la calle de San Bernardo sin el menor tropiezo.

–¿Has tenido miedo, Lulú? –le preguntó Andrés.

–Sí; pero no mucho. Como iba contigo...

«¡Qué espejismo!», pensó él. «Mi mujer cree que soy un Hércules.»

Todos los conocidos de Lulú y de Andrés se maravillaban de la armonía del matrimonio.

–Hemos llegado a querernos de verdad –decía Andrés–, porque no teníamos interés en mentir.

III
En paz

Pasaron muchos meses, y la paz del matrimonio no se turbó.

Andrés estaba desconocido. El método de vida, el no tener que sufrir el sol ni subir escaleras ni ver miserias, le daba una impresión de tranquilidad, de paz.

Explicándose como un filósofo, hubiera dicho que la sensación de conjunto de su cuerpo, la *cenesthesia*, era en aquel momento pasiva, tranquila, dulce; su bienestar físico le preparaba para ese estado de perfección y de equilibrio intelectual, que los epicúreos y los estoicos griegos llamaron *ataraxia*, el paraíso del que no cree.

Aquel estado de serenidad le daba una gran lucidez y mucho método en sus trabajos. Los estudios de síntesis que hizo para la revista médica tuvieron gran éxito. El director le alentó para que siguiera por aquel camino. No quería ya que tradujera, sino que hiciera trabajos originales para todos los números.

Andrés y Lulú no tenían nunca la menor riña; se entendían muy bien. Sólo en cuestiones de higiene y alimentación, ella no le hacía mucho caso a su marido.

–Mira, no comas tanta ensalada –le decía él.

–¿Por qué? Si me gusta.

–Sí; pero no te conviene ese ácido. Eres artrítica, como yo.

–¡Ah, tonterías!

–No son tonterías.

Andrés daba todo el dinero que ganaba a su mujer.

–A mí no me compres nada –le decía.

–Pero necesitas...

–Yo, no. Si quieres comprar, compra algo para la casa o para ti.

Lulú seguía con la tiendecita; iba y venía del obrador a su casa, unas veces de mantilla, otras con un sombrero pequeño.

Desde que se había casado estaba de mejor aspecto; como andaba más al aire libre tenía un color sano. Además, su aire satírico se había suavizado, y su expresión era más dulce.

Varias veces desde el balcón vio Hurtado que algún pollo o algún viejo habían venido hasta casa siguiendo a su mujer.

–Mira, Lulú –le decía–, ten cuidado; te siguen.

–¿Sí?

–Sí; la verdad es que te estás poniendo muy guapa. Vas a hacerme celoso.

–Sí, mucho. Tú ya sabes demasiado cómo yo te quiero –replicaba ella–. Cuando estoy en la tienda, siempre estoy pensando: «¿Qué hará aquél?».

–Deja la tienda.

–No, no. ¿Y si tuviéramos un hijo? Hay que ahorrar.

¡El hijo! Andrés no quería hablar, ni hacer la menor alusión a este punto verdaderamente delicado; le producía una gran inquietud.

«La religión y la moral vieja gravitan todavía sobre uno», se decía; «no puede uno echar fuera completamente el hombre supersticioso que lleva en la sangre la idea del pecado.»

Muchas veces, al pensar en el porvenir, le entraba un gran terror; sentía que aquella ventana sobre el abismo podía entreabrirse.

Con frecuencia, marido y mujer iban a visitar a Iturrioz, y éste, también a menudo, pasaba un rato en el despacho de Andrés.

Un año, próximamente, después de casados, Lulú se puso algo enferma; estaba distraída, melancólica, preocupada.

«¿Qué le pasa? ¿Qué tiene?», se preguntaba Andrés con inquietud.

Pasó aquella racha de tristeza, pero al poco tiempo volvió de nuevo con más fuerza; los ojos de Lulú estaban velados; en su rostro se notaban señales de haber llorado.

Andrés, preocupado, hacía esfuerzos para parecer distraído; pero llegó un momento en que le fue imposible fingir que no se daba cuenta del estado de su mujer.

Una noche le preguntó lo que ocurría, y ella, abrazándose a su cuello, le hizo tímidamente la confesión de lo que le pasaba.

Era lo que temía Andrés. La tristeza de no tener el hijo, la sospecha de que su marido no quería tenerlo, hacía llorar a Lulú a lágrima viva, con el corazón hinchado por la pena.

¿Qué actitud tomar ante un dolor semejante? ¿Cómo decir a aquella mujer que él se consideraba como un producto envenenado y podrido, que no debía tener descendencia?

Andrés intentó consolarla, explicarse... Era imposible. Lulú lloraba, le abrazaba, le besaba con la cara llena de lágrimas.

«¡Sea lo que sea!», murmuró Andrés.

Al levantarse Andrés al día siguiente, ya no tenía la serenidad de costumbre.

Dos meses más tarde, Lulú, con la mirada brillante, le confesó a Andrés que debía estar embarazada.

El hecho no tenía duda. Ya Andrés vivía en una angustia continua. La ventana, que en su vida se abría a aquel abismo que le producía vértigo, estaba de nuevo de par en par.

El embarazo produjo en Lulú un cambio completo; de burlona y alegre, la hizo triste y sentimental.

Andrés notaba que ya le quería de otra manera; tenía por él un cariño celoso e irritado; ya no era aquella simpatía afectuosa y burlona tan dulce; ahora era un amor animal. La naturaleza recobraba sus derechos. Andrés, de ser un hombre lleno de talento y un poco ideático, había pasado a ser su hombre. Ya en esto, Andrés veía el principio de la tragedia. Ella quería que le acompañara, le diera el brazo, se sentía celosa, suponía que miraba a las demás mujeres.

Cuando adelantó el embarazo, Andrés comprobó que el histerismo de su mujer se acentuaba.

Ella sabía que estos desórdenes nerviosos los tenían las mujeres embarazadas, y no les daba importancia; pero él temblaba.

La madre de Lulú comenzó a frecuentar la casa, y como tenía mala voluntad para Andrés, envenenaba todas las cuestiones.

Uno de los médicos que colaboraban en la revista, un hombre joven, fue varias veces a ver a Lulú.

Según decía, se encontraba bien; sus manifestaciones histéricas no tenían importancia: eran frecuentes en las embarazadas. El que se encontraba cada vez peor era Andrés.

Su cerebro estaba en una tensión demasiado grande, y las emociones que cualquiera podía sentir en la vida normal, a él le desequilibraban.

«Ande usted, salga usted», le decía el médico.

Pero fuera de casa ya no sabía qué hacer.

No podía dormir, y, después de ensayar varios hipnóticos, se decidió a tomar morfina. La angustia le mataba.

Los únicos momentos agradables de su vida eran cuando se ponía a trabajar. Estaba haciendo un estudio sintético de las aminas, y trabajaba con toda su fuerza para olvidarse de sus preocupaciones y llegar a dar claridad a sus ideas.

IV
Tenía algo de precursor

Cuando llegó el embarazo a su término, Lulú quedó con el vientre excesivamente aumentado.

—A ver si tengo dos —decía ella, riendo.

—No digas esas cosas —murmuraba Andrés, exasperado y entristecido.

Cuando Lulú creyó que el momento se acercaba, Hurtado fue a llamar a un médico joven, amigo suyo y de Iturrioz, que se dedicaba a partos.

Lulú estaba muy animada y muy valiente. El médico le había aconsejado que anduviese, y, a pesar de que los dolores le hacían encogerse y apoyarse en los muebles, no cesaba de andar por la habitación.

Todo el día lo pasó así. El médico dijo que los primeros partos eran siempre difíciles; pero Andrés comenzaba a sospechar que aquello no tenía el aspecto de un parto normal.

Por la noche, las fuerzas de Lulú comenzaron a ceder. Andrés la contemplaba con lágrimas en los ojos.

—Mi pobre Lulú, lo que estás sufriendo —la decía.

—No me importa el dolor —contestaba ella—. ¡Si el niño viviera!

—Ya vivirá, ¡no tenga usted cuidado! —decía el médico.

—No, no; me da el corazón que no.

La noche fue terrible. Lulú estaba extenuada. Andrés, sentado en una silla, la contemplaba estúpidamente. Ella, a veces, se acercaba a él.

—Tú también estás sufriendo. ¡Pobre!

Y le acariciaba la frente y le pasaba la mano por la cara.

Andrés, presa de una impaciencia mortal, consultaba al médico a cada momento; no podía ser aquello un parto normal; debía de existir alguna dificultad; la estrechez de la pelvis, algo.

–Si para la madrugada esto no marcha –dijo el médico–, veremos qué se hace.

De pronto, el médico llamó a Hurtado.

–¿Qué pasa? –preguntó éste.

–Prepare usted los fórceps inmediatamente.

–¿Qué ha ocurrido?

–La providencia del cordón umbilical. El cordón está comprimido.

Por muy rápidamente que el médico introdujo las dos láminas del fórceps e hizo la extracción, el niño salió muerto.

Acababa de morir en aquel instante.

–¿Vive? –preguntó con ansiedad.

Al ver que no le respondían, comprendió que estaba muerto, y cayó desmayada. Recobró pronto el sentido. No se había verificado aún el alumbramiento. La situación de Lulú era grave; la matriz había quedado sin tonicidad y no arrojaba la placenta.

El médico dejó a Lulú que descansara. La madre quiso ver el niño muerto. Andrés, al tomar el cuerpecito sobre una sábana doblada, sintió una impresión de dolor agudísimo, y se le llenaron los ojos de lágrimas.

Lulú comenzó a llorar amargamente.

–Bueno, bueno –dijo el médico–; basta; ahora hay que tener energía.

Intentó provocar la expulsión de la placenta por la compresión, pero no lo pudo conseguir. Sin duda estaba adherida. Tuvo que extraerla con la mano. Inmediatamente después dio a la parturienta una inyección de ergotina, pero no pudo evitar que Lulú tuviera una hemorragia abundante.

Lulú quedó en un estado de debilidad grande; su organismo no reaccionaba con la necesaria fuerza.

Durante dos días estuvo en este estado de depresión. Tenía la seguridad de que se iba a morir.

–Si siento morirme –le decía a Andrés– es por ti. ¿Qué vas a hacer tú, pobrecito, sin mí? –y le acariciaba la cara.

Otras veces era el niño lo que la preocupaba, y decía:

–Mi pobre hijo. Tan fuerte como era. ¿Por qué se habrá muerto, Dios mío?

Andrés la miraba con los ojos secos.

En la mañana del tercer día, Lulú murió. Andrés salió de la alcoba extenuado. Estaban en la casa doña Leonarda y Niní con su marido. Ella parecía ya una jamona; él, un chulo viejo lleno de alhajas. Andrés entró en el cuartucho donde dormía, se puso una inyección de morfina, y quedó sumido en un sueño profundo.

Se despertó a medianoche, y saltó de la cama. Se acercó al cadáver de Lulú, estuvo contemplando a la muerta largo rato, y la besó en la frente varias veces.

Había quedado blanca, como si fuera de mármol, con un aspecto de serenidad y de indiferencia que a Andrés le sorprendió.

Estaba absorto en su contemplación, cuando oyó que en el gabinete hablaban. Reconoció la voz de Iturrioz y la del médico; había otra voz, pero para él era desconocida.

Hablaban los tres confidencialmente.

–Para mí –decía la voz desconocida– esos reconocimientos continuos que hacen en los partos son perjudiciales. Yo no conozco este caso, pero ¿quién sabe? Quizá esta mujer, en el campo, sin asistencia ninguna, se hubiera salvado. La naturaleza tiene recursos que nosotros no conocemos.

–Yo no digo que no –contestó el médico que había asistido a Lulú–; es muy posible.

–¡Es lástima! –exclamó Iturrioz–. ¡Este muchacho, ahora, marchaba tan bien!

Andrés, al oír lo que decía, sintió que se le traspasaba el alma. Rápidamente volvió a su cuarto, y se encerró en él.

Por la mañana, a la hora del entierro, los que estaban en la casa comenzaron a preguntarse qué hacía Andrés.

–No me choca nada que no se levante –dijo el médico–, porque toma morfina.

–¿De veras? –preguntó Iturrioz.

–Sí.

–Vamos a despertarle entonces –dijo Iturrioz.

Entraron en el cuarto. Tendido en la cama, muy pálido, con los labios blancos, estaba Andrés.

–¡Está muerto! –exclamó Iturrioz.

Sobre la mesilla de noche se veía una copa y un frasco de aconitina cristalizada de Duquesnel.

Andrés se había envenenado. Sin duda, la rapidez de la intoxicación no le produjo convulsiones ni vómitos.

La muerte había sobrevenido por parálisis inmediata del corazón.

–¡Ha muerto sin dolor! –murmuró Iturrioz–. Este muchacho no tenía fuerza para vivir. Era un epicúreo, un aristócrata, aunque él no lo creía.

–Pero había en él algo de precursor –murmuró el otro médico.